我是猫

〔日〕夏目漱石 著

徐建雄 译

SPM 南方传媒 | 广东人民出版社

·广州·

图书在版编目（CIP）数据

我是猫 ／（日）夏目漱石著；徐建雄译. — 广州：
广东人民出版社，2020.9（2022.5重印）
ISBN 978-7-218-14308-8

Ⅰ．①我… Ⅱ．①夏… ②徐… Ⅲ．①长篇小说－日
本－近代 Ⅳ．①I313.44

中国版本图书馆CIP数据核字（2020）第099449号

WO SHI MAO

我是猫

〔日〕夏目漱石　著

徐建雄　译

出 版 人：肖风华

责任编辑：陈泽洪
责任技编：吴彦斌　周星奎

出版发行：广东人民出版社
地　　址：广州市越秀区大沙头四马路10号（邮政编码：510199）
电　　话：（020）85716809（总编室）
传　　真：（020）85716872
网　　址：http://www.gdpph.com
印　　刷：唐山富达印务有限公司
开　　本：880mm×1230mm　1/32
印　　张：15.25　　字　　数：384千
版　　次：2020年9月第1版
印　　次：2022年5月第3次印刷
定　　价：56.00元

如发现印装质量问题，影响阅读，请与出版社（020-87712513）联系调换。
售书热线：020-87717307

吾輩は猫である

吾等生存于世，

无论污秽的、不愉快的，或令人生厌的，不能逃避。

不，必须进而投身其中，否则一事无成。

第一章

在下，猫也。名字嘛，尚无。

要说生在何处，更是茫然不知。只依稀记得在一个黑魆魆湿乎乎的所在"喵喵"地啼哭来着。本猫就是在那儿第一次见识了人这么个东西。后来一打听才知道，本猫那时所看到的还是人里面最最凶恶的，叫作"寄宿生①"的一种。据说这种家伙有时会将吾辈猫类捉去煮了吃的。不过在当时，本猫是无知者无畏，故而也不怎么惧怕。只是被那厮提溜到手掌上"呼"的一下托起来时，觉得有些忽忽悠悠的。稍作镇定之后，本猫便打量了一番那厮的脸，也就是本猫首次对人类所做的观察了。然而，一瞥之下本猫就感到异常别扭，以至于这股别扭劲儿一直保留到了今天。别的倒也罢了，单是那张本该用茸毛来好好装饰的脸蛋儿就很怪，光溜溜的，简直就像个烧水的壶。虽说后来遇到的猫咪也不少，可从未遇见有如此残疾者。不仅如此，那厮的脸部中央还高高地肿起了一块。其下部的两个小孔还在"呼呼"地往外喷烟，将本猫呛得不

---

① 原文中汉字写作"书生"。日文的"书生"有两个含义：一，读书之人，学生；二，寄宿在别人家里，一边帮人家做家务一边求学的青年。岩波版《漱石全集·第一卷》（1993年12月）在此处特意注明"指后者"，所以译作"书生"或"学生"混同于一般，容易使人产生误解，而中文语境中又无完全对应的词语，故译作最相近的"寄宿生"。

行。直到最近才明白，原来那就是人在抽什么香烟。

本猫在那厮手掌心里刚刚坐稳，可不一会儿就飞快地旋转起来了。也不知是那寄宿生在转动还是本猫自己在动，反正晃得本猫头晕眼花、胸闷难耐。吾命休矣——这念头刚一闪过，就听得"啪嚓"一声，眼前一片金星。本猫只记得这些了，后来究竟怎样，可就想破脑袋也想不起来了。

待本猫清醒过来定睛一看，发现那寄宿生已不知去向。原先在一起的众多兄弟姐妹也一个都不见了。最要命的是连最最重要的母亲大人也没了踪影。更何况这里跟以前那地方不同，贼亮贼亮的，叫本猫睁不开眼。"啊呀呀，这鬼地方好生蹊跷！"——本猫心中暗想，此地绝不可久留，于是便慢吞吞地爬了出去。可谁知刚动了下手脚，便觉得疼痛难忍。本猫原来好好地在稻草堆上待着，竟被那厮提溜起来一下子扔进了矮竹丛里。真是岂有此理！

本猫挣扎着爬出了矮竹丛，发现前面是一个很大的池塘。于是本猫就在池塘边坐了下来，开始思考如何才能摆脱困境。然而，思来想去也没想出什么法子来，只想到在此处哀号片刻说不定刚才那寄宿生还会来找本猫的。于是便"喵——喵——"地试了两嗓子，可鬼都没来一个。只听得那风唰唰地掠过水面，眼见得天色就要暗将下来。肚子还饿得不行。想再嚷几下，却已经发不出声了。没法子，本猫只得朝有吃食的地方摸去了——管他什么呢，能吃就行。沿着池塘左侧我就挪开了步子。可真难受啊。本猫只得强忍着勉力前行，好不容易才来到一个像是有人居住的所在。"钻进去或许能有救吧。"本猫心里念叨着就钻过一个竹篱笆上的破洞溜进了这户人家。要说缘分这东西可真是不可思议啊，如若这道篱笆不破，本猫岂不是要饿毙道旁？怪不得人常说"一树之荫，亦前世因缘①"了。到如今，这个篱笆洞已成为本猫去探望隔壁"小花妹妹②"的近道了。话说本猫当年溜进这户人家之后，却不知道下一步该如

---

① 源自日本圆通居士所著《说发明眼论》。

② 一只白、黑、褐三色混合的花猫。

何是好。一来二去的天色已经大暗，饥寒难耐，况且眼看着就要下雨，再也容不得本猫片刻犹豫了。无奈之下，本猫只得朝明亮温暖之处爬去。如今思想起来，那时本猫定是已进入人家屋内了。在此，本猫得到了一个除那个寄宿生之外再次遭遇人类的机会。首先遇到的是一个厨房女佣。那娘儿们竟然比前面那个寄宿生更粗暴，一看到本猫，就一把揪住本猫的颈皮将本猫扔出了大门。"啊呀，这下可完蛋了"，本猫只得闭上眼睛听天由命了。可是，身上又冷又饿，实在是熬不住啊。没法子，只得趁那女佣一不留神的当儿，再次钻进厨房。可谁知马上又被扔出来了。本猫岂肯就此罢休！扔出来又钻进去，钻进去又被扔出来。记得同样的事情一而再再而三地重复了四五遍。当时本猫对那个娘儿们真是痛恨至极。直到前一阵偷吃了她一条秋刀鱼才算出了这口恶气。就在本猫最后一次要被扔出来的紧要关头，这家的主人出来了，嘴里嘟囔着"吵什么吵？"那女佣将本猫提溜起来对她主人说，这只野猫扔出去好几次了，还死赖着钻进厨房来，烦死了。那主人捻了把鼻子底下的黑毛，打量一下本猫，撂下一句"既如此，就留着吧"便马上又回里屋去了。看来，这主人是个沉默寡言之人。有了主人的这句话，那娘儿们只得极不情愿地将本猫扔进了厨房。如此这般，本猫也就最终决定将此屋当作自己的府邸了。

　　本猫的主人几乎不跟本猫照面儿。他的职业嘛，听说是教师。从学校回来后，就一头扎进书房，几乎整天不出来。家里人都以为他是个极为用功的人。他自己也老摆出一副发愤用功的架势。可事实上满不是那么回事。本猫不时会蹑足溜进书房去窥探，结果发现他时常打瞌睡，还将口水流在读了一半的书上。此人肠胃不好，其症状就是肤色发黄，皮肤缺乏弹性，整个人也阴气沉沉的。尽管如此，却吃得很多。大吃一顿之后再吃消食酶片。吃过消食酶片后，他便翻开书来读。可常常是才读了两三页就倒头而睡了，于是口水就淌到了书上。这就是他每天晚上所重复的"功课"。吾辈虽然是猫，可也常常会思考一些问题。见他这副模样，本猫就不由得寻思开了。教师这一职业可真是轻松自在啊。倘若本猫降生为人，铁定只做教师。既然大白天里睡着觉也能胜任，哪还有吾辈猫类做不来的道理？不过呢，这事儿要是放到我家主人的嘴里可就不一样了。他老说什么教师这活儿是世上头等的苦差事。每当有朋友来访，他总要这个那个地大发一通牢骚。

本猫刚刚入住此屋时，除了主人以外，极不招人待见。无论走到哪儿都没人搭理。只要看他们至今仍不给本猫取名字这一点，便可知本猫在此处是如何不受尊重了。本猫也是无法可想，只得尽量待在收留我的主人身旁了。早上，主人读报时，本猫是一定要趴在他大腿上的。主人睡午觉时则必定趴在他背上。倒不是说本猫如何喜欢主人，实在是因为没人照应，不得已而为之罢了。后来，在总结了种种经验教训之后，本猫也做出了一定的调整：早晨坐在饭桶上；夜里待在被炉上；中午嘛，天气好的时候就睡在廊檐下。然而，最最舒服的还要数晚上钻进这户人家小孩子的被窝里跟她们一起睡觉了。

这家的小孩一个三岁，一个五岁，到了晚上她们就睡在一个房间，一个被窝里。而本猫也总能够在她俩中间找到自己的容身之地，然后便想方设法夹塞进去。不过也有不走运的时候。譬如说只要有一个小家伙半夜醒来那就糟了。那时，小家伙——尤其是小的那个，素质最差——会不顾深更半夜，"猫来了，猫来了"地大哭大闹。于是那个患有神经性胃炎的主人一定会被吵醒，并从隔壁房间冲过来。这不是，前两天本猫还为这事儿被他用尺子重重地抽了屁股了呢。

既然与人类同居，本猫自然是要对他们观察一番的。然而，本猫越看就越觉得只能将这些家伙定性为自私任性之徒。尤其是不时与本猫同衾共寝的小孩子，更是岂有此理。心血来潮之时，一时兴起之下，她们便会将人家头下脚上地提溜起来，或是拿个口袋蒙在人家的头上，或是把人家甩出老远，或是把人家一把塞进炉灶里。并且，只要本猫稍有反抗，他们一家人便会群起而攻之，将本猫追得上天无路入地无门。

就拿前一阵子来说吧，本猫只是在榻榻米上轻轻地磨了几下爪子，那夫人便暴跳如雷，大发雌威，从此就不肯轻易让本猫登堂入室了。人家在厨房地板上冻得瑟瑟发抖，他们也无动于衷，只当没看见。

"再也没有比人更加冷酷无情的了。"——住在斜对门的白姨——本猫对她可是十分敬重的，每次遇到我总要这么说。白姨前些天生了四只羊脂玉一般的可爱小猫，可在产后第三天，她家里的那个寄宿生便将四只小猫全都扔到后门外的池塘边去了。白姨一把眼泪一把鼻涕地跟我控诉了这一惨剧的全过程。她还说，要想成就吾辈猫类的亲子之爱，过上美满的家庭生活，就不能不与人类全面开战并最终将其全部消灭。本猫觉得此一主张真是句句在理。

还有，隔壁的小花妹妹也义愤填膺地对我说过：人类根本不懂得什么叫作所有权。就吾辈猫类而言，无论是干鱼的脑袋还是鲜鱼的肠子，谁先发现谁就有吃它的权利。这原本就是天经地义的事情。如果有谁不守规则，那就凭力气来摆平。可他们人类似乎根本就没有这种观念，只要是吾辈发现的美味佳肴他们就一定要掠夺了去。他们用蛮力将本该属于吾辈的食物夺了去，还要装出一副若无其事的模样来。

白姨是住在军人家里的，小花妹妹的主人是个讼师^①。本猫住在教师家里，相比之下，本猫在这方面还是持乐观态度的。只要一天天的能对付着过也就行了呗。他们是人类，可那又怎么样呢？也不会老这么风光的，耐心等待"猫时代"的到来也就是了。

下面本猫就来说一个我主人因任性胡为而大失其态的故事吧——我也是任性随意地想到的。我家主人可谓一无过人之处，却什么都想掺和一下。譬如说，他曾写了俳句投给《子规》^②杂志。写了新体诗投给《明

---

① 原文用的是律师的旧称，故译作讼师，但下文却都说是二弦琴师傅了。

② 《子规》：刊登俳句的专门杂志。明治三十年（1897）在现代俳句巨匠正冈子规（也是夏目漱石的好朋友）的大力推动下，以柳原极堂为编辑发行人在松山创刊。从第二年起即由高浜虚子在东京编辑。该杂志致力于俳句的革新和普及，同时对写实散文和小说等文体的发展也做出了巨大的贡献。该杂志直到现在依然存在。夏目漱石的《我是猫》《少爷》等多部作品都曾在此杂志上连载过。

星》^① 杂志，还写些错误百出的英文。一会儿迷上了弓道，一会儿又学起了谣曲^②。对了，他还拉过小提琴，吱吱呀呀的那叫一个难听啊。然而，可怜见的，涉及面如此之广，却没一件是拿得出手的。按说他肠胃不好凡事都得悠着点儿，可他偏不，什么事只要一开了头，就死命地投入。他曾在茅房里大唱谣曲，以至于在街坊中得了个"茅房先生"的诨名。可他毫不介意，依然颠来倒去地唱"吾乃平宗盛是也^③"。人家一听便哄笑道："噢，噢，宗盛又来也。"基本上就是这么个情形。

在本猫入住的一个来月之后，对了，那天正是主人领薪水的日子，也不知道他又搭错了哪根筋，他那天竟是提溜着一个大包裹着急忙慌地回家的。我还寻思那里面裹着的到底是什么玩意儿呢，打开一看原来是水彩颜料、毛笔，还有沃特曼纸^④。看此情形，他已决定从今往后不弄什么谣曲、俳句，而要专攻绘画了。

果然，在第二天开始的那么一小段时间里，他每天都闷在书房画画，连午觉都不睡了。可他画出来的玩意儿，谁看了都是一头雾水，不知道他画的是什么。或许他自己也觉得不怎么样吧，于是，在他的一个研究美学的朋友来访的那天，本猫就听到了下面的一段对话："总也画不好啊。看别人画画倒也不难，可自己一动笔就满不是那么回事了。"我家主人感叹道。

话倒是说得诚实不虚，既坦白又实在。他那朋友目光透过金丝边眼镜紧盯着他，说道："当然不可能一动笔就画好的。别的先不说，就你这样把自己关在房间里凭空瞎想，那是肯定不成的。意大利艺术大师安

---

① 《明星》：是明治三十三年由与谢野宽作为新诗社的机关杂志而创刊的诗歌杂志。诗人与谢野晶子、石川啄木、北原白秋等均在此杂志上踊跃发表作品。作为浪漫主义诗歌的核心力量，对明治和歌革新运动做出了巨大的贡献。到明治四十一年，满一百期后停刊。

② 谣曲：日本传统戏曲能乐中的唱段和韵白。

③ 谣曲《熊野》开头处，配角平宗盛自报家门那段的第一句。这一段谣曲是初学者练得最多的一段。平宗盛：日本平安时代后期的武将，平家的末代首领，在源平之战中丧命。

④ 沃特曼纸：是英国沃特曼公司出品的厚实的高级水彩画纸。

德烈·德尔·萨托①早就说过：'凡画皆须师法自然。天有繁星，地有露华。飞的有飞禽，跑的有走兽。碧池游金鱼，枯枝栖寒鸦。自然本身即一大活画也。'你若真想画好画，先练练写生如何？"

"噢，安德烈·德尔·萨托还说过这话呀，我竟然毫无知晓。嗯，说得好。言之有理，言之有理。"

我家主人佩服得五体投地，可那金丝边眼镜的后面分明透出了一丝充满嘲讽意味的笑意。

次日，本猫照例是舒舒服服地躺在廊檐下睡午觉，可我家主人却破天荒地从书房里出来了，还一个劲儿地在本猫背后鼓捣着什么。惊醒后，本猫便将眼睛眯成一条缝，悄悄地打量了他一下。啊呀，你道他在做什么，他竟然全神贯注地学起了安德烈·德尔·萨托。一瞥之下，本猫不禁哑然失笑。原来，他也并未白受那朋友嘲讽一回，而是拿本猫当作首位模特练习写生呢。本猫此刻早已睡足，正想美美地打个哈欠，可看到主人如此专心致志地运动着手中的画笔倒也不忍搅了他的局，只得强忍着。他已经将本猫的轮廓画好了，正在给脸部着色。坦白而言，本猫在猫类中并非上品，也绝不认为自己在身材、毛色以及相貌等方面有什么过"猫"之处。然而，不论本猫的长相是如何的不济，我也绝不认同自己就是主人所画出的那副德行。别的暂且不说，先是颜色就不对呀。本猫有着波斯猫一般的皮肤，灰里镶金的底子上配着黑漆般靓丽的斑纹。关于这一点，无论是谁，只要看上一眼就绝不会有怀疑的。再看看主人涂抹的颜色，那叫什么颜色呀？非黄非黑，非灰非褐，甚至也不是它们的混合色。除了说它是某种颜色，简直就没法再进一步评论了。更加岂有此理的是，他没画眼睛。当然了，也不能过分责怪他，因为他画的本就是熟睡中的猫嘛。可总得画出个表示眼睛的玩意儿来吧，不然怎么叫人分清这是瞎猫还是睡猫呢？本猫心中暗忖：不管你怎么崇尚安

---

① 安德烈·德尔·萨托（1486—1530/31），文艺复兴时期意大利的著名画家。他的艺术代表了意大利文艺复兴全盛期的一个重要转折。

德烈·德尔·萨托主义，画成这样也太不靠谱了吧。不过呢，他那股子认真劲儿倒也不由得本猫不佩服。然而，实际情况是，我虽说愿意尽可能地保持静默，可其实早就有了尿意了。这会儿正憋得难受，体内就像有无数的小虫子在爬。情势迫在眉睫，再也容不得片刻耽搁了。没奈何，本猫只得抱歉了。我两足尽情前伸，压低了脑袋往前一探，畅快地打了个哈欠。罢了罢了，事已至此，再装老实也没什么意义了。我心想，反正已经破坏了主人的预定计划，那就干脆到后门口撒泡尿回来再说吧。于是本猫便挪开了步子。此时，屋里传来了主人既失望又懊恼的怒吼声："你这个混蛋！"

我得先说明一下。我家主人有个毛病，但凡骂人，就必定骂人"混蛋"。这倒也不能全怪他，因为他还没掌握其他的脏话。可尽管如此，本猫认为不体谅别人忍耐已久的心情，张嘴就骂人家"混蛋"依然是十分无礼的。再说了，如果本猫平日趴在他背上时他能给个好脸色看，那么被他骂两句本猫也就不计较了。可问题是他从未爽快地做过任何方便本猫的事，如今却只因本猫要去小便就骂人家"混蛋"，也未免太过分了吧。要不说人类仗着自己的那点能耐，已变得狂傲不堪了呢。倘若没有更厉害一点的狠角色出来敲打他们一下，真不知道他们会狂到什么地步呢。

如果人类的肆意妄为仅此而已，倒也尚可容忍，可本猫还听说过比这惨痛数倍的恶行呢。

我家屋后有个十来坪①大小的茶圃。尽管不大，倒也是个清爽宜人、阳光普照的所在。每当家里的小家伙闹腾得厉害，午觉睡不安生之时，或百无聊赖，胸中郁结之际，本猫便会趋访此处养一养浩然之气。

一天，正值金秋十月小阳春的天气，午后两点钟光景，风和日丽，暖意融融，本猫午饭后已十分惬意地睡了一觉，也是为了顺带着活动一

---

① 坪，面积单位。1坪约为3.306平方米。

下身子骨吧，便踱步来到了茶圃。我一棵棵挨着个儿嗅那茶树根，不紧不慢地来到茶圃西侧杉树篱笆附近一看，见一头大猫躺在被压倒的残菊之上，睡得死沉死沉的。对于本猫的临近那家伙似乎毫无察觉，又好像察觉了也毫不在意，只顾横躺着长长的身子，发出阵阵鼾声。潜入他人院内竟能如此坦然入睡，本猫不禁为此公之豪胆而暗自吃惊。这是一头纯黑的猫，浑身上下没一根杂毛。刚过晌午的太阳将透明的光线抛洒到他的身上，让人觉得他那熠熠生辉的柔毛之间将会燃起一片肉眼看不见的火焰似的。这家伙身材高大魁伟，其身量足有本猫的两倍，称之为猫中大王也毫不为过。正当本猫怀着赞叹之念和好奇之心驻足尊前出神忘我地打量的当儿，小阳春里静静的微风掠过高出杉树篱笆墙一头的梧桐枝丫，两三片梧桐叶落到了残菊丛中。那大王"咔"的一声睁开了溜圆的双眼。这情形本猫至今仍记忆犹新。他眼中闪耀的光辉远比人类珍爱的琥珀美得多。他纹丝不动，只将那像是从双眸深处射出的光芒聚集于我那窄小的额头之上，开口道："你是个什么玩意儿？"

就猫中大王来说，他的言辞略嫌粗俗，但其洪亮的嗓音之中无疑蕴含着一股足以震慑疯狗的霸气，令我颇感惊恐。本猫意识到此时不接他的话茬将是十分危险的。于是，本猫佯装镇定，淡然答道："在下，猫也。名字嘛，尚无。"

不过说实话，本猫此刻的心脏，跳得远比平时激烈多了。听了本猫的自我介绍，他用极为轻蔑的语调说道："什么？猫？就你这样的也算是猫？住哪儿呢？"

那叫一个目中无人啊。

"本猫就住在这边教师的家里。"

"我猜也是吧。看把你瘦的。"

好一派大王的嚣张气焰。从言谈举止上来看，他就不像是好人家的猫。可看他那副脑满肠肥的体态，吃得一定不错，小日子过得挺舒坦。

"敢问尊驾是哪位？"

见此情形本猫也不得不有此一问了。

"你问老子吗？老子是车夫①家的大老黑啊。"

他傲然答道。车夫家的阿黑是这一带无人不知无人不晓的凶顽之猫。正因为他是车夫家的猫，虽强悍却毫无教养，谁都不与他交往。成了大家联手实施敬而远之战略的对象。听他自报家门之后，本猫略感不安，但同时也起了那么一点轻侮之念。本猫首先想到的是要摸一下他的老底，看他究竟不学无术到何种程度。于是便有了下面的这段对话："拉车的和做老师的到底哪个更牛一点呢？"

"这还用问？当然是拉车的牛了。你看看你家主人，简直就是皮包骨头嘛。"

"嗯，您看您到底是车夫家的，多壮实啊。看来住在车夫家就能吃香喝辣呀。"

"瞎说什么？像老子这样的，无论到什么地界还不照样吃香的喝辣的吗？你小子也别老在茶树林子里瞎转悠了，跟老子屁股后头试试，用不了一个月，管保胖得连你自己都不认得自己。"

"着啊。以后就靠您罩着了。不过呢，要说居住条件的话，到底还是教师家里来得宽敞啊。"

"啊呸！你这个蠢蛋！住得宽敞又怎么样？能填饱肚子吗？"

本猫的话似乎将他惹毛了，他一个劲儿地抖动着像是用紫竹削成的耳朵，一撅一颠地跑开了。本猫与车夫家阿黑成为知心好友则还是后来的事情。

之后，本猫与那阿黑又有过许多次的不期而遇，而每次碰面他都是趾高气扬的，跟那车夫一个德行。前文中本猫提到的人类所干的缺德事，其实就是从这阿黑嘴里听来的。

那天，本猫与阿黑跟往常一样躺在暖洋洋的茶圃里有一搭没一搭地

---

① 这里的"车"是指人力车，故而"车夫"就是"人力车夫"。

闲聊着。他又起劲地把他那老一套的"英雄事迹"重复了一遍，像是第一次讲述似的。可随即他话锋一转，向我提了这么个问题："你小子到现在为止，抓过几只耗子呀？"

本猫是有自知之明的，要论知识水平，本猫远在阿黑之上，可要说到蛮力和勇气则是望尘莫及的。尽管如此，可被他这么一问，本猫依然觉得羞愧难当。然而，事实就是事实，那是来不得半点虚假的。于是，本猫便老老实实地回答道："说老实话，我倒是一直想抓来着，可直到如今还是一只也没抓呢。"

阿黑听了哈哈大笑，笑得他鼻尖处挑出的几根长须好一阵乱颤。阿黑这家伙好吹牛，但也因此缺了点心眼儿，故而还是易于掌控的。一般来说，本猫只要做出一副洗耳恭听的模样，再从嗓子眼儿里发出些"咕噜咕噜"的声响，他就十分满意了。我跟他接触后不久便摸到了这一关窍。故而本猫明白，就眼下的局面而言，倘若非要自我辩解，那就是愚蠢至极的下下策，只会让情势于我更加不利，而上策莫过于让他吹嘘一番辉煌战绩，如此，则定能将这一尴尬场面对付过去。对，就是这个主意。于是，本猫便极为诚恳而又略带撺掇地说道："您老兄年长，于此道历久弥深，想来定是战果辉煌啊。"

真是如同见了墙洞就猛窜过去一般，他果然一下子就上钩了。

"说不上很多，三四十只总有的吧。"

得意之情溢于言表。随即他又说："要说耗子嘛，哪怕是一两百只，就老子一个也能包圆儿的，可要是遇上黄鼠狼就有点吃不了兜着走了。我跟黄鼠狼干过一仗，结果却倒了个大霉。"

"哦，是嘛。"我附和一声。

阿黑眨巴了几下大眼睛继续说道："那还是去年搞大扫除那会儿的事了。我家主人拿着石灰袋子钻到了檐廊底下，说时迟那时快，好家伙，一条大黄鼠狼慌慌张张地窜了出来。"

"噢！"我也跟着惊呼了一声。

"说是黄鼠狼，其实比耗子也大不到哪儿去。'去你的！'我一时性起便扑了过去，一直将他追到了水沟里。"

"好身手！"我喝了声彩。

"可谁知那小子一发急就使出了最后一招，放了个臭屁。啊呀，真他妈的臭啊，差点把我熏倒。后来我只要一看到黄鼠狼就想吐。"

说到这里，他还抬起前爪在鼻子上蹭了两三圈，好像又闻到了去年的那股臭味似的。见此情形，本猫也对他生出了些许同情之心。为了鼓舞他一下，我就说："要是老鼠被您老盯上，那他的死期就到了。您是捕鼠高手，一定是吃了许多老鼠，才养得如此膘肥体胖，毛色油光的吧？"

本猫这么说原本是想拍他一下马屁的，不料竟落空了。他喟然长叹到："嗨，别提了，提起来可真叫猫伤心啊。要说这世上再也没有比人更加蛮横无理的了。不论老子怎么吃辛吃苦地抓耗子，结果总是被主人全部没收。他将老子抓到的耗子拿到派出所去领赏。[①]那警察又不知道耗子是谁抓的，所以他每次去交耗子都能得到五分钱。托了老子的福，我家主人已经赚到一元五角钱了，可他从没给老子吃过一顿像样的饭。唉，所以说人这种东西，简直就是道貌岸然的小偷啊。"

饶是阿黑不学无术，这点道理他倒也懂得的。他义愤填膺地控诉着，背上的毛一根根地都倒竖起来。见他这样，我也觉得有些毛骨悚然，于是敷衍了他几句就回家去了。从那时起，本猫就下定了绝不抓老鼠的决心。不过我也没以小弟的身份跟着他去各处寻觅老鼠以外的美味。我觉得美食不如好觉，美美地睡上一觉比什么都强。看来住在教师家里后连猫也会染上教师之恶习的。如不提防着点，或许要不了多久还要得胃病呢。

---

① 明治三十二年（1899）十二月，为了防止老鼠传播鼠疫，东京市开展了抓老鼠有奖的活动，上交一只老鼠可得到四五分钱的奖金。具体的受理窗口是派出所，将老鼠交到派出所后可得到一张凭证，将此凭证拿到区政府后可换成现金。

既然说到了教师，那就再来说点我家主人的事吧。近来，对于画水彩画这事，我家主人似乎已经醒悟，不再抱奢望了。例如，他在十二月一日的日记里就记了这么件事：

　　今日集会，吾与××首度谋面。久闻此君风流放荡，今日一见，固具风月老手之风采。鉴于有如此禀赋者自会见宠于妇人，故与其称××风流放荡毋宁谓其迫不得已而风流放荡更为确切。又闻其妻室乃艺妓出身，叫人好生艳羡。大凡好攻讦风流客者，以无风流资本者居多。乃至以风流客自居者之中，也以无风流资本者居多。此等人本非不得已而风流却偏要故作风流，一如余之于水彩画，终不能成正果也。虽如此，彼等仍以风月老手自居。倘若偶饮于酒肆、涉足于青楼便为风月老手，则余亦可为一水彩画家矣。与余掷笔不画为善同理，较之彼等无耻之"风月老手"，乡野村夫或品格更高也。

这一通"风月老手论"本猫是碍难认同的。而艳羡他人艺妓出身的老婆更是愚陋至极。这种话难道是为人师表的人该说的吗？只有对自己的水彩画所下的鉴断，才是准确无误的。要说我家主人还是有自知之明的，可总也脱不了自我陶醉的臭德行。何以见得呢？例如，在相隔两天之后的十二月四日的日记中，他又记了这么一件事：

　　昨夜，余做一梦。梦见余作一水彩画，因自忖拙劣不堪而弃之屋隅。不知何人将其拾起，并配以上好镜框，悬挂于楣窗①之上。岂料此画经配额高挂后竟骤然高雅。余大喜。如此佳构岂非杰作？余独自瞻仰叹赏，良久未已。天明梦醒，旭日

---

① 日式建筑中位于拉窗、隔扇与天花板之间的格窗或透花雕板。具有采光、通风等功能，装饰性很强。

渐升而图画拙劣依旧之态亦愈明也。

可见主人对于水彩画还是难以割舍，睡梦中也依然念念不忘。但也由此可见，既然他只有这么点禀赋，看来非但成不了水彩画家，恐怕与夫子自道之风月老手也是无缘的。

就在主人梦见水彩画的次日，那位多日不曾露面的戴金丝边眼镜的美学家又登门了。刚一落座，劈头第一句他就问："你老兄画得怎样啊？"

主人平心静气地答道："听从了您的忠告，我在写生上狠下了些功夫。果不其然，通过这阵子的写生训练，一些以前没注意到的形体以及色彩之细微变化如今已能了然于胸了。同时也深切体会到，正是由于西洋美术早就有写生的优良传统，才能取得如此辉煌的成就。安德烈·德尔·萨托果然是英明伟大，一言便道出此间真谛啊。"

他只顾对安德烈·德尔·萨托深表敬佩却对日记之事只字未提。美学家听了，挠了挠头皮，笑道："老实告诉你吧，我那天是瞎说的。"

"此话怎讲？"

他还没发觉自己被人要了。

"什么'此话、那话'的，不就是你大为叹服的安德烈·德尔·萨托所说的那些金玉良言嘛。那是我瞎编的。没想到你还信以为真了。哈哈哈。"

说完，那家伙哈哈大笑，乐不可支。

本猫趴在檐廊上听了他们的这段对话，不免心中暗忖：今天主人会在日记里记些什么呢？

所谓的美学家原来就是这么个满嘴胡说八道，以捉弄人为乐的家伙。当时，他毫不顾谅"安德烈·德尔·萨托事件"给主人的情感心弦带来了多大的震颤，竟扬扬得意地继续着他的自我吹嘘："其实是这样的。由于时常会发生这样的事情，我只是开个玩笑可别人就信以为真了。所以我发现激发出具有滑稽性质的美感，是一件十分有趣的事情。这不是前几天的事嘛，我对一个学生说，尼古拉斯·尼克尔贝①曾经对吉本②提出过忠告，使他放弃用法语撰写其毕生巨著《法国革命史》的计划而改用英语出版了此书。不料这学生记性特好，在日本文学会上做演讲时竟一本正经地将我的话重播了一遍，你说滑不滑稽。当时听演讲的人少说也有百十来位呢，一个个都拉长了耳朵听得那个认真啊。无独有偶，前一阵在某个有文学家出席的集会上，有人提到了哈里森的历史小说《赛奥伐洛》③。我就说那可是历史小说中的白眉④啊，尤其是女主人公临终的那段描写可真是鬼气森森，令人毛骨悚然。这时，坐在我对面的一位'万宝全书不缺角'的先生竟立刻接过话茬说道：'是啊，是啊。那一段刻画真可谓是神来之笔啊。'我由此得知，此公跟我一样，也没有读过这部小说。"

听了他的这番话，我那患有神经性胃炎的主人瞪圆了眼睛问道："你这么乱说一通，要是对方真读过此书怎么办呢？"

听他那意思，似乎欺骗了别人倒也没甚要紧，担心的只是露出马脚后下不了台。

美学家不为所动地回答道："怕什么呀，就说把书弄错了不就完了吗？"

说完，他还咯咯咯地笑。

别看这位所谓的美学家戴着金丝边眼镜，他那德行跟车夫家的阿黑

---

① 尼古拉斯·尼克尔贝：英国大文豪狄更斯的同名小说《尼古拉斯·尼克尔贝》中的主人公，并非真有其人。

② 爱德华·吉本（Edward Gibbon，1737—1794），英国作家、历史学家，启蒙运动的杰出代表之一，《罗马帝国衰亡史》的作者，但没写过《法国革命史》。

③ 哈里森（1831—1923），英国实证主义哲学家、法学家、传记作家、文艺评论家。但《赛奥伐洛》里面根本没有什么女主人公临终的场景描写。

④ 《三国志·蜀志·马良传》载："马良，字季常，襄阳宜城人也。兄弟五人，并有才名，乡里之谚曰：'马氏五常，白眉最良。'良眉中有白毛，故以称之。"后借以喻兄弟或侪辈中的杰出者。在此，相当于"历史小说中的杰作"之意。译文保留此典可表现出"美学家"卖弄学问的做派。

倒有几分相像。

我家主人默不作声，一个劲儿地抽着"日出"牌香烟吐烟圈，脸上的神情似乎在说：我可没有这个胆量。

此时美学家的眼神也似乎在说："所以你再怎么画也是白搭"，可他开出口来说的却是："不过呢，玩笑归玩笑，要说画画也真不容易。据说列奥纳多·达·芬奇还让他的学生对着教堂墙壁上的污渍写生呢。倒也是啊，上茅房的时候如果紧盯着墙上的屋漏痕猛看，就会发现那就是一幅天然的图案哦。我说，你也到茅房里去用心地练一下写生吧，肯定会画出别开生面的作品来的。"

"你又在耍我了，是吧？"

"哪里哪里，这可是真的。我这话说得十分奇警不是？就算是达·芬奇也完全可能这么说的嘛。"

"嗯，要说奇警倒也确实奇警。"

我家主人一多半已经甘拜下风了。不过到目前为止，他似乎还没有到茅房里去写生过呢。

车夫家的阿黑后来成了个瘌子。他那油光锃亮的皮毛也渐渐地褪色、脱落了。那双被本猫赞誉为比琥珀更加美丽的眼睛里布满了眼屎。而最令本猫震惊的是他精神上的颓废和身体状况的恶化。

"您这是怎么了？"——最后一次在茶圃遇见他时，本猫询问了一下他的近况。他说："唉，别提了，黄鼠狼的臭屁和鱼摊上的扁担让我吃足了苦头啊。"

曾经给赤松之间的空隙添上两三抹红色的枫叶，已飘散如往昔之梦；石制洗手盆旁红红白白的山茶花也渐次褪下花瓣，终于凋落殆尽。冬日里的阳光行脚匆匆，不多时便会掠过三间①半长的朝南檐廊。寒风频吹，日益萧瑟。本猫的午睡时间也被大大地缩短了。

---

① 间，长度单位，1间约为1.8m。

我家主人依然每天都去学校上班。回来后便闷坐书房。每逢有人来访，照例要抱怨一通，说些"教师这活儿真不是人干的"云云牢骚话。画水彩画已成了偶一为之的稀罕事了。消食酶片嘛，说是吃了没用，也停掉了。小家伙们倒是一天不落地上幼儿园，真是服了她们。回家后不是唱歌就是拍球，还时不时地揪着尾巴将本猫提溜起来。

　　由于伙食不好故而本猫不胖，不过还是健康的，脚也不瘸，马马虎虎地对付着过日子罢了。老鼠嘛，本猫是决计不抓的。厨房里的那个下女依然十分讨厌。虽说直到今天主人也没给本猫取个名字，然欲海无涯，知足常乐，既来之则安之，本猫已决定扎下根来以"教师家中无名猫"来打发此生了。

第二章

新年伊始，因本猫之名声稍得显露，故不免扬扬得意，受用至极。说来也真是个难得的好彩头啊。

事情还得从头说起。

大年初一，大清早就有一张彩绘明信片被送到了主人的手里。是一位画家朋友寄来的贺年卡。上部涂红，下部为墨绿色，中间则用彩色蜡笔画了一只蹲着的动物。我家主人坐在书房里，将此明信片横过来竖过去地瞅了老半天，嘴里嘟囔道："色彩好极了。"

本猫以为既已赞过，便可作罢了，可他依然横过来竖过去地端详个没完。不仅如此，还扭过身子来观察；伸长了手臂将明信片拿得远远的，板起脸来一本正经地像老头儿给人相面一般细细打量；甚至还就着窗口的亮光将明信片凑到鼻子跟前来琢磨。他这一番折腾搞得膝盖乱晃，将本猫也弄得险象环生，再不安生一点，本猫难保不掉下去。而在晃动总算渐趋平息之时，主人竟小声嘟囔了一句："这画的到底是什么呀？"

天哪！原来他虽然对明信片上的色彩赞叹不已，却没看懂画的是什么。怪不得有刚才那么一番折腾了。那上面画的真那么难懂吗？本猫优雅地将睡眼睁开一半，从容不迫地瞟了一眼。你道那上面画的是什么？

清清楚楚，明明白白，画的就是本猫的肖像啊。虽说他那朋友或许不像他那样追随安德烈·德尔·萨托，可毕竟是画家呀，形体也好，色彩也罢，全都画得十分地道。无论是谁，都能一眼看出画的是猫嘛。倘若再稍有点眼力见儿，就会明白不是别的什么猫，而是本猫——就这么惟妙惟肖！如此一目了然之事都搞不明白，竟还要那般瞎折腾，本猫不禁为人类感到悲哀。若有可能，本猫真想让他知道：那上面画的就是本猫！如果他还不明白画的就是本猫，那就退而求其次，至少也得让他明白画的是猫。然而，人类这种动物到底没得到上天太多的眷顾，听不懂吾辈猫类的语言，故而尽管十分遗憾也只好随他去了。

在此，本猫不得不跟读者诸君交代一下。人类有个十分恶劣的毛病，一说到什么负面的事情总爱"猫儿如何，猫儿如何"地牵扯到吾辈猫类的身上[1]，口气十分轻蔑、不屑。对于自己的无知浑然不觉却时常脸呈孤傲之色的教师之流，是极易生出"牛马是用人类的渣滓做的，而猫类则是用牛马的粪便做的"之类的荒唐念头的，让"猫"在一旁看着都替他害臊。尽管吾辈是猫不是人，却也绝非如此粗劣不堪的产品。抑或在旁人看来，猫儿们千"猫"一面，毫无个性。然而，倘若深入猫之社会探察一番，便可知人类的那句"十人十面"的俗语在猫之世界里也绝对适用。眼风、鼻型、毛色、步态，各个不同。胡须翘曲之角度、耳朵竖立之风姿、尾巴下垂之高下，也同样是千姿百态，无一雷同的。倘若要将长相俊丑、习性好恶、风流雅俗统统算上，则称其为"千差万别"也毫不为过。

然而，尽管吾辈猫类个体之间存在着如此明显的差异，可人类却说是为了求上进云云，眼睛只顾望着天空，对于吾辈猫类，不要说性情禀赋了，就连相貌也不能细分，真是可怜见的。老话说得好：同气相求，还真是如此。糕点师傅体谅糕点师傅，猫理解猫，猫的事情看来也只有

---

[1] 日语中带有"猫"字的俗语一般都具有负面意义。如：猫被り=假装老实；猫なで声=谄媚之声；猫糞=昧为己有，等等。故而本书主人公要在此表示抗议。

猫才会懂啊。人类的进化程度虽高，但于此处依然是一窍不通。何况他们本就没有像他们自以为的那么了不起，故而要他们懂得吾辈猫类的事情就简直是难于上青天了。更何况缺乏同情心如我家主人者，连"彼此间的彻底了解乃是爱之第一要义"这样粗浅的道理都不懂的家伙，还能有什么指望呢？他如同一只执拗的牡蛎，死死地叮在书房里，从不想了解一下外界的情况。可笑的是，他还老摆出一副天底下唯我通达的面孔来。事实上他一点也不通达，现成的证据就是，本猫的肖像就在跟前他却浑然不觉，却莫名其妙地胡扯什么："今年是征俄①的第二年，所以这画的大概是只狗熊吧。"

本猫正躺在主人膝盖上闭目冥想着，不多时，女佣便拿来了第二张彩绘明信片。一看，那上面用铅板印着四五只洋猫，一溜排开，有握钢笔的，有翻开书页的，一派用功学习的景象。但其中有一只离了座位，在书桌边跳西洋式的"喵喵"舞②。明信片上用日本墨笔浓浓地写了句："我辈是猫"，在其右侧还写了一句俳句：读读书，跳跳舞，春日之猫真快活。这是主人以前的一个学生寄来的，而其用意谁看了都是一目了然的，可我那马大哈主人却看得一头雾水，十分不解地扭着脖子嘟囔道："真怪啊，难道今年是猫年吗？"

可见他仍没察觉本猫已如此有名。

恰在此时，女佣又拿来第三张明信片。这次可不是什么带图画的明信片了。上面写着：恭贺新年。旁边还写了一行小字：烦请代为问候贵府猫君。写得如此直白，饶是主人马大哈倒也明白过来了，"哦——"他沉吟一声，便低头看了看本猫的脸。本猫觉得他此刻的眼神与往常有所不同，多少带有那么一点敬意了。久不为世人所垂青的我家主人，沾了本猫的光才打开了一个崭新局面，有鉴于此，本猫以为他用如此眼神

---

① 征俄，指日俄战争。日俄战争爆发于明治三十七年，即1904年，而《我是猫》自1905年1月起在《子规》杂志上连载。

② 指一种在明治初年十分流行的歌舞。

看我也是理所当然的。

正在此时，大门口传来了"丁零、丁零零、丁零零"的声响。许是有客临门了。有客来访，通常都由女佣接引进来。除非是鱼铺的老梅上门，本猫是概不出迎的。故而本猫若无其事地依然在我家主人的膝上端坐着。倒是我家主人急忙朝外张望，略显仓皇，仿佛来了讨债鬼一般。可见他是不愿与贺年客把酒言欢的。要说做人乖僻到如此田地倒也算是彻底了。既如此，自己早点出门不就省却许多麻烦了嘛，可他又偏偏没这点勇气。于是便越发暴露其牡蛎本性了。

不多时，女佣进来说是寒月①先生来访。这叫作寒月的男人据说也是我家主人的旧门生，早毕业了，如今混得人模狗样的，比我家主人还阔些。也不知是什么道理，这家伙经常来主人这儿玩。来了之后，净扯些有女人暗恋自己又似乎没有；这世道十分有趣又似乎穷极无聊之类不着边际的奇谈怪论。说完一大堆近乎黄色的疯话和耸人听闻的怪话之后就拍拍屁股走人。至于他为何要特意找干瘪枯萎如我家主人来说这些话，本猫则全然不解。而牡蛎②一般的我家主人者听了他这些话后还时不时地帮腔附和，看着倒也着实有趣。

"啊呀，久违了，久违了。都怪我去年年底活动太多，老想米，老想来，可老也没能朝您这个方向走动啊。"

他用手指捏弄着和服外褂丝绦，故弄玄虚地说道。

"噢，你朝哪个方向走动了呢？"

我家主人脸上一本正经的，用手抻了抻身上那件印着族徽的黑棉布外褂的袖口。这件外褂的横向尺寸略短，故而里面的缎子面旧袄左右各露出了四五分。

---

① 据日本的研究者考证，这个寒月就是得过诺贝尔物理学奖的寺田寅彦(1878—1935)，是夏目漱石在熊本第五高等学校做老师时的学生。他不仅是个物理学家，还是个著名的随笔作家，十分喜欢猫，写过名为《小猫》的随笔。

② 英语中的oyster，即牡蛎，另外还有"沉默寡言之人"的意思。此处用的正是这一层含义。

"嘿嘿嘿，稍稍不同的方向哦。"

寒月君笑道。

他这一笑不打紧，有一颗门牙豁了一块的窘相可就暴露无遗了。

"你的牙齿怎么了？"

我家主人换了一个问题。

"哦，那是吃香菇闹的。"

"吃什么来着？"

"香菇啊。就吃了一点。在咬香菇的伞盖时，'嘎嘣'一下就折了。"

"吃香菇豁了门牙，简直是老朽奇谈啊。这事儿或许能成就俳句，却成就不了恋爱啊。"

主人说着伸出巴掌轻轻地拍了拍本猫的脑袋。

"啊，这不就是那只猫咪吗？多壮实呀，一点也不输给车夫家的那只黑猫。真漂亮啊。"

寒月君对本猫大加赞赏。

"是啊，最近长大了不少啊。"

我家主人颇为自豪地答道。同时又"砰砰砰"在我头上拍了好多下。被人夸着心里自然舒坦，可就是脑袋被敲得生疼，不受用。

"前天晚上，我们搞了一场合奏音乐会。"

寒月君又把话头给拽回去了。

"在哪里？"

"地点嘛，您不问也罢。那可是三把小提琴加钢琴的合奏，真过瘾。有三把小提琴一块儿拉，即便水平差点也听得过去了。两位是某处的名门闺秀，我夹在她们中间。我自己也觉得演奏十分成功。"

"噢，那两位小姐是什么人呢？"

我家主人问道，艳羡之情溢于言表。

要说我家主人平日里脸上总是冷若冰霜，犹如枯木寒石一般，其实他于女色一道是从不冷漠的。以前，他曾在一本西洋小说中读到过这么一段：书中某人但凡遇见略有姿色的妇人必定坠入爱河。那作者用嘲讽的笔调写道：仅粗略估算，马路上走过的妇人十有七八都会令他心生爱意。读到此处，我家主人对书中此人大感敬佩，说什么："真乃性情中人也。"

至于如此好色之徒为何过着牡蛎般的日子就绝非本猫所能理解的了。说他因失恋所致者有之，说他乃胃病之故者有之，还有人说他既无金钱，又没色胆。怎么着都行吧，反正他横竖不是明治史上的大人物，何必细究呢？

然而，他以十分艳羡的神态去打听寒月君的女伴一事倒是千真万确的。寒月君兴致勃勃地用筷子夹起当作点心的鱼糕，用门牙咬下了一半。本猫担心他是否又会掉一颗牙齿，不过这次却安然无恙。

"反正是某大户人家的名门闺秀呗，您不认识的。"

他的回答冷冰冰的，颇有拒人于千里之外的意味。

"原来——"

主人说出这两字后拖腔很长，后面的"如此"却迟迟没有出口——他已陷入了遐想。

此时，寒月君可能觉得时光不早，该收场了，便提议道："今天天气太好了，先生若是方便的话，我陪您出去散散步如何？旅顺攻克①了，市面上热闹非凡啊。"

然而，从我家主人的脸部表情来看，比起攻占旅顺这一重大胜利来他似乎更关心那两位千金小姐的身世。沉吟片刻之后，他才下定了决心。

"好吧。那就出去走走吧。"

说走就走，连衣服都没换，身上仍是那件印有族徽的黑布外褂和那件本是兄长身后遗物且已穿了二十来年的旧缎面棉袄。虽说那缎面料子

---

① 旅顺要塞的俄军于1905年1月1日投降日军，当时日本各大城市都举办了庆祝游行。

是一种叫作"结成绸"的十分结实的茧绸织物，可也经不起老这么穿。有不少地方已经磨得很薄了，对着太阳都能看清衬里上的补丁针脚了。我家主人是不修边幅的，对他来说，既没有腊月与正月之分，也没有便服与礼服之别。外出时，把双手往袖子里一拢，抬腿便走。到底是没别的服饰可换，还是懒得去换，本猫就不明就里了。但有一点是可以肯定的，那就是没人以为这也属于失恋后遗症。

他们两人出门之后，本猫便毫不客气地擅自享用了寒月君吃剩下的那半块鱼糕。本猫近来今非昔比，绝非普通的泛泛之猫。自忖已完全当得起桃川如燕^①以后之猫，或偷吃格雷金鱼之猫^②了。至于什么车夫大家的阿黑，那就更不入本猫之法眼了。所以说享受这么区区一小段鱼糕，估计已没人会说三道四了。何况背着人吃些零食，又不是吾辈猫类所独有的癖性。厨房里帮佣的那娘儿们不就经常趁夫人不在时偷吃点心吗？并且还是个一而再再而三的惯犯。岂止是女仆，就连被夫人吹嘘为接受着上等家教的小家伙们也有着类似的倾向。这不是四五天前的事嘛，两个小家伙老早就醒了，主人夫妇尚在睡梦中时，她们就面对面地坐在餐桌旁了。通常，她们每天早上都会分一点主人所吃的面包，蘸着糖吃。这天早晨糖罐子正好在桌子上放着，连舀糖的勺子都预备好了，但没人像往常那样给她们分糖。那个大一点的孩子就从糖罐里舀出了一勺糖倒进自己面前的盘子里。接着，那小一点的孩子也学着姐姐的样，用同样的方法舀出同样多的糖倒进了自己面前的盘子里。然后，两人瞪起眼睛对视了一会儿，大孩子又舀了一勺糖倒进盘子里。小的那个不甘示弱，也舀了一勺，让自己盘子里的糖与姐姐的一样多。姐姐又舀了一勺。妹妹也加了一勺。姐姐动了糖罐，妹妹就拿起了勺子。就这样你一勺我一勺地两人不停地舀，眼看着每

---

① 桃川如燕：说书艺人，以擅长《白猫传》而闻名。

② 格雷指英国大诗人汤姆斯·格雷（1716—1771），他曾在诗中写过一只因偷吃金鱼而淹死在鱼缸里的猫。

人面前盘子里的糖像小山一样堆了起来，而糖罐里快要连一勺糖都不剩了。可就在此时，主人揉着尚未睡醒的眼睛从寝室里跑了出来，将她们两个好不容易舀出来的糖又统统倒进了糖罐里。

由此看来，人类那源自利己主义的公平观念或许远比吾辈猫类强烈，但就智力而言反倒在吾辈猫类之下。在糖还没堆积成山之前就舔掉它不就行了吗？——本猫真想下场去指导一二，可还是受阻于语言上的隔阂，空怀一腔怜悯之心也只得蹲在饭桶上作壁上观。

不知主人与寒月君到底是去哪里散步的，也不知他们是怎么转悠的，反正那天晚上回来得很晚。第二天主人起来吃早饭，已是九点来钟了。本猫照例坐在饭桶上，看主人一声不吭地吃着杂煮①。只见他吃了一碗又添一碗，吃了一碗又添一碗。那年糕虽然切得很小，毕竟他也吃了六七块了，剩下最后一块时，他嘟哝一声"不吃了"便放下了筷子。如果别人也这样任性的话，他是绝不允许的，可擅长要户主威风的他自己，却可以若无其事地望着躺在浓汤里又焦又烂的年糕残骸而无动于衷。夫人从壁橱的靠里处拿出了消食酶片放到桌上，主人说："这个不管用，不吃了。"

"听说这药对于淀粉类食物的消化非常管用的，还是吃了吧。"
夫人力劝道。

"什么淀粉不淀粉的，全不管用。"主人的倔脾气冒了上来。

"你这人真是'五分钟热度'啊。"
夫人自言自语般地嘟囔道。

"谁五分钟热度了？明明是药不管用嘛。"

"可你前一阵子不还嚷嚷着说'管用，管用'，每天都吃的吗？"

"彼一时也此一时也。前一阵子管用，这一阵子不管用。"
主人像对对子似的回答道。

---

① 杂煮：日本人过年时吃的一种用年糕、蔬菜、肉类一起煮的汤。

"吃吃停停，再好的药也不会管用的。胃弱可不比别的病，不长期用药是好不了的。"

夫人说着看了一眼端着盘子候在一旁的厨房女佣。

"夫人说得对。您不吃上些日子，怎么知道这药好不好呢？"

女佣无条件地帮腔道。

"多说无益，不吃就是不吃。你们女流之辈懂些什么？少啰唆！"

"女流之辈又怎么了？吃！"

夫人猛地将消食酶片戳到主人跟前，大有迫其切腹之气势。主人一声不吭地站起身来，一头钻进了书房。夫人和女佣对视一眼，嗤嗤暗笑。

此时本猫若跟进书房爬上他的膝头，定然大倒其霉。故而本猫悄悄地绕道院子爬上了书房外的檐廊，从移门缝隙处朝里观瞧。只见他翻开了一本爱比克泰德①的书在看着。假如他此时也能像往常一样读得进此书，倒也非同一般了。然而，仅看了五六分钟，他便将书甩到了桌上。"不出山人所料也"——本猫心中暗忖，越发留心其动静。他拿出了日记本，写下了以下内容：

> 余与寒月散步于根津、上野、池之端、神田一带。于池之端某情人茶屋②前见身穿洒花春装之艺者③拍毽④嬉戏。惜乎其服饰华美而容貌丑陋。与吾家之猫略有几分相似也。

形容别人容貌丑陋又何必拉上本猫垫背呢？本猫若去喜多床⑤剃头刮脸整饰一番，也未必就输于人脸呀。人类就爱自我陶醉，十分令

---

① 爱比克泰德（约55—130），是罗马最著名的斯多葛学派哲学家。
② 情人茶屋：有女招待的高级茶馆，也为男女幽会或召妓游乐提供场所。
③ 艺者：即艺妓。
④ 拍毽：是日本妇女小孩在正月里玩的游戏之一，用木制的拍子拍带有羽毛的毽子。
⑤ 喜多床：当时一家有名的理发店，位于东京大学正门斜对面。

"猫"讨厌。

> 拐过宝丹①街角，见前方又来一艺者。此女修身削肩，体态窈窕，容貌姣好，身着紫衫，颇显高雅之风。露白齿笑曰："源郎，怪奴昨夜太忙……"其声嘶哑，酷似寒鸦，徒有上好风采而嗓音如此不堪亦大煞风景也。所唤"源郎"者何人，余亦懒得回头观望，袖手而上御成道。唯寒月不知何故，做魂不守舍状。

人心最是难测。譬如说，我家主人眼下到底是在生气呢？还是暗自窃喜？抑或是从先哲著作中求得了一丝慰藉？本猫全然不知。是在嘲讽这世道人心，还是自己也想融入其中？是在为无聊之事而大生闷气，还是以超然物外的姿态冷眼旁观？本猫也不得要领。就吾辈猫类而言，是十分简单明了的。想吃吃，想睡睡，生气时就大光其火，伤心时就哭他个昏天黑地。头一件，日记这种没用的东西是从来不记的。因为没这个必要。对于我家主人这种表里不一的人来说，或许是有必要在阴暗的书房里暴露一下从不示人之本来面目的。可到了吾辈猫类这里，日常的行住坐卧、拉屎撒尿全都是真正的日记，用不着大费周折，用另一种方式来保存自己的真面目。有工夫记日记，还不如躺在檐廊上美美地睡上一觉呢。

> 昨晚于神田某料亭用餐。饮两三杯久违之"正宗②"，今晨便觉胃中极舒坦。可见晚酌乃治胃弱之最佳良药矣。消食酶片之类全然无用。凭谁说得天花乱坠，无效之药总归无效也。

---

① 宝丹：指当时位于下谷区池之端仲町的宝丹总店。宝丹为解毒剂名称。
② 正宗：日本清酒品牌名。

他猛烈攻击起消食酶片来，其激烈程度就好像一个人在吵架。而今天早上他之所以大发脾气，其真正原因竟在这里露出了马脚。或许人类日记之本色正在于此也亦未可知。

　　前日闻××君云，清晨断食于肠胃有利，故停二三日早餐，然唯闻腹中饥鸣声声而毫无功效。

　　又××君忠告曰：酱菜断不可食。依彼之学说，腌渍之物乃一切胃病之根源。不食酱菜便断了胃病之源，故痊愈可期。余谨遵此嘱，已一周未置箸于酱菜却仍不见效，故今日又开此戒也。

　　请教于××君时，曰唯有腹部按摩一法最为有效。然普通之按摩法全然无益，须用"皆川流"之古法按摩，凡常见胃病经一两次便可根治。据闻，安井息轩①者，亦深爱此法。英雄豪杰如坂本龙马②似也不时接受此法治疗。既如此，余亦即刻赶往上根岸亲身一试。然此按摩法之严酷甚于用刑，所谓非分筋错骨，颠倒腑脏不得治。按摩后浑身无力，软如棉絮，似得昏睡之症，故而仅领教一回便作罢矣。

　　A君劝余决不可食固体食物。余即以整日饮牛乳尝试之。不料腹中咕咕之声不绝，犹如滚滚洪流奔腾不息，整夜不得安寝。

　　B君劝余以横膈膜呼吸运动内脏，称如此则肠胃功能自可强健。余亦略试之，然腹中难受至极，甚以为苦。且每每忆及此事而勉力练习之时，亦仅能维持五六分钟而已。然欲不忘此事而一心苦练，则心思全在横膈膜，读书作文皆不可为也。美

---

① 安井息轩（1799—1876），江户后期的儒者。有《海防私议》《论语集说》等著作遗世。
② 坂本龙马（1835—1867），幕末志士，曾促成萨长联盟，于明治维新的成功贡献甚大。

学家迷亭^①见后，讥笑余为"胎气已动之临产男子"，劝余不
练也罢。故今日已尽废此法。

C先生云食荞麦面甚好，余即刻轮番食用其汤面与蒸面，
然除得腹泻之外竟毫无功效。

为治愈胃弱之症，年来余已遍试各法，均不见效，而昨
夜与寒月同饮三杯"正宗"却甚有疗效。现决定日后每晚饮上
二三杯。

这一决定肯定也长久不了的。我家主人的心思如同本猫的眼球，总
是变幻无常。无论做什么，他都只有五分钟的热度。在日记中他是如此
担心自己的胃病，可在人前总要打肿脸充胖子，真是死要面子活受罪。
前些日子，有一位学者朋友来访，他从某种特殊的视角出发，论述了所
有疾病都是祖上的罪孽和自身的罪孽所带来的报应。他似乎是对此做过
深入的研究，说起来条分缕析，头头是道。可怜我那主人既没有反驳他
的头脑，也不具有相应的知识。但由于自己正深受胃病之苦，似乎不
极力争辩一下就太没面子了。于是他便说道："你的说法自然不无道理，
可托马斯·卡莱尔^②也患有胃病的哦。"

仿佛因为卡莱尔有胃病，故而自己得胃病也成了件极有面子的事
情，简直是牛头不对马嘴。他那学者朋友听了立刻驳斥道："即便卡莱
尔有胃病，可得胃病之人也未必都能成为卡莱尔吧。"

主人哑口无言。

如此看来，尽管主人虚荣心极强，其实内心还是希望没有胃病的，
可因此又说什么从今晚开始每天要小酌几杯云云却又显得滑稽可笑。细
想起来，他今天早上杂煮吃那么多，或许就是昨晚跟寒月君同饮"正

① 美学家迷亭：前文已出现过两次的美学家，在这里第一次点出其名字。

② 托马斯·卡莱尔（1795—1881），英国评论家、讽刺作家、历史学家。他的作品在维多
利亚时代甚具影响力。

宗"的成果吧。想到此间，本猫食指大动，也想去尝尝那杂煮了。

尽管身为猫类，本猫吃东西却从不挑三拣四。因本猫既没有车夫家阿黑那种远征深巷鱼摊之神勇，更不像胡同里二弦琴①师傅家小花妹妹那样，有着可讲究奢华的身份，故而不吃的东西极少。家里小孩子掉落的面包屑也吃，糕饼点心也尝。酱菜虽不可口，为了有所体验，本猫也嚼过两块萝卜干。遍尝之后本猫便发现了一件咄咄怪事：原来许多东西都是能吃的。那种这也不爱吃，那也不喜欢之类的奢侈任性之话，岂是寄身于教师家之猫所该说的？听我主人说，法兰西国有个叫作巴尔扎克的小说家。那可是个穷奢极侈的家伙——不过他的奢侈不在于口腹之欲，他是小说家嘛，奢侈起来也是在文章上奢侈的。

有一次，巴尔扎克要给自己小说中的人物取个名字，这个那个地想了好多个，却没一个中意。恰好有朋友来玩，他们便一同出门散步了。那朋友是被他拖上街的，自然搞不清他葫芦里卖的到底是什么药。其实，巴尔扎克出来散步的目的就是想寻访个好名字，故而他走在街上眼睛里没有别的，只有店铺招牌。然而，走了好一阵子依然没发现令他满意的名字。于是他就拖着朋友一个劲儿地猛走。那朋友不明就里，也只好跟着。如此这般，他们竟然从早到晚地在巴黎逛了整整一天！最后，在归家途中，有一家裁缝店的招牌映入了巴尔扎克的眼帘。定睛一看，那招牌上写的店名是"玛卡思"。巴尔扎克拍手叫道："就是它了，就是它了！玛卡思，好名字。再冠以 Z 字，就十全十美了。嗯，一定要加 Z 字，不加不行。Z.Marcus，绝妙的好名字。我自己生造出来的名字即便已经觉得很好，可总有做作之嫌，总难以达到浑然天成的境地。这下可好了，总算有个好名字了。"

他只顾独自雀跃，却将拖累朋友之事忘到了九霄云外。仅仅是为了给小说中的人物取个名字，竟会大费周章地在巴黎探访一整天。能够如此奢侈固然是好，而有着牡蛎般主人的本猫，是绝对不会有如此之奢望

---

① 二弦琴：东流二弦琴的略称。明治初期，藤舍芦船将江户时代文人玩弄的八云琴改良为长调风格的弹奏方式，欲使其作为家庭音乐而加以普及。

的。只要能吃，什么都行——本猫之所以有如此平和的心态，实在也是境况使然啊。所以说，本猫眼下想吃年糕，也决非什么奢侈的要求，完全是出于"趁自己还什么都能吃的当儿就吃点吧"的考虑；是因为想到了"主人吃剩下的年糕说不定还在厨房里呢"的缘故。……闲话少说，待本猫去厨房看来。

今天早上看到的那块年糕依然黏在碗底，连颜色也跟今天早上看到时一模一样。老实说，年糕这东西，本猫迄今为止还一口都没尝过呢。观其外表，味道似乎是不错的，却又多少有些瘆人。本猫用前爪将搭在上面的菜叶扒拉开。举起前爪来一瞅：沾了点年糕表皮，黏糊糊的。放到鼻子跟前一嗅：颇有些将锅底饭盛到饭桶里去时的香味儿。

吃，还是不吃？——本猫环顾四周，颇为踌躇。也不知算是幸还是不幸，此刻周围连个人影都没有。厨房女佣在拍毽子玩——无论岁末新春，她的脸上总是那么一副死样。小家伙们在唱"小兔子别乱讲①"。要吃的话就在当下。倘若错过了当下这么个绝佳时机，恐怕到明年此刻为止是无缘得尝年糕之滋味的。

刹那间，本猫悟出了一条真理："天赐良机会让所有的动物做出他们本不愿做的事情来。"

说实话，本猫也并非特别想吃年糕。不，不仅是不特别想吃，而且是越细看那碗底的模样就越觉得瘆得慌，根本没有食欲。倘若此刻厨房女佣推门进来，或者从里屋传来小家伙朝此处走来的脚步声，本猫便会毫不惋惜地丢下此碗的，并且直到明年今日恐怕都不会再想起年糕的吧。

然而，偏偏谁都不来。不论本猫内心如何纠结，还是没人来。

"还不快吃？还不快吃？"——心里有声音在不停地催促着。本猫打量着碗里的年糕，心里却念叨着"快来个人吧"。可事实上还是连鬼都没来一个。忍无可忍了，看来本猫是非吃不可了。最后，本猫像是要将

① 童谣《小兔和乌龟》中的一句歌词。

全身的重量都掷入碗底一般扑上前去，张嘴咬住了那年糕一寸光景。

按说如此用力去咬，一般的东西都能咬断的。但此刻却令本猫大吃一惊！就在本猫觉得已经咬得差不离并要松开牙齿时，发现牙齿竟拔不出来了。想要重咬一遍，嘴巴又动弹不了。当本猫意识到年糕原来是个邪魔之物时，为时已晚矣。

犹如深陷泥沼之人愈是急于拔腿就陷得愈深一般，本猫也愈咬嘴里愈重，牙齿愈发地无法移动。要说这年糕，嚼头倒是有些嚼头的，但也唯其如此使本猫陷入了无可自拔的境地。美学家迷亭先生曾评价我主人为"优柔寡断之人"，说得太对了，真可谓是一语中的。这年糕也跟其主人一样，十分的"寡断"。如同以三除十①，那是除到天荒地老也是除不尽的。值此万分苦恼之际，本猫不知不觉之中悟到了第二条真理："所有的动物都可凭直觉来预测事物稳妥与否。"

尽管真理已发现了两条，可年糕仍牢牢地黏在牙上，故而毫无愉悦、得意之感。牙齿被年糕死死地钳住，像要被拔掉一般疼。若不快点咬断年糕并逃之夭夭，那厨房女佣恐怕就要来了。小家伙们已不唱歌了，她们一定正在朝厨房跑来。万分苦恼之际，本猫"呼呼"地挥舞起尾巴来，但依然无济于事，将耳朵竖起来翻下去地重复了好多次也全然无效。想想也是，耳朵与尾巴跟那年糕又有何相干呢？也就是说，白摇、白翻了。想通了这一点，本猫也就不折腾耳朵和尾巴了。此时，本猫终于认识到：只有借助前爪之力才可将年糕扒拉掉。于是，本猫首先抬起右前爪在嘴巴四周抹了一圈。然而，事情远非一抹便可解决的。接着，本猫伸出左前爪，以嘴巴为中心快速地画了一个圆。然而，这种鬼画符般的咒法也同样不能降魔驱鬼。本猫心里明白：此时决不能急躁，一定要有耐心。于是左右前爪交替出动。可牙齿仍深深地陷在年糕之中。

啊，真麻烦！——本猫同时使出了双足。不料此时有一件不可思议

---

① 原文"割り切れない"有两个意思，既有"不干脆"的意思，也有除不尽的意思。

之事发生了：本猫竟能仅靠两条后腿站立起来了。恍惚间，本猫觉得自己似乎不是猫了。然而，是猫也好，不是猫也罢，如今还能顾得上这些？重要的是在战胜这年糕魔鬼之前不能停止斗争。本猫斗志昂扬，双足在脸上一通胡抹乱划。然而，由于前爪运动过猛导致重心偏离，眼看着就要跌倒。每当要跌倒之时，为了保持平衡，后腿就必须加以调整，而要加以调整就不能老待在一个地方不动。于是，本猫就一会儿这边一会儿那边在厨房里蹦跳个没完。原来本猫也能如此灵巧地站立啊——刚想到这里，第三条真理也蓦地浮出了脑海："临危之际，能为平日之所不能为，此乃天佑之谓也。"

正当得享天佑之本猫与年糕之魔作殊死拼搏之际，从里屋依稀传来了脚步声。在此紧要关头，若有人前来打扰岂非糟糕至极。于是本猫便愈发踊跃地在厨房里乱蹦。脚步声越来越近了。啊，"天佑"到底还是差那么一点，真是功亏一篑啊！最后，本猫终于被小家伙发现了。

"看呐！猫在吃年糕跳舞呐。"

嚷嚷声那叫个大呀。

第一个听到这嚷嚷声的就是厨房女佣。她将羽毛毽子和拍子一扔，"啊呀呀"地大叫一声，不顾三七二十　就从厨房后门口蹿了进来。身上穿着印有族徽之绉纱礼服的夫人发话道："这猫真讨厌。"

连主人也从书房跑了出来，破口大骂道："混蛋！"

只有小家伙在一旁嚷嚷着"好玩呀，好玩耶"。

随后，这些人便不约而同地"咯咯咯"地笑了起来。

本猫恼羞成怒，苦不堪言，却又不得不继续蹦下去，真是要命。就在大家的笑声终于低落下去的时候，那个五岁大的小女孩说了声"妈，这猫也太逗了"，于是，势如回什么于既倒①，又掀起了一阵爆笑。虽说本猫也见识过人类缺乏同情心之所作所为，但还从未像现在这样感到不

---

① 回狂澜于既倒。语出韩愈《进学解》，"障百川而东之，回狂澜于既倒。"此处表示猫想卖弄学问却又学不像。

可原谅。

此时，"天佑"终于消失殆尽，本猫重又回到了四脚着地的常态。山穷水尽，一筹莫展，丑态毕露，直翻白眼。要说还是主人有恻隐之心，他似乎觉得见死不救也太不够意思了，便吩咐厨房女佣道："好了，你去帮它把年糕拿掉吧。"

女佣看了夫人一眼，那眼神似乎在问："不想看它再蹦跶一会儿？"

夫人倒是想看，可也并不想看我跳死，所以她不吭声。

"快帮它拿掉吧。会死的。"

主人再次回头看了看女佣。

于是，那女佣便像梦里吃大餐中途被人叫醒了似的，一脸丧气地走过来，捏住了年糕死命一拽。尽管本猫不是寒月君，可也觉得门牙全被撅断了一般。不是疼不疼的事，你想想，深深地扎入年糕之中的牙齿被人毫不容情地死命一拽，受得了受不了？就在本猫体会到第四条真理"所有的安乐都出现在艰难困苦之后"，并朝四周东张西望之际，家人们已全都回里屋去了。

出了这么个洋相，再待在家里与女佣猫脸对人脸的也实在是窘得慌，倒不如去胡同里二弦琴师傅家看望一下小花妹妹，好歹也散散心。

对！就是这么个主意。

于是本猫便出厨房直奔后门。

小花妹妹的美貌在这一带是出了名的。吾辈是猫，这一点也不假，却也并非不解风情。故而在看到主人愁眉不展，或遭女佣臭骂之后，本猫定要去会一会这位异性朋友，与她神聊一番。如此，心情便会不知不觉地好转起来，之前的种种担心、烦恼会统统忘掉，如同重获新生一般。可见异性的魅力的确是非同凡响的。

"不知小花妹妹是否在家啊"——从杉树篱笆的隙缝朝里张望，只见小花妹妹正有模有样地坐在檐廊上呢。眼下正值新年，她戴了一条新项链。她弓背端坐着，其弧度恰到好处，极尽曲线之美，真是难以言表。那种尾巴弯弯之温婉、玉足折叠之端庄，以及不无抑郁地轻耸俏耳之风情，简直叫"猫"无法形容。尤其是她虽身处和煦阳光之中，温暖舒适，却依然稳重自矜。然而，尽管她端庄娴静，毫无轻浮举动，可她一身天鹅绒般的毛皮却依然在春日阳光之下无风自动，熠熠生辉。本猫神魂颠倒地瞻仰了一会儿，回过神来后，便低声喊道："小花妹妹，小花妹妹。"

并举起前爪朝她招了招。

"啊呀，原来是先生来了。"

小花妹妹跳下檐廊，跑了过来。挂在红色项链上的小铃铛"丁零零"地响了起来。

过年的时候还给挂铃铛，铃声真好听啊。——正当本猫感叹之际，小花妹妹已经来到了我的身边。

"先生，恭贺新禧。"

她将尾巴朝左边摆了一下。

吾辈猫类在见面打招呼时，是要将尾巴笔直竖起再向左边摇摆的。

街坊邻居之中，称呼本猫为"先生"的，也仅有小花妹妹一个而已。正如本猫早已声明过的一般，本猫迄今为止还没有名字，但由于寄居于教师之家，总算有小花妹妹出于敬重之心，称本猫为"先生"。而本猫被人称作"先生"倒也并不反感，于是就异常爽快地连声答应了。

"新年好！你打扮得可真漂亮啊。"

"嗯，是去年年底师傅给买的。不错吧？"

说着，她便"丁零零"地摇晃着展示给我看。

"这铃声果然是悦耳动听啊。像我这样的，有生以来还是第一次见到如此精美之物呢。"

"看您说的，大伙不都挂着嘛。"

她又"丁零零"地晃了几下。

"好听吧，真开心啊。"

"丁零零、丁零零"不停地摇晃着。

"看来，你家师傅非常喜欢你啊。"

比照一下自身境遇，本猫实在难抑暗自羡慕之意。

小花妹妹是极为淳朴的，听了我这话便答道："这倒是真的，简直拿我当自己的孩子看待了。"

说完，便天真烂漫地笑了，脸上一片灿烂。

别以为猫不会笑哦。人类总以为除了自己就再没有会笑的动物了，真是大错特错。吾辈猫类笑的时候，仅将鼻孔张成三角形，并使喉结微微发颤，故而人类察觉不了。

"你主人到底是个什么样的人呢？"

"啊哟，什么'主人、主人'的，多别扭啊①。就是师傅嘛，教二弦琴的师傅。"

"这个我也知道啊。我问的是身份。以前一定是很阔的吧。"

"嗯，嗯。"

"念君有如姬小松，纵使千年长相守……"②

隔扇里面传出了师傅弹琴唱曲的声音。

"好听吧。"

小花妹妹扬扬得意地说道。

"好听是好听，可听不懂呀。这叫什么曲子来着？"

"哎？这个？不就是那个嘛。师傅最喜欢唱了。……师傅都六十二岁了，身体硬朗吧。"

六十二岁还活着，还能说不硬朗吗？本猫"嗯"地应了一声。虽说这样的回答有些不着调，可又想不出更妙的，也只能将就了。

"您别看她现在这样，出身高贵着呢。她总这么说的。"

"是吗？什么出身？"

---

① 在日语中"主人"还有丈夫的意思。
② 姬小松是五针松的别名，神社附近常栽种此松。这是《平家物语》里一支曲子。

"据说是天璋院①之御祐笔②之妹妹的婆家妈妈的外甥的女儿。"

"哎？是什么呀？"

"就是天璋院之御祐笔之妹妹的婆家的……"

"哦。稍等，稍等。原来是天璋院的妹妹的御祐笔的……"

"错了，错了。是天璋院的御祐笔的妹妹的……"

"明白，明白。不就是天璋院吗。"

"嗯。"

"御祐笔，对吧？"

"对。"

"婆家的……"

"是妹妹的婆家的。"

"哦，我搞错了。是妹妹婆家的……"

"妈妈的外甥的女儿。"

"妈妈的外甥的女儿，是吧？"

"嗯，明白了吧。"

"不明白，太乱了，一头雾水。一句话，到底是天璋院的什么人吧？"

"您可真不开窍啊。就是天璋院之御祐笔之妹妹的婆婆的外甥的女儿嘛。我不是早说过了吗？"

"这一点，我已十分明白了。"

"明白了这一点不就行了吗？"

"嗯，倒也是。"

---

① 天璋院（1835年12月19日—1883年11月20日），名笃子，江户幕府13代将军德川家定的正室，通称为笃姬。父亲是萨摩国(鹿儿岛县)藩主岛津家的一门，今和泉领主岛津忠刚。姓岛津，原名於一，之后再改名笃子。于鹿儿岛出生。嘉永六年(1853年)，成为萨摩藩主岛津齐彬的养女，同年从鹿儿岛进入江户将军府。丈夫德川家定去世后出家为尼，取法号为"天璋院"。

② 御祐笔：掌管文书的秘书一类的官职。

没办法，本猫只得举手投降。在某些场合，我们猫类是不得不说些"合理"的谎言的。

此时，隔扇里面的二弦琴琴声戛然而止，随即便传来了师傅的呼唤声。

"小花，小花，开饭啦。"

小花妹妹十分高兴地说："听，师傅在叫我了。我回去了，可以吗？"

说"不可以"看来也是无济于事的。

"那么就再见了。有空再来玩。"

说完，她"丁零零"地跑开了。然而，跑到檐廊跟前，又突然折了回来。

"我说，你的脸色很不好啊。出什么事了吗？"

小花妹妹露出了十分担心的神情。

本猫当然不能将吃年糕跳舞之事如实相告了。

"也没什么特别的事情。思考了一些问题，有些头疼。想到跟你说说话或许就会好的，就跑来了。"

"哦，是这样啊。多保重。再见。"

她多少显露了那么一点点的依依不舍之情。

于是，本猫便恢复了之前的精神头，心里也畅快了许多。

回去时，本猫想横穿茶圃抄近道回家。当本猫踏着路上刚刚开始融化的霜粒来到竹篱笆的破洞处探头一望，只见车夫家的阿黑正站在枯菊之上弓着背打哈欠呢。近来本猫见到阿黑已不怎么惧怕了，但也懒得跟他搭话，故而想来个视而不见，悄悄溜走。然而，阿黑那脾气，见别人不将他放在眼里那可是绝不肯善罢甘休的。

"喂，你这只无名之猫，最近好像抖起来了嘛。就算你是在教师家里吃饭的，也用不着这么神气活现吧。我说，目中无人可不太好吧。"

看来，本猫已然出名这事儿，阿黑还一无所知呢。想跟他说道说道吧，可他又是个不懂得高下的家伙。于是本猫觉得还是敷衍他几句，早点脱身为上。

"哦，是阿黑君啊，新年好！你还是这么精神抖擞啊。"

说着，本猫便竖起尾巴往左摆了一下。阿黑仅将尾巴竖了起来，并不摆动还礼。

"好什么好？新年就好了吗？新年就好的话，你小子不就一年到头都好了吗？告诉你，小心点！你这个风箱脸的蠢货①。"

"风箱脸"什么的好像是句骂人的话，可本猫不太明白。

"请教一下。'风箱脸'一词有何深意？"

"啊，你小子被人骂了，还要打破砂锅问到底？真拿你没辙。所以说你是个'新年脑残'②嘛"

"新年脑残"这个词倒是颇有些诗意的，但其含义似乎比"风箱脸"更难以理解。有心讨教一二以备参考，可鉴于此君决不会有什么清晰明了的答复，本猫也只得与他一声不吭地这么对峙着了。

正当多少有些尴尬的当儿，忽听得阿黑家的车夫老婆高声骂道："啊呀，柜上的大马哈鱼不见了。不好了，不好了。肯定又是那个黑畜生叼走的。真是只挨千刀的死猫。这次回来，一定要给你好看！"

车夫老婆的怒骂声肆无忌惮地震颤着初春那悠闲的空气，将优雅的"天下太平，枝叶不动"③之氛围一下子弄得俗不可耐。

阿黑一脸的蛮横，意思是："你爱骂就尽管骂去吧"，随即将四方形的下颚往前一努，仿佛在说："怎么样？你听到了吧！"

刚才只顾跟他拌嘴没怎么细看，直到此刻本猫才发现阿黑脚下躺着一段马哈鱼骨头，值个二钱三厘光景，满是泥污。

"您可真是英雄本色，不减当年啊。"

本猫忘却了刚才的话不投机，情不自禁地献上了由衷的赞叹。然

① 在日文语境中风箱比喻长吁短叹，引申为倒霉蛋，"风箱脸"是阿黑生造出来的骂人话。

② 新年脑残：原意是天真幼稚，但在此语境中已接近"没心没肺"的意思了。

③ 谣曲《高砂》中的一句唱词。

而，仅靠这么点诌媚之词，阿黑是不会转怒为喜的。

"你懂什么？什么叫'英雄本色'？一两段马哈鱼，算得了什么呢？别门缝里瞧人好不好。再怎么说，我也是车夫家的大老黑嘛。"

说着他举起右前爪倒挠了下肩头——相当于人类撸袖管吧。

"您是阿黑君嘛，打一开始我就知道的嘛。"

"既然知道，还胡说什么'不减当年'这样的屁话，算是怎么回事？"

他气势汹汹，不依不饶，大有寻衅挑逗意味。倘若是人类，肯定是要揪住胸脯好一阵推搡了。"这下可糟了"——本猫心里不免有些打鼓。可就在此时，车夫老婆的大嗓门又响起来了。

"西川掌柜的，喂，西川。有事找你，听见了吗？割一斤牛肉过来。听见了？一斤牛肉，挑软乎点的。"

车夫老婆的牛肉订货声打破了四邻之沉寂。

"嗨，一年也就吃一次牛肉，用得着这么大声吆喝吗？才一斤牛肉就要朝街坊邻居炫耀了，这娘儿们可真叫猫受不了。"

阿黑嘴里冷嘲热讽着，四脚用力撑地，颇有些跃跃欲试的样子。本猫不知道说什么好，只好默不作声地傻愣着。

"才一斤，这哪够啊？算了，也不管那么多了，先得着吧，早晚吃了它。"

好像那一斤牛肉就是为他预订的一样。

"可喜可贺。这下您可以大饱口福了。"

本猫只想尽快打发他回去。

"关你屁事！谁要你多嘴？死去！"

说着他突然转身连霜带土地用后腿蹬了本猫一身，将本猫吓得魂飞魄散。正当本猫抖落身上尘土的当儿，阿黑钻过篱笆洞，早已不见了踪影。看来他是去锁定西川家的牛肉了吧。

回到家里时，客厅里欢声笑语的，一派十分难得的阳春景象，连主人的笑声也豪放异常。

"怪哉！"——本猫从敞开着的檐廊处进了屋，走近主人身旁一看，原来是来了一位生客了。那人梳着漂亮的分头，上穿印有族徽的棉布外褂，下身套着一条小仓料子①的棉布裙裤，极方正的读书人模样。主人的手炉旁，春庆漆②的烟盒旁放着一张名片，上写着：

兹介绍越智东风君趋谒

水岛寒月

本猫这才得知来客的姓名以及他是寒月君的朋友。只因本猫中途到场，不明宾主间的谈话脉络，猛一听有些摸不着头脑，可听那意思，似乎是在讲本猫前面提到过的那位美学家迷亭君的事情。

"他说了，有个好'趣向'③，你一定要来的。"

客人不动声色地说道。

"什么意思？去西餐店吃顿午饭，还有什么'趣向'吗？"

主人续水后将茶盏推到客人跟前。

"怎么说呢？他所谓的'趣向'我当时听了也不甚明了，鉴于他的为人做派，心想或许是有什么好玩的事吧……"

"哦，那么，您跟他一起去了吗？"

"去了。那可真叫人大开眼界啊。"

主人闻言便拍了一下趴在他膝头上的本猫的脑袋，好像是"这下你领教了吧"的意思。不过，本猫的脑袋有点疼。

"又是什么无聊的恶作剧吧。那家伙的老毛病了嘛。"

① 产于福冈县小仓地区的棉布，以结实耐磨著称。
② 相传为日本室町初期堺的漆工春庆所发明的一种涂漆的方法。在木板上用红、黄着色后，再涂以透明漆，能显出木纹来。
③ 特指俳谐的风趣构思。这一段讲美学家迷亭存心调侃当时风头正健的俳句热，所以故意用了些与俳句、俳人有关的词语，翻译时很难顾全两面，故优先考虑俳句方面的词义。

主人立刻想起了"安德烈·德尔·萨托事件"。

"嗯嗯，他说'我们点些非同一般的东西来尝尝吧'。"

"吃了什么东西了？"

"他先是看着菜单，这个那个地聊了一通西洋菜。"

"哦，是在点菜之前吗？"

"是啊。"

"然后呢？"

"然后，他便扭头看着侍者说'好像没什么特别的东西啊'。那侍者不甘示弱地答道'有鸭胸脯肉、小牛排等，您看如何？'他老先生说'我们可不是为了这种"月例"①才特意到这里来的'。然而，那侍者不知道他说的'月例'是什么意思，只得尴尬着脸不吭声。"

"可不是嘛。"

"接着他便转向了我，说'我说，一到法兰西或英吉利，什么"天明调""万叶调"②啦都有得吃，可在日本就不行喽，无论走进哪家饭店，总是老一套，简直叫人不想去西餐馆了'。口气别提有多大了。——对了，他老先生出过洋吗？"

"什么？您说迷亭吗？他哪去过啊。不过呢，他既有钱又有闲，要是想去的话倒是随时都能去的。他这么说，估计也就是把将来要去之事当作已经去过来说的一种俏皮话罢了。"

主人自以为此话说得甚妙，说完后便"抛砖引玉"似的自己先笑了起来。但客人却似乎并不买账，没跟着笑。

---

① 原文为"月并"，此处是"月并俳句（月例俳句）"的意思。相对于自己所提倡的革新俳句，正冈子规将旧式的，以每月聚会创作的俳句称为"月例俳句"，转义为陈腐平庸的俳句。但原文"月并"同时还有"平淡无奇"的意思，在本书中用作双关语。

② "天明调"是指日本安永、天明（1772—1789）年间与谢芜村等人的俳句风格。其宗旨是重振古代松尾芭蕉的俳风。"万叶调"是指具有《万叶集》特征的和歌风格。这两种风格都是当时俳坛领袖，也是夏目漱石的好友正冈子规所推崇的。在此，美学家故意将这两种风格当作西餐菜名说出来，借以调侃俳句。

"是吗，我还以为他什么时候又去溜达了一圈回来了呢，听得可认真了。因为他还活灵活现地讲了一通蜓蚰汤、炖青蛙什么的古怪菜，以为他刚看了来呢。"

"道听途说的野话吧。他可是撒谎从不打草稿的嘛。"

"估计就是这么回事吧。"

说完，客人便端详起花瓶里的水仙花来了，脸上略带不无遗憾之神态。

"所谓的'趣向'，就是这个吗？"主人紧追不放地问道。

"哪能呢？这才开了个头，正文还在后面呢。"

"哦——"

主人插入了一个表示好奇的感叹词。

"接着，他改用商量的口气说：'蜓蚰、青蛙什么的，反正是想吃也吃不到的，这样吧，退而求其次，来点橡面坊①，你看怎么样？'我也是一不留神，就应了一句：'未尝不可'。"

"啊——，橡面坊？这可有点怪了。"

"可不是吗？怪得不行。他老先生说得一本正经的，我一点也没提防。"客人像是在为自己的疏忽大意而道歉似的。

"接下来又怎么样了呢？"

主人无动于衷地问道。对于客人的歉意不表示一丁点同情。

"接下来？接下来他就对侍者说：'喂，来两份橡面坊。''是"橡面条"②吗？'侍者反问道。他老先生便以更为严肃的表情纠正道：'非橡面条，乃橡面坊也'。"

"果真有'橡面坊'这道菜吗？"

---

① 日本派俳人之一安藤炼三郎（1869—1914）的笔名安藤橡面坊。
② 原文是"メンチボー"，这是明治时代的旧称，如今称作"メンチボール"，意为"肉丸子"。由于"メンチボ"与"橡面坊"的日语发音只差一个音，所以侍者听错了。为取得同样的效果，在此译作"橡面条"，因为"肉丸子"这一含义在此特殊语境中已经不起作用了。

"这个嘛，我虽然也觉得有些怪，可那会儿他老先生一味儿地沉着冷静，又是个西洋通，再加上我那时确信他刚刚出洋回来，心想他说的一定没错，于是就帮腔教育那侍者道'是橡面坊，是橡面坊'。"

"侍者又怎样呢？"

"那侍者嘛，现在想起来也是挺滑稽的，他想了一会儿说道：'真不凑巧，今天没有橡面坊，要是橡面条的话倒是马上就能给做两份的'。先生一听，便露出十分遗憾的神情来，说道：'要是这样说，我们来这里还有什么意义呢？你能不能想想办法，让我们吃上橡面坊呢？'说完便塞给侍者两角钱银币，侍者说：'那么我就先去跟大厨去商量一下吧。'于是他便跑里间去了。"

"完全是一副非橡面坊不吃的做派啊。"

"不多会儿，侍者出来了，说道：'真是对不住了，做您点的菜，得多花时间'。迷亭先生一听，不慌不忙地说：'大过年的，反正我们也没什么急事，只要能吃上，等一会儿就等一会儿呗。'说完就掏出一支雪茄，吞云吐雾起来了，我也只得从怀里拿出《日本新闻》读了起来。于是，侍者又跑后厨商量去了。"

"这菜做起来还真费事啊。"

我家主人听得津津有味，如同读战地快讯①一般，还将身子往前挪了挪。

"过了一会儿，侍者又出来了，十分抱歉地说，最近橡面坊的原料断货，即便去龟屋和横滨的十五番②也都买不到，真是太不凑巧了。迷亭先生听了便道：'这便如何是好？特意上这儿来了，结果却是这样啊。'他看着我翻来覆去地念叨这两句话。我也不能一声不吭啊，便附和道：'真是遗憾，遗憾至极'。"

"理所当然嘛。"主人表示赞同。至于什么"理所当然"，本猫就

---

① 此书以连载方式发表时，日俄战争尚在进行之中。

② "龟屋"和"横滨的十五番"都是当时专营进口食材、酒类、香烟等的商店。

不懂了。

"这时，那侍者似乎也觉得挺过意不去的，说道：'日后食材到了，再请二位赏光吧。'先生问他'要用什么食材呢？'侍者嘿嘿嘿地一个劲儿笑，却不回答。'食材就是日本派①俳人吧？'先生追问了一句之后，侍者竟然答道：'正是。就因为是这个，所以近来哪怕跑到横滨也买不到的，真是抱歉得很啊'。"

"哈哈哈，他的包袱到这时才抖出来。真是太好笑了。"

主人用从未有过的响亮嗓音大笑了起来。笑得膝头乱晃，连本猫都差点掉了下来。

他笑得那叫一个欢畅。很明显，他是得知上"安德烈·德尔·萨托"之当的人并非只是他一个才突然变得如此开心的。

"之后，我们便来到了大街上，迷亭先生扬扬得意地说：'怎么样？很成功吧。"橡面坊"的那段有趣吧。'我说了声'佩服之至'就跟他分道扬镳了。那会儿早过了吃午饭的钟点，我已经饿得前胸贴后背了。"

"这不是消遣人嘛。"

主人这才表示了同情。对此，本猫也并无异议。

两人的话头断了，一时间只有本猫咽喉之中的咕咕声传入宾士的耳朵里。

东风君将放冷了的茶一口喝干，一本正经地说道："其实，在下今日登门拜访，是有事相求于先生的。"

"哦，有何贵干？"主人也同样不甘示弱。

"正如您所知，在下喜好文学、美术……"

"风雅得紧啊。"主人就势奉承道。

"前些天，几个同好聚集在一起，成立了一个朗读会。打算以后每

---

① 以正冈子规为中心所形成的俳句流派，提倡写生主义。自明治二十五年（1892）起，以报纸《日本》上的俳句专栏为发表渠道，"日本派"也因此而得名。橡面坊也向《日本》的俳句转来投稿，故而也被认为是"日本派俳人"。

月举办一次活动以便深入该方面的研究。第一次朗读会已于去年年底举办过了。"

"既然是朗读会，那就是有腔有调地念一些诗歌文章之类的活动了，请问你们具体是怎么开展活动的呢？"

"先从古典佳作起步，以后会朗读同人们的作品。"

"所谓古典佳作，是否就是白乐天的《琵琶行》之类？"

"不是的。"

"那么就是芜村①的《春风马堤曲》之类的？"

"也不是的。"

"那你们朗读些什么呢？"

"上次搞的就是近松②的殉情剧。"

"近松？就是那个净琉璃③的近松吗？"

哪里还有第二个近松呢？说到近松，当然就是戏曲家近松了。连这个也要问，真是个傻帽——这念头刚一冒出来，浑然不知的主人却地道地抚摸起本猫的脑袋来了。如今这世道，被斜乜了一眼便以为有人在暗送秋波的也大有人在，这么点阴差阳错又何足怪哉？故而他要抚摸就随他摸去，又干本猫何事。

"是的。"

东风子④应了一声便打量起主人的脸色来。

"那么，是一个人朗读呢？还是分配了角色朗读？"

"是分了角色，对口朗读的。这样做，也是旨在尽可能对剧中人物

---

① 　与谢芜村（1716—1783），江户时代著名俳人、画家，《春风马堤曲》即是他的名作之
一，被视为自由诗式的韵文作品。

② 　即近松门左卫门（1653—1724），江户时代净瑠璃和歌舞伎剧作家。

③ 　净琉璃：在三味线的伴奏下表演说唱故事的一种古典艺术形式。

④ 　"子"在日语里也是对男子的敬称。用于德高望重、学识渊博之人。这用法当然是来
自汉语。作者在前文提到"越智东风"时，用的是"东风君"，在下文中都改用"东风
子"了，为尽量保持原著风貌，译文也作"东风子"。

注入感情。以充分表现人物性格为第一要义嘛。不仅如此，我们还用上了手势和身段。念白之时力求体现时代风貌，无论小姐还是童仆，都要使之活灵活现。"

"如此说来，简直跟演戏一般无二了嘛。"

"是啊，只是没穿上行头，没摆上布景而已。"

"冒昧地问一句。你们的这次活动，成功吗？"

"嗯，就第一次活动而言，我觉得还算是成功的吧。"

"那么，你们上次搞的那个殉情之作，具体是……"

"哦，就是船家载着客官前往芳原①而去那段。"

"啊，那可是非常见功底的一幕啊。"

不愧为教师，什么都懂——主人微微地偏过脑袋拿出了行家的派头。鼻孔中喷出的"日出"浓烟从本猫耳旁掠过旋到了脸上。

"也没什么大不了的。出场人物就是客人、船夫、花魁、侍女，还有鸨母和检番这么几个。"

东风君满不在乎地说道。

主人听到"花魁"时眉头微皱，而听到下面的侍女、鸨母、检番后就直接提问了，可见他对于这些专业用语毫无基本知识。

"所谓侍女，就是妓院里的下女吧。"

"这个嘛，我尚未深入研究，只知侍女是茶屋里的女侍，而鸨母估计就是侍女屋里的助理吧。"

东风子刚才还在说什么要念出人物特色来，可他自己似乎对于鸨母和侍女的身份也不甚了了。

"是这样啊。既然侍女是属于茶屋的，那么鸨母就是栖身于妓院的了。还有，那称作'检番'的，到底是人呢？还是某种场所呢？要是人的话，又是男是女呢？"

---

① 也写作"吉原"，是日本江户时代位于江户的一个经幕府允许而开设的红灯区。

"我觉得检番应该是男人。"

"所司何职呢？"

"这个嘛，倒还没有调查清楚。回头我就去查一下。"

既如此，那天的对口排练估计也只是牛头不对马嘴的瞎胡闹了——本猫抬头瞄了主人一眼。谁知主人的脸上竟是出乎意料的认真严肃。

"朗读者除了你之外，都有些什么人呢？"

"五花八门。演花魁的是法学士 K 君，他留着胡子，念起花旦那娇滴滴的念白来真是妙不可言啊。再说戏里还有花魁腹内绞痛一节……"

"朗读时也非要腹内绞痛吗？"主人有些担心地问道。

"那是自然，脸部表情岂容草率！"东风子将艺术家的谱儿摆得足足的。

"那么，'痛'得好吗？"主人说了一句妙语。

"第一次嘛，自然是很难'痛'好的。"东风君也回了一句妙语。

"您扮演什么角色呢？"主人问道。

"我吗？是船夫。"

"啊，您演船夫——"

言外之意是：你要是也能演船老大，那么我就能演个检番什么的了吧。

"恐怕有点够呛吧。"他随即便说出了心里话，连一点捧场的意思也不带。

不过东风君并不着恼，他依然不动声色地说道："然而，就是由于我这个船夫角色，将好端端的一个活动弄得虎头蛇尾了。事情是这样的，会场隔壁住着四五个女学生，她们不知从哪儿听到了那天我们要举办朗读会的消息，就跑到会场的窗边来旁听。我以船夫的腔调念起台词，好不容易摸着了调门，觉得往下就顺畅了，正当暗自得意的当儿……，怎么说呢，或许是我的身段过火了一点吧，那些一直强忍着笑的女学生竟一齐哈哈哈地爆发了起来。唉，要说惶恐也真是惶恐，要说害臊也确实害臊，总之，被拦腰斩断之后，后面就再也撑不下去，只得草草收场了。"

声称"成功"的第一次朗读会都是如此光景，那么倘若"失败"的话又还能怎样呢？稍一想象，便难免失笑。本猫振动起喉结，嗓子眼儿里发出了咕咕之声。此时，主人愈发温柔地抚摸起本猫的脑袋。嘲笑别人后能得到主人的恩宠自然不坏，却又不免心里发毛。

"这可真是飞来横祸啊。"新年新春的，主人却说了句丧气话。

"从第二次活动起，一定要加倍努力，发扬光大。今天登门拜访其实也正为此事，我们希望先生您能够入会并予以鼎力相助。"

"我可是绝演不来什么腹内绞痛的呀。"

凡事都持消极态度的主人劈口回绝。

"哪里话来，不必演什么肚子疼的。喏，这便是声援者名单。"

说着他从一个紫色包袱里郑重其事地取出一个小册子，打开后，铺在主人的膝盖前。"希望您在这上面签名盖章。"

本猫探头一瞧，见上面像模像样地写了一长串正走红的文人学者的大名。

"哦，倒也不是不能成为声援者，想问一下，成了声援者之后会有怎样的义务呢？"

牡蛎先生十分谨慎。

"倒也没什么特别的义务，只要签下您的大名，略表赞许之意也就行了。"

"既如此，我就加入吧。"

得知并无义务之后，主人陡然轻松愉快起来，他脸上的神色表示：只要没我的责任，哪怕是造反的联名状我也签。更何况能够置身于知名学者之列——虽说仅仅是嵌个名字进去而已，对于从未遇到过如此好事的主人来说无疑是一种无上的荣光，难怪他应允得如此爽快了。

"请稍等一下。"

主人起身去书房拿印章，本猫则"吧嗒"一声掉到了榻榻米上。

东风子抓起果盘里的一块蛋糕塞进了嘴里，闭着嘴一阵咀嚼，颇有些噎得慌，直令本猫回想起了早上的"年糕事件"。

主人拿着印章从书房里出来之际，也正是蛋糕落到东风子胃里之时。不过主人好像并未发觉果盘里少了一块蛋糕，倘若发觉，本猫定是第一嫌疑矣。

东风子回去之后，主人便踱进了书房，往桌上一看，见放着一封迷亭先生的书信，也不知是何时来的。

"恭贺新禧，大吉大利……"

如此毕恭毕敬的开头倒是前所未有的啊——主人心想。

迷亭先生的来信几乎都不怎么正经，例如，前些天的来信中就有这样的句子："自此以后，便再没邂逅可为之钟情之妇人，亦未曾收到任何名媛佳丽之情书，只是百无聊赖地打发时光而已，还望勿念为盼"云云。

与之相比，这封贺年之信倒是个合乎常规的意外。

"与吾兄之消极主义相左，在下欲以积极主义方针来迎接此次千古未遇之新年①，每天每日都忙得不亦乐乎。故本想登门道贺也终于未能成行，还望见谅……"

这是自然，那么贪玩的他，在新年里还能不忙吗？定然是忙得不亦乐乎的——主人内心十分认同迷亭君的说法。

"昨日偷得一时之闲暇，意欲招待东风子品尝橡面坊，无奈因食材告罄而未能如愿，实乃遗憾之至矣。……"

嗯，差不多就要故态复萌了——主人默然微笑。

"明日须赴某男爵之歌留多会②，后日有美学协会之新年宴会，再后日有鸟部教授欢迎会，再再后日是……"

真啰唆——主人将他一连串的活动安排直接跳过了。

---

① 指1905年1月1日，日军在日俄战争中攻克旅顺之事。

② 歌留多是一种日本式的纸牌，上面写着《百人一首》中的和歌。玩这种纸牌时，由一人吟诵某和歌的上句，对决者须迅速抢到对应的纸牌，最后，以得牌多者获胜。

"如上所述，谣曲会、俳句会、短歌会、新体诗会，凡此种种各会接踵而至，近日内，在下势必马不停蹄地忙于多方应酬，故不得已而以贺年之书替代登门志贺之仪，不恭之处万望见谅。……"

原本就用不着来吗——主人对着书信回答道。

"下次光临寒舍之际，意欲与尊驾共进晚餐，畅叙契阔之情。其实，鄙厨亦并无山珍海味，时下所念，似亦可以橡面坊进献。……"

又想用橡面坊来要人了，真是无礼的家伙——主人脸上略呈愠色。

"然而，因近来橡面坊食材断货，如若不及准备，其时或将以孔雀之舌而代之。……"

还有两手准备呐——主人来了读下去的兴趣。

"诚如吾兄所知，一只孔雀，其舌之量不及小指之半，为充健啖之吾兄胃囊……"

胡说！——主人不以为然地说道。

"非捕获二三十只孔雀而不可也。然虽于动物园或浅草花屋敷①可稀稀落落地见到几只孔雀，然此物却从不显身于普通活禽店，故在下正为此而苦心焦虑。……"

苦心也罢，焦虑也罢，不都是你自找的吗？——主人毫无感谢之意。

"此孔雀舌之料理于往昔罗马全盛之时，曾一度极为流行，在下素为其奢华风流之极致而大动食指，故还望谅察一二。……"

谅察个屁！笨蛋！——主人于此十分冷淡。

"时至十六七世纪，孔雀则已成为全欧洲宴席上不可或缺之美味。在下记得莱斯特伯爵于肯纳尔沃思堡宴请伊丽莎白女王②时，就曾用过孔雀。著名画家伦勃朗③亦曾在其表现宴会场景之画作中描绘过孔雀展

---

① 花屋敷是东京台东区浅草寺附近的游园地。
② 莱斯特伯爵（1532—1588），是伊丽莎白女王的宠臣，据说还是女王的情人。关于他在肯纳尔沃思堡宴请伊丽莎白女王一事，英国历史小说家司各特在其名著《肯纳尔沃思堡》中有精彩的描写。
③ 伦勃朗（1606—1669），荷兰著名画家。

开尾羽横陈于桌面之风姿……"

既然有工夫来写什么孔雀的料理史，可见也并非多么的繁忙嘛——主人不满地嘟哝道。

"总之，若像近日之宴饮频频，长此以往，即便在下尚属壮健，得患如同吾兄一般之胃弱亦为期不远矣……"

什么叫"如同吾兄一般"？何必以我的胃弱为标准呢？——主人嘟哝道。

"历史学家有云，罗马人每日都要设宴两到三次。每日均要两三次就座于满载佳肴之餐桌旁，如此则无论肠胃如何强健之人亦终将导致消化功能紊乱，进而如同吾兄一般而得患……"

又是"如同吾兄一般"，真是无礼至极。

"然彼等力求豪奢与卫生之两全其美，认为于贪享超常数量之美味的同时，亦须维护肠胃之常态，于是想出了一个秘法……"

噢，是何妙法？——主人的兴趣一下子被勾了起来。

"彼等进食后必入浴。入浴后则采用某种方法将之前所啖之物尽数吐出，以期清洁肠胃。胃部廓清之后，彼等又重回餐桌而饱餐美食，饱餐之后复又入浴吐出。如此这般，则既可尽情享用美食而又无损害内脏器官之虞，愚以为此法真可谓一举两得也……"

果然是一举两得啊——主人不禁脸呈羡慕之色。

"时值二十世纪之今日，交际频繁，宴饮机会之增多已自不待言，值此军国多事之秋，征露亦届第二年之际，余确信作为战胜国国民之吾人，其效仿罗马公民，研究入浴呕吐法之时机业已成熟矣。如若不然，则我伟大国民必于不远之将来而皆成如同吾兄一般之胃病患者矣。每念及此，在下往往暗自心痛不已……"

又是"如同吾兄一般"，真是个令人生厌的家伙！——主人暗忖道。

"值此重大时势之际，吾辈精通西洋文明者理应考究古史传说，重新发现此一久已失传之秘法，并将其应用于明治社会，如此，则既可收防患于未然之功德，又可回报平素逸乐之天恩……"

有些不对头啊——主人不禁偏过脑袋略表诧异。

"故而在下前些日子已广泛涉猎吉本①、蒙森②、史密斯③等人之著作，惜乎尚未探得端倪，实乃遗憾之至。然，正如吾兄之素知，在下一旦决定做某事，绝无中途放弃之理，此乃天性使然。故不久之后定将复兴呕吐之法。而发现此法之后定会即刻报告吾兄，特此告知。而上述橡面坊以及孔雀舌之宴请，似亦安排于此法发现之后为宜。如此，非独于在下方便，想必已患有胃弱之吾兄亦极为相宜也。草草不尽。"

什么呀，到底还是被他要了一道。只因为字面上还算规矩，故于不知不觉间从头至尾全都读完了。新年伊始，便搞了这么个恶作剧，可见迷亭那家伙还是闲得无聊啊——主人笑道。

之后的四五天都是平平而过，没什么值得一提的事情。养在白瓷盘里的水仙渐渐凋萎，插在瓶中的绿梅含苞待放。然而，整天就盯着这些而打发时光也未免太空虚无聊了。故而本猫也曾去探望过小花妹妹一两次，可都未能谋面。第一次大概是她出门了，第二次去时得知她卧病在床。因为那次本猫隐身于洗手钵里一叶兰的阴影中，听到了她家那位二弦琴师傅与女佣在隔扇里面的对话。

"小花吃饭了吗？"

"没呢，从早晨到现在水米不进，我烧热了被炉让她睡在上面呢。"

这是在说猫吗？简直是当人来照料的。

与自己的境遇相比较后本猫自然是羡慕得不行，可一想到自己心爱的异性猫能够得到如此厚爱，又觉得无比的欢喜。

"这可怎么好？不吃饭，身子只会更加虚弱呀。"

---

① 吉本（1737—1794），英国历史学家，著有《罗马帝国兴亡史》六卷，深度考察罗马衰亡的原因。

② 蒙森（1817—1903），德国历史学家，近代罗马史学奠基人。曾获1902年诺贝尔文学奖。著有《罗马史》《罗马国家法》等著作。

③ 威廉·史密斯（1813—1893），英国古典学者，《圣经》研究者、辞书编撰家。

"可不是嘛。别说猫了，即便是像我这样的，只要一天不吃东西，第二天肯定就没力气干活了。"女佣答道。

听她的口气，似乎猫是比她还要高贵的动物。当然了，在这个家里，猫的地位就在女佣之上，亦未可知。

"带她去看大夫了吗？"

"去了。可那大夫也是个不靠谱的。我抱着小花去他诊所，他问了句'怎么了？感冒了吗？'抓起我的手就号脉。我说'您搞错了。病人不是我，是她'，说着就让小花在我膝盖上坐好。他老先生听了，怪笑道：'猫的病，我也不懂。甭瞎操心，过几天自己会好的。'哪有这样说话的，您说气不气人。我一生气，便回了他一句'不看就不看好了，不过这可不是一般的猫！'抱起小花马上就回来了。"

"诚如此言。"

这句"诚如此言"在本猫家里可是听不到的。要说人家到底是天璋院的什么什么呀，不然怎会使用如此雅致的语言呢？——本猫不由得敬佩万分。

"她好像有点抽抽搭搭的……"

"是啊。一定是由于感冒后咽喉疼痛。因为只要得了感冒，无论是谁都会咳嗽的嘛……"

毕竟是天璋院的什么什么的女佣，说起话来竟然也拿腔拿调，文绉绉的。

"听说近来外面又闹开了肺病了。"

"就是嘛，又是肺病又是鼠疫的，这年头不断地添新病，叫人一点也大意不得啊。"

"凡是幕府时代所没有的新东西有哪件是好的呢？我说，你也要当心啊。"

"师傅说得是啊。"

女佣大为感动。

"要说她也不怎么出去瞎逛，怎么就得了感冒了……"

"这个嘛，师傅，您还不知道呢。最近她交上了坏朋友了。"

女佣就像是透露国家机密似的，说得那叫一个得意。

"坏朋友？"

"就是啊。那坏朋友不是别的，就是临街教师家那只脏兮兮的公猫啊。"

"教师？就是每天早晨都要出怪声的那位？"

"是啊。正是那个洗脸时定要发出勒死大鹅般的怪声的家伙。"

"勒死大鹅般的声响"——嗯，不错。形容十分到位。

我家主人有个毛病，每天清晨在浴室里漱口时，都会用牙刷捅自己的喉咙并毫无顾忌地发出怪声。那声音"嘎——嘎——"的，心情好的时候叫得特别带劲，心情不好的时候那就更难听了。也就是说，不管他心情好与不好，每天都会"嘎——嘎——"乱叫。听夫人讲，搬来之前他是没有这个毛病的，自从某天突发神经之后，就一天也不中断了。真是令人讨厌的坏毛病，为什么这种事情他倒能极有毅力地坚持不懈呢？本猫简直无法想象。

那女佣说说这个倒也罢了，可所谓"脏兮兮的公猫"云云的酷评也太尖酸刻薄了吧。本猫不由得竖起了耳朵。

"发出那样的怪声或许是某种咒语，谁知道呢？不过，维新之前，无论是管家还是提草鞋的，都是各有规矩，各安本分的。所以在武士的居住区里，是决不会有人像他那样洗脸的。"

"您说得太对了！"

女佣深为折服，尽情挥洒着感叹词。

"主人既然如此，那猫定然也不是什么好货。大概也就是只野猫吧。倘若他下次再来，你可得敲打敲打他。"

"我当然要揍他的。小花的病肯定就是他带来的，我一定要为小花报仇。"糟了！不白之冤从天而降，是非之地远离为上——所以最后也没见着小花妹妹一面，本猫就灰溜溜地回来了。

到家后，见主人正端坐书房，做执笔沉吟状。本猫心想，倘若将在二弦琴师傅家听来的议论学舌一番，主人定会勃然大怒的吧。如今倒好，有所谓"耳不闻，心不烦"，本猫不想多事，主人也尽可以哼哼唧唧地装什么圣洁诗人了。

就在此时，那位说什么忙得分身开不开，特意写来贺年书信的迷亭君却飘然而至了。

"在作新体诗吗？有好作品一定要让我拜读一下哦。"他说道。

"非也。看到了一篇好文章，正琢磨着将其翻译出来呢？"主人字斟句酌地说道。

"好文章？谁的好文章？"

"不知道是谁写的。"

"无名氏？嗯，无名氏的文章中也有很多佳作，不可小觑啊。哪里看到的？"

"《第二读本》^①。"

"《第二读本》？《第二读本》又怎么了？"

"我是说，我要翻译的那篇名文就收在这《第二读本》里的。"

"说笑了吧。想借此来报那孔雀舌的一箭之仇，嗯？"

"与你老兄不同，我可不喜欢信口开河啊。"

说着，主人捻了捻胡须。泰然自若，气度雍容。

"从前，有人问山阳^②，说先生您近来可有佳作，山阳便拿出马帮的催款书，说，要说近来的佳作，就只有这个了。你老兄的审美眼光说不定也是别具一格的。读来听听，我给评论评论。"

迷亭先生拿出审美行家的派头说道。

---

① 指英语教科书，即《第二册英语读本》。
② 赖山阳（1780—1832），日本江户时代的著名学者、历史学家、汉诗人，著有《日本外史》等著作。

于是主人便以禅师诵读大灯国师①之遗训的声调读了起来。

"巨人，引力。"

"什么意思，'巨人引力'的？"

"标题就叫'巨人引力'。"

"好怪异的标题。什么意思？我不懂啊。"

"就是一个名叫'引力'的'巨人'的意思。"

"哦，有点拗。不过呢，既然是标题，也就算了。还是快点念正文吧。你老兄的嗓子好，听着十分受用。"

"可别打岔哟。"主人先叮嘱了他一声，然后继续读了起来。

　　　肯特眺望窗外。见一群小孩正在抛球玩耍。他们将球朝空中抛去。球不断地往上升，过了一会儿又落了下来。于是他们又将球高高地抛了上去。如此这般，重复了三次。每次抛上去后球都会落下来。为什么会落下来呢？为什么球不会一直飞到天上去呢？——肯特问道。

　　　"因为地底下住着个巨人。"他妈妈答道。

　　　"他就是巨人引力。他非常厉害。他会将所有的东西都拖往自己一边。他将房子拖在了地上。如果他不拖住，房子就会飞走的。小孩子也会飞走的。你见过树叶掉落吧。那就是巨人引力召唤他的结果。书本不也会掉落吗？那也是巨人引力在喊它过去的缘故。球升到空中。巨人引力也叫它回来。一叫，球就落下来了。"

"就这么点吗？"

"嗯。怎么样，写得不错吧？"

---

① 大灯国师，即宗峰妙超（1282—1337），镰仓末期临济宗高僧。1326年开创大德寺，继承南浦绍明之法，在五山之外确立纯禅之宗风。谥号大灯国师。

"啊呀，我这下算是领教了。想不到'橡面坊'一说在这儿得到了回敬，简直是黑虎掏心啊。"

"什么回敬不回敬的，确实是觉得不错我才翻译的。怎么？你不觉得好吗？"

主人一直看到对方金丝边眼镜的背后。

"真是人不可貌相，没料到你老兄还有这一手啊。今天可真是领教了。服了！服了！"

他独自感叹不已，独自喋喋不休。然而，主人对此却毫不领会。

"我无意折服你。只是觉得此文绝佳，就略略翻译了一下而已。"

"不，有意思的。非如此则不显真神了。厉害。佩服。"

"有什么好佩服的。我只是近来放弃了水彩画，想弄些文字而已。"

"这哪是远近无别、黑白不分的水彩画所可比拟的？钦佩之至。"

"你要这么夸奖，我可要热血沸腾的哦。"

说来说去，主人依然跑在岔道上。

此时，寒月君来了，嘴里嚷嚷着什么"前些天真不好意思"。

"啊呀，久违了，久违了。刚刚面聆了旷世名文，已将'橡面坊'之阴魂斩草除根了。"

迷亭先生没头没脑地说道。

"哦，是吗？"这位也不明不白地搭着腔。唯有主人淡定如初，波澜不惊。

"你介绍的那个叫越智东风的，前些天来过了。"

"哦，他来了吗？这个叫越智东风的家伙虽然耿直爽快，却也有那么一点古怪，所以我还担心会不会给您添麻烦呢。可他一个劲儿地求我，说一定要介绍，所以就……"

"没给我添什么麻烦……"

"来这里后，他有没有解释自己的名字呢？"

"没有啊。没说起这个嘛。"

"是吗？那家伙有个毛病，无论到哪儿，都会对第一次见面的人大讲特讲自己的名字的。"

"讲些什么呢？"唯恐天下不乱的迷亭君不失时机地插嘴道。

"人家如果用音读来念他名字中的东风①，他会十分在意……"

"怎么说？"迷亭先生从他那金唐革②的烟荷包中捏出了烟丝。

"他必定会说'我的名字不是越智东风（oti touhu），是越智（oti）koti 的。"

"怪哉！"迷亭君将云进牌烟丝的烟一直吸到了肚子底下。

"这完全是出于文学热情啊。将东风读成 koti 的话，他的名字就跟'远近③'一样了。不仅如此，这样读的话，他那名字还十分合辙押韵，故而暗自得意。而将'东风'两字念成音读的话，就全然体现不出来了。所以他要事先告诉别人自己名字的读音，也等于在说'你可不要辜负了我在名字上所下的一番苦心哦'。"

"如此说来，此人确实有些古怪。"

迷亭先生乘势将吸进肚子里的云井之烟一直返回到鼻孔。途中，烟雾也曾迷茫彷徨，在喉咙口逗留了片刻。他老先生手握着烟管"吭吭吭"地咳了起来。

"上次来的时候，他说起在朗读会上扮演船夫结果遭到女学生们的嘲笑。"主人笑道。

"哦，对了，对了。"迷亭先生用烟管敲打起膝盖头。本猫感觉危

---

① 日文汉字一般有音读和训读两种读法，音读接近于汉语的发音，训读则是日本固有的发音。什么时候读音读什么时候读训读一般来讲是个约定俗成的问题，但名字是个例外。名字中的汉字读法是自家规定的，外人不知道就会读错。"东风"出现在文章里，一般都用音读，即"touhu"，但越智东风的"东风"偏偏是训读，即"koti"，所以别人老是读错，他也老爱在这上面跟人较真。

② 金唐革，一种制革工艺，表面有凸起的图案，并泥金施菜。用作烟荷包一般是带有烟管的。

③ 读音为oti koti，跟越智东风的训读读音一样。古语，意思是"远近、这里那里、未来和现在"等。

险，赶紧将身子偏离开了些。

"那个什么朗读会。前些天请他吃'橡面坊'的时候他就说起过了。说什么第二次一定要搞得更加盛况空前，还要我也非参加不可呢。我就问他，下次也搞近松的世态剧①吗，他说不，下次要搞新人的作品，准备搞《金色夜叉》②了。我就问，你演什么角色，他说，我演阿宫③。东风演的阿宫一定很有意思，对吧。我正寻思着非要前去喝彩不可呢。"

"一定十分好看吧。"寒月君笑得有些不怀好意。

"可是，不管怎么说，他可是十分诚实的，毫无轻薄之处。这可是与迷亭之流大相径庭啊。"

主人以一箭而同时报了安德烈·德尔·萨托＋孔雀舌＋橡面坊之三仇。

迷亭君不痛不痒，没心没肺地笑道："反正我这种人就是'行德之俎'④罢了。"

"嗯，也就是这么回事儿吧。"主人说道。

事实上主人并不理解"行德之俎"这句话，可他教书的经验丰富，不露声色地就糊弄过去了——教学经验竟也能如此这般地应用到社交场合！

"'行德之俎'是什么意思啊？"

寒月傻傻地问道。主人望着壁龛说道："那水仙还是我年底洗澡回来时买的，插上后竟一直开到现在，真耐看啊。"

他硬生生地将"行德之俎"摁了下去。

"不提年底倒也罢了，说起年底我在去年年底可真遇上了一件离奇

---

① 世态剧，表现人情世态的剧目，与时代剧、新剧相对应。
② 《金色夜叉》，是明治时代日本作家尾崎红叶的代表作品。于1897年1月1日至1902年5月11日之间，在《读卖新闻》上连载。但未连载完作者就过世了，成了一部未完成的小说。
③ 阿宫是《金色夜叉》中女主角，与男主角青梅竹马却贪图富贵嫁入豪门，后因追求真爱而想重收覆水，却又被男主角所唾弃。
④ 这是个冷僻的日语俗语。意为"死猪不怕开水烫"。下文说到，主人对此话也不甚了了，只好糊弄过去。

古怪之事哦。"

迷亭先生说着像耍杂技似的将手里的烟管转得飞快。

"遇上什么事了？快说给我们听听。"

主人长出了一口气，似乎"行德之俎"已被抛得老远，丝毫也不构成威胁了。

迷亭先生所谓的"离奇古怪"，其实就是这么回事。

"记得那是去年年底二十七日那天的事情。东风先生先来了个通知，说是要登门拜访，面聆有关文艺之高论，望我务必在家等候。于是我便从一大清早起就在家里坐等。可等来等去却怎么也不见他老先生上门。吃过了午饭，我坐在炉子跟前读巴里·潘恩①的滑稽小说。这时，我母亲从静冈老家寄来了家信，拆封一读，不由得一阵感叹，心想上年纪之人无论到什么时候也总是拿我当小孩子看待的。你看，信一开头就说什么数九寒冬夜间不要外出啦，洗冷水浴可以，但要生好炉子，让屋子里暖和起来，否则定会感冒云云，诸如此类，琐琐屑屑，反复叮咛。要说还是母亲真心疼我啊，旁人怎会如此用心呢？——我素来不拘小节，而此刻却甚为感动。心想就为了她老人家，我也不能老这样无所事事，虚度光阴啊。一定要写出惊世之作来荣宗耀祖，光耀门楣。甚至升起了万丈豪情：定要在母亲的有生之年，让天下人都知道明治文坛上有我迷亭先生这么一号人。

继续读下去，见母亲写道：'你实在是一个幸运之人。时值我国与俄罗斯开战之际，年轻人全都在为国辛劳之时，年终岁末的，你却轻松自在，像过新年一般只知道玩乐。'——尽管我的行迹略显荒唐，可也不像母亲想象的那样耽于玩乐啊——在其后，母亲还列了我小学时代的朋友中，在此次战争里的战死者、负伤者的名单。一个个地读着这些名字，不知不觉间我感到内心一阵凄惶：世道竟是如此的无情，人生竟是如此的无常。在信的末尾，母亲写道：'我年事已高，吃年糕汤贺新

---

① 巴里·潘恩（1864—1928），英国幽默作家。

春恐怕也仅此最后一回了'……这些叫人惶恐不安的话看得我愈发郁闷了，只盼望东风先生快点来，可他老先生就是不来。

一来二去的已到了吃晚饭的时间，我心想还是给母亲写封回信吧，于是就提笔写了十二三行文字。家母的来信长达六尺^①，不过我是绝没有这种本事的，一般总是在十行之内草草完事。

由于一整天都没怎么活动，感觉胃里不太舒服。便存了个东风若来就让他坐等的心思，自己则外出寄信顺便散散步。

与往常不同，这次我没往富士见町去，鬼使神差一般竟朝着土手三番町^②的方向走去了。此时已是傍晚时分，天空中阴沉沉的，干燥的寒风从河对岸一个劲儿地刮来，冷得不行。从神乐坂^③方向开来的火车'呜——'的一声长鸣从河堤下飞驰而去。此情此景，让人大感落寞、悲凉。岁暮、战死、衰老、人生如梦、世事无常，这些念头在我脑海中如同走马灯一般一遍遍地转悠着。我突然想到，老有人上吊，恐怕就是在如此心境下而被勾起轻生念头的缘故吧。说来也巧，我抬头朝河堤上一看，发现自己不知何时已经来到那棵松树的底下了。"

"那棵松树？哪棵松树？"主人插嘴问道。

"就是上吊之松呗。"迷亭缩了缩脖子，答道。

"上吊之松，不是在鸿台吗？"寒月也来推波助澜。

"鸿台那棵是挂钟之松树^④，土手三番町这棵才是上吊之松。为何会有如此古怪之名呢，那是自古便有传闻的，说凭你是谁，只要来到这棵松树底下，都会想上吊的。河堤上的松树有好几十棵，可有人想上吊而前来物色时，最后总会挂在这棵松树下。那种景象，一年之中总会出现两三次吧。走到别的松树下就不会想上吊，非这棵不可。我抬头一看，

---

① 当时日本的书信还是用毛笔写在卷纸上的，不分页，故内容越多，纸也就越长。

② 土手三番町，是东京的地名，在千代田区。

③ 神乐坂，东京地名。

④ 鸿台是千叶县市川市江户川东岸的一个小山丘。传说中古时代足利义明与北条氏纲打仗时，足利义明一方曾将慈云寺里的梵钟拿来挂在此处的一棵松树上，用作打仗时的阵钟。

那松树上有一根树枝施施然地伸向大道，那姿态，那形状真可谓是恰到好处。不挂点什么就让它这么白白地伸着真是太可惜了。怎么着也得挂个人才好吧，有没有人来呢？——我环视四周，不巧的是，周边一个人也没有。没办法，要么把我自己挂那儿吧。不可，不可，我自己挂上去焉有命在？太危险了，还是算了吧。

不过我也听说在古希腊是有人以模仿上吊的方式来给宴会助兴的。说是一人登上踏台将脖子伸进绳扣里，而旁人立刻上前将踏台踢翻。而上吊之人在踏台被踢翻的同时，立刻松开绳子跳下来。果真如此的话，倒也并不怎么可怕，我也不妨试上一试。于是便伸手搭上树枝将其拉弯。树枝的弯曲程度恰到好处，十分符合审美要求。一想到将脑袋挂上去后那飘飘荡荡的模样我就喜不自胜。正当我欲罢不能，非一挂而不可的时候，却又想到要是东风来了在家里干等着也实在是过意不去的。便决定先遵守约定跟东风把事儿给谈了，然后再到此处来上吊。所以我就回家了。"

"怎么着？这就'皆大欢喜①了'？"主人问道。

"有点意思啊。"寒月嘿嘿地笑道。

"回到家里一看，发现东风还是没来。不过他写来了一张明信片，说是'今日俗务缠身不得外出，改日面晤，畅叙衷情'。这下子我倒放心了，心想这下子总算可以毫无牵挂地去上吊了。我立刻趿拉着木屐赶回那里，一看……"

说到这里他卖起了关子，紧盯着主人和寒月的脸装傻充愣，却不往下说了。

"一看又怎么样了呢？"主人有些心痒难挠。

"噢，渐入佳境了。"寒月拨弄着外褂的丝绦说道。

"一看，见已有人抢先挂在那儿了。前后也只相差那么一步，就这么叫人抱恨终身啊。现在想来，当时，死神确实已经上了我的身。要让

---

① "皆大欢喜"是江户说书人在故事结束后所说的套话。主人说这话表示"你的故事就这么结束了吗？"

詹姆斯①来说的话，那就是并存意识下之幽冥界与我所存在的现实界是依照某种因果律而相互感应的。你们看，这世上还真是无奇不有啊。"

迷亭一脸的严肃，装傻装得十分彻底。

主人心想又被他要了一道，他一声不吭地抓起空也饼②塞进嘴里一阵"吭哧吭哧"地猛嚼。

寒月十分仔细地抹平了火盆里的灰，低头暗笑。不一会儿，他以极其平静的口吻说道："是啊。你这故事听来也太过离奇，有些叫人难以置信。不过呢，我最近也经历了一桩相类似的怪事，所以我对你所说的一切，倒是一点也不怀疑的。"

"啊呀，你也想要上吊过吗？"

"非也。我可不是什么想上吊。这事儿也发生在去年年底，说起来还与你那故事是发生在同一天，同一时辰的，所以就更让人觉得不可思议了。"

"这倒有趣得紧啊。"说着，迷亭也大嚼起空也饼来。

"那天向岛③的一位朋友在家里举办忘年会④兼合奏会，我也带上小提琴去了。那可真是个盛会啊，有十五六位小姐、太太出席，诸事完美，可谓是近来少有的快事。晚餐用过，合奏结束，大家便开始天南海北地闲聊。此时，夜已经很深了，可就在我要告退回家之际，某博士的夫人来到我身旁小声问我道：'××小姐病了，您知道吗？'我大吃一惊，因为两三天之前遇见时，那位小姐还一如平常，丝毫没有任何不适之状。我忙问其详情，说是就在与我见面那天的晚上突发高烧的，口中还不断地说着胡话，胡话中还不时出现我的名字。"

此时，别说主人了，就连迷亭先生也没用"交情非同一般"之类的

---

① 詹姆斯（William James 1842—1910），美国心理学家和哲学家，美国机能主义心理学和实用主义哲学的先驱，美国心理学会的创始人之一。
② 空也饼，一种有馅儿的糕团一般的日本点心。
③ 向岛，地名，在东京都墨田区，偶田川东岸。
④ 忘年会，在年底举办的聚会，以此来忘掉一年里的烦恼，迎接新年。

陈词滥调来打趣，全都做一本正经的洗耳恭听状。

"请大夫来看后，大夫说，虽不知道是什么病，但眼见的是高烧影响了大脑，如果吃了安眠药还不奏效的话人就危险了。我一听到这一诊断，内心便腾起了一种不祥的预感。只感到一阵梦魇般的窒息，仿佛周围的空气全都变成了固态并从四面八方朝我挤来。回家路上我的脑袋也全被这事给占满了，痛苦不堪。那位如此美丽动人、如此活泼开朗、如此健康的××小姐，竟会……"

"慢来，慢来。从一开始你就说××小姐，到现在已经听了两遍了，倘若没什么不便的话，能否请教其芳名？"

迷亭说着回头看了一眼我家主人，主人也含含糊糊地"嗯"了一声。

"啊，对不住得很，唯恐有碍对方之清誉，这一点恕难从命。"

"那么，你是想就这样暧暧然、昧昧然地讲下去吗？"

"请勿哂笑，这是一件严肃的事情……总之，一想到那位小姐突然得此怪病，红颜薄命，飞花落叶之感慨便充塞我胸，仿佛浑身的活力一齐罢工了一般，萎靡不振，腿脚无力，踉踉跄跄地挨到了吾妻桥①。斜倚栏杆朝桥下望去，也不知河中此刻是涨潮还是退潮，只见成片的黑水快速地流动着。这时，从华川户②方向来了一辆人力车，飞快地跑过了人桥。我目送车灯远去，只见亮光渐渐地变弱变小，最后消失在札幌啤酒的标志牌处。接着，我又注视水面。这时，从遥远的上游方向传来了呼唤着我名字的声音。怪哉！半夜三更的怎么会有人喊我呢？到底会是谁呢？我定睛凝神朝水面望去，但前方一片漆黑，什么都看不见。一定是心理作用。还是赶紧回家吧——我拿定了主意。可刚迈出了一两步，却又隐隐约约地听到有个声音在喊着我的名字。我站定脚跟，侧耳细听。等到第三次听到叫我名字的声音时，尽管我已经抓紧了桥栏杆，但还是禁不住膝盖'咯咯'地打战。那声音似乎很远，又似乎发自河底，但毫无疑问的是，就是××小姐

① 吾妻桥，架在隅田川上的一座大桥，连接东京都台东区的浅草和墨田区的吾妻桥地区。
② 华川户，东京都东台区的地名，位于隅田川西岸。

的声音。我竟然不知不觉地'嗳'地答应了一声。我的应声很响，在寂静的水面上引发了回响，将我自己吓了一大跳。我浑身打了个激灵，急忙环视四周。可四周既无人又无狗，连月亮也没有。此时，我已完全被裹进了'夜'之黑暗中心，内心蠢蠢欲动，极想去那个发出喊声的地方。而××小姐那如怨如慕，如泣如诉，又似呼救一般的喊声仍在不断地叩击着我的耳膜。于是我便回答了一声'马上就来'从栏杆处探出半个身子朝漆黑的河面望去。越听我越觉得这声音是从水波之下十分艰难地冒上来的。就在这下面——我看准了一处之后便站到了栏杆之上。我下定了决心：再有喊声传上来时我便纵身一跃！我瞪大眼睛凝视着河中的流水，这时，那细如游丝般的声响果真又浮了上来。'罢了！'我用尽全身的力气往上一蹿，然后就像一颗小石子一般十分干脆利落地掉了下去。"

"你投河了？"主人眨巴着眼睛问道。

"会发展到如此地步，还真没想到啊。"

迷亭捏了一把鼻尖说道。

"跳下之后我就失去了知觉，如同身处梦中一般迷迷糊糊的。不一会睁开眼来一看，发现身上虽然有点冷，却一点也不湿，也没有呛水的感觉。我确实是跳下去的，怎么会这样呢？我百思不得其解，不由得朝四周观望一番。这一看却令我大吃一惊。我原以为是跳到河里了，可不知怎么搞的却跳到了大桥的中央。这可真是个天大的遗憾啊。就因为在前后方向上出了这么一丁点差错，竟使我无法到达发出喊声的地方了。"

寒月嘿嘿地笑着照例摆弄他那件外褂上的丝绦玩。

"哈哈哈，有趣。妙就妙在与我的经历有相似之处。嗯，这同样能成为詹姆斯教授的案例。倘若以《人之心灵感应》为题写上一篇写生文①的话，定能震惊文坛啊。……哦，对了，那位××小姐的病，后来怎么样了？"

---

① 写生文，忠实地描写所观察到事物的文章。是明治中期正冈子规借鉴绘画方法而提倡的一种散文样式。

迷亭先生刨根问底地问道。

"两三日之前去拜年的时候，我看见她在院子里跟女佣拍毽子呢。应该是痊愈了吧。"

一直沉思不语的主人此时终于开口了："我也有啊。"

颇显不甘人后之意气。

"你也有？你有什么？"

迷亭的眼里自然是从来就没有我家主人的。

"我所遇到的事情也发生在去年年底。"

"大家都在去年年底这一点上不谋而合，倒也奇妙得很啊。"

寒月笑道。他那豁了个口子的门牙上还黏着空也饼的碎屑。

"也在同一天，同一时辰吗？"

迷亭打趣道。

"不，不是同一天。约莫是二十日那天吧。内人提出，算是过年的礼物，要我带她去听摄津大掾①。我想她既然开了口倒也不妨带她去听听，就问她今天演哪一出，她查了一下报纸说是演《鳗谷》②。我说我不喜欢《鳗谷》，今天就算了，改天吧。第二天内人拿着报纸来说，今天演《堀川》③总可以了吧。我说，《堀川》主要是三弦戏，光热闹没干货，不听也罢。内人听了，嘴噘得老高，下去了。再过一天，内人说：'今天是《三十三间堂》④，摄津的《三十三间堂》我可是非听不可的。或许你也不喜欢，可为了让我听，一起去一趟也未尝不可吧。'话说到这个地步，就相当于最后通牒了。我说：'你这么想听就一起去听好了。但

---

① 竹本摄津大掾，本名二见龟次郎（1836—1917），是明治时期唱义太夫调的名人。义太夫调是净琉璃（配合说唱的木偶戏，用三弦伴奏）的流派之一，由竹本义太夫首创，到了明治时代已十分盛行。这里所说的"去听摄津大掾"其实就是指"去听竹本摄津大掾演唱的义太夫调之净琉璃"。

② 《鳗谷》，是净琉璃《樱锷恨蚊鞘》中《鳗谷八郎兵卫内》的一段。

③ 《堀川》，是净琉璃《近顷河原达引》中《堀川》一段。

④ 《三十三间堂》，净琉璃《三十三间堂由来》之简称。

既然是告别演出，场内定然是客满的，心血来潮急急地赶了去估计难以入场啊。按说呢，去这种场所通常都是要通过茶屋^①居中斡旋，代为订票的，这是正常的手续，跳过了这一环节就违背常规了，很遗憾，今天还是算了吧。'话音未落，内人双眼一瞪，道：'我是妇道人家，不懂这些繁文缛节。可是，大原的母亲，还有铃木家的君代姐也没办什么正规的手续，不也都听得好好的吗？就算你是个教师有那么点与众不同，看一场戏也未必非要弄得如此麻烦吧。'说到最后，她的话音已经带有哭腔了。'好吧，好吧。不管看得成看不成，去就是了。吃过晚饭坐电车去。'——我举双手投降了。可内人的气焰却陡然高涨了起来，说：'要去的话，就非得在四点钟之前赶到。照你这样磨磨蹭蹭的可不行。''为什么一定要在四点钟之前赶到呢？'我反问道。内人说是铃木家的君代姐教她的，不这么早赶去占位子到时候是进不了场的。'这么说，过了四点钟就不行了，是吗？'我确认道。她说：'是的，肯定不行。'可就在此时，怪事发生了。好端端的身上竟突然发起冷来了。你说怪不怪？"

"是夫人吗？"寒月问道。

"哪能呢？她精神头儿足着呢。是我呀。我突然觉得自己像漏了气的气球一般萎缩了，与此同时，头晕眼花的，身子也动弹不了了。"

"这是急病啊。"迷亭给加了个注释。

"啊呀，这下可糟糕了。内人一年也就求我这么一次，我可是一定要满足她的。我平时要么呵斥她，要么不理她，家务都是她担着，孩子也由她带着，洒扫炊作，一年到头马不停蹄的，我可从未犒劳慰问过她。难得今天得暇，囊中又并不羞涩，带她去听听戏原是毫无问题的。内人急切想去，我呢，也极想带她去，可我这么浑身发冷，别说坐什么电车了，就连下地穿鞋都做不到啊。啊，真遗憾，真是太遗憾了——就在我这么寻思的当儿身上似乎冷得更厉害了，头也更晕了。考虑到早

<hr>

① 这里的茶屋不是一般的茶馆，而是"芝居茶屋"的简称。这是一种剧院附设的茶馆，为观众提供购票、引领、休息、饮食等方面的服务。

一点请大夫来看，早一点服药的话，或许还能在四点钟之前痊愈呢。于是我就跟内人商量，去请甘木医学士出诊，可不巧的是甘木医生昨晚当班，还没从大学回来呢。说是要两点来钟回来，回来后马上就让他过来。真是束手无策啊。倘若马上有点杏仁水①喝喝，四点钟之前也定然会痊愈的吧。唉，人不走运的时候真是做什么都不如意啊。本想偶尔看看内人的笑脸也好安慰一下自己，看来又要泡汤了。此刻内人的脸色已经很难看了，问我是否又去不成了。我说要去的，一定要去的。四点钟之前肯定会好的，你尽管放心，你先去洗脸换衣服吧。我嘴上这么说，心里却感慨万分。这时，身上冷得更加厉害，头也更晕了。内人是个心胸狭窄的妇道人家，倘若我不能履行在四点钟之前痊愈的承诺，谁知道她会干出什么事来呢。情势每况愈下。该怎么着才好？我突然想到，不怕一万就怕万一，不若现在就将'天有不测风云，人有旦夕祸福'的道理讲给内人听，好让她有个思想准备。这也是丈夫对妻子的应尽义务啊。于是我就赶紧将内人叫到书房里来。跟她说：'你虽是妇道人家，西谚所谓 many a slip 'twixt the cup and the lip② 大概也是懂的吧。'不料她听了大为光火，说：'这种螃蟹一般横爬的文字，我才不懂呢。你存心不良，明明知道人家不懂英文，偏要用英文来取笑人家。好吧，既然你这么喜欢英文，为什么不娶个耶稣学校③的女学生回来呢？反正我是弄不来英文的。哼！没见过你这么冷酷无情的。'她气势汹汹的这一顿抢白，将我好端端的一个计划硬生生地给拦腰斩断了。在你们面前我可得辩解两句，我当时突然嘴里冒出英语来其实毫无恶意，完全是出于对妻子的挚爱，可要像内人那么理解那我可就真的无地自容了。再说，也是由于我身上发冷脑袋发晕搞得心乱如麻才急着想要灌输'天有不测风

---

① 杏仁水，一种镇咳、祛痰的汉方药。
② 直译是"杯到嘴边还会失手"，可引申为"世事往往会功亏一篑"或"煮熟的鸭子也会飞走"等意思。源自希腊神话。
③ 耶稣学校，即用英语授课的教会学校。

云'的理念的，一着急就把内人不懂英语这事给忘了，所以才会那么脱口而出。说到底，这自然还是我不对，是我把事情给搞砸了。遭受如此挫折之后，我觉得身上更冷，脑袋也更晕了。此刻内人听从了我'洗脸、更衣'的指示，跑到浴室里光着膀子又洗头又抹一阵忙活，随即又翻箱倒柜地找了件上好的和服穿上，完全是一副严阵以待、随时都能出门的架势。然而，我的心里却是七上八下乱作了一团。甘木君，你快来吧！——我焦急地瞄了一眼时钟，见已经三点了，到四点只有一个钟头了。'差不多该动身了吧？'内人拉开书房门探头进来问道。

要说我夸赞自己的老婆似乎有些可笑了，可当时我确实觉得自己从未注意到内人竟有如此之美。光了膀子用肥皂搓洗过的肌肤晶莹光泽，在黑色绉纱外褂的映衬下更显得娇媚动人。再看她脸上，在肥皂和期待着听摄津大掾的双重作用下，从有形与无形这两方面都显得熠熠生辉，光彩照人。我当下拿定主意：无论如何也要满足她的要求，一定要与她同去听摄津大掾。好吧，那就发愤振作吧——等我抽完一支烟，甘木医生终于到了。

好！按部就班，一步不落。然而，说到我的身体状况可就有点出人意料了。甘木医生看了看我的舌头，捏了捏我的胳膊，敲了敲我的前胸，抚了抚我的后背，翻了翻我的眼皮，摩了摩我头盖骨。之后，他沉吟了半晌。

'情况总是不妙啊！'

我这话刚一出口，他便缓缓地说道：

'不，无甚大碍。'

'我说，他这样子出门一趟也不要紧吗？'内人问道。

'不要紧。'

甘木医生答道。随即他又沉吟起来了。

'只要不觉得难受……'

'难受啊。'我说道。

'好吧。我给你开一帖顿服①和药水吧。'

'噢,可我总觉得有些危险啊。'

'不,没什么可担心的。请不要神经过敏。'

说完,甘木医生便回去了。

此时,三点半已过。我让女佣去取药。女佣在内人之严令下,飞奔而出,飞奔而回。四点不到十五分。或者说到四点之前还有十五分钟呢。然而,直到四点缺十五分为止我还是好端端的,此刻却突然打起了恶心。内人将药水倒入茶碗放在了我的面前,我端起茶碗刚要喝,胃里发出了'咯——'的一声呐喊。没奈何,我只得放下了茶碗。

'你倒是快喝呀!'内人在一旁苦苦催逼。

是啊,快点喝下,快点出门啊。否则就太不合情理了嘛。我一咬牙猛地端起茶碗来,可茶碗刚刚碰到嘴唇边儿,那一声'咯——'又不依不饶地冒了上来,于是我又只得放下了茶碗。端起,放下;放下,端起。几次三番之后,客厅里的挂钟'当、当、当、当'地敲了四下。啊,四点了,不能再磨蹭了——我又端起了茶碗。

嗨,事情就这么怪。你们猜怎么着?钟一敲四点,恶心立刻停止,药水也就轻而易举地喝了下去。而到了四点十分的时候,后背不再发冷了,脑袋也不晕了,所有的不适全都烟消云散,当初以为站都站不起来的急病,竟然一下子全好了。我这才理解为什么说甘木医生是一位名医了。真是令人欣喜万分啊。"

"那么,你们后来去歌舞伎座②了吗?"

迷亭问道,可他脸上的表情分明在说"最要紧的你还没说啊"。

"我倒是想去,可'过了四点就进不去了'可是内人她自己声明的。没办法,只得作罢了。要是甘木医生能早来那么十五分钟,那么我便能尽到义务,妻子也就心满意足了。唉,就差这么十五分钟,便酿成了一

---

① 加大剂量一次服用的药物。

② 歌舞伎座,演歌舞伎的剧场。这里是专指位于东京都中央区银座的剧场。

大憾事啊。现在想起这事儿，我仍觉得当时可真玄乎啊。"

讲完之后，主人怡然自得，一副义务已经尽到的姿态。或许他以为如此一来，自己在两位跟前就也保住颜面了吧。

寒月照例露出豁口的门牙笑道："是啊。真是一大憾事啊。"

迷亭则一脸的假正经，自言自语道："尊夫人有你这么一位体贴的丈夫，真是无比幸福啊。"

"嗳哼"——从纸糊的隔扇里面传来了夫人的清嗓声。

本猫不动声色地将他们三人的故事听了个遍，既不觉得可笑，也不觉得可叹。心想人类真是没用，为了消磨时间，只会一个劲儿地磨嘴皮子，为毫不可笑之事而发笑，为穷极无聊之事而开心。尽管本猫早就知道主人是个任性、偏狭之人，但由于他平时沉默寡言的，故而颇有些难以捉摸之处，倒也让本猫畏惧他那么几分。可听了他刚才的这一番胡扯，不由得顿起轻蔑之心。为什么他就不能听了两人的故事后保持沉默呢？不甘人后地跳出来编排些愚不可及的狡辩又于己何益呢？难道爱比克泰德在书中写过必须如此的吗？不得而知。

总而言之，主人、寒月还有迷亭君这三人都是遁世之逸民，如同丝瓜一般随风摆动，总是装出一副超然物外的清高模样，其实满不是那么回事儿，非但有世俗之烦恼并且贪欲深重。争强好胜之念在其日常谈笑之间也时有闪现，倘若再进一步，则与被他们平时贬损为俗物的家伙成为一丘之貉了。在吾辈猫类看来，简直是可怜之至。唯其言谈举止与一般的"半瓶子醋"稍有不同，尚不带陈词滥调之腐酸，可谓是略有可取吧。

想到此，骤然觉得三人的谈话无聊至极，倒不如去探望一下小花妹妹为好。于是本猫来到了二弦琴师傅家，并绕到了院子的大门口。眼下已是正月初十，门松和注连绳①都已撤掉了。深邃高远的天空中万里无云，明媚的春光普照天下四海。不足十坪的庭院之中的景象也与初承元

---

① 门松和注连绳，即松树枝和绳子，都是日本新年里装饰在大门上的传统装饰物。

旦曙光之时大不一样了，好一派春意盎然，生机勃勃。檐廊处有一个蒲团，却不见人影，隔扇关得紧紧的，也不知师傅是否去洗澡了。师傅在不在家倒没什么关系，反正本猫只挂念小花妹妹的身体状况是否好转。

由于四处静悄悄的不像有人的样子，故而本猫也不管脚上带不带泥直接就上了檐廊。本猫横身往那蒲团上一躺，感觉极其舒服，不由得迷迷糊糊地打起盹来，竟将小花妹妹忘到了九霄云外。

正当本猫懵懵懂懂的当儿，突然听得隔扇里面有人在说话。

"啊，你受累了。做好了吗？"原来师傅在家。

"啊，是的。我回来晚了。我到佛像店的时候说是刚刚做好。"

"是吗？快让我看一下。啊，真漂亮。这下子小花的口眼也该闭了吧。这金色也不会掉的吧。"

"嗯，我特意问的，说用的都是上等货，比人的牌位还耐用呢。……对了，说是'猫誉信女'①的"誉"字要稍作变形才好看，所以将笔画改动了一下。"

"快，快。快将牌位供到佛龛里，上一炷香吧。"

小花妹妹她怎么了？这氛围怎么有些不对头啊。本猫赶紧从蒲团上站了起来。

"叮——南无猫誉信女、南无阿弥陀佛南无阿弥陀佛……"

这是师傅的声音。

"你也念上两句吧。"

"叮——南无猫誉信女、南无阿弥陀佛南无阿弥陀佛……"

这是女佣的声音。

一阵惊恐陡然袭来，本猫呆立在蒲团上如同泥塑木雕一般，连眼珠子也不转一下。

"这事儿说起来也真是可怜，起初只是略感风寒而已啊。"

---

① 日本人死后牌位上一般都要写上某某居士、某某信女之类带有佛教性质的戒名。小花是一只雌猫，所以按照女性的模式来写戒名。

"甘木大夫要是肯开药的话，未必就会糟到如此地步吧。"

"是的，都是甘木大夫不好，他也太不把小花当回事了。"

"不要这么说人家的坏话了。这也是她命该如此呀。"

看来小花妹妹是让甘木医生给看过的。

"我觉得吧，说到底还得怪临街教师家的那只野猫不好，都是被他勾引出去过的缘故。"

"是的。那畜生就是小花的仇人。"

本猫本想辩解几句，但想到小不忍则乱大谋，便干咽了一口唾沫继续听下去了。

稍稍停顿了一会儿之后，谈话声又传了出来。

"这世道也真是不公啊。小花这么漂亮却急病夭亡，那只难看的野猫却活得好好的……"

"就是嘛。像小花这么可爱的猫咪可是敲锣打鼓也找不出第二个的。"

不说第二只，却说第二个，可见在女佣的心中猫与人是属于同类的。说来也是，那女佣的脸与吾辈猫类倒也十分相似。

"倘若可能，换下小花……"

"是啊，让教师家那只野猫去替死，您可就如愿以偿了。"

她倒是"如愿以偿"了，那本猫就该自认倒霉吗？

死亡之事本猫还从未经历过，不明就里，也无从谈什么好恶。前些天太冷本猫跳进熄火罐①里，女佣不知道本猫在里面随手便将盖子给盖上了。当时那股难受劲儿真是想起来就觉得可怕。听白姨说，只要再闷一会儿就没命了。所以说要本猫替小花妹妹去死本猫也并无怨言，可倘若定要死得那么难受的话，则不论是替谁本猫都不愿意的。

"不过呢，她毕竟是只猫，请和尚给念了经，还取了戒名，应该没什么可遗恨了吧。"

---

① 熄火罐，将未烧尽的木炭、劈柴等放进去，盖上盖使其熄灭的罐子。

"就是啊。小花真是好造化。如果说还有什么欠缺的话，那就是和尚的经念得有些偷工减料。"

"是啊。是好像太短了一些，我还问呢：'念得真快啊？'可月桂寺的和尚说：'只是挑有用的部分念了一下。怎么了？一只猫嘛，这么点就足够超度它去西方极乐世界了。'"

"哦，是这样啊。……对了，要是那只野猫的话……"

尽管本猫一再声明自己还没有名字，可那女佣却总是"野猫、野猫"地叫，真是无礼至极。

"罪孽太过深重了，估计经念得再好也无法超度的。"

至于在此之后本猫又被"野猫、野猫"地叫了几百遍，就不知道了。因为本猫根本就没听完这没完没了的谈话。滑下蒲团，跳下檐廊之后，本猫将全身八万八千八百八十根毛发一齐竖立起来，狠狠地抖了几下。

之后，本猫就再也没走进过二弦琴师傅的住所。如今，大概师傅本身也正受着月桂寺老和尚们那份偷工减料的诵经吧。

近来本猫意志消沉，连出门的勇气都没有。不知为何，总觉得这尘世郁闷难耐，提不起精神，成了一只不亚于主人的懒猫。我终于明白为什么主人闷坐书房会被人说成失恋的原因了，原来这样的评价也并非是全然不着边际的。

由于本猫还是不抓老鼠，厨房女佣甚至一度提出了放逐论，好在主人明白本猫并非泛泛之辈，故而如今本猫还能在这个家里游手好闲地混日子。为此，本猫于主人是十分感恩的，同时也对他的独具慧眼深表敬意。女佣只是由于不识本猫之价值而加以虐待，故而本猫也并不恼怒。只有左甚五郎[1]重生并将本猫之头像刻在门柱上，或者日本的史太因林[2]有幸将本猫肖像画到画布上，他们这些懵懂无知之徒才会为自己的有眼无珠而感到羞愧。

---

[1] 左甚五郎，活跃于江户时代初期的具有传奇色彩的雕刻家。

[2] 史太因林（1859－1923），瑞士画家，绘有许多猫的画作，有"猫画家"之称。

第三章

　　小花妹妹已死，阿黑也难以为伴，寂寥之感固然难免，所幸的是于人类之中获得了知己，故而本猫倒也并不太过失落。几天前，就有人写信给我家主人，说是希望寄本猫的照片给他。前一阵子则有人特意给本猫寄来了冈山的名产吉备团子①。来自人类的关心日甚一日，以至于本猫逐渐忘了自己乃一介草"猫"的事实。于不经意间，本猫已开始了"脱猫入人"，故而纠集同类与那二足先生决一雌雄的念头近来从未有过。非但如此，本猫有时甚至觉得自己已经是人类社会之一员了。进化如此神速，怎不叫人豪情万丈呢？然而，本猫也并无鄙视同类之意。仅仅是将一身之所安置于性情相近的一方而已。

　　这原是势所必然之事，倘若因此而苛评为变心、轻薄或背叛，本猫是碍难接受的。事实上，世上以如此言语辱骂他人者往往自身就是顽固死板，不通权变的刻薄之徒。而一旦摆脱了猫之陋习来看待一切，自然就不必老为小花与阿黑而心事重重了。也就是说，还得以与人类同等的气度来评判他们的思想、言行。此乃时势使然，并无半点勉强之处。只是对于拥有如此高超见识之本猫，主人依旧觉得只比泛泛之

---

① 吉备团子，一种糯米粉加糖制成的牛皮糖状态的软点心。

猫略胜一筹而已，并无真切之认识，故而他竟然连招呼也不打一个，就将吉备团子当作是给他的一样吃了个干净，实乃遗憾之至。与此同时，也不像有要给本猫拍照送人的打算。对此，要说有所不满，自然是极为不满的，可主人是主人，本猫是本猫，双方的见解难以统一也是无可奈何之事。

由于本猫一味地以人类自居而疏于同类间的交际，故而没什么可诉诸笔端的事迹，只得以迷亭、寒月诸先生之名声形状来敷衍塞责，还望诸位看官见谅。

今天是星期天，天气极佳，主人出得书房，在本猫身旁摆好了笔砚，铺好稿纸，匍匐在地板上，嘴里哼哼唧唧的。想来他是在为打草稿而热身吧。本猫定睛一看，只见他稍稍顿了一会儿便粗笔重墨地写下了"香一炷"三字。

他是想作诗呢？还是想写俳句呢？本猫心中暗忖，不管他想要怎样，这"香一炷"三字于我家主人来说似乎太过风雅了吧。写完"香一炷"之后，他另起一行走笔写道："余欲记天然居士^①事亦久矣"。

写完这一句之后，笔就停住不动了。

主人举着笔，歪着脑袋做搜肠刮肚状，然而眼见得住句难觅，他竟舔起了笔尖，直舔到嘴唇一片乌黑之后又提笔在稿纸上画了一个圈。然后在圆圈中点上两点算是眼睛，在圆圈的正中央画一个鼻翼张开的鼻子，鼻子下面画一条横线算是嘴巴。这么一来就既不是文章也不是俳句了。随后，主人像是自己也厌烦了，便草草地将脸蛋儿给涂抹掉了。接着，主人又另起了一行。似乎他觉得只要另起了一行就能写出诗或赞或语或录^②或别的什么东西来的，可事实上这仅仅是他一厢情愿罢了。不

---

① 天然居士是夏目漱石亡友米山保三郎死后的戒名。
② "诗""赞""语""录"都是汉文文体，在日语中与"四""三""五""六"发音相同，所以具有一定的幽默效果，在落语中常用此来打趣。

一会儿，他以一气呵成之气势，言文一致①之文体飞快地写道："天然居士是一个研究空间、读《论语》、吃烤白薯、流鼻涕的人"——什么乱七八糟的。写完之后，主人毫无忌惮地大声朗读了一遍，随即又从未有过地"哈哈哈哈有趣有趣"地大笑了一通。接着又嘟囔道："流鼻涕云云太刻薄了点，删去吧。"

按说画一条线也就足够了，可他两条、三条地画起了整齐的平行线，连线条已经侵入下面一行也不管。平行线画了八条，可下面句子依旧想不出来，于是他便扔了笔捻起胡须来了，仿佛要从胡须里捻出文章来一般，一会儿往上捻，一会儿往下捻。正当他极为刚猛地捻动胡须的当儿，夫人从饭堂走来，一屁股坐到了他的鼻子跟前。

"喂，我说——"夫人叫他。

"什么事？"

主人的声音就像是在水里敲铜锣，瓮声瓮气的。夫人对此极为不满，重又说了句："喂，我说——"

"什么事吗？"

主人将拇指和食指伸进鼻孔猛地拔出了一根鼻毛。

"这个月钱不够用了……"

"怎么会不够用呢？医药费付过了，书店的赊账上个月也付过了，这个月应该有盈余才对嘛。"

主人一面敷衍着一面将拔下的鼻毛当作天下奇观一般瞻仰着。

"可你又不肯吃米饭，非要吃面包，抹果酱啊。"

"哦，那么，总共吃了几罐果酱呢？"

"这个月已经八罐了。"

"八罐？我可不记得吃那么多啊。"

---

① 日本明治时代为推动文章的口语化所开展的文体改革运动，在此之前日本人写文章用的是文语，相当于中国的文言文。在明治四十年代之后，口语体被确立为小说的文体，后来逐渐普及，成为今天的口语文。

"又不光是你吃，小鬼们也吃的。"

"再怎么吃，也不过五六个大洋嘛。"

主人不动声色地将鼻毛一根一根地"种"在稿纸上。由于鼻毛是带"肉"的往纸上一"种"，便像针一样竖得笔直。主人似乎对这个意外的发现十分好奇，还"呼——"地对着鼻毛吹了口气。鼻毛的黏着力很强，竟然没有飞走。

"还真顽固啊。"

主人又拼命地吹了起来。

"也不光是果酱，非买不可的东西还有的是呢。"

夫人的两颊上泛起了不平之色。

"或许有吧。"

说着，主人又将手指伸进鼻孔去拔鼻毛。有红的，有黑的，在各种颜色的鼻毛中竟还夹杂着一根白色的。主人大惊小怪地盯着白色鼻毛看了一会儿后，将其夹在指丫处直递到夫人的面前。

"啊呀，讨厌！"夫人皱起眉头，将主人的手推了回去。

"你看呀，鼻毛都发白了。"

主人显得很激动。饶是夫人"来者不善"，可见他这样也只得笑着回客厅去了。可见对于跟丈夫探讨经济问题一事，夫人已不抱任何希望了。于是，主人则将注意力重新回到了天然居士的身上。

用鼻毛赶走了妻子的主人，似乎松了一口气，一副怡然自得的神态。随即他又摆开了要边拔鼻毛边写作的急迫姿态，可事实上却总也下不了笔。

"'吃烤白薯'也纯属画蛇添足，割爱了吧。"将这一句也砍掉了。

"'香一炷'也过于唐突，删了吧。"又将其毫不怜惜地枪毙了。

剩下的就只有"天然居士是一个研究空间、读《论语》的人"这么一句了。主人觉得这样也太过简单了，可想了一会儿又觉得"啊啊，真麻烦。文章就算了，光留个碑名吧"，挥动毛笔纵横交错地在稿纸上画起了蹩脚的文人画之兰花。好一番苦心孤诣终于落得个不着一字的下场。接着，他又将稿纸翻过来写了一句莫名其妙，不知所云的话："生于空间，研于空间，死于空间。空也间也天然居士噫！"

这时，迷亭又像往常一样不期而至了。迷亭这家伙总拿别人的家当作自己家看待，登门也不请人通报，冒冒失失地径直往里闯，非但如此，有时候他还会从后门飘然而入，什么担心、客气、顾虑、辛劳之类似乎在他出生之时就已经被抛到九霄云外了。

"又是巨人引力吗？"他站着问主人道。

"哪能老写巨人引力呢？我在撰写天然居士的墓志铭啊。"

主人夸大其词地说道。

"所谓天然居士，就是跟偶然童子一样的戒名吧？"迷亭依然不改他那信口雌黄的老毛病。

"偶然童子？有这样的戒名？"

"怎么会有呢？不过也就那么回事罢了。"

"你说的什么偶然童子我不得而知，可这位天然居士你也认识的哦。"

"到底是谁呀？弄了个天然居士的名字，神神道道的。"

"就是曾吕崎嘛。大学毕业后读研究生，研究什么《空间论》的课题，用功过度得腹膜炎死掉了。不管怎么说，曾吕崎可是我的好友啊。"

"行啊，好友就好友吧，没什么不好的。可到底是谁将'曾吕崎'变成了'天然居士'的呢？"

"我。就是我给起的。因为和尚给起的戒名总是那么俗不可耐。"

主人为自己能想出"天然居士"这样文雅的戒名而自豪。

"好吧，你那墓志铭拿来我看。"

迷亭笑道，随手抄起了稿纸。

"啊，这是什么玩意儿……'生于空间，研于空间，死于空间。空也间也天然居士噫'。"

他大声地念了出来。

"不错，不错。与天然居士十分般配。"

"不错吧。"

主人也颇为自得地说道。

"嗯，将此墓志铭刻在腌萝卜用的镇石上再如同力石^①一般往正殿后院一扔就行了。有了如此高雅的墓志铭，天然居士也该瞑目了吧。"

"我也正有此意。"

主人一本正经地答道。可他随即又说："稍稍失陪一会儿，马上回来的。你逗猫玩会儿吧。"

说完也不等迷亭答复竟一阵风似的出去了。

尽管有些出乎意料，可既然主人要本猫来接待迷亭先生，本猫倒也不好冷冰冰地不理不睬了，于是便"喵——"地热情招呼了一声爬上了他的膝头。迷亭说了声"啊呀，好肥啊"，便极为粗鲁地揪住本猫的颈毛提溜了起来。

"后腿这么耷拉着，看来是抓不到老鼠的，……怎么样，夫人，这猫会抓老鼠吗？"

似乎光是本猫接待他还不满意，他开始跟隔壁房间里的夫人搭话了。

"抓老鼠就别提了，倒是会吃年糕跳舞呢。"

真是哪壶不开提哪壶，夫人不失时机地出本猫的丑。本猫吊在半空中也多少有些脸上挂不住，可迷亭依然不肯放本猫下来。

"哦，看它的脸还真像是个会跳舞的呢。夫人，这猫的相貌可非同一般，可不能掉以轻心哦。跟从前草双纸^②上画的猫又^③十分相似。"

他满嘴胡说八道，一个劲儿地跟夫人搭话。夫人颇感为难，只得放下手中的针线活儿，来到了客厅里。

---

① 一种用来比试力气的石头，多置于神社院内等处。
② 江户中期到明治初期流行的一种通俗读物，每页都有图画和解说文字。
③ 汉字又写作"猫股"，是一种想象中的怪兽，眼睛像猫，大如狗，尾巴分作两条，经常变幻身形来害人。

"让您这么干等着，真是对不住。估计他也快回来了吧。"

夫人给他换了杯茶。

"他去哪儿了？"

"谁知道呢？不论去哪儿，他总不肯事先说一声。或许是去看医生了吧。"

"哦，是去甘木医生那里吗？被这样的病人缠上，甘木医生也真够呛啊。"

"嗳。"

夫人没法接他的话头，只能简单应付一声。然而迷亭却毫不在意。

"最近怎么样？他的胃还好吗？"

"谁知道好不好呢，就算有甘木医生照料着，可像他那样拼着命吃果酱，胃病怎么会好呢。"

夫人也借机悄悄地对迷亭发泄了一下刚才遗留下来的积怨。

"哦，他这么喜欢吃果酱吗？简直像个小孩子了。"

"还不光是果酱呢，前一阵还大吃特吃萝卜泥，说那是能治胃病的……"

"真新鲜啊！"迷亭惊叹道。

"说是在报纸上看到的，萝卜泥中含有淀粉酶。"

"哦，原来如此。其趣向在于抵消果酱所带来的损害，是吧。想得可真周到啊，哈哈哈。"

听了夫人对自己丈夫的抱怨后，迷亭十分愉快。

"前些天他还让小毛头吃呢……"

"果酱吗？"

"不，是萝卜泥。说是'来，阿爸给你吃点好吃的'，我心想他倒会疼孩子了，谁知道尽干些傻事。两三天前还将二女儿抱到了衣柜上……"

"这又是什么趣向呢？"

也不论是什么，迷亭全用"趣向"来解释。

"什么趣向也没有，他只是叫女儿自己跳下来，你想想，三四岁的女孩子，哪做得来这种疯丫头的举动呢。"

"嗯，这可真是太没有趣向了。不过呢，他可是个没有坏心眼儿的好人啊。"

"他要是再有坏心眼儿，这日子还怎么过呀。"

夫人的气焰也高涨起来了。

"唉，你又何必如此牢骚满腹呢？能够这样衣食无忧地过日子，已经很不错了嘛。再说苦沙弥 ① 君既不吃喝玩乐，也不讲究穿着，老实巴交的，真是个居家好男人啊。"

迷亭十分起劲地展开了与他的身份极不相宜的说教。

"我说，您这就大错特错了……"

"啊？难道他还有什么见不得人的勾当？也难怪，这世道原本就是大意不得的。"

迷亭的话说得虚无缥缈，模棱两可。

"别的嗜好确实没有，只是一个劲儿地买书，买来了又不读。如果是仔细斟酌后，适可而止地买一些书，那是没什么可说的。可他倒好，一走进丸善 ② 就非得带几本书回来，到了月底不闻不问的，跟没事儿人一样 ③。像去年年底，书款积了几个月，一次要付清可真是够呛啊。"

"什么呀，书这种东西，只管拿来就是了。伙计来收账，就跟他说'快了，快了'，打发回去也就完了。"

"可也不能老这么拖欠着不付吧。"

夫人略显不悦。

"那你就讲明事理，让他削减一点购书开销嘛。"

---

① 这是本书首次出现主人公的名，而他的姓要到第九章才出现。
② 丸善，主要经营进口图书的书店。创立于明治二年（1869），店址在东京都日本桥。现在是丸善株式会社，经营书籍和办公用品。
③ 当时日本书店卖书并不当场收款的，要到了月底或年底才由伙计上门收账。

"你说得倒轻巧，我倒是愿意讲啊，可他愿意听吗？前一阵子我还被他数落了一顿，说我不像个学者夫人，一点也不懂得书籍的价值。还说'古罗马有这么个故事，你听着点儿，会有长进的'。"

"哦，这倒有点儿意思。什么故事？"

迷亭来劲了。不过与其说是出于对夫人的同情，倒不如说是被好奇心所驱使的。

"说是什么古罗马有一个叫作塔墩①的国王……"

"塔墩？这个塔墩倒听着新鲜啊。"

"啊呀，这些洋人的名字都很难读，我是记不住的。好像是第七代国王②。"

"哦，第七代国王，塔墩？好奇怪啊。那么，这位第七代的塔墩又怎么样呢？"

"啊呀，连您也这么取笑我，叫我这脸还往哪儿搁呀。别使坏，您要是知道，告诉我不就完了吗？"

夫人跟迷亭较上真儿了。

"哪有取笑你呢？这种恶作剧的事情我是不做的。只是觉得第七代塔墩之说太过离奇了点……慢来，慢来。让我想想。古罗马的第七代国王，是吧。嗯，虽说我记不真切了，好像应该是 Tarquin the Proud③。嗨，管他呢。那位国王怎么了？"

"说是有一个女人带着九本书来见国王，并要国王买下来④。"

"是这样啊。"

---

① 原文汉字写作"樽金"，但主要利用其在日语中的发音与"塔克文"相近这一点，与汉字本身的写法无关，故译文不用"樽金"而采用发音也与"塔克文"相近的"塔墩"。
② 所谓第七代国王是指罗马王政时代的国王，而非后来帝国时代的罗马皇帝。罗马王政时代总共只有七位国王，所以第七代国王就是最后一位国王。
③ 罗马王政时代第七任君主卢基乌斯·塔奎尼乌斯·苏培布斯的英文通称，一般译作"骄傲者塔克文"。这是一位有名的暴君。
④ 这里所说的其实是在西方广为流传的女巫、女预言家西比拉的故事。

"国王问她要卖多少钱，那女人开出了一个天价。国王说太贵了，能不能便宜一点。那女人二话不说就将九本中的三本扔进火堆里烧掉了。"

"啊呀呀，真可惜啊。"

"说是书上写的是预言什么的，都是些在别处看不到的内容。"

"噢——"

"国王见九本书变成了六本了，心想价格该降一点了吧。就问六本书多少钱，可女人开的价跟原先竟是一模一样的，连一文钱都没降。国王说这不是胡来吗，女人听了立刻又将三本书扔到了火堆里。国王还不死心，又问三本书多少钱，可女人依然要按照九本书的价钱卖给他。九本变成了六本，六本又变成了三本，可价钱却一分不降的。如果再砍价的话，说不定那剩下的三本也要被扔进火里了。最后，国王还是出了大价钱将烧剩下的那三本书①买了下来……讲完后他还说'怎么样？听了这故事，对于书籍之珍贵多少有些理解了吧'。尽管他说得十分起劲，可我依旧不明白那些书有什么可宝贝的。"

夫人阐述了自己的见解后便催促迷亭表态。

饶是迷亭能言善辩也陷入了理屈词穷的困境，他从和服的袖兜里掏出了手绢来逗弄本猫。

"夫人！"

他像是突然想起了什么似的大声说道："就是因为他一个劲儿地买书并不管三七二十一地塞进脑袋，人家才以为他是个学者啊。前一阵子看文学杂志，我还看到关于苦沙弥君的评论呢。"

"真的吗？"

夫人端正了坐姿问道。到底是夫妇啊，对于丈夫的名声还是极为上心的。

---

① 传说这三本书里就写了罗马王国的命运。

"那上面是怎么写的？"

"也没什么，只有那么两三行。说苦沙弥君的文风如同行云流水一般。"

夫人的脸上露出了笑容。

"就这么点吗？"

"还有——'稍纵即逝，逝而忘返'，别的就记不住了。"

夫人讶然问道："这是夸赞的话吗？"显得心中很没底的样子。

"嗯，应该算是夸赞的吧。"

迷亭敷衍着又将手绢垂在了本猫的眼前。

"他是靠书吃饭的，不买当然不行。可他这人也太乖僻了。"

迷亭心想夫人要改变进攻方向了，于是便既像附和又像辩解，以一种不即不离的姿态答道："要说乖僻多少是有点乖僻的，可是呢，做学问的嘛，都是这样的。"

"前些天，他从学校回来后说是马上就要出去的，嫌换衣服麻烦，竟穿着外套坐在桌子上吃饭。放饭菜的托盘搁在了被炉架上——我抱着饭桶坐着，别扭极了……"

"哦，这倒像是别开生面的摩登验头仪式①。不过呢，也正是这种地方才能显示出苦沙弥君与众不同之处啊——总之，他可不是什么'月例'。"

迷亭以某种较为纠结难解的方式称赞道。

"是不是'月例'我们妇道人家是不懂的，不管怎么说，他那种做法也太粗鲁了吧。"

"可是，比起'月例'来还是要好得多哦。"

见迷亭一味地固执己见，夫人颇为不满，脸色一变，问起了'月

---

① 古代日本的武将在战斗结束后要亲自检验部下砍来的敌方首级，确定其身份高低，以便论功行赏。验头时由小卒将洗干净的首级放在木桶里抱给大将看，所以迷亭说他们吃饭的样子像是在验头。

例'的定义来。

"'月例''月例'的，你们老说什么'月例'。那么，到底什么才是'月例'呢？"

"什么？你问'月例'吗？嗯，这个'月例'嘛，倒不是一下子就能讲清楚的……"

"既然如此暧昧，那就说明这'月例'还是不错的嘛。"

夫人发挥出一流的女性逻辑步步紧逼。

"一点也不暧昧哦，我心里明白着呢。只是不太容易讲清楚罢了。"

"反正就是将自己不喜欢的东西都说成'月例'，是不是？"

夫人一语道破了真相——尽管她自己也并未察觉。

话说到这份儿上，迷亭就不得不对"月例"做个了断了。

"夫人，所谓'月例'，就是指经常混迹于多愁善感之二八佳人之间，遇上好天气便提着酒瓶上墨堤①游玩的那些家伙。"

"有这样的家伙吗？"

夫人不明就里，只得胡乱应付。

"怎么有点乌七八糟的，我是搞不懂的。"她终于让步了。

"那就在马琴②的躯体上安个潘登尼斯少校③的脑袋，再到欧洲去呼吸一两年空气。"

"这就能成为'月例'了吗？"

迷亭笑而不答。一会儿他又说："不用这么麻烦也行。只要将初中生和白木屋④掌柜加起来除以二，也就是一个像模像样的'月例'了。"

"是吗？"

夫人侧着脑袋反问道，完全是一副碍难接受的神情。

---

① 墨堤，隅田川的河堤，有名的赏花胜地。
② 曲亭马琴，江户末期的通俗小说家，代表作有《南总里见八犬传》等。
③ 19世纪英国萨克雷（其代表作为《名利场》）的自传体小说《潘登尼斯》里的主人公。
④ 创立于1662年的和服老店，1886后也兼营西服。

"哎，你还在这儿呢。"

不知何时，主人已经回家。他一屁股坐到了迷亭的身旁。

"什么'还在这儿'？亏你说得出口。不是你说马上就回来的，要我在这儿等着的吗？"

"看到了吧，他这人总是这样。"夫人转脸对迷亭说道。

"你不在的时候，你的趣事逸闻可全给抖搂出来了哦。"

"妇道人家多嘴多舌的成何体统。要是人也能像这猫一样坚守沉默该多好啊。"

主人亲切地抚摸着本猫的脑袋。

"听说你给小毛头尝了萝卜泥，是吧。"

"嗯。"主人笑道，"如今的小毛头也机灵着呢。从那以后，只要问'宝贝，哪儿辣？'就马上会吐出舌头来，好玩极了。"

"这不跟驯狗一样了吗？你也太不人道了。对了，寒月大概也快来了吧。"

"寒月要来吗？"

主人疑惑地问道。

"是啊。我给他寄了张明信片，说是'请于下午一点之前到苦沙弥家'。"

"你这人也真是，做事也不问问人家方便不方便。你把寒月邀来干什么呀？"

"你知道什么呀？这回可不是我的趣向，是寒月先生提出的要求。他要在理学协会上发表演说。为此，他要先排练一下，并要我给听一听。于是我就说'既然这样，就让苦沙弥也听一下吧'。所以就召集到尊府上来了嘛。你嘛，闲着也是闲着，他又碍不着你什么事儿，你就给他听听吧。"

迷亭自说自话地全给安排好了。

"物理学方面的演讲，我也听不懂啊。"

对于迷亭的独断专行主人略显愤懑。

"可他要讲的题目又不是'镀镁喷嘴'那一类枯燥乏味的东西。他演讲的题目是《上吊的力学》①，可谓是超凡脱俗，值得一听啊。"

"你就是个上吊没上成的家伙，听听当然有益了。可我……"

"也得不出'是个要去歌舞伎座就浑身发冷的人，所以听不懂'的结论吧？"

迷亭一如既往地说起了俏皮话。夫人"呵呵呵"地笑着回头瞟了丈夫一眼就退回隔壁房间去了。

主人闷声不响地抚摸着本猫的脑袋。只有在此情形下，他的抚摸才特别用心。

大约过了七分钟，寒月君如约而至。由于今晚要发表演讲，他一反常态地穿了一身长礼服，刚刚浆洗好的白领子高耸笔挺，凭空增添了男人风采两成左右。

"对不起，我来迟了。"

他从容不迫地打了个招呼。

"喂，我们两个已经等了你老半天了，别磨蹭了，快开始吧。"

迷亭催促道，又扭头看了看主人。主人也只得含含糊糊地"嗯"了一声。然而，寒月君却是不慌不忙的。

"请先给我一杯水。"他说道。

"呵，还挺有模有样的嘛，过会儿还要求我们鼓掌，是吧。"

迷亭一个人在那里起劲地鼓噪着。寒月则从西服的内侧口袋里掏出演讲稿，不急不慢地说了句"此次仅是练习，不当之处，敬请批评指正"，然后，终于开始了演讲排练。

"将罪人处以绞刑主要是盎格鲁·撒克逊民族的做法，而再往前

---

① 19世纪英国科学家萨缪尔·霍顿曾在物理学专业杂志上发表过一篇《从力学以及生理学的角度来考察上吊》的论文，下面寒月所讲的内容与之大体相同，因此，所谓《上吊的力学》这样的演讲也并非是夏目漱石完全凭空捏造出来的。

追溯，缢首主要是作为一种自杀的方法而为人所用。据说在犹太人中有通过投掷石块来处死罪人的习俗。研究一下《旧约全书》便可知，hanging①一词的意思是将罪人的尸体悬挂起来使其成为野兽或食肉猛禽之食物。根据希罗多德②的说法，犹太人在出埃及之前，就极其忌讳夜间曝尸。而埃及人在将罪人斩首之后，会将其躯体钉在十字架上夜间曝尸。波斯人……"

"喂，寒月君，离上吊越来越远了，不要紧吗？"迷亭插嘴道。

"马上就要进入正题了，请少安毋躁。……那么，波斯人是怎么处理的呢？他们也是将罪犯钉死的。然而，是在罪犯还活着的时候将其钉起来的，还是在其死后钉起来的，关于这一点，就不甚明了了。"

"这种事情'不甚明了'又有什么关系呢？"

主人打了个哈欠，显得有些无聊。

"要讲的事情还很多，要是觉得麻烦的话……"

"比起'觉得麻烦'来，'添麻烦'的说法让人听着更受用一些，是吧，苦沙弥君？"

迷亭再次吹毛求疵，主人只懒洋洋地答了一句："怎么着都行啊。"

"好吧，那就言归正传吧。"

"'言归正传'是说书腔，作为一个演说家，出言吐语应该高雅一点才是啊。"

迷亭又开始打岔了。

"要是'言归正传'没品位，那你说该怎么讲才好？"

寒月君气鼓鼓地反问道。

"迷亭这家伙也不知道是来听演讲的还是来捣乱的。寒月君，这种瞎起哄的家伙你不用管他，只管讲你的就是了。"

---

① 英文，绞刑、绞死、悬挂等意。
② 希罗多德（约前484—？），古希腊历史学家，被称为"历史之父"，主要著作有以记述波西战争为主的《历史》，是古代第一部记叙体的伟大史书。

主人只想尽快地挨过难关。

"正所谓'气鼓鼓,"言归正传"似摆柳,方知听讲道'①。"

迷亭依然说着不着边际的风凉话。寒月听了倒也忍不住"扑哧"一声笑了出来。

"根据我的调查,绞杀真正作为一种刑罚而加以使用,乃出现在《奥德赛》②之第二十二卷。即那位忒勒玛科斯③绞杀帕涅罗帕④的十二名侍女那段。我可以用希腊语来朗读这一段文字,但这么做稍有卖弄学问之嫌,故而作罢了。大家只要从其四百六十五行读到四百七十三行,自然就能明白的。"

"用希腊语朗读那句还是不说为好吧。好像专为告诉大家自己会希腊文似的。是吧? 苦沙弥君。"

"嗯,赞成。话要说得含蓄才显得高雅嘛。"

主人一反常态地给迷亭帮腔道。事实上只因为他们两个都对希腊语一窍不通。

"好吧,既然这样这几句今晚就省略掉吧。言归——,我继续讲下去。

"如今想来,这种绞刑执行起来不外乎两种方法。第一种是忒勒玛科斯在欧迈俄斯和菲洛提奥斯的帮助下首先将绳子的一端系在柱子上,然后在绳上各处打好一个个活扣,将侍女的脑袋一个个地塞进活扣里,最后用力拉起绳子的另一端,将她们全都吊起来。"

"也就是说,像西式洗衣店里挂衬衫那样将那些侍女成串地吊

---

① 江户中期俳人大岛蓼太(1718—1787)有俳句"气鼓鼓,归看庭中自在柳,方悟处世道",迷亭模仿该俳句而自嘲。

② 著名的《荷马史诗》之一。《奥德赛》的故事发生在紧接着特洛伊战争之后的10年中。特洛伊战争中为希腊联军献木马记的奥德修斯因冒犯海神波塞冬而在海上遇难,滞留异乡,他以无比的英雄气概克服种种困难,终于回家和妻儿团聚。

③ 忒勒玛科斯,希腊神话中奥德修斯和帕涅罗帕的儿子。他为了寻找下落不明的父亲而走遍各国,后来又与回国后的父亲杀死了向其母求婚的众多求婚者。

④ 帕涅罗帕,希腊神话中奥德修斯的妻子,在其夫参加特洛伊战争期间坚守贞淑。

着，是吧？"

"正是。而第二种方法是，首先跟第一种方法一样将绳子的一端系在柱子上，然后从一开始就将另一端高高地挂到天花板上。紧接着再从高挂着的绳子上垂下好多根别的绳子，并打上绳圈将侍女的脑袋塞进去，行刑时将侍女脚下的踏脚凳抽掉。"

"将其想象为在绳帘子底下挂一排灯笼球的景象，估计错不了吧。"

"你说的灯笼球我没见过，故而无从评判，如果真有那么个玩意儿，应该就是那么回事儿吧。——接下来，我将从力学的角度来证明第一种方法事实上无法成立的。"

"有点意思。"迷亭说道。

"嗯，有点意思。"主人也与他保持一致。

"首先假定侍女是等距离悬挂的。并且假定最靠近地面的两个侍女之间的绳索处于水平状态。我们可以用 $\alpha_1\alpha_2$……α_6 来表示绳子与地平线所形成的角度；以 $T_1 T_2$……T_6 来表示绳子各部分所受的力，而 $T_7 = X$ 则为绳子最低部分之受力。W 自然就是侍女的体重了。怎么样？能听懂吗？"

迷亭与主人对视一眼答道："八九不离十吧。"

然而，这"八九"的程度是他们两人随意定的，对于其他人或许就未必通用了。

"好！根据你们都知道的有关多边形的平均性理论，可列出以下十二个方程式。

$T_1\cos\alpha_1 = T_2\cos\alpha_2$ …… (1)

$T_2\cos\alpha_2 = T_3\cos\alpha_3$ …… (2)

……。"

"方程式说这么几个也就够了吧。"主人蛮横无理地说道。

"可这些方程式才是本次演讲的核心啊。"寒月君恋恋不舍地说道。

"那么，核心部分就改日再领教吧。"迷亭也有些惴惴然。

"可是，省略掉这些方程式也就谈不上什么力学研究了嘛……"

"不用顾忌，尽管略去好了……"主人无动于衷地说道。

"好吧，那就谨遵尊意，尽管有些勉为其难，还是省略掉吧。"

"明智之举啊。"

迷亭竟在这么个微妙的关头"呱呱"地鼓起掌来。

"下面谈谈英国方面的情况，在《贝奥武甫》^①中我们便可看到绞首架，也即'嘎而嘎'^②一字，因此我们有理由相信绞刑就是从这个时代开始的。按照布莱克斯通^③的学说，罪犯在执行绞刑时，由于绳子的原因而万一没被绞死，应该再次受到同样的刑罚。而有趣的是，在《农夫皮尔斯之幻想》^④中，却有'纵使恶棍也绝无受两次绞刑之理'的句子。到底哪种说法符合事实，已不得而知，然而，受一次绞刑而碰巧没死的实例确实比比皆是。

一七八六年，对臭名昭著的坏蛋菲茨·杰拉德实施了绞刑。然而，不知怎么搞的，第一次行刑时，他从台上往下跳后绳子断了。重新施刑后，却又由于绳子过长而使他双脚着了地，也没有死掉。据说在第三次施刑时，还是在围观之民众的帮助下才让他去见了上帝。"

"你看看，你看看。"

讲到这种地方迷亭忽然又来了劲了。

"真是死也死不成啊。"连主人也活跃起来了。

---

① 《贝奥武甫》：英国中世纪前期最长的英雄史诗。于公元8世纪左右用古英语写成，作者不详。以贝奥武甫杀死巨妖为主要情节，集北欧斯堪的纳维亚系统口头文学之大成。

② 原文为片假名"ガルガ"，没写出对应的英语单词。现代英语中的"绞首架"是gallows，但与原文假名发音不符。由于《贝奥武甫》是用古英语写的，或许原文假名对应的是古英语，故照此音译。

③ 布莱克斯通（1723—1780），英国法学家、法官。其主要著作《英国法释义》系统地阐述了英国法，认为英国法可以与罗马法和欧洲大陆的民法相媲美。该书对英国和美国的法律界和法律研究影响深远。

④ *The Vision of Piers Plowman* 是用中世纪梦幻故事的形式写成的教诲诗，通过描绘梦中的景象来展现中世纪英国社会各方面的生活图景，采用寓言故事来惩恶扬善。

"好玩的事情还有呢。人被吊死之后，身体会长出一寸光景来。这是有医生实际测量过的，如假包换。"

"这可是个崭新创意啊。怎么样，苦沙弥君要不要也去吊一下？说不定真能长出一寸来就与平常人一般无二了。"

迷亭转向主人问道。谁知主人竟一本正经地问寒月道："寒月君，长出了一寸光景后，还能起死回生吗？"

"这怎么可能呢？那是因为上吊后脊髓伸长了。简单点讲，不是身体延长了，而是被拉垮了。"

"哦，既然是这样，那就算了。"主人这下子死心了。

演讲的下文应该还很长，寒月原本是要一直讲到上吊的生理作用的，然而，迷亭老是插科打诨说怪话，我家主人则时常毫不遮掩地打哈欠，因此他也只得草草收场，怏怏而去了。至于那天晚上寒月君是以何种风采，何种雄辩之口才发表演讲的，由于此事之发生地遥不可及，本猫也就不得而知了。

之后的二三日，过得风平浪静，而在某日下午二时许，迷亭先生照例如"偶然童子"一般，十分"偶然"地飘然而至了。屁股刚刚坐定，他立刻就爆出了这么一句："我说，越智东风之高轮事件，你听说了吗？"

完全是来通报攻克旅顺之大捷的气势。

"没有。近来未曾谋面。"

我家主人则是一如既往的阴沉。

"今日，在下特为通报该东风子之'失策物语'而于百忙之中抽身前来的。"

"还不是大惊小怪，夸大其词的老一套？说到底，你就是这么个不靠谱的家伙。"

"哈哈哈，别'不靠谱'啊，说'无谱可靠'多好。这之间的区别可大了去了，事关在下清誉啊。"

"有甚区别？都一样！"

主人装傻充愣，一副天然居士再世的派头。

"上个礼拜天，东风子去了趟高轮泉岳寺①。大冷的天，何必呢？——别的先不说了，如今是什么时代了，除了头回来东京的乡巴佬，谁还去参拜泉岳寺这种破庙呢？"

"他爱上哪儿上哪儿。你有什么权力干涉他？"

"这权力么，我自然是没有的。嗨，权力什么的，见鬼去吧。那庙里有个什么义士②遗物保存会的展览。你知道吗？"

"嗯哼？"

"什么？你不知道？那么，泉岳寺你总是去过的吧？"

"没有。"

"没去过？这倒是奇闻啊。怪不得你这么帮着东风呢。老江户哪有不知道泉岳寺的，说出来也不怕丢人啊。"

"不知道又怎么了？也不妨碍我做教师啊。"

主人越来越像天然居士了。

"好吧，好吧，这一点姑且不论。且说东风子入那展馆看得正好，来了一对德国夫妇。他们先是用日语问了句东风什么。可是，东风不总想试试他的德语吗？面对如此良机，他又岂肯轻易放过。他一开口叽里咕噜地来上了一段，出人意料的是效果还真不错——可日后想来，灾祸正由此而起啊。"

"后来怎么了？"主人终于上钩了。

---

① 泉岳寺，位于东京都港区高轮。曹洞宗古寺。浅野长矩和赤穗义士的坟墓所在地。赤穗义士为藩主复仇的故事经过《忠臣藏》（有净琉璃、歌舞伎、说书等多种表现形式）的传播，在明治前后已达到无人不知的程度。故而外地来东京的人，往往会去泉岳寺参拜。但迷亭认为那种所谓的忠义已经过时了，所以他嘲笑在已经开化了的当下越智东风还去泉岳寺。

② 指为藩主复仇的赤穗义士。

"那德国人看到了大鹰源吾①的泥金印笼②就说想买下这个物件，问他展览方卖不卖。当时东风的回答那可真叫绝，说我们日本人都是清廉君子，不会贪图钱财而出卖义士遗物的。到此为止，局面还相当不错，可德国人以为无意间得了一名好翻译，于是就问东问西地问个没完了。"

"都问了些什么？"

"问什么倒无所谓，只要能让人听懂也就没什么可怕的了。可他们机关枪似的说得飞快，把人听了个云里雾里。偶尔听懂了一两句，可人家问的又是鹰嘴钩③和大榔头。鹰嘴钩和大榔头西洋人是怎么说的，可从未学过，所以他老先生一下子就傻眼了。"

"这也是情有可原的嘛。"

主人出于自己的教师身份，深表同情。

"然而，一干闲人异常好奇，不断地聚拢过来，最后东风和德国夫妻就被他们铁壁合围了。东风涨得满脸通红，张口结舌，手足无措。相较于刚才的挥洒自如，简直是判若两人。"

"结果怎么样呢？"

"最后，东风实在是招架不住了，就用日语说了句'沙衣那拉'④一路逃回家了。我说：'"沙衣那拉"可就怪了，你老家是将"沙哟那拉"说成"沙衣那拉"的吗？'他说：'倒也是"沙哟那拉"。因为对方是洋人嘛，为了跟他们调和一点，我才说成"沙衣那拉"的'。你看看，他老先生当时就少个地洞钻了，还想着要调和一点，真是服了他了。"

"'沙衣那拉'就算了，那对洋人夫妇怎么样呢？"

---

① 根据日本学者的研究，该人名应为大高源吾，夏目漱石写错了一个字。不过在日语中"鹰"和"高"的读音是一样。大高源吾的本名是大高忠雄（1672—1703），是江户时代前期的武士，赤穗浪人四十七义士之一，还是个有名的俳人。

② 江户时代武士穿礼服时挂于腰间的盒状挂件。室町时代从明朝传入时是放印章的，故名印笼，但到了江户时代也放一些急救药，所以也叫"药笼"。

③ 鹰嘴钩，旧时救火用的消防钩。

④ 日语的"再见"发音为"沙哟那拉"，东风一紧张就说漏了嘴，成了迷亭取笑他的材料。

"事出突然，洋人呆若木鸡，一脸茫然。哈哈哈哈，好笑吧。"

"也没什么好笑。倒是特意跑来告诉我这事的阁下你，要好笑得多啊。"

说着，主人将香烟灰磕进了火盆。

就在这当儿，大门口铃声大作，惊心动魄一般，随即便传来了一嗓子尖厉的女声："有人吗？"

迷亭与主人不由得面面相觑。一时间谁都没有出声。

看来主人家里是少有女客来访的。本猫正寻思着，那尖利女声之拥有者已然进得屋来了——两套穿在一起的绉纱礼服拖在榻榻米上，"唰唰"作响。看她年龄，估计也就四十刚过吧。额头微秃，前发于发际线处如同河堤一般高高耸起，似乎将近三分之一左右脸部都是朝向天空的。双眼以汤岛切通坂①的坡度直线上吊，左右对峙着。而所谓"直线"云云，是形容其双眼比鲸鱼眼还细。然而，她的鼻子却大得出奇，简直就像是将别人的鼻子偷来后安在脸部正中的一般。就好比将靖国神社里巨大的石灯笼移到了一个只有三坪大小的小院子里一般，尽管独得八面威风，却给人一种没着没落的感觉。该鼻子就是所谓鹰钩鼻，其造型先是尽力拔高，而中途似又有所反省而谦逊地收住了势头，再往前便迥异于最初的冲劲而往下垂落，呈一窥下方嘴唇之态。由于该鼻子太抢眼了，故而她在说话时，似乎不是嘴巴在说话，而是鼻子在说话。为了对那个伟大的鼻子表示敬意，本猫决定今后用"鼻子"②一词来称呼该女士。

打过了初次见面的招呼之后，"鼻子"扫视了一下客厅，开口道：

① 原文为"切り通り"，字面意思是"山中开出的通道"，根据1993年版岩波《漱石全集》的注释，在本文中是指具体的一条坡道"汤岛切通坂"。汤岛切通坂位于东京都文京区南部，是从本乡通往汤岛的一条著名的坡道，曾出现在石川啄木的诗中，至今仍是观光胜地。
② 在日语中"鼻子"与女生常见名"花子"的发音相同，所以，因大鼻子而称其为"鼻子"在日语中还多一层揶揄意味。

"房子不错嘛。"

"胡说八道。"——主人肚子里嘀咕着只顾抽烟。

迷亭望着天花板说:"啊呀,这花纹真古怪啊。是漏雨的痕迹呢?还是木纹?"

迷亭不露声色地催促我家主人快说话。

"还用说吗?当然是漏雨了。"

主人回答后,迷亭便若无其事地说了声:"哦,是吗。"

"鼻子"气不打一处来,心想:"我怎么偏偏遇到这么两个不懂社交的人。"三人坐成一副鼎足之势,一时间谁都没有开口。

"今天,我是有事请教,才前来打扰的。"

"鼻子"再次提起了话头。

"哦。"主人极为冷淡地应了一声。

"鼻子"心想老这么着可不行啊,便开口道:"其实,我就住在这附近——就是对面拐角处的那幢房子。"

"你是说那幢带库房的大洋房吗?怪不得挂着'金田'姓氏牌呢。"

主人总算弄清楚了金田西洋馆以及库房的主人,但对于金田夫人的尊敬程度与之前依然是一模一样的。

"按理说,是应该由外子前来请教的,可他公司方面的事情实在是太忙了。"

这么说的话应该管用了吧?——"鼻子"以这样的眼神望着主人。可主人一点也不为所动。由于"鼻子"刚才的言谈作为初次见面的女性来说太过粗鲁,主人早已憋了一肚子气了。

"况且,公司还不止一家,兼着两三家呢。而且不论在哪家,他还都身居要职——想必你们也有所耳闻吧。"

她脸上的表情似乎在说:怎么着?还不买账吗?

我家主人对于博士或大学教授之类是十分买账的,可奇怪的是,他对于资本家所保持的敬畏程度极低。他相信,比起什么资本家来,中学校长要伟大得多。即便不相信这一点，基于他那一条道走到黑的死脑筋，也认为要想得到资本家、大财主的眷顾是极其渺茫的，早就死了这条心了。因此，对方再怎么有权势、有金钱也不会给自己带来任何好处的。认定了这一点，也自然就觉得对方如何如何是于自己没有半点利害关系的。因此，除了学者圈子，在其他方面他都表现得极为迂阔，尤其是对于资本家，更是连有些什么人、都在干些什么也一概不知。即便知道一点，也丝毫产生不了敬畏之心。天底下竟然还有这样的怪人与自己生活在同一片阳光之下，这对于"鼻子"来说，是做梦都想不到的。老实说，活到今天，接触过的人也不算少了，只要自己亮出"金田夫人"的名头，对方就一定会另眼相看的。不管出席什么样的场合，也不管对方的身份如何高贵，"金田夫人"的名头都是照样通行无阻的。所以"鼻子"本以为这么个酸不拉唧的穷秀才，只要自己说出"我家就是对面街角处的那所房子"来，不等问具体职业一定早已大惊失色了。

"金田？你知道这么个人吗？"

主人满不当一回事地问迷亭道。

"知道啊。金田先生是我伯父的好友嘛。前一阵子，还参加了游园会呢。"迷亭的回答十分认真。

"哎？你的伯父是哪位呀？"

"牧山男爵啊。"

迷亭愈发地认真了。主人想说什么，可还没等他开口，"鼻子"就猛地转过头来，打量起迷亭来。这天，迷亭在大岛绵绸[①]的礼服外罩了一件不知是用古渡更纱[②]还是别的什么料子做的外褂。

"啊呀，原来您就是牧山男爵的——嗯，什么来着？我真是一无所

---

① 绵绸，日本鹿儿岛县奄美大岛出产的，用当地产的车轮梅植物染料和泥中的铁质染成茶褐色，织成碎白点图案丝绸料子。
② 古渡更纱，仿古印花布。这种面料最早是从南亚传入日本的，后来日本人也仿制了。

知，极其失礼了。常听外子说，一直得到牧山男爵的关照的。"

"鼻子"的口吻立刻庄重了起来，甚至还对着迷亭深施了一礼。

"啊呀呀，不必如此。哈哈哈。"迷亭笑道。

主人愣在一旁，一声不吭地望着他们俩。

"听说就小女的婚姻大事，也曾有劳牧山男爵多多费心的……"

"啊，还有这么回事啊。"

这事对于迷亭来说似乎也太过意外了，他不禁低声惊呼了起来。

"当然了，来给小女提亲的人是络绎不绝的，可我们也算是有点身份的人家嘛，总不能随随便便地将她打发了呀……"

"这是自然。"迷亭终于放心了。

"我就是为了这事，才来这儿问问你的。"

"鼻子"转向我家主人后，出言吐语也立刻回到粗俗模式了。

"听说有个叫作水岛寒月的人会经常到你这儿来，那个人到底怎么样啊？"

"你要问寒月，所为何事？"主人十分不悦。

"想来也是与贵千金之终身大事有关，而想得窥寒月君性情行为之一斑吧。"

迷亭的心思转得倒是挺快的。

"是啊，若能请教一二，真是于心甚慰。"

"如此说来，你是要把女儿嫁给寒月君了？"

"谁说把女儿嫁给他了？"

"鼻子"突然朝主人发难道。

"除他之外也还有许多选择呢。不见得非要他来娶我女儿。"

"既然这么说，又何必来打听寒月的事呢？"

主人也被激起了斗志。

"可是，你也不必为他隐瞒吧。"

"鼻子"摆出那么一点吵架的姿态。

迷亭坐在他们两人中间将银烟管如同裁判扇①一般高高举起，心里则高喊着"上啊！快上啊②"。

"那么，寒月说过非你女儿不娶的话吗？"

主人使出了"排山倒海"的平推招数③。

"说倒是没说过……"

"那么就是你以为他要娶你女儿了？"

主人似乎领悟到对付这妇人尽管用"排山倒海"就是了。

"事情虽然还没到这个地步——可寒月君也未必就不乐意吧。"

一直退到擂台边后，"鼻子"展开了绝地反击。

"那么，可有事实说明寒月爱上了你家女儿？"

主人昂首挺胸，那气势似乎在说："要是有的话，你就说来听听！"

"嗯，基本上就是这么回事吧。"

主人这次的"排山倒海"并未见效。刚才一直以裁判自居而津津有味地观战的迷亭，似乎也被"鼻子"的这句话挑起了兴头。他放下了银烟管，往前探出了身子。

"寒月给贵千金写了情书了吗？啊呀，这可真是令人愉快之事，足以给新年增添一件趣闻啊。"

就他一个人兴高采烈的。

"没有情书，可比情书更猛烈呀。你们两人难道不知道吗？"

"鼻子"冷嘲热讽道。

"喂，你知道吗？"

主人问迷亭道，脸上的神情如同中了邪一般。

迷亭也用傻乎乎的口吻回答道："我是不知道的，要知道也是

---

① 相扑比赛时裁判手里所举的扇子。迷亭将"主人"与"鼻子"斗嘴当作相扑比赛，所以下面用好几个相扑的专业术语。
② 原文在此所用的也是相扑裁判专用的鼓动语。
③ 原文为相扑中猛推对方胸部的招式。

你知道。"

他竟然在这么个无关紧要的地方谦虚了起来。

"说什么呢？你两人都是心知肚明的。"

这时只有"鼻子"一个人扬扬自得。

"啊——"

其他两人一起目瞪口呆。

"好吧，你们要是忘了的话，我就给提个醒吧。去年年底，阿部先生家举办演奏会，寒月君也去的，对吧？晚上回来时，他在吾妻桥出了点事，是吧？——细节我就不讲了，因为说不定会给本人惹麻烦的——有了这个证据也就足够了吧，怎么样？"

说完，她将带着钻石戒指的手指整齐地放在膝盖上，冷然端正了坐姿。她那只出类拔萃的鼻子更是愈发地大放异彩，迷亭和主人已经完全丧失了存在感。

一时间，我家主人自不必说，就连能言善辩的迷亭先生似乎也被她这一招出人意料的"黑虎掏心"吓蒙了，如同发疟疾的病人突然退烧了一般，失魂落魄地呆坐着。然而，随着惊愕之波渐渐退去，本来面目逐渐恢复之后，滑稽可笑的感受一下子化为内心的呐喊喷涌而出了：两人就像事先约好了似的"哈哈哈哈"地笑了个前仰后合。

这次轮到"鼻子"期待落空，直愣愣地瞪着他们俩，似乎在说：此时大笑真是极端无礼。

"噢——，那就是贵千金呀，原来如此。您说得不错，苦沙弥君，这么看来寒月君爱上人家的小姐，是千真万确的了，嗯……你再隐瞒也无济于事了，还是赶紧招了吧。"

"哦。"主人只是这么哼了一声。

"真的是不可隐瞒哦，因为已经东窗事发了嘛。"

"鼻子"又扬扬得意了起来。

"是啊，这是自然。有关寒月君的事情理应知无不言，以供您参考。

喂，苦沙弥君，你是这儿的主人啊，老这么傻笑着不开口算是怎么回事呢。秘密这玩意儿可不是闹着玩的哦，不论你隐瞒得有多紧，总会露出马脚的。——可是，话又说回来，这事儿也还真有点不可思议啊，金田夫人，您是怎么打探到这一秘密的呢？真是令人吃惊啊。"

迷亭自顾说个不停。

"我也不是吃素的哦。"

"鼻子"一脸的得意神色。

"是啊，简直是太不吃素了。您到底是听谁说的呢？"

"就是住在这后街的车夫老婆讲的。"

"就是那个养着黑猫的车夫家吗？"

主人将双眼瞪得溜圆。

"是啊，为了寒月君的事，我可没少破费。每次寒月君来这儿都说了些什么，我都让车夫老婆一一禀报的。"

"这也太过分了吧。"

主人拔高了嗓门抗议道。

"怎么了？我又不打听你的言行举止。仅仅是寒月君的事情而已嘛。"

"寒月君的事也好，谁的事也好，总之车夫老婆本身就是个让人讨厌的家伙。"

主人发火了。

"可是，悄悄地到你家墙角根这么站着，不也是人家的自由吗？你要是怕人家听见，那就小点声啊。要不然，你就搬大一点的屋子住呀。"

"鼻子"毫无脸红的迹象。

"也不光是车夫家，从胡同里二弦琴师傅那儿我也听了不少呢？"

"寒月君的事吗？"

"不仅仅是寒月君的事。"

"鼻子"话里有话，暗藏杀机。

本猫以为主人这下该吃瘪了，可谁知他反倒破口大骂了起来："那师傅就知道瞎清高，好像就她是个人似的。真是个混账小子。"

"啊呀，不巧得很，她是个女流之辈，骂她'小子'什么的可就对不上号了。"

"鼻子"的话语愈发地粗鲁，将老底暴露无遗。

话说到了这份儿上，金田夫人就好像是特为吵架前来的。然而，不管事态发展到何种地步，迷亭依然稳坐钓鱼台，津津有味地看着他们两个斗嘴，那架势就跟铁拐李看斗鸡一样。

觉得自己在对骂方面并非"鼻子"之对手的主人，不得不转攻为守，以"坚壁清野"一般的沉默来与之相抗衡。可过了一会儿，他像是突然想到了什么似的又开口道："你只说寒月他怎么迷恋你女儿，可我听到的却有所不同哦。是吧，迷亭君？"

他开始向迷亭求援了。

"嗯，那时好像说贵千金先是身染贵恙——还满嘴胡言乱语的。"

"断无此事！"

金田夫人斩钉截铁地说道。

"还有，寒月君说是从 ×× 博士夫人那里听说的呢。"

"那就是我的安排，是我让 ×× 博士的夫人去接近寒月君的。"

"×× 夫人是在知情的前提下接受您的委托的吗？"

"是啊。不过她也不是轻易就答应的，我给了她不少东西的。"

"如此说来，关于寒月君的事，你今天是下定了打破砂锅问到底的决心，不打听到一点什么是不肯回家了，是吗？"

迷亭似乎也有点失去耐心了，与往常不同，出言吐语也粗俗起来了。

"行啊，说说又何妨呢？苦沙弥君，你就说说吧。——夫人，关于寒月君的事，只要不违背事实，无论是我还是苦沙弥君，都会知无不言的。对了，请您有条不紊地，一一提问吧。这样子说起来比较顺畅啊。"

"鼻子"终于认同并开始提问了。一度粗俗不堪的谈吐也有所收敛，至少在面对迷亭时，恢复了一开始的庄重和文雅。

"听说寒月君是一位理学士，那么，他到底是研究什么专业的呢？"

"在研究生院研究地球磁场。"

主人很认真地答道。不幸的是，"鼻子"没听懂，"哦——"地应了一声后就露出了一脸的诧异。

"学这个，能成为博士吗？"她问道。

"成不了博士就不将女儿嫁给他了吗？"主人不悦地问道。

"嗯，仅仅是个学士的话，世上多的是啊。""鼻子"若无其事地说道。

主人望着迷亭，厌恶之情愈发浓重了。

"能不能成为博士我们可不敢担保，您还是问些别的事吧。"

迷亭的心情也不见得好。

"最近，他也在学习那个地球——什么吧？"

"两三天前，他在理学协会上就《上吊的力学》之研究成果发表了演讲。"主人一点也不看风云起色。

"啊呀呀，上吊什么的，他可真是个怪人啊。研究上吊什么的，是绝对成不了博士的吧。"

"要是自己上了吊自然就难说了，可研究《上吊的力学》的话倒也未必就成不了啊。"

"是吗？"

这次"鼻子"偷偷地望了一眼主人的脸色。由于不懂"力学"是什么意思，她似乎有些心神不安——可怜见的。或许她觉得请教这么浅显的问题有碍她那金田夫人的脸面吧，故而希望能从对方的脸色上轧出一点苗头。然而，主人的脸，冷若冰霜。

"除此之外，他还学习点什么好懂的东西吗？"

"嗯，前一阵子，他写了一篇名为《论橡子的稳定性以及天体之运行》的论文。"

"在大学里也学习橡子这类东西吗？"

"这个嘛，我也是外行，不太清楚。既然是寒月君搞的这个，应该是有些研究价值的吧。"

迷亭语带讥讽，脸上却是一本正经的。"鼻子"似乎觉得这些学问方面的问题自己有些吃不住，于是就转变了话题。

"说说别的事吧——听说他在新年里吃香菇撅了两颗门牙，有这事吧。"

"有啊，那空缺处还黏着空也饼呢。"

迷亭觉得这个问题可谓是正中自己的下怀，一下子来劲了。

"好不知体面，没用牙签①吧。"

"嗯，下次再遇上这样的事，一定要批评他。"主人嘻嘻地笑道。

"吃个香菇也会把牙给撅了，可见他的牙齿有毛病啊。是这样的吗？"

"嗯，反正不能说牙齿好吧——迷亭，你说呢。"

"虽然不好，却也讨人喜欢。撅了以后也不去补好，这一点也很奇怪啊。直到今天仍是个钩挂空也饼的所在，真是奇观啊。"

"是因为没钱才没去补呢？还是他喜欢这么空缺着呢？"

"他也不可能一辈子自称'前齿欠成'②的，您放心好了。"

迷亭的心情渐渐恢复了。

"鼻子"又换了个问题。

"府上有没有他写来的书信之类的东西？能否让我拜读一下呢？"

"明信片多的是，你看吧。"

主人从书房里拿了三四十张出来。

"用不了这么多，看上两三张也就……"

---

① 吃日式点心的规矩是要先用牙签将点心划作四块，然后再一小块一小块地吃，这样就不仅不会黏在门牙上，还显得十分文雅。

② 前齿欠成，这是迷亭生造的一个日本式的人名。

"好吧好吧，挑几张我喜欢的给你看吧。"

迷亭先生说道。随即他便"哦，这张有点意思"地抽出了一张明信片。

"哎？他还会画画呐。真是多才多艺啊。让我好好看一下。"

说着她便端详了起来。

"啊呀，讨厌，画的是山狸。什么都好画，为什么偏偏要画山狸呢？——不过你也别说，看起来还真像山狸。"

口气之中又不无欣赏的意味。

"你读读那上面的文字吧。"主人笑道。

于是"鼻子"便像女佣读报一般读了起来。

　　　　旧历除夕，山中山狸举办游园会，载歌载舞的。其歌曰：
来吧，来吧①，除夕之夜，是没人进山的哦。哧嘣谷嘣咯嘣。

"这写的都是什么呀。拿人开涮吗？""鼻子"很不满意。

"这张天女中你的意吗？"

迷亭又抽出了一张。那上面画着一个身穿羽衣的天女在弹琵琶。

"这天女的鼻子好像太小了吧。"

"什么呀，这才是正常的鼻子呢。别关注鼻子了，读读文字吧。"

文字是这样的：

　　　　从前，在某处有一位天文学家。一天夜里，他一如既往
地登上高台，专心致志地观察起星星来。这时，天空中出现
了一个美丽的天女，并传来了世上没有的美妙音乐，这位天
文学家听得出了神，忘了彻骨的寒冷。到了第二天早上，人

---

① 原文中这个"来"字用的是土佐方言。因为寒月的原型物理学家、夏目漱石的学生寺田寅彦是在高知县（旧称土佐）长大的。

们发现天文学家已经死去，身上落满了白霜。这可是真事——那位满口胡言的老爷爷说道。

"这是什么呀？有什么意思呢？这也是理学士该做的事吗？拿到文艺俱乐部去念念还差不多。"

寒月君遭到了重大打击。

"这张怎么样？"

迷亭半开玩笑地又抽出了第三张。

这张明信片上印着一艘帆船，下面则照例是寒月的信手涂鸦。

昨晚码头上，二八小姑娘，没了爹和娘，独对海边小白鸽，梦中醒来的小白鸽，哀哀哭泣长，爹娘本是老船家，如今长眠白浪底。

"这个不错啊。很感人。都能够用来说唱了，不是吗？"

"能说唱吗？"

"是啊，配得上三弦的调子了。"

"哦，能配上三弦那是真不错了。这张怎么样。"

迷亭一个劲儿地抽出明信片。

"不看了。看了这几张就够了，剩下的虽然还很多，不过已经知道都不那么寒碜的。"

"鼻子"自以为已经够了解的了。

接着，"鼻子"提出了一个十分自私的要求，表示她关于寒月君的提问结束了。

"今天真是打扰了。不过呢，我来这儿的事情请不要告诉寒月君。"

也就是说，关于寒月的事情自己是无论大小都要知道的，但自己的事情是一点也不能让寒月知道的。

"哦——"迷亭和主人有气无力地应了一声后，"鼻子"又说了句"改日定要表示谢意的"就站起了身来。

送客之后重新入座的这两位，立刻就嘟囔起来了。

"什么玩意儿？"迷亭说道。

"什么玩意儿？"主人说道。

他们各自向对方抛出了同样的问题。

像是再也忍不住了，里屋传来了夫人的嗤嗤笑声。

迷亭闻听便大声说道："夫人，夫人，'月例'的标本来过了。'月例'到了这种程度，也够奇葩的了。您就尽情地放声大笑吧，别不好意思了。"

"别的先不说，那张脸就不中看。"

主人没好气地说了这么一句之后迷亭立刻接过话头补充道："那鼻子独霸脸部中央，模样可真别致啊。"

"还弯钩钩的。"

"嗯，有点弓背。弓背鼻子，太神奇了。"迷亭开心地笑道。

"那是一张克夫脸。"

主人心中的窝囊气似乎尚未出尽。

"那是一副十九世纪卖剩的，二十世纪也滞销的相貌。"

迷亭尽说些怪话。

此时，夫人从里屋出来了，她以女性特有的细心提醒道："坏话说多了，小心车夫老婆又去告状哦。"

"告一点状，有时也能成为苦口良药的，夫人。"

"可对人家的相貌说三道四的，也太低级了吧。谁也不是自己愿意长那么个鼻子的吧——再说，她毕竟是个妇道人家嘛，这么说人家可有些过分了。"

在为"鼻子"的鼻子辩护的同时，夫人也顺带着为自己的容貌间接辩护了一下。

"什么过分不过的？那是妇人吗？根本不是妇人，是蠢人。对吧？迷亭。"

"是蠢人，这或许不假，可也是厉害角色啊。刚才不就大闹了一场吗？"

"哼，她将教师当成什么了？"

"当作后街的车夫一般吧。她那种人心里只敬重博士。你没成为博士，就是你最大的失策，对吧？夫人。"

迷亭笑着回头看了看夫人。

"他还博士呢？别指望了。"

连夫人也对主人不抱希望了。

"你怎么知道我成不了博士呢？别小看人好不好。伊索克拉底①在九十四岁高龄还写出了伟大著作呢——谅你也不知道吧。索福克勒斯②写出惊世杰作，也在将近百岁之高龄啊。西摩尼得斯③在八十岁写出了绝妙好诗。我才……"

"荒唐！你有胃病，能活那么久吗？"

夫人对主人的寿命做出了预估。

"亏你说得出口啊——你倒是去甘木大夫那儿问问——再说了，都是你让我老穿这种皱巴巴的黑棉布外褂和补丁摞补丁的和服，才被那女人瞧不起的。从明天起，你拿迷亭身上那样的出来给我穿。"

"什么拿出来给你穿？那种上等绉绸的礼服，我们家可没有。再说金田夫人对迷亭先生恭敬，是在听了他伯父的大名之后啊。你拿衣服撒

---

① 伊索克拉底（前436—前338），古希腊雄辩家，曾设立学校，讲授修辞学。他所写的主张团结希腊各城邦共同讨伐波斯的演说体评论和书简至今尚存，其文体被誉为后世散文之典范。

② 索福克勒斯（前496—前406），古希腊三大悲剧诗人之一，相传作品有123篇，现仅存《俄狄浦斯王》《厄勒克特拉》等7篇。

③ 西摩尼得斯（约前556—约前468），古希腊抒情诗人，创作了很多竞技祝捷歌、挽歌、墓志铭歌等，声望很高，但作品传世的很少。

什么气呢。”

夫人巧妙地回避了自己的责任。

听到“伯父”云云，主人像是突然想起来似的问迷亭道：“对了，你有伯父这事，今天我还是头一回听说，你真有这么位伯父吗？”

迷亭一听，就像早就等他来问似的说道：“嗯，你说我那伯父吗？我那伯父可是个老顽固啊——也是个从十九世纪一直活到今天的人物。”

说着便对主人和夫人各看了半眼。

“呵呵呵呵，您看您，尽开玩笑。他如今在哪儿活着呢？”

“在静冈县活着呢。不过可不仅仅是这么活着而已啊。他脑袋上的丁髻死活不肯剃掉，大家都拿他没办法。人家说‘您就戴个帽子吧’，他说‘我活到这个年纪，还没觉得脑袋冷得非戴帽子不可呢’，神气得很啊。人家说‘天冷，您就多睡一会儿嘛’，他说‘人只要睡四个钟头就足够了。超过四个钟头就是懒惰’。他早上天不亮就起床了。对此，他说‘我也是经过好多年的修炼，才把睡眠时间压缩到四个钟头的。年轻的时候总想懒床，到最近才终于进入了随心所欲的境界’。为此，他十分得意，十分自豪。活到了六十七岁睡不着原本是理所当然的事情，跟修炼或者修脚毫无关系，可他真以为是他的克己之功。还有呢，外出的时候，他是一定要带上一柄铁扇①的。”

“干吗用呢？”

“不知道。反正是必须携带的。或许是替代文明棍吧。前一阵子，还闹出了一件趣事呢。”

这话，迷亭先生是只对着夫人一人说的。

“哦——”夫人不痛不痒地应了一声。

“今年春天，他写信来说是‘赶紧寄圆顶硬礼帽和长礼服来’。我吃了一惊，写信去问，回信说是老人自己要穿。说是二十三日静冈县要开

---

① 铁扇：铁骨的折扇，原是武士的防身武器之一，后来就变成装饰品了，在日本的近世十分流行。

什么祝捷大会，他老人家命令紧急调配的。可笑的是，'命令'中竟有这样的话：'帽子拣大小差不多的买来就是了，礼服也估算了尺寸去大丸定做……'。"

"近来大丸也做西服了吗？"

"哪里？应该是白木屋，是他搞错了。"

"那'尺寸估算一下'什么的，叫人怎么把握呢？"

"这就是我那伯父之独特风格啊。"

"那你怎么办呢？"

"还能有什么办法？只得'估算'一下，做了给他寄去啊。"

"你也真是胡闹。那么，赶上祝捷大会了吗？"

"嗯，好歹总算是赶上的吧。我看了一下老家的报纸，见上面写道：'是日，牧山翁极为罕见地身穿着西式大礼服，手持一柄从不离身的铁扇……'"

"看来不管到哪儿，这铁扇是他不肯丢下的了。"

"嗯，他死后，棺材里别的可以不放，铁扇是一定要给他放进去的。"

"不管怎么说，帽子和礼服穿戴得挺好，你也算是圆满完成任务了。"

"错了！问题就出在这儿。当时，我也以为太平无事了，正暗自庆幸呢，没料想不久之后就寄来了一个小包裹。我还以为是谢礼呢，打开一看，就是那顶圆顶硬礼帽，还附了一封信呢。信上写道：'该礼帽承蒙劳驾购置，惜乎尺寸偏大，故不得已而寄回，烦请帽店改小尺寸。改制费用，余将以邮政汇票奉上'。"

"哦，果然是迂阔得紧啊。"

主人似乎因发现了天底下尚有比自己更为迂阔之人而大为满意。不一会儿，他又问道："那么，后来又怎样了呢？"

"还能怎样？就我自己戴着了呗。"

"那帽子吗？"主人幸灾乐祸地笑道。

"那位老先生是男爵吗？"夫人有些不解地问道。

"谁？"

"你那位铁扇不离身的伯父呀。"

"他哪是啊。他是个汉学者，年轻时在圣堂 ① 专攻朱子学什么的艰深学问，所以如今坐在电灯底下头上也依然顶着个丁髻。没办法，改不了了。"

说完，迷亭便一个劲儿地捋下巴。

"可你刚才明明跟那个女人说是牧山男爵的呀。"

"对，你说过的。我刚才在饭堂里听得真真的。"

这次，夫人完全支持自己的丈夫。

"是吗？我说过吗？哈哈哈哈。"

迷亭莫名其妙地大笑起来。

"那是瞎说的。我要是真有一位男爵身份的伯父，估计现在已经当上什么局长了吧。"

他连眼睛也不眨一下。

"就说嘛。我那会儿就觉得有些不对劲。"

主人脸上的表情似乎很高兴，又似乎有些担心。

"啊呀呀，亏你能一本正经地撒这么个弥天大谎啊。你还真是个吹牛高手。"

夫人表示极其佩服。

"哪里话来，要说高，那女人可比我高多了。"

"你比她也毫不逊色哦。"

"可是，夫人，我吹牛，仅仅是即兴吹牛而已。那女人可是有备而来的，她的自吹自擂可都是有说道的。您要是将那种源自小聪明的计谋和天生的幽默感混为一谈，那么，恐怕连喜剧大王也不得不感叹明珠暗投，世上没有识货之人了。"

迷亭辩解道。

---

① 圣堂：即汤岛圣堂，在东京都文京区，是祭祀孔子的殿堂。

“嗯，这个嘛，怎么说呢？”

主人垂下了眼帘。

“嗨，还不是一回事吗？”

夫人“咯咯”一笑道。

迄今为止，本猫还从未踏入过对面的那条胡同。所谓街角处的金田家到底是一副如何模样，自然也是从未见过的。事实上不要说看了，就连听，今天也还是头一回呢。由于资本家的话题在主人家里是从未出现过的，故而连吃主人家饭的本猫，不仅于该方面完全无缘，且持极为冷淡之态度。然而，适才“鼻子”突然造访，本猫旁听了他们的谈话之后，不禁因其令爱千金之美貌、殷实家底所带来的富贵权势而浮想联翩，觉得自己虽是一介之猫也没法再无动于衷地闲躺于檐廊了。更何况本猫于寒月君寄予了莫大的同情。就对方而言，不惜收买了某博士的夫人、车夫老婆，甚至于二弦琴“天璋院”，连寒月君撅了门牙的事都打听得一清二楚。可寒月君这边呢，只是嘿嘿傻笑着摆弄外褂丝绦说他只是个刚毕业的理学士，也显得太过无能了吧。话虽如此，由于对方是个脸部正中安着个伟大鼻子的女人，能够对付得了的人自然也是极为有限的。而对于这样的事件，我家主人自是漠不关心的，更何况经济上也缺乏支撑。迷亭倒是不缺钱，可他是飘忽不定的“偶然童子”，指望他来给寒月君出头撑腰也是渺茫的。因此，那位演讲过《上吊之力学》的先生就只得陷入孤立无援之可怜境地了。这太不公平了！本猫定要挺身而出，深入敌境而一探彼方之动静。吾辈是猫，这不假，可本猫毕竟是读了爱比克泰德之著作后会将书摔在桌上的学者之家的猫，岂是世上一般之痴猫、蠢猫可比的——根本不是同一族类嘛。敢于做如此冒险之举的侠义之心，原本就潜藏于本猫之尾巴梢里的。

本猫要这么做也并非是由于寒月君于本猫有恩，说到底，这原本就不是为了某一个人所做的热血沸腾，好勇逞强之事。说大一点，这是充分体现了热爱公平，热爱中庸之天性的辉煌义举。

既然对方不经本人同意便将吾妻桥事件等到处乱讲、既然派遣走狗到人家屋檐下偷听并扬扬得意地将得到的禀报逢人就讲、既然不惜动用车夫、马夫、无赖、不良学生、短工婆、产婆、妖婆、按摩瞎子、痴呆神经来困扰一个国家的有用之才——哼哼，那就别怪本猫也有所打算了。

所幸的是天公作美，尽管地面融霜不便行走，但为了心中的正义也只能奋不顾身了。因足底粘泥而会在檐廊地板上印上梅花脚印这样的小事，或许会给厨房女佣带来些许麻烦，而于本猫是毫无苦痛可言的。别说明天不明天的了，要去立刻就去——本猫下定了决心，便以勇猛精进之气势窜到了厨房。

"慢来！"——另一个念头又冒了出来。

作为猫咪来说，本猫不仅已进化到了极致，就智力而言自忖也是不输于初三学生的，然而，可悲的是，咽喉之构造依然是属于猫类的，无法说人类的语言。因此，即便巧妙地潜入金田家，将敌情摸得一清二楚，既不能向当事人寒月君报告，也不能跟主人和迷亭娓娓道来。那么，既然不能付诸言辞，还不与埋入土中而不得发光的钻石一般无二了？再多的聪明才智也形同无用之长物，岂不愚哉——本猫伫立于后门口不禁心中暗叹：还是算了吧。

然而，一旦决定要做的事情而中途放弃，不就跟盼望阵雨之人眼睁睁地看着乌云飘往别处一样了吗？那该是多么的遗憾，多么的令人惋惜啊。再说了，倘若自身有什么不是倒也罢了，这可是为了正义，为了人道之义举啊，明知要做出无谓之牺牲也赴汤蹈火在所不辞，这不就是好男儿之英雄本色吗？什么白费力气，什么弄脏脚掌之类的，这些对于吾辈猫类来说算得了什么呀。出于前世因缘生而为猫，本猫自是不具备以三寸不烂之舌与寒月、迷亭、苦沙弥等诸先生沟通思想之术，可要说起"忍术"①来，吾辈猫类天生要高出诸先生许多的。能为他人所不能为之事，这本身就是件十分令人愉快之事啊。哪怕了解

---

① 忍术：即忍者之术。日本古代忍者的主要任务就是刺探情报。因此隐身、偷听之术是第一位的，格斗、刺杀等技艺还在其次。

金田家内情的只有本猫一个，那也比谁都不了解令人愉快啊。即便无法告诉别人，可让敌方知道事情已然败露，这也是一件令人愉快之事啊。如此这般，"愉快"不断地涌上心头，想不去也不成了。最终本猫还是决定：去！

来到对面的胡同一看，只见那西洋馆跟听说的一样，以一种唯我独尊的姿态占据着街角。想来这屋子的主人也同样以唯我独尊之姿态睥睨世人的吧。然而，进入了大门一望，见这幢二层楼的建筑毫无意义地戳在那儿，除了给人以压抑感之外没有任何出奇之处。或许这就是迷亭所说的"月例"吧。

自玄关右转穿过树丛之后，本猫便绕到了厨房后门口。要说这厨房可真够宽敞的，估计有苦沙弥先生家的十倍左右吧。不仅大，还异常的整洁光亮，比那前一阵《日本新闻》详细报道的大隈公①家的厨房一定也是毫不逊色的。

"真是个模范厨房啊。"本猫暗自赞叹着爬了进去。

只见车夫老婆正站在两坪左右大小的水泥地上，跟厨师、车夫一个劲儿地说着什么。

"这婆娘可不是好惹的。"——本猫十分识相地躲到了水桶背后。

"看来那个教书的，还不知道我家老板的名头呢。"

厨师说道。

"怎么会不知道呢？住这一带的要是连金田公馆的主人都不知道，那不是没长耳朵没长眼睛的废物了吗？"

这是包车夫的声音。

"这可难说哦。那个教书的，可是个除了书其他什么都不懂的怪人啊。他要是知道那么一点老板的事情，或许就会买账的。不过这也是没办法的事情，人家连自己的小孩几岁了都不知道的嘛。"

---

① 隈公：即大隈重信（1838—1922），明治时期政治家，财政改革家，侯爵。日元的创建者。日本第8任和第17任首相。创建了东京专科学校，即现在的早稻田大学的前身。

车夫老婆说道。

"连金田老板的账都不买，也真是个可恨的怪物。不管了，我们一起去吓唬吓唬他怎么样？"

"这敢情好。谁叫他说什么夫人的鼻子太大了，长相难看啦，也太过分了嘛。他自己也不照照镜子，那脸跟今户烧①的山狸似的，自己还觉得挺像那么回事呢，真叫人受不了。"

"还不光是脸蛋儿呢，他那提着毛巾去澡堂的样子，简直是目中无人啊。好像天底下就他了不起似的。"

可见苦沙弥先生在厨师这儿也很不受待见。

"我们一齐到他家的墙角根去，将他痛骂一顿吧。"

"嗯，这样的话，他一定会买账的。"

"可是，刚才夫人吩咐过，被他看到我们就不好玩了，要让他只听得到我们的声音看不到人，叫他书也看不成，干着急没办法才好呢。"

"这还用说吗？"

车夫老婆气势汹汹地说道，表示她一个人便可承包三分之一的骂人话。

原来是这样啊。这帮家伙要来找苦沙弥先生的碴儿啊——本猫心中暗忖着悄悄地从他们三人身边经过，径直朝里屋走去。

吾辈猫类的脚，虽有似无，无论走在何处都不会冒冒失失地弄出声响。犹如空中漫步一般、腾云驾雾一般、水中击磬一般、洞中鼓瑟一般。又好比尝珍知味，不落言筌；如人饮水，冷暖自知。

"月例"西洋馆——何足道哉；

模范厨房——又岂在话下。

什么车夫老婆、下人女佣、厨师、小姐、大鼻子夫人、金田老爷等辈，统统不在本猫眼里。本猫想去哪里就去哪里，想听什么就听什么，

---

① 今户陶器。东京都台东区今户地区制作的素烧陶器。

完事儿之后便吐吐舌头、摇摇尾巴、翘翘胡须优哉游哉地打道回府而已。更何况本猫于此道乃日本第一之高手，连自己都怀疑是否真的继承了草双纸之猫又的血统。人说癞蛤蟆的额头上有夜明珠，而本猫的尾巴里包罗万象，人类的什么神、佛、情、死诸事自不必说，还秘藏着大可鄙视天下众人之家传妙药。故而对于本猫来说，神不知鬼不觉地横行于金田家的走廊，简直就比大力金刚一脚踏烂一方琼脂还要容易。

　　说实话，此时就连本猫自己也对自己的本领大感钦佩。本猫注意到这一切都是托了平时爱护备至之尾巴的福。而既然注意了这一点，就不能毫无表示了。本猫一定要郑重其事地礼拜一下这位"尾巴大明神"①，以恭祝"'喵'运长久"②，可低头一看，发现事情并不像想象的那么简单。既然要礼拜，自然一定要看着"尾巴大明神"礼拜的，可为了看到尾巴而转动身体后，尾巴也就自然而然地转过去了。想要追上它而扭过脖子去的时候，尾巴也保持着相同的间隔跑到前面去了。到底是将"天地玄黄"收入三寸来长之中灵物啊，岂是本猫所能轻易企及？故而在追了"尾巴大明神"七圈半，累得气喘吁吁之后，本猫只得作罢了。

　　此刻，本猫多少有些头晕眼花，不知身处何处，也分不清东南西北了。管他呢——本猫一通乱跑。此时，从隔扇门里面传出了"鼻子"的说话声。就是这儿了——本猫站定身躯，斜斜地探出双耳，凝神静听。

　　"一个穷教书匠，也太不知好歹了吧，你说是不是？"

　　她照例扯开了大嗓门。

　　"嗯，是太不知好歹了。要稍稍地教训一下他。那个学校里有我的老乡。"

　　"老乡？谁呀？"

---

① "大明神"是日本常用的一种对神明的敬称，但有时也用来表示诙谐感，这里就是这种用法。

② 此语明显是从"武运长久"一词变化而来的，具有调侃意味。本书的时代背景为日俄战争时期，正是日本军国主义高涨之时，但夏目漱石以其特有的敏锐感觉，已经察觉到国运的危险，常有"众人皆醉我独醒"之叹，在当时也颇为人误解。

"津木针助和福地细螺，可拜托他们去修理他一下。"

本猫不知道这位金田君的老家是哪里，只觉得他们那里的人名字都很怪，不由得暗自诧异。随后，金田君又问了一句："那小子是教英语的，是吗？"

"是啊，听车夫老婆说，好像是专教英语阅读什么的。"

"反正不灰是什么正经教师的。"

这个"不灰"①也令本猫暗自捧腹。

"前一阵子遇到针助时他说'我们学校里有个怪人。学生问他"番茶"②用英语怎么说，他便一本正经地说是 Savage tea③，在老师间传为笑谈'。还说有这样的教员，尽给别人添麻烦，真叫人头痛。我估计他说的大概就是那小子的事儿吧。"

"肯定是那小子了。看他那长相就像是说那种话的人。还留着小胡子呢，真恶心。"

"真是个岂有此理的家伙。"

要是留胡子就"岂有此理"的话，那么吾辈猫类岂非没一只"有理"的了？

"还有啊，那个叫作迷亭还是酩酊的，还真像个不知天高地厚的醉鬼，胡说什么他伯父是牧山男爵，瞧他长那样，怎么可能有一位男爵伯父呢？"

"那就是你的不是了。一个也不知从哪儿冒出来的家伙乱说一通你就相信了？"

"我的不是？那家伙的骗人功夫也太高了嘛。"

"鼻子"心中愤愤不平的。

---

① "不灰"就是"不会"，作者借此嘲笑金田的地方口音。
② 番茶，粗茶。是在第一轮采摘过后，用第二第三轮采摘的老茶叶为原料制成的劣质煎茶。英语一般译作 coarse tea。
③ Savage 是"粗野、野蛮、野蛮人"的意思而非"粗劣"的意思，故而会遭人嘲笑。

令人不解的是，他们的谈话中却没一句提到寒月君。是本猫来打探之前就已经评论过了呢？还是已经将他"枪毙"了不再为他费心了呢？本猫尽管挂念此事，却也无计可施。

伫立片刻之后，听得走廊对面的房间里有铃声响起。可见那边将有事发生。本猫立刻朝那边跑去，唯恐错失良机。

跑来后一看，见一个女人独自在大声说话。其嗓音与"鼻子"十分相像，据此推测，她应该就是这家人家的大小姐，差点让寒月君投河的那个活宝吧。遗憾的是隔着门无法一睹芳容，搞不清她的脸部中央是否也供着个大鼻子。然而，综合其说话的腔调与鼻息之粗细程度，很难想象她会长着一个不那么引人注目的小鼻子。

本猫在门外只听得那女人不停地说话而对方的应答却一句也听不到，看来这就是传说中的电话了。

"喂，你是大和①吗？明天，要来的。帮我订个'莺三'②，行吗？明白了吗？——什么，不明白？——讨厌！订个莺三呀。——什么？——订不到？怎么会订不到呢？帮我订！——'嘿嘿嘿，开玩笑？'——开什么玩笑！——别捉弄人。——你到底是谁呀？长吉？怪不得弄不明白了，叫你们老板娘来听电话。——什么？'我什么都能办？'——你太不知天高地厚了。你知道我是谁吗？我是金田啊。——'嘿嘿嘿，非常明白'？——真是个傻瓜。——是金田！——什么？'经常得到照顾，多谢多谢'？——谢什么谢？谁要听你谢了？——哎？你在笑？你真是傻瓜。——'说得不错'？——你再捉弄人我可要挂电话了。怎么样？怕不怕？——别不作声啊，你不说话人家怎么明白呢？喂，说话呀。"

没有回答，估计是长吉挂断了电话。小姐火冒三丈将电话铃摇得"嘎嘎"直响。她脚边的哈巴狗受惊后突然"汪汪"地叫了起来。本猫

---

① 大和，歌舞伎剧场市村座的茶屋店名。
② "莺"是歌舞伎观众席的名称之一，是上等席位，"三"是第三排的意思。所以"莺三"是最好的位子。

心想这可大意不得，便赶紧钻到了檐廊地板之下。

恰在此时，走廊上自远而近地传来了一阵脚步声，随即又是开门的声响。有人来了——本猫侧耳倾听。

"小姐，老爷、太太叫您过去呢。"——像是女仆的声音。

"我不去。"

小姐的呵斥如同射出的枪弹一般可怕。

"说是有事要跟您说，才叫我来喊您的。"

"烦不烦呀！我说过了，不去。"

小姐开了第二"枪"。

"……说是关于水岛寒月先生的事情。"

女仆活动了一下心眼儿，想讨小姐喜欢。

"管他寒月水月呢——我最讨厌了，长着一张苦瓜脸。"

可怜的寒月君，尽管不在现场也莫名其妙中了一"枪"。

"你什么时候梳成束发①的。"

"今天。"

女仆松了一口气后，尽量简短地答道。

"太嚣张了吧。你一个女仆梳什么束发呢？哼！"

第四"枪"来自另一个方向。

"啊呀，还套了个新半襟②了。"

"嗯，这不是前一阵子小姐您自己给我的吗？我看这东西太高级，舍不得戴就放箱笼里了，后来是看原先戴的那个太脏了，就把它给换上了。"

"我什么时候给你的？"

"不就是新年里去白木屋时您买的吗？——暗绿色的底子上印着相扑力士的排名。您说'我戴着太土气了，给你吧'，就是这个呀。"

---

① 束发，指明治初期开始流行的妇女西式发髻。

② 半襟，一种和服衬领，兼有防污和装饰的作用。

"啊呀，你戴着还挺好看的。气死我了。"

"不敢当。"

"谁夸你了？我说气死我了。"

"嗳。"

"这么好看的东西，你就一声不吭地拿着了？"

"嗳。"

"既然你戴着都这么好看，那么我戴着也不会不好看吧？"

"一定好看的。"

"既然知道我戴着一定好看干吗一声不吭的藏着掖着？还假装不知道似的自己戴上了。坏蛋！"

小姐的呵斥终于变成了机枪扫射。

这事态将会如何发展呢？——正当本猫听得入神之际，从对面的房间里传来了金田君的高声呼喊："富子、富子。"

"来了。"

小姐不情愿地应了一声走出了电话室。那条眼睛嘴巴都集中在脸部中心的比本猫稍大一点的哈巴狗也跟了上去。于是，本猫便又蹑手蹑脚地出了后门来到街上，急急地赶回主人的家——本猫的探险已取得了十二分的成绩了。

由于从洁净的府邸突然回到了脏兮兮的地方，本猫回家后的心情就如同从阳光明媚的山上猛地钻进了黑魆魆的洞窟一般，一下子就阴沉了下来。刚才探险的时候，尽管心有所属，对那所房子的装饰、隔扇、移门等物并未怎么留心，可回家后依然感到了自家居所之低劣，与此同时，也对那所被称作"月例"的豪宅十分留恋。不由得叫人相信资本家确实比教师有实力。本猫也不大对头了——想到此，本猫便向"尾巴大明神"寻求喻示，回头一看，见尾巴梢上果然出现了神谕：就是这么回事。就是这么回事。

进入客厅后本猫又是一惊：那位迷亭先生还没走！火盆里插满了烟头，

活像一个大马蜂窝，他老先生盘腿坐着正口若悬河滔滔不绝地说着什么。

寒月君不知什么时候也来了。我家主人则枕臂横卧，正专心致志地观察着天花板上的屋漏痕。与往常一样，这里依然是盛世闲人之聚会。

"那位说胡话也提到你的女士的姓名，在当时或许是个秘密，现在说说也无妨了吧。"

迷亭开始拿寒月君开涮了。

"对于我来说自然是无所谓的，可说了之后可能会给对方带来麻烦的呀。"

"还是不能说吗？"

"再说，我是跟××博士夫人保证过的嘛。"

"保证不跟别人说的吗？"

"是啊。"

说着，寒月君照例又摆弄其外褂上的丝绦了。那根丝绦是紫色的，不像是市面上现成有卖的。

"你那丝绦的颜色，可算是天保调①的呀。"

主人对于金田事件漠不关心。

"是啊，怎么说这也不像是日俄战争时代的物件啊。用这样的丝绦，非得头戴阵笠②，身穿印有葵纹③的开衩外褂④不可，不然是压不住的。织田信长⑤大婚后去看望老丈人时头上梳的茶筅髻⑥应该就是用这种丝绦扎的。"

迷亭一发表意见总是长篇大论的。

---

① 天保是江户时代末期仁孝天皇的年号（1830—1844），天保调是指当时俳句界对于不适应新时代，应循守旧之俳风的嘲讽用语。在此处，"主人"用以调侃寒月的丝绦为"老古董"。

② 日本古代下级武士上阵打仗时戴的斗笠，用以代替头盔。

③ 德川家族的族徽。

④ 一种后背下部开衩的外褂。是日本古代武士在骑马或外出旅行时穿的。

⑤ 织田信长（1534—1582），日本战国时代的武将，为统一日本打下了基础，但在功败垂成之际在京都本能寺遭叛将明智光秀袭击，自杀身死。其继任者即为丰臣秀吉。

⑥ 流行于室町时代的一种形同茶筅，即茶刷子的发髻，其根部须用细带扎紧。

"事实上我爷爷参加'长州征伐'①时系的就是这个。"

寒月君十分严肃。

"我劝你你乖乖地捐给博物馆吧。你寒月君好歹也是个做过《上吊的力学》演讲的理学士，弄这么一身遗老遗少般的旗本②打扮，有损体面啊。"

"谨遵您的忠告原本倒也无妨，只是有人说这条丝绦于我十分相宜——"

"谁呀？谁会说出这种没品位的话来？"

主人翻着身大声说道。

"那是尊驾所不相识的——"

"不相识，又何妨？到底是谁？"

"是一位女士。"

"哈哈哈哈，真是风流之徒啊。让我猜上这么一猜，嗯，估计还是那位在隅田川的河底喊你名字的那个女子吧。她恐怕是要你穿上这件外褂再赴龙宫冥府吧。"

迷亭从一旁插嘴道。

"嘿嘿嘿嘿，不会再从河底发出呼唤了。要喊也是从乾方③之清净世界……"

"不见得有多清净吧。那可是个恶毒丑陋的大鼻子啊。"

"哎？"

寒月君一脸的不解之色。

"对面胡同里的'鼻子'到这儿来过了。将我们两人着实吓了一跳

---

① 长州征伐：江户时代末期，由于长州藩致力于"尊王攘夷"之倒幕运动，遭到德川幕府所组织的两次征讨。第一次征讨时（1864年7月）长州藩的统治权掌握在保守派手中，故而不战而降；后来以高杉晋作等人为首的讨幕派发动政变，掌握了长州藩的实际领导权，在幕府发动第二次征伐（1866年6月）时，长州藩与萨摩藩联合，一举打败了幕府军。经此一役，德川幕府的权威彻底丧失。

② 日本江户时代直属于德川将军的家臣中，俸禄在一万石以下五百石以上，有资格直接觐见将军的武士。

③ 此处的"乾"是方位名，即西北方向。

啊，是吧，苦沙弥君。"

"嗯。"

主人就这么躺着喝了口茶。

"'鼻子'是谁呀？"

"就是你那位天长地久的亲密爱人的母亲大人嘛。"

"啊——"

"一个自称是金田之妻的女人来打听过你的事了。"

主人老老实实地做了说明。

是惊讶？高兴？还是害羞？——本猫偷窥了一眼寒月君的反应，只见他若无其事，无动于衷，用他那一贯的平静口吻问道："是要你们来劝我娶她的女儿吧。"

说完，他便又摆弄起那根紫色的丝绦了。

"非也，非也。那位母亲大人可是一个伟大鼻子的拥有者……"

迷亭才说了半句，主人便移花接木地说道："哦，对了。从刚才起，我就一直在以大鼻子为题材构思俳体诗①呢。"

这时，从隔壁房间里传出了夫人嗤嗤的笑声。

"你也真是悠闲啊。想好了吗？"

"想了几句。第一句是'祭鼻于此脸'。"

"后面呢？"

"接着是：'供酒于此鼻'。"

"下一句呢？"

"还只想了这么两句呢。"

"有趣。"

寒月君嘿嘿地笑道。

"下接'两孔小又小'如何？"

---

① 一种具有俳句风味的新体诗。俳体诗这个名称就是夏目漱石给起的，他自己也参与创作，于日俄战争前后发表在《子规》杂志上。

迷亭立刻接了一句。寒月君也道："'幽深不见毛'可以吗？"

正当他们各自胡诌乱吟之际，从篱笆墙外的大道上传来了"今户烧山狸，今户烧山狸"的嚷嚷声，约莫有五六人的样子。主人和迷亭微微一惊，透过篱笆墙的缝隙处朝外面望去，于是，外面又传来了"哇哈哈哈"的笑声和逐渐远去的脚步声。

"今户烧山狸什么的，是什么意思？"

迷亭不解地问主人道。

"搞不懂。"

主人答道。

"很是奇特啊。"

寒月君做出了评论。

这时，迷亭像是想到了什么猛地站起身来，用演讲的口吻说道："近年来本人曾于美学角度对鼻子做过研究，愿在此披露一番，烦请二位一听。"

由于事出突然，主人直愣愣地盯着迷亭，一声不吭。寒月君则小声道："愿闻其详。"

"鄙人已做过多方考察，然于鼻子之起源仍不甚明了。最令人不解的是，倘若将鼻子假定为实用性之器官，那么仅有两个鼻孔也就足够了。根本没有旁若无人地凸出于脸部中央之必要。然而，为什么它会如你们所亲眼目睹的那样，竟然高高地凸显出来呢？"

说着，他捏住自己的鼻子给大家看。

"也并不怎么凸显嘛。"

主人毫不奉承地实话实说道。

"反正没有凹陷下去吧。如果混同于两孔并列之状态，恐有招至误会之虞，还请慎为详察。——依鄙人之愚见，鼻子的发达实乃我辈人类擤鼻涕之细微动作的结果，乃自然累积所造成的如此显著之现象。"

"真是不折不扣的愚见啊。"

主人又插入了一句短评。

"正如各位所熟知的那样，人类在擤鼻涕的时候是一定要揪住鼻子的。

揪住了鼻子——也即对此一局部施加了特别的刺激之后，根据进化论之基本原理，为回应此种刺激，该局部必将以与其他部分不成比例的方式而进化。其皮肤自然会变得更坚韧，其肌肉自然会变得更坚硬。最终，僵化而变为骨头。"

"这可有点——对了，肌肉是不可能一下子升级为骨头的。"

到底是理学士，寒月君对此提出了抗议。然而，迷亭不为所动地继续演讲道："嗯，有怀疑也是情理之中的事情。然事实胜于雄辩。就像各位所看到的这样，骨头已然形成了，又有什么办法呢。是的，骨头形成了。然而，骨头形成之后，鼻涕依然会产生出来，而有了鼻涕就不得不擤。由于这擤鼻涕动作的缘故，鼻骨两侧被渐渐削去并产生了微小之隆起——这真是一种神奇的作用过程。如同水滴石穿一般；如同宾度罗①的脑袋自会放光一般；如同异香奇臭自然天成一般。最终，鼻梁便如此这般地坚硬、挺拔起来了。"

"你自己的鼻子可是肉嘟嘟的哦。"

"关于演讲者自身之局部，为避自我辩解之嫌，特不作论述。而作为进化得最好最伟大之天下珍品，鄙人愿为二位介绍金田家母亲大人所拥有的鼻子。"

寒月君禁不住连声喝彩。

"然而，任何事物但凡发展到了极致，壮观则壮观矣，却往往也近于恐怖。那根鼻梁的状况也是如此，尽管极为出色，但总是过于险峻了那么

---

① 十六罗汉中的第一罗汉。在日本，人们相信如果抚摸了此罗汉则会病体痊愈，故而极为有名。

一点。就古人而言，苏格拉底①、哥尔德斯密斯②以及萨克雷③诸位的鼻子在构造之上确有不够完美之处，然而瑕不掩瑜，这些不完美之处反倒十分招人喜爱。有所谓'鼻贵于奇而不贵于高'，道理正在于此。俗语也有'鼻子不如团子'④的说法，故而就审美价值而言，我迷亭的鼻子倒是恰到好处的。"

寒月和主人全都"呵呵呵呵"地笑出了声，迷亭自己也十分愉快地笑了起来。

"闲话少说，言归正传。刚才所说——"

"先生，'言归正传'可是说书人的口头禅，品位太低，还请慎用。"寒月君不失时机地报了前些日子的一箭之仇。

"好吧，那就当我洗过脸后重新出场了吧——下面，鄙人想讨论一下鼻子与脸部的平衡关系。倘若不涉及其他而作纯粹的《鼻子论》，那么，那位母亲大人确实拥有一个到哪儿都不失体面的——放到鞍马山⑤展览会上恐怕也会得一等奖的鼻子，然而，可悲的是，那是一颗没跟眼睛、嘴巴以及其他诸'先生'商量，自作主张独立形成的鼻子。尤里乌斯·恺撒⑥的鼻子无疑是极为出色的。然而，倘若用剪刀将恺撒的鼻子'咔嚓'一声剪下来，安到尊府猫咪的脸上又会怎么样呢？让那颗英雄的鼻子非常突兀地耸立在狭窄的猫脸上，就好比将奈良的大佛搬到了围棋棋盘上，由于比例之失调已臻极致，鄙人认为其美学价值也必将是一落千丈的。那位母亲大人的鼻子也跟恺撒的鼻子一般无二，

---

① 苏格拉底（前470—前399），古希腊哲学家。
② 哥尔德斯密斯（1728—1774），英国诗人、小说家、剧作家，著有小说《威克菲尔德牧师传》、诗集《荒村》、戏剧《屈身求爱》等。
③ 萨克雷（1811—1863），英国小说家，擅长用讽刺和写实主义手法描写社会风貌。代表作有《名利场》《亨利·艾斯芒德的历史》。
④ 日语的用"花より团子"的俗语（意为"舍华求实"），由于"花"和"鼻"在日语中发音相同，所以迷亭在此用以打趣。
⑤ 鞍马山位于京都市左京区，海拔570米。在日本的传说、戏剧中，鞍马山中住着"鞍马天狗"，是一种鼻子很长的怪物。迷亭借此对金田夫人进行调侃。
⑥ 尤里乌斯·恺撒（前100—前44），古罗马的将军、政治家。

128

无疑是一种英姿飒爽的隆起。然而，环绕其周围的其他面部条件又是怎样的呢？当然了，没有低级到尊府猫咪的程度。然而，如同癫痫丑八怪一般之眉分八字，细眼上吊的现状也是不争的事实。如此之脸空负如此之鼻——诸位，你们难道不觉得可悲、可叹吗？"

迷亭的演讲说到这里稍稍停顿了一下，这时，屋后传来的说话声："他们还在说'鼻子'呢。真是死顽固啊。"

"那是车夫老婆。"

主人告诉迷亭。

迷亭则又开始了他的演讲。

"据报，于意想不到之屋后出现了异性旁听者，鄙人以为，这一新动向能为演讲者之名誉增光添彩。更何况婉转娇声也给干巴巴的讲堂氛围增添了娇媚余韵，更是令人喜出望外的幸事。本当重回通俗易懂之轨道以不辜负佳人淑女之眷顾，奈何下面的议论将稍稍涉及力学理论，对于女士来说这或许是个难以理解的领域，恳请保持适度耐心为盼。"

寒月君听他提到"力学"云云，脸上不觉露出了一丝诡谲的笑容。

"我欲加以证明的是：那颗鼻子与那张脸毕竟是不协调的。也就是说，我将通过力学公式的严格推理，来证明其不符合蔡辛①之'黄金分割律'的事实。首先，我们将 H 设定为鼻子的高度，α 为鼻子与脸部平面相交所形成的角度。W 则自然是鼻子的重量了。怎么样？这样大致能够听明白吗？……"

"谁听得懂呀？"

主人说道。

"寒月君，你怎么样？"

----

① 阿道夫·蔡辛（1810—1876），德国数学家、美学家、哲学家，黑格尔的学生。1854年蔡辛在名为《人体比例的新理论》一书中首次将古希腊数学家毕达哥拉斯发现的黄金分割律明确地作为一种一切自然形式和艺术的潜在秘密提了出来，对后世的艺术、美学界产生了巨大的影响。

"我也觉得有些犯晕。"

"这就让人为难了嘛。苦沙弥听不懂还情有可原，我原想你是理学士，应该听得懂的。该公式是本次演讲之精髓，省略了，之前的话也就没什么价值了——算了，这也是事出无奈啊。那就省略公式光讲结论吧。"

"有结论的吗？"

主人颇感迷惑地问道。

"当然有结论了。没有结论的演说不就跟最后不上甜点的西餐一样了吗？——两位听好了，结论来了。——根据以上的公式推导并参考了菲尔绍[1]、魏斯曼[2]等诸家学说，先天性的形体遗传自然是无可指责的。而伴随着此种形体所形成的心理状态，虽有得自后天非关遗传之有力学说，但仍必须承认在某种程度上是遗传所带来的必然结果。由此可知，拥有与自己的身份不相称的鼻子之人生下孩子之后，孩子的鼻子也具有某种异常。由于金田小姐的年龄尚轻，故而寒月君或许尚未发现其鼻子之构造有任何异于常人之处，然而，遗传之潜伏期是极长的，不知何时将随着气候之剧变而在瞬间急速膨胀，最终变得与其母亲大人一模一样，亦未可知。因此，根据迷亭的学理论证，这门亲事还是当即放弃为好。更何况，此一结论于该家的主人自不必说，恐怕连躺在此间的猫又阁下也是毫无异议的吧。"

主人终于坐了起来，

"这是自然。那种女人谁要啊。寒月君，你可不能要哦。"

十分热心地提出了自己的主张。本猫为了略表赞同之意，也"喵——，喵——"地叫了两声。寒月君听了情绪也并不激动，他不慌不忙地说道："既然老师的意见如此明确，我便断了此念原也无妨，只

---

① 鲁道夫·路德维希·卡尔·菲尔绍，1821年10月13日—1902年9月5日，德国医学家、人类学家、公共卫生学家、病理学家、古生物学家和政治家。建立了细胞病理学、比较病理学以及人类学。被称为"细胞病理学之父"。

② 魏斯曼（A.Weismann 1834—1914），德国生物学家。他把细胞学、进化论和遗传学这三者统一了起来。是现代分子生物学的奠基人。

是倘若对方因此而得病，就是一桩罪过了——"

"哈哈哈哈，那就是'艳罪'①了。"

迷亭打趣道。

只有主人一人气鼓鼓的，他嘟嘟囔囔地说道："哪会有这样的事情呢？她那女儿肯定也不是什么好货。她第一次上门就来吵架。简直就是个蛮不讲理的家伙。"

这时，篱笆墙外有三四个人发出了"哇哈哈哈"的声响。

"真是个心高气傲的怪人。"

有一人说道。

"住大一点的房子该多好啊。"

另一人说道。

"可怜见的，再怎么发威也是窝里横嘛。"

又有一人大声说道。

主人来到檐廊上毫不示弱地怒吼道："吵死了！跑到我家墙根下，想干吗？"

"哇哈哈哈哈，是萨呗吉·涕——，萨呗吉·涕——②。"那伙人七嘴八舌嚷嚷开了。

主人如同被触动了逆鳞一般，猛地跳起身来抄起文明棍便蹿到了大街上。

"有趣啊，有趣。上啊，上。"

迷亭拍手大叫着起哄。

寒月捏着外褂上的丝绦嘿嘿地笑着。本猫跟在主人身后从篱笆墙的窟窿处钻到了大街上，只见主人茫然无措，挂着文明棍直挺挺地站着。大街上一个人也没有，他那样子就跟中了邪一样。

---

① 在日语中"艳罪"与"冤罪"（即冤枉）发音相同。

② Savage tea的日语发音。嘲笑苦沙弥将"番茶"译成了Savage tea。

第四章

本猫照例潜入金田宅邸。

所谓"照例"云云，事到如今也不必多做解释了。也就是个"屡屡之平方"这样的表示程度的词而已。做过一次的事情想做第二次，而做了第二次之后还想做第三次——这样的好奇心也并非是人类所独有的，即便是猫类如吾辈者，这一心理特权也同样是与生俱来的。对此，必须予以承认。一件事重复了三次以上后，才可以冠以"习惯"二字，而这样的行为将升级为生活之必需——这一点，也与人类是一般无二的。为什么要如此频繁地出入金田宅邸？倘若诸位产生了如此疑问，那么，有件事本猫倒想首先请教一下人类。那就是：人类为什么要将烟从嘴巴里吸进去，然后再从鼻孔里喷出来呢？既不能果腹，也无益于血脉，为什么还要毫不羞耻毫无顾忌地"吞云吐雾"并乐此不疲呢？如果对此难以作答，那么，还请人类诸君不要大声斥责本猫的行为。因为，金田宅邸就是本猫的香烟。

"潜入"这一词其实也是极易招人误解的，仿佛是在说小偷或奸夫什么的，听着很不受用。本猫前往金田宅邸自然没受到彼方之邀请，却并无去偷一块鲣鱼肉的念头，或是要去跟那个眼睛鼻子全都痉挛般凑在脸中央的哈巴君密谈。——什么？想当侦探？——拜托！别乱讲好不好？本猫以为，作为世上之贱业，再没有比侦探和放高利贷的更下等

132

了。所以要说原因，那就是为了寒月君之事。

为了寒月君，本猫动了猫类似乎本不该有的侠义之心，曾一度前往，暗中窥探了金田家的动静。不过也仅此一次而已，之后绝无愧对猫类良心之恶行。——既如此，为何要使用"潜入"这样的暧昧文字呢？——这个嘛，其中实在是大有缘故的。

本来，按照吾辈猫类的理解，长空为覆盖万物而设，大地因承载万物而成——哪怕是偏好强词夺理的人类恐怕也是无法否定此一事实的。而要说制造如此长空大地时，彼等人类出过什么力，自然是毫无尺寸之功的。那么，将并非自己制造的东西占为已有的道理，又从何而来呢？不仅如此，占为已有后还禁止他人与其毫无妨碍地进出，这道理又从何而来的呢？然而，事实上就有人自作聪明地在茫茫大地上围起围墙来，竖起木棍石桩来，将其划定为某某所有之土地。这简直就像在苍天之上画出范围，声称这一块是我的天，那一块是他的天一样的荒谬。倘若土地可以划分开来一坪一坪地出售其所有权，那我等呼吸的空气不也能分割成一立方尺一立方尺地零售了？既然空气不能分割零售，天空不该划分范围，那么，土地的私有不也同样是不合理的吗？正因为本猫作如是观，信奉如是法[1]，故而任何地方都去得。除了不想去的地方自然不去之外，只要想去，则不论东西南北均无差别，一律以满不在乎之神情，悠然自得之步态，欣然前往。故而，前往如金田宅邸之类，自然是毫无顾忌的。——然而可悲的是，要讲死拼蛮力，吾辈猫类终非人类之对手。身处推崇信奉"强权即正义"[2]之格言的现世，尽管吾辈猫类占尽真理却依然四处碰壁。若要蛮干，则不免如同车夫家阿黑饱尝鱼店之扁担那样，有皮肉受苦之虞。在我方有真理，彼方有强权的现实态势下，要么抛却真理委曲求全，要么瞒过强权实行素志。不消说，本猫的选择是后者。要

---

[1]　"如是观"和"如是法"都是佛经中的常用语，原文如此，故加以保留。

[2]　当时的日本，自以为明治维新已经成功，刚刚摆脱了亡国的危险，却已经效仿起西方列强的殖民方针，以为凭实力，也即武力可以解决一切。夏目漱石已经察觉到这种强盗逻辑的荒谬，对此做出了批评，但也因此而不见容于当世。

想不挨扁担，那就只有"潜入"。也就是说，要想深入别人宅邸而不受阻碍，就只得"潜入"。正因如此之故，本猫才潜入金田宅邸的。

尽管本猫无意于做一名侦探，无意观察金田君一家之内情，映在本猫眼帘上之景象也无意要将其记住，但随着潜入次数的增加，依然在本猫的脑海里留下了某种印象。这，实在也是无可奈何之事。

例如："鼻子"夫人每次洗脸都只是一个劲儿地擦鼻子之事；富子小姐猛吃安倍川年糕①之事；而金田君自己呢——金田君是个塌鼻梁，跟他的老婆很不般配。还不光是鼻子，他的整个脸蛋儿都是扁平的。好比小时候跟人打架，被对方的大王揪住了脖子将脸蛋儿死按在土墙上，而那时的脸一直保持到了四十年后的今天一样。一张十分怪异的扁平脸。这张脸自然是极为稳当、毫无危险的，但总觉得太过死板了，缺乏变化。不论他如何生气，也还是那么一张扁平脸，——该金田君吃金枪鱼刺身时"啪啪"地直拍自己秃顶之事；由于他不光脸蛋儿扁平，个子也很矮，所以老是戴高帽子，穿高木屐之事；车夫觉得好笑而将此事告诉寄宿生之事；寄宿生大为感叹说"你观察得真仔细"之事——林林总总，不胜枚举。

近来，本猫进入金田宅邸后一般都从厨房后门旁横穿庭院直到假山处。在假山背后朝前方望去，倘若发现对面隔扇门紧闭悄然无声，本猫便开始进入其室内。如果人声鼎沸，或者觉得有可能被屋里的人看到，便绕过池塘从东边的茅房旁神不知鬼不觉地钻入檐廊地板之下。虽说本猫未做任何坏事，也并无可隐瞒可担心之事，可对方毕竟是蛮不讲理的人类，遇上了只能自认倒霉，不这么做还能怎样呢？倘若这世上尽是熊坂长范②之辈，那么，不论怎样的盛德君子恐怕也会变成本猫这副熊样的吧。金田君是一位堂堂的资本家，自然不必担心他会像

① 一种将烤过的年糕泡在开水里，再撒上黄豆面的点心。是静冈县安倍川一带的名产。

② 是日本平安时代传说中的大盗。最早出现在室町时代后期出现的幸若舞（一种边舞边说唱的曲艺形式）《乌帽子折》、谣曲《乌帽子折》《熊坂》之中。其大概情节是：熊坂长范率领盗墓团伙在美浓清墓宿（一说赤坂宿）动手抢劫与牛若丸（即源义经）一同前往奥州的金卖吉次的行李，却反被牛若丸所杀。

熊坂长范那样动不动就挥舞起五尺三寸①来，可据说他患有把人不当人的毛病。既然把人不当人，又怎么可能把猫当猫呢？如此看来，不论是怎样的盛德之猫，在他的府内是无论如何也不可掉以轻心的。然而，这种不可掉以轻心之处于本猫而言也是个莫大的刺激。或许本猫之所以会这样频繁进出金田宅邸，无意识之中就为了体验此种冒险乐趣亦未可知。关于这一点，且容本猫深思熟虑，将脑中印象全都解析之后，日后再奉告诸位吧。

今天又是怎么个状况呢？——本猫将下巴搁在假山草地上朝前望去，只见十五铺席大小的客厅面朝着三月阳春之大好光景门户洞开，金田夫妇与一位来客正谈得起劲。

"鼻子"夫人的大鼻子正冲着本猫这边，两眼隔着池塘盯住本猫的额头上方。被"鼻子"这么死死地紧盯着，今天还是首次。所幸的是金田君与客人面对面地坐着，本猫只看得到他的侧脸，他那原本就十分扁平的脸上五官只露出一半左右，而他那个鼻子在哪儿就不得而知了。花白的唇须犹如杂草丛生，不过，由此倒也可毫不费力地推断出，那上面必有两个鼻孔的。和煦的春风拂过他那平坦的脸部，一定也是毫无阻力的吧——本猫看着不禁展开了丰富的想象。

在那三人中，客人拥有一副最为普通的相貌。然而也仅仅是普通而已，其五官并无一件可资特别介绍。说它普通，似乎也并无大碍，然因普通至极而登了平凡之堂，入了庸俗之室，那就令人不胜哀怜之至了。这位带着拥有如此平庸相貌而降生于明治之太平盛世的仁兄，究竟是什么人呢？——本猫照例钻入了檐廊地板之下。不如此，又怎能聆听他们的谈话呢？

"……就这样内人特意去了那家伙那里打听了……"

金田君的话语一如既往的粗暴蛮横。然而，蛮横则蛮横，却无丝毫

① 指熊坂长范所用的长刀，约为1.6米。

险峻、厉害之处。可见他说出的话也同他的脸蛋子一样，平淡无奇，大而无当。

"原来如此。那个家伙以前还教过水岛君啊。——原来如此。能想到这条线，可谓是心思缜密啊。——原来如此。"一口一个"原来如此"的，就是那位来客了。

"可去了以后依旧不得要领啊。"

"嗯，跟苦沙弥说话自然是不得要领的——我跟他一起寄宿于人家读书时，他就是个黏黏糊糊，不干不脆的家伙——如此说来，您也十分为难吧。"

客人转向了"鼻子"夫人。

"不是什么为难不为难的事情，我跟你说，我活到了这么一大把年纪，到人家家里去，还从来没有这么不招人待见过呢。"

"鼻子"说话时，照例喷吐着暴风般的鼻息。

"他说了什么冒犯您的话了吗？他从前就是一副偏脾气——十年如一日地做着英语老师，会偏成什么样子，估计您也想象得出来吧。"

客人乖巧地迎合着主人的调子。

"简直是不像话啊，内人不论问什么他都是冷言冷语的，没一句正经话……"

"这真是岂有此理——当然了，一般来说，但凡人有了那么一点点学问就难免会目中无人，倘再加上经济拮据，则穷酸之气就愈加浓烈了——世上这样的狂生还真不在少数哦。明明是自己无德无能，却浑然不知，一味地仇视家大业大之财阀——那种心态，就好像人家抢夺了他们的财产一般，真是令人惊诧莫名啊。啊哈哈哈。"

来客连吹带拍，先把自己弄得不亦乐乎。

"真是不成体统。而他之所以这样任性胡来，完全是由于他不通世故的缘故。为了让他稍稍吃点苦头，我们就略略地修理了他一下。"

"原来如此。应该是立竿见影，十分有效的吧。再说这对他来说也不无好处啊。"

来客还没闻听"修理"的具体做法就已经赞同金田君的行为了。

"可是，铃木先生，你不知道那家伙有多倔啊。听说他在学校里遇见了福地先生和津木先生也不跟他们说话的。原以为他是由于不好意思才默不作声的呢，前一阵子倒好，竟然无缘无故地挥着拐棍追打我们家的寄宿生——三十好几的人了，竟会做出这种蠢事，简直是自暴自弃，神经不大正常了。"

"哎呀呀，怎么会做出这种有损体面的蠢事呢……"

饶是客人擅长和稀泥，对于这件事倒也似乎真的起了疑心了。

"那学生也没做什么出格的事，只是走过他跟前时说了句什么而已。谁知那家伙便突然挥舞着拐棍赤着脚冲了出来。就算说了点什么吧，对方也是个孩子嘛。可他是个嘴上有毛的大人，再说了，不还是个教师吗？"

"是啊。他可是一名教师啊。"

见来客如此说，金田君也跟着说道："是啊。他可是教师啊。"

既然身为教师，那么不论受到怎样的侮辱，都应该像木头人一样老老实实，一动不动的——看来，这就是这三人不约而同的见解。

"还有啊，那个叫迷亭的家伙也是个不靠谱的神经病，净说些没用的瞎话。这样的怪人我还是第一次遇见啊。"

"哦，您说那个迷亭啊，看来他那个胡说八道的老毛病还是没改啊。您也是在苦沙弥那里遇见他的吧。那家伙也不是个省油的灯啊。以前自己开伙那会儿，我跟他也是一起的。由于他老爱捉弄人，可没少跟他干架啊。"

"就他那样，谁都受不了的。要说呢，说谎当然是不好的，可有些时候，呃，怎么说呢？或许是情势所迫，或许是碍于场面——这种时候，谁都会有口无心地说上那么一两句的。可是，那个家伙却不是这样的。明明可以不说的，却偏要胡说一气。这可叫人怎么吃得消呢？他到底是出于什么目的才要那么胡编乱造——嗯，其实也是漏洞百出，明眼人一下子就听得出的。"

"说得是啊，这种以骗人为乐的谎言，最令人头痛。"

"就连我好心好意前去打听的水岛君的事也全都泡汤了。真叫我气不打一处来——可即便这样，人情世故还是要讲的，去别人家打听了一些事情，事后也不能装得跟没事人一样啊。所以后来我叫车夫送了一打啤酒过去。可你猜怎么着，他竟然说'我没理由收这样的东西，你拿回去'。车夫说：'这是谢礼，还请收下吧'——他却说：'讨厌！我每天吃果酱，可从来不喝这种苦了吧唧的啤酒'，说完就径自回里屋去了——你听他说的都是些什么话，这不是太没教养了吗？"

"这可真是太过分了。"

这次来客似乎真的是觉得"过分"了。

"正因为这样，所以今天才特意叫你来的。"

停顿了好一会儿的金田君的声音又响了起来。

"对付那种傻瓜原本只要背后捉弄一下他也就算了，可这也出了点麻烦……"

说着，他便跟吃金枪鱼生鱼片时一般"啪啪"地拍起了秃脑袋。虽然本猫当时潜伏于地板之下，他是否真的拍脑袋，也没有亲眼所见，但近来这种声响已听得耳熟，不用看也知道了。这情形就如同庙里的尼姑能分清不同的木鱼声一样，只要上面有这样的声音传出来，本猫趴在地板下也能给出结论：哦，那是在拍秃脑袋。

"所以说有些小事要稍稍麻烦你一下了……"

"不用客气，只要我能办得到，尽管吩咐就是了——我这次能够到东京来工作，还不是多亏了您万般操心嘛。"

客人十分爽快地答应了金田君的请求。听他的口气，似乎金田君十分有恩于他。看来事态的发展越来越有趣了。说实话，今天原本没想要来，只是看到天气如此之好不出来转悠一圈太可惜了，没想到能获得如此绝好的情报，真是无心插柳柳成荫啊。就好比在春分或秋分时节到庙里去拜菩萨，却在和尚房间里吃到了牡丹饼①。金田君到底想要来客做什么事呢？——本猫不由得在地板下伸长了耳朵。

"苦沙弥那个怪人，也不知出于什么目的，竟然给水岛乱出主意，暗示他不要娶金田家的女儿——是这样吧，'鼻子'②。"

"哪里是什么暗示啊。他说的是'有哪个傻瓜会娶那种人家的女儿？'他明确要求水岛君坚决不能娶我女儿的。"

"'那种人家的……'，真是太无礼了。他真说过那样的粗话吗？"

"什么叫'说过'没'说过'呀，车夫老婆特意来汇报的。"

"铃木君，你都听到了吧。你看看，是不是叫人伤脑筋？"

"真是伤脑筋啊，这种事可不比别的，怎么可以妄加挑唆呢？按说苦沙弥君应该也不是这样的人啊。尽管他有些书呆子气，倒也不至于糊涂成这样啊。这到底是怎么回事呢？"

"铃木君，学生时代你跟他同吃同住，如今怎样暂且不论，从前你跟他的关系毕竟是十分亲密的，所以我要托你来办这事。请你当面与他晓之以利害。或许他现在还在生闷气，可他生气也完全是因为他自己不好，只要他识相一点，我们也会为他考虑一二，并不会再做惹他生气的事了。可是，话说回来，他要怎样怎样，我也会怎样怎样的——总之，一味地固执己见，只会让自己吃亏。"

"是啊是啊，您说得真好，愚蠢的抵抗只能给本人带来损害，不会有任何好处的。我会跟他好好解释其间的道理的。"

"还有，给我女儿提亲的人也很多，并不是非要嫁给水岛君，可通过种种了解，发现水岛君的学问、人品也都不赖，故而不愿轻易放弃。倘

---

① 一种有红豆馅的糯米团子，因形似牡丹，故名。春分、秋分时，日本有将牡丹饼供在佛坛上，日后赠送亲朋好友的风俗。

② "鼻子"本是"吾辈（猫）"给金田夫人取的绰号，可不知为什么金田在此也这样称呼他老婆，并且前后都没有说明，很可能是夏目漱石的笔误。有的日版上带有这样的注释："金田氏，ここでは夫人のことを吾辈が命名したところの'鼻子'と呼んでいる。"可见日本学者也注意到了这一问题，但没有做出解释。

若他能发愤图强，在近期之内获得博士学位，那么，得到我的女儿也不是没有可能的。这一层意思你也不妨不露痕迹地透露给他。"

"好啊。这么一说，对水岛君也是一种激励，他一定会因此而发愤努力的。"

"还有一件怪事——我觉得跟水岛君也是不相称，水岛君一口一个'老师'地称呼苦沙弥，苦沙弥说什么他还真听什么，叫人伤脑筋啊。当然，我女儿也不是非要嫁给水岛君，所以苦沙弥从中作梗的话，对我来说也是无所谓的……"

"水岛君可就吃亏了。"

"鼻子"夫人插嘴道。

"我虽然没见过水岛君，可也觉得要是这门亲事能成的话，就是他一生的幸福。他本人应该是毫无异议的吧。"

来客问道。

"嗯，水岛君自然是想娶我女儿的，问题是苦沙弥啦、迷亭啦，这些怪人在跟他乱说一气啊。"

"这就不好了嘛，也不是受过良好教育之人该做的事情啊。我到了苦沙弥那里要跟他好好谈谈。"

"是啊。虽说这事有些麻烦，可还是拜托你了。还有，按说水岛君的事情苦沙弥是最了解的，可前一阵子内人前去拜访时闹得不欢而散，竟没有打听出来，你去后麻烦也请仔细询问一下水岛君的品行学问。"

"明白。今天是星期六，下班下得早，现在我转过去，他应该已经在家了。只是不知道他最近住在何处。"

"出了大门往右走到头，再左转走一町①左右，看到有着摇摇欲坠的黑色围墙的那家就是。"

"鼻子"说道。

---

① 长度单位，一町约为109.09米。

"如此说来，还真是街坊邻居啊。不费事。我回家时顺道过去看看。再说，有姓氏牌的嘛。看到姓氏牌不就清楚了吗？"

"他家的姓氏牌是时有时无的。所谓姓氏牌就是用饭粒粘贴在门上的名片，一下雨就掉了。等天好的时候再贴。所以你要看姓氏牌是靠不住的。搞不懂他为什么要弄得这么麻烦，干脆换个木头牌子不就得了嘛。这个怪人真不知道要怪到什么程度。"

"还有这种事？真是令人震惊啊。不过，您告诉了快倒的黑色围墙，我大概也就明白了。"

"是啊，那么肮脏的房子，我们这个小区里也只有那么一幢，一眼就看得出来的。哦，对了，如果还弄不明白，还有一个好办法。你只要找那屋顶上长草的人家进去，准没错。"

"真是别具特色的房屋啊。哈哈哈哈。"

倘若不在铃木君的大驾光临之前回去，多少有些不太稳当。再说，谈话听了这么多也足够了。于是本猫便沿着檐廊地板一直爬到茅房处，往西一转，再从假山背后出到大路上，撒开脚丫子一气跑回屋顶长草的家里，不动声色地绕到客厅外的檐廊上。

主人在檐廊地板上铺了一条白毛毯，趴在上面，让明媚春光晒着自己的脊背。出人意料的是，这太阳光倒是绝对的公平，即便是屋顶长有标志性杂草的陋室，也同金田家客厅一样，被晒得暖洋洋的。只是那条毛毯却毫无春意可言，多少有些煞风景。要说该毛毯在其生产厂家，自然是当作白色毛毯而织造出来的，在唐物屋①也将它作为白色毛毯出售的，甚至主人也因为它是白色的才将它买回来的——可毕竟那已是十二三年前的事了，其"白色时代"早已结束，如今已到了深灰色时期了。而该毛毯是否能顺利通过该时期并挺到下一个暗黑色时期，就大有

---

① 当时日本专卖舶来品的商店。因为在日本古代，所谓舶来品都是从中国进口的，所以叫"唐物"，后来从西洋进口的物品越来越多，远远超过了"唐物"，但在夏目漱石的时代名称尚未更改。

疑问了。即便是现在，该毛毯也早已久历沧桑，变得"经纬分明"了，称其为毛毯实在是恭维之词，完全可以将"毛"省掉而单称其为"毯"的。然而主人的想法似乎是既然能用一年两年，五年十年，那就一定能用上一生一世的。真是太能凑合了。

眼下，主人正如本猫前文所说的那样趴在那条具有如此宿命的毛毯上，双手托腮，右手指缝里夹着一支香烟。仅此而已。当然了，他那颗满是头屑的脑袋里正飞旋着宇宙大真理亦未可知，可仅从外部看来，是连做梦也想不到的。

香烟上的火头逐渐逼近咬嘴部分，一段一寸来长的烟灰"啪嗒"一声落到了毛毯上。然而，主人依然不为所动，认真观察着从香烟上腾起的烟之去向。那烟在和煦的春风中或沉或浮，打着旋儿飘向夫人那刚刚洗过的乌黑锃亮的长发。——啊呀，本该先交代一下夫人的嘛。唉，怪本猫一时糊涂，竟然给忘了。

夫人屁股冲着主人——什么？夫人好没规矩？其实这也算不上"没规矩"。规矩不规矩的，全看双方怎么解释了。主人满不在乎地冲着夫人屁股双手支颐，夫人若无其事地将颇具威严的臀部放置在主人的脸部前面——不就这点事吗？有什么规矩不规矩的呢？他们两人结婚不到一年就已经从繁文缛节的规矩中解脱出来，成了一对超然物外的夫妻了。——言归正传。且说将屁股对着主人的夫人看到今天天气绝佳，一时心血来潮便用海萝①和生鸡蛋将头上那长约盈尺的乌发痛痛快快地搓洗了一遍，随后便不无夸耀地将这一捧顺畅得宛如瀑布一般的青丝从肩头一直泼洒到后背，自己则一声不吭地缝着给孩子穿的无袖短衫。其实，夫人是为了吹干头发而拿着薄呢坐垫和针线盒来到檐廊上，并恭恭敬敬地将屁股冲着主人的。不过呢，也可能是主人自己要将脸蛋儿冲着夫人的屁股的，难说得很。

---

① 也叫"鹿角菜"，晒干后煮成浓汤可用来洗头发。古代日本人还用来浆衣裳。

前面提到的从香烟上冒出的烟，在茂密的黑发间穿行着，并在那儿上演着不合时宜的缥缈幻象，看得主人心无旁骛，目不转睛。然而，烟原本就不会总停在一处的，其本质就是要不断上升的，因此，倘若主人要看全这烟与头发联袂共演的奇观，不移动下眼睛是绝不可能的。主人是从夫人的腰部开始观察的，渐渐地经过后背，再从肩部看到颈部，然而终于到达头顶。可看到夫人的头顶位置后，主人不由得大吃一惊。——原来这位与主人有着"生同衾，死同穴"之约的夫人，在头顶的正中间秃了溜圆的那么一块。并且，那秃顶处反射着温暖的阳光，竟是一副扬扬得意的模样。在意想不到的地方有不可思议之发现的主人，尽管有些眼晕，可他的眼中布满了惊讶之色，也顾不得强光下瞳孔会放大，竟心无杂念地紧盯着那秃顶部分不放了。

看到此秃顶后，首先闪现在主人脑海中的是祖传佛坛前那已供奉了几代人的长明灯灯盏。他们一家信奉的是净土真宗，而作为净土真宗的信徒大把大把地将多得与身份不相称的金钱花费在佛坛上已是自古以来的惯例了。主人小时候曾在家中库房里看到过一个贴着颜色暗淡之厚金箔的神橱①，而那个神橱中总是悬挂着一个黄铜灯盏，而灯盏中即便是大白天也点着朦朦胧胧的灯火。这件事他至今记忆犹新。由于四周极为昏暗，这灯盏中的火苗显得较为明亮。因此看到了夫人的秃顶之后，当时印在他幼小心灵中的这个场景就立刻被唤醒并清晰起来。然而，灯盏只在他心头亮了一分钟不到就消失了。取而代之的是观音菩萨的神鸽②。这观音菩萨的神鸽与夫人的秃顶看似风马牛不相及，但通过联想已经在我家主人的脑海中紧密地连在一起了。

同样是小时候的事情。每次去浅草③的时候他定要买了豆子去喂鸽

---

① 安置佛像、舍利、经卷等两开门橱柜形佛具。
② 日本寺庙养的鸽子。
③ 指东京以供奉观音的浅草寺为中心的地区。

子。豆子是两个文久①铜板一碟，盛放在红色的粗陶瓦碟里。而那个粗陶瓦碟，从颜色到大小都与夫人的秃顶十分相似。

"哦，果然很像啊。"

主人颇为感慨地这么一说，夫人便头也不回地问道："什么很像？"

"什么'什么'的，你的头顶上秃了一大块呢。你自己知道吗？"

"嗯。"

夫人应了一声。手里的针线活一刻也没停。真是一对超然物外的模范夫妻。

"是嫁过来的时候就秃了呢？还是结婚后才开始秃的呢？"

主人问道。

要是嫁过来时就秃了，那我就上当了——这句话他嘴上没有，心里有。

"什么时候出来的，我已经不记得。嗨，秃不秃的有什么关系呢？"

完全是一副大彻大悟的样子。

"什么'有什么关系'？那不是你自个儿的脑袋吗？"

主人的话中稍带一点怒气了。

"正因为是自个儿的脑袋，所以才没什么关系嘛。"

夫人嘴上很硬，却也有几分担心。她伸出右手按在头顶上，滴溜溜地抚摸了那么几圈。

"啊呀，确实大了许多啊。真没想到啊。"

听她这话，似乎她也刚刚发觉相对于年龄而言，秃顶的面积太大了。

"我们女人要盘发髻，这儿一直被揪着，都会秃的。"

她为自己辩护道。

"要是大家都这么秃，并且还以这么个速度发展，到了四十岁不就

---

① 指"文久永宝"，是文久三年（1863）江户幕府发行的有孔铜钱。这种铜钱在民间流通的时间很长，据说一直用到了昭和二十八年（1953）。

成了一群西式水壶了吗？这肯定是有病嘛。说不定还会传染呢，趁早让甘木大夫给看看。"

说着话，主人也不住地抚摸起自己的脑袋来。

"你就知道挑别人的毛病，你自己的鼻孔里还长白毛呢。要是秃顶会传染，那白毛肯定也会传染的。"

夫人气鼓鼓地说道。

"鼻孔里的白毛又看不见的，碍着什么了？可脑门子上——还是年轻女子的脑门子上这么光秃秃的，那就有碍观瞻了。简直就是一种残疾嘛。"

"我要是有残疾，你为什么还要娶我呢。残疾不残疾的，不是你自己愿意才娶我的吗？……"

"我当时被蒙在鼓里了呀。到目前为止，我可是一点也不知情啊。既然你这么强悍，嫁过来的时候干吗不先展示一下头顶呢？"

"胡说八道！哪里有先要头顶考试及格了才能做新娘的道理呢？"

"秃顶就算了。算是还能忍受吧。你的个子也比常人矮了一截呀。叫人看着极不受用。"

"个子高矮不是一眼就能看清楚的吗？你娶我的时候就已经知道我个子矮了呀。"

"我当时知道啊。可知道是知道，那会儿我以为你过门后还会长个儿呢。"

"到了二十岁还能长个儿？——你也太能糊弄人了吧。"

夫人将手里的无袖短衫抛在一边，将身子转向了主人。完全是一副"你再胡说八道我就跟你没完"的架势。

"到了二十岁就不长个儿了？哪有这样的规定？我原想你过门后给你吃得好点，补充一下营养，应该还能长高一点的。"

正当主人一本正经地阐述着他那奇妙理论的时候，门上铃声大作，还听得有人在高声叫门。可见以屋顶杂草为目标的铃木君终于寻到了苦沙弥先生的卧龙窟①了。

见此情形，夫人立刻将夫妻斗嘴之事改期，着急忙慌地抱起针线盒和无袖短衫逃入了饭堂。主人则将那条已变成鼠灰色的毛毯卷吧卷吧扔进了书房。不一会儿女佣拿来了名片，一看之下主人虽略感惊讶，可仍吩咐快请。说完，他便捏着名片进了茅房。

至于他为何急着进茅房，本猫无法理解。至于为何要将铃木藤十郎君的名片也一起带进茅房，那就更无法解释了。反正倒了大霉的是被强行带入那个臭烘烘之所在的"名片君"。

女佣在壁龛前重新放了一个印花面料的坐垫，说了声"您请坐"便退下了。铃木君首先环视了室内一周。见壁龛中挂着木庵②《花开万国春》挂轴的复制品，下方则有一个京都出产的廉价青瓷花瓶，瓶中插着垂条大叶早樱。

铃木君从容不迫地一一加以点检之后，目光回到女佣方才所铺设的那个坐垫上，却发现有一只猫大模大样地坐在那上面。不用说，那正是本猫。此时，铃木君脸上虽不动声色，胸中却不免泛起了波澜。这坐垫毫无疑问是为铃木君铺设的。然而，在为自己所铺设的坐垫上，在自己坐上去之前，竟有一奇妙的动物若无其事地蹲踞其上，甚至连招呼都不打一个。这一点就成了破坏铃木君内心平衡的第一弹。

倘若该坐垫像被女佣刚刚铺设好时那样，上面空空荡荡地任凭春风轻拂着，那么，为了表达谦逊之意，在主人说"请坐"之前，或许铃木君会委屈自己在硬邦邦的榻榻米上将就一下的。

再说，这个坐在早晚属于自己的坐垫上的家伙又是谁呢？如果是

① 夏目漱石由"卧龙岗"改成的一个新词，借用刘备三请诸葛亮的故事，指住着不为世人所知之大人物的住处。

② 即木庵禅师，名性瑫，俗姓吴，晋江县人，明末清初泉州开元寺僧。清初由泉州赴日本弘法，并成为日本黄檗宗第二代祖师。他生于明万历三十九年（1611年）二月初三日，卒于清康熙二十三年（日本贞享元年，1684年）。擅长书画，与隐元、即非并称为黄檗三笔。

人，便让了他倒也无妨，是一只猫的话就不成体统了。由于抢占坐垫的是一只猫，就让人格外气恼了。这，就成了打破铃木君内心平衡的第二弹。而最最叫人生气的还是那只猫的态度。这猫毫无一丝歉意，大马金刀地傲然盘踞在原本无权坐的坐垫上，两只一点也不讨人喜欢的圆眼睛眨巴着，直勾勾地盯着铃木君的脸蛋儿，似乎在问："你是谁呀？"这，便是打破铃木君内心平衡的第三弹。既然如此愤愤不平，一把揪住本猫的脖子将本猫从坐垫上拽下来也就是了，可他却不，只是默不作声地望着本猫。堂堂的人类是不可能畏猫如虎而不敢出手的，而不急于处理掉本猫以泄其愤，本猫以为那是铃木君为了维护自己作为人的体面而自重的体现。倘要诉诸臂力，一个三尺童子便可将本猫随意处置了，可一顾及体面，就连金田君仰之为股肱的铃木藤十郎也对稳坐于二尺见方之坐垫上的猫咪大明神束手无策。尽管是无人看见的场合，可与猫咪争夺坐垫这样的行为毕竟是有损人类之威严的。一本正经地与猫咪去论什么是非曲直也太小孩子气了，太滑稽了。为了维护自己的名誉，像坐垫这样的小事就只得忍一忍了。然而，正因为做了无奈之隐忍，对于猫咪的憎恶也定会相应地有所增加，故而铃木君时不时地将脸蛋儿转向本猫时，脸色十分难看。看着铃木君那愤愤不平的脸色本猫觉得滑稽极了，不过还是强压住想笑的念头，装出一副若无其事的样子来。

正当本猫与铃木君如此这般地上演着哑剧的当儿，主人整顿好衣襟从茅房走来了。他"呀"了一声便落了座，刚才还拿在手里的名片，现在却踪迹全无。看来铃木藤十郎的名字在那个臭气熏天的所在被判了无期徒刑了。不过，本猫根本没有感慨名片遭此无妄之灾的闲心，因为主人大吼一声"你这个混蛋"之后，一把揪住了本猫的颈皮，将本猫重重地摔到了檐廊上。

"来，垫上这个吧。啊呀，你真是稀客啊。什么时候来东京的？"主人请老朋友坐到坐垫上去。铃木君将坐垫翻了个身，坐了上去。

"一直忙忙碌碌的还没来得及跟你汇报呢，其实，我回到东京本社来工作，已经有一阵子了……"

"不错。跟你好长时间没见了吧。自从你去了乡下①就一直没见过面嘛。"

"是啊，已经十年了。不过，其间我有时也来东京出差的，只是事情太多了，一直未及拜访。你可别怪我哟，我们这些公司员工与你做老师的不同，整天忙得要死。"

"十年不见，真是该刮目相看了。"

主人上上下下地打量了铃木君一番。铃木君梳着个漂亮的分头，身穿英国制造的粗呢西装，系着漂亮的领带，胸前横挂一条金链子，闪闪发光。说他是苦沙弥君的旧友，简直令人难以置信。

"嗯，这些玩意儿不戴可不行啊。"

铃木君不住地展示着金链子。

"纯金的吗?"

主人十分唐突地问道。

"18K 的。"

铃木君笑盈盈地答道："你也上年纪了。有小孩了吧? 一个?"

"非也。"

"两个?"

"非也。"

"还要多啊。三个?"

"正是。三个了。不知道今后还会生出几个来呢?"

"你还是一副凡事不着急的老脾气啊。最大的几岁了? 不小了吧?"

"记不清，大概六七岁吧。"

"哈哈哈，当老师可真悠闲啊。我要是也当了老师就好喽。"

"你试试看，只要三天，准让你受不了。"

---

① 东京人一般将东京以外的地方小城市都叫作乡下，因此，这里的"乡下"不能简单地理解为农村。

148

"是吗？做老师不仅有品位，还轻松，闲暇时还可搞点喜欢的学问，这难道不好吗？搞实业自然也不坏，可像我们这样的还是不行啊。说是做生意，其实要做到高层才好呢。身居下层，就只得低三下四地溜须拍马，喝酒应酬，真是愚不可及啊。"

"我在学生时代就十分讨厌生意人。这种人见钱眼开，不择手段。用过去的话来说，也就是'素町人'①罢了。"

当着生意人的面大骂生意人，简直跟见了和尚骂秃贼一个样。

"看你说的——也不全是这样的。当然了，要说品位，生意人是低了些的。可也得有'人为财死'的决心哦——要说钱这玩意儿可不是好对付的——我今天在某生意人那儿就听到了这样的话，说是要想赚钱，就必须会用'三不函数'②——不讲道理、不讲情面、不要脸皮，就是这么个'三不'。哈哈哈，你说好笑不好笑。"

"这笨蛋是谁呀？"

"可不是笨蛋哟，是个十分聪明的角色。在商界也是小有名气的。你不知道吗？就住在前面的胡同里的。"

"金田？我当你说谁呢，是那个家伙呀。"

"你生气干吗呢？啊呀，这都是笑话嘛。意思是说，不这样的话是聚不起来财的。都像你这样当真的话，可就没法说话了。"

"'三不函数'这种笑话也就算了，我说的是他老婆的大鼻子。你既然去过了，就应该看到了吧，那颗大鼻子。"

"你说他夫人吗？他夫人是个十分开通的人啊。"

"我说的是鼻子，大鼻子。前些天，我还给那个大鼻子写过俳体诗呢。"

"俳体诗？俳体诗是什么玩意儿？"

"你连俳体诗都不知道吗？也太落伍了吧。"

---

① 町人是日本近世居住在都市里的工商业者，其身份地位不要说武士，连农民都不如。"素町人"是辱骂"町人"的话，相当于中文里的"市井小人"。
② 三不函数：原文与"三角函数"谐音。

"啊呀，像我这样的大忙人哪还有时间留心文学呢？再说了，我一向是跟文采风流不沾边的嘛。"

"你知道查理曼大帝①的鼻子长什么样吗？"

"啊哈哈哈，你真是悠闲啊。我不知道。"

"威灵顿公爵②由于鼻子的关系被部下取了许多绰号。你知道吗？"

"你怎么了？尽关注鼻子了。鼻子圆一点尖一点，又有什么关系呢？"

"怎么没有关系？绝对有关系啊。你知道帕斯卡③吗？"

"又是'你知道吗'，我简直就是来参加考试的了。帕斯卡又怎么了？"

"帕斯卡说过这样的话。"

"什么话？"

"克娄巴特拉④的鼻子稍微短那么一点点，就会使地球表面大为改观啊。"

"原来如此。"

"所以说，像你这样将鼻子不当一回事是不行的。"

"好了，好了。今后我重视鼻子也就是了。这个就暂告一段落吧。我今天来找你，其实还是有点小事的。就是你以前教过的那个水岛——呃，叫水岛什么来着，一下子想不起来了——就是经常来你这儿的那位。"

"寒月吗？"

"对，对。寒月，寒月。我就是为了要了解一下这个人的事才来的。"

---

① 查理曼大帝（Charlemagne或Charles the Great，公元742—814），又称卡尔大帝或查理大帝，是法兰克王朝和加洛林王朝的国王，曾控制大半个欧洲版图，后被教皇利奥三世加冕为"神圣罗马帝国的皇帝"。他引入了欧洲文明，被后世尊称为"欧洲之父"，也是扑克牌中红桃K人物原型。

② 威灵顿公爵（1769—1852），英国元帅，出生于爱尔兰，是反拿破仑战争中的联盟军统帅之一，以指挥滑铁卢战役闻名于世。

③ 帕斯卡（1623—1662），法国数学家、物理学家、哲学家。提出了"人是会思考的芦苇"的说法，开存在主义哲学之先河。主要著作有《思想录》。

④ 克娄巴特拉（前69—前30），古埃及托勒密朝女王，即埃及艳后。因美貌成为恺撒的情妇，后又与安东尼结婚。企图实行专制统治，但在亚克兴海战中战败，让毒蛇咬死了自己。

"有关他的婚姻大事吗？"

"嗯，也差不太多吧。刚才，我去了金田那儿……"

"前一阵子，那个大鼻子来过了。"

"是吗。哦，对了，金田夫人也说了。说是本想好好请教一下苦沙弥先生的，可不巧的是迷亭也在场，还不住地在一旁打岔，结果什么都没了解到。"

"糟就糟在她那个大鼻子上嘛。"

"啊呀，可不是说你呀。是因为迷亭君在场的缘故，没能仔细加以了解，觉得十分遗憾，所以才要我再来请教一下的。老实说，到目前为止，我也没处理过这种事情，可是呢，我觉得只要当事人并不互相讨厌，那么，我居中撮合撮合也绝不是什么坏事——所以我就来了嘛。"

"辛苦了。"

主人嘴上依旧冷冰冰的，可听他讲到"当事人"云云，不知怎的，心眼儿似乎有些活动了。这种感觉就像在闷热的夏夜里一股凉风钻进袖子里一般，有一种说不出的舒服。

要说我家主人确是个生来就言语生硬，顽冥不化的家伙，可即便如此，他自己仍以为是有别于那些冷酷无情的所谓的文明之产物的。即便是在他大发无名之火，胡言乱语时，其真实内心也还是能够看得一清二楚的。前些天跟"鼻子"吵架是因为对她的鼻子看不顺眼，"鼻子"的女儿可并无任何过错。由于他一贯讨厌生意人，所以也讨厌作为生意人之一分子的金田。这一点是毫无疑问的。可这与他女儿也是毫不相干的。就金田家的女儿本身来说，跟他可谓是往日无怨近日无仇。另一方的寒月君是他的得意门生，比自己的亲弟弟更加喜爱。倘若真如铃木君所说的那样，两个当事人好上了，那么，即便是以十分间接的方式加以妨碍也绝非君子之所为。——苦沙弥先生理所当然地以为自己是个君子。——倘若两个当事人好上了——可问题就在这里啊。要使自己改变对于这件事的态度，就必须首先查明真相。

"我说，那姑娘愿意嫁给寒月君吗？金田和'鼻子'怎么着都行，那姑娘自己拿的是什么主意呢？"

"这个嘛，呃——什么来着？——不就是那个什么嘛——嗯，对，应该是愿意的吧。"

铃木君的应对多少有些含糊暧昧。

事实上他本就只想听了寒月君的情况回去复命，来时并没有确认金田小姐的意向。故而被主人这么一问，这位八面玲珑的铃木君也露出了一点点狼狈相。

"'应该'云云太含糊了！"

只要不合己意，必定当面炮轰，非如此，主人岂得痛快。

"啊，不，是我的表达有误。小姐的意向是很明确的。是的，就是这么回事啊——哎？你不信？——你看看，金田夫人跟我说过的，说是小姐时不时地要说点寒月君的坏话的。"

"那姑娘吗？"

"是啊。"

"真不像话。怎么能说人家的坏话呢？这不说明她对于寒月君并无好感吗？"

"嗨，如今的世道就这么怪。心里越是喜欢谁还越是要说他的坏话。这种事也是有的嘛。"

"哪有这种傻瓜？"

这种感情深层处的微妙即便跟我家主人说明了，他也是浑然不觉的。

"正因为这样的傻瓜世上多的是，事情才变得如此复杂的嘛。事实上，金田夫人也是这么解释的。说是小姐时常会说寒月君是傻瓜、笨蛋、废物，可见她心里是时常念叨着他的。"

或许是这种不可思议的解释过于奇特了吧，主人听后也不答话竟瞪大了双眼，像个路边摆摊的算命先生一样直勾勾地盯着铃木君的脸，看得铃木君心里直发毛。铃木君似乎觉得照这个路子说下去事情要糟，于是便将话头转向了主人应该能够判断的方向。

"你想想也就明白了，他家那么有钱，他女儿又长得那么漂亮，要找门当户对的也不难，是不是？寒月君自然也很了不起，可要说身份——谈论身份地位或许不太礼貌。——就说财产方面吧，谁都看得出是不般配的，是不是？既如此，他们做父母的还这么操心，甚至派我到你这儿来打听，为什么呢？还不是因为小姐本身对寒月君十分中意吗？"

铃木君找了个好理由跟主人重新做了说明。这次，主人似乎能够接受了。见此情形，铃木君悬着的那颗心也放了下来。然而，此刻若是徘徊不定，磨磨蹭蹭，大有再遭当头棒喝之虞。故而他觉得还是加快步伐，尽早完成使命才是上策。

"你看看，正像我刚才所说的那样，对于对方来说，什么金钱、财产之类是完全不考虑的，他们想要的是附属本人自身的资历——所谓资历，也就是头衔罢了——当然了，也不是居高临下地说什么'你当了博士就将女儿嫁给你'——这一点可不要误解哟。前些天金田夫人来拜访的时候，那个迷亭尽说些不着调的怪话——不，这不是你的错。金田夫人夸你是个不会拍马屁的直率之人。全都是迷亭在捣乱。——所以说寒月君要是成了博士，他们那边也可人前显贵，抬得起头来嘛。怎么样？水岛君近期之内能否交博士论文，接受博士头衔呢？——对于金田来说，什么博士、学士全都无所谓，可世道汹汹，人言可畏嘛，有什么办法呢？也不能太不管不顾的，你说是不是？"

听他这么一说，对方要求博士头衔倒也并非是无理取闹。既如此，倒也不妨遵从铃木君之所托。至此，我家主人是死是活似乎已被铃木君完全掌握了。我家主人果然是个单纯、直率之人啊。

"既如此，下次寒月君来的时候，我就劝他写博士论文好了。不过呢，他是否真想娶金田家的姑娘，还得好好盘问一下。"

"'盘问'什么的哪行啊？你那么一板一眼地可是要坏事儿的哦。拉家常时摸摸他的底，才是上策嘛。"

"摸底？"

"嗯，'摸底'这个说法或许不太好听。——就是不动声色地打听一下罢了。这种事，说着说着自然就明白了嘛。"

"你或许能明白，我可是不问个清楚不会明白的。"

"不明白就不明白吧，也没什么关系。只是不要像迷亭那样横插一杠子，将好事给搅黄了。也就是说，即便不劝寒月君什么，至少也要让他按照自己的意愿来处理此事。下次寒月君来的时候，可尽量不要给他添乱。——啊，不是说你，是说迷亭呢。被那家伙一插嘴，可就没救了。"

正当主人替迷亭听了这许多的坏话，还没来得及说声"说曹操曹操就到"，迷亭先生便同往常一样，从厨房后门口随着春风一同飘然而至了。

"啊呀，你可真是稀客啊，怪不得主人要热情招待。像我这样的熟客来了，苦沙弥就敷衍了事的，不像话。看来苦沙弥的家还真得十年来一次啊。你看这茶点，就比平时要精致得多啊。"

说完，他便抓起滕村①的羊羹②大嚼了起来。

此刻，铃木君扭扭捏捏坐立不安，主人嘿嘿傻笑，迷亭则嘴巴不停地蠕动着。本猫从檐廊处望去，心想这副光景完全够得上一幕哑剧了。禅家称无言之问答为以心传心，眼前的这一场景分明就是以心传心的一幕。尽管是极短的一幕，倒也颇为精彩。

"我原以为你一生浪迹江湖，埋骨异乡呢，没想到你又叶落归根了。看来人还真得长寿些才好啊，因为保不准会得遇天赐良机嘛。"

对待铃木君，迷亭也像对待我家主人一样，说起话来无所顾忌。尽管当年是自己开伙时的伙伴，可毕竟十年没见了，按理说总该客气一点吧，可这种人情世故在迷亭身上踪迹皆无。那么，应该称其为超脱呢？还是任性胡为呢？——天知道！

"看你说得可怜兮兮的，我也不至于那么惨吧。"

① 当时位于东京文京区本乡五丁目的一家糕团店的字号，那里的羊羹非常有名。
② 羊羹，将豆沙和琼脂糅合在一起，蒸或熬成固体棒状的日式糕点。

154

铃木君不痛不痒地答道。然而，他又坐立不安起来，且略带神经质地摆弄起他那根金链子来了。

"喂，你坐过电车吗^①？"

主人冷不丁地问了铃木君一个出人意料的问题。

"哈哈，我今天来好像就是为了让你们寻开心的了。我虽是个乡下人，可也持有六十股街铁^②的股票的哦。"

"哦，那自然不能小瞧你了。我曾经也有八百八十八股半的，可惜都被虫子蛀掉了，如今只剩下了半股。你要是早一点回东京，趁我那些股票尚未被虫子蛀掉，送你十股也就是了。唉，真是可惜啊。"

"你的嘴还是那么损。不过呢，玩笑归玩笑，那股票拿着可不吃亏啊，每年都涨的嘛。"

"如此说来，哪怕只剩下半股了，等上一千年，其价值也足以盖上三间库房了。你跟我在这方面都是当世奇才，不会错过如此财运的，苦沙弥兄可就惨了。因为说到股票，他还以为是萝卜的兄弟辈呢^③。"

说完，他又捏起了一块羊羹朝主人看去，主人受迷亭好胃口的感染，也将手伸向了点心盘。可见凡事积极进取的人，就有被人模仿的权利。

"股票什么的怎么着都行，我倒是想让曾吕崎坐坐电车，哪怕一次也行啊。"

主人怅然若失地看着咬了一半的羊羹说道。

"曾吕崎要是坐电车的话，定然回回坐到品川下车。还不如让他变成'天然居士'，刻在压腌萝卜的石头上来得稳妥啊。"

---

① 明治三十六年（1903年），在东京的品川和新桥之间开通了电车。《我是猫》的时代背景是明治三十八年（1905）。

② 东京市街铁道株式会社的简称。除此之外，还有东京电车铁道株式会社和东京电气铁道株式会社两家公司。

③ 股票在日文是"株"，而其发音"かぶ"是与"蕪"一样的。"蕪"译作"芜菁、蔓菁"，其根为白色，多肉质，可食用，与萝卜差不多。故而迷亭在此借用谐音关系来嘲笑苦沙弥不懂股票。

"听说曾吕崎去世了，真是可惜啊。这么聪明的一个人，早早地就去了，令人遗憾啊。"

铃木君的话一出口，迷亭马上就接过去说："人聪明是不假，可煮饭煮得太差劲了。以前遇到曾吕崎当值的时候，我总是到外面去吃碗荞麦面对付的。"

"嗯，曾吕崎煮的饭一股焦煳味儿，还夹生，我也吃不消啊。下饭的小菜又总是生吃豆腐，冷冰冰的叫人怎么咽得下去。"

沉睡于铃木君记忆深处的不满也被唤醒了。

"苦沙弥君在那时跟曾吕崎就是好朋友，你们两人每天晚上都出去吃汁粉^①，如今得了慢性胃弱的毛病，其实就是吃汁粉吃出的报应。要说吃汁粉的量苦沙弥要比曾吕崎多多了，所以应该苦沙弥先死才对嘛。"

"这是哪国的理论呢？别说我的汁粉了，还是说说你吧。你说是什么要运动，每天晚上拿着竹剑到屋后的坟地里去，用竹剑将墓碑乱敲一气，结果挨了老和尚一顿臭骂。"

主人不甘示弱地揭了迷亭的老底。

"啊哈哈哈，是啊是啊，老和尚说你这么敲打亡灵的脑袋，妨碍人家睡觉了。不过呢，我用的是竹剑，可这位铃木将军是徒手相搏啊。他抱着墓碑练相扑，将大大小小三块墓碑都给扳倒了。"

"当时，那老和尚可真是火冒三丈啊。他坚持要将墓碑扶起来恢复原状，跟他说我们去雇人来，他便怒吼道：'不许雇人，为了表示你们的忏悔之意，必须你们自己扶，否则就对不住亡灵了。'"

"当时你那风采可不怎么样啊，上身穿着细棉布的衬衫，下身仅扎着一条越中兜裆布^②，在雨后的积水中哼哧哼哧的……"

---

① 汁粉，年糕豆沙汤。将小豆馅用水稀释后加白糖一起煮，然后再加入年糕、糯米粉团等做成的甜食。

② 一种据说始于细川越中守忠兴的兜裆布。长约一米，窄幅，缝有细带。是以前日本男子的贴身衣物。

"你当时的表现倒好，不来帮忙倒也罢了，竟然装模作样地画起了写生，真叫人受不了啊。我这人不怎么会生气，可那时心里也觉得这家伙太过分了。你知道吗？你那会儿说的话我还记得呢。"

"十年前说过的话，谁还记得呢？不过那墓碑上刻的字我倒是记得的，是'归泉院黄鹤大居士安永五年辰正月'。那块墓碑造型十分古雅。搬家时我还想将它偷走呢。真是一块符合美学原理，有着哥特式趣味的墓碑。"

迷亭又在卖弄他那半瓶子醋的美学知识了。

"这个暂且不论，我说的是你当时所说的话。你当时是这么说的：'我是专攻美学的，所以看到天地间所发生的有趣之事都要画下来，以供将来参考。什么"可怜"啦、"同情"啦之类的私宜之辞，不是我辈忠实于学问之人所该说的'。说得那叫冷酷无情啊。我当时也是一时性起，心想这家伙也太不够意思了，就用满是泥水的双手将你的写生簿撕了个粉碎。"

"就在那时，我那原本前途远大的绘画天赋横遭摧残，从此一蹶不振。就是被你折了锋芒了。我恨你。"

"你这叫倒打一耙。该怀恨在心的是我！"

"迷亭在那时就已经是个吹牛大王了。"主人吃完了羊羹后，再次插入他们俩的谈话。

"说好的事情，从来不兑现。你要是逼他，他就歪理十八条，从不道歉。有一次，正是庙里紫薇花开的时节，他说在这紫薇花凋谢之前，要写一部名为《美学原论》的著作。我说：'不可能，怎么来得及呢？'迷亭说：'你别看我外表这样，我可是个一直十分坚强的男子汉。既然你怀疑我，那我们就来打个赌好了。'我当真了，同意跟他打赌。说好谁输了就到神田的西餐馆请对方吃一顿饭。我料他也不会真写什么书的，可既然打了赌，心里多少还是有些七上八下的。因为我当时还请不起一顿西餐啊。可后来你猜怎么着，他老先生一点也不像有起稿的迹象。过了七八天、二十来天，还是一页都没写。等到紫薇花谢了，枝头一朵花都没有了，他老先生依然不动声色的。我心想，这下好了，有一顿西餐吃

157

了。于是我就催逼他履行承诺，可他倒好，装模作样地竟想耍赖了。"

"一定又是歪理十八条吧。"

铃木君帮腔道。

"嗯，这家伙可真叫厚颜无耻啊。他还嘴硬，说什么'我这个人别无所长，只有意志一项是绝不会输给你的'。"

"一张纸都没写，还说这个吗？"

这次是迷亭自己提问了。

"当然了，那会儿你是这么说的，'于意志而言，我是谁也不让的，可遗憾的是，记忆力远不及常人。要写作《美学原论》的意志我完全具备，可在向你公布了这一意志的第二天，我就将此事给忘了。所以说，在紫薇花凋落殆尽之际尚未写出著作来，是记忆力之过，而非意志之过。既非意志之过，那我凭什么要请你吃西餐呢？'其嚣张跋扈之姿态就别提了。"

"真是将迷亭君之一流特色发挥到了极致啊，有意思。"

不知为何，铃木君听了竟觉得十分有趣。他眼下的语气与刚才迷亭没来时大相径庭，或许这就是聪明人的特色吧。

"有什么意思？"

主人提起此事似乎至今依然愤愤不平的。

"啊呀，那可真是对你不住了。可是，我敲锣打鼓地大举寻访①孔雀舌头，不就是为了将功补过吗？别这么怒气冲冲的，耐心等着吧。不过呢，说到著书之事，我今天可带来了一则珍讯啊。"

"你每次来都带有珍讯的。不可轻信。"

"今天的珍讯乃是真正的珍讯，一点也不掺假的珍讯。寒月君正在起草博士论文呢，你知道吗？我知道寒月君素来清高，不会做出写博士论文这样的无聊之举的，哪知他仍是尘心未泯，你们说好笑不好笑。我说，

————————
① 日本在寻找走失的小孩时要敲锣打鼓地寻找，故有此说。

158

这事你一定要通知一下大鼻子，说不定她前一阵已经梦到橡子博士了。"

铃木君听到寒月君的名字，忙跟我家主人递眼色，那意思是说：说不得，说不得！然而，我家主人却浑然不觉。刚才听了铃木君的论调，只觉得金田家的姑娘是无辜的，现在，被迷亭"大鼻子、大鼻子"地这么一叫，又勾起了前些天跟"鼻子"吵架的记忆。而一回想起来，就觉得十分滑稽，同时，也觉得十分厌恶。但是，寒月君在起草博士论文之事对于他来说可真是最好的礼物，正如迷亭自卖自夸的那样，是近来少有的珍讯。还不是一般的珍讯，而是一则能令人欢欣鼓舞的珍讯。娶不娶金田家的姑娘倒还在其次，只要寒月君当上博士就行。像自己这种雕坏了木像扔在佛具店的角落里，哪怕被虫子蛀空了仍是个白坯也无甚可惜，可看到一个上好的雕像，却总想尽早给它贴上金箔的。

"他真的开始写博士论文了吗？"

主人将铃木君的眼色冷落在一旁，热切地问道。

"你这家伙疑心病可真重啊。——当然在写了。问题是写橡子的稳定性呢？还是写上吊的力学。不过呢，既然是寒月君写的，那就肯定会让大鼻子惊诧不已的。"

打开头起，迷亭就口无遮拦"大鼻子""大鼻子"地叫，铃木君每次听他这么叫都显出坐立不安的样子。可迷亭却毫无察觉，依然我行我素。

"我后来也对鼻子做了点研究，在《项狄传》[①]中发现了一段十分有趣的'鼻子论[②]'。我曾想，要是让斯特恩看到了金田家的那个大鼻子，

---

① 全名为《绅士特里斯舛·项狄的生平与见解》，是18世纪英国文学大师劳伦斯·斯特恩的代表作之一。这是一部闻名世界的奇书。书中绝大部分是特里斯舛讲述别人，主要是他父亲和他叔叔的生平与见解，叙述的顺序则是东一榔头西一棒槌，完全打破了顺着事件发生的时间先后按部就班、一板一眼的传统程式。这在当时是史无前例的。该书出版后引起轰动。一百多年后，现代派小说兴起，有人认为是《项狄传》开了这类小说的先河，直接影响了普鲁斯特、乔伊斯、卡夫卡、伍尔夫、纳博科夫、卡尔维诺等文学大师。20世纪后期，《项狄传》更是研究者挖掘不尽的宝藏。

② 以主人公项狄出生时鼻子被钳子夹坏为契机，《项狄传》从第三卷三十一章起，开始对鼻子作卖弄学问式的考察，在第四卷中，又讲述了拥有特大鼻子之人的故事。

一定会成为绝佳素材的。真是十分可惜啊。明明有着鼻名传千古的资格，却如此默默无闻地终老一生，真是遗憾万千啊。她要是再来的话，我一定要给她的大鼻子画一张速写，以作美学研究之参考。"

迷亭依然滔滔不绝地一逞口舌之快。

"但是，金田家的那姑娘可是愿意嫁给寒月君的哦。"

主人将刚才从铃木君那里听来的情报和盘托出。铃木君一个劲儿地给他递眼色，表示"会有麻烦的"。可我家主人如同绝缘体一般，一点过电的感觉也没有。

"这倒有点怪啊。就算那种家伙的孩子也会谈情说爱，这种恋爱估计也高不到哪儿去的，顶多也就是'鼻恋'罢了。"

"'鼻恋'又怎么了？只要寒月君肯娶她不就行了嘛。"

"你说什么？'只要寒月君肯娶她不就行了'？前些天，你不是极力反对的吗？你今天的态度可是极度软化了哦。"

"没软化！我是绝不会软化的，可是……"

"可是，你总有点古怪吧。铃木君，虽说是叨陪末席，你也算是个资本家吧，所以我也给你说道说道，以供参考。我不说别的，单说这金田其人。那家伙的女儿许给旷世奇才水岛寒月做夫人，那可真是好有一比了。好比是灯笼配吊钟，外形看着相仿佛，重量上可就有天壤之别了。作为朋友，我们怎能无动于衷呢？我想，即便是作为资本家的你，肯定也是这么想的吧。"

"你的风头还是这么的健啊。了不起。简直跟十年前一模一样。"

铃木君如一根随着春风飘摆的柳条一般化解了迷亭的话锋，打算糊弄过关。

"你要称赞我'了不起'，那就希望你将着眼点放在我的博学上嘛。你知道吗？古希腊非常重视体育，常常为各种竞技比赛开出巨万大奖，可是，令人不解的是，从未看到有对学者之高深学问进行褒奖的记录。直到今天，仍不免令人感到不可思议。"

"是啊，这可真是有些难以理解啊。"

铃木君极尽迎合奉承之能事。

"可在两三天之前，我于美学研究之时，突然发现了其中的缘由，多年的疑团才终得冰释。真如同拨云见日，醍醐灌顶，得悟真谛所带来的无限喜悦，真可谓言语所难以形容啊。"

迷亭的话匣子一打开，大有滔滔不绝，一发而不可收之势，饶是铃木君善于迎奉，脸上也隐隐透出了一丝难色，似乎有些招架不住。我家主人更是一副"又来了"的腻味劲儿，竟低下头用象牙筷子"叮叮当当"地敲打起点心碟子来。只有迷亭一人依然兴致勃勃地说个没完。

"对此种矛盾现象加以明确说明，并将我辈从千古之谜的无底深渊中解救出来的人，你道是谁？不是别人，正是人称自有学问以来之最大学者，古希腊大哲学家，逍遥派之鼻祖的亚里士多德①。按照他老的解释——喂，别敲碟子，认真听好了——希腊人在竞技后所获得的奖赏都要比他们在比赛中所表演的技艺更加贵重。正因为这样，才有褒奖、激励的意义。那么，对于知识又该怎么办呢？倘若要对知识加以褒奖，那就必须给予价值高于知识的东西了。可问题是，这世界上还有比知识更珍贵的东西吗？当然是不可能有的。而随便奖赏些什么，只会有损知识之威严。他们认为，即便将金银堆得跟奥林匹斯山一样高，即便穷尽克罗伊斯②的所有财产，也依然形成不了与知识相当的报酬。当他们意识到无论如何也不可能找到与知识相匹配的奖赏后，便干脆什么也不奖了。由此，我们可以清楚地理解到：知识绝不是黄金白银所能匹敌的。认同了此一原理之后，我们再来看看现实问题吧。金田其人不就是个眼里只有钞票的家伙吗？用一个较为奇特的说法来形容的话，他只不过就是一张带腿的活动纸币罢了。而

---

① 亚里士多德（前384—前322），古希腊哲学家，逍遥学派的创始人，柏拉图的弟子，是亚历山大大帝年轻时的老师。曾在雅典创设吕克昂学园，建立起哲学以及其他各种学问的体系。著有《形而上学》《政治学》和《诗学》等著作。

② 克罗伊斯，公元前6世纪吕底亚的国王，以其富有而闻名于世。英文名为Croesus，英语中的熟语"as rich as Croesus（大富豪）"即因他而来。

活动纸币的女儿，顶多只是活动邮票了。那么，我们反过来再看看寒月君又怎样呢？他以第一名的成绩毕业于不折不扣的最高学府，之后，他也毫不懈怠，身挂着祖上参加'长州征伐'时所穿外褂之丝绦，日以继夜，孜孜不倦地研究着橡子的稳定性。即便这样，他也毫不自满，近来还有志于发表压倒开尔文①的重要论文。虽说偶尔也发生过吾妻桥投河未遂之类的事件，可那也是一个热血青年所特有的冲动行为，丝毫也无损于他作为知识传播者的声望。若以迷亭一流之比喻来说，寒月君简直就是一个活动图书馆。是一颗用知识造就的二十八公分炮弹②。该炮弹一旦得遇良机在学术界发生爆炸的话——如果爆炸的话———定会爆炸的吧——"

说到此处，他那自称为"迷亭一流"的形容词有些后继乏力，多少呈现出了一点俗话所说的"虎头蛇尾"的狼狈相，可随即又补充道："活动邮票之类，即便多达千万，最终还不是化为齑粉？所以说，与寒月君不般配的女人终究是不行的。如同百兽之中最聪明的大象与最贪婪之小猪的婚姻，我是坚决反对的。是吧？苦沙弥君。"

说完，迷亭便退在一旁。我家主人又开始一声不吭地敲打起碟子来了。铃木君则显得有些垂头丧气，无可奈何地说了句："那倒不至于吧。"

刚才他说了迷亭的许多坏话，故而他担心此刻说话不留点神，会被我家主人这样的冒失鬼全捅出来。眼下只有避开迷亭的锋芒，平安无事地脱身走人才是上上之策。铃木君是个聪明人，他很清楚，在这个应该尽量避免无谓之抵抗的世上，毫无必要的议论简直就是封建时代的流毒。要实现人生的目标不在于口舌而在于身体力行。凡事只要能按照自己的

---

① 开尔文（1824—1907），英国物理学家。他进行了热力学的基础性研究，提出了绝对温度，即开氏温度的概念，推导出了热力学第二定律。此外，他还设计了各种电器仪表，领导铺设了大西洋海底电缆。

② 指在日俄战争之旅顺攻坚战中发挥了巨大作用的白炮炮弹。这种白炮原本是日本防守本土的海岸炮，由于乃木希典的肉弹攻势在争夺203高地时受阻，特意将其从日本国内运到旅顺前线，事实上起到了扭转战局的关键性作用。司马辽太郎的《坂上之云》对此有详细描述。

意愿不断推进，人生目标自会达成。没有辛劳、担心、争论而事情能够
顺利进行，人生目标便可以"极乐流"的方式而达成。毕业之后，铃木
君便以此极乐主义取得了成功。以此极乐主义而挂上了金表。以此极乐
主义接受了金田夫妇的委托。同样，以此极乐主义成功说服了苦沙弥君，
使得所托之事有了十之八九的成功希望。然而，就在此时，迷亭这个不
可律以常规，有着迥异于常人之心态的怪人的突然闯入，让他多少有些
手忙脚乱。发明极乐主义的是明治之绅士，实践此极乐主义的是铃木藤
十郎，而如今因此极乐主义而被困垓下，进退两难的也是铃木藤十郎。

"铃木君，你一无所知，所以才会说出什么'不至于'来，还沉默
寡言地显示涵养，你要是看到前些天那个大鼻子来时的样子，估计不论
你怎么偏心于资本家也会吃不消的。是吧？苦沙弥君。你那会儿可是浴
血奋战过的呀。"

"可即便如此，人家对我的评价还是比你高哦。"

"啊哈哈哈，你真是个无比自信的家伙啊。如若不然，也不会在学
生、老师嚷嚷着'萨呗吉·涕——'嘲笑你时，你还能若无其事地出入
学校了。要说我吧，意志力是不输给任何人的，但脸皮却没这么厚，我
对你真是佩服之至啊。"

"那些学生、老师说几句风凉话又何足道哉？古今独步的评论家圣
佩韦① 在巴黎大学开课时评价也不高，据说为了防备学生的攻击，他外
出时必定在袖子里藏一把匕首防身。布吕纳介② 在巴黎大学攻击左拉③ 的

_____

① 圣佩韦，即19世纪法国诗人、文艺批评家圣佩韦·查理·奥古斯丁。"象牙塔"一词就是
　他首先提出的。
② 布吕纳介(1849—1906)，法国文学评论家。生于法国南部土伦，曾在巴黎高等师范学
　校主讲法国文学史，任《两世界评论》主编，为法兰西学院院士，是继泰纳以后法国学
　院派文学批评的重要代表。著作主要有《自然主义小说》《法国戏剧诸时期》《十九世
　纪抒情诗的演化》《批评的演化》《法国文学史教程》《法国古典文学史》《巴尔扎
　克》和《文学体裁演化论》等。
③ 左拉（1840—1902），法国自然主义小说家。主要作品有《卢贡马卡尔家族》《小酒
　馆》《娜娜》等。

小说时……"

"可你又不是大学教师或知名学者。不过是个英文读本的老师罢了，你援引这些大家的例子，简直像一条将自己比作鲸鱼的小猫鱼，又会遭人嘲笑的哦。"

"你闭嘴！圣佩韦也罢，我也罢，不同样是学者吗？"

"啊呀呀，真是高见啊。不过怀揣匕首之事劝你还是别学人家了，毕竟是十分危险的。或者说，大学教师怀揣匕首的话，阅读课老师就带把小刀吧。可身怀利刃总还是不太稳妥的，要不到仲见世 ① 去买一支玩具气枪背着吧。那模样也很别致嘛。是不是？铃木君。"

铃木君听到话题终于偏离了金田事件，不由得松了一口气。他说道："哈哈，你们可真是无拘无束，轻松愉快啊。相隔十年，我再次遇到你们，那心情简直就像从狭窄弄堂跑到了广阔原野上一样，真舒畅啊。我们同事之间说话可是一点也不能掉以轻心的。不管说什么都要留个心眼儿，真是憋屈得紧啊。言者无罪，这才好嘛。要说还是与从前学生时代的朋友交谈最为省心，无拘无束的。今天没想到还遇上了迷亭君，真是令人高兴啊。我还有些俗务，这就告辞了。"

铃木君说完刚要站起身来，迷亭也说道："我也走了。我要到日本桥 ② 的演艺矫风会 ③ 去一趟。可以和你顺道走一段。"

"那真是太好了。时隔多年，我们又可以一起散散步了。"

说完，两人便手挽手地回去了。

---

① 仲见世，原指寺庙范围内的商业街，此处则特指从东京浅草雷门到观音堂的商业街。
② 日本桥，地名，指东京都中央区北部地区。自江户时代以来就是商业、金融中心。
③ 演艺矫风会，成立于明治二十一年（1888年）的演剧改良团体。会长是田边太一。常以演习会的名义举行公演或义演。于明治二十二年改名为日本演艺协会。

第五章

　　欲将二十四小时内所发生的事情毫无遗漏地记录下来，一字不落地阅读一遍，至少也得花上二十四个小时吧。尽管本猫提倡写生文，但也不得不承认：这绝不是猫类所应企求的技艺。因此，尽管我家主人十二个时辰里的奇谈怪行完全值得精描细述，本猫也并无逐一向各位汇报的能力和耐心。对此，本猫只得深表遗憾。然而，遗憾归遗憾，却也是无可奈何之事。因为，即便是猫，休息也是必不可少的。

　　铃木君和迷亭君走后，四周陡然归于沉寂，犹如飒飒寒风戛然而止，漫天白雪静静飘落之寒夜一般。

　　我家主人照例缩进了书房。

　　两个大孩子在六铺席大小的房间里并枕而眠。

　　隔着一道一间半长隔扇的朝南房间里，夫人正躺着给虚岁三岁的小女儿勉子喂奶。

　　花阴①时节，暮色匆匆，金乌早落。大街上行人一过，清脆的木屐声，在饭堂里仍可听得真真切切。邻街寄宿处有人在吹奏明笛②。笛声悠扬，时断时续，时不时无力地刺激着本猫那昏昏欲睡的耳根。外界，想

────────────

①　日本樱花开花时节常见的阴霾天气。
②　从中国传入日本的六孔横笛，用于演奏明乐，故名。

必已是夜色朦胧了吧。晚饭时，本猫将猫食盆里的鱼肉饼连汤带水地吃了个干净，肚子鼓鼓的，非得好好安歇一下不可了。

隐约听得世人有以"猫恋①"为题而吟咏俳谐②的爱好。据说早春时分，街区里的猫族同类会睡不安枕，半夜三更的外出游逛。可本猫却尚未领略过如此心底波澜。按说这恋爱本是宇宙间之基本活力。上至天神朱庇特③，下至少蛰鸣于土中之蚯蚓、蝼蛄，一旦身坠此道，定然形销骨立，精神恍惚，此乃万物天性之使然。故而吾辈猫类春心朦胧，行些风流放浪之举也实在是无可厚非的。

回首往事，本猫也曾苦恋过小花妹妹。就连主张做生意要运用"三不函数"的金田君的千金，那个安倍川年糕不离口的富子小姐，也传出过倾慕寒月君的八卦新闻。有鉴于此，当此千金一刻之春宵，本猫绝无将普天下所有雌猫雄猫之躁狂迷走蔑称为自寻烦恼之意。然而色诱虽烈，怎奈本猫春心未萌，一切也仍是徒然啊。眼下，本猫只想安歇。如此昏昏欲睡的，哪能谈什么恋爱呢？于是，本猫慢吞吞地踱到小孩子盖的被子边，舒舒服服地进入了梦乡。……

忽然睁眼一看，只见主人不知何时已从书房来到了寝室，并不知何时钻入了铺设在夫人身边的被褥之中。我家主人有个习惯，睡觉时定要从书房带一本小洋书过来。然而，躺下后，他就从未连续读满过两页。有时带来后就往枕边一撂，碰都不再碰一下了。既然一行都不读，何必要特意从书房将其带来呢？这可就是我家主人之特色了，不论夫人如何嘲笑，如何阻止，他依然我行我素。也就是说，他每天晚上都费心吃力地将不读之书从书房搬至寝室。有时还十分贪心，一抱就抱来三四本。前一阵子更是变本加厉，竟然每晚都将韦伯斯特④的大辞典也抱了来。

① 猫在春天里发情的现象。在日本的俳句中"猫春"可作为春天的季语来使用。
② 日本平民诗的一种形式，具有滑稽、机智之特色。
③ 罗马神话三主神之一。原为天神，掌管气象，同时也为正义、道德、战争胜利之神、法律的守护者。视同希腊神话中的宙斯。
④ 韦伯斯特（1758—1843），美国辞书编撰者。1828年出版发行了《韦伯斯特大辞典》。

想来主人已坐下毛病了，就像有些讲究人不听着龙文堂①铁壶的"松风之声"②睡不着觉一样，我家主人不在枕边放些书籍便难以入睡。由此看来，对于主人来说，书籍不是用来阅读的，而是用来催眠的，是一种活字印刷的催眠剂。

今夜他又带了本什么书来呢？——本猫瞟了他一眼，只见一本红色的薄薄的小书打开了一半，滚落在枕边，几乎就要碰到主人的唇须了。从主人左手大拇指夹在书中的情形来看，今晚他是破天荒地读了五六行的。红色小书的边上是一块镀镍的怀表，静静地放出与融融春夜颇不协调的凛冽寒光。

夫人将吃奶的小孩子抛在了一尺开外，张着嘴巴大打呼噜，枕头也被拱在了一边。要说人类什么模样最难看，本猫以为莫过于张着嘴睡觉了。至少吾辈猫类是一辈子也不会出这个丑的。本来嘛，嘴巴乃发声器官，鼻子乃吞吐空气之用具。倘若你往北方去，便会发现那里的人因为懒惰不愿意张嘴，说起话来走鼻音，齆声齆气的。然而，关闭了鼻子用嘴巴来代行呼吸功能，那就比"齆声齆气"更不像话了。别的暂且不说，天花板上倘有老鼠屎掉落，岂不危险？

再看看小孩子们的睡相，竟然也是横七竖八的，一点也不输给她们的父母。姐姐惇子像是要主张做姐姐的权利似的，伸展右臂搁到了妹妹的耳朵上，而妹妹胜子则以牙还牙，一条腿压倒了姐姐的肚子上。与刚睡下时相比，她们两人的身体都已经转过了九十度。并且，她们俩都无怨无悔地保持着这种别扭姿势而呼呼熟睡着。

春夜之灯火果然别具情趣。它优雅地闪烁在这一派天真烂漫又极不雅观的场景之中，仿佛在提醒人们莫负良宵。

几点了？——本猫环视室内，只见四下里一片寂静，所能听到的只

---

① 铁壶制作店铺的名号。
② 这是茶道中的一个说法。指温度不到沸点时水在铁壶中所发出的声响。据说这种声响与松涛声极像，故名。

有挂钟的嘀嗒声、夫人的呼噜声还有远处传来的女佣的磨牙声。该女佣从不承认自己磨牙。要是有人说她磨牙了，她总是矢口否认，还说什么"自我出生长这么大以来从未觉得自己磨过牙"。她从不肯说句"去瞧大夫治一下"或"打搅你们了"之类的话，只是一味地强调自己没觉得磨过牙。当然了，磨牙是睡着时的行为，本人无疑是不会"觉得"的。而问题就在于尽管本人不"觉得"，此事也确实存在呀。世上有些人做了坏事还觉得自己是个大好人呢。要说相信自己无罪是一种天真，当然也未尝不可，可给人带来的麻烦却并不会因其"天真"而有所减轻的。本猫以为，这一类"绅士淑女"其实与那女佣也是同属一个类别的。

　　——夜，似乎已经很深了。

　　就在此时，厨房的套窗^①上"嗒嗒"地轻轻响了两声。怪哉！如此深夜怎会有人前来？多半是老鼠吧。要是老鼠的话，本猫是铁定不抓的，任其折腾胡闹好了。——"嗒嗒"，又响了两声。不像是老鼠啊。若是老鼠，那就过于谨慎了。主人家的老鼠跟主人任教之学校里的学生一个样，只会不分昼夜地一味胡闹，尽是些以惊破可怜主人的好梦为天职的家伙，怎会如此小心呢？刚才的响声决非出自老鼠。前些天还有老鼠闯入主人寝室，在主人那不高的鼻尖上咬了一口之后，高奏凯歌，扬长而去。所以说，要是老鼠的话，那么今晚来的老鼠也太胆小了吧。绝不是老鼠。

　　此时又"吱——"的一声传来了将防雨窗自下往上抬起的声响。与此同时，低腰隔扇^②也顺着沟槽极为缓慢地移动了起来。这就完全可以断定不是老鼠了。

　　是人！

　　如此深更半夜，竟然一声不吭地撬门而入，定然不是迷亭先生或铃木君。来者或许就是久闻大名的梁上君子吧。既是"君子"，本猫倒想

---

①　为了防雨、防盗而安装在窗户外侧的护窗板。
②　下部镶有30来公分高护板的采光隔扇。

尽早一睹尊容。此刻"君子"似乎已将不脱鞋的大脚踏进了厨房，并前进了两步。在他跨出第三步的当儿好像在活络地板①上绊了一下，静静的黑夜里发出了"哗啦啦"的清脆响声。吓得本猫背上的毛根根倒竖，就像被人用鞋刷倒刷过一般。

脚步声稍停。本猫回头看了看，见夫人依旧张嘴一个劲儿地吞吐着太平空气。主人的大拇指还夹在小红书里，好像还在做梦。

不一会儿，厨房里传出了划火柴的声音。看来"君子"并不像本猫一样拥有一双夜光眼，在黑暗中不能行动自如，一定十分不便。

本猫蹲坐着心中暗想："君子"会从厨房到饭堂然后现身出来吗？还是左转经过玄关再穿过书房呢？——脚步声和拉动移门的声响都表明"君子"来到了檐廊上。然后，"君子"进入了书房。接着就鸦雀无声了。

本猫直到此时才意识到应该尽快叫醒主人夫妇，可是怎样才能叫醒他们呢？本猫不得要领，只是各种念头在脑海中风车般地旋转着，却仍是一筹莫展。想到可以叼住被角摇晃一下，可试了两三下依旧毫无效果。想到用本猫那冰冷的鼻子去擦擦主人的脸或许有用，可本猫刚走到主人的脸蛋儿旁，主人便在睡梦中伸出手臂一下打在了本猫的鼻头上。对于猫来说，鼻子可是个致命的部位。遭此一击，本猫便疼痛难耐。

没奈何，想要"喵——喵——"地叫上了两声，可不知为何，喉咙中像是被堵住了一般，发不出声来。好不容易低低地发出了一点沙哑嗓音，反将自己吓了一跳。要命的是主人毫无苏醒迹象，"君子"的脚步声却响了起来，"咔嚓、咔嚓"的，从檐廊处不断地靠近。终于来了。到了如此地步，本猫也就死心了，只得暂时藏身于隔扇与柳条箱之间，静观其变。

"君子"的脚步声来到寝室移门处便戛然而止了。本猫屏住了呼吸，静待其下一步的行动。本猫当时双眼圆睁，如同灵魂出窍一般。事后回

_____

① 地窖或厨房中地下储物柜等盖板。

想，要是抓老鼠时也有如此状态，岂不是手到擒来？拜"君子"所赐本猫才有此领悟，实属难得。

突然，移门第三道格纸的中央处开始变色了，像是被雨淋湿了一般。透过薄纸可以看到一个淡红色的东西越来越清晰，终于薄纸破了，一条红红的舌头伸了进来。不一会儿，舌头消失了，取而代之的是破洞中出现了一个发亮的可怕玩意儿。毫无疑问，那是"君子"的眼睛。可奇怪的是那眼睛不看屋里别的东西，偏偏紧盯着藏身于柳条箱后面的本猫。尽管前后一分钟都不到，可本猫依然觉得这样子被人盯着是会短寿的。正当本猫忍无可忍，决定要从柳条箱后面跳将出去之际，寝室的移门"刷——"的一声被拉开，恭候多时的"君子"终于现身了。

若按正常的叙述顺序，本猫此刻应该十分荣幸地向读者诸君介绍一下这位不速之客——梁上君子。然而，在此之前，本猫想首先陈述一下一己之陋见，有劳各位高虑。

古代的神向来是被尊崇为全知全能的。尤其是耶稣教的神，也即上帝，直到二十世纪之今天仍戴着全知全能的面具。然而，俗人眼中的全知全能，有时也完全可以解释为无知无能。这样的说法无疑是一个悖论。而能解开此悖论者，自开天辟地以来也唯有本猫，由此，本猫难免生出自己已非猫类的虚荣心，故而本猫定要在此讲明其中原委，将不可蔑视猫类的道理印入高傲的人类诸君的脑中。

据说天地万物都由上帝所创造，那么，人类也是上帝所创造的了。据说一本叫作《圣经》什么的书上就明明白白地记载着这事。

就人类而言，积其自身数千年来的观察，在感到玄妙无比，不可思议的同时，也越来越倾向于上帝乃全知全能之神的论断。其理由就是：世上之人熙熙攘攘，如此众多，竟无一人相貌相同者。脸部构件，也即五官，自然都是一定的，其大小也大同小异。换言之，他们都是用相同的材料制成的，尽管如此，却并未形成相同的结果，连一个也没有。考虑到运用如此简陋的材料而能制造出如此多样化的脸蛋儿，自然不能不钦佩制造者技艺之高超。若无丰富而独特的想象力是无论如何也营造不出如此丰富多彩的变化的。一般而言，一名画家穷尽其毕生精力，顶多也只能画出十二三张不同的脸蛋儿，由此看来，仅凭一己之力而创造了人类的上帝的技艺确实是非同小可，令人叹为观止的。由于这种高超技艺在人类社会中是无缘得见的，故称之为全能恐怕也不为过。人类似乎也因此而对上帝敬畏有加，当然了，就人类的视角而言，对上帝如此敬畏也是无可厚非的。然而，就猫的立场来说，据此同一事实，却也可证明上帝的无能。或者说，即便不是绝对的无能，大致也能得出不具备超越人类之能力的结论吧。所谓上帝给每个人都制造了一张不同的脸蛋儿，到底是他老人家在动手前便胸有成竹，从而显示出如此丰富多彩的变化呢？还是原本想制成相同的脸蛋儿，结果搞砸了才形成如此混乱不堪的局面呢？不得而知。因此，人类的脸部构造既可认为是上帝成功的纪念，也可以看作是造人失败的痕迹，难道不是吗？称其为全能也行，判他为无能也全无挂碍。他们人类的两只眼睛并排在一个平面上，故而无法同时看到左右两侧，任何事物都只是片面地进入眼帘，真是可怜之至。从另一个角度来说，在他们的社会里日夜不停地呈现着如此简单的事实，只因他们头脑发昏，慑于上帝之威严而没有领悟罢了。制造时要体现变化自然是不易的，可要做到拷贝不走样也同样是十分困难的。

譬如说，要拉斐尔 [1] 画两幅一模一样的圣母像，就如同要求出示两张一组的圣母双幅画，而上面的两个玛利亚又截然不同一样，这简直就是在为难拉斐尔。甚至可以说，画两幅一模一样的画或许更困难些吧。再如要求弘法大师用与昨天相同的笔法写"空海 [2]"两字，或许对方会觉

---

[1] 拉斐尔（1483—1520），文艺复兴时期意大利画家、建筑家，与达·芬奇、米开朗基罗并称为文艺复兴三杰。作品有《西斯廷圣母》《雅典学院》等，参与了圣彼得大教堂的建造。

[2] 空海（774—835），日本真言宗的创始人，谥号弘法大师。792年来到中国唐朝，师从惠果学习密教秘法。806年回日本。816年在高野山创建金刚峰寺。热心于文化活动和社会事业，擅长书法，为"日本三笔"之一。著有《三教指归》《十住心论》《性灵论》和《文镜秘府论》等著作。

得比要求换一种字体来写更困难。

人类所运用的语言，就是完全根据模仿主义而得以传承的。人类在向母亲、奶妈或其他人学习实用性语言时，只是一味地重复所听到的东西，除此之外就别无野心了。也即竭尽全力模仿他人而已。这种完全建立在鹦鹉学舌般的模仿基础上的语言过了十年二十年之后，发音自然会发生变化，而这一点恰巧证明他们并不具备绝对模仿的能力。同时也说明，纯粹的模仿是极其困难的。

因此，如果上帝在制造他们人类时，能将他们的脸蛋儿如同女丑角面具①一般制造得千篇一律，则能表明上帝之全能；而如今这样让随意捏造的脸蛋儿暴露于光天化日之下，让人看得眼花缭乱的，只能成为其无能的证据。

说到此处，本猫已经忘了为什么要对此大发议论了。忘本之事即便在人类那里也是常有的，在猫类这里更是理所当然的了，还请诸君高抬贵手，免予追究为盼。

总之，本猫瞥见梁上君子打开寝室之拉门在门槛上方露出脸来时，内心就极为自然地冒出了如此感想。为什么会冒出？——既然要问"为什么？"那本猫倒也不得不重新回忆一下了。——嗯，其中的道理应该是这样的：

看到悠然出现在本猫眼前的"君子"之脸后，发现此脸——虽说平时本猫总怀疑人类的脸蛋儿是无能上帝的败笔，而此脸却具有足以打消此疑虑的特征。要说特征倒也不是别的什么，就是此人的五官相貌竟与亲爱的美男子水岛寒月君一般无二。

本猫在小偷之中自然是没什么朋友的，可想到他们行为之卑劣凶顽，平日里倒也在胸中描绘过他们的长相：小鼻子左右展开、一文铜钱般的小眼睛、一头毛栗子般的短发。然而，眼前所看到的这位却与过去

---

① 指眼角下垂、苹果脸、长相很有福气的女丑角面具。由狂言面具中年轻女丑角所戴面具变化而来，用于神乐、歌舞伎的舞蹈等场合。

的想象有着天壤之别，可见想象是不可任其自由发挥的。

只见该"君子"身材高挑，长着黑黑的一字眉，是个极精神的小偷。年龄约在二十六七岁，简直就是寒月君的翻版。既然上帝能造出这么两张如此相像的脸，那就决不能称其为无能了。事实上本猫就曾大吃一惊，以为寒月君发了什么神经深更半夜地闯进来了呢——就这么像！只是此人没在鼻子底下贴些小胡子，从而能使本猫断定他不是寒月君。寒月君是个严肃端庄的美男子，上帝精心打造的杰作，足以吸引住被迷亭称为"活动邮票"的金田富子小姐。然而，仅从相貌而言，此"君子"对于女性的吸引力也绝不输于寒月君。倘若金田小姐迷恋于寒月君的眼锋、嘴角，而不以同等热度迷恋上这位小偷君，那就太不合人情了。人情不人情的先不说，首先逻辑上就说不通啊。既然金田小姐那么有才气、那么聪明，这点事根本不用别人提醒。如此看来，倘若取寒月君而代之并将这位小偷君隆重推出，金田小姐定将献上所有的爱情，从而成就琴瑟调和的美满婚姻。因此，万一寒月君受到迷亭等人的蛊惑而错过了此次千古良缘，那么，只要这位"君子"尚健在，依然是太平无事的。将事情的发展趋势推演到如此地步后，终于可以为金田小姐松一口气了。也就是说，该小偷君是否存活于天地之间，乃是事关金田小姐一身幸福之大事。

"君子"的胳肢窝里夹着个什么东西。定睛一看，原来就是主人刚才扔进书房的旧毛毯。"君子"上身穿一件条纹布的短上衣，屁股上方系了一根青灰色的博多带①，膝盖下方露出苍白的小腿。现在，他提起一条腿踏上了榻榻米。可就在此时，主人翻了个身大喊了一声："寒月。"吓得"君子"胳肢窝里的毯子掉了下来，刚刚伸出的脚又急忙缩了回去。在移门的阴影里，可以看到有两条细长的小腿在微微地颤动。主人嘴里哼哼唧唧的，并将那本小红书甩出老远，还在黑黑的胳膊上"哗哗

---

① 用博多丝绸制成的和服带子。

哗"地一阵狂挠，就跟生了疥癣似的。之后便一切归于平静，脑袋没再放回到枕头上，主人便沉沉睡去了。由此看来，高喊"寒月"也仅仅是一句有口无心的梦话而已。

"君子"在檐廊上站了一会儿，留心着室内的动静，见主人夫妇依然熟睡未醒，又将一条腿踏上了榻榻米。这次没有"寒月"这样的喊声了。不一会儿，他便将另一条腿也跨了进来。如穗的春灯照耀着这个六铺席大小的房间，而"君子"的身影无情地将其分成了两半，从柳条箱处到本猫头顶之上，半面墙都变成了漆黑一片。本猫回头一看，只见"君子"的脸部阴影在墙壁的三分之二高度处漠然地晃动着。即便是美男子，仅看其影子的话，其姿态也如同八头芋①怪物一般，显得滑稽可笑。"君子"俯视着夫人沉睡中的脸蛋儿，不知为何脸上露出了怪笑，而其笑模样竟然也跟寒月君一模一样，令本猫惊诧不已。

夫人的枕头旁郑重其事地放着一个四寸见方一尺五六寸长钉着钉子的箱子。箱子里面放的是一个住在肥前国②唐津③的朋友多多良三平君前些日子回老家时带来的土产——山药。虽说将山药放在枕头边睡觉的事情闻所未闻，可夫人原本是个放东西没有"适得其所"概念的人，她甚至会将用于煮炖菜用的绵白糖放进西式衣橱里。因此，别说山药了，就连将萝卜干放在寝室里，她也同样是若无其事的。但是，"君子"不是神仙，自然不可能知道世上还有这样的女人。见她既然如此郑重其事地放在身旁，就断定里面的东西一定是十分贵重的——也是无可厚非的。"君子"将箱子拿起来掂了掂分量，发现其重量完全符合预期，显得极为满意。看来他要偷山药了，而一想到如此美男子竟会偷山药，本猫便突然觉得十分好笑。可眼下如果闹出动静来将是十分危险的，于是本猫便强忍着没有笑出声来。

---

① 芋头的一种，形状肥大，母芋和子芋不完全分离。

② 日本旧国名之一，相当于现在佐贺县和除壹岐、对马之外的长崎县。

③ 佐贺县西北的一个城市。

不一会儿，"君子"便用旧毛毯小心翼翼地将装有山药的箱子裹了起来，随即，他又四下里察看有没有可用来捆扎的东西，碰巧的是主人睡觉时解下了一条绉绸的兵儿带①，于是"君子"便用这袋子将装有山药的箱子捆了个结结实实，并轻轻松松地背到了背上。不过，这模样可不是女性所喜欢的。干完这些事后，他又将小孩子的两件短袄塞进了主人的针织细腿裤，结果其裤裆处便鼓了起来，就像一条吞了大青蛙的青蛇——或许形容为将要临盆的青蛇更为确切吧。总之其模样十分滑稽可笑。不信的话您可以自己试一下。"君子"将针织细腿裤一圈圈地绕在了脖子上。下一步他会怎么办呢？本猫想到这儿，就见他将主人的绌丝上衣像包袱布一般摊开，然后将夫人的腰带、主人的外褂以及汗衫都整齐地叠放在其中。其熟练和灵巧的程度叫人不得不佩服。之后，他又将夫人的腰带背衬和细腰带接起来，将包裹系紧后单手提着。再看看还有什么东西可以顺手牵羊的——环顾四周后，他发现了主人脑袋跟前的"朝日"牌香烟，便拾起来扔进了袖管里。可马上他又抽出一支来，对着油灯点着了火，美美地吸了一口之后将烟吐了出来。在烟雾依然笼罩着乳白色的玻璃灯罩尚未散去之时，"君子"的脚步声已经在檐廊上渐行渐远，最终消失了。

此刻，主人和夫人依然睡梦正酣。要说人类也真是出奇的马大哈啊。

本猫此刻也该休息一会儿了。一刻不停地说个没完身体可吃不消啊。

待本猫美美睡上了一觉再睁开双眼时，只见阳春三月的天空万里无云，而主人夫妇正在厨房后门口与巡警说话呢。

"如此说来，窃贼就是从这儿进入，然后绕到寝室里去了的。你们在睡觉时一点也没觉察到，是吧。"

"嗯，是啊。"

主人略带窘色地答道。

---

① 旧时日本男人或小孩系的用整幅白纺绸、绉绸等制成的腰带。

175

"那么，盗窃发生在什么时候呢？"

巡警提了一个叫人无法回答的问题。因为倘若知道了盗窃发生的时间，也就不会被窃了。可主人夫妇却并未意识这点，还在一个劲儿地合计呢。

"到底发生在什么时候呢？"

"是啊，什么时候呢？"

夫人陷入了沉思。似乎她以为只要认真想想就能想明白的。

"你昨晚是什么时候睡觉的？"

"我吗？反正在你睡觉之后嘛。"

"是啊，我是睡在你的前头的。"

"几点钟醒的呢？"

"大概是七点半吧。"

"那么，窃贼是几点钟入室的呢？"

"总是在半夜里吧。"

"知道是在半夜里，我是问几点钟？"

"准确的时间嘛，这需要好好想想了。"

夫人又要想了。

其实巡警这么问无非就是走个形式罢了，根本不关心窃贼入室的准确时间，心想你们随便瞎报个钟点也就完了，见主人夫妇在那里毫无要领地一问一答，不免略显焦躁。

"这就是说，盗窃发生时间不明，是吧？"

他这么一问，主人便用其一贯的腔调答道："嗯，可以这么说吧。"

巡警倒也没发笑，继续说道："这样吧，你们递交一张书面诉状，上面写'明治三十八年某月某日，关门安睡之后，有窃贼撬下某处套窗，潜入室内某处，盗去物品若干，特此申诉。'注意，是诉状，不是报告，不用写抬头的。"

"被盗物品都要一一写明吗？"

"嗯，写成外褂几件价值多少的形式，列出清单来。——呃，我进不进屋去已无关紧要了，因为盗窃已经发生了嘛。"

巡警满不在乎地这么一说就回去了。

主人将笔墨纸砚搬到了客厅正中间，又将夫人叫到跟前，用吵架一般的口吻说道："我要写盗窃诉状了，你将被窃物品——报来。快说！"

"讨厌！'快说'什么呀？你这么盛气凌人的，我才不说呢。"

夫人腰里扎着窄幅腰带，一屁股坐了下来。

"你看你什么模样，简直就是个蹩脚的客栈女郎嘛。为什么不系上腰带？"

"你要是看不顺眼，就给我买正经腰带啊。什么客栈女郎？这不是腰带被偷了，没办法吗？"

"连腰带都偷去了？真是个恶贼啊。好吧，那我就从腰带开始写起吧。是什么样的腰带？"

"什么'什么样的腰带'？难道我还有许多腰带吗？不就是黑缎面绉绸里子的那条嘛。"

"黑缎面绉绸里子腰带一条——价值多少？"

"六元①左右吧。"

"你竟然系着这么贵的腰带啊。以后系一元五十文的吧。"

"哪有那样的腰带？所以说你这人没人情味儿。不管老婆穿得有多邋遢，只要自己好就行了，是不是？"

"别胡说八道了，还被偷了什么？"

"捻丝绸的外褂，那可是河野婶婶的遗物，如今的捻丝绸根本不能比啊。"

"不用讲解。价值多少？"

"十五元。"

---

① 这里的"元"指"日元"。由此也可见日元在当时购买力也是相当强的。

"穿十五元的外褂，与你身份不符啊。"

"怎么了？有什么关系呢？又不是你买的。"

"还有什么？"

"黑色地袜一双。"

"你的吗？"

"你的。价值二十七文。"

"还有呢？"

"山药一箱。"

"连山药都偷啊。他是想煮着吃呢？还是捣山药汁呢？"

"我怎么会知道。你自己去问小偷吧。"

"价值多少？"

"山药的价格我可不知道。"

"那就写十二元五十文吧。"

"你这不是信口开河吗？就算是从唐津挖来的山药，也不至于十二元五十文吧。"

"你不是说不知道吗？"

"我是不知道，可十二元五十文也太离谱了吧。"

"你说你不知道，又说十二元五十文太离谱，完全不合逻辑嘛。所以说你就是猪脑筋·帕里奥洛格斯①。"

"你说什么？"

"猪脑筋·帕里奥洛格斯啊。"

"什么意思？猪脑筋·帕里奥洛格斯。"

"没什么意思。还有呢？——对了，我的衣服还一件也没说呢。"

"还有什么都无关紧要。你先解释下猪脑筋·帕里奥洛格斯。"

---

① "帕里奥洛格斯"即东罗马帝国的末代皇帝君士坦丁·帕里奥洛格斯（1404—1453）。夏目漱石在此将"君士坦丁"换成了一个表示"笨蛋、傻瓜"之意的俗语，暗骂自己的老婆是笨蛋。

"那有什么意思呢？"

"说说又有什么关系呢？我知道你在拿我开涮，欺负我不懂英语，用洋话骂我。"

"你看你都说些什么呀。还有什么快点说啊。要不，东西就回不来了。"

"反正现在写什么诉状也已经来不及了。你还是先讲讲猪脑筋·帕里奥洛格斯吧。"

"真烦人呐。不是跟你说没有什么意思吗？"

"你要不说，那我也不说了。"

"真是顽冥不化啊。好吧，那就随你的便吧。我也不写什么失窃诉状了。"

"反正我不说偷掉的东西了。诉状什么的原本就是你要写的，你不写，我也无所谓。"

"那就作罢了吧。"

主人站起身来，跟往常一样缩进了书房。夫人则退到了饭堂里，在针线盒前坐了下来。他们两人都一声不吭地紧盯着拉门，足足有十来分钟。

正在此时，大门被猛地打开，那个曾寄赠山药的多多良三平君进得屋来。这位多多良三平君在做学生时曾寄宿在主人家里，如今大学法科毕业，受雇于某公司矿山部。可见他也是棵资本家之幼苗，铃木藤十郎之后继者。三平君感念以前的交情，时常趋访老师之草庐，若是在星期天甚至会玩上一天再回家，故而与主人一家的关系是熟不拘礼的。

"师母好。今天响晴白日的，天气真好啊。"

他操着唐津方言跟夫人打招呼，穿着西装裤在夫人跟前支起一条腿坐了下来①。

---

① 这是一种十分随便的坐姿。

"哦，我道是谁，原来是多多良君啊。"

"老师出门了吗？"

"没有，在书房里呢。"

"我说师母，老师这么个用功法可伤身子啊。难得一个星期天嘛，是不是？"

"跟我说没用，你还是跟你老师说去吧。"

"倒也是……"

话说到一半，三平君扫视了一周后又道："今天怎么不见小姐们的人呢？"

他刚这么一问，惇子和胜子就从里间跑了出来。

"多多良叔叔，今天带寿司来了吗？"

姐姐念念不忘先前说好的事情，一看到三平君就催他。三平君挠了挠脑袋坦白道："你记性真好啊。我今天忘了，下次一定带来。"

"讨厌！"

姐姐刚说完，妹妹便学样道："讨厌！"

夫人此刻已回嗔转喜，脸上露出了些许笑容。

"寿司虽没带来，可我寄来了山药呀。你们没吃到吗？"

"山药？那是啥玩意儿？"

姐姐这么一问，妹妹又学样道："山药？那是啥玩意儿？"

"还没吃到吗？快叫妈妈做呀。唐津的山药可好吃呢，东京的根本不能比啊。"

三平君一夸起自己的家乡，夫人才终于想起了此事。

"多多良叔叔前些天寄给我们好多山药。该谢谢他。"

"怎么样？尝过了吗？我怕折断了，特意定做了箱子塞得严严实实的，收到时，应该还是整条整条的吧。"

"倒霉的是，你好心好意地送了来，昨晚却叫小偷给偷走了。"

"偷走了？真是个傻瓜蛋啊。天底下还有这么喜欢山药的？"

"妈，昨晚有小偷来过吗？"

姐姐问道。

"嗯。"

夫人淡淡地应了一声。

"来了小偷——呃——来了小偷——小偷长什么样啊？"

这么个异想天开的问题连夫人也不知道该怎么回答。

"反正很可怕吧。"

说完，她就看了看多多良君。

"可怕？长得跟多多良叔叔差不多吗？"

姐姐毫不客气地追问道。

"说什么呢？没大没小的。"

"哈哈哈哈，我的脸蛋儿有那么可怕吗？糟糕啊。"

说着他便挠了挠头皮。

多多良君的后脑勺上有一块直径一寸大小的秃斑，是一个月之前才出现的，也看过医生了，但似乎不容易治好。而第一个发现此秃斑的就是姐姐惇子。

"啊呀，多多良叔叔的脑袋跟妈妈一样会发亮的哦。"

"叫你闭嘴啊。"

"妈妈，昨晚来的小偷脑袋也发亮吗？"

这是妹妹的提问。

夫人和多多良君听了都不禁笑了起来。看到两个小孩在一旁打岔都没法正经说话了，夫人便道："好了，你们两个到院子里去玩会儿吧。妈妈等会儿弄好吃的点心给你们吃。"

将两个小孩赶走后，夫人又认真地问道："多多良君的脑袋怎么了？"

"叫虫子蛀掉了。治不了了。师母头上也有吗？"

"看你说的，我可没被虫子蛀掉。那是梳发髻拽的。女人嘛，都有些秃顶的。"

"秃顶不都是细菌闹的吗？"

"我这个可不关细菌什么事。"

"那就是师母您固执己见了。"

"反正不是细菌。哦，对了，英语管秃顶叫什么来着？"

"是'波鲁多'。①"

"不是的。还要长一点呢。"

"您问一下老师，不就明白了吗？"

"你老师不肯告诉我，所以才问你的嘛。"

"我知道是叫'波鲁多'，更长一点的？那是什么呢？"

"是'猪脑筋·帕里奥洛格斯'。估计'猪脑筋'是'秃'的意思，'帕里奥洛格斯'是'脑袋'吧。"

"或许是吧。等会儿去老师的书房查一下《韦伯斯特大辞典》。要说老师也真是的，这么好的天气还一直闷在家里——师母，这样子的话，他的胃病可好不了啊。您劝他去上野看看樱花什么的。"

"你带他去吧。你老师是从不听女人的话的。"

"近来还吃果酱吗？"

"嗯，还是老样子嘛。"

"前一阵子，老师还抱怨呢，说：'你师母怪我果酱吃太多了，可我也没觉得吃那么多啊。估计是弄错了吧。'我说：'那肯定是府上小姐和夫人一起吃的吧——'。"

"啊呀，多多良君，你怎么会说这种话呢？"

"这个嘛，看看师母的脸就知道了。"

"看我的脸怎么就能知道呢？"

"虽然说不清楚——可师母您多少总也吃点的吧。"

"那当然，是吃过一点点的。这有什么呢？这不是我们家的

---

① 英语bald的日本式发音。

东西吗？"

"哈哈哈哈，我猜就是这么回事。——对了，要说这家里遭了贼，可不是闹着玩的。被偷的光是山药吗？"

"光是山药就好了，家常穿的衣服都给偷走了。"

"这不是马上就成问题了吗？又要借钱了吗？这猫要是条狗就好了。——真遗憾啊。师母，您要养一条大狗啊。——猫咪是没用的，光吃饭不干活。——这猫捉老鼠吗？"

"一只也没捉过啊。真是只没用的懒猫。"

"这可不行啊。快点扔了吧。要不送给我，煮来吃了算了。"

"啊呀，多多良君，你吃猫？"

"吃过的。猫肉可是美味啊。"

早就听说在下等寄宿生中有吃猫肉的野蛮人，可本猫到今天为止做梦也没想到承蒙其平生眷顾的多多良君竟然也是此类中人。更何况此君如今已非寄宿生，尽管毕业后时日尚浅，可好歹也是个堂堂的法学士，六井物产^①之要员啊，故而本猫之惊愕也是非同小可的。"见人就当以小偷看待"这句格言已由寒月第二^②的行为得到了验证，而"见人就当以吃猫者看待"倒是多亏了多多良君才感悟到的真理。

活在世上自然就会明白事理，而明白事理虽然令人欣慰但也叫人觉得危机四伏，且与日俱增，每天都马虎不得。说是狡猾也好，卑劣也罢，身穿表里不一的护身服，其实就是无所不知的结果。事理明白太多实乃年齿之罪也。所谓老奸巨猾，说的就是这个道理。

本猫缩在屋子角落里，正寻思着或许趁着年岁尚幼就在多多良君的汤锅里与洋葱一起升天成佛才是上策。而就在此时，刚才与夫人吵嘴后退回书房的我家主人闻听得多多良君的声音后，慢吞吞地踱进了客厅。

----

① 源自大商社三井物产的戏谑表现。

② 指长相极似水岛寒月的小偷。

"老师，听说您家里遭贼了。真是愚不可及啊。"

多多良君劈头盖脸地就来了这么一句。

"来的贼才是愚不可及呢。"

不论何时，我家主人向来是以贤者自居的。

"即便来偷的家伙愚不可及，可被偷的一方也不见得如何聪明啊。"

"如此说来，一无可偷的多多良君才是最聪明的，是吧？"

夫人这次倒是帮自己丈夫的。

"说到底，最愚蠢的还是这只猫啊。真是的，这算个什么玩意儿呢？既不抓老鼠，小偷来了也只当没看见。——老师，您能把这猫给我吗？您留着也一点也没用啊。"

"给你可以。你打算怎么处理它呢。"

"煮来吃啊。"

听到刺激性如此之强一句，主人登时露出了肠胃不好之人所特有的微笑，十分瘆人，但他未做具体的答复，故而多多良君也没说自己非吃不可之类的话——实乃本猫不幸之中的大幸啊。

"猫的事情就算了，只是要穿的衣服被偷走了，冷得不行啊。"

主人显出了一副寒酸落魄模样。

看来受冻也是真的。因为到昨天为止他还穿着两件棉袄呢，今天却穿着夹袄加短袖衬衫，一大早起来后就枯坐不动，原本就不充分的血液就光护着胃了，根本照顾不到手和脚。

"所以说老师您当教师什么的到底还是不行的。遭了一次贼，马上就陷入困境了嘛。——您是否重新考虑一下，也做做资本家怎么样？"

"你老师讨厌资本家，所以你这话说了也等于没说。"

夫人在一旁替丈夫答复了多多良君。夫人倒是巴不得丈夫成为资本家的。

"老师大学毕业几年了？"

"到今年是第九年吧。"

夫人说着望了一眼主人。主人既不说"是"，也不说"不是"。

"干了九年也不给涨工资。再怎么用功也没人说句好，真是'郎君独寂寞①'啊。"

多多良君给夫人背了一句上初中时学的汉诗，可夫人听得一头雾水，故而没答复他。

"当教师我自然不喜欢，可我更讨厌资本家。"

主人似乎正在寻思自己到底喜欢什么。

"你老师是什么都讨厌的……"

"只有师母是不讨厌的，是吗？"

多多良君开了句与自己身份不符的笑话。

"最讨厌了！"

主人的回答也极其简单明了。夫人脸扭向一边，只当没听见，不一会儿又冲着主人说道："连这么活着你也讨厌的，是不是？"

夫人满以为这句话可将主人噎住了。

"倒也不怎么喜欢。"

主人满不在乎地答道。这倒大出夫人的意料，一时间也拿他没有办法。

"老师您应该多活动活动，散散步什么的，不然可是会伤身体的呀。——还有，您还是做资本家吧。要说赚钱也没什么大不了的，简直是小菜一碟啊。"

"你还没赚到什么钱就这么说了？"

"我嘛，是去年才进公司的嘛。不过尽管这样，存的钱也比老师您多啊。"

"存了多少了？"

夫人十分关心地问道。

---

① 南朝诗人鲍照（约414—466）的《咏史》中有"君平独寂寞，身世两相弃"句，估计源自此诗。

"已经有五十元了。"

"你每个月工资到底是多少呢？"

这也是夫人问的。

"三十元。其中每月拿出五元存在公司里，以备不时之需。——师母，您是不是拿些零花钱出来买些外濠线①的股票啊。三四个月后会翻倍的。只要花一点点钱就可以了，马上就会两倍、三倍地增长的。"

"要是有这样的闲钱，遭了贼就不发愁喽。"

"所以说一定要做资本家嘛。老师您要是也学法科，也进了公司或银行的话，如今肯定每月工资三四百元了，多可惜啊。——老师，您认识那个叫铃木藤十郎的工学士吗？"

"嗯，昨天他还来过呢。"

"是吗？前一阵子在某个宴会上遇到他提起老师您后，他说：'哦，原来你以前在苦沙弥君家里寄宿过啊，我以前也与苦沙弥君在小石川的寺庙一起开过伙的，下次你见到他替我问好，我最近也会去拜访他的'。"

"听说他近来回东京工作了。"

"是啊，之前一直在九州的煤矿里，前一阵子留在东京了。他可真是八面玲珑啊。跟我说话，也当朋友似的。——老师，您知道他拿多少工资吗？"

"不知道。"

"每个月二百五十元，逢年过节的还有分红呢，平均下来怎么着也有四五百元一个月吧。就那种家伙就拿那么多钱，老师您专教英语阅读竟是十年一狐裘②，您说傻不傻？"

"确实有点傻。"

---

① 指沿旧江户城外濠一周铺设的私铁东京市内电车。明治三十七年（1904）动工，三十八年完工。明治四十四年成为东京市营业电车。
② 此话源自《礼记·檀弓下》之"一狐裘三十年"。源于春秋时齐国宰相晏婴一件狐皮大衣一直穿了三十年的故事。

超脱如我家主人者，其实对于金钱的观念也是与普通人一般无二。不，应该说由于贫困，或许比普通人更渴望金钱。

多多良君吹嘘了一通资本家之后，好像已无话可说了，于是便转向夫人说道："师母，有个叫作水岛寒月的人来老师这儿吗？"

"来啊，经常来的。"

"这是个什么样的人呢？"

"好像是非常有学问的。"

"是个美男子吗？"

"呵呵呵呵，跟你多多良君也差不离吧。"

"是吗？跟我差不多啊。"

多多良君显出很认真的样子。

"你怎么会知道寒月的名字呢？"

主人问道。

"前些天有人托我打听的。怎么样？这人还值得打听吗？"

多多良君还没开始打听就已经将自己凌驾于寒月之上了。

"比你有出息哦。"

"是吗？比我有出息吗？"

多多良君答道——既不笑，也不恼。这就是多多良君的特色。

"他最近会成为博士吗？"

"听说正在写博士论文呢。"

"还是个想不开的傻瓜蛋嘛。原以为是个值得一谈的人物呢，没想到竟然会去写什么博士论文。"

"你的见识还是那么超凡脱俗啊。"

夫人笑道。

"听说是当了博士就会有什么人将女儿嫁给他，哪有这样的傻瓜蛋，为了娶人家女儿而当博士。我对人家说，与其将女儿嫁给那种傻瓜还不如嫁给我呢。"

"你听谁说的？"

"托我打听水岛的人呀。"

"是铃木吗？"

"不是。在他面前我可不会说得这么绝的。人家来头大嘛。"

"多多良君也是个窝里横，到我们这儿来挺威风的，在铃木君面前就抬不起头来了，对吧？"

"嗯，不这样，可有点危险啊。"

"多多良君，出去散散步怎么样？"

主人突然说道。只穿着一件夹袄的他一直觉得很冷，心想出去活动一下兴许会暖和一些的，故而他史无前例地主动提出了建议。行事没准脾气的多多良君对此自然是不会犹豫不决的。

"好啊。去上野怎么样？到芋坂吃几个米粉团子吧。老师，您吃过那儿的米粉团子吗？师母也得去尝尝啊。那里的团子又糯又便宜。还有酒喝呢。"

多多良君还在语无伦次地瞎聊时，我家主人已经戴好了帽子，下地穿鞋去了。

本猫又需稍稍休息一下了。至于主人与多多良君在上野公园干些什么勾当，在芋坂吃了几碟米粉团子，这种小事根本不值得打探，再说本猫也并无跟踪他们的胆量，故而在此统略去，还是利用这段时间好好休息一下吧。休息是天下万物本该要求上天赋予的权利。凡是有义务生存于该世上之活物，为了完成存活之义务，必须得到休息。倘若上帝有言："尔等实为劳作而降生，非为睡觉而降生也。"那么本猫将做如此答复："诚如斯言，吾等为劳作而降生，然正是为了劳作而要乞求休息。"

就连犟得如同注满牢骚之机器一般的我家主人，不也时不时地在星期天之外自作主张地偷闲休息的吗？更何况多愁善感、日夜心劳如吾辈者，即便是猫，自然也需要更多的休息啊。

只是刚才多多良君那厮斜乜着本猫说本猫是个只会休息，别无所能之赘物，令人不免有些耿耿于怀。那种受役于物象之俗人，除了五感刺激之外无所用心，评价他人也只拘泥于肢体之行为，实在是令人头疼。他们以为不撩衣摞袖，汗流浃背的就不算劳作。他们可知道有个叫作达摩的和尚坐禅坐到双脚腐烂，即便墙缝中钻出的爬山虎封住了他的眼睛和嘴巴他也依然岿然不动，既没睡着，也没死掉，脑袋瓜里活跃异常，时常思考些廓然无圣①之类的玄妙佛理。

据说儒家之中也有一门叫作静坐的功夫。可这也不是因闲得无聊而幽居一室，做什么半身不遂式的修行。其大脑活动是炽热非凡，倍于常人的。只是由于其外表极端的沉静端肃，普天下那些肉眼凡胎之辈竟将这些知识巨匠视为昏睡假死之庸人，称其为无用之长物或酒囊饭袋，无聊的诽谤之声甚嚣尘上。

那些肉眼凡胎之辈都是些只见其形，不识其心，视觉有天生之缺陷者。——更何况那多多良三平君是那"只见其形，不识其心"等辈中的一流人物，故而该三平君见到本猫而当作干屎橛②倒也不足为奇，遗憾的是连多少读了些古今书籍，粗谙事物之真相的我家主人，竟然也会不假思索地赞同那浅薄的三平君，对于"猫肉火锅"云云居然毫无阻拦之表示。

然而，退一步来想，他们如此蔑视本猫，也不见得特别过分。毕竟"大声不入于里耳③""阳春白雪，和者盖寡④"之类的比喻是自古就有的。

① 出自《碧岩录》第一则："梁武帝问达摩大师：'如何是圣谛第一义？'摩云：'廓然无圣'。"即真如世界广袤无际、绝对平等，无圣人与凡夫俗子、佛与芸芸众生之区别。

② 干屎橛：即厕筹。大便后擦拭屁屁的小竹木片。佛家比喻至秽至贱之物。禅宗问答时常以此来打破对方的妄想执着，以期对方能恍然大悟。

③ 源自《庄子·天地篇》："大声不入于里耳，《折杨》《皇荂》，则嗑然而笑。"意为：像咸池九韶之类雄壮的乐曲，不被世俗欣赏；而《折杨》《皇荂》之类的通俗歌曲，人们听了便哈哈大笑。

④ 出自战国楚宋玉所著《对楚王问》："客有歌于郢中者，其始曰：《下里》《巴人》，国中属而和者数千人。……其为《阳春》《白雪》，国中属而和者不过数十人"。

对于看不到形体之外活动的人，非要他看到灵魂的光辉，则无异于逼和尚束发、请金枪鱼演讲、要电车脱轨、劝主人辞职、叫三平别老想着金钱，完全是强人所难之事。

然而，话又要说回来，猫也总算是一种具有社会性的动物。既是社会性动物，那么不管你自己如何清高脱俗，在某种程度上也必须与社会协调一致。主人和夫人还有厨房女佣、三平等辈不能给本猫以恰如其分的评价自是极为遗憾且无可奈何之事，可倘若由于其愚昧无知而乱搞一通，使本猫落得个剥了皮卖给三弦铺①，割了肉以果三平之腹这样的悲惨下场，那就不堪设想了。本猫是一只以理性来指导行为的，受天命而降生于此娑婆世界②的古往今来绝无仅有之猫，本猫的身体自然是极为金贵的。常言有所谓"千金之子，坐不垂堂③"的说法，倘若本猫好高骛远、舍身冒险，则不仅仅祸害自身，同时也是有悖天意的。

猛虎一入动物园则难免与粪猪为邻，鸿雁为猎人捕获后往往与鸡鸭同组。本猫既与庸人为伍，也只得降格而为庸猫了。既为庸猫，就不得不捕鼠。——本猫终于决定要捕鼠了。

据说从前一阵子起，日本就与那俄罗斯国大战不绝。本猫既然是日本国之猫，自然是偏袒日本的。甚至设想过，若有可能，编一个猫兵混成旅奔赴前线去挠死俄国兵。诸位，本猫的斗志竟如此旺盛，抓它一两只老鼠还不是闭着眼睛也手到擒来吗？

听说从前有人问一位有名的禅师"如何才能悟道"，禅师说"只需像猫捉老鼠那样就行了"。意思是说，只要像猫抓老鼠那样去做，就没有不

---

① 日本三弦音箱上所蒙的是猫皮或狗皮，不像中国三弦那样蒙蟒皮。

② "娑婆"是梵语的音译，也译作"索诃""娑河"等，意为"堪忍"。根据佛教的说法，人们所在的"大千世界"被称为"娑婆世界"，教主即释迦牟尼佛。娑婆世界为释迦牟尼佛教化的世界，此界众生安于十恶，堪于忍受诸苦恼而不肯出离，为三恶五趣杂会之所，故又称堪忍世界。

③ 出自《史记·袁盎晁错列传》："臣闻千金之子，坐不垂堂。"垂堂：靠近屋檐的地方。整句的意思是：家有千金的人不坐在屋檐下，以免瓦片掉下来打破头。形容有钱人十分小心，非常注重自身安危。

成功的。世上只有"聪明女人卖不了牛^①"这样的谚语，可从来没有"聪明猫儿抓不了老鼠"的说法。如此看来，即便聪明如本猫，也不可能抓不了老鼠的。不要说抓不了，甚至都不可能抓不到的。以前没抓，仅仅是不想抓罢了。

春日已黄昏，一如往日。凉风阵阵之中落花飞舞犹如吹雪，花瓣自低腰隔扇之破洞中灌入后，漂浮于桶中水面，在昏暗的厨房洋灯照耀下现出点点苍白。

本猫已下定了决心，今夜定要立下奇功，让全家人都震惊不已。为此，必须首先察看战场，使地形地貌统了然于胸。

战线自然也并不算长。以榻榻米数量来论的话，也就四个榻榻米左右吧。其中有一块榻榻米大小的地方被分割了开来，一半用作水池，一半用于接待卖酒卖菜的小贩。

灶台很大，与这个寒酸的厨房极不相称，上面明晃晃地坐着一把烧水的铜壶，其后与护壁板之间二尺来宽的空隙处便是鲍鱼壳——本猫食盆之所在地。靠近饭堂的六尺空间是放杯盘碗碟的碗橱，将原本就很狭小的厨房分隔得更加狭小了，其高度几乎要碰到横向凸出的存物架了。下面，仰面朝天地放着一个擂钵，钵中有一只小桶，桶底正对着本猫。在擦萝卜泥的擦板、擂杆的旁边一只灭火罐悄然而立。已被熏得漆黑的椽子交叉处垂下一个自在钩^②，钩上挂着一个平底大筐，不时地被风吹得直晃荡。为什么要吊这么个筐呢？刚来时本猫也是丈二的和尚摸不着头脑，后来得知那是为了防猫而特意存放食物的所在后，本猫才切身感受到人类用心之险恶。

接下来就要制定作战计划了。

若要问在哪儿与老鼠大战一场比较好，那自然是鼠辈们出没的地方

---

① 日本谚语，意为女人有小聪明后只看到眼前利益而看不到大局，结果反而会把事情搞砸。即：女子有才反招祸。

② 从炉灶等上方垂下来的用以吊锅、罐、铁壶等的挂钩，可自由调节高度。

了。尽管地形于己方绝对有利，可仅仅是死守傻等，又如何能称其为战争呢？于是，研究鼠辈们来自何方的必要性也就油然而生了。会从哪方面来呢？——不知为何，本猫此刻还真有点东乡大将[1]的感觉呢。

女佣去洗澡尚未回来。小孩子们早就睡了。主人在芋坂吃了米粉团子回来后照例缩进了书房。夫人——夫人在干什么呢？不知道。多半是在打瞌睡，做她的山药梦吧。

大门前不时有人力车跑过，可响声过后让人倍感冷清。此时此刻，无论是就本猫之决心、本猫之气魄而言，还是看厨房内之光景、四周之枯寂清冷，整体氛围可谓是极为悲壮。不管怎么说，本猫也是猫中之东乡大将啊。

一入如此境界，无论是谁，在感到惶恐的同时都还会感到一种愉悦，而本猫却发现在此愉悦之底部深处还横亘着一大忧患。与鼠辈们的战争是早有心理准备的，不管来多少只也毫不畏惧，问题是敌人从何而来，尚不明了。只此一点，是于本猫十分不利的。综合一下经过周密观察所得到的情报，可以发现敌鼠之现身有三条途径。

它们若是沟鼠，定是沿着下水管爬到水池，然后再迂回到灶台背后去的。此时，本猫只需隐蔽于灭火罐背后，断其归路，将其一举歼灭即可。

或者是从往水沟里排放洗澡水的洋灰洞溜进浴室，然后出其不意地窜入厨房亦未可知。如此，则本猫只需在锅盖上严阵以待，待它来到眼皮底下，便飞身扑下，将其一把擒获。

还会从哪儿冒出来呢？——本猫环视四周，发现碗柜门的右下角被

---

① 即东乡平八郎（1848—1934），日本海军大将，侯爵，与陆军的乃木希典并称日本军国主义的"军神"。日俄战争中，在对马海峡海战中率领日本海军联合舰队全歼俄国海军之波罗的海舰队，获得"东方纳尔逊"之誉。日俄海战中，由于日本海军的力量有限，无法分兵把守俄国海军可能出现的几处海峡，故而判断敌舰来自何方便成了此战的关键。书中猫儿遇到的问题也与东乡大将相似，所以作者采用了这样的表达。而将猫儿捕鼠与大海战相提并论，幽默之中也不无揶揄成分。

咬出了一个半月形的小洞，有老鼠为便于出入而为之的嫌疑。将鼻子凑近了一闻，多少有些鼠嗅。倘若彼等从此处呐喊着冲出，本猫便以柱子为掩护先放它们过去，然后再横向截杀，一爪毙命。

万一它们从顶棚上下来呢？——本猫抬头观瞧，只见上方被煤烟熏得黑乎乎的，在灯光照耀下发着乌光，宛如将地狱翻过来吊在上方一般，就本猫的能力而言是上也上不去，下也下不来的。老鼠难道还真的会从那么老高的地方空降下来吗？——本猫决定解除该方面的警戒。

可尽管如此，仍有受敌三路围攻之担忧。

倘若只有一路进攻，本猫闭着眼睛也能将其解决掉。

两路进攻，本猫也有苦战后将其歼灭的信心。

但要说到受三路围攻嘛，就连被期许为有着天生捕鼠能力之本猫，也是无能为力的。即便如此，本猫也不会求援于车夫家阿黑的。因为这毕竟有关本猫之威严啊。

这便如何是好？这便如何是好？——考虑再三依然无计可施之时，将其定为"此事绝不会发生"就是最能让自己安心的捷径。

凡事无法可想的时候，吾辈总是愿意将其当作不会发生的。

诸位不妨看看现实社会。昨天刚过门的新娘子不是也难保今天不死吗？可新郎官照样满嘴"白头到老""永结同心"地说着吉祥话，脸上并无半点忧色。不担忧，并不是这样的事情不值得担忧，而是无论你怎担忧也无济于事。就本猫所面临的局势而言，也并无可断言不会受到三面围攻的依据，但断定不会发生此事后自己就安心了。这是一种方便法门。天地万物都需要安心。本猫自然也需要安心的。因此，本猫断定不会发生三面受攻之局势。

然而，即便如此，担忧也不能完全消除。经过仔细考虑后，其间之缘由也终于分明了。问题在于三个战略之中到底选哪个才最为有利。这个问题难以获得清晰明了的答案。敌人来自碗柜时本猫自有对策；来自浴室时本猫也有所准备；即便是从水池里爬上来本猫也有迎头痛击之胜算。但是，要确定其中的哪一种，便大伤脑筋了。

据说东乡大将也曾为波罗的海舰队①取道对马海峡，还是出津轻海峡，甚至迂回至宗谷海峡而忧心忡忡。如今，基于自身境况来加以想象，本猫切实体会到东乡大将当时所面临的困惑。眼下，不仅整体状况与东乡阁下所面对的极为相似，就本猫所处之特殊地位而言，其苦心焦虑之心境也是与东乡阁下一般无二的。

正当本猫运筹帷幄，推敲巧计奇谋之际，残破的低腰隔扇突然被拉开，厨房女佣的脸蛋儿冒了出来。所谓脸蛋儿冒出来云云，自然不是说不带着手和脚的。只是其他部分由于黑咕隆咚的看不太清，只有脸蛋儿色彩分明故而映入了本猫的眼帘，因为该女佣那原本就较红的脸蛋儿洗过澡后变得更红了。或许是接受了昨晚遭贼的教训了吧，她洗澡回来后，想顺便早早地将厨房的门窗关死。

书房里传来了我家主人的声音，说是要将文明棍拿出来放到枕头边上。为什么要将文明棍放在枕头边上呢？本猫不得其解。难道他竟狂热到要效仿"易水壮士②"，听什么匣内龙鸣③吗？昨天枕头边放的是山药，今天放的是文明棍，明天又会放什么呢？

夜色未深，鼠辈们尚不会出现。大战在即，本猫自要休息一会儿，养精蓄锐的。

我家主人的厨房是没有拉绳天窗的。客厅里有楣窗，一尺来宽，代替拉绳天窗，便于冬夏之季通风。眼下，早开的樱花纷纷凋落，仿佛于此尘世已毫无留恋。随风飞舞的花瓣"哗哗"地自楣窗飘入，而本猫也在此风声中惊醒了。

不知何时，朦胧的月光已经普照大地，灶台的影子斜斜地落在活络

---

① 沙皇俄国配备在波罗的海的主要舰队，日俄战争中被派往旅顺港，1905年5月在日本海海战中被日本联合舰队歼灭。

② 易水壮士，即刺秦王之荆轲。荆轲在易水边与太子丹告别时，曾高歌："风萧萧兮易水寒，壮士一去兮不复还。"

③ 传说中宝剑在夜间会在匣中长吟，其声如龙鸣。

地板上。本猫有没有睡过头呢？本猫扇了两三下耳朵，窥探了一下屋里的动静，只见四下里寂静无声，跟昨晚一样，所能听到的只有挂钟的"嘀嗒"声。眼下该是鼠辈们出动的时刻了。它们会从哪儿冒出来呢？

碗柜中传出了"咔嗒咔嗒"的声响。好像是老鼠用脚踩住了小碟子的边在偷吃碟子里的东西。噢，要从这儿钻出来啊——本猫缩紧身子守在洞口旁。可事实上一点也没有要出来的迹象。不一会儿，碟子的声音消失了，接着好像是对大碗下手了，不时传出"咣当咣当"的沉重声响。并且，动静就发生在厨门里侧，就实际距离而言，估计离开本猫的鼻尖还不到三寸吧。虽说时不时有"窸窸窣窣"的脚步声暨近洞口，可马上又跑远了，一只也没有露面。只隔着一层门板，敌人就在里面肆无忌惮地横施暴虐，而本猫只能一动不动地候在洞口，这可真是个拼耐心的活儿啊。鼠贼就在这旅顺碗①中举办着盛大的舞会。要是厨房女佣打开厨门放本猫进去就好了，可她是个毫无眼力见儿的乡巴佬，根本就没想到这一点。

此刻，处在灶台阴影之中的本猫的食盆也发出了"咯噔"一下的声响。噢，这方面也出现了敌情！——本猫蹑手蹑脚刚一靠近，就见一条小尾巴在水桶间一闪，逃到水池下面去了。过了一会儿，浴室里的茶碗和金属洗脸盆"当啷啷"地碰撞了一下。这次从后面来了——本猫一回头，见一只将近五寸来长的大家伙撞下了一个牙粉袋，转身就朝地板下窜去。"哪里走！"——本猫紧追不放，猛扑下去，可就这么一眨眼的工夫那厮已踪迹全无了。看来捕鼠确实要比想象中困难得多啊。抑或本猫原本就不具备先天性的捕鼠能力？

本猫移师浴室，敌人便从碗柜中跑出来；本猫戒备碗柜时敌人便从水池子里往上蹿；本猫坚守厨房正中央时，则三个方面都有骚乱。称其为

---

① "旅顺碗"三字的读音在日语中与"旅顺湾"一样，是夏目漱石利用时事有意制造的一个词。日俄战争期间，在俄国的波罗的海舰队尚未来到日本海时，东乡平八郎率领的日本联合舰队首先将俄国的太平洋舰队堵在旅顺湾内，而在乃木希典所率领的陆军攻下203高地后，用重炮将其歼灭。夏目漱石在此将碗柜中的老鼠比作俄国的太平洋舰队。

嚣张也好，卑鄙也罢，总之这些鼠辈确非"君子之敌"。本猫这儿那儿劳神费力地往来奔跑了十五六个来回，可全都无功而返。这自然是十分遗憾的，但要说与这些小人为敌，即便是东乡大将亲来想必也是无计可施的。

刚开始时，本猫还有充沛的勇气、高昂的斗志，以及可称之为悲壮的崇高美感，可弄到最后就只觉得麻烦、犯傻、犯困和极度的疲劳了。于是，本猫就决定坐镇厨房正中央岿然不动了。身体尽管不动，本猫依旧是眼观六路耳听八方的，更何况来犯之敌尽是些小人，料他也难有什么作为的。由于敌人过于卑劣猥琐，战争的荣誉也随之消失殆尽，心中除了厌恶就没有别的感觉了。厌恶之念一动，劲头也就散了，感觉也就麻木了。感觉一麻木，就会产生"随你们的便吧""谅你们也闹腾不出什么花样来"的轻蔑心，而轻蔑到极点后人就犯困，要睡觉了。本猫也是这样。经历了上述程序之后，本猫终于困得不行了。本猫要睡觉了。即便是身陷敌群，休息也同样是必不可少的。

朝着屋檐的横向楣窗处又有一股花瓣随风涌入，凛冽的夜风刚刚吹到本猫身上，自碗柜洞口处便有一只老鼠快如弹丸般地窜出，呼啸着朝本猫扑来并一口咬住了本猫的耳朵。紧接着又有一个黑影朝本猫身后迂回过去，以迅雷不及掩耳之势叼住了本猫的尾巴。这一切都发生在刹那之间，宛如电光石火一般。本猫毫无目的地蹦跳了起来。将浑身的力量注满每一个毛孔，极力要将这两个怪物抖落掉。

经本猫如此折腾之后，咬住本猫耳朵的那厮便失去了重心，挂到了本猫的脸上，它软如橡皮管一般的尾巴出人意料地进入了本猫的嘴巴。机会难得，本猫咬住其尾巴猛地左右一甩，欲将其甩死。结果那厮的尾巴留在了本猫的门牙缝里，身子却撞到了糊着旧报纸的墙上，弹回来后掉到活络地板上。本猫不给它翻身的机会，"呼"的一声猛扑了上去，可谁知那厮竟如同被人踢了一脚的皮球一般，从本猫的鼻尖掠过，蹿上了储物架，缩起小脚站到了搁板边缘。它在架子上俯瞰本猫，本猫在地板上仰望着它，相距约有五尺光景。其间有明亮的月光斜斜地照入，宛如一条拉在空中的横幅。本猫前腿运力，十分勉强地跳上储物架。可只有前爪搭上了架子，两条后腿悬在空中乱蹬。刚才吊住本猫尾巴的那个黑家伙，依然挂在那儿，死也不肯松口。

本猫危矣。

本猫双爪交替用力往上爬，力争更深入一些，可事实上由于尾巴上那厮的拖累，爪子每交替一次就滑落得更浅一点，再滑下那么两三分非掉下去不可。

本猫越来越危险了。

爪子挠在搁板上发出"咯吱吱"的声响。本猫心想这可不行啊。可左前爪抬起往前挠时一下子没挠住，本猫只靠一只右爪吊在架子上了。自身的重量加上叼住尾巴那厮的重量使本猫的身体扭转到了极限位置。而就在此时，原本一动不动蹲在搁板上紧盯着本猫的那个怪物，瞅准了时机，朝本猫的额头直扑下来，快捷如飞，如同扔下的一块石头一般。本猫的右爪终于丧失了最后一个着力点。我们三个并做了一团，掠过明亮的月光，笔直地坠落了。不仅如此，摆放在下一层搁板上的擂钵以及钵中小桶、空果酱罐也并在一起往下掉，砸翻了下面的灭火罐后一半掉进水缸里，一半滚落在地板上。所有的东西都在深更半夜里发出巨响，就连早已将生死置之度外的本猫也吓得魂飞魄散。

"有贼！"

我家主人扯开破锣嗓子大叫一声，从寝室里蹦了出来。只见他一手提着个洋油灯，一手执文明棍，睡眼惺忪的眼中放出符合其身份的炯炯目光。见此状，本猫便乖乖地蹲在鲍鱼壳旁。那两只怪物则钻入碗柜，不见了身影。主人可谓是英雄无用武之地，站在那儿不知所措。尽管眼前空无一人，他依然怒气冲冲地喝问道："是谁？闹出如此大的动静。"

此刻，月亮已经西斜，白色的光带也收窄至刚才的半幅模样了。

第六章

好热的天！

如此之热，即便是猫也受不了啊。

据说英国有个叫作西德尼·史密斯[1]的，也是由于不堪暑热之苦，竟说出"真想扒了皮，甩了肉，就留一副骨架凉快凉快"的话来。本猫寻思着倒也未必非要折腾得只剩下一副骨架，可至少也要将身上这件淡灰色条纹"皮袍"脱下来好好拆洗一下，或者送到当铺里去存放一段时间才好呀。

从人类的眼里看来，吾辈猫类一年到头都是这么一张面孔，不论春夏秋冬总靠这么一套行头撑场面，似乎简简单单，无声无息，不用花一分钱就能度过一生一世的。殊不知，即便是猫，对于冷暖寒暑也同样是有着自身感受的。偶尔也会想要冲个凉，只是由于这身"皮袍"着了水后很难当天便干，所以本猫一直强忍着汗臭味，长这么大还一次都没进过澡堂子呢。还有，时不时的本猫也想摇摇团扇，可没法握住扇柄，故只得作罢。由此想来，人类真是奢侈无度。本该生吃的东西，非要煮着吃、烤着吃、蘸了醋吃、蘸了酱吃，多费了许多手脚还

---

① 西德尼·史密斯（1771—1845），英国国教牧师、作家，《爱丁堡评论》的创办人。

乐此不疲，皆大欢喜。

衣着也是如此。对于有着天生缺陷的人类来说，若要他们像猫一样整年都穿一件衣服，或许是勉为其难的，可也用不着在皮肤上乱七八糟的添加那么一大堆东西吧。受惠于羊，得益于蚕，甚至还欠着棉花田的人情，本猫可以断言，他们如此穷奢极侈，其实就是无能所导致的结果。衣、食这两方面本猫睁一只眼闭一只眼马马虎虎地也就不予深究了，可他们在一些与生存并无直接利害关系的地方竟也是如此做派，本猫就绝不认可了。

就说这头发吧，原本就是个自然生长的东西，顺其自然便是最为简便也有益于本人的做法。可他们偏不，非要费尽心机搞出种种没用的花样来，并因此而自鸣得意。一些自称为和尚的家伙一年到头头皮都剃得青魆魆的。觉得热了，就在头顶上打把伞；觉得冷了，就包块头巾。可既然这样，当初又何必要将脑袋瓜剃得这么青呢？这不是自相矛盾了吗？无独有偶，还有人乐颠颠地用一种叫作梳子的像锯子一般的工具将头发左右均匀地分开。也有人不均分的，而是人为地在头盖骨上划出三七开的区域来。还有人使该分界线通过发旋，一直延至后脑勺。整个脑袋就像一张假冒的芭蕉叶一般。

还有人将头顶剃平，左右则笔直地削落，就像给圆圆的脑袋套了个四角方方的方框一般，只能当作是一幅花匠修剪过的杉树篱笆墙之写生来看了。除此之外，还有什么五分平头、三分平头、一分平头之类的发型。或许以后还会流行剃到脑袋里面的负一分平头、负三分平头等稀奇古怪的发型呢。他们为何要如此作践自己的身体呢，总之是搞不懂。

别的暂且不说，明明有四条腿却只用两条，就是一种不折不扣的浪费嘛。用四条腿走路，无疑能够走得更快，可他们却只用两条腿走路，剩下的两条像是别人送的鳕鱼干似的空自闲晃着，你说傻不傻？由此也可看出，人类比猫类空闲得太多了，所以他们要想出这许多恶作剧的玩意儿取乐。而更为滑稽可笑的是，这些闲人，只要一碰头就"忙死了！忙死了！"地乱嚷嚷。还不仅是口头说说而已，其脸部表情也变化万端，忙得不亦乐乎，简直令人担心他们是否真的会忙死。他们中的有些家伙看到本猫后，有时还会说什么"要是能像它这么清闲就好了"。想清闲变成猫不就得了嘛，事实上也没谁叫你将自个儿弄得这么忙呀。你们自己鼓捣出许多事情来，结果连自己都应付不了了，于是就叫苦连天。这跟自己燃起了熊熊大火，却嚷嚷着"好热呀！好热呀！"又有什么区别呢？即便是吾辈猫类，如果哪一天想出了二十多种发型，也肯定没有现在这么清闲了。要想享清闲，那就好好修炼一番吧，修炼到跟本猫一样大热天也穿得"皮袍"就行了。——可话虽如此，毕竟还是有点吃不消的。"皮袍"也真是太热了。

如此热法，连原属本猫专利的午觉也睡不成了。

有什么新情况吗？——近来本猫偷懒，好久没观察人类社会了，今天有兴，想看看他们所热衷的那种蝇营狗苟的营生，可不巧的是，在偷懒方面，我家主人的性情竟与猫类十分相近。睡午觉的事是绝不会落在本猫后面的，尤其是放暑假之后，更是没做过一件人类该做的事情，故而不论本猫怎么观察，也总是扫兴而归。这种时候，只要迷亭先生一来，主人那具有胃病特色的皮肤或许会有一点点反应，至少能暂时性地摆脱猫类性情吧。正当本猫寻思着迷亭先生该来的当儿，忽听得有人在浴室里"哗哗"地泼水。还不仅仅是泼水声，时不时地还传来搭话的声音。"够了，够了。""啊，真舒服啊。""再来一盆。"嗓门之大，响彻了整个屋子。来到主人家里竟敢如此大声喧哗，并做出如此不成体统之事的，除了迷亭，还能有谁呢？

噢，他老先生到底还是来了。这下子够本猫消磨半天的了。——本猫刚转念及此，迷亭先生已擦干了汗水，重新穿好了衣服，大模大样地走进客厅了。

"哎呀，夫人你好啊。苦沙弥君呢？"

他大呼小叫地打着招呼，将一顶帽子扔到了榻榻米上。

夫人此刻在隔壁的房间里，趴在针线盒的旁边睡得正香，迷亭那响亮的嗓音撞击着她的耳膜，将她一下子就惊醒了。等她睡眼惺忪地来到客厅，见身穿麻布衣服的迷亭已经自己找地方坐了下来，一个劲儿地扇着扇子。

"啊呀，您来了。"

夫人嘴里应付着，却多少有点狼狈相。

"我可一点也不知道啊。"

说着，也顾不上擦鼻尖上的汗便施了一礼。

"我也是刚来嘛。这不是刚才在浴室里让下女给我泼了些凉水，才缓过神来嘛——这天也太热了，你说是不是？"

"就是嘛，最近这两三天，一动不动地待着身上也冒汗，热得不行啊。——您身体还好吧。"

夫人还没擦掉鼻尖上的汗珠。

"我没事。多谢你惦念着。再说了，不就是热点儿吗？还能把我怎么样？不过，要说今年这暑热可有些邪乎劲儿啊。热得人浑身无力，软绵绵的。"

"就是嘛。就拿我来说吧，是从不睡午觉的，可热成这样，竟也不知不觉地……"

"也睡上午觉了，是吧。挺好的嘛。白天能睡，晚上也能睡，还有比这更好的事吗？"

迷亭依旧是一副漫不经心的老腔调，可说过之后又觉不过瘾，于是又加了几句。

"我是不爱睡觉的。像苦沙弥君那种每次来都在睡觉的人，真是羡煞人啊。有胃病的人在这大热的天里原本就是受不了的嘛。就连身体强健的遇上今天这样天气，光是肩膀上扛着个脑袋就已觉得很受累了。可既然扛上了也不能将它摘下来呀。"

与往常不同的是，迷亭今天似乎对于自己的脑袋有些不知所措。

"再说夫人你还在脑袋上顶了些东西，怎么坐得住呢。光是这发髻的重量，就叫人不得不躺下了嘛。"

想到头发凌乱的样子暴露了刚才睡午觉的实情，夫人应了句："呵呵呵，瞧你说的。"

便摆弄起自己的发髻来了。

迷亭对于这些细节是毫不在意的。

"夫人，昨天我在房顶上煎蛋来着。"

他说了件新鲜事。

"怎么个煎法呢？"

"我看到房顶上的瓦片被太阳晒得滚烫的，心想就这么着也太浪费了，于是就在那上面抹了些黄油，打了个鸡蛋。"

"啊呀呀。"

"可光靠太阳光这么晒着到底还是不行的，连个半熟都没煎成。我等不及就下去看报纸了。一会儿客人来了就把这事儿给忘了。今天早晨突然想起，心想这下子总该差不离了吧。"

"怎么样了？"

"那还是什么半熟呀，都淌没了。"

"啊呀呀，你看看。"

夫人皱起眉头感叹道。

"要说今年三伏天里那么凉快，可前几天起又突然热起来了，真是不可思议啊。"

"就是这么说嘛。前几天穿单衣还嫌凉，可从前天起却又突然热起来了。"

"要说这螃蟹嘛，倒是横着走路的，可今年的天气已经不是横行，而是倒退了。似乎在表明'倒行逆施并无不可'呢。"

"那是什么意思呢？"

"啊，没什么意思。要说这倒退的天气呀，简直就是赫拉克勒斯 [1] 之牛了。"

迷亭先生来劲了，说得越发地不着边际。果不其然，夫人听了个一头雾水。可她接受了刚才问"倒行逆施"的教训，这次仅"哦——"了一声，没问是什么意思。可她不问，迷亭也就落空了。

"夫人，你知道这'赫拉克勒斯之牛'是咋回事吗？"

"谁知道那是什么牛呢。"

"啊呀，原来你不知道啊，那就让我来给你讲解一番吧。"

既然他这么起劲，夫人倒也不好说"不用了"之类的话，只得"嗯"了一声。

"却说从前，有一天，赫拉克勒斯牵了头牛回来。"

"那个赫拉克勒斯是放牛娃吗？"

"可不是放牛娃哦。既不是放牛娃，也不是伊吕波 [2] 的掌柜。那会儿，全希腊连一家牛肉馆子都没有呢。"

"啊呀，是希腊的事情吗？你早说嘛。"

希腊这个国名夫人还是知道的。

"那人不是叫赫拉克勒斯嘛。"

"赫拉克勒斯就一定是希腊吗？"

"是啊，赫拉克勒斯是希腊的英雄嘛。"

"怪不得我不熟呢。那么，那家伙怎么了？"

"那家伙跟夫人你差不多，犯困了就呼呼大睡——"

"啊呀，讨厌。"

"睡得正香的当儿，乌尔喀努斯 [3] 的儿子来了。"

"这个乌尔喀努斯又是干吗的。"

---

[1] 希腊神话中的大力神。宙斯之子，力大无比，有许多英勇善战的传说。

[2] 当时的大型牛肉料理店，在东京各处都开有分店。

[3] 罗马神话中火神和锻冶之神。后来视同希腊神话中的赫菲斯托斯。

"乌尔喀努斯是个铁匠。这铁匠家的小子是来偷牛的。可他是用力拉着牛尾巴走的。赫拉克勒斯醒来一看，牛不见了，'牛呢？''牛呢？'他四处寻找也摸不着头脑。他当然摸不着头脑了，即便他顺着牛蹄印找也找不到，因为那小子不是牵着牛往前走的，而是一步步往后退的。对于一个铁匠家的孩子来说，这还真是大智慧呢。"

迷亭已经忘了天气这档子事了。

"哎，我说，你先生在干吗呢？还在睡午觉吗？虽说睡午觉也是件风雅之事，在支那①人的诗中也时有吟咏的，可像苦沙弥君这样当作每天必做的功课，就未免落了俗套了。看起来就跟每天都死掉一点点似的。夫人，有劳你将他叫起来吧。"

迷亭这么一催促，夫人便深表同感地说道："就是嘛。真叫人受不了。别的不说，老这么睡会伤身子的呀。这不是刚吃过饭嘛。"

夫人说完刚要站起身子，迷亭先生便道："夫人，你不说吃饭倒也罢了，说起吃饭，我倒想起我还没吃饭呢。"

这种事本该由别人来问的，可他倒好，毫不客气地自己讲了出来。

"啊呀呀，到了这个钟点，你看我竟没想到这一点。——家里虽然没什么好款待的，茶泡饭总该——"

"茶泡饭什么的就不用了。"

"是啊，反正有什么也不合您口味的——"

夫人的话里多少也带了些刺。迷亭可是个玲珑角色，马上接过话头道："不，不。茶泡饭、开水泡饭之类的就不必张罗了。我来时半路上已经叫了吃的了，等会在这儿一吃也就完了。"

这一手可是没点道行就玩不来的。

---

① "支那"的说法起源于印度。古代印度人称中国为"chini"，据说是来自"秦"的音译，中国从印度引进梵文佛经以后，把佛经译为汉文，于是高僧按照音译把chini就翻译成"支那"。本章发表于1905年，当时我国还是"大清"，"中国"这样的简称尚未出现，所以作者称我国为支那并无蔑视之意。但1911年成立了中华民国之后，就有了"中国"这个简称，从这时起再称我国为支那就带有蔑视之意了。

夫人二话不说，仅"噢"地应了一声。

可这一声"噢"分明是将惊讶之"噢"与不快之"噢"以及因省事而庆幸之"噢"合为一体的"噢"。

恰在此时，我家主人晃晃悠悠地从书房里踱了出来。外间那未曾有过的喧嚣硬生生地将正要坠入梦乡的他给拽了回来，心中懊恼异常。

"你还是这么闹。我刚要美美地睡上一觉就让你给吵醒了。"

他哈欠连天地说道，脸上冷如冰霜。

"噢，你醒啦。惊扰了你的好梦，真是天大的罪过呀。不过呢，偶一为之，也无伤大雅，是吧。快坐吧。"

光听他这一通敷衍，简直搞不懂谁是主人谁是客人。我家主人一声不吭地坐了下来，从采用拼木工艺制成的烟盒中抽出一支"朝日"牌香烟点火"吧嗒吧嗒"地抽上了。忽然，他看到了迷亭那顶滚落在对面角落里的帽子，便问道："你买新帽子了？"

迷亭赶紧回一句："怎么样？"

颇为得意地将帽子递到了主人和夫人的跟前。

"哎呀，真漂亮啊。编得又细又软的。"

夫人不住地抚摸着，一副爱不释手的样子。

"大人，这顶帽子可是个宝贝啊。要它怎样它就怎样的。"

说着他便捏紧拳头朝着巴拿马草帽①的横侧面猛地揍了过去，帽子上果然出现了一个拳头大小的凹坑。夫人才"啊！"地惊叫了一声，迷亭又将拳头伸进了帽子的里侧用力一顶，帽子的顶部立刻尖凸了起来。接着他又从两侧将帽檐往中间这么一夹，把帽子夹得又扁又平，就像用擀面杖擀薄的荞麦面饼②似的。然后他又像卷席子似的将帽子卷了起来。

"怎么样？"

---

① 用精细漂白的中南美洲产巴拿马草的纤维编制的夏季用草帽。
② 日本的荞麦面是将面和好后用擀面杖擀薄，然后用刀一条条地切出来的。这里所讲正是将面擀成面饼尚未切的状态。

说着，他随手将卷好的帽子塞进了怀里。

"真是不可思议啊。"

夫人就像是在看归天斋正一①表演西洋魔术似的，桥舌不下。迷亭似乎也有那么一点卖弄的感觉。他故意将刚才自右边塞入怀中的帽子从左边的袖子口给拽出来。

"一点也没坏哦。"

说完，便将帽子恢复了原状，用食指戳起帽顶滴溜溜地旋转起来。

大家以为他的表演到此为止了，可谁知他又将帽子往身后一扔，猛地一个屁股墩坐了上去。

"喂，别胡来啊。"

这下连主人都掩饰不住担忧之色了。不用说夫人自然也十分担心，竟忍不住申斥道："好好的一顶帽子，弄坏了多可惜呀。你就别胡闹了好不好？"

只有帽子的主人依旧得意扬扬。

"妙就妙在怎么弄也弄不坏。"

他从屁股底下取出被压得皱巴巴的帽子往头上一戴，奇怪的是那帽子立刻就恢复了原状。

"这帽子可真结实啊。怎么会这样的呢？"

夫人愈发惊叹不已。

"没什么怎么的，原本就是这样的帽子呗。"

愈发得意的迷亭头戴着宝贝草帽答复夫人道。

"我说，你也买顶这样的帽子戴戴吧。"

过了一会儿，夫人跟主人建议道。

"苦沙弥君不是有顶很帅的麦秸草帽吗？"

---

① 归天斋正一（1843—？），本名波济桑太郎，明治时代的魔术师。最初为落语家，明治初年到巴黎学习西洋魔术，从明治九年起，表演砍头、喷火等西洋魔术。明治三十年代将艺名传给徒弟后便不知所终了。

"你不知道，那草帽前几天让孩子给踩坏了。"

"啊呀呀，那可真是太可惜了。"

"所以我寻思着，这回要买一顶跟你一样的，既结实又漂亮的草帽嘛。"

夫人并不知道巴拿马草帽的价格，故而一个劲儿地劝自己的丈夫。

"就买这种帽子吧，好不好？"

这时，迷亭从右边的袖兜里拿出一把装在红色盒子里的剪刀来给夫人看。

"夫人，帽子的事先放一边，你来看看这把剪刀吧。这家伙也是个宝贝啊，有十四种用途呢。"

倘若不出现这把剪刀，我家主人势必惨遭夫人那"巴拿马草帽"之攻击，受益于夫人那女性与生俱来的好奇心，总算是幸免于难了。不过本猫看得明白，这与其说是迷亭先生的随机应变，还不如说是偶图侥幸而已。

"怎么会有十四种用途呢？"

夫人这么一问，迷亭便得意非凡地讲解起来了。

"听好了，让我来给你一一加以说明。这里有个月牙形的缺口，是不是，将雪茄烟放到这儿，'咔擦'一下便剪开了。再看这儿，这根部有些特殊加工的，对吧，铁丝放在这儿毫不费劲地就能铰断。还有，将它平放在纸上就能当尺子来画线。刀口的里侧有刻度，可以量尺寸。面上带有锉刀，可以锉指甲。怎么样？听好了。将这前端插入螺钉头便可旋转，而能够拧螺丝钉，也就替代了用锤子钉钉子的功能。用它来撬箱子的话，一般钉着钉子的木箱都能轻轻松松地撬开。还有，这一片的刀尖做成了锥子形状。这儿是用来刮去写错的字的。将它拆开来就能当小洋刀使。最后——夫人，这最后的用途可有意思了。这里有个小小的圆球，跟苍蝇的眼珠似的，是不是？来，你看一下。"

"我不看。你又想耍我了。"

"我就这么没信用吗？真伤脑筋啊。好吧，你就当是上一回当，瞧上一眼怎么样？啊？不瞧？就瞧一眼。"

说完他便将剪刀塞给了夫人。夫人将信将疑地接过了剪刀，将自己的眼珠对上那"苍蝇眼珠"十分认真地瞧了起来。

"怎么样？"

"一片漆黑，什么都看不到啊。"

"漆黑一片可不行啊。你朝着拉门的方向看，剪刀别平放着呀，对，对，这样子看得见了吧。"

"啊呀，是一张照片啊。这么小的地方，照片是怎么贴上去的呢？"

"有趣就有趣在这儿嘛。"

夫人和迷亭两人你一言我一语地说得十分热闹。从刚才起就一直默不作声的主人，这时也想看照片了。

"让我也看一眼。"

可夫人将剪刀紧贴在脸蛋儿上，不肯撒手。

"真漂亮，是个裸体美女①啊。"

"我说让我看一下。"

"你等会儿。头发很美，很长，一直到腰部啊。微微地仰着脸，个子高得吓人。不过，还真是个美女哦。"

"喂，我说给我看，就给我看嘛。"

主人有些发急地对夫人怒吼道。

"怎么着？等不及了？好吧，拿去看个够。"

夫人说罢便将剪刀递给了主人。

正在此时，厨房女佣跑来说"客人叫的外卖来了"，随即将两屉荞麦冷面端进了客厅。

---

① 在日俄战争时期，日本流行一种随身携带裸体美女照片能让人躲开子弹的说法，所以剪刀上竟然也会装有裸体美女的显微照片。书中的"夫人"看到裸体美女照片非但不觉得厌恶还挺高兴的，说明她是个十分开通的女性。

"夫人，这就是我自备的午餐。借用尊府进食，有扰了。"

说完，他便中规中矩地深施一礼，态度异常恭敬，以至于夫人吃不透他是真讲究还是在戏弄人，一时间不知道该如何应对才好，只得轻飘飘地说了句："请用吧。"

便默不作声地看他吃面。

我家主人此刻刚将眼珠子从裸体美女上移开，看到迷亭要吃面，便道："喂，这么大热的天，吃荞麦面可容易吃伤身体哦。"

"没事儿。喜欢吃的东西是很少有吃伤的。"

说着，他便取下了蒸笼盖。

"刚做得就吃才好啊。这荞麦面闷烂了就跟人变懒了一样，靠不住。"

说完，便将芥末、葱花等调料倒入卤汁里，用筷子胡乱搅和了一通。

"你放了那么多的芥末，太辣了吧。"

主人颇为担心地加以指出。

"吃荞麦面靠的就是这卤汁和芥末呀。看来你是不喜欢吃荞麦面的。"

"我喜欢吃乌冬面。"

"乌冬面是赶马人吃的。要说这世上再没比不懂荞麦面滋味的人更可怜了。"

说着，便将杉木筷子随随便便地插入面条，尽可能多地将荞麦面高高挑起二尺来高。

"夫人，这吃荞麦面也有各种讲究的。外行人吃荞麦面，只知道多蘸卤汁，然后嘴里'吧嗒吧嗒'一通乱嚼。这种吃法是吃不出荞麦味道的。你看，要这样，先挑起一绺来。"

说着，他提起筷子来，长长的面条在他的筷子下聚集起来，吊在空中有一尺来高。迷亭先生觉得差不多了，可往下一看，发现还有那么十二三根尚未脱离笼屉，仍在竹帘子上纠缠不休。

"这面条还真长啊。怎么样？夫人，你看这长不长。"

他还是要求夫人应承他。夫人则颇为惊叹地回了一声："是啊，真长啊。"

"要将这长长一绺的三分之一蘸上卤汁，然后一口嘬进去。注意，不能嚼。一嚼就没了荞麦味了。要让它'呲溜溜'地从喉咙里滑下去。"

说完，他便猛地将筷子往上一举，面条这时才终于离开了蒸笼底。接着，他举着筷子移到左手端着的茶碗上方，慢慢落下。这时随着下部面条不断地浸入卤汁，根据阿基米德的浮力理论，卤汁的液面也在不断地升高，并且是面条浸入多少，液面就相应地升高多少。然而，由于茶碗里的卤汁原先就有八成满，迷亭筷子上的荞麦面只浸入了四分之一，卤汁就已经溢到杯口了。迷亭的筷子在茶碗上方五寸处便停住不动了。是不能动了。因为再往下浸入茶碗一点，卤汁就要溢出来了。到目前为止，迷亭的做派多少还是有模有样的，可随即他便以动若脱兔之势，将嘴巴凑到筷子上，喉咙里发出"呲溜溜"声响，喉结十分勉强地上下活动了一两下，筷子上夹着的荞麦面便不见了踪影。

这时，有一两滴像是眼泪的东西从迷亭君两眼的眼角处流了下来。到底是被芥末辣出来的，还是由于这么着将面条嘬下肚去太累人了，本猫一时也难以判定。

"啊呀，佩服，佩服。一眨眼的工夫就吃下肚去了？"

我家主人表示钦佩之后，

"了不起！"

夫人也对迷亭这一手绝活赞叹不已。

迷亭先生一声不吭地放下筷子，在胸口拍了两三下。

"夫人，你知道吗？这冷面就得这么着用三口半到四口吃完。那种慢条斯理，瞎耽误工夫的吃法，就吃不香了。"

说完，他掏出手绢抹了一下嘴角，重重地喘了一口气。

恰在此时，寒月君来了。但不知为何，这么热的天，他头上竟戴着一顶冬天戴的帽子，怪累人的，两腿上还尽是灰尘。

"啊呀，我们的美男子来了。不过我正吃到一半，请允许我全部吃完。失礼了。"

迷亭君在众目睽睽之下镇定自如地将另一笼荞麦面一扫而光。不过，这次他并未采用刚才那种叫人瞠目结舌的吃法，也没露出借用手绢抹嘴来喘气接力的狼狈相。总之，轻轻松松地就将两笼荞麦面解决掉，还算得上干净利落。

"寒月君，你的博士论文脱稿了吗？"

主人这么一问，迷亭紧接着起哄道："金田家的小姐等不及了，你快呈递上去吧。"

寒月君一如既往地怪笑着。

"真是罪过啊，其实我也想早日交稿，早日让人放心的。可这课题是明摆着的呀，非得花大力气研究不可嘛。"

一看便知他口不应心，可他偏偏说得跟真的一样。

"就是嘛，课题明摆着嘛，哪能像大鼻子说的那么简单呢？老实说，那个大鼻子也只有真正'仰其鼻息'那么点价值。"

迷亭的腔调跟寒月君一般无二。较为认真的还得说是我家主人。

"你论文写的是什么课题？"

"《论紫外线对青蛙眼球之电动作用的影响》。"

"啊呀，这可真是奇思妙想啊。到底是寒月先生，青蛙眼球什么的，惊世骇俗啊。怎么样？苦沙弥君，在论文脱稿之前先将这课题告知金田家吧。"

主人没接迷亭的这个碴儿，依旧问寒月君道："研究这事儿，费劲儿吗？"

"是啊。这是个极其复杂的课题。别的不说，光是青蛙眼球的水晶体构造就不是那么简单的。必须做许许多多的实验，所以我想先制成了圆形玻璃球再说。"

"玻璃球什么的到玻璃店去买来不就是了吗？"

"哪有这么简单哟。"

寒月君身子微微后仰，继续说道："要说这圆啦、直线啦原本就是几何学里面的概念，完全符合其定义的圆和直线在现实世界里是根本不存在的。"

"既然不存在，就别搞了嘛。"

迷亭插嘴道。

"我考虑先做个能凑合着做实验的玻璃球。已经干上了。"

"做出来了吗？"

主人不知轻重地问道。

"哪里做得出来啊。"

寒月君答道。可他似乎又觉得自己的话有些自相矛盾了，便解释道："十分困难。有时磨着磨着就觉得这半边的半径太长了，要将其稍稍磨掉一点，可料一不小心就磨过了头，变成对面半边的半径过长了。而费了老大的劲儿将对面那部分磨掉后，整个球体又变形了。好不容易将形状矫正过来后，直径又出问题了。就这么着，一开始有苹果大小的玻璃球慢慢地就变成草莓了。锲而不舍地继续磨下去后，最后就成了一粒大豆了。可问题是变成了大豆仍不是真正的圆球。尽管我磨得十分卖力——从春节到现在玻璃球已经大小磨掉了六个了。"

寒月君滔滔不绝地叙述着，看不出是真是假。

"你在哪儿磨着来着？"

"当然是学校的实验室了。从一大早就开始磨，午饭后稍稍休息一会，然后一直磨到断黑，艰苦着呢。"

"如此说来，你近来老嚷嚷忙呀忙的，连星期天都去学校，就是去磨玻璃球了？"

"是啊。最近我从早到晚就光磨玻璃球了。"

"这真是'磨球博士混入殿堂'啊。可是，要是知道了你如此用功，那大鼻子多少也会感到欣慰的吧。话说我前些天有事去了趟图书馆，出来时走到大门口遇见了老梅君。那家伙毕业之后仍会跑图书馆简直是不可想象的，我便对他说'你真用功啊'，谁知他神态怪异地说：'用什么功？我又不是来看书的。我路过这门口，想要撒尿了，是进来借用一下厕所的。'说完他竟哈哈大笑起来。所以说老梅君跟你正好是一对反例，一定要写入《新撰蒙求》①的。"

迷亭君的解释依旧是那么冗长饶舌。

主人倒有些当真了，问道："你天天磨玻璃球倒也没啥，可大概要磨多久呢？"

"呃，看这样子，怎么着也要十来年吧。"

寒月君的性子似乎比主人更为疲沓。

"十年？就不能快点吗？"

"十年已经算快的了。遇到点什么情况，花二十年也保不定啊。"

"这可真够呛啊。这么说来，当不当得上博士还两说着呢。"

"嗯，我是想尽快当上博士好让人家放心的，可这玻璃球要是磨不出来就做不了实验啊……"

寒月君说到这儿稍稍停顿了一下，紧接着又扬扬得意地说道："不过也用不着太过担心。金田那边对于我磨玻璃球的事也是十分理解的。前两天我过去时，已经解释清楚了。"

此时，一直在倾听他们三人谈话——尽管没怎么听懂——的夫人颇为不解地插嘴问道："金田家的人不是一个不落地上个月就去了大矶②了吗？"

---

① 蒙求两字出自《易·蒙卦》，意为蒙昧之人祈求解惑。后世常用这两字用于启蒙读物的书名，如唐代李翰著有《蒙求》、宋朝周守忠著有《历代名医蒙求》、清代王筠著有《文字蒙求》。新撰自然是新编的《蒙求》的意思，不过事实上并没有这样一本书。此处的《新撰蒙求》是迷亭杜撰的书名，意思是说寒月与老梅正好是一对好学与不好学的典型，以后若是编《新编蒙求》这样一本书的话，应将这两人的事迹写进去，给后辈学人做正面和反面的榜样。

② 神奈川县中南部一个濒临相模湾的城镇。以海水浴场、别墅区而闻名，是著名的避暑胜地。

被夫人将了这么一军，寒月君有些措手不及，支支吾吾道："这就奇怪了嘛。怎么会这样呢？"

这种时候迷亭君就显得不可多得了。因为无论是冷场、尴尬、犯困还是犯愁的时候，他定然会从半道上杀出来的——如同程咬金一般。

"上个月就去了大矶而两三天之前又在东京相会了，这就是所谓的具有神秘色彩的离奇事件啊。是心灵感应。为相思所苦之人，据说情到深处就常常会发生类似现象的。乍一听仿佛是痴人说梦，可要说这梦也是比现实更为真实的梦。当然了，像夫人你这样没经历过要死要活的相思之苦就让苦沙弥君得着的人，是一辈子也不懂爱情为何物的，故而不理解这种神秘现象也是情有可原的……"

"您说这话有什么根据吗？怪小看人的。"

夫人出其不意地打断了迷亭的话头。

"你不是也没有经历过什么相思之苦吗？"

主人也正面出击，毫不犹豫地为夫人助阵。

"要说我的风流韵事嘛，早就没了新鲜劲儿了，所以你们是不会记得的——事实上我到如今依然是'孤家寡人'一个，其实就是失恋的结果嘛。"

说完，他便十分公平地将目光在各人的脸上扫了一通。

"呵呵呵呵，有意思。"——说这话的是夫人；

"胡说八道！"——说这话的是脸冲着院子的主人。

"可否让晚辈后学一闻先生之怀旧感念？"——只有寒月君依旧是一脸的怪笑。

"我的故事也同样具有十分浓郁的神秘色彩，要是说给小泉八云先生听定然是十分受欢迎的，只可惜先生早已长眠地下了。所以说我本不想旧事重提了，可既然你们这么想听，那我就公开发表好了。不过你们一定要认认真真地听完哦。"

他叮嘱了这么一句后才开始转入正题。

"回想起来，那已经是距今——呃，多少年来着？——嗨，算起来也挺麻烦的，不管了。就当它是十五六年之前的事吧。"

"好没正经！"——主人鼻子里出气"哼"了一声。

"记性真差呀。"——夫人冷言冷语道。

只有寒月君谨守前约，一声也不吭，摆出一副静待下文的姿态。

"总之是某年冬天，我穿过越后①之国的蒲原郡筲谷，前往蛸壶②岭，快要进入会津③地界的时候。"

"你听这地名就稀奇古怪的。"

主人又打岔道。

"别插嘴呀。好听着呢。"

夫人赶紧制止道。

"却说那时天色已晚，我迷了路，腹中又饥饿难耐，没办法，只得敲开了山坳中一户人家的大门。如此这般地诉说了一番之后，请求留宿一宵。'这有何难，快进屋吧。'一位手持蜡烛的姑娘照了照我的脸，我也偷眼撇了那姑娘一眼。谁知姑娘的美貌立刻让我心头'怦怦'乱跳，浑身战栗不已。到了那时，我才终于领教了爱情这一妖魔的魔力。"

"慢来，慢来。这大山之中会有那么美丽的姑娘吗？"

"管他什么大山大海呢，那可真是个美人啊。夫人，我真想让你也看上一眼。头上还梳着文金高岛田④呢。"

"啊——"

夫人被他说愣了。

"进去一看，是个八铺席大小的房间，正中间有个大被炉。于是那姑娘、一个老头、一个老太还有我这么四个人就围着那被炉坐了下来。

---

① 日本的旧国名之一，相当于现在除了左渡岛以外的新潟县全境。

② 意为捕捉章鱼的罐子。

③ 以福岛县会津盆地为中心的地域名。

④ 文金高岛田，古代日本妇女的一种发型，发髻根部梳得很高，看起来十分优美。现在婚礼上，穿和服的新娘还梳这种发型。

他们问我：'肚子一定是饿了吧？'我就说：'是啊。随便什么都行，胡乱给些吃的吧。'可那老头却不答应，说是'贵客临门，怎么着也要煮上一锅蛇肉饭啊'。仔细听好了，快到失恋那段了。"

"仔细听着呢。可是，不管它是越后之国还是其他什么国，冬天里哪来的蛇呢？"

仔细听讲的寒月君问道。

"嗯，这个问题问得好。但是，既然是富有诗意的故事，就不能抠死理，钻牛角尖了。镜花①的小说里还有雪地里爬出螃蟹来的情节呢。"

经他这么一说，寒月君应了声"说的也是"便不再多说，重又恢复了洗耳恭听的姿态。

"那会儿的我可是什么都吃的，蚂蚱、蜻蛉、赤背蛙什么的我都吃腻了，吃个蛇肉饭那就是换口味了。于是我就对老头说：'好啊，那就快做吧'。老头将一口锅放到了被炉上，倒了些米在里面就"咕噜咕噜"地煮开了。可令人不解的是锅盖上有大大小小十来个窟窿眼儿，热气从窟窿眼里"呼呼"地往上冒。我心想：'荒山野岭的，想不到他们还真有一手啊，'倒也是叹为观止。说话时那老头站起身来，也不知去哪儿转了一圈，不一会儿就回来了，肋下夹着个大簸箩。坐下后，他不动声色地将簸箩往被炉旁一放，我朝那簸箩里瞅了一眼——来了！长长的东西，由于太冷了，相互纠缠在一起，都成了一大坨了。"

"啊呀，快别说了，好恶心。"

夫人将眉毛皱成了八字形。

"这可是导致我失恋的重大原因，不能跳过的。不一会儿，那老头左手揭开了锅盖，右手则胡乱抓起那些长长的纠缠成一坨的东西猛地扔进锅里，随即便马上盖上了锅盖。即便我见多识广，见此情景也不禁惊得喘不过气来了。"

---

① 泉镜花（1873—1939），日本小说家，本名镜太郎，是近代浪漫主义文学的代表作家。所谓"雪中爬出螃蟹"的情节出自他的小说《银短册》。

"快别说了。太恶心了嘛。"

夫人怕得不行了。

"马上就失恋了，再坚持一小会儿。过了一分钟，锅盖的窟窿眼儿突然冒出个蛇脑袋来，将我吓了一大跳。'啊呀'惊魂未定之际，只见旁边的窟窿眼儿里也钻出了一个蛇头。'又出来了一个，'我的话音未落，只见这儿那儿地各个窟窿眼儿都钻出了蛇头。一眨眼的工夫，整个锅盖上就全是蛇脑袋了，摇摇晃晃的一大片。"

"为什么要将脑袋钻出来呢？"

"当然是锅里太烫，受不了了嘛。那老头见此情景，说了声：'嗯，动手吧'，老太应了一声：'嗯'，那姑娘也应了一声：'好哩'，那三人便一齐动手揪住蛇脑袋往外抽出。结果，蛇肉统统留在锅里，只有干干净净的骨头随着脑袋长长地被抽了出来。"

"这便是蛇的抽骨失魂[①] 了？"

寒月君笑着问道。

"名副其实的抽骨失魂啊。他们这手活儿干得可真是心灵手巧啊。之后，老头便用饭勺将饭跟蛇肉搅和在一起，说：'好了，吃吧'。"

"你吃了吗？"

主人冷冷地问道。可夫人愁眉苦脸地抱怨道："行了。别再说了。太恶心了。以后叫人还怎么吃饭呀？"

"夫人你是没吃过蛇肉饭，所以才这么说。你吃一次试试，那滋味管保你一辈子都忘不了。"

"哼！我才不要吃呢。"

"如此这般，我饱餐了一顿，身上也不冷了，姑娘的脸蛋儿也被我看了个够，正当我感到心满意足之时，人家说你赶紧休息吧，于是我便很听话地和身躺下。或许是旅途劳累的缘故吧，刚一躺下，我便堕入黑

---

① "抽骨"在日语里还有丧失骨气的意思，所以寒月的这句话是一句双关语。

甜梦乡，睡了个人事不知。"

"后来呢？"

这次是夫人在催他往下讲了。

"后来？后来就是，第二天睁开眼睛后失恋了。"

"出什么事了吗？"

"不，倒也没出什么事。早上起来后，我抽着烟朝后窗望去，只见有个秃头在引水用的竹筒旁洗脸。"

"是老头，还是老太？"

主人问道。

"老实说，当时我也没认出来，于是就多看了一会儿。后来那秃头转过脸来了，差点没把我吓死啊。原来不是别人，就是昨晚激发我初恋的那姑娘啊。"

"你不是说那姑娘头上梳着文金高岛田吗？"

"头天晚上是梳着文金高岛田的呀，漂亮着呢。可到了次日清晨就变成秃头了。"

"你这不是糊弄人吗？"

说着，主人照例两眼往上一翻，视线射向了天花板。

"我也感到十分诧异，心中不免有些打鼓。于是就继续偷眼观瞧，只见那秃头洗完脸后，从一旁的石头上拿起高岛田的假发髻往头上一套，若无其事地进屋去了。原来是这么回事呀。可当我恍然大悟之后，也就始终摆脱不了失恋这一无情的宿命了。"

"要说失恋，这也便是无聊至极的失恋了。寒月君，你看，正因为这样，他失恋了也仍是这样活蹦乱跳、精神抖擞的。"

主人对着寒月君评论起迷亭君的失恋，可寒月却答道："可是，倘若那姑娘不是个秃头，迷亭老师将她带回东京的话，或许就更加精神了。这个暂且不说，单说那么美丽的姑娘竟是个秃头，还真是千秋恨事啊。好端端的一个年轻女子，头发是怎么掉光的呢？"

"嗯，这个我也考虑过。我认为定是蛇肉饭吃太多的缘故。因为那玩意儿火大、上头啊。"

"那你吃了怎么不痛不痒的呢？"

"我虽然没有秃顶，可从那时起眼睛就开始近视了呀。"

说着，他便摘下眼镜用手绢仔细擦拭起来。

过了一会儿，主人像是突然想起来似的追究道："这故事到底有什么神秘色彩呢？"

"她那假发到底是在哪儿买的？要不，是在哪儿捡到的？事到如今我依旧不得而知，难道不神秘吗？"

说完，迷亭君将眼镜重新戴到了鼻梁上。

"简直就是听说书人讲故事嘛。"——这是夫人的评价。

既然迷亭的胡扯已告一段落了，那就该闭嘴了吧，可他老先生是不给人勒上套就不肯不说话的主，紧接着又发表了一通高论。

"我的失恋自然是一种痛苦的经历，可当时倘若懵懵懂懂毫不知情地将秃头姑娘娶回家，那就要眼晕一辈子了。想想也真是危险啊。所以说，结婚也就那么回事。冷不防地就会在意想不到的地方发现隐秘缺陷的。我劝你寒月君也不要时而憧憬时而失望，愁肠百结，黯然神伤了，还是定下心来磨你的玻璃球吧。"

听迷亭这番奇谈怪论之后，寒月君说道："是啊。我倒是想安下心来专攻玻璃球的，可人家不让啊，真伤脑筋。"

一脸的无可奈何。

"你遇到的情况是对方来势汹汹，不过也有十分滑稽的实例的哦。刚才我提到的那个去图书馆小便的老梅君，他的恋爱史就十分奇特。"

"闹出什么事来了吗？"

我家主人的胃口也被吊了起来。

"没那么严重。是这么回事。他从前曾在静冈一个叫作'东西馆'的旅馆住过。——仅仅是一个晚上哦——可他当天晚上就向那里的侍女求婚了。虽说我也是没正经的，可与他相比可就是小巫见大巫了。要说这事儿也不能怪他。那客栈里有名叫小夏的侍女，貌若天仙，正好是负责照料老梅君那个房间的。"

"这就'不能怪他'了？与你过什么岭时的情况不是如出一辙吗？"

"嗯，是有些类似的。老实说，我跟老梅君原本就是半斤八两。闲话少叙。且说老梅君向小夏求婚了，可在等对方答复的当儿，他突然想吃西瓜了。"

"你说什么？"

主人一脸的迷惑。也不光是主人，就连夫人和寒月君也都不约而同地歪着脑袋寻思了起来。不过迷亭根本不管听众的反应，只顾一气往下说："老梅君叫来了小夏，问她静冈有没有西瓜。小夏说：'即便是静冈，西瓜总还是有的呀。'随后便切了满满一大盆西瓜端了来。于是老梅君便甩开腮帮子大嚼了起来，将一大盆西瓜吃了个底朝天。他继续等小夏的回信，可回信没等来，他的肚子却疼起来了。哼哼唧唧地强忍了一会儿还是疼得不行。没法子，只得再叫小夏过来。这次他问的是'你们静冈也有医生吗？'小夏回答说：'即便是静冈，医生总还是有的吧。'于是她便去找了个名字中带有从《千字文》'天地玄黄'中盗来某字的大夫①来。多亏了那位大夫，第二天早晨老梅君的肚子就不痛了，可谓是有惊无险。在临出发的十五分钟之前，老梅君又将小夏叫了过来，问她是否答应自己昨天的求婚。小夏说：'咱们静冈这儿也有西瓜，也有医生，可就是没有才认识一晚就定终身的新娘。'说完转身便溜，再也不露面了。从那时起，老梅君便与我一样，失恋了。除了要小便再也不去图书馆了。细想起来还真是红颜祸水啊。"

---

① 《千字文》是中国梁朝周兴嗣奉梁武帝之命编撰的一本习字范本，很早便传到了日本，在夏目漱石生活的那个时代几乎是人尽皆知的。《千字文》的第一句是"天地玄黄"，而日本的旧派医生的名字往往都有个"玄"，如"玄斋""玄叔"之类，所以迷亭在此用《千字文》来开玩笑。

听到这儿，主人竟一反常态地顺着迷亭说道："嗯，此话不假。前些天我读缪塞①的剧作，那里面就有人引用了罗马诗人的名言，说了这么几句话。——比羽毛更轻的是尘埃；比尘埃更轻的是清风；比清风更轻的是女人；比女人更轻的是虚无。——一语道破天机，是不是？所以说，女人真是不可救药啊。"

说起这种奇谈怪论，主人竟然十分投入。可一旁的夫人听了，就不答应了。

"你说女人'轻'不好，那男人'重'就好了吗？"

"'重'？什么意思？"

"重就是重②呗，就跟你似的。"

"我怎么'重'了？"

"还不重吗？"

两人展开了一场十分奇特的口角。

迷亭在一旁津津有味地听着，不一会儿开口道："你二人吵了个面红耳赤，倒也展示了夫妇关系的真相。要说那从前的夫妻关系，简直就是毫无意义。"

他这话说得十分暧昧，到底是在赞赏呢，还是在冷嘲热讽呢？不得而知。如果到此为止，倒也罢了。可他改不了铺陈敷衍的老毛病，又开始滔滔不绝起来。

"据说从前是没哪个女人会跟自己丈夫顶嘴的，可要是这样不就等于娶了个哑巴老婆了吗？对于像我这样不说话要死的人来说，娶这样的老婆又有什么意思呢？倒还是希望像夫人这样会说'还不重吗'的。既然娶了老婆，不偶尔吵这么一两次架也太枯燥了吧。就说我母亲吧，在我老爸跟前总是唯唯诺诺的，除了'是'或'嗯'之外就不会说别的了。一

---

① 缪塞(1810—1857)，法国浪漫主义诗人、小说家、剧作家。迷亭所引用的台词出自其剧作《巴尔贝林》第二幕第一场。

② 日语中的"重"还兼有迟钝、懒惰的意思。

起生活了二十年，除了去庙里拜佛、上坟就没出过门，这也太可怜了吧。当然了，有赖于此，倒将我们家祖宗八代的法名记了个一清二楚。男女之间的交际以前也是十分古板的，我小时候就绝对不可能像寒月君这样与中意之人一起演奏啦、通过心灵感应与心上人在朦胧恍惚间相会的。"

"可怜见的。"

寒月君说着对他低头致意。

"太可怜了。不过那时的女人也未必就一定比如今的女人品行端正哦。夫人，估计你也听到有些人的瞎嚷嚷了吧，说现在的女学生堕落啦什么的。其实从前还厉害呢。"

"是吗？"夫人当真了。

"当然是了。我可不是瞎说的，铁证如山，无从抵赖嘛。苦沙弥君，或许你也还记得的吧。直到我们五六岁的时候，还有人挑着担将女孩子当南瓜一样地沿街叫卖呢。"

"我可不记得有这样的事情。"

"你老家那边怎么样我不知道，反正静冈那儿是有的。"

"怎么会呢？"夫人小声道："真的吗？"

"当然是真的了。我老爸还跟人砍价呢。那会儿我也该有六岁了吧。我跟着我老爸从油町往通町那边逛过去，听得前面有人在高喊'卖女娃喽''卖女娃喽'。我们正转过二丁目的转角，在一个叫作伊势源的绸缎店的门口，遇上了那个卖女娃的家伙。那伊势源可是静冈第一大的绸缎店哦，门面十间宽，光库房就有五个。保存得好着呢，你们现在去还能看到，是个气派很大的店铺。掌柜叫作甚兵卫，整天哭丧着脸坐在账台里面，就像三天前刚死了老娘似的。甚兵卫的身边坐着一个名叫阿初的小伙计，二十四五岁的样子。这阿初脸色青魆魆的，活像皈依了云照律师[1]三七二十一天都只喝荞麦面糊似的。阿初的身旁是阿长，这家伙总

---

[1] 真言宗高僧，仁和寺第三十三代当家。

是趴在算盘上，满脸的愁容，就像昨天家里着火刚逃出来似的。阿长的身旁是……"

"打住，打住。你到底是要介绍绸缎店，还是要讲贩卖女娃？"

"哦，对了，我原本是要讲贩卖女娃来着的。其实，这家叫作伊势源的绸缎店也有许多奇闻逸事的，只能割爱了，今天就专讲这贩卖女娃吧。"

"连贩卖女娃也割爱了吧。"

"那怎么可以？这可是二十世纪之今日与明治初年之女子品行比较的重要参考资料啊，怎么能说不讲就不讲呢？——却说我跟我老爸来到了伊势源绸缎店的门口，那个卖女娃的家伙见了我老爸就说：'老板，这两个女娃是卖剩的，便宜一点，您老买了去吧。'说完便将担子歇下来擦汗。我们一看，见前后两个筐，每个筐里都有一个两岁来大的小女孩。我老爸问那家伙：'便宜的话，买了也行。可是，就剩这么两个了吗？'那人答道：'是啊。您不巧了。今天销路好，就剩这么两个了。不过，哪个都很不错的，您就得着吧。'说着便双手托起女娃像卖南瓜似的递到我老爸的鼻子跟前。我老爸'砰砰'地敲了两下女娃的脑袋，说：'嗯，声音不错。'接着他们就开始讨价还价，好一通杀价之后，我老爸说：'买也可以，这货靠得住吗？'那人说：'这个嘛，前面的那个我一直看着，是错不了的；后面的那个就不敢担保了，毕竟我后脑勺上也没长眼睛啊。是不是有些破损也很难说。当然了，由于货好坏不敢担保，再便宜些也无妨。'他们说的这些话我至今仍记得清清楚楚的，而在当时，我那幼小心灵里就种下了对于女人不可掉以轻心的根。——不过到了明治三十八年的今天，已经没人沿街叫卖女娃了，更听不到什么放在后面筝筐里的不担保质量之类的话了。所以我认为，可以断定：得益于泰西之文明，日本女性之品行已有了长足的进步。尊驾以为然否？寒月君。"

寒月君在回答之前首先气派十足地咳嗽了一声，之后，便故意压低嗓音，从容不迫地讲述自己的观点。

"近来有些年轻女子会在上下学的路上、合奏会、慈善会、游园会等场合自己叫卖自己，'您要了我吧，怎么样啊？'根本没必要雇了卖菜的来喊什么'卖女娃喽'。人家早就不搞这种低级的委托销售了。人的独立精神发展之后，自然就会出现这种现象的。老人们或许会杞人忧天，大摇其头，说这说那，可其实这就是文明之大趋势。对于我辈而言，这是可喜可贺的好现象，正暗自庆贺不已呢。就买方而言，也没人会做出敲脑袋确认质量的又土又俗的举动的，这方面也同样是令人放心的。再说如今的社会纷繁复杂，如果还采用那种极费工夫的老办法，那要等到猴年马月呀，恐怕活到五六十岁都嫁不出去，找不到老公的。"

寒月君不愧是二十世纪的新青年，发表的意见极具时代气息。说完之后他便吸了一口"敷岛"香烟，并将烟喷到了迷亭先生的脸上。不过，迷亭先生又岂是被喷了一口"敷岛"烟就肯偃旗息鼓的主呢？

"老兄所言极是。如今的女学生，骨头、肉甚至连皮肤都是基于自尊自信的理念长成的，不论什么都一点也不输给男人，这一点令人佩服之至。我家附近那所学校里的女学生就十分了不起。能够穿着窄袖衣裤练单杠，令人叹为观止。每当我从二楼窗口看到她们练习体操就不禁缅怀起古希腊的妇女来。"

"又是言必称希腊？"

主人冷笑道。

"这有什么办法呢？大凡具有美感的事物都源自希腊嘛。美学家是怎么也离不开希腊的。——尤其是看到那些黑魆魆的女学生专心致志地练体操，我总是会联想起 Agnodice① 来的。"

迷亭无所不知无所不晓的得意之色溢于言表，夸夸其谈，滔滔不绝。

---

① 哑诺迪丝，古希腊首位女助产士。据说，古代的雅典没有助产士这样的职业，法律禁止妇女参与任何医疗事务。但哑诺迪丝急于帮助她的姐妹们摆脱分娩的痛苦，便女扮男装师从希洛菲鲁斯（Hierophilus），掌握了高超的助产术技能。她为分娩中的妇女提供了最大的帮助。医生们便妒忌她的成功，出于嫉贤妒能而在阿留奥帕格的希腊城邦最高法院控告了她。

"又搞出个难懂的人名来了。"

寒月君依然是一脸的诡笑。

"Agnodice 可是个了不起的女性哦，我是极其敬佩的。根据当时雅典的法律，女性当助产士是被禁止的。这真是太不人性化了。估计 Agnodice 也觉得这事极为别扭吧。"

"你都说些什么呀？呃——那个叫什么来着？"

"那是个女人，是女人的名字。这位妇女考虑再三，总觉得妇女不能当助产士这事太不近人情，太不方便了。她怎么着也要当上助产士，有没有什么好办法呢？她足足想了三天三夜。在第四天凌晨，听到隔壁婴儿落地的'哇哇'哭声后，她一下子便恍然大悟了。于是她马上剪掉了长发，换上了男装，去听 Hierophilus①的医学课程了。学完了整套课程，她觉得自己能行了，于是就开业当起了助产士。夫人你猜怎么着，她的生意竟然十分兴旺啊。这儿'哇'的一声生了一个，那儿也'哇'的一声生了一个，而这些全都是 Agnodice 的生意，所以她一下子就发了。然而人间万事总是难以一帆风顺，正所谓塞翁失马焉知非福、七跌八起沉浮不定、福无双至祸不单行，她那女扮男装颠倒阴阳之事终于败露，触犯了国家法度，差点遭受重责。"

"还真像是说书啊。"

"怎么样？曲折生动吧。然而在雅典妇女的共同请愿之下，当局倒也不能一意孤行，最后便将她无罪释放了。甚至还发出布告说即便是女性也能自由经营助产行业了。整个事件最后便以这种皆大欢喜的方式了结了。"

"您知道的事情还真多啊。佩服，佩服。"

"嗯，一般的事情我都知道。不知道的大概就只有自己到底傻在哪里了。不过多少也知道一点点的。"

"呵呵呵呵，您看您尽说笑话……"

夫人笑得合不拢嘴。

---

① 希洛菲鲁斯，古希腊医生，生平、事迹不详。

可就在此时，大门口的门铃猛地响了起来，惊心动魄的，那声音就跟刚安上时一样清脆。

"啊呀，又有客人来了。"

夫人说完走出了客厅。

夫人前脚刚走便有一人进了客厅。谁呀？——本猫定睛一看原来是越智东风君。

东风君一到，虽不能说日常出入主人之家的怪人具已聚齐，至少其人头数也足以抚慰本猫之穷极无聊了。倘若还有牢骚，那就是太不知足了。作为一只猫，要是时运不济，被豢养在别人家里，或许到死都不会遇见这几位先生中的任何一位。所幸的是我有缘成为苦沙弥先生门下的猫儿，得以伺候在先生之虎驾尊前，先生本人自不用说，就连迷亭先生、寒月君乃至东风君等即便在东京这样的大都市里也纯属不可多得的，万夫莫敌的豪杰，本猫都能以横躺斜卧之姿态瞻仰其行为举止，真乃千载一遇之荣光也。得益于此，本猫竟然忘了如此酷热之时仍身处毛袋之中的苦楚，得以津津有味地消磨半日时光，真是不胜感谢之至。如此雅集胜会，定然是非比寻常的。那么，今天又会谈论些什么呢？——本猫躲在隔扇之后，毕恭毕敬地观摩起来。

"久疏问候，失礼之至。先生，好久不见了。"

本猫瞟了一眼正在鞠躬行礼的东风君的脸蛋儿，只见他跟上次来时差不多，头光面滑的，倘若单以脑袋论，这家伙跟草台班子里的戏子也差不太多，可要看他下身所穿的小仓料子的棉布裙裤，见棱见角，一本正经的，那就只能以为他是榊原健吉①的入室弟子了。因此，东风君的身体与常人相同之处仅限于从肩膀到腰部那么一段。

"啊呀，这么热的天你还出来，真是难为你了。快进来坐吧。"

迷亭先生就像在自己家里一样招呼着东风君。

---

① 剑客。江户幕府讲武所的剑术教头。

"啊，先生您也好久没见了。"

"是啊。我记得上次还是在今年春天的朗读会上与你见过面的。说起朗读会，近来还真是热门得很啊。自那以后，你还演过阿宫吗？那回你演得真好啊。我在下面使劲鼓掌来着，你看到了吗？"

"是啊，托您的福，那次总算是撑到了最后啊。"

"下次什么时候再举办呢？"

主人插嘴问道。

"七八两月休息，打算在九月份再热热闹闹地办他一回。有什么好题材吗？"

"这个嘛——"

主人有气无力地应了一声。

"东风君，我的作品你愿意采用吗？"

寒月君接过了东风君的话头。

"哦，您的作品一定是十分精彩的了，具体是什么呢？"

"一个剧本！"

寒月君鼓足气势说出此话后，其他三人果然矮了半截，不约而同地紧盯着他的脸蛋儿。

"剧本？了不起！是喜剧还是悲剧？"

东风君一深入探讨，寒月君就越发地装模作样起来了。

"既不是喜剧也不是悲剧。近来不是旧剧、新剧^①地争论得难解难分吗？我也独树一帜，编了个俳剧剧本。"

"俳剧？什么是俳剧？"

"具有俳句趣味的戏剧，简称俳剧。"

寒月君这么一解释连主人和迷亭也被他搞懵了，只好不作声。

"那么，其趣向^②又是什么呢？"

① 指明治末期兴起的，以西方现实主义的表现手法为主的新型戏剧。以话剧为主。
② 特指俳谐的风趣构思。

问这话的还是东风君。

"由于俳句趣味才是其根本，所以不想使其冗长、拖沓，是个独幕剧。"

"言之有理。"

"先从道具开始讲起吧。也很简单。在舞台的中央种上一棵粗大柳树。一根树枝朝右边伸出。树枝上蹲一只乌鸦。"

"乌鸦肯老老实实地待着才好啊。"

主人颇为担心地自言自语道。

"这个容易。用细线将乌鸦的脚系在树枝上就是了。然后在其下方放一个洗澡盆。一名美女侧身坐在澡盆里，用手巾擦拭身子。"

"这就有些颓废派的味道了嘛。别的暂且不说，谁来演这个洗澡美女呢？"

迷亭问道。

"这个也容易。去美术学校雇个模特儿来就是了。"

"这下子警视厅要出面干涉了吧。"

主人又担心起来了。

"只要不公演不就行了吗？连这个都要干涉的话，那么学校里还怎么搞裸体写生呢？"

"可那是为了练习绘画呀，跟光眼这么看着还是有所不同的。"

"哼！要是连先生们都这么说，那么日本也就完蛋了。绘画也好，演剧也罢，不都是艺术吗？"

寒月君的气焰一下子蹿出老高。

"讨论一下也未尝不可。不过，接下来又怎样呢？"

东风君似乎是真想演这个俳剧的，所以他十分想了解其情节。

"却说此时俳人高浜虚子①从花道②上场。只见他手持文明棍，头戴用白色灯芯草制成的遮阳帽，上穿薄绢外褂，萨摩碎白点深蓝棉布的大褂撩起衣襟掖在腰带上，足蹬一双西式短靴。他这身行头有点像陆军的军需供应商，可他毕竟是个俳人，台步要慢，从容不迫，优哉游哉的，好像心里正在推敲诗句的样子。当他走完花道正要登上中央舞台之时，忽然抬起俳意迷蒙之双眼，看到前方有一棵大柳树，柳荫之下有个白白的女人正在洗澡，陡然一惊之后又抬头看到长长的树枝上蹲着一只乌鸦正呆呆地看女人洗澡。于是虚子先生俳兴大发，沉吟五十秒钟左右，朗声诵出一首俳句：

美人入浴兮惊艳天地
枝头乌鸦兮意乱情迷

以此为暗号敲响梆子，落下帷幕。——怎么样？这个趣向可谓是神来之笔吧。合你的意吗？我看你演虚子要比演阿宫强多了。"

东风君带着不怎么尽兴的表情，一本正经地答道："太不过瘾了。希望能再添加一些动人的情节。"

到目前为止，迷亭还是老老实实的，不过他是不可能一直不开腔的。

"只有这么点内容的话，这俳剧也真够惨的。上田敏③说过，什么俳味啦、滑稽啦，统统都是消极的亡国之音。不愧是上田敏君，说出话

① 高浜虚子（1874—1959），俳句诗人、小说家，本名清，生于松山，师从正冈子规。主办《子规》杂志。本书《我是猫》最早就是在该杂志上连载的。除了俳句之外，高浜虚子还擅长写生文。主要作品有小说《鸡冠花》《俳谐师》《两个柿子》等；俳句集有《五百句》。

② 花道是歌舞伎特有的舞台结构，右舞台的左侧伸到观众席的细长通道，是舞台的一部分，也可以成为与舞台不同的空间，有时是道路，有时是长廊，有时是河流，有时是大海。它不仅可以用来表现剧中的情节，还可以让观众感觉非常亲近。在戏剧的最后，当幕布拉上，只有主角留在花道上表演，这是歌舞伎所独有的方式，称为幕外的退场。

③ 上田敏（1874—1916），英法文学研究者。出生于东京。是京都大学的教授。致力于译介西洋文学，尤其是译诗集《海潮音》对日本象征派诗歌的勃兴有着巨大的贡献。著作有《最近海外文学》《牧羊神》《诗圣但丁》等。

来一语中的，一针见血。你这种无聊至极的东西倒是演来试试，只会笑掉上田君的大牙。首先你这玩意儿也太过消极了，简直叫人看不明白是正剧还是闹剧，或者是别的什么。恕我冒昧，你寒月君还是待在实验室里磨玻璃球吧。俳剧什么的就算你写上一百个或两百个，也总是亡国之音，终究是不行的。"

寒月君多少有些恼火了。

"有那么消极吗？我的本意倒是相当积极的。"

他开始为"消极""积极"这种鸡毛蒜皮的小事展开辩解。

"虚子先生吟出'美人入浴兮惊艳天地／枝头乌鸦兮意乱情迷'的俳句来，就是让乌鸦对美女意乱情迷，就这一点而言，我认为是极为积极的。"

"啊呀呀，这倒真叫别出心裁啊。愿闻其详。"

"作为一名理学士，一般认为乌鸦爱上美女是不合理的，是不是？"

"那是自然。"

"然而，如此不合理的事情大张旗鼓地讲出来，却让人并不觉得别扭。"

"是这样的吗？"

主人用颇为怀疑的语调插了一句，可寒月君理都没有理他。

"为什么听着并不觉得别扭呢？关于这一点，只要从心理学的角度来解释一下，就十分清楚了。老实说'爱上''不爱上'仅仅是俳人所具有的感情，跟乌鸦没有一点关系。因此，所谓'啊呀，那只乌鸦爱上了美女了'的感受，说的其实也不是乌鸦，而是他自己爱上了美女。也就是说，是虚子先生自己看到美女洗澡，一惊之后立刻就爱上她了。他用自己那双已经意乱情迷的眼睛看到树枝上那只乌鸦一动不动地盯着下方，于是就产生了'哈哈，那小子也跟我一样，意乱情迷了'的错觉。是的，这无疑是一种错觉，而这也正是文学性之所在，也是极为积极的地方。将自己感觉到的事情擅自推广到乌鸦身上并且还装出一副事不关己的样子，这难道不是积极主义吗？怎么样？先生以为然否？"

"嗯，其论之高，真是出类拔萃啊。让虚子听到了也定然会大吃一惊的。然而积极的只是你的高论而已，观众看了此剧只会变得消极起来的。是吧？东风君。"

"是啊，我也总觉得太过消极了。"

东风君又是一本正经地答道。

像是为了打破谈话的僵局，主人问东风君道："东风先生，您最近有何佳作吗？"

"没什么值得让您过目的作品，不过呢，近日想出个诗集——对了，底稿我正带着呢，请您指教。"

东风君说着便从怀中掏出一个紫色的绸巾包袱，从中取出一本约有五六十页稿纸的本子，放在主人的面前。主人煞有介事地说了声"拜读了"便翻开了第一页。

只见第一页上分两行写着：

奉献于娇柔异常
与众不同的富子小姐

由于主人面色诡异默不作声地看着这一页，迷亭便问道："什么玩意儿，是新体诗吗？"

说着便从一旁探头偷窥。

"啊呀，是献给别人的呀。东风君，真有你的，竟敢豁出去献给富子小姐。"

他口中啧啧称赞。

我家主人似乎仍有些摸不着头脑，他问道："东风先生，这位富子小姐，真有其人吗？"

"是啊，她跟迷亭先生一起应邀参加了上次的朗读会。就住在尊府附近。事实上我今天是想给她看一下这个诗集的，也到她家去了，可不巧的是从上个月起，她就去大矶避暑了。"

东风君说得十分恳切。

"苦沙弥君，如今已是二十世纪了。不要这么大惊小怪，愁眉苦脸的。还是快点朗读一下东风君的大作吧。可是，话又要说回来，东风君，你这献词可写得不咋地啊。你知道'娇柔'这个雅词的本义是什么吗？"

"是'纤弱''柔美'之意吧。"

"果然是这样啊。当然了，也不是不能这么理解，可它的本义却是'靠不住'的意思。所以说，要是我的话，是不会这么写的。"

"该怎么写才富有诗意呢？"

"要是我的话就这么写：'奉献于娇柔异常与众不同的富子小姐鼻下。'虽然仅相差两字，但有没有'鼻下'这两字，给人的感觉可是大不相同的哦。"

"所言甚是。"

东风君强迫自己做出理解了难解之事的样子。

主人依旧沉默不语。他终于翻过了第一页，读出了卷首第一首诗：

> 你那发自灵魂深处的相思之烟
> 在懒洋洋的熏香中缭绕
> 啊啊，在这辛辣的红尘中
> 我所要得到的
> 唯有你那甘甜的热吻

"这样的诗我看不太懂。"

主人长叹一声之后将诗集递给了迷亭。

"嗯，这样的诗有点过了。"

迷亭说着将诗集递给了寒月。

"嗯，确实如此。"

寒月说着将诗集还给了东风君。

"先生您看不懂也不足为怪，因为诗坛本身已经有了翻天覆地的变化，与十年前已经不可同日而语了。近来的诗歌您要是躺在床上读，或蹲在车站读，是不可能读懂的。就连作者本人也常常回答不了别人的询问。完全是靠一时的灵感来写作的，除此之外，诗人是不负任何责任的。至于注释啦训义①啦什么的，那是学者的事情，我们诗人是不管这些的。前一阵子，我有个名叫送籍②的朋友，写了一个名为《一夜》的短篇，由于写得太朦胧了，谁读了也都是丈二的和尚摸不着头脑，于是我遇到他时便问他这篇东西的主旨是什么，可他却说'我怎么知道？'没搭理我。就这点而言，完全是诗人风采啊。"

"说他是诗人或许不假，可他也是个十足的怪人哦。"

主人说道。

"他是个笨蛋！"

迷亭极为粗暴地将那位送籍君给毙了。

东风君似乎觉得自我辩解尚不够充分，于是又说道："虽说送籍君在我辈同道之中也是个另类，可我的诗也请各位多少要用他那种心态来读的。尤其希望关注的是'辛辣的尘世'与'甘甜的热吻'所形成的对仗，这正是我苦心妙用之处啊。"

"嗯，是留有苦心推敲之痕迹。"

"'甘甜'与'辛辣'对仗，正所谓'十七香配辣椒粉'③，有趣得紧。完全是你东风君之戛戛独造，令人佩服之至。"

---

① 标注汉字在日语中的读法与意义，是日本古代学习、消化中国典籍的一个前期工作。

② 这两个汉字在日语里的读音与"漱石"相同，这是夏目漱石在自我调侃。事实上夏目漱石也确实写有一篇名为《一夜》的短篇，于明治三十八年九月，也即《我是猫》第六章发表的上个月，发表在《中央公论》上。

③ 作为调料，只有"七味辣椒粉"，由于俳句是由十七个字组词的，所以迷亭故意说成"十七香配辣椒粉"。

迷亭不断地插科打诨，拿老实人开涮取乐。

正在此时，我家主人忽地站起身来朝书房走去，不一会儿又捏着一张纸片回来了。

"东风君的大作已然拜读，下面我念一下自己的一篇短文，请诸君批评指教。"

一副正儿八经的模样。

"不会又是天然居士的墓志铭吧，那个的话，我已听过两三遍了。"

"少废话！东风先生，这绝非什么得意之作，只是一助雅兴而已，请听一下。"

"定要请教的。"

"寒月君也顺带着听一下。"

"不'顺带着'也是要听的。文章不长吧。"

"区区六十余字而已。"

苦沙弥君终于开始朗读他那篇自制的名文了。

　　　大和魂！日本人喊毕肺痨似的咳嗽着。

"起句突兀，出人意表。好！"
寒月君称赞道。

　　　大和魂！报贩如此说。大和魂！小偷如此说。大和魂一跃而飞渡万里波涛。在英国，举办大和魂之主题演讲。在德国，上演大和魂之戏剧。

"不错，不错。这要比天然居士的那个好多了。"
迷亭先生也摇头晃脑地赞上了。

东乡大将有大和魂。卖鱼的阿银也有大和魂。投机者、诈骗犯、杀人犯也都有大和魂。

"老师，这儿请添上'寒月君也有大和魂'。"

你若问人什么才是大和魂，'大和魂就是大和魂'——那人撂下这句扭头便走，走过十五六步还会重重地'哼'上一声。

"这一句精彩至极。老兄你真是文采斐然啊。下面呢？"

大和魂是三角形的吗？大和魂是四边形的吗？正如其名所示，大和魂乃魂也。既是魂，则总是忽忽悠悠，飘忽不定的。

"先生您风趣至极，可'大和魂'三字是否用得太多了一点呢？"东风君提醒道。
"同意。"
说这话的自然是迷亭。

谁都将其挂在嘴边，可又谁都没见过。谁都听说过，可又谁都没遇见过。大和魂，大和魂，虚无缥缈，荒诞不经，其天狗①之类哉？

主人以铿锵之声调读完了全文，期待着余韵袅袅不绝于缕的效果，然而他的这篇名文也实在是太短了，搞不清其重点到底在哪儿，故而那三个听众以为后面还有，依然一声不吭地干等着。然而左等右等也不见他老先

---

① 日本人想象中的怪物，红脸蛋儿，长鼻子，会飞，来无影去无踪。通常以负面形象出现。

生"哼"一声，"哈"一下，最后寒月君忍不住问了句："就这点吗？"

主人轻轻地"嗯"了一声。可一声也"嗯"得未免太轻描淡写了一点。

奇怪的是迷亭先生对于这篇名文并不像往常那样大肆攻击，只是转过身来问主人道："你将这些短篇汇成一集，然后也献给某人，如何？"

主人不动声色地反问道："献给阁下，如何？"

"敬谢不敏！"

说完，便掏出先前向夫人夸耀过的多功能剪刀，自顾"咯吱咯吱"地剪起了指甲。

寒月君面向东风君问道："你了解金田小姐吗？"

"自从今年春天邀请她出席朗读会之后，就跟她比较熟悉了，一直保持交往的。也不知道为什么，我只要一来到那位小姐的面前，就会感到某种冲动，而在之后的一段时间内，无论是写作新体诗还是吟咏和歌，总会极为亢奋并有神来之笔。这个集子中之所以爱情诗占了大多数，也完全得益于这位异性朋友带来的灵感。正因为这样，为了对这位小姐表示诚挚的谢意，我要借此机会将我的诗集献给她。自古道：'没有红颜知己便写不出好诗'，还真是这样啊。"

"是这样的吗？"

寒月君皮笑肉不笑地反问道。

虽说今天是难得的饶舌汉大聚会，可也不可能是无休无止的，眼见着瞎聊胡扯的火候已趋于奄奄一息，更何况本猫也并无终日聆听他们平淡无味之闲聊的义务，故而挨到此刻本猫便起身失陪，到院子里去找螳螂去了。

夕阳西斜。阳光穿过碧绿的梧桐树叶之间隙，洒下了点点光斑。树干之上，秋蝉正声嘶力竭地鸣叫着。说不定今夜将有阵雨来袭亦未可知。

第七章

近来，本猫开始运动了。

或许有人会嗤之以鼻，说什么"一只猫儿而已，自命不凡地做什么运动"，然而，如此冷嘲热讽者，其实在几年前也不知运动为何物，还是一批以"吃了睡"为天职的家伙呢。他们理应记得自己以前的活法，即口称什么"无事是贵人①"，终日袖手闲坐，屁股快坐烂了也不肯离开蒲团，还扬扬自得地以为这便是"大官人的气派"呢。而什么运动啦、喝牛奶啦、洗冷水澡啦、下海游泳啦、夏天钻入大山餐风饮露啦，凡此种种，都是晚近由西洋传来吾神国日本之瘟疫，完全可以将其归入黑死病、肺病、神经衰弱一类的。

本猫是去年出生的，到今年也只有一岁，按说本猫的记忆中是不会存有人类刚受此病传染时的景象的，不仅如此，本猫也不曾被当时那股浮世热风吹昏了头，这一点是毫无疑问的。然而，吾辈猫儿的一年抵得上人类十年。尽管猫儿的寿命较短，只有人类的二分之一、三分之一，可如此短暂的时日已足以完成一只猫的成长了。由此可见，将人类生活的年月与吾辈猫儿所度过的岁月等量齐观，算是极其荒谬的。别的暂且不说，只看才

---

① 出自禅宗语录《临济录·示众》："无事是贵人。但莫造作，只是平常。"

一岁零几月之本猫竟有如此之见识便可明白猫人之间的巨大落差了。

我家主人的三女儿已虚岁三岁，可就其智力发育而言，可谓是迟钝至极。除了哭喊、尿床、吃奶，其他一无所知。与已能愤世嫉俗之本猫相比，简直不可同日而语。因此，本猫对于运动、海水浴、异地疗养之历史早已了然于胸，是丝毫也不足为怪的。倘若有谁对这么点小事也要大惊小怪，那么他肯定是那种叫作"人类"的缺了两条腿的呆货。

人类自古以来就是动作迟缓的呆货。所以近来他们渐渐地鼓吹起运动的好处来了，还大肆宣扬海水浴的疗效，就像是个重大发明似的。而像本猫这样的，这点小事在出生之前就已然明白了。

就说海水是否具有药物功能这事吧，你自己跑到海边去看一下不就清楚了吗？海洋是如此广阔，里面到底有多少条鱼本猫不知道，可本猫知道没一条鱼因病而去瞧过大夫。全都游得好好的。鱼要是得了病，身体就不听使唤了。鱼死了必定上浮。故而鱼死叫"浮"；鸟死叫"落"；人死叫"没"。你可以去问问曾经横渡印度洋的留洋生："喂，你见过鱼儿寿终正寝的样子吗？"保管谁都回答你说："没有。"不这么回答还能怎么回答呢？就连横渡大洋多少回的人，也从未看到鱼儿在波涛上停止呼吸的，一条也没有——不能说停止呼吸，因为说的是鱼，应该说停止吞吐海水才对——没哪条鱼是因停止吞吐海水而浮在洋面上的。既然在茫茫苍苍浩浩渺渺的大海上没日没夜地焚烧着煤炭①不停地寻找着，也从未找到过一条"浮"鱼，则马上可得出结论：鱼儿们的身体棒极了。

那么，鱼儿们的身体为什么这么棒呢？这个问题也用不着人类来解释，太简单了，一看就明白。自然是整日吞吐海水，一年到头都洗海水浴的缘故了。海水浴之功效在鱼儿身上就这么显著。既然在鱼身上功效显著，哪有在人身上功效不显著的道理呢？

---

① 由于当时的海轮都是烧煤的，故有此说。

一七五〇年有个名叫理查德·拉塞尔①的英国医生打出了一个极其忽悠人的广告："跳入布赖顿海水浴场，四百零四种疾病立刻痊愈。"可见这么点简单道理人类要到十八世纪才弄明白，这也太迟钝了吧，简直可笑。只要时机成熟，即便是猫儿，大家也是想到镰仓②的海滨度假地去洗一把海水浴的。只是眼下还不行。就像维新前的日本人到死都没有享受过海水浴一样，如今的猫儿也尚未得遇裸身跳入海中之良机。凡事都得讲究个时机。操之过急非但于事无补，还会大吃苦头。只要还像现在这样被扔到筑地③去的猫儿不能平安回家，就绝不能不管三七二十一地跳进海里。在吾辈猫类尚未进化到能应付得了惊涛骇浪之前——也即在尚未将猫之死的通用说法从"死"换成"浮"之前——是不能轻易洗海水浴的。

海水浴之事留待日后再说，本猫决定先运动起来。时至二十世纪之今天，不运动就太寒酸了，说出去也不好听啊。所谓"不运动"，其实不是"不运动"，别人给你鉴定是：没办法运动，没有时间运动。疲于奔命，不得悠闲。就像以前会把运动之人嘲笑为"跑腿的"一样，如今的共识则是：不运动的人是下等人。

世人的观念是会随着不同的时代和场合而改变的，跟本猫的眼珠子一样。本猫的眼珠子虽然善变，也只是变大变小而已。可要说人类的品性，要变起来往往就是翻天覆地的。翻天覆地又有何妨？事物都有两面，都有两端。击其两端而使同一事物发生黑白颠倒一般的变化正是人类善于随机应变之处。将"方寸④"颠倒过来看就成了"寸方"，可还是

---

① 理查德·拉塞尔，18世纪英国医生，据说他率先发现海水有治疗某种疾病的功能，提倡"水疗法（water cure）"，还将布赖顿沿岸的一个小渔村开辟为海滨疗养地。

② 神奈川县东南部，面临相模湾的一个城市，离东京不远，那里的湘南海岸是关东最适宜度假的海滩。

③ 东京都中央区偶田川河口西岸的地区。1657年该地区发生大火后，填海扩展而成，"筑地"的名称由此而来。明治初年曾设置外国人暂居地。在当时的东京人的心目中，筑地还是个十分偏僻的荒郊，所以会把流浪猫扔到那儿去。

④ 指人心。

那么个玩意儿，好玩就好玩在这里。天桥立①当然是绝世美景，可要是从裤裆里看过去则又是一番情趣。莎士比亚固然伟大，可千秋万代老这么读他也难免乏味。倘若偶尔从裤裆里朝哈姆雷特望上那么一眼，再说句"帅哥，你这么着可不行啊"不是也很别致吗？不这样的话，文坛又怎么发展、进步呢？基于同样的道理，原先蔑视运动的家伙如今都争先恐后地运动起来了，连女人手持球拍招摇过市大家看着也都觉得顺眼了。倘若能将嘲笑猫儿运动为"自命不凡"这点也改掉，那么人类运动观念之转变就干净彻底，功德圆满了。

读者诸君听本猫讲到此处，或许有人对本猫将进行何种运动而心存疑惑。莫急，且请听本猫一一道来。

众所周知，本猫是无法持握器械的——真是不幸。故而棒球也好球棒也罢，全都使不来。再说也没钱买。基于这两个原因，本猫所能选择的运动必定属于既不花一文钱也没有器械的门类。说到这里，或许有人会以为是慢吞吞的散步，或者是叼上一块金枪鱼肉撒丫子猛跑。非也。这种运用力学原理迈开四足，遵循地球引力纵横大地的事情太过简单，毫无趣味可言。所以说尽管冠以运动之名，可像我家主人时不时也做的那种字面意义上的运动——身体动弹一下——简直是在玷污运动之神圣感。当然，即便是单纯的运动也不见得就不需刺激。譬如说搞些"抢鲣鱼干""偷马哈鱼"②之类的运动也未尝不可，可此刻的关键是要有对象物，没有了这么点刺激自然也就索然无味了。既然没有能令本猫兴奋的悬赏，那就搞点技巧性的运动吧。这方面本猫也想了不少名堂。

从厨房房檐跳上屋顶；四脚站立在屋顶最高处梅花形瓦片上；走晾衣竿——这一项没成功。竹竿太滑，爪子挠不住。

出其不意地猛扑小孩子的后背——这是极其有趣的运动之一，但不

---

① 是位于日本京都府北部宫津湾的一处风景名胜，以白沙和青松闻名。与松岛、宫岛并称为日本三景。一般认为从北岸的成相山、伞松公园眺望过去景致最美。

② 其实世上并没有这样的运动或传统活动，是"猫"杜撰出来的。

能乱来，不然要吃不了兜着走的。一个月顶多只能尝试三次。

将纸袋套头上——憋得慌，没什么意思。尤其是人不配合就玩不了。该项目枪毙。

还有就是用爪子抓挠书本封面——主人发现了定会大发雷霆，非但极度危险，并且仅仅锻炼指尖，全身肌肉依然得不到运动。

这些项目便是本猫所谓的旧式运动。

下面容本猫再简述一下新式运动。

而在新式运动之中倒是颇有些有趣的项目的。

首当其冲的便是捕螳螂。——捕螳螂的运动量虽不及捕鼠大，却并无危险。晚夏至初秋时节，捕螳螂可谓最上乘之游戏。

方法是：先跑到院子里找出一只螳螂。

响晴白日之时，要找出一两只螳螂是不费吹灰之力的。

然后便风驰电掣一般地杀到螳螂君的身旁。螳螂君大惊之余便会拉开架势，扬起镰刀脖。

螳螂君个子虽小却勇猛异常，在没领教对手实力之前定会坚决抵抗，故也十分有趣。

接着本猫便伸出右前爪子扒拉一下它那高高扬起的镰刀脖。那镰刀脖软软的，一扒拉就歪向了一边。而此时螳螂君的表情十分引"猫"入胜。"怎么会这样呢？"——那是一种极为诧异的神情。

之后，本猫便一蹦蹦到螳螂君的背后，抓挠其背上的羽翅。那羽翅原本是极为宝贝地折叠得整整齐齐的，一挠之下便凌乱不堪，连最底层的如同吉野纸①一般的淡色内衣都露了出来。螳螂君即便在夏天也身穿双重衣物，极为讲究，丝毫不以为苦。

此刻，螳螂君那长长的脖子必定会扭向身后。当然，有时它也会转过身来，而多半只是高举着脑袋这么傻站着，一副静候本猫出招的姿

---

① 奈良县吉野出产的和纸，极薄且十分柔软。

态。可螳螂君老这么站着不动本猫也就达不到运动的目的了，故而倘若相持时间过长，本猫会再出一招。这招一出，对方若是只有点眼力见儿的识相螳螂，便逃之夭夭了。倘若依然不顾一切地猛扑过来，那定是只没受过教育的野蛮螳螂。如果对方一味地撒野耍泼，非要扑上来跟本猫拼命，本猫便瞅准时机，毫不留情地扇它一爪子。遭此一击，螳螂君十有八九都会跌出去两三尺。然而，倘若那厮就此老老实实地后撤了，本猫也于心不忍，不会立刻乘胜追击，而是如同飞鸟一般在树木间兜上两三个圈子。事实上这当儿螳螂君顶多也只能逃出五六寸。

此刻的螳螂君已经领教了本猫的实力，完全丧失了与本猫对敌的勇气。只会左一头右一头地瞎冲瞎撞。本猫自也会前后左右加以围追堵截，所以螳螂君在走投无路之际会扇动羽翅奋力拼搏。要说那螳螂翅膀原本就是跟它那脖子配套的，又细又长，据说仅有装饰作用，跟人们所学的英语、法语、德语一样，毫无实际用途。故而尽管螳螂君动用了它那无用之长物而发奋拼搏，本猫依然视若无物。而所谓的发奋拼搏，事实上也仅是羽翅拖在地上四处乱窜而已。此情此景，本猫看在眼里倒也并非全无怜悯之心，但为了完成该运动项目也只能不得已而为之。纵然心里不无内疚，可本猫此刻仍会飞快地抄到它的前方。而此刻的螳螂君在惯性作用下，无法急转弯只得继续前进。于是本猫便猛击其面门。螳螂君定然是摊开双翅扑倒在地。本猫伸出前爪将其摁住并稍稍休息一会儿。随即又放开，放开后又摁住。这一番攻略叫作"诸葛孔明之七擒七纵"。翻来覆去地搞了三十来分钟，等到螳螂君一动不动了，便用嘴叼起它甩两下，然后又吐出来。此时的螳螂君躺在地上不动了，便用爪子拨弄它几下，倘若它想乘势逃跑便又将其摁住。等到连这个都玩腻了，那么作为最后的一招就是狼吞虎咽地将其吃掉。顺便告诉一下没吃过螳螂肉的人类，螳螂并不好吃，似乎也没什么营养。

仅次于捕螳螂的是一项叫作捕蝉的运动。虽说都叫蝉，其实里面也分三六九等，就像人类里面有油头光棍、聒噪之人、穷酸鬼一样，蝉也有油蝉、噪蝉、寒蝉之分。油蝉太烦，噪蝉太蛮，好玩的只有寒蝉。这种蝉要到夏末才出现。当秋风擅自钻入和服开腋① 轻抚人们的肌肤，叫人"阿嚏，阿嚏"地打喷嚏得感冒的当儿，它便抖起尾巴拼命嘶叫起来了。

这家伙可真是会叫，就本猫看来，其天职就是声嘶力竭地鸣叫和让猫儿捉去吃掉。初秋时分捕捉该蝉——这便是本猫所谓的"捕蝉运动"。

有一点必须先跟读者诸君交代一下，既然已被称为蝉，那就不是在地上打滚的那种了。而一旦掉到地上，身上肯定爬满蚂蚁。本猫所要捕捉的可不是已经落入蚂蚁势力范围的那种，而是叮在高高的树枝上，"知了——知了——"地叫个不停的那种。

说到这儿本猫倒想顺带着讨教一下博学的人类，那厮的叫声到底是"知了——知了——"呢？还是"了知——了知——"呢？本猫以为不同的解读于蝉之研究上是有极大的关系的。由于本猫觉得人类略胜于猫的就在于这种钻牛角尖的地方，并且人类自我夸耀，沾沾自喜的也正是这种鸡毛蒜皮的小事，故有此一问。倘若不能即刻回答，那就好好思考一下吧。说到底，这于本猫的"捕蝉运动"是毫无分别的。本猫仅仅是循着叫声爬上树去，乘着那厮只管傻叫不顾一切的当儿一举拿下而已。

该项运动看似简单，其实不然，是极为费劲的。本猫有四条腿，要说在地面上纵横往来，自忖是不输于任何其他动物的。至少基于两条腿与四条腿之纯数学方面的考虑，本猫是绝不会输给人类的。然而，单就上树而言，比本猫更为灵巧者比比皆是。将上树作为本业的猴子自不必说，即便是猴之后裔——人类之中也很有些不可小觑的家伙的。要说上树原本就是违背地球引力的倒行逆施，不擅长也大可不必自惭形秽，但于"捕蝉运动"毕竟还是大为不便的。所幸的是本猫拥有爪子这一利器，好歹还是能够上树的，不过并非如旁人所看到的那么轻松。不仅如

---

① 妇女或小孩的和服抬肩下部的开口处。

此，蝉这厮可是会飞的。与螳螂君不同，一旦那厮振翅高飞，逃之夭夭，本猫便束手无策了，好不容易上了树，却落入了上不上树都是一场空的悲惨境地。最后，还有个时不时地会被那厮撒尿淋到的危险。更为可恶的是，那厮动不动就瞄准本猫的眼睛撒尿。所以说逃之夭夭也就算了，撒尿这一招还请弃用。

飞身逃跑之际撒上一泡尿，这到底是怎样的心理状态下所产生的生理反应呢？是心有不甘吗？要不就是想出其不意地来这么一下好争取更多的逃跑时间？不得而知。倘若是这样的话，那就该与乌贼鱼喷吐墨汁、光棍无赖秀文身、我家主人操弄拉丁文归入同一纲目了。这也是蝉学研究上一个不容忽视的问题。好好研究的话，仅此课题就能换个博士头衔。

此乃闲话，暂且打住，还是言归正传吧。

蝉最为集结——要是觉得"集结"这词不妥就用"集合"好了。可"集合"早被用烂了，还是"集结"吧——蝉最为集结之处便是青桐。据说这树之汉学名为梧桐。然而，这青桐的树叶特别多，并且每一张都有一把团扇那么大，长得密了就层层叠叠的连枝干都遮蔽了。这就给本猫的"捕蝉运动"带来了极大的障碍。"只闻其声，不见其影"这样的民谣[①]难道是专门为本猫写的吗？没法子，本猫只得循声而上。

梧桐树在六尺来高处树干分成了两股，正合吾意，本猫可在此稍事休息并侦查蝉在叶底的藏身之处。

有时本猫刚来到此处，一些性急的家伙就已经"扑簌簌"地飞走了。并且，只要有一只飞走就不成了。因为在跟风学样方面，蝉类也蠢到了家，一点也不输于人类。只要有一只飞走，其他的就都会接二连三地飞走。有时候等本猫爬到树干分叉处，已是整树寂然，不闻片声了。

有一次本猫来到此处，不论本猫如何目光四处逡巡，如何侧耳静

---

① 源自日本古代和泉国的民谣《山家鸟虫歌》。

听，也感觉不到一点点"蝉气"。本猫不耐烦下去了过会儿再上来，便打算在树杈上安营扎寨，等待下一个战机。可是，等着等着就犯了困，竟然魂游黑甜乡了。等本猫一觉惊醒，却从树杈之上的黑甜乡直接掉到了院里的石板路上。

不过话虽如此，基本上上一次树还是能捉到一只的。只不过身在树上，本猫将其捉住了也只能叼在嘴里，就这点让本猫觉得不过瘾。而下得树来将其吐出来时，蝉君多半已经死翘翘了。不管本猫怎么撩拨它，也不见明显的反应。故而捕蝉的佳境就在于屏息静气地偷偷接近，看准蝉君拼命嘶叫并将尾巴一伸一缩的当儿，猛地伸出前爪将其摁住之时。此时，蝉君便会发出悲鸣，并将薄薄的透明羽翅横七竖八地舞弄一番。其动作之迅捷、美艳简直无以言表，实乃蝉之世界的一大奇观。故而每当本猫摁住蝉君之时，总要蝉君披露一下如此美妙的演技。而待本猫看腻了之后，就毫不客气地将其推入口中大嚼一番。也有蝉君会一直表演到进入本猫之口腔为止的。

排在捕蝉之后的运动就是"溜松"了。

该运动不须长篇大论地来加以介绍，在此略表一二而已。

既是"溜松"或许有人会以为是从松树上滑溜下来的意思。其实不然。这也是上树之一种。只不过捕蝉时的上树以捕蝉为目的，溜松之时的上树本身便是目的。两者的区别就在于此。

要说自从"焚长青之松以厚待最明寺殿下"[①]以来直到今天，松树的树干就一直是疙疙瘩瘩凹凸不平的。因此，再也没有什么别的树比松树更不滑溜的了。换言之，也再没有别的什么树比松树更便于搭手，更便于搭脚——换言之，更便于搭爪的了。

---

① 此句源自日本古代谣曲《盆景》。说的是：镰仓幕府第五代执权北条时赖（因出家最明寺，人称最明寺殿下）常微服私访，体察民情。有一天大雪纷飞，向晚时分他投宿于已家道败落的佐野源左卫门常世家。由于没有烤火用木柴，尽管佐野源左卫门常世不知道来人就是北条时赖，已然毫不犹豫地将盆景中的松树、梅树和樱花树都投入了火盆。

本猫所谓的"溜松运动"便是顺着这便于搭爪的树干一鼓作气地跑上去。跑上去之后，再跑下来。而跑下来的方法有两种。一种是倒转身子，脑袋冲着地面跑下来。另一种是仍保持着上去时的姿势，尾巴朝下地退下来。

在此，本猫要问一下人类，你们可知哪种方法更难吗？基于人类那点浅薄的见识，估计会以为"反正是下树嘛，当然是脑袋冲下跑下来方便了"。其实这是大错特错的。你们只知道义经是这么着冲下鹎越的①，以为既然义经都能脑袋冲下地飞奔下去，脑袋冲下跑下树来对猫来说更是小菜一碟了。这简直是不把吾辈猫儿当回事。你们知道猫儿的爪子是怎么长的吗？都是朝后弯的。故而能像挠钩那样钩住东西往里拽，而往外推却是使不上力的。

好吧，譬如说本猫已经迅猛异常地冲上了树，可本猫原本是适合于待在地上的动物，就自然趋势而言是无法长时间在树梢停留的，倘若无所作为必将掉落下来。然而，不管不顾地就这么掉落下来也未免太快了一点。故而必须采取某种手段以减缓这种自然趋势。这便是"下"。"落"和"下"之间的区别自然是极大的，不过也并没有想象中的那么严重。放慢"落"的速度就成了"下"，加快"下"的速度也就成了"落"。"落"与"下"仅仅是一字之差而已。本猫可不愿从树上"落"下来，故而必须减缓"落"的势头。也即必须与掉落的速度相抗衡。正如前面所提到的那样，本猫的爪子都是朝后弯的，头上尾下的话，便可充分发挥此爪之功，缓减掉落之势。于是"落"也就成了"下"了。其间的道理十分清楚，几乎是一目了然的。反过来，你倒是调转身子来个"义经流"的"松树越"②试试。爪子完全失效，身子完全失控，哪儿也承接不住身体的重量。原本

---

① 鹎越是一条横贯神户北方六甲山西部的山道。日本平安时代末期的源平合战之一谷会战中，源义经曾率一万多骑兵发动奇袭，从鹎越山道急冲而下大败平氏军队。这是个著名的骑兵突袭战例。

② 松树越：这是作者仿照鹎越杜撰的一个词，以示诙谐。

想"下"的，也变成了"落"了。由此可见，"鹞越"之法是极难完成的。在猫类之中，能玩得来这一手的估计也只有本猫了吧。故而本猫称此项运动为"溜松"。

最后，简要说明一下一种叫作"跑竹篱笆"的运动。

我家主人的院子用竹篱笆围成了一个四方形。与檐廊平行的那一面长五六丈，而左右两边都不过两丈六七长。本猫所谓的"跑竹篱笆"运动，就是在这道竹篱笆上跑一圈而不掉下来。这项运动做起来尽管有时也难以善始善终，可真的圆满完成后，心中甚是欣慰。更何况每隔一段都打上了根部用火烤过的圆木桩①，可作中途休息。

今天很顺，一上午已经跑了三圈，而且一次比一次顺。跑得越顺兴致也就越高，于是本猫又开始了第四圈。可在第四圈跑到一半的时候，从邻居家的房顶上飞来了三只乌鸦，落在五六尺之前，排成了一列纵队。

这些家伙极端无礼，甚是可恶。竟敢无端妨碍别人做运动。再说这些家伙来历不明，身份可疑，怎么能随随便便地就落在人家的竹篱笆上呢？想到此，本猫不免断喝一声："喂，让开点，别挡道。"

靠前的那只乌鸦瞅了本猫一眼，咧嘴诡笑了一下。第二只乌鸦自顾眺望着主人家的院子。第三只乌鸦在竹篱笆上蹭它的尖喙，定是刚吃了什么东西来的。

本猫给它们三分钟时间考虑，站在篱笆墙上静候回音。

据说人们常把乌鸦叫作勘左卫门②，看来还真是个粗野无礼的勘左卫门。本猫这么耐心等待着，它们却既不打招呼也不飞走。没办法，本猫只得慢吞吞地走上前去。这时，靠前的那个勘左卫门"呼"的一声伸了伸翅膀，本猫还以为这家伙慑于本猫之威严要逃跑了，谁知这厮仅仅转

---

① 为了防腐将木桩打入土中的部分用火烧烤，使其碳化。
② 日本人为了好玩给乌鸦取的人名。在日语中乌鸦和勘左卫门开头的发音很近，而名叫勘左卫门的人一般都是粗野无礼的下等人。

了个身，原先是面朝右边站着的如今面朝左边站着了。

你们这些混蛋！要是在地面上，本猫定要你们的好看，怎奈本猫原本就跑得筋疲力尽了，哪还有余力跟这些勘左卫门纠缠呢？可话虽如此，本猫也不想就这么站着等那三只乌鸦自行退去。别的暂且不说，光这么站着腿就吃不消啊。对方是带翅膀的家伙，这种地方早已待惯了。故而只要高兴，能一直就这么待着。可本猫已跑到第四圈，原本就累得不行了。更何况说是运动其实所需要的技巧并不比走钢丝差。即便没有任何障碍物，这么跑着也难保不掉下去，前方再有这三个一身黑的家伙挡着，叫猫如之奈何？实在不行的话就只得自行中止运动了。不然就太麻烦了，再说对方"猫"多势众，还是这一带不常见的家伙。嘴巴尖尖的，跟天狗下的野种似的，肯定不是什么好货。退一步海阔天空嘛，太较真了万一掉了下去岂不是更丢脸吗？

本猫刚转念至此，却听那只转向了左面的乌鸦叫了一声："笨蛋。"接着它身后那只也叫了一声："笨蛋。"而最可气的是最后那只，那厮竟十分认真地连叫了两声："笨蛋，笨蛋！"

是可忍孰不可忍，本猫再怎么温文尔雅也不能假装没听见了。

这可是在本猫的地盘上啊，被乌鸦们如此侮辱，也太有损本猫之名誉了。如果说由于本猫还没有名字故而与名誉无关，那本猫还有脸面呀，以后叫本猫如何见人呢？

决不可退缩不前！

俗谚所谓"乌合之众"，所以别看它们共有三只，或许是不堪一击的。罢了！——本猫横下一条心，抱定能推进多少就推进多少的宗旨，缓缓地迈开了步子。

此刻，乌鸦们自顾自己说话，似乎一点也没将本猫放在眼里。

可恶至极！——本猫不由得肝火大旺。倘若这篱笆墙再宽出那么五六寸，定要他们吃不了兜着走……可遗憾的是，不管本猫如何恼怒也只得慢悠悠地走过去。

终于走到了离它们的先锋只有五六寸的地方，本猫正想喘一口气的当儿，那三个勘左卫门就像事先约好了似的，突然扑扇着翅膀，一齐飞起一两尺高来。一股劲风扑面吹来，本猫吃了一惊，终于一脚踏空，"扑通"一声摔了下来。

栽了——本猫从篱笆墙的墙根处朝上望去，只见那三只乌鸦重又回到了原先站着的地方，正低头看着本猫，三张尖嘴齐刷刷地排列着。

厚颜无耻的家伙！——本猫狠狠地瞪了它们一眼，却丝毫也不管用。本猫拱起腰，低声咆哮着——更是白搭。

就像俗人不理解玄妙的象征派诗歌一样，它们对本猫所提示的愤怒符号视而不见。可仔细想想倒也不能全怪它们。到目前为止，本猫一直是把它们当作猫类看待的。这一点可谓是大错特错。如果对方是猫，那么对本猫所做的一切自然会有所反应，可不巧的是对方偏偏不是猫，而是乌鸦。而将它们当作乌鸦之勘公来看待，本猫就束手无策了。就像实业家妄图慑服主人苦沙弥先生而徒劳无功一般；就像源赖朝将银制的猫儿送给西行而不见好一般①；就像勘公不懂得尊敬西乡隆盛②而在其铜像头顶上拉屎一般。

在此情形下，善于察言观色的本猫见既已无法挽狂澜于既倒，便拍拍屁股，干净利落地撤回到檐廊上去了。

此刻，已是吃晚饭的时分了。

---

① 源赖朝（1147—1199），日本镰仓幕府的第一代将军。西行（1118—1190）是平安末期到镰仓初期时的歌僧，著有《山家集》《西公谈抄》等著作，名重一时。据镰仓幕府编纂的编年体官方记录《吾妻镜》记载，源赖朝作为奖励赐予西行一只白银打制的猫，可西行来到外面后，顺手便将此银猫送给在一旁玩耍的小孩。

② 西乡隆盛（1828—1877），日本江户时代末期萨摩藩武士、军人、政治家，他和木户孝允（即桂小五郎）、大久保利通并称"维新三杰"。前期一直从事倒幕运动，维新成功后鼓吹并支持对外侵略扩张，因坚持征韩论遭反对，辞职回到鹿儿岛，兴办名为私学校的军事政治学校，后发动反政府的武装叛乱，史称西南战争，兵败而死。1897年，在东京的上野公园里建立了他的铜像。西乡隆盛虽然因反政府而受到镇压，但由于他也是一名军国主义者，故而在大肆提倡军国主义的日俄战争时期，又被政府作为正面形象搬出来加以吹捧。夏目漱石在此处特意写下乌鸦在西乡隆盛铜像头顶上拉屎，也可理解为是他对政府在西乡隆盛问题上反复无常的反感和讽刺。

运动自然是好事，过了头可就得不偿失了。运动过头后会浑身松松垮垮，疲惫不堪。不仅如此，尽管时令刚入初秋，运动时身上的皮毛会充分吸收太阳光的热量，令本猫燥热难当。毛孔中渗出的汗若能流淌下来倒也无妨，可偏偏就像油脂一般黏在毛的根部。弄得背上奇痒难当。因汗造成的奇痒难当与因跳蚤造成的奇痒难当完全是两码事，极易区分开来。痒在嘴巴够得着之处则可以用嘴巴来咬，痒在爪子够得着之处可用爪子来挠，倘若沿着脊椎的纵向部位发痒，那就是非一己之力所能解决的了。此时，要么找个人在其身上蹭上一番，要么靠在松树皮上摩擦，倘若不两者选一地加以解决，是无法安然入睡的。

由于人类都是蠢货，所以本猫只须"喵喵"几声——说起来"喵喵"其实是人类在唤本猫时发出的声音。就本猫而言，是处在被"喵喵"的地位的——就足够了。总之，人类是蠢物，只要"喵喵"地叫着靠上他们的膝盖，多半会使他或她一厢情愿地以为本猫喜欢他的，就会一任本猫之所为，时而还会抚摸本猫的脑袋呢。

然而，由于近来本猫的毛中繁殖着一种叫作跳蚤的寄生虫，与人过于亲近，必被他们一把颈皮抓起来抛出去老远。只为了这种肉眼也未必看得见的、微不足道的小虫，人类便立刻翻脸不认"猫"了。所谓"翻手为云覆手为雨"实乃此之谓也。顶多也不过是一两千只跳蚤，竟能让他们变得如此势利、绝情。据说人类世界所通行的爱的法则，第一条是这样的：于己有利时，须爱他人。

既然人类对本猫的态度已发生了翻天覆地的剧变，故而背上再怎么痒痒也指望不上他们了。因此只能运用第二种方法，也即"松树皮摩擦法"来解决了。

既如此，那就去摩擦一回吧——本猫正要跳下檐廊之时，突然意识到这也是一条得不偿失的下策。非为别事，只为那松树树干上是有松脂的。这松脂极为难缠，一旦沾到毛上，无论是电闪雷鸣还是波罗的海舰队①全军覆灭都不肯放手的。不仅如此，只要五根毛沾上了，马上就会蔓延到十根。等到发现沾上十根了，事实上已经牵涉到三十根了。本猫是一只雅爱淡泊，具有茶人②气质之猫。对于那种纠缠不清、恶毒异常、黏黏糊糊的家伙，本猫是深恶痛绝的。纵令对方是只国色天香的美女猫，本猫也照样敬谢不敏，更何况是什么松脂了。那玩意儿简直与车夫家阿黑被西北风吹出的眼屎不相上下，本猫那淡灰色的行头要是让它给沾污了，才真叫岂有此理呢。这种事只要设身处地地稍微想想就能明白的。可话虽如此，那松脂家伙丝毫也没有设身处地地为本猫着想的意思。只要跑到松树皮那儿将后背一靠上去，那家伙肯定会牢牢地沾上来的。跟这种不知好歹的无赖纠缠不清，已经不仅仅是有关本猫的脸面了，甚至还有关本猫的毛皮。所以说，不管背上怎么痒也只得强忍着，除此之外别无他法。

然而，两个方法都无法实行，却也叫人难免心生惶恐。因为眼下不想个什么法子，任背上这么奇痒难耐，黏黏糊糊的，最后闹出什么怪病来亦未可知啊。

难道就真的束手无策了吗？——本猫屈起后腿冥思苦想，猛地想起了一件事。

我家主人是会时不时地带上手巾、肥皂飘然出门的。三四十分钟之后回来一看，他那张原先阴霾迷蒙的脸往往就略显得生气勃勃，精神许多了。既然能给肮脏邋遢如主人者带来如此改观，那在本猫身上必定是更为有效的。本猫本就长得端正俊朗，自不必再变成什么花样美男，可万一得了什么怪病而在一岁零几个月便一命呜呼了，岂不愧对天下苍生哉？

本猫也打听了一下主人的去处，据说那叫作澡堂子，是人类为了解闷而营造的。虽说既是人弄出来的玩意儿肯定是不值一提的，可眼下事

---

① 指日俄海战中被日本联合舰队全歼的俄国波罗的海舰队。

② 喜好日本茶道的人。通常也是风流高雅之士的代名词。

态紧急，偶一为之倒也未尝不可。倘若毫无效验，以后不去也就是了。

然而，那可是人类为他们自己准备的洗浴设施，他们有允许本猫这样的异类进去洗澡的雅量吗？这倒是个疑问。按说既然我家主人都能若无其事地自由进出，是断无给本猫吃闭门羹之理的。可万一真吃了闭门羹，说出去就不太好听了。还是先行打探一下为妙。打探之后，倘若觉得"嗯，料也无妨"，则本猫再叼着手巾跳将进去也为时未晚。

主意已定，本猫便慢悠悠地朝澡堂子走去。

出得巷子往左一拐，迎面便是一根粗竹筒①似的东西高高耸立着，顶端冒着青烟。那便是澡堂之所在了。本猫从其后门悄悄地踅身而入。或许有人会说从后门进去不够光明正大，不够成熟稳重，其实那是只能从前门造访之人出于嫉妒的牢骚话。自古以来，聪明人向来都是在后门发出奇袭。据说在《绅士养成法》②的第二卷第一章之第五页上就有这样的说法。而在下一页上甚至还写着这样的话："绅士遗书须写上'后门乃修德之门也'。"本猫是二十世纪的猫，这点教养还是有的，岂容他人蔑视。

且说本猫溜进去一看，却见左边有一大堆松木，劈成八寸来长，摞得像小山一样；松木的旁边堆着一大堆煤炭，高高的，如同小丘一般。或许有人要问，为什么要将松木劈柴比喻成"山"而将煤炭比喻成"丘"？其中有何深意？老实说，没什么深意，只是将"山丘"两字拆开了使用，增添些文采罢了。要说人类吃的东西也真够杂的，米也吃、鸟也吃、鱼也吃、兽也吃，乱七八糟的，什么都吃。不料竟堕落到连煤炭也吃了，可怜见的。

一眼望到头是一个敞开着的六尺来宽的入口，里面空空荡荡，寂静无声，而其对面却人声鼎沸，想来那浴池就在那出声的地方吧。如此判断之后，本猫便穿过松木劈柴与煤炭所形成的山谷，往左一拐，再前行一段，发

---

① 当时日本澡堂子的烟囱是用多根陶土管套接在一起的，有一个个的接口，所以远看像一根粗大的竹筒。

② 这是个杜撰的书名，并非真有这么一本书。

现右边有排玻璃窗，窗外有小小的圆木桶摆成的一个大三角形，也即金字塔的模样。将圆形的木桶摆成了三角形，恐怕是极度违背木桶之本意的，本猫只得暗自对木桶君所受的委屈深表同情了。

小木桶的南边还多出了四五尺宽的一段木板，好像是专为本猫而设的。木板离地一米来高，这个高度于本猫飞身跃上正合适，简直像是为本猫定做的一般。本猫暗叫一声"妙哉！"便一跃而上，而整个浴场便展现在本猫之鼻尖、眼下、面前了。

若要说这天下什么事情最有趣，无非就是吃尚未吃过的美食，看尚未看过的美景了。除此之外，难道还有更令人开心的吗？倘若读者诸君也像我家主人那样每周三次去澡堂子，每次泡上那么三四十分钟，自不用多说，可要是像本猫这样尚未见识过洗浴为何物，还是早点开眼为好啊。即便耽误了给亲娘老子送终，这种奇妙景观也是非看不可的。尽管人们常说天下之大云云的，可如此奇观却是不可多得的。

什么奇观？嗨，亏您还问呢，本猫倒有些难以启齿啊。

这玻璃窗里面挤挤挨挨，吵吵嚷嚷的许多人，全都是光着身子的呀！如同台湾的生番[1]一般，简直就是二十世纪的亚当哥啊。

倘若追溯一番服装的历史——此事说来话太长，还是让给托费尔斯德洛克教授[2]去做，本猫在此就不追溯了——反正人是全靠衣服给托着的。十八世纪那会儿，"优雅者"纳什[3]给大英帝国巴斯小

---

① 日本根据《马关条约》占据台湾是在1895年，夏目漱石写作该章是在1905年，也即日本占据台湾已达10年了。当时的日本人已将台湾看作本国领土，而台湾岛上的风土人情也成了人们的谈资。

② 托费尔斯德洛克（Teufelsdrockh），英国历史学家、散文作家托马斯·卡莱尔（1795—1881）的名作《衣裳哲学》中的一个虚构的德国教授。Teufelsdrockh是德语，意思是"魔鬼的排泄物"，指卡莱尔自己。卡莱尔借托费尔斯德洛克之口，不仅讲述了服装的变迁，同时阐明思想也是人类的"服装"，是人维持体面生活所必不可少的。并且，思想的衣裳也要根据季节和时代的发展来加以更新。夏目漱石借猫之口来讲人的服装时，引用卡莱尔的书是别有深意的。

③ "优雅者"纳什即理查德·纳什（1674—1762），英国人，原先是个赌徒，后来当上巴斯的典礼官。之后，他将巴斯改造成一个极品位的社交场所，通过大量的舞会、宴会、聚会引领了英国乃至欧洲的时尚。他自己也获得了"优雅者"的美誉。

253

镇①的温泉浴场制定严格仪轨之时，甚至就规定，不论男女进入浴场都必须从肩到脚裹上衣物。

距今六十年前，也是英国的某城市，开办了一个美术学校。由于是美术学校，自然购置了许多裸体画、裸体临摹、人体模型等教具，并将其这儿那儿地陈列开来，这一陈列不打紧，到了举办开学典礼时当局和教职员就犯了愁了。因为要举办开学典礼，就必须邀请市里的名媛淑女。然而，当时的贵妇人都认为人应该是穿衣服的动物，不是什么身披毛皮的猴子的小弟。身为人而不穿衣服简直就像大象没有鼻子、学校里没有学生、士兵没有斗志一样，完全丧失了人之为人的根本。而一旦失去了根本，也就不能算作人了，只能算作兽类。即便所陈列的只是些临摹之作或模型，可与已沦为兽类的人体为伍也同样是有损贵妇人之品位的。故而遭到了"恕我等碍难出席"的婉拒。

教职员们心想这帮女人简直不可理喻，可不论洋之东西，女人都是一种不可或缺的装饰品。尽管她们舂不得米，当不了志愿兵，却是开学典礼上必不可少的点缀。没办法，他们只好去绸缎店买来三十五反②八分七的黑布，让那些"兽类"统统穿上了衣裳。考虑到绝不能有所闪失，干得还特别地道，连脸部都遮盖了起来。经过这么一番折腾之后，才终于平安无事地完成了开学典礼。可见衣服对于人类来说是极为重要的。

近来有些老师"裸体画、裸体画"地嚷嚷着，甚至还一味地主张赤裸身体，其实是不对的。在有生以来从未赤身裸体过一天的本猫看来，这是大错而特错的。

所谓裸体本是希腊、罗马之遗风，得到文艺复兴时代淫靡之风的诱发而死灰复燃竟至流行起来。而一般认为希腊人、罗马人平时就是赤身

---

① 巴斯小镇：位于英格兰西南部的一个小镇。"巴斯"在英文中的意思就是"洗浴"。早在罗马人统治时期便在该镇发现了温泉，兴建了庞大的浴场，其遗址存留至今。英国唯一列入世界文化遗产的城市。古风犹存的建筑和绮丽动人的乡村风光，使其成为欧洲著名的旅游名胜之一。

② "反"为大量布匹的单位，通常一反面料够一套和服。

露体的，故而搞些裸体艺术是无伤风化的。可北欧则不然，那是个苦寒之地。即便在日本也有所谓"赤身露体不可上路"①的说法，要是在德意志和英吉利也这么光着身子出门，非冻死不可。冻死了自然就不好玩了，故而他们要穿衣服。大家都穿上了衣服，人类也就成了穿衣服的动物了。一旦成了穿衣动物而突然遇见裸体动物，便不承认其为人，而将其当作野兽了。因此，欧洲人尤其是北欧人完全可以将裸体画、裸体像当作兽类看待的。甚至可将其当作比猫更为劣等的兽类。

什么？您说美？说美也无妨，当作兽之美也就是了。

本猫这么说或许有人会问，"你见过西洋妇女的礼服吗？"说来惭愧，在下是猫，没见过什么西洋妇人的礼服。不过倒也有所耳闻。据说那是一种袒露着胸脯、袒露着肩膀、袒露着胳膊的东西。——这真是成何体统！

直到十四世纪之前，他们的衣着打扮倒还没有如此荒唐，所穿的也是通常人们所穿的那种。至于他们为什么会自甘堕落，变身为江湖艺人的模样，本猫不耐絮烦，就此打住了。反正知者自知，不知者做真不知状即可。

历史问题暂且搁下，反正您别看他们晚上穿成那副怪模怪样还一副怡然自得的模样，其内心多少还保留那么一点人味的，故而太阳一出来，他们便缩起肩膀、遮住胸脯、裹上胳膊，不仅身上再也不露一寸肉，就连被人看到一根脚趾都觉得羞愧难当。由此可见，他们的礼服完全是基于一种自相矛盾的心态，在傻瓜与傻瓜之间才能得到相互欣赏的玩意儿。倘若不服气，那就在大白天也露出肩膀、胸脯、胳膊来试试。裸体崇拜者其实也是如此。倘若真的这么喜欢裸体那就让自己的女儿脱光了衣服，同时自己也赤身裸体地去上野公园散步好了。怎么着？做

---

① 这是日本的俗语（裸で道中がなるものか），本义是"什么都不带是无法出门旅行的"，引申为"不论干什么事都要有所准备"。猫在此处是完全按照字面意义来理解的，也不能算曲解。

不到？不是做不到，而是西洋人没这么做，自己也不这么做罢了。事实上日本人不是已经穿着那种荒诞不经的礼服大摇大摆地出入帝国大饭店了吗？要探究其缘由也极其简单。无非就是西洋人穿了，所以自己也穿了，仅此而已。因为西洋人强势，故而哪怕勉为其难，哪怕装傻充愣也一定要学样。这如同被长虫缠住、被强盗吓倒、被泰山压趴下一样，一连串的"被"字使人脸面尽失。倘要说"脸面尽失也是没办法的事"，本猫倒也能予以谅解，只拜托以后别再提日本人如何了不起就是了。其实学问一道也与之同理，只是与服装无关故略而不谈了。

如上所述，衣服对于人类而言乃是紧要之物。其紧要程度甚至可以说成人即衣服，衣服即人。甚至可以说成，人类的历史不是肉的历史，也不是骨头的历史，更不是血的历史，仅仅是衣服的历史而已。所以看到一个不穿衣服的人，就会觉得这厮不是个人，感觉遇上了怪物一般。即便是怪物也没什么，只要他们全都约好了，一齐都成了怪物，反倒见怪不怪了，于本猫是全然无碍的，而感到问题严重且不知所措的反倒是人类自身。

却说远古时代，大自然十分公平地将人制造出来，抛到这个世界上。所以每个人在呱呱坠地之时浑身都是赤裸裸的。倘若人类肯安于平等之本性，就该一直这么赤身裸体地存活下去。

然而，后来有一个赤身裸体的家伙心思活动了，心想大家都一个样，老子这么用功还有个屁用啊，老子辛辛苦苦地也看不到什么收成结果嘛。于是那厮觉得该想个什么法子，好让别人一下子就从人堆里认出自己来。要在自己身上添些东西，好让别人见了"哇——"地大吃一惊。弄些什么玩意才好呢？那厮足足想了十年，终于发明了裤衩。于是那厮穿上了裤衩，"怎么样？服不服？老子有两下子吧？"——在人前耀武扬威地走来走去。

那厮便是今日车夫之先祖。

发明一条简简单单的裤衩竟要花上十年时光？或许您会觉得难以接

受。那可是您从今天穿越回蒙昧的远古世界后才会有的感受。在当时，如此重大的发明可是前所未有的。据说笛卡尔 ① 想出那个"我思故我在"的如今连三岁小孩都懂的命题也花了十多年呢。可见任何事情在其刚被发明发现时都曾费过老劲的，用十年发明出一条裤衩就车夫的脑袋瓜而言已经是异乎寻常了。

却说自从有了裤衩，这世上的风光就全被车夫占去了。一些别的"怪物"看到车夫穿着裤衩在马路上大摇大摆得意扬扬就气不打一处来，心想"你神气什么呀？难道老子就输给你了吗？"结果琢磨了六年发明一种叫作"外褂"的废物。

于是"裤衩"们的势头顿减，继之以"外褂"们的全盛期。卖菜的、卖药的、卖布的，全都是该大发明家的子孙后代。

而继裤衩期、外褂期之后便是裙裤期了。裙裤这玩意儿也是一些对外褂看不顺眼的"怪物"发明的，从前的武士以及如今的官员都可归于这一类属。

如此这般，"怪物"们争先恐后地标新立异，最后终于出现了仿照燕子尾巴的奇装异服。可追根溯源，倒也并无强人所难、任意妄为、盲目偶然之事。大家都是出于争强好胜勇猛奋进之心才搞出种种新奇样式来的，都是为显示"老子跟你可不一样哦"而穿在身上的。由此心理便可推导出一个重大发现。此发现不是别的，乃是：正如"自然讨厌真空 ②"一般，人类讨厌平等。

在早已因讨厌平等而不得不将衣服如同骨肉一般缠裹在身上之今日，想要人们抛弃那已成为身体一部分的衣服，让一切都恢复到原始状态，无异于痴人说梦。更何况即便甘愿承担该"痴人"之名，也回不去了。在文明开化之人的眼中，回到原始状态的人都是怪物。纵令将全世

---

① 笛卡尔（1596—1650），法国哲学家、数学家，是西方现代哲学思想的奠基人，也是解析几何之父，对现代数学的发展做出了重要贡献。

② 此句源自拉丁语成语nature abhorret vacuum。

界亿万人口统统拖回到"怪物"世界，并以为"这下子众生平等了。大家都成了怪物，没什么好害羞的了"，其实也同样是无济于事的。因为在全世界的人类都成了"怪物"的第二天，"怪物"们又会对掐起来的。即便不能通过穿衣服来对掐，"怪物"们也会以"怪物"的方式对掐的。哪怕大家都赤身裸体了，他们也照样能搞出差别来的。仅从这一点考虑，人类的衣服也是脱不得的。

然而如今展现在本猫眼前的这伙人，却将本不该脱去的裙裤、外褂乃至裤衩统统脱下，放到了衣服架上，将最原始的丑态暴露在众目睽睽之下，居然还谈笑风生，泰然自若。本猫先前所说的"奇观"便是此事。在此，本猫有幸谨向文明诸君大致介绍一下此处的情况。

然而话虽如此，可眼下的景象只是乱糟糟的一片，简直叫人无从说起。"怪物"们所做的事情毫无规律可言，故想要有条不紊地加以叙述实在是件极为费劲的苦差事。

还是先从浴池开始讲起吧。其实本猫也不知道那是不是浴池，只是估摸着那玩意儿应该是浴池。浴池宽三尺，长一丈多，隔成了两半，一半是清水，一半是浑水。浑水那个据说是什么"药池"，那颜色就跟水里泡了石灰一般，浑浊不堪。还不是一般的浑浊，是那种油腻腻、黏糊糊的浑浊。看上去就跟变质发臭了一般。一打听，倒也不奇怪，说是一星期只换一次水。

另一半的池子里放的是普通的热水，不过也绝对说不上清澈、透明。其颜色跟天水桶①里搅浑了的水有一拼，可见也好不到哪儿去。

接下来就该记述一下那些"怪物"们了，不过此事定然大费周章，非常累人。

在"天水桶"那边，直挺挺地站着两个小伙子。他们面对面地站着，往肚子上泼热水。真是好消遣。两人的肤色一般黑，就这一点而

---

① 为防火而储存雨水的木桶，一般放在房顶、屋檐以及街头等处。

言，他们都已经进化到了并无二致的程度。

这"怪物"长得倒也壮实——本猫正寻思着，只见其中一人用手巾抹着胸口开口问道："小金，我这儿疼得不行，不知道怎么回事。"

"那是胃呀。胃部可是性命攸关的。大意不得啊。"

那小金听后十分热心地给出了忠告。

"是左边这儿哦。"

那人指着左边肺部说道。

"那就是胃呀。左胃右肺嘛。"

"是吗？我原以为胃是在这儿的呢。"

说着，他敲了敲腰部。小金说："那是小肠气。"

此时，有个二十五六岁年纪，胡子稀疏的家伙"扑通"一声跳进了池子。于是他身上的肥皂沫和污垢一起漂在水面上，忽闪闪地泛着亮光，就跟铁锈水一般。身旁有个秃脑袋老头正缠着一个剃平头的家伙絮叨着。他们两人都只冒出个脑袋。

"我说，到了这把年纪到底是不行。腿脚脑筋都不中用了，比不得年轻人啊。可这洗澡还得水烫，水不烫就不舒服了。"

"老爷子您这不还硬朗着嘛。手轻脚健的，不错啊。"

"哪里还手轻脚健啊，只不过没灾没病罢了。要说这人只要不干缺德事，是满可以活到一百_十岁的。"

"啊？能活那么久吗？"

"当然能了，管保活到一百二十岁。维新前牛込①那儿有个叫作曲渊的旗本②，他家里有个男仆一直活到一百三十岁呢。"

"嚯，那家伙可真能活啊。"

---

① 达读音为yū。牛込是日本东京都新宿区东部的地名。江户时代那儿有许多大名、旗本的住宅。现为住宅、文教地区。

② 本义为大将身边的贴身侍卫，但在江户时代是指直属将军的家臣中，俸禄在一万石以下，有资格直接晋见将军的家臣。

"嗯，他太长寿了，到后来连自己都忘了年岁了。说是一百岁之前还记得的，一百岁之后就忘了。我知道的时候他已经活到了一百三十岁，还没死哦。之后怎么样，我就不知道了。说不定现在还活着呢。"

说完，老头便从池子里上来了。而那个留着小胡子的家伙一脸的诡笑，继续在自己的身边撒播着云母一般的东西。

老头刚上去，就有一人跳入池中。只见那人与普通一般的"怪物"不同，后背上刺满了图案。那图案似乎是岩见重太郎[①]挥舞长刀勇斗大蟒蛇。只可惜刺青尚未完工，哪儿也不见蟒蛇的身影。故而这位"重太郎"先生也显得有些不得劲。他下得池来便嘟囔道："这水怎么温了吧唧的，一点也不烫啊。"

这时又有一人紧跟着下了池子，怕烫似的皱着眉头说道："这也太……嗯，还得加把火啊。"

跟"重太郎"照面后那人便赶紧打招呼："啊呀，老大，您也来了。"

"重太郎""嗯"地应了一声。不一会儿又问道："那个阿民怎么样呀？"

"还能怎么样？还不是老样子，喜欢玩两把嘛。"

"老这么耍钱哪成啊……"

"是吗？那小子心眼儿黑着呢。——呃，怎么说来着。反正没人缘。——呃，怎么说来着。——反正没信誉。一个手艺人嘛，哪能那样呢？"

"是啊。阿民那小子眼睛长在头顶上，见人一点也不恭敬。怎么会有信誉呢？"

"就是嘛。他还总以为自己手底下有两下子，所以——说到底，吃亏的还是他自己。"

"要说这白银町的旧人也都走了，如今只剩下木桶店的阿元、砖瓦

①　岩见重太郎（？—1615），日本安土桃山时代传说中的豪杰。据说他为了给父亲报仇漫游全国，一路上制服过狒狒、大蟒蛇等怪兽，在天桥立完成复仇。他的这些故事被画成通俗绘图小说，被说唱艺人所传唱。后来他投奔丰臣秀吉，在大阪夏之役中阵亡。

店的老板和你这么几个了。我们这些可都是土生土长的，阿民那小子谁知道是从哪儿来的呢。"

"说的是啊。可话又要说回来，他能干到这份儿上也不容易啊。"

"嗯，不过反正他不招人喜欢。他不跟人来往嘛。"

这人说起阿民的坏话来一点也不带松口的。

"天水桶"这边暂且打住，再看看白汤药池那边。

那边可谓是人头攒动，与其说是人下到了池水里，倒不如说是池水倒进了人堆里更为妥帖。并且这些人都显得极其悠闲，从刚才起就只见有人下去没见有人上来。就这么个泡法，一星期不换水，哪还有不脏的道理呢？本猫一边啧啧称奇一边扫视着浴池，却发现我家主人苦沙弥先生也在其中。他泡得满脸通红，被挤在左边角落里，缩成了一团。可怜见的，谁要是肯给他让个道让他出来就好了，可无人愿意挪一挪身子，主人似乎也无意上来，只是呆呆地站着，将脸憋得通红。这可真够受罪的。想要将这二钱五厘的浴资用出老本来，就非得将自己憋这么红吗？再不赶紧上来，要被蒸汽蒸晕了吧——我这只趴在窗台上的，心疼主人的猫，不禁大为担心起来。

这时，泡在主人身旁的一个家伙，皱起八字眉抱怨道："这药汤劲儿太大了，后背上热辣辣地直冒汗呢。"

他在悄悄地向同池的"怪物"们寻求同情。

"说什么呢？这样子才恰到好处嘛。药汤不到这地步还管用吗？我老家那儿的药汤至少要比这个烫一倍。"

有人不无自豪地吹嘘起来。

"这药汤到底管什么用呢？"

一个用手巾盖着了他那颗凹凸不平的脑袋的家伙问道。

"管好多用呢。什么都管。厉害着呢。"

说这话的是个脸蛋儿兼有黄瓜之色与黄瓜之形的家伙。既然这药汤这么管用，定然也会让他更强健那么一点的吧。

"要说这药汤，比起刚放药那会儿，过上三四天才正管用呢。所以说今天来泡是正当其时啊。"

摆出无所不知的模样说这话的是个胖得不能再胖的家伙。估计他的胖也是虚胖而已。

"喝了也管用吗？"

不知道从哪儿冒出个尖嗓来。

"放凉了，睡前喝上一杯，夜里就不起来撒尿了。可神了。不妨试试。"

这回答的声音，也不知道是出自哪个脸蛋儿。

浴池这边的暂且告一段落，本猫接着便去观察搓澡间。

只见那儿也坐着一排赤身裸体的亚当哥，随心所欲，姿态各异地搓洗着，极不雅观。其中最令人吃惊是两个亚当：一个仰面朝天地躺着，两眼望着高高的天窗；另一个则脸朝下趴着，两眼紧盯着水沟。真是闲得发慌的亚当。

有个和尚面壁蹲着，身后有个小和尚在一个劲儿地捶他的肩膀。估计这两人是师徒关系，而小徒弟正干着搓澡工的活儿。

也有正宗的搓澡工。那人像是得了感冒，屋里这么热他竟然还穿着坎肩，手提一个椭圆形的小木桶"哗哗"地在给客人肩膀上冲水。往他脚上一看，只见他右脚大拇指中间还夹着块搓澡用的粗绒布。

这边有个家伙十分贪心地占了三个小木桶，一个劲儿地劝身边的人用他的肥皂，嘴里则滔滔不绝地胡侃着什么。神聊什么呢？——本猫仔细一听，才听出他说的是这个："火枪那玩意儿可是从外国传来的。从前咱们这儿都是用刀对砍的。外国人都是些不要脸的家伙，所以会造出那种玩意儿来。好像还不是支那，反正是外国。和唐内 ① 那会儿还没有

---

① 又写作"和藤内"，是近松门左卫门所创作的木偶净琉璃《国姓爷合战》中的主人公的名字。其原型就是明朝遗臣郑成功。该剧讲述的是和唐内协助其父亲老一官（即郑芝龙）为复兴明室而四处奔走的故事。

呢。要说那和唐内也出自清和源氏①。据说义经从虾夷之地②远征满洲之时，有个学问挺大的虾夷人也跟着去了。所以后来义经的儿子进攻大明时，大明抵挡不住，派使者到三代将军③这儿来，说是要借咱们三千精兵，三代将军便将使者留了下来，不放回去了。——那人叫什么来着？——反正是叫什么什么使。——那个什么什么使留了两年，后来在长崎给他找了个烟花女子，那烟花女子生的儿子便是和唐内。他再后来回去一看，大明已经亡于国贼之手了。……"

那家伙瞎掰些什么一点也不明白，直把本猫弄得一头雾水。

那人身后有个脸色阴沉的二十五六岁的家伙，神情呆滞，不住地用热水敷着他那裆部。他那个部位像是长了疖子似的，苦不堪言。

他身旁是两个十七八岁的小伙子，正"你小子"如何如何，"老子我"如何如何十分粗鲁地胡扯着，估计是住在附近的寄宿生吧。

再看过去时，本猫看到了一个极为奇妙的后背。那人的脊椎骨一节一节的十分清楚，就像从屁股那儿捅进去一根紫竹一般。而脊椎骨的左右两边各有四个圆斑，整齐地排列着，如同十六武藏④一般。该十六武藏已经发红腐烂，周边似乎还窝着脓。

要写的事情实在是太多了，倘若如此这般地一一写下去，就本猫的能耐而言是难以展示其一斑的。正当本猫不知所措，后悔自己不该干如此麻烦之事时，入口处突然冒出了一个身穿浅黄色布衣的光头老儿，年纪约在七十左右。那光头老儿对着这些光身子的"怪物"恭恭敬敬地

---

① 日本清和天皇将其孙经基王降为臣籍，并赐以源姓。源氏自经基之孙源赖信一代起在关东占据地盘。后来源赖朝在"平源之争"中获胜，开创了镰仓幕府，被天皇封为征夷大将军。但书中此人，胡说一通，将历史人物、事件都搞混了。和唐内跟清和源氏是毫不相干的。

② 即北海道。

③ 三代将军：即江户幕府第三代将军德川家光。明清鼎革之际，南明小朝廷以及郑成功、黄宗羲等反清复明武装确实多次派使者"乞师日本"，时间上也正是日本幕府第三代将军后期到第四代将军的时期。日本幕府仅提供了有限的物质支持，并未出兵。

④ 十六武藏：一种流行于江户时代末期的棋类游戏。

行了一礼，十分顺溜地说道："各位，感谢大家每天光临。今天天气略有转凉，请大家慢慢洗——大家可以多进出药池几回，慢慢地暖和身子——掌柜的，池水冷暖要多加留神哦。"

"是咧——"

那掌柜答道。

那位"和唐内"说道："真会招呼客人啊。做生意嘛就得这样。"对那老头的做法大加赞赏。

由于本猫突然遇上这个怪老头吃了一惊，故而他们这儿的情况就此打住，接着便专注于观察老头了。

却说那时有个四岁左右的男孩刚从池子里上来，老头看到便上前道："小哥儿，到爷爷这儿来。"

说着便伸出了双手。

那小孩见老头的脸像个踩扁了的豆馅团子似的，心里一害怕竟"哇——"一声哭了起来。老头见了，多少有些假模假样地感叹道："啊呀呀，怎么哭了？爷爷吓着你了吗？啊呀呀，这可怎么好？"

小孩子自然是不吃他这一套的，没奈何，他将话锋转到小孩的老爸身上。

"哦，这不是源头儿吗？今天可有些冷啊，您说是不是？昨晚去了近江屋的那贼真是个笨贼啊。他在人家门上开了四角方方的孔。您猜怎么着，什么都没拿就走了。大概是遇上了警察或守夜的了吧。"

老头不无同情地嘲笑了一番小偷之狼狈后，又转向另一人说道："是啊是啊，今儿天冷。你还年轻，所以不怎么觉得。"

其实只有他个人觉得冷，那是由于上了岁数的缘故。

本猫的注意力被那老头吸引过去后，一时间不仅将别的"怪物"全都抛在了脑后，连可怜巴巴地蜷缩在角落里的我家主人也从记忆中消失了。然而，恰在此时，冲洗间与穿衣间的中间地带突然爆出一声怒吼。本猫一看，见发出此声者无疑就是苦沙弥先生。我家主人的嗓门出奇的高，且沙哑刺耳，虽说本猫也并非是头一回听到了，但今天的场合特别，还是令本猫略感惊讶。

刹那之间，本猫立刻做出了判断：定是主人强忍着在滚烫的浴池里浸泡太久而肝火大发。倘若仅仅是出于病态冲动自然也无可指责，而事实上他在大动肝火的同时神志还十分清醒——这一点也是确凿无疑的，那么，他到底为什么要大发雷霆呢？莫急，听本猫一说诸位立刻就明白了。

他在跟两个不值一提的、不知天高地厚的寄宿生吵架——多少也有点自贬身份吧。

"再退后点，别将热水泼到我的桶里。"

如此高喊的当然是我家主人。

任何事情都要看你是怎么认为的了，同样，我家主人的怒吼也未必就一定要是肝火太旺所致。或许一万人中会有一人将此解释为这与高山彦九郎[①]怒斥草寇同属一类亦未可知。说不定其本人也正是基于此种心情而进入了角色，只是倘若对方不以草寇自居，是肯定达不到预期的演出效果的。

那寄宿生听了回过头来，老实巴交地答道："我原本就待在这儿的呀。"

这回答倒也平常至极，只是其中含有的"不肯撤离此地"意思，故而不遂主人之意。然而，尽管主人肝火正旺，倒也觉得就其态度、用语而言，是不能再骂其为草寇的。

然而，我家主人之怒吼并非针对寄宿生所处的位置，主要是由于从刚才起这两个小子所说的话就粗野、傲慢至极，完全不符合学生之身份，主人早就窝了一肚子火了。故而即便对方老实巴交，主人也不肯就

---

① 高山彦九郎（1747—1793），日本江户中期的尊皇论者。上野人，为"宽政三奇人"之一。曾游历日本各地，宣传其尊皇与海防思想，后因其行动受幕府监视，在九州久留米悲愤自刃。

这么着一声不吭地离开这儿到穿衣间去。

他又怒喝了一声，而这次说的是："混账东西！往人家水桶里哗哗地泼脏水，还要嘴硬。"

由于本猫对那两个小子也看不顺眼，故而听了主人这一声怒喝心中暗叫"快哉！"然而，同时本猫也觉得作为学校老师，主人的如此言行未免有失稳重。

我家主人死硬异常，跟煤渣子似的，又糙又硬。据说从前，迦太基的大将汉尼拔 ① 为了远征罗马而翻越阿尔卑斯山时，曾遇到一块巨石挡道，导致军队无法前进。于是汉尼拔便命人在巨石上泼了醋用火烤，待其酥软之后再用锯子将此巨石像切鱼糕一般锯开，从而顺利进军意大利。像我家主人这样的，在如此灵验的药汤中浸泡得快要熟了却仍岿然不动的"顽石"，看来除了泼上浓醋架火来烤是别无他法了。若非如此，像这样的寄宿生即便上来几百个，花上几十年，也同样治不好主人之顽疾的。泡在这浴池的家伙以及辗转于冲洗间的家伙，全都脱去了作为一个文明人所必不可少的衣物，所以都是不能以常规论的。无论做什么，说什么都无所谓的。因此，胃可以占了肺的阵地；和唐内可以是清和源氏；阿民没信誉也无妨。可一旦他们出了冲洗间来到穿衣间，就不是"怪物"了。那里是人类通常生活的世界，就要穿上文明所必需的衣物了。因此，其行为也必须要像个人样了。

如今，我家主人正踩在门槛上，踩在冲洗间与穿衣间之间的门槛上，他自个儿正处在马上便要返回到巧言令色、世故圆滑之世界的紧要关口，而在此重大关节，他依然如此顽冥不化，可见这种顽冥不化对他本人来说是一种难以去除的沉疴。既是沉疴就不是可能轻易治愈的，若依本猫之愚见，治愈该沉疴之方法只有一个。那就是：请求其学校的校长将他免职。

---

① 汉尼拔（约前247—约前183），迦太基的将军。公元前218年他发动第二次布匿战争，率领大军翻越阿尔卑斯山入侵意大利。在坎尼战役等作战中重创罗马军队，但在扎马战役中战败，后在小亚细亚自杀。

由于主人是个一条道走到黑的倔脾气，被免职之后定然彷徨无依，走投无路。其最终结果必然是倒毙街头。换言之，对于主人来说，免职既是其死之原因。主人尽管沉溺于此病而乐此不疲，但毕竟是怕死的。也就是说，这是病不至死的一种奢侈。既然这样，不如恐吓他说："你患有这病就杀了你！"由于主人是个胆小鬼，遭此恐吓定然浑身发抖。而就在他浑身发抖之时，该病也抖掉了——本猫觉得应该就是这样的。什么？倘若抖不掉怎么办？——那就是不可救药了。

　　然而，不管他有多蠢，不管有什么怪病，他依然是本猫的主人。诗人有云："一饭君恩重"。吾虽猫类又岂能不顾主人之前程。本猫顾怜、同情之情充塞心胸，心思全在主人身上之后，自然就耽误了对冲洗间的观察。此时，忽听得有人冲着药池方向骂骂咧咧的。这儿也有人吵架吗？——本猫回头望去，只见"怪物"们已经将狭小的石榴口①挤得密不透风，长毛的小腿、没毛的大腿在那儿胡乱晃动着，乱作一团。

　　眼下时值初秋，一到黄昏时分冲洗间上方直到天花板之间立刻充满了蒸汽，那些蠢蠢欲动的"怪物"们也变得朦朦胧胧的了。"太烫了""太烫了"的叫喊声从本猫的左耳朵进右耳朵出，右耳朵进左耳朵出，在本猫的脑袋瓜里交汇撞击嗡嗡直响。这些声音中有的尖厉，有的阴沉，有的响亮，有的沙哑，相互重叠，纠缠不清，在浴场内聚合成一种无可名状的声响。这种声响只能用混杂、迷乱来加以形容，是一种毫无用处的噪音。

　　本猫被眼前的景象蒙住了，呆呆地站在那儿。

　　不一会儿，这种"哇——哇——"的声响混乱到了无以复加的程度。这时，那群推推嚷嚷的"怪物"中突然站起来一条彪形大汉。他的个头要比其他"怪物"高出三寸左右。不仅如此，脸上还长满了胡须，简直叫人分不清是胡须长在脸上呢，还是脸蛋儿埋在胡须之中。只见他扬起满是胡须的通红的脸蛋儿，发出一声烈日之下猛敲破钟般的声响："烫

---

① 日本旧式澡堂中必须弯下腰才能进出的通往浴池的出入口。这是为了不使浴池中的蒸汽跑掉而使水变凉，故意将门楣做得很低的。

死人了。兑水，快兑水！"

这条嗓子和这副尊容，远在纷纷扰扰蝇营狗苟之众人之上，此一瞬间，整个浴场似乎都凝聚为他一个人了。

超人！这就是尼采所谓的超人。是魔鬼中的大王，"怪物"中的领袖。

本猫正寻思着，见浴池后面有人"好咧——"应了一声。啊呀，那儿还有人呢？——本猫十分惊讶地将目光朝那儿扫去，昏昏暗暗难以分辨中，勉强看到刚才那个穿坎肩的搓澡工为了压住火势，将一大块煤扔进了炉膛之中。那煤块穿过炉盖后，在里面"噼噼啪啪"地爆响起来。此时，搓澡工的半个脸蛋儿"腾——"地一下子就被照亮了。与此同时，他身后那面砖墙也像在黑暗中燃烧起来似的闪闪放光。

此情此景看得本猫心惊胆战，于是便飞快地跳下窗台，回家去了。

走在回家的路上，本猫也仍在思考。

脱去外褂、脱去裙裤、脱去裤衩而追求平等的赤裸裸的群体之中，仍会出现鹤立鸡群一般的赤裸裸的豪杰。由此可见，脱得再光，也依然是不平等的。

回到家里一看，无疑是一派太平景象。主人正在吃饭，刚出浴的脸蛋儿擦得油光铮亮的，看到本猫跳上檐廊，便嘟囔了一句："好自在的猫啊，上哪儿溜达去了呢？"

本猫往餐桌上一看，嘿，明明没钱，倒也摆了两三样下酒菜。其中还有一条烤鱼。虽不知该鱼叫什么名字，然而无疑是昨天在御台场① 附近惨遭毒手的。

本猫前面讲过，鱼儿的身体是很棒的，可再棒也是经不住人类这么烤啊煮的。由此看来，还不如体弱多病，苟延残喘来得好啊。本猫暗自寻思着坐到了餐桌旁，装出一副似看似不看的模样，想抽冷子捞那么个

---

① 东京湾品川炮台。是1853年美国的佩里将军率领黑船来日后，幕府为守卫江户而修的。现在仍保存着两座炮台，并将该地辟为水上公园。

一星半点。作为一只猫倘若连这种装模作样的功夫都没有，那就该趁早死心，别惦念着人类的美味了。

主人戳了戳鱼，尝了那么一点，露出不好吃的表情，便将筷子放下了。坐在他对面的夫人津津有味地观察着主人默不作声地上下运动着的筷子，以及两颌离合开闭的状态。

"喂，你敲一下猫的脑袋。"

主人突然对夫人吩咐道。

"敲它干吗？"

"别管干吗不干吗的，你敲它一下。"

就这样吗？——夫人用手掌在本猫的脑袋上轻轻地拍了一下，不疼不痒的。

"它没叫嘛。"

"嗯。"

"重来。"

"重来多少回还不一样吗？"

夫人说着又伸手拍了一下。还是不疼不痒的，本猫一动也不动。然而，尽管本猫足智多谋，也搞不懂主人为什么要这么做。倘若搞懂了，或许本猫也就知道该怎么配合了。可主人只说"敲它一下"，结果弄得非但夫人不知所措，连本猫也是不知所措。

主人见第二次还是不能遂其心愿，便多少有些发急，说："喂，你要敲得它叫啊。"

夫人满脸不耐烦地问道："它叫了又怎么样呢？"

说着，又轻轻地拍了本猫一下。

了解了对方的用意事情就好办了嘛。原来只要本猫叫一声主人就心满意足了。我家主人就这么愚钝，故而令人生厌。既然想让本猫叫，早说不就得了吗？如此，则夫人不用接二连三地做无用功，原先一次便可过关的本猫也不必翻来覆去地受折腾了。

命令"敲它一下"仅仅适用于以"敲"为目的的场合。因为，"敲"是夫人的事情，"叫"是本猫的事情。倘若认为以"叫"为预期目标的"敲"之命令本身即包含着本猫自愿之"叫"的意味，那可真是极端无礼了。这完全是不尊重他人人格之表现，是不把猫儿当回事。若是主人恶之如蛇蝎的金田君做做这种事情倒也罢了，对于素以耿直无私为自我标榜的主人来说，这么做未免太过卑鄙无耻了。

然而，我家主人实在不是这种小肚鸡肠的男人。故而他发出如此命令并非出于极度狡猾，而是出于愚蠢。是智慧不足之水塘里冒出来的类似孑孓的低等物种。

吃了饭肚子就会饱；割破了肉就会出血；杀戮必然导致死亡。估计主人正是基于这样的思路而得出了"一敲即叫"的简单推论的吧。不过十分抱歉的是，这样的推论是不合逻辑的。因为循此思路，则掉到河里必定死亡；一吃天麸罗①必定拉肚子；拿了工资就一定要去上班；读了书肯定会有出息。凡此种种。

这种"一怎么样必定怎么样"的思考方式却会叫人无所适从。就拿"一敲必定会叫"来说，就令本猫十分为难。因为将本猫视同目白②的报时钟，一敲就响，那本猫生而为猫之价值又安在哉？

心中先如此这般地将主人驳了个体无完肤之后，本猫便根据他的要求"喵——"地叫了一声。

谁知主人听了立刻向夫人提出了一个学术问题："它叫了。那么，这一声'喵——'到底是感叹词还是副词，你知道吗？"

这提问来得太过突兀，夫人哑然无语。

不要说夫人，就连本猫也觉得这可能是主人出浴后肝火尚未平息所致。我家主人原本在街坊邻居中就被视为怪人，甚至有人断定他患有

---

① 将鱼虾蔬菜等裹上鸡蛋面糊后油炸而成的食品。
② 东京都丰岛区南部的地名。江户初年在此处建有目白（白色眼睛）不动明王，地名由此而来。

神经病。不过他无比自信，极力主张"我不是神经病，世上众人才是神经病"。邻居骂他为狗，他便回骂他们为猪，还声称这是为了维护公平原则。

事实上我家主人不论针对何事何人，都是坚持公平原则的。真拿他没办法。他就是这么个人，对夫人提出这种奇怪问题在他而言是小事一桩，可从对方的角度而言，大概就会说"此人有点神经兮兮"了。

夫人就是被他给蒙住了，才说不出话来的。当然了，就连本猫也是无法回答的。于是主人便拔高了嗓门，喊了一声："喂。"

夫人吃了一惊，应了一声："唉。"

"你这'唉'到底是感叹词，还是副词？快说！"

"什么'快说'不'快说'的？这种鸡毛蒜皮的事情，计较它干吗？"

"'鸡毛蒜皮？'这正是国语学者眼下为之大伤脑筋的重大问题啊。"

"什么呀，你是说猫叫吗？猫的叫声又不是日本语。"

"所以说是一大难题嘛。据说这叫比较研究。"

"哦。"

夫人是个机灵人，不会死缠在这一点上的。

"那么，弄明白是什么词了吗？"

"既是重大问题，哪有这么快就弄明白的呢？"

说着，主人大口大口地吃起烤鱼来，还顺带着吃了块旁边的芋头烧猪肉。

"哦，这是猪肉嘛。"

"是啊，就是猪肉。"

"嗯——"

主人满脸不屑地将其咽了下去。

"再来一杯。"

他递上了酒杯。

"今晚你喝的可真不少啊。你的脸已经相当红了哦。"

"喝啊——你可知世界上最长的单词是什么吗？"

"呃，是'前关白太政大臣^①'吧。"

"那是人名。我问你最长的单词呢。"

"单词？是西洋文字吗？"

"嗯。"

"那谁知道啊——你酒喝得也差不多了，吃饭吧。"

"还喝呢。要我告诉你吗？"

"行，说了可就吃饭了哦。"

"是 Archaiomelesidonophrunicherata^②。"

"瞎说的吧？"

"谁瞎说了？这可是希腊语。"

"用日本话来说，是什么意思呢？"

"不知道。我只知道拼写。写出来很长的，大概有六寸三分吧。"

这种酒桌上的玩笑话，他竟然说得一本正经的，也可谓是一大奇观了。要说今晚他的酒也确实喝得比平时多。平时都是用小酒盅喝那么两杯，今天却喝了四杯。平时他喝两杯就满脸通红了，今天翻了个倍，更是红得跟火筷子一般了，估计不太好受吧。

"再来一杯。"

他又递出了酒杯。夫人见他喝起来没完了，便皱起眉头说道："好了，快别喝了。多难受啊。"

---

① 本名为藤原忠通（1097—1164），是日本平安末期的贵族。历任摄政、关白、太政大臣。在保元之乱中为后白河天皇保驾。晚年出家，称法性寺入道前关白太政大臣。擅诗文和歌、书法。有著作《田多民治集》（歌集）、《法兴寺关白集》（汉诗集）、《法兴寺关白记》（日记）传世。

② 古希腊剧作家阿里斯托芬（约前445—约前385）的剧本《马蜂》中出现的词语。意思是："如同西顿（腓尼基城市名）的芙琥妮斯库（诗人名）的古诗一样可爱。"

"难受也得喝，今后是得好好练练了。因为是大町桂月①要我喝的。"

"桂月？什么桂月？"

天下闻名的桂月到了夫人这儿竟然一文不值了。

"桂月是当今一流的评论家。既然他说要喝，定然是不错的。"

"胡说八道！随他桂月也好，梅月也罢，叫人喝酒受罪，还不是吃饱了撑的吗？"

"不光是喝酒。他还说要多交际、要吃喝嫖赌、要出门旅游呢？"

"这不是更不像话了吗？这种人还是第一流的评论家？啊呀，太恶心了。竟然叫有家室的人去吃喝嫖赌……"

"吃喝嫖赌怎么了？只要有钱，说不定不用桂月建议我也会去的。"

"还是没钱的好啊。到了你这把年纪才放荡起来，可就得当心小命了。"

"哦，既然这么危险，不放荡也就是了。不过你可得再善待些老公，每天晚上多弄些好吃的。"

"我这不已经竭尽全力了吗？"

"是吗？好吧，吃喝玩乐之事暂且放下，等发了财再说。今晚的酒也到此为止吧。"

说完，主人便端起了饭碗。

记得那大他足足吃了三碗茶泡饭。本猫也得以享用了三片猪肉和一个盐烤鱼头。

---

① 大町桂月（1869—1925），诗人、评论家。本名芳卫，生于高知县，东京大学毕业。在《帝国文学》《太阳》等杂志发表新体诗、评论、游记作品。平生喜欢喝酒和旅游，人称"酒仙"和"山水开眼之士"，曾游历朝鲜和我国东北（当时的满洲）。著有《美文韵文春花秋叶》等。

第八章

前文在解说"跑竹篱笆"运动之时，本猫已对那道环绕庭院之竹篱笆墙稍有介绍，然而，倘若读者诸君以为篱笆墙外便是左邻右舍，也即住着个什么"隔壁的小次郎"那便是天大的误会了。尽管这儿的房租便宜，可苦沙弥先生毕竟是苦沙弥先生，是不会跟什么"小次郎""小与"这种叫作阿猫阿狗的家伙为邻，更不会与他们隔着一道竹篱笆亲密交往的。

该竹篱笆外是一块三四丈宽的空地，其尽头有五六棵柏树，排成一行，郁郁葱葱。故而自檐廊处抬头望去，似乎对面就是一片茂密森林，而先生则是身居旷野独舍，日与无名之猫为伴的江湖处士。

然而，那行柏树的枝叶并不如所吹嘘的那么茂密，从其间隙处可清楚地看到对面一家名为"群鹤馆"——徒有其名罢了——的廉租屋的简陋屋顶。因此，结合了这一情景再来想象先生之形象就颇为费劲了。

不过呢，既然廉租屋也能号称"群鹤馆"，那么先生的居所自然是配得上"卧龙窟"之称号的。反正取名字是不上税的，任由彼此各取唬人的雅号也就是了。

前文所说的这块三四丈宽的空地沿着竹篱笆东西方向展开六七丈，然后便直勾勾地弯过去，兜住了"卧龙窟"的北面。而这北面正是骚乱之源。

空地围绕着住宅之两侧，本来是满可以豪阔地声称什么空地连着空地的，可这空地不要说"卧龙窟"主人了，就连号称灵猫之在下也拿它束手无策。

正如南面有成行的柏树傲然而立一样，北面也有七八株梧桐队列森严。这些梧桐树已长到一尺来粗，倘若拉个木屐匠来看看，定能卖个好价钱，可悲的是我家主人仅是赁屋之房客，眼力再好也无法付诸行动，叫人万分同情。

前些天，一名校工来砍了根树枝，下次再来时便穿上了新木屐，也没人问，他自己便得意扬扬地说："这就是用上次砍去的树枝做的。"

好一个会取巧的滑头。

虽有梧桐却不能给本猫以及主人一家带来一分一厘实利。听说古语有怀玉有罪①的说法，而就我家境况而言，就该说成"有桐没钱"，或"空怀至宝"了。而真正的愚者并非我家主人，亦非本猫，而是房东传兵卫。因为尽管梧桐树"有做木屐的吗？有没有呀？有做木屐的吗？"地催问着，他却只当没听见，只知道催缴房租。

本猫与那传兵卫往日无冤近日无仇，故而关于他的坏话就此打住，还是书归正传，向读者诸君介绍一下该空地为骚乱之源的奇闻。只是此话仅限于此，大家绝不可告诉我家主人哦。

要说这空地最主要的麻烦就是没有围墙。故而是一块狂风乱窜，闲人横行的毫无任何限制约束之公共空地。当然，说它"是……"是不太确切的，严格一点来说，应该是"曾经是……"。凡事不追根溯源往往就难以探明究竟。就跟不明病因，医生便无法开方子一个样。因此，本猫必须从刚搬来此处时的情形开始讲起。

却说空地之上狂风得以肆意横行，这在夏天乃是极为舒畅之事。虽

---

① 源自《春秋左传·桓公十年》中所引用的"周谚"，原文为："匹夫无罪，怀璧其罪。"意思是说："一个人本来没有罪，却因为拥有宝玉而获罪。"

不够谨严倒也无妨，因为家徒四壁，盗贼是不肯光顾的。故而在主人的家中，围墙、篱笆墙，乃至御敌桩、鹿砦等物是一概不要的。然而，本猫以为是否需要采取某种安全措施，应该取决于居住在空地对面之人或动物的种类。故而探明盘踞在空地对面之君子的本性乃是当务之急。

在尚未确知其是人还是动物之际，首先称其为君子未免失之草率，但似也并无大错，不妨暂且称其为君子。因为如今的世道是将小偷也称为君子的——梁上君子。何况本猫所称的君子并非那种需要警察来加以关照的君子。然而，这批君子虽不需要警察关照，却也人多势众，属于集腋成裘、聚沙成塔的那种，密密麻麻，蠢蠢欲动。

那是一所名为"落云馆"的私立中学——是一所为了将八百君子培养得更像君子而每月收两元学费的学校。倘若你以为既然学校名为"落云馆"其中定然尽是些风雅君子，那就大错特错了。就其名不副实这一点而言，与"群鹤馆"里并无仙鹤，"卧龙窟"中有猫咪是一般无二的。只要明白了所谓的学士、教师之中竟会有我家主人苦沙弥这样的怪人，那么要理解"落云馆"中并非全是风雅之士就易如反掌了。若要坚持说"不明白"，则不妨来我家主人处寄宿三天，保你明白得不想再明白。

正如前文所述，刚刚搬来此处时，那空地上是没有围墙的，故而"落云馆"的君子便如同车夫家的阿黑一般，可悠然自得地钻入梧桐树林去胡聊、吃便当、在矮竹丛上睡觉或打滚——无所不作，无所不为。为此，便当之尸骸，也即笋壳①、旧报纸，以及旧草鞋、旧木屐等，凡是带"旧"字的东西都往这儿扔。我家主人向来不拘小节或者说麻木不仁，故而不知道他是真不知道呢，还是知道了也不想加以制止，反正他采取听之任之的态度，并未提出抗议。

然而，彼等诸君子随着在学校所受教育的深入，也越来越像君子了，竟策划起从北到南的渐进式蚕食战略。倘若觉得将"蚕食"二字用

---

① 当时塑料制品尚未发明，用作盒饭的食品都是用笋壳包的。

于君子不合适则本猫可以不用。但除此之外也并无合适之词语。

他们如同逐水草而居的沙漠游牧部落一般，离开了梧桐树林朝柏树林进发了。柏树林所处的位置就在客厅的正面。若非胆子特大的君子是定然不会采取如此行动的。一两天之后，他们的胆子又大了一号，成为特特大胆了。看来再没有比教育更令人恐惧的东西了。他们不仅从正面进逼客厅，还在客厅正面唱起了歌来。到底唱了些什么本猫已经忘了，但绝不是三十一字的和歌之类，是更为活泼，更易入俗人之耳的那种。而令人惊讶的是，不仅仅是我家主人，就连本猫也叹服于彼等君子之才艺，于不知不觉中侧耳倾听了起来。

然而，想必读者诸君也是心知肚明的，"叹服"与"干扰"有时是可以并立的。而不料这两者竟在那一刻合二为一，至今想来本猫依然感到十分遗憾。估计主人也觉得十分遗憾吧，可他还是不得已而从书房里冲出去，高喊："这儿不是你们该来的地方，快走开！"并且驱赶了不止一次，而是两三次。

可是，对方是受过教育的君子，又怎肯乖乖地听话呢？所以赶走了，很快又来了。来了之后便又唱起轻松活泼的歌曲，扯直了嗓门说话。况且君子们说起话来也是别具一格的，都是"你小子……""……关我屁事"之类的调调。据说在维新之前，这种话都是跑腿的、抬轿的、搓澡的说的，可到了二十世纪竟成了有教养的君子所学习的唯一的语言了。有人解释说，这跟原先受蔑视的运动如今受到世人之追捧的道理是一样的。

主人从书房里冲出来抓住了一个最擅长此类"君子式话语"的君子，追问他"为什么要到这儿来？"该君子情急之下竟然忘了那种"你小子……""……关我屁事"的高雅言谈，代之以极其下等的言语回答道："我还以为这儿是学校的植物园呢。"

主人告诫他下不为例之后便将他给放了。说"放了"似乎给人以放了个小乌龟的感觉，有点滑稽可笑。其实他也是揪住了君子的袖子做过一番交涉的。

　　主人以为既然三令五申到如此地步，应该管用了吧。然而，从女娲补天那会儿起，现实跟预期就往往是相反的。

　　主人又失算了。

　　之后，君子们竟然从北侧进入后穿庭过院地出大门而去。由于他们会"咣当"一声打开大门，让人以为有客前来，可随即梧桐林中便会爆发出阵阵笑声。眼见得局势愈发动荡，愈发严峻了。教育之功也显露得越来越充分了。可怜的主人觉得头疼不已，心想"实在吃不消也"，于是便将自己关在书房里，措辞谦恭地给那"落云馆"的校长修书一封，恳请其稍加管束。那校长也回了一封极为庄重的书信，称"即将修建篱笆墙，还望少待"。

　　没过多久，便来了两三个工人，花了半天时间，在主人的住宅与"落云馆"之分界处，修了一道高约三尺的方格竹篱笆。

　　主人大喜，以为这下总可以高枕无忧了。

　　嘿，主人真傻呀！这点点小事怎么能改变君子们的行为举止呢？要说这捉弄人原本就是一件十分有趣的事情，即便是在下这样的猫咪时不时地也要捉弄一下主人家的小姑娘来玩的，故而"落云馆"的君子们要捉弄一下又酸又硬、顽冥不化的苦沙弥先生是理所当然的事情。如果说还有人对此极为不满，那恐怕就是被捉弄之人了。

　　解析一下"捉弄"之心理，本猫发现有两大要素。

　　被捉弄之人不能对此事毫不在乎，全然不当一回事；捉弄者在气势或人数上必须压倒对方。

　　前几天主人去动物园回来后，曾经独自感叹不已。一问才知道他在那儿看到了小狗跟骆驼吵架的一幕。据说那小狗快如疾风地围着骆驼狂奔、狂吠，可骆驼茫然不知，无动于衷，依然背着两个大肉瘤直挺挺地站着。不论小狗再怎么狂吠，再怎么狂奔，它也一概不予理睬，最后那小狗自觉没趣，只得作罢。

主人笑那骆驼太迟钝、太缺心眼儿了，然而，这正是说明"捉弄心理"的绝佳实例。

可见不论捉弄者折腾的本领有多高，一旦遇上骆驼这样的对手也同样是无法得逞的。而对方要是过于强悍，譬如是狮子、老虎，那也是不行的。因为你刚一开始捉弄就已经被它大卸八块了。

只有当你一捉弄，对方就龇牙咧嘴，暴跳如雷，并且不管对方如何的火冒三丈也拿你毫无办法，也即你自己能确保安全之时，才会觉得无比开心。

要说这种事情为什么有趣，原因自然是多种多样的。

首先就是非常适用于消磨时光。人在穷极无聊之时，恨不得要清点一下自己的胡须。有个故事说，从前有一个囚徒太无聊了，每天都在墙上重重叠叠地画三角形。世上再没有比无聊更难熬的了，没有点令人兴奋的刺激，活着就是受罪。所谓"捉弄人"其实就是通过制造刺激来获得愉悦的娱乐。然而，倘若不能使对方发怒、发急、发愁也就不成为刺激了，故而自古以来沉湎于"捉弄人"这种娱乐的就仅限于两类人：要么是像不通人情的傻瓜大名①那样无聊透顶的家伙；要么是脑袋瓜机灵到除了寻开心无暇顾及其他，并且精力充沛到不知道该如何发泄的囡囡头。

第二个原因是实地证明自己的优势。

就该方面而言，"捉弄人"实在是一个最为简便的方法。当然，杀人、伤人、陷害人也能证明自己的优势，但这些做法仅仅是以杀人、伤人、陷害人之行为本身为目的时所必须采用的手段，而所谓"自己的优势"不过是作为实施该手段之必然结果而产生的某种现象而已。所以说，当某一方先要显示自己的强势而同时又不愿加害于人的时候，"捉弄人"便是最恰当不过的方式了。

当然了，假如一点也不伤害别人，也是不能在事实上证明自己的强

---

① 大名，日本古代的封建领主。

悍的。而不通过事实来加以证明，尽管已足够心安理得，可所得到的快感却十分淡薄。

人都是很自以为是的。或者说在不太靠得住的场合也倾向于自以为是。因此，他们不把自己有多么了不起，自己是多么靠得住这样的心态通过实际行动展示给别人看，是不肯善罢甘休的。尤其是那些不可理喻的俗物，以及觉得自己不那么靠得住心里七上八下的家伙，更是会利用各种机会来捉弄人，并以此获得能使自己放心的"证券"。

这跟练柔术的人动不动就想把人摔一跤是一回事。柔术没练好的家伙，总想找个比自己更差的倒霉蛋，哪怕一次也好总想遇见这么一个，实在不行的话找个没练过的也行，反正要摔上一跤。那些揣着如此险恶用心而在小区里转悠的家伙，就是为了这个。

至于其他原因，当然也是多种多样的，说来话长，本猫在此便省略了。如果想听，自然也不难得到满足，只消提一盒鲣鱼干来就行，本猫随时传授。

参考以上所述并加以推论，本猫以为捉弄奥山的猴子 [1] 和学校里的老师可谓是上上之选。将学校里的教师与奥山的猴子做比较自然是有失公允的。——不是对猴子有失公允，而是对教师有失公允。然而，这两者又十分相似，故而禁不住要拿来做一比较。

众所周知，奥山的猴子是用链子拴住的，别看它龇牙咧嘴、张牙舞爪的，不必担心它真能抓挠到人。教师当然没用链子拴住，但是被工资拴住了。不管你如何捉弄他都不打紧，因为他绝不会辞掉教职来将学生暴打一顿的。倘若他们有勇气辞去教职，那么，从一开始就不会去做什么"孩子王"的。

我家主人是教师，虽不是"落云馆"的教师，但总还是一名教师，这一点是确切无疑的，是"捉弄"之最适宜、最简便、最安全的对象。

---

[1] 奥山是江户中期以来对东京浅草观音堂西北的公园第五区一带的俗称，当时，那儿有个动物园。

而"落云馆"的学生都是些囵囵头。他们将"捉弄人"理解成一件可抬高身价的事情，一种作为教育之效果理应加以主张的正当权利。不仅如此，不捉弄个把人，他们就不知道该如何使用精力过剩的身体和过于活跃的头脑，将在难以打发的十分钟课间休息里不知所措。

具备这些条件之后，就相当于主人坐等着别人来捉弄，学生不得不捉弄人，而学生来捉弄一下我家主人，就成了一件顺理成章的事情了。并且，因此而暴跳如雷的主人，则是土头土脑，愚蠢透顶的。

下面，本猫将逐一介绍学生们是如何捉弄主人的，以及主人是如何展现其土头土脑，愚蠢透顶的。

四方格篱笆是个什么玩意儿，想必诸君都是十分清楚的。那是一种既通风又颇为简便的篱笆墙。由于吾等猫儿是可以在其方格中自由地穿梭往来的，故而对于本猫来说，这种篱笆墙修与不修简直就是一回事。

然而，"落云馆"的校长自然不是为了猫儿才修这道四方格篱笆墙的，是为了不让自己所培养的君子随意出入而特地雇人修建的。当然了，不管其通风性能有多好，人总是钻不过去的。即便是清国的魔术师张世尊前来，要钻过这种用竹子编成的四寸见方的孔，也定然难上加难。因此，对于人类而言，是能充分发挥其篱笆墙功能的。故而我家主人看到后心中大喜，以为"这下子天下太平了"，也完全在情理之中。

但是，主人的逻辑中却有个漏洞。一个比方格大得多的漏洞。一个能漏掉吞舟之鱼①的大窟窿。主人所有的判断都基于"不翻越篱笆墙"这一假设之上。他以为：不论这道篱笆墙有多简陋，但只要具有了墙的名分，划清了区域之分界线，那么学校里的学生就不会擅自闯入了。接着，他又推翻自己的假设，做退一万步之说，得出了"即便有人乱闯，料也无妨"的论断。因为无论哪个囵囵也都无法钻过篱笆墙的四方格的，所以他轻易断定：毫无擅自闯入之虞。

---

① 语出《庄子·庚桑楚》："吞舟之鱼，砀而失水，则蚁能苦之。"指能吞小船的大鱼，引申为大人物。

诚然，只要他们不是猫类，是绝不可能钻过四方格的，即便想钻也钻不过。但是，翻过来、跳过来却是轻而易举之事，甚至还能成为一项趣味盎然的运动。

就在篱笆墙修好的第二天，他们便"扑通扑通"地跳了过来，跟没这道墙时一样，来到了北侧的空地上。只是没有进逼到客厅前而已。因为一旦遭到驱赶，逃跑时毕竟要多费些手脚，所以他们从一开始就将逃跑时间计算在内，在没有被抓捕之危险的地带游荡着。

要说他们都在干些什么，坐在东边厢房里的主人自然是看不到的。要想观察他们游荡的状态，只有两个方法：一是打开栅栏门从相反方向转过直角后观看；一是站在茅房的窗户前隔着篱笆墙眺望，除此之外别无他法。

从茅房窗口望去，这些家伙在哪里，在干些什么，自然是一目了然的。可即便发现了几个敌人也是没法抓捕的，顶多只能隔着窗户申斥几句罢了。而开了栅栏门迳回突入敌阵时，对方一听到脚步声，就会"扑通扑通"地跳回篱笆墙那边去的。这情形就像偷猎船靠近正在晒太阳的海狗群一个样。

主人自然是不会蹲守在茅房里的。可话虽如此，他也不打算开着栅栏门，一有动静便立刻冲出去。如果他要这么做，则须先辞去教职让自己成为追捕专家，否则是绝不可能追上那些学生的。

主人的短处就在于：坐在书房里时但闻敌人之声不见敌人之影；透过窗户则看得清敌情却无法出击。

充分了解主人之短处的敌军便采取了如下的战略：

打探得主人闷坐书房之时，便极尽喧哗之能事，夹杂以讽刺挖苦、冷嘲热讽。并故意模糊其发声位置。叫人一听之下辨不清到底来自篱笆墙墙根下还是篱笆墙的外侧。倘若主人冲出来，他们便四散奔逃，或因原本就躲在篱笆墙外侧而做无辜状。

倘若主人前往茅房——本猫从刚才起就"茅房""茅房"地频繁使用如此不洁之词，倒也并无丝毫荣耀之感，实则是头痛不已的，但是，要记述这场战争，这两字又是必不可少的，实在是不得已为之啊——总之，当他们侦察到主人移师茅房之时，则定然会在梧桐林一带徘徊，并有意暴露敌情。如果主人见状大怒，在茅房内以声震四邻之气势痛加申斥，敌军便不慌不忙地撤回其根据地。

该战略使我家主人进退维谷，狼狈不堪。

当主人觉得敌人已然入侵而手持文明棍冲出去时，却往往发现四周寂静无声，空无一人；而从窗口探头观察有无敌情时，却又总能发现那么一两个已然入侵了。

于是主人一会儿绕到屋后去看，一会儿上茅房里去瞧。一会儿上茅房去瞧，一会儿又绕到屋后去看。不管怎么说，翻来覆去的就是这么点事。翻来覆去的这么点事却做了一遍又一遍。此之谓"疲于奔命"是也。简直搞不清自己的本职工作到底是教书还是打仗了。不由得叫人着急上火，而"上火"到了极致，便发生了如下事件。

大凡事件都是因"上火"而起。"上火"者，正如其字面意义所示，乃"火往上升"之谓也。关于这一点，无论是盖伦[①]还是帕拉赛尔苏斯[②]，乃至老古董之扁鹊[③]，都不会有任何异议的。问题在于上升到什么程度？以及是什么物质在上升？这才是争辩焦点之所在。

根据自古以来欧洲人的说法，人体内不断循环着的液体有四种。

第一种叫作"怒液"。该液体上升后，人便会发怒；

第二种叫作"钝液"。该液体上升后，神经便会迟钝；

第三种叫作"忧液"。该液体使人多愁善感；

最后一种叫作"血液"。该液体使人四肢强健。

据说后来随着文明之进步发展，钝液、怒液、忧液不知在什么时候悄没声地不见了。到了现如今，就只有血液像以往一样奔流不息地在人

---

① 盖伦（129—199），古罗马时期最著名最有影响的医学大师，被认为是仅次于希波克拉底的第二个医学权威。一生致力于医学实践和解剖活动，著述甚丰。后来成为罗马皇帝马尔库斯·奥勒里乌斯的宫廷医师。
② 帕拉赛尔苏斯(1493—1541)，德国医生、哲学家、炼金术士。
③ 扁鹊，中国战国时代著名的医学家。

体内循环着。所以说，所谓"上火"，其实所上升的仅仅血液而已，不可能是别的什么玩意儿的。而血液的量，每个人都是一定的。虽说因各人秉性不同而略有多寡，可一般都是每人五升五合左右。故而这五升五合一上升，所升到的部位就会异常活跃，而其他部位则会因缺血而发冷。就像群众烧打派出所①时，巡警们全都集中到警察署，大街上连一个都看不到一样。该现象若从医学角度来加以诊断，可称之为"警察之上火"。而要治愈这种上火的病症，则必须让血液跟之前一样，重新平均地分配到身体各个部位去。也就是说，必须让上升的"火"降下来。

降火的方法是多种多样的。据说主人之已故先人所采用的方法就是：头上敷湿手巾，脚伸在被炉里。正如《伤寒论》②中也有所载录的"头寒足热乃延命息灾之征也"那样，作为延年益寿之法，湿手巾是一日也不可或缺的。

倘若不用此法，则不妨试试和尚们所惯用的手段。那些居无定所的沙门、云水行脚的禅僧，都是宿于"树下石上"的。"树下石上"之谓其实不为难行苦修，就是禅宗六祖③在春米时想出来的降"火"秘法。您不妨坐在石头上感觉一下，屁股果然凉飕飕的，是也不是？屁股一

---

① 这里所谓的"烧打派出所"事件其实就是指发生在1905年9月5日的"日比谷烧打事件"。日俄战争结束后经过美国的调停，日本和俄国签署了《朴茨茅斯条约》，根据该条约，日本获得了一些战略上的利益，但并没有如战争赔款这样的直接利益。日本民众对政府大失所望，在国权派团体的组织、煽动下，在东京日比谷公园召开了反对《朴茨茅斯条约》的国民大会，并与警察发生冲突，烧毁了内务大臣官邸和多处派出所，骚乱持续了三天，最后政府派军队镇压才平息了下去。

② 《伤寒论》，中国古代汉医经典著作之一，是一部阐述外感病治疗规律的专著。全书10卷，由东汉名医张仲景撰于公元3世纪初。张仲景原著为《伤寒杂病论》，在流传过程中，经后人整理编纂将其中外感热病内容结集为《伤寒论》，另一部分主要论述内科杂病，名为《金匮要略方论》。

③ 禅宗六祖，法号慧能（638—713），唐时岭南新州（今广东新兴）人，年轻时到湖北黄梅县东山寺拜禅宗五祖弘忍为师学习佛法，但弘忍仅安排他春米，后因作偈"菩提本无树，明镜亦非台。本来无一物，何处染尘埃"受到弘忍首肯而授予衣钵成为传法继承人，世称禅宗六祖。慧能主要在南方传法，世称"南宗"，提倡顿悟，其弟子集录其讲经的要义，编纂成《坛经》。不过通过宿于"树下石上"来苦修的说法并不是慧能提出的，而是释迦牟尼提出的。

凉，"火"就降下来了，这是极为自然的规律，不容丝毫怀疑。

如此这般，降"火"之法被发明出来了好多，可遗憾的是引"火"之法却未被发明出来。一般以为"上火"乃有害无益之现象，其实在某些情况下也是不能如此武断的。对于有些职业来说，"上火"还是十分重要的手段哩。甚至不"上火"就会一事无成。而其中最重视"上火"的就是诗人。"上火"之于诗人就如同煤炭之于轮船一般，只要一天不"上火"，他们就只能无所事事地吃干饭，和一无所能的凡人没什么两样了。

其实，"上火"就是发疯之别名，可要说不发疯就没了生计也未免太难听了，所以在他们同行之间是不把"上火"称为"上火"的。他们全都约好了，装模作样，煞有介事称其为"烟士比里纯"①。这是他们为了蒙骗世人而生造出来的一个名称，其实就是"上火"。柏拉图②是偏袒他们的，将他们这种"上火"称为"神圣的疯癫"，可不管有多么的神圣，既然疯疯癫癫了人们也就不爱搭理他们了。故而为他们着想，本猫以为还是用"烟士比里纯"这么个类似于新药的名称比较好。然而，正如鱼糕的底料是山药；观音像就是一段一寸八分的朽木③；鸭肉葱段面里用的是乌鸦肉；出租屋里的牛肉火锅里只有马肉一样，所谓的"烟士比里纯"其实就是"上火"。既是"上火"，那就是暂时性的疯癫。正因为是暂时性的，所以不必到巣鸭④去住院。

然而，要制造出这种暂时性的疯癫却是极为困难之事。让人一辈子发疯反倒是容易的，而要让人仅限于握笔伸纸时发疯，就连最最高明的

---

① 即灵感。

② 柏拉图（前427—前347），古希腊哲学家，与其老师苏格拉底以及学生亚里士多德一起为西方文化奠定了哲学基础。

③ 这里说的是浅草寺堂里的观音像。传说在推古天皇三十六年（公元628年）有渔民在偶田川里网到了一个观音像，为了供奉这个观音像而在浅草盖了观音堂。从江户时代起，民间就传说该观音像只有一寸八分长，但由于该像是秘佛，不公开展览的，所以难辨其真伪。

④ 指当时位于小石川驾笼町的东京府立巣鸭医院，也收精神病人。

上帝似乎也颇觉困难，轻易不肯出手的。既然上帝不肯出手，那就只能自力更生了。所以说历古到今，"上火术"一直是跟"降火术"一样，令学者们大伤脑筋的。

有人为了获得"烟士比里纯"每天吃二十个涩柿子。其理论依据是这样的：吃了涩柿子就会便秘，而便秘则必然导致"上火"。

还有人带着烫好的酒壶下到铁炮风吕①中洗澡。因为他觉得在滚烫的洗澡水里喝滚烫的老酒是一定会"上火"的。此人坚信，如果还不成功，那就干脆将葡萄酒加热代替洗澡水，人在里面一泡就定能"上火"了。可惜的是他没钱，此妙方尚未付诸实践他老兄就一命呜呼了，可怜见的。

最后，还有人想到只要模仿古人便可获得"烟士比里纯"。这是"模仿某人之姿态、动作后，自己的心态也会与之相似"之理论的实际应用。譬如说，学着醉鬼的模样胡言乱语，絮絮叨叨，不知不觉间自己也会有喝醉酒的那种晕乎乎的感觉。又如坐禅一炷香之后就会觉得自己似乎也变成和尚了。因此，只要模仿一下从前那些获得过"烟士比里纯"的名家的所作所为，定然能够"上火"。

据说雨果是躺在快艇上构思的，那么坐在船上仰望着蓝天必定能"上火"。而史蒂文森是俯卧在床上写小说的，那么趴着执笔就容易"上火"了。

如此这般，各种各样的人想出了各种各样的办法，可谁都没有成功。由此可见，人为性的"上火"如今已成为不可能之事。尽管十分遗憾，但也无可奈何。"烟士比里纯"招之即来的一天迟早会到来的，这一点毋庸置疑，为了人类文明的发展，本猫热切盼望这一天早日到来。

关于"上火"的说明，到此想必已非常充分了，故而下面终于要涉及具体的事件了。然而，所有重大事件发生之前，是必定会发生一些较

---

① 一种流行于明治、大正年间的，带有可烧火加热之铁锅、烟囱的大型洗澡木桶。

小事件的。仅仅叙述重大事件而忽略较小事件，乃是自古以来历史学家屡犯不改的老毛病。我家主人就是每逢较小事件便使其升级，变本加厉，愈演愈烈，最后终于引发了重大事件，因此，不按照其发展顺序来叙述是难以理解主人之"上火"程度的。难以理解的话，主人之"上火"便会徒有虚名，或许就会被世人所蔑视，以为"也不过尔尔嘛"。如此，则好不容易上一次火，却得不到世人的喝彩，搞得灰溜溜的好没意思。

下面本猫所要叙述的事件，不论其大小，对于我家主人来说都不是光彩之事。事件本身虽不光彩，但本猫希望证明：至少主人之"上火"是货真价实的，是一点也不落人后的。

我家主人在别的方面并无值得一提的禀赋，倘若在"上火"这一点上再不稍作夸耀的话，那么即便搜肠刮肚也找不出可为之颂扬的题材了。

麇集于"落云馆"的敌军近日发明了一种达姆弹 ①，在十分钟的课间休息或放学之后，他们便向北侧的空地倾泻着密集的"炮火"。这种达姆弹通称为"棒球"，是用一根大擂杆对其随意击打而进行发射的。由于是在"落云馆"之运动场发射的，故而这种达姆弹再怎么厉害也绝对不会命中缩在书房里的主人。估计敌方也并非没有意识到弹道过远这一因素，可这也正是其策略之所在。既然在旅顺之战中海军的间接射击 ② 居功甚伟，那么，这些滚落在空地上的棒球就不可能是毫无效果的。更何况每发射一发，还合全军之力"哇——"地狂吼一声以示威吓。惊恐

---

① 达姆弹（dumdums），英国制造的一种枪弹。因由印度加尔各答附近一个叫达姆的地方兵工厂生产而得名。又俗称"开花弹""榴霰弹""入身变形子弹"，是一种不具备贯穿力但是具有极高浅层杀伤力的"扩张型"子弹。1899年海牙公约的第三项声明《禁用入身变形枪弹的声明》，明文禁止"进入人体后易于膨胀或变扁的弹头"。而当时中国的代表清朝政府亦是签署国之一。

② 军事术语。针对受到建筑物、山丘等障碍物的遮蔽而无法直接观察的目标，采用曲线弹道实施的炮击。日俄战争中，为了配合陆军攻占高地，停泊在旅顺湾之外的日本联合舰队曾用舰炮越过山头实施炮击。

之下，主人那通往手足的血管则势必会收缩，而迟滞其间的血液在烦闷至极后，定会造成"上火"。由此可见，敌人的计谋可谓十分高妙。

据说从前，古希腊有个名叫埃斯库罗斯①的大作家。此人拥有一颗学者、作家通常都拥有的脑袋。本猫所说的"学者、作家通常都拥有的脑袋"事实上是指"秃头"。要说头为什么会秃，当然是头部营养不足，缺乏头发生长所需的活力了。学者、作家是用脑最多，而大多又十分贫穷。故而学者、作家的脑袋全都因营养不足而秃了。

却说那埃斯库罗斯既然是一位作家，他那脑袋又焉有不秃之理呢？因此，他拥有一颗光溜溜的金橘头。有一天，他摇晃着那颗一如既往的秃脑袋——由于脑袋是没有出门礼服与居家常服这般多套行头的，一定是"一如既往"的——摇晃着那颗一如既往的秃脑袋，走在阳光普照的大街上。其实，这就是灾祸之源。因为自远处看来，阳光照耀下的秃头，乃是一个十分光亮的玩意儿。正所谓"木秀于林风必摧之"，脑袋如此光亮又岂能确保无恙？

恰在此时，埃斯库罗斯的头顶上空正盘旋着一只鹫，利爪之中还紧紧地抓着一只不知从何处捕来的乌龟。乌龟、甲鱼之类自然是美味佳肴，可自古希腊时代起，它们便披上了坚硬的甲。再怎么美味，带着硬甲总还是难以对付的。"带皮烤大虾"虽然听说过，可"带壳炖小龟"即便到今天也依旧闻所未闻，故在那远古时代自然更是不可能有的了。

那鹫尽管凶猛却也不能拿乌龟怎么样，正一筹莫展之际，远远地望见下界有个发亮的东西。"来得正好！"——那鹫心想，将乌龟扔到那发亮的玩意儿上去定能将坚甲摔个粉碎，而摔碎了坚甲再吃里边的肉就不费吹灰之力了。"好咧，就是这个主意。"——那鹫招呼也不打一个，瞅准了便高高地将小乌龟扔下去。不巧的是，作家的脑袋瓜没有乌龟的甲硬，故而那颗秃脑袋便碎得一塌糊涂，如此有名的埃斯库罗斯便悲惨万

① 古希腊悲剧诗人，与索福克勒斯和欧里庇得斯一起被称为"三大悲剧诗人"，有"悲剧之父"之美誉。代表作有《被缚的普罗米修斯》《阿伽门农》等。

分地一命呜呼了。这事自然也就这样了，可难以理解的倒是那鹫心里的小九九。它是在知道那颗脑袋是作家的脑袋才将乌龟扔下去的，还是将其当作岩石而扔下去的？解决了这个问题，才能判断是否能将"落云馆"里的敌人与那鹫做比较。

主人的脑袋并不像埃斯库罗斯以及各大学者那样闪闪发光。然而，既然一人占据了一个尽管只有六铺席大却号称书斋的房间，还打着瞌睡将脸蛋儿覆盖在艰深难懂的书籍之上，也不得不将其视为学者、作家了。

如此看来，主人的脑袋不秃，是尚不具备秃之资格，近期内变秃恐怕就是不久之后将要降临到他头上的宿命吧。由此可见，"落云馆"的学生以此脑袋为目标集中发达姆弹，可称为是适逢其时的。倘若敌人将此行动延续两个星期，那么，由于惊恐和懊恼，主人的脑袋必将因营养不足而变为金橘、汤罐或铜壶的吧。不仅如此，接连遭受两星期的炮击，金橘必定稀烂，汤罐肯定漏水，铜壶定将开裂。而丝毫也不想象一下如此显而易见之结果，一心只想着与敌人决一死战的，仅苦沙弥先生本人一人而已。

一天下午，本猫照例来到檐廊上午睡，忽然做了个梦，梦见自己变成了一只老虎。

本猫对主人说："拿鸡肉来吃！"

主人便"唉"地应了一声，战战兢兢地拿来了鸡肉。迷亭来后，本猫便对他说："本猫要吃大雁肉，快去'雁锅'[①]叫一份来。"

迷亭那厮依然耍贫嘴，说什么"将腌萝卜和咸脆饼一起嚼，就有雁肉味儿了"，本猫"嗷——"地大吼一声吓唬他，那厮便脸色煞白地说道："山下的那个'雁锅'早已关掉了，这便如何是好？"

于是本猫便道："既如此，将就一点，改吃牛肉吧。你快去'西川[②]'割一斤里脊来，再要磨磨蹭蹭的小心本猫吃了你。"

---

① 位于东京上野山下的饭店名称。以鸟肉料理而闻名，据说夏目漱石、森鸥外、正冈子规经常光顾那里。

② 当时东京小石川区里町的一家较大的牛肉店，在东片町也有其分店。

迷亭将衣襟掖在腰里，惊慌失措地跑了出去。

由于本猫身量变大，一躺就将檐廊躺得满满的。

正在等迷亭回来的当儿，冷不防一个声震屋宇的巨响将本猫惊醒，牛肉一口没吃到本猫便从美梦中被拽回了严酷的现实世界。

不仅如此，刚才还对本猫点头哈腰的主人，突然从厕所里冲出来，在本猫的肚子上狠狠地踹了一脚，本猫正纳闷间，他已然趿拉着木屐朝"落云馆"奔去了。

由于本猫一下子从大老虎缩成了瘦小猫，觉得很没面子，也很滑稽，故而慑于主人的气势再加上肚子上的疼痛，老虎之事立刻就忘到九霄云外去了。与此同时，看到我家主人终于要出马与敌人交战了，心想"这下可有好戏看喽"，于是便忍痛跟在他身后，出了后门口。

恰在此时，猛听得主人怒吼一声："小偷！"

抬头一看，只见一个头戴学生帽的十八九岁的强壮青年，正在翻越方格竹篱笆要逃回那边去。

"啊呀，来迟一步了"——本猫寻思着，只见那"学生帽"采用短跑姿势形同飞毛腿韦陀①一般逃回其根据地了。

主人见高喊"小偷"十分见效，便"小偷，小偷"地高喊着追了上去。然而，要想追上敌人，主人就必须翻过竹篱笆。而一深入敌后，主人自己就成了小偷了。

正如前文所述，主人是个出色的"上火"家。他高喊着"小偷"乘胜追击，似乎打算"即便自己成为小偷也要追上小偷"，毫无返回阵地之意，一直追击到篱笆墙的墙根下。就在再进一步自己便成为小偷的当儿，敌军之中闪出一位胡须稀薄的将官，不慌不忙地出阵前来。两人隔着篱笆墙便开始交涉了。本猫侧耳一听，原来说的竟是这般没滋没味的话："那是本校的学生。"

---

① 韦陀原为婆罗门教中的神，湿婆神之子，在佛教中为僧人与寺院的守护神。同时也作为善跑之神而闻名。

"既是学生，为何侵入他人府邸？"

"因为棒球飞进去了。"

"为何不先打了招呼再来取？"

"今后定将加强管教。"

"既如此，那就算了吧。"

原以为会出现龙争虎斗的壮观场面呢，谁料想所谓的交涉竟以散文化的谈判迅速且和平地了结了。主人的冲天浩气不过是一时兴起的虚张声势。一到关键时刻，总是这么虎头蛇尾，草草收场。简直就跟本猫突然从梦中的老虎变回现实中的小猫一个样。

本猫前文所述的"小事件"其实就是这件事。"小事件"记述之后，按照叙述之顺序就一定要讲讲"大事件"了。

主人敞着客厅拉门，肚子着地地趴在榻榻米上，像是在思考着什么。估计是在盘算着御敌之策吧。

"落云馆"此刻正在上课，故而运动场上分外安静。唯有某教室正在上的伦理课，听得十分真切。那位教师嗓音洪亮，振振有词。一听，正是昨天出阵前来谈判的"将军"。

"……所以说公德十分重要，只要到他们那边去看看，无论是法兰西还是德意志还是英吉利，无论你走到哪儿，都会发现没一个国家是不讲公德的。并且，无论是如何下等之人也都没有不讲公德的。可悲的是，我们日本国，在这一点上尚不能与外国相抗衡。或许有人以为所谓公德，那是从外国输入的新鲜玩意儿，倘若这么想，那就大错特错了。古人不也说'夫子之道一以贯之忠恕而已①'的话吗？这个'恕'实乃'公德'之所本。我也是人，所以有时也想大声唱歌。可要是我自己在学习的时候，隔壁有人放声高歌，我就看不进书了。所以说，当自己想

---

① 语出《论语·里人篇》，原文为：子曰：参乎！吾道一以贯之。曾子曰：唯。子出。门人问曰：何谓也？曾子曰：夫子之道，忠恕而已矣。"日本人自古学习中国古典，是从不把中国古人当作外国人的。

到高声吟诵《唐诗选》定然十分畅快之时，考虑到倘若隔壁也住着个跟自己一样怕人惊扰的邻居，而自己是不应该在无意之中打扰人家的，那么，就该抑制一下自己。所以说，诸位也要尽量遵守公德，绝不可做有可能妨碍他人的事情。……"

主人专心致志地听人家上课，听到这儿，禁不住咧嘴一笑。

在此，有必要对这"咧嘴一笑"之含义稍加解释。

好讽刺挖苦之人读到此处，恐怕会联想到这"一笑"的背后定然是隐藏着尖刻之酷评的。可我家主人绝非如此恶毒之人。或者说不是没这么恶毒，而是其智力尚未发展到如此程度。要说主人为何"咧嘴一笑"，则完全是由于内心欢喜而发的。因为他觉得，那位教伦理的老师如此语重心长如此痛心疾首地训诫学生，今后定然能永久免受达姆弹滥射之苦了。如此，则近期内头也不会秃，"上火"之事即使一时难以痊愈也定然能渐次平复。即便不头蒙湿手巾，脚藏被炉之中，当然更不必露宿于树下石上，料也无妨了。也就是说，由于主人内心得出了如此鉴定结果，才"咧嘴一笑"的。说来也是，本猫那时至二十世纪的今天还坚信"欠债必还"的主人，听信讲课内容也是情理之中的事情。

过不多时，像是到点了，讲课戛然而止。其他教室里的课程自然也一齐停止了。于是刚才被密封在教室里的八百"战友"发一声喊，全都从屋里冲了出来。要说其气势，就跟捅了个一尺来大的马蜂窝一般。"嗡嗡"地、"哇哇"地，从窗户、拉门、移门、任何一个开口之处不计后果地，争先恐后地涌出来。而这便是"大事件"之开端。

首先要说明一下"马蜂"们的阵势。

倘若您以为如此战争哪还讲究什么排兵布阵，那就谬矣。

对于平民百姓而言，一提到战争马上就想到"沙河""奉天""旅顺"①，好像其他地方就没战争似的。而说到颇具诗意的野蛮人，便会联

---

① 这些都是日俄战争时爆发过大战的地名，由于当时日本的报纸详细报道了战况，故而当时的日本人一提起战争首先会联想起这些地名。

想到阿喀琉斯拖着赫克托耳的尸体绕特洛伊城走三圈①，或者燕人张飞手横丈八蛇矛挺立于长坂桥上，瞪眼喝退曹操百万大军之类夸张得没谱的故事。联想当然是个人之事，爱怎么想就怎么想，可倘若以为除此之外便无战争，那就不妥了。

就拿眼下这场近乎胡闹的战争来说，倘若发生在太古蒙昧之时倒也情有可原，可在太平盛世之今日，在大日本帝国首都之中心，竟然还会出现如此野蛮之举动，实在是令人难以置信的奇迹。骚动再怎么升级，也不会超过烧砸派出所的程度的。如此看来，卧龙窟主人苦沙弥先生与那"落云馆"里八百健儿之间的战争，应该就是东京市有史以来屈指可数的大战之一了。

想当年左丘明老先生在记述"鄢陵之战②"时，也是从敌人的阵势开始写起的。自古以来，长于叙述者，都采用此一笔法，业已成为为文之通则了。故而本猫自"马蜂"之阵势开始讲起料也无甚大碍吧。

那么，"马蜂"们到底摆了个什么阵势呢？——本猫举目观瞧，只见他们在四方格竹篱笆外侧排成了一列纵队。其任务似乎在于诱骗主人进入他们的火力范围。

"服不服？"

"不服，不服。"

"不行啊不行啊。"

"出不来吧。"

"干得过吗？"

"怎么会干不过呢。"

"吼两声，吼两声。"

---

① 荷马史诗《伊利亚特》中所描述的场景。

② 左丘明是中国春秋时代鲁国的史官，相传为《春秋·左传》的作者。《左传》中十分精彩地记述了许多战争场面，鄢陵之战即为其中之一。鄢陵，春秋时郑国之地，今河南鄢陵西北。公元前575年，晋军大败楚军于此。《左传·成公十六年》记述了这场战争。

"汪——汪——"

"汪汪汪汪汪！"

接着，整个纵队都放声呐喊起来。而离纵队右侧稍远的运动场方面，炮队占据有利地形后开始布阵。面朝卧龙窟站着的一名将官手持一根大擂杵严阵以待。其对面相隔三四丈处也站着一人，大擂杵的后面还有一人，此人面朝卧龙窟直挺挺地站着。像这样排成一直线面对面站着的就是炮手。而根据某些人的说法，这是在练习棒球①，绝不是在准备打仗。

本猫是个文盲，不知棒球为何物。不过也听人说起过，知道棒球是从美国传来的一种游戏，是如今中学以上学校里最热门的一项运动。由于老美这个国度尽搞些异想天开的花样，因此，出于亲善目的而将极易误解为炮队的、惊扰四邻的游戏教给日本人亦未可知。美国人或许是真的将其理解为一种运动游戏的。可即便是纯粹的游戏，既然具有足以惊扰四邻的威力，只要运用得当，使其发挥炮击作用也是完全可能的。而就本猫的观察而言，"落云馆"里的那些家伙一心只想利用该运动之形式而收炮击之实效而已。除此之外，还能怎么解释呢？

凡事都看你怎么说了。既然有人借慈善之名行诈骗之实；既然有人号称"烟士比里纯"而乐于"上火"，那么难保不会在棒球游戏的烟幕下发动战争。上文所引"某些人"的说明，应该是指通常状态的棒球吧。而如今本猫所要记述的棒球，乃是仅限于此特殊场合的棒球，也即是一种攻城的炮击之术。

下面，容本猫介绍一下该"达姆弹"之发射方法。

直线排列的炮阵中之一人将"达姆弹"抛给手持大擂杵之人。那"达姆弹"到底是用什么材料制造的，局外人看不分明。像是在坚硬的石球般的东西外非常仔细地缝合了一层皮革。该弹丸如前所述，脱离了一炮手之手掌后便呼啸着飞出，站在其对面的一人则挥动那根大擂杵将

---

① 棒球是明治六年（1873）由美国教师传入日本的。棒球的日语汉字写作"野球"，而将英语baseball译作"野球"的正是夏目漱石的朋友正冈子规。

294

其击回。也有没击中弹丸而掠过的情况，可大多都能"咣——"的一声将其反弹出去。其势头猛烈异常，若要击烂本猫那患有神经性胃炎之主人的脑袋简直是易如反掌。炮手所干的事情就是这些，可在周围还聚集着大批看热闹并兼作援兵的家伙。每当大擂杆"咣——"的一声击中了"石球"，他们便"呱唧呱唧"地鼓掌，"好啊，好啊"地乱嚷嚷。

"是'安打①'吧。"

"这都不行吗？"

"还不服吗？"

"认输了吧。"

倘若仅仅是这样倒也不算过分，可被击回的"弹丸"三次之中必有一次落入卧龙窟院内。当然了，不落入院子就达不到攻击之目的了嘛。

尽管"达姆弹"近来各地都在制造，可毕竟还是很贵的，即便是用于战争，也难以保证充足供应。一队炮手大体只分配到一两个。哪能"咣——"的一声就将如此贵重的炮弹给消耗掉了呢？于是他们便专设一个称作"捡球"的部队，前去捡拾弹丸。如果落弹地点好，捡拾仅仅是举手之劳，可要是掉落到草地或人家院子里就不那么容易捡回来了。因此，为了避免空耗劳力，通常都将其击打到容易捡拾的地方，而眼下却是相反的。因为其目的并不在于游戏，而在于战争，故而他们有意将"达姆弹"发射至主人的院内。

既然发射到了院内，自然就必须到院子里来捡拾了。而进入院子最简便的方法莫过于翻越四方格竹篱笆。在篱笆墙的里侧引发骚乱后，主人必定暴跳如雷。如若不然，就得摘冠投降。否则将不胜其苦，天长日久，渐成秃顶。

就在此刻，敌军所发的一弹便十分精准，越过四方格篱笆，击落几片梧桐树叶，直接命中了第二道城壁，也即竹篱笆上，并且发出了很大

---

① 棒球术语，指打击手把投手投出来的球，击到界内，使打者本身能至少安全上到一垒的情形。

的声响。

牛顿第一运动定律认为：若无外力影响，物体一旦运动起来便做匀速直线运动。倘若物体的运动仅仅受此定律支配的话，那么我家主人的脑袋此刻便要遭到与埃斯库罗斯相同的命运了吧。所幸的是，牛顿在制定出第一运动定律的同时，还制定了第二运动定律，我家主人才有惊无险地保住了一条小命。

第二运动定律为：运动的变化与所受外力成正比，且发生在该力之直线方向上。

这叙述虽然稍稍有些难懂，可那颗"达姆弹"并未穿过竹篱笆，击穿纸糊拉门，摧毁主人的脑袋，则完全是托了牛顿爵士之福。

不一会儿，敌人果然进院来了。

"是这儿吗？"

"还要偏左一点吧。"

他们嘴里嘟囔着用棍棒抽打起矮竹丛来，发出"唰——，唰——"的声响。所有的敌人进院来捡拾"达姆弹"时，都要发出特别大的声响。因为，悄悄地进入，悄悄地捡了就走便达不到他们的目的了。"达姆弹"是否贵重本猫不得而知，可捉弄我家主人一定比"达姆弹"本身更为重要。

譬如此时，他们在远处早已得知"达姆弹"掉落的地点了。也听到了击中竹篱笆的声音。击中的部位也清楚，并且知道所掉落的地面。所以他们如果想老实巴交，安分守己地来捡，也是完全可以的。

根据莱布尼兹①的定义，空间即能够共同存在之现象的秩序。譬如说，《伊吕波歌》②中的假名顺序是不会改变的；柳树下面必定有泥鳅；蝙蝠飞时必是月出黄昏。棒球与墙根或许不怎么相配，可在那些每天都将

---

① 莱布尼兹（1646—1716），德国哲学家、数学家，除此之外，在语言、法律、物理神学等领域也均有建树，是微积分的发现者，被誉为符号逻辑学的鼻祖。同时还活跃于国政以及外交等实务领域。著有《单子论》等著作。

② 用五十个日文假名不重复地编成的一首歌，相当于中国的《千字文》。相传为曾留学唐朝的空海所作。其内容也包含了"世事无常"的佛教思想。

棒球抛入院内之人的眼中，应该已经习惯如此排列，一目了然了吧。所以说他们仍要如此喧闹，不为别的，就为了激怒我家主人，挑起战争。

既已到了如此地步，我家主人再怎么奉行消极主义也不得不出面应战了。刚才趴在客厅里听伦理课后"咧嘴一笑"的主人，此刻愤然站起，猛然冲出，莽然生擒了一名敌兵。这对于主人来说可是个辉煌的战果。然而，战果虽然辉煌，可仔细一看所抓到的仅是一个十四五岁的小孩。这么个小毛孩子作为留着胡子的主人的敌人，多少有些不怎么般配。但是，主人或是觉得已足够了，不由分说地便将那苦苦哀求着的小家伙拽到了檐廊跟前。

在此，似乎有必要简略说明一下敌方的战略了。

敌方见了昨日主人那气势汹汹的样子早料到他今天必定也会亲自出马的。考虑到万一撤退不及时被他捉去个大家伙，事情就麻烦了。而让一二年级的小家伙去捡球便可规避此等风险。这样的话，即便被主人揪住了啰里吧嗦来讲什么歪理，也无损"落云馆"的声誉，反会让"以大欺小"之我家主人大出其丑。

敌方的考虑便是如此。就普通人的思虑而言，这样的考虑极为妥当。可是，他们竟然忘了其对手并非普通人。

我家主人若有如此这般的常识，昨天就不会冲出去了。所谓"上火"，就是将普通人变得不普通，使有常识之人不按常识行事的玩意儿。当　个人尚能分清楚这是女人，这是小孩，这是个拉车的，这是个牵马的时候，他就还不足以向人夸耀自己已然"上火"。而不到如同主人这般抓来一名不成其为对手的初中一年级学生当作人质的程度，是进不了"上火"家的行列的。

此时，最为可怜的就是那名俘虏。他只是根据高年级同学的命令，前来履行捡球这样一种小兵的任务，却十分倒霉地被毫无常识的敌将，"上火"之天才追得上天无路入地无门，没工夫翻越篱笆墙，直接就被拘押在院子里了。

战局发展到如此地步，敌军倒也不能若无其事地看着自己的战友受辱了。他们一个个争先恐后地翻过了四方格篱笆墙，从栅栏门处涌进了院子。其人数约有一打左右，"呼啦"一下子在主人面前站成了一排。他们大多没穿上衣或西装背心。有的将白衬衫的袖子卷得老高，双手叉胸。有的只是将一块洗褪色的绒布胡乱搭在后背上。当你觉得都是这种货色时，却又发现其中也有衣着讲究的：白帆布的上衣滚着黑边，当胸还绣着黑色的花体洋文。一个个看起来全像是以一当千的猛将，仿佛在说"我等丹波好汉，昨夜刚从笹山赶来 [①]"，肌肉疙里疙瘩，黑不溜秋的。让他们进中学研习学问真是糟蹋了。做个渔夫或者船老大什么的，定能有利于国家。他们还全都赤着脚，将紧身裤的裤脚卷得高高的，一副马上要去附近救火的模样。

他们默默地在主人面前站成了一排，一言不发。主人也紧闭着双唇不发一言。一时间双方怒目而视，眼神中略带杀气。

"你们是小偷吗？"

主人气势如虹地质问道。由于他用后槽牙咬碎的摔炮变成一团火焰从鼻孔中喷出，鼻翼鼓鼓的，一副怒气冲天的模样。越后狮子舞中的狮子鼻子，大概就是模仿人类发怒时的鼻子制成的吧。如若不然，怎么造得出那么骇人的玩意儿来？

"我们不是小偷。是落云馆的学生。"

"胡说！落云馆的学生怎会擅闯民宅？"

"你看，我们不是带着有校徽的帽子吗？"

"假的吧。既是落云馆的学生，为何擅自乱闯？"

"棒球飞这边来了嘛。"

"棒球怎么会飞进来的？"

"一不小心就飞进来了嘛。"

"岂有此理！"

---

① 出处不详。可能是歌舞伎中草莽英雄出场时惯用的自报家门。

"以后小心就是了，这次就原谅我们吧。"

"来历不明之人逾墙而入，哪能轻易放过？"

"可我们确实是落云馆的学生啊。"

"既是落云馆的学生，是几年级的？"

"三年级。"

"确定吗？"

"嗯。"

主人回过头去喊道："喂，来人呐。"

埼玉县出生的厨房女佣拉开了移门，"唉"的一声探出了脑袋。

"去落云馆带个人来。"

"带谁来呢？"

"谁都行啊。快去！"

女佣"唉"地应了一声。可由于院子里的场景过于奇妙，对于自己的使命又不甚了然，再加上事件的发展本就十分可笑，她便非站非坐，哈着腰嘿嘿地笑了起来。

主人是将此事当作一场大战的，自己又正在施展"火"头上的霹雳手段。本以为自己雇佣的女佣自然是站在自己一边的，可谁知她不仅处事不认真，听了自己的吩咐竟然还嘻嘻哈哈的，这哪能不叫他愈发地"上火"呢？

"不是说了吗？谁都行。还不明白吗？校长也好干事也好主任也好……"

"是校长先生吗？……"

女佣只听懂了"校长"，其他的一概不知。

"我说了，校长也好干事也好主任也好，还不明白吗？"

"要是谁都行的话，听差也可以吗？"

"胡说！听差管什么用？"

说到这份儿上，女佣知道再说下去也等于白搭了，于是便"唉"了一声出去了。看来她依然没明白这趟差使的用意。本猫正担心她会不会真带个听差回来的当儿，那个教伦理课的老师却从大门里进来了。主人等他从容入座之后便立刻开始了谈判。

"适才，彼等擅闯鄙宅……，他们真是贵校学生吗？"

主人用旧戏《忠臣藏》[①]中台词一般的话语古色古香地开了个头，随后又以不无揶揄的腔调收尾。

伦理学老师一副不惊不乍、不慌不忙的模样，若无其事地扫视了一遍排列在院子里的勇士们，又像刚才那样将目光回到主人的脸上，做如下回答："不错。他们正是本校的学生。为了不发生如此事件，鄙人始终训诫不已……实在令人头疼……你等为何要越过篱笆墙？"

要说这些学生倒也真不含糊，面对伦理课老师无话可说，竟没一个开口的。全都老老实实地挤在院子角落里，就像遇上了暴风雪的羊群一般。

主人说道："球落到院子里自然也是没有办法的事情。这院子离学校这么近，当然时不时地会有球飞进来的。可是……你们太过鲁莽了。就算要翻墙进来捡球，不声不响捡了就走，倒也情有可原……"

伦理课老师立刻接过话头，道："所言极是。我也经常提醒他们的，可人太多了……喂，你们以后可一定要注意哦。如果球飞进了院子，你们就绕到正门处，征得人家同意后再进来取。听到了吗？——学校太大，怎么也照管不过来，真没办法啊。可运动又是教育之必需项目，是无论如何都不能禁止的。而让他们开展运动的话，一不小心就会给您添麻烦，这一点还望多多包涵。今后，我让他们一定到正门来请求您的许可。"

"既然大家都这么通情达理，事情就好办了。球嘛，飞来再多也没关系。只要来正门打个招呼也就是了。那么，这些学生我就移交给您，您将他们带回去吧。让您特意跑一趟，真是过意不去。"

我家主人照例又来了一通虎头蛇尾的敷衍。伦理课老师则带着那帮来自丹波笹山的好汉回"落云馆"去了。

---

① 是个讲述元禄十四年(1701年)赤穗义士为主人报仇的故事，宣扬忠君之武士道精神。

本猫所谓的大事件，至此也就告一段落了。倘若有人要笑话说"这算什么大事件"，尽管笑话。这说明对于这种人来说，算不得大事件，仅此而已。本猫所记述的是我家主人的大事件，而非这些人的大事件。

倘若有人要说说"前倨后恭，强弩之末"之类的风凉话，那就请记住：这就是我家主人的特色。同时还请记住：我家主人之所以还能成为滑稽文之题材也正是由于他具有如此特色之故。

若要说跟一个十四五岁的小孩子过不去简直是愚不可及，本猫也表示同意：确实愚不可及。正因为这样，大町月桂先生揪住主人不放，说他"稚气未脱"。

本猫先前叙述了"小事件"，如今又讲完了"大事件"。接着，本猫打算描述一下大事件之后的余波，然后结束全篇。

或许有些读者以为本猫所写的一切都是信口开河，胡说八道。其实不然，本猫绝不是如此轻佻不实之猫。本猫所写的一字一句自然全都包含着天地宇宙之重大哲理，此一字一句陈陈相因，环环相扣后便首尾相顾，前后照应了。而原先以为仅仅是琐谈闲话，并不用心研读的文字却会突然变为高深的真言。因此，读本猫的文字决不可无礼轻慢，决不可横躺斜卧，摊手摊脚，一目十行地读。据说读柳宗元、韩退之的文章是要先用玫瑰水净手的，所以读本猫的文字至少要自己掏钱买来杂志再读，切不可马马虎虎，借了朋友读过的来瞎对付。

下面所要叙述的，本猫称之为"余波"，然而，倘若以为既是余波，定然无聊至极，不读也罢，则必定追悔莫及。还请诸位精读。

"大事件"之后的第二天，本猫想出去散会儿步，于是步出家门来到了大街之上。抬头一看，见对面胡同拐角处金田家的主人与那铃木阿藤[1]站在当街聊得正欢。看那意思，是金田坐车正要回家，铃木君去他家拜访因他不在而退了出来，结果两人在半道上撞了个正着。

---

[1]　就是前文已出现过的铃木藤十郎，作者这么写是出于调侃目的。

由于近来本猫对那金田公馆已没了兴趣，极少去那边溜达，今天这么不期而遇，见了他倒也觉得有几分亲切。而本猫与那铃木君自然也久违了，不妨顺带着暗中一瞻其风采吧。

拿定了主意之后，本猫便不慌不忙地踱到那两位的身边。如此，他们的谈话声便自然而然地进入了本猫的耳朵。

本猫首先需要声明的是，这并非本猫偷听之过。错就错在他们当街闲聊。由于金田君是一位为了探听我家主人的动静不惜动用侦探的"善良之辈"，本猫偶尔听他一耳朵谈话，定不会惹他动怒的。倘若他要生气动怒，本猫当即便可回敬他一句："你懂不懂公平原则？"总之，本猫听到了他们的谈话，可并不是本猫想听而听的。本猫并不想听，是这些话自己钻到本猫耳朵里来的。

"啊呀，刚才我去尊府拜访了，想不到在此处遇上了您，真是太巧了。"

阿藤恭恭敬敬地低头行礼。

"哦，是吗。最近，我也正想找你呢。真是太好了。"

"啊呀，那真是巧得不能再巧了。请问有何差遣。"

"也没什么大不了的事情。无关紧要，可这事也只有你能办。"

"只要我力所能及，自当效力。请问何事？"

"呃，这个嘛……"

金田沉吟了一会儿。

"若有不便，我下次再来就是了。请问何时造访较为方便？"

"不是，不是。也没什么大事。——嗯，既然这样，还是拜托你吧。"

"尽管吩咐，不用客套……"

"我说，那个怪人，就是你那位老朋友，不是叫作'苦沙弥'什么的吗？"

"是啊，苦沙弥他又怎么了？"

"不，也没怎么。自从那个事件以来，心里总不痛快。"

"那是自然，苦沙弥也太刚愎自用了嘛……他要是能稍稍考虑一下自己在社会上的地位就好了，现在这样子，简直就是'老子天下第一'啊。"

"就是啊。他还胡说什么'不向金钱低头'啦、'资本家算个屁'啦，我就想，好啊，既然这样，就让你尝尝资本家的手段吧。前一阵子狠狠地杀了杀他的气势，可他依然死撑着。真是又臭又硬。简直令人吃惊啊。"

"他是个没有利害观念的家伙，估计也只会一个劲儿地死撑吧。这是他的老毛病了。也就是说，自己吃了亏还不知道。简直是无可救药。"

"哈哈哈，对对对，无可救药。我变着法儿折腾他，最后还让学校里学生搞了他一家伙。"

"这可真是高招啊。管用吗？"

"那是自然，搞得他头疼不已。估计不久便要投降了吧。"

"那就好啊。他再怎么狠也是一人难敌四手嘛。"

"说得好，他只一个人顶个屁用。定然是灰头土脸，狼狈不堪的。我要拜托你的事，就是你能否去看看他现在的情况。"

"是这么个事儿啊。小菜一碟。我马上就去。回头跟您汇报。一定十分有趣吧。那老顽固垂头丧气的模样，可有得一看啊。"

"好啊。那你回头就过来一趟，我等你。"

"好。那我就失陪了。"

啊呀，原来他们又在搞阴谋诡计了。资本家的势力果然厉害，让煤渣一般的主人"上火"也好，让主人的脑袋秃得苍蝇都站不住也好，让主人的脑袋遭受与埃斯库罗斯同样命运也好，全都是资本家捣的鬼。地球绕地轴旋转究竟是靠什么驱动的，本猫不知道，可本猫知道，推动世道运营的确实是金钱。而充分理解金钱的能量并自由发挥其威力的，除了各位资本家就再也没有旁人了。太阳能够平安无事地从东方升起，安然无恙地往西方落下，也完全是托了资本家之福。本猫被不谙世事之穷措大 [①] 收养，故

---

① 原文就写作"窮措大"，是从中国传过去的说法。措大，也作醋大，旧指穷酸书生。

而一直不明白资本家的好处，连自己都觉得是一大失策。可尽管如此，本猫那顽冥不化的主人这次总该有所醒悟了吧。倘若还要一根筋地顽冥不化到底，那就危险了。所谓危险，当然是说主人那最最宝贵的生命有危险了。

主人他见了铃木君到底会如何应酬，本猫不得而知，可从他的言谈举止上自会了解他醒悟的程度。因此，不能再磨磨蹭蹭的了，别看吾辈是一只猫，事关主人的生死大事，自然是极为担心的。于是本猫抢在铃木君的前面，早早地就回家了。

铃木君依然是那么玲珑乖巧，他绝口不提金田所托之事，只是一个劲儿地扯些无关紧要的闲谈，还装出一副津津有味的模样。

"你的脸色不太好啊，不要紧吗？"

"哪儿也没什么特别的感觉呀。"

"脸色十分苍白啊，可要小心哦。最近气候不太正常，晚上睡得好吗？"

"嗯。"

"有什么心事吗？只要我能帮得上忙的，别客气，尽管吩咐好了。"

"心事？什么心事？"

"啊，不，不。没有就好啊。我是说如果有的话……。心事可是最伤身子的。过日子嘛，就得开开心心，有滋有味的。不然就不合算了嘛。你好像阴气过重。"

"可是笑也有害健康呀。还有无端笑死的呢。"

"别开玩笑了。笑口常开，福气自来嘛。"

"从前，古希腊有个叫作克里西波斯①的哲学家，你不知道吗？"

"不知道。那人怎么了。"

"那人就是笑过了头，笑死了。"

"啊？这就有点不可思议了。不过那可是古代的事情了……"

---

① 克里西波斯（前280—前207），古希腊斯多葛学派哲学家。

"古代也好，现代也罢，有什么分别呢？他看到一头驴子在吃银碗里的无花果，觉得十分好笑，便哈哈大笑起来，可谁知一笑起来就止不住了，结果就笑死了。"

"哈哈哈，确实不能无节制地狂笑啊。少笑一点——呃，适可而止一点——那才心情舒畅嘛。"

正当铃木君专心研究主人的表现，揣摩主人的心思之际，大门"哗啦啦"地被打开了。本猫还以为来客人了呢，结果不是。

"球掉进来了，请让我们进去捡一下。"

女佣在厨房应了一声"唉"，一个学生就跑到后面去了。铃木君满脸诧异地问这是怎么回事。

"屋后的学生将球扔我院子里了。"

"屋后的学生？屋后住着学生吗？"

"有一所叫作落云馆的学校。"

"哦，是学校啊。有点闹得慌吧。"

"何止是闹得慌，简直让人无法看书了。我要是文部大臣的话，早就下令关闭了。"

"哈哈哈，火气不小啊。有过什么惹你生气的事吗？"

"什么有过没有过，一天到晚尽叫人生气啊。"

"既然这么惹你生气，搬个家不就完了吗？"

"搬家？谁搬家？你说得倒轻巧。"

"你冲我发火管什么用呢？不就是些小孩子嘛，不去管他也就是了。"

"你可以不管，我可不能不管。昨天，我就叫了他们老师来谈判了。"

"这可有意思啊。怎么样？他们认错吗？"

"嗯。"

这时，又有人打开了大门高喊："球进来了，请让我们进去拿一下。"

"来得还真勤啊。你看看，又是来拿球的。"

"嗯，说好了要从大门进来拿的。"

"是这样啊。所以他们就这么来了。嗯，明白了。"

"明白什么了？"

"没什么，我是说他们来拿球的原因。"

"这已是今天第十六回了。"

"你不觉得烦吗？想想办法不让他们来不好吗？"

"不让他们来？他们就这么要来，我有什么办法呢？"

"你说没办法我当然也就无话可说了，可是呢，你也用不着这么固执嘛。做人嘛，这么有棱有角的，在世上可不好混啊，到头来吃亏的还是自己。你看看，圆不溜秋的东西滚到哪儿都不费力，四角方方的滚起来就难了，是不是？每滚一下棱角都磨得生疼生疼的。这世上又不是只有自己一个人，而别人又不会总顺着自己。怎么说呢？反正跟有钱人过不去，只能让自己吃亏啊。弄得自己大伤脑筋，大伤身体，还没人夸一句。可人家毫发无损。只消坐着动动嘴，指使一下就把事情给办了。一人难敌四手，好汉还怕人多，明摆着是干不过的嘛。你脾气犟不妨事，可就在你这么死扛着的当儿，书也没法看，每天的事情也没法做，到头来还不是吃力不讨好，落个一场空吗？"

"对不起。刚才有一个球飞进来了，可以到后面去捡吗？"

"你看看，又来了。"

铃木君笑道。

"岂有此理！"

主人气得满脸通红。

铃木君见访问的目的已基本达到了，说了句"告辞。有空来玩"便走了。跟他前后脚进门的是甘木①医生。

"上火"家自称为"上火"家的，自古以来可谓是鲜有其例。因为

---

① 甘木医生的原型是尼子四郎医生，住在东京本乡去驹达千駄木五十番地，离夏目漱石位于千駄木的家很近。尼子四郎还写有随笔《"猫"之原型》。

当本人觉得不大对劲之时，往往已过了"上火"之极点。我家主人的"上火"在昨天爆发"大事件"时达到了顶点，尽管谈判那段有点虎头蛇尾，可好歹也有了个了结，故而他晚上在书房里细细想来，觉得事情不大对劲。至于是"落云馆"不对劲还是自己不对劲，这方面还有极为充分的存疑之余地，但总之是不大对劲，这可是实实在在的。

他觉得就算跟一所中学做邻居，一年到头都如此这般地大动肝火总还是不对劲的。既然发现了不对劲，就该想个法子。而别无他法的时候，就只能服用些医生开的药，贿赂一下肝火之源，多少安抚一下了。除此之外，再无路可走了。想到此，主人便动了请平时经常请教的甘木医生前来出诊的念头。这念头起得到底算聪明还是愚蠢另当别论，能发觉自己"上火"就已十分难能可贵，令人敬佩了。

甘木医生还是一如既往，笑呵呵，稳稳当当的，开口便道："感觉如何？"

医生一开口，一般都说"感觉如何"。对于那些一开口不说"感觉如何"的医生，本猫是绝对信不过的。

"医生，我看来是不行了。"

"哎？怎么可能呢？"

"我说，医生开的药到底管不管用啊？"

饶是甘木医生听了此话也大吃一惊，可他毕竟是个温厚长者，依然不慌不忙地缓缓答道："不可能不管用的。"

"可不管怎么吃药，我的胃病一点也不见好啊。"

"绝无此事。"

"是吗？要不，好了那么一点了？"

自己的胃自己不清楚，反倒要问别人。

"哪能一下子就好了呢？那药力是慢慢地见效的。你现在就比以前好多了。"

"是吗？"

"还是会动肝火吗？"

"动啊，做梦都动肝火。"

"做些运动吧，会有好处的。"

"一运动，就更动肝火了嘛。"

话说到这份儿上，甘木医生也拿他没辙了。

"好吧，我给你瞧瞧。"

说着，甘木医生便开始了检查。

我家主人等不到检查结束，便突然大声问道："医生，前几天我读了本讲催眠术的书，里面说，运用催眠术可治好小偷小摸以及各种其他毛病，您说这是真的吗？"

"嗯，是有这种疗法的哦。"

"现在也有人在用吗？"

"嗯。"

"催眠，很难吗？"

"有什么难的，我也常做的嘛。"

"您也给人催眠吗？"

"嗯，要不要给你催一个。从理论上来说，谁都可以被催眠的。只要你愿意，我就给你催一个好了。"

"好啊，这个有意思，快给我催一个。我早就想接受催眠了，不过，催着了醒不过来就糟了。"

"不用担心。那我就给你催一个吧。"

他们三言两语就说定了，主人要接受催眠了。本猫至今还从未见识过这种场面，故而心中暗喜，蹲在客厅角落里仔细观察了起来。

甘木医生的催眠术，首先是从主人的眼睛上开始做起的。要说其方法，就是从上往下地抚摸主人的两张上眼皮，尽管主人已经闭上了眼睛，可他依然不住地朝同一方向抚摸着。

过了一会儿，甘木医生问主人道："我这样抚摸着你的眼皮，你会觉得眼睛越来越沉，是不是？"

主人回答道："嗯，是啊。越来越沉了。"

甘木医生继续抚摸着，抚摸着，嘴里念念有词道："越来越沉哦，怎么样？感觉不错吧。"

主人像是真觉得越来越沉了，一言不发。同样的按摩法持续了三四分钟。最后，甘木医生说："好了，你已经睁不开眼睛了。"

可怜我那主人的眼睛终于给他弄瞎了。

"睁不开来了吗？"

"嗯，已经睁不开来了。"

主人默不作声地紧闭着双眼。本猫真以为主人已经变成瞎子了。

过了一会儿甘木医生说道："若能睁开，就睁一下试试。肯定是睁不开的。"

"是吗？"

主人应了一声之后立刻就像往常一样睁开了双眼。他嘿嘿地笑道："不灵啊。"

甘木医生也嘿嘿地笑道："嗯，不灵。"

甘木医生的催眠术泡汤了。甘木医生也回去了。

接着又来了一位客人。——主人家里还从来没来过这么多的客人呢。对于缺少社交活动的主人来说，简直是难以置信的。不过确实是来了。而且来的还是一位稀客。本猫要将此稀客也记上一笔倒并不因为他是一名稀客的缘故。本猫先前说过，要描写一下大事件之后的余波。而该稀客则是描写余波所不可或缺的素材。虽不知道他叫什么名字，单说他长着个长条脸，留一部山羊胡须，四十前后的年纪，应该也足够了吧。既然迷亭是美学家，本猫觉得他应该是一位哲学家。为何要称他为哲学家呢？他倒不像迷亭那般自我炫耀，只是本猫看他与主人对话时的神态模样，就觉得他像个哲学家。他们两人的交谈十分投缘，估计也是以前的同学吧。

"哦，你说迷亭啊，他呀，轻飘飘的，就跟那浮在水池里的金鱼麸^①一个样。前些天，他跟朋友从一位素昧平生的华族^②门前经过，说是'进去喝杯茶'，便硬将人拖了进去。真是为所欲为啊。"

"后来怎么了？"

"后来怎么着，我没问。——总之，他就是个天生的怪人，可要说什么思想，那是没有的，完全就是金鱼麸。哦，你说铃木吗？——他也来过吗？是吗，他是个不明事理却长于世故的家伙。老爱挂个金表什么的。他较为浅薄，老是心神不定，到底还是不行的。嘴上说为人要圆滑、圆滑，可他自己就根本不懂圆滑之真谛。如果说迷亭是金鱼麸的话，那他就是用稻草捆扎的蒟蒻，滑腻腻，颤巍巍的。"

主人听他这些标新立异、闻所未闻的比喻，大为感佩，居然哈哈大笑起来——这可是好久没有过的了。

"既如此，那你又是什么呢？"

"我吗？是啊，我是个什么呢？——呃，应该算是野山药吧。长长的，埋在泥土之中。"

"你老是一副泰然自若，乐乐呵呵的样子，真叫人羡慕啊。"

"哪里话来？我仅仅是跟普通人一样平平淡淡地过日子而已。有什么值得羡慕的。所幸的是，我也不羡慕别人，就这点还行吧。"

"最近，经济状况还好吗？"

"老样子。说够用也够用，说不够用也不够用。反正还有口饭吃，能对付。没什么特别的。"

"我近来很不痛快，老动肝火。看什么都来气。"

"生气就生气呗。生气生过了，气就顺畅了嘛。人么，本来就是各种各样的，即便要求别人都跟自己一个样，人家也不会听从的。要说这

---

① 用作金鱼鱼食的烤面筋。
② 日本旧宪法中位于皇族之下，士族之上，享有贵族待遇的特权身份。一般为江户时代的诸侯以及明治维新中的功臣。始于1869年，根据1884年的华族令，授予公、侯、伯、子、男爵位。

拿筷子拿得跟别人不一样吃饭就不顺手了，可吃面包的时候，按照自己的意愿切成一小块一小块的，吃起来最方便。手艺好的西服店做的西服，刚上身穿着就很舒服，蹩脚裁缝做的西服，就非得对付着穿一阵子了。可这世道也自有其微妙处，就跟这西服一个样，穿着穿着，它自然会合身的。人也是这样，倘若被上等的父母按照现世的要求十分成功地生下来，那自然是幸福的。可要是生成了次品，与这世道格格不入了，那你就只能自认倒霉。要不就是一直忍到自己适应社会为止。除此之外，也是别无他法的，你说是不是？"

"可我再怎么忍也适应不了啊。够叫人心慌的。"

"不合身的西服，硬要穿在身上，那就会撑破的。人也一样，实在适应不了，就会与人吵架，就会自杀，闹出种种事来。可你仅仅是觉得没有生趣罢了，不要说自杀，连吵架也没吵嘛。还不错。"

"我每天都在吵架啊。即便对手不出现，一上了火也照样吵啊。"

"哦，你这叫唱独角戏。有意思。尽管吵。"

"可我已经吵腻了。"

"既然如此，不吵也就是了。"

"说来惭愧，我自己的内心自己也做不了主啊。"

"到底是什么事弄得你如此愤愤不平的？"

于是我家主人便从"落云馆事件"开始，把别人说自己长得像今广烧的山狸，同事津木针助和福地细螺拆自己的台等憋屈事，在哲学家面前滔滔不绝地一一列举了出来。哲学家一声不吭地听着，听他讲完了，才终于开口，向主人说出了这么一番道理来："津木针助也好福地细螺也罢，他们要说什么，你只当没听见不就行了吗？反正都是些胡说八道嘛。还有什么初中生，理他们干吗？妨碍？有什么妨碍？谈判了，吵架了，妨碍就消除了吗？要我说，就这方面而言，古代的日本人要比西洋人高明多了。西洋人的做法讲究什么'积极性''积极性'的，近来大为流行，其实大有问题啊。首先，提倡了积极性，那就没边了。凡事老这么积极地干下去，就永远到不了满意的程度，完美的境地了。你看，前面不是有柏树吗？那玩意儿碍眼，将其统统砍掉好了。可砍掉了柏树后，后面的廉租屋又碍眼了，那就叫那些租房子的统统搬掉。可后面还是有房子啊。这话不是说起来就没边了吗？西洋人的做法就是这样的。拿破仑也好，亚历山大也好，不都是这样的吗？有哪个打了胜仗就满足的呢？那人看着来气，就跟他吵，对方不服气，就上法庭告他。如果以为法庭上胜诉了这事就算完了，那你就大错特错了。只要人不死，心就平静不下来，事情就没个完。寡头政治不行，就搞代议制。代议制不行，还会搞出别的花样来的。看到河流挡道就给架上桥梁；看到大山碍事，就给挖条隧道；说是交通不便，就给铺上铁路。如此这般，永远也不会满意的，是不是？那么，人类到底在多大程度上能够积极主动地实现自己的意愿呢？西洋文明或许是一种积极的文明，进取的文明，但也可以说是一种终身都不如意之人所创造的文明。我们日本的文明可不是通过改变自身以外的状态来追求满足的文明。与西洋文明的巨大的差异就在于，是在根本不改变周边环境的前提下所发展起来的文明。不会因为父子关系不睦而像西洋人那样通过改良其关系而获取安宁。认为父子关系是不可改变的，还得保持原来的父子关系，而要在此种关系之下谋求获取安宁的手段。夫妻君臣之间的关系也是如此，武士町人之间的关系也是如此，甚至于人与自然之间的关系也是这样的。——譬如说，由于大山阻隔而无法去邻国了，我们是不会动什么将大山劈开的念头的，取而代之的是琢磨不去邻国如何也能过好小日子。也即养成一种不翻越大山也能自我满足的心态。所以你看，无论是禅僧还是儒家，都一定是牢牢地揪住这一根本性问题的。自己再怎么了不起，这世道也不会称心如意的。既不能使落日重新升起①，也无法让加茂川逆水倒流②。

---

① 传说平安时代的武将平清盛权势滔天之时，曾用扇子将已经落下的夕阳又扇了回去。

② 源自《平家物语·愿立》，书中白河天皇说："加茂川的河水、双六的骰子还有山法师（即僧兵），这几样东西总不能遂我的心意。"

只要修得心平气和，落云馆的学生再怎么闹腾也依然安之若素。今户烧的山狸什么的，又何必放在心上？津田针助胡说些什么，心里骂他一声‘混蛋’，不与他一般见识不就完了吗？传说古时候有个和尚，别人要砍他的脑袋，他还说出了‘电光影里斩春风①’之类的妙语呢。可见通过内心修炼，达到了消极之极致后，便能有此妙用了。我等愚钝之辈自是参悟不到此种高深法理的，却也明白一味地赞许西洋人的那种积极主义是不大对头的。事实上你奉行积极主义，再怎么主动出击，学生要来捉弄你，你不还是束手无策吗？如果你有权将那个学校关闭，或对方做出了什么足以令你动用警察的坏事倒也罢了，可要是不到这个地步，你再怎么积极也是无济于事的。你要积极主动，那就看你有没有钱了。那就有寡不敌众的问题。换言之，你非得向有钱人低头不可。你非得向人多势众的图图们认输服软不可。你这么个穷光蛋，又是单枪匹马的，却偏要积极主动地与人干仗，这正是你动火来气之根源。怎么样？听明白了吗？”

主人只是默默地听着，既没说明白，也没说不明白。那位稀客回去后，主人便进了书房，可他并不读书，而是在思考着什么。

铃木阿藤教导主人要服从金钱和大众。

甘木医生建议用催眠术来安定神经。

最后来的那位稀客说了一番通过消极性之修养获得内心安宁的道理。

我家主人到底会采用哪条自然由他自己决定。只是照目前的样子一意孤行下去，显然是要撞得头破血流的。

---

① 传说南宋末年，元军南下，包围了雁荡山能仁寺，众僧纷纷逃离，只有无学和尚端坐在禅堂中。元军刀丛之中，无学仍神色自若，坦然诵偈："乾坤无地卓孤筇，喜得人空法亦空。珍重大元三尺剑，电光影里斩春风。"意思是：天地虽大，没有我出家人立锥之地，但我已经悟得人法两空，将军还是珍重手中的宝剑，对我来说，砍下去不过和光影里劈斩春风一样。元军大异，撤围而去。该无学和尚后来受到北条时宗的邀请去了日本，创建了圆觉寺。

第九章

　　我家主人长着一张麻脸。听说在明治维新之前，麻脸较为流行，可在早已缔结了日英同盟的今天看来，这么张脸多少有些落伍了。麻脸的衰退与人口的增长成反比，并最终将绝迹于不远之将来。——此乃根据医学统计精确推导出的权威论断，连本猫这般的猫类也绝对不容置疑。本猫虽不清楚现今地球上到底存活着多少张麻脸，仅就本猫之交际圈而言，猫里面是一个都没有的，人里面也只有一个，那就是我家主人。可怜见的。

　　每当本猫看到主人的脸总要想：到底是缘于怎样的因果报应才让他长成这么张脸，并恬不知耻地呼吸着二十世纪的新鲜空气呢?

　　要是在从前，有麻点或许还挺吃香的，可在所有的麻点都被强令退至胳膊上①的今天，却依然盘踞在鼻尖、脸颊之上，死赖着不肯褪去，反倒有损麻点之体面了。如有可能最好是马上就将其抹去。与此同时，我想麻点本身定然也是惴惴不安的。要不就是麻点们在此江河日下之际，欲以誓挽落日于中天之豪气，蛮横占据整个脸亦未可知。倘如

_____

① 指种牛痘疫苗后不会出天花，脸上也就不会有麻子了，但胳膊上会留下接种的疤痕。据说夏目漱石自己在四岁接种时（用的是天然疫苗）就产生了副作用，导致他长大后在鼻尖、脸颊上留有麻子。

此，则决不可小觑此麻点了。它们就是抵御着滔滔俗流之坑洼集合体，是值得本猫大为尊敬的凹凸不平。唯一的缺点，就是有点脏兮兮。

主人小时候，牛込山伏町住着一位名叫浅田宗伯①的汉方名医，据说他老人家出诊时，定要坐上轿子，稳稳当当，不紧不慢的。然而，宗伯老去世后，其养子继承家业，出诊时，轿子就变成了黄包车。所以说，当该养子去世，其下一代——也是养子，继承家业之时，或许葛根汤②就要变成安替比林③了。其实，在宗伯老还健在的那会儿，坐着轿子在东京招摇过市已经不是一件很得体的事情了。当时，若无其事地搞这种名堂的只有陈腐的守财奴，被装上车厢的生猪，还有就是宗伯老了。

然而，在与众不同这一点上，主人脸上的麻点与宗伯老的轿子倒有一拼，尽管旁人看着都替他难过，而固执程度不亚于汉方医的我家主人依然将那"孤城落日"般的麻点暴露在光天化日之下，每天都若无其事地去学校教他的英语课。

当他带着满脸的上世纪的纪念物站在讲台上时，除了教授课程以外，定然还做出了重大的训诫。也即，比起翻来覆去地念"猴子有双手"④来，轻而易举地就解释了"麻点对于脸面之影响"这样的重大课题，并且不发一言就将答案告诉了学生们。倘若我家主人这样的人不做教师，那么彼等莘莘学子要研究此重大课题就必须经常跑图书馆或者博物馆了，非得花费如同吾人通过木乃伊来琢磨埃及人一样的巨大精力了。由此可见，主人脸上的麻点在冥冥之中还施行着奇妙的功德呢。

然而，主人可不是为了施行功德而在脸上种满痘疮的。不过呢，倒

---

① 东京汉方医，即中医的代表人物。他的家其实在牛込横寺町五十三番地。据说他担任过皇室御医，也给清朝、韩国公使看过病。明治维新后他联合各地的汉方医抵制政府的以西医知识为主要内容的行医资格考试，但没有成功。从此，汉方医在日本就开始没落了。

② 用葛根煎成的汤。有发汗、退烧的作用。

③ 1884年研制成功的最早用于解热、镇痛的镇静剂。

④ 这是当时英语基础读本中常见的句子。英文原文为"The ape has hands"，相当于现在英语课本上的"This is a pen"之类。

也确实是种痘闹的。原本是种在胳膊上的，可不知何时竟传染到了脸上。那时主人还小，不像现在这么爱俏，"痒啊痒"地嚷嚷着就在脸上一通乱挠。如同火山爆发，熔岩淌了一脸似的，一张好端端爹娘生就的小脸就被弄得不堪入目了。

主人常会跟夫人说，自己没出天花那会儿可是个面白如玉的美男子。有时甚至自夸天下少有，简直跟浅草的观音菩萨一个样，连洋人都会频频回首观看的。嗯，或许是那么回事儿吧。可遗憾的是连一个见证人也没有啊。

然而，施行功德也好，成为训诫也罢，脏东西毕竟是脏东西，故而自打懂事以来，主人便为了这些麻点十分操心，用尽各种手段试图消除如此丑态。可这与宗伯老的轿子不同，并不是不要时便可马上扔掉的。故而至今仍明明白白地留在他的脸上。

他似乎对这种"明明白白"还十分在意，据说每次上街，他都会数一下遇到的麻脸。今天遇见了几个麻子，是男的还是女的，是在小川町的劝工场①，还是在上野公园遇到的，全都会记到日记里去。他坚信，关于麻子的知识是绝不会输于任何人的。

前些天，有个留洋回来的朋友来访时，他还问人家："西洋人中有麻子吗？"

那朋友应了声"这个嘛"便歪着脑袋想半天，然后回答说："极少啊。"

主人不依不饶地追问道："极少？那多少还是有的吧。"

那人无精打采地答道："就算有，也仅限于叫花子或苦力。受过教育的人里面好像是没有的。"

主人说："是吗？这倒跟日本有点不一样啊。"

基于哲学家的意见放弃了跟"落云馆"干架念头的主人，而后便一

---

① 正确名称应该为"小川劝业场"，位于当时神田小川町，现在的东京千代区神田神保町。

头扎入书房，沉思默想起来了。也许是听从了哲学家的忠告而在静坐中"消极"地修养其灵妙精神吧，可他原本是个小心眼儿之人，光那么阴恻恻地袖手独坐着，又怎会想出什么结果来呢？本猫甚至觉得，与其这样，还不如将英文书籍送入当铺，跟艺妓学上一段"喇叭腔"①要管用得多，可我家主人性情乖僻，是不会听从一只猫的忠告的，"也罢。爱干吗干吗吧。"——于是本猫有五六天没再靠近他。

到今天正好是第七天。若是在禅院，为了要在这"头七"之日大彻大悟，会有许多人摆开阵势，一齐结跏趺坐的。故而本猫心想：我家主人又会怎样呢？是活着呢？还是已经死翘翘了？总该有个着落了吧。于是本猫慢悠悠地从檐廊踱到书房门口，窥探了一下里面的动静。

书房是一间朝南的六铺席大小的屋子，阳光充足处安放着一张大书桌。光说是"大书桌"，大家或许依然不太明白。具体来说，那是一张长六尺、宽三尺八寸，高度也与之相称的大书桌。当然，这并不是一张现成的书桌。是跟附近的家具店商量后，定做的一件兼有书桌和卧床双重功能的稀世珍品。

至于为何要定做一张这么大的桌子，为何会想在那上面睡觉，由于本猫也没问过他本人，可谓是一无所知。或许仅仅是由于一时的心血来潮，便给人出了这么个难题。要不就是随随便便地就将书桌和床这两个风马牛不相及的概念给嫁接了。这种情况我们在精神病患者中倒是时有所见的。

总之，这是一张不同凡响的桌子，但也仅此而已，因为缺点同样十分明显：大而无当。

本猫以前曾看到主人在那上面睡午觉，结果一翻身就掉到了檐廊上。从那以后，该书桌就再未被用作过卧床。

书桌前放着个毛斯纶②的坐垫，却被香烟烧出了三个窟窿，而窟窿里露出的棉花已经有些发黑了。

眼下，背朝着本猫端坐着的正是我家主人。

他腰里扎着一条兵儿带，已经脏成了灰色了。带子的左右两端从腰间的死结处垂下来，一直耷拉到脚心上。就在最近，本猫还用爪子扒拉着这根带子玩过，结果脑袋被猛揍了一家伙。可见这是一条不可亵玩的带子。

还在苦思冥想啊。俗话说得好："笨人动脑筋，瞎耽误工夫。"本猫朝他身后看去，只见书桌上有件铮明瓦亮，闪闪发光的东西。这玩意倒有些蹊跷。——本猫不由得连眨了两三下眼睛，尽管它十分耀眼，还是死盯着瞧了一会儿。于是终于明白：这光亮是一面在桌子上移动着的镜子所发出的。

可问题是主人又为何要在书房里摆弄镜子呢？

说到镜子，定然是在浴室里的。本猫今天早晨还在浴室里见过这面镜子呢。本猫之所以要说"这面镜子"，那是因为，在主人的家里再也没有第二面镜子了。主人每天早晨洗过脸，将头发梳向两边时，用的也就是这面镜子。——或许有人会问，像你家主人这么邋遢的家伙，也梳分头吗？事实上主人别的不讲究，对于自己的脑袋可是一点也不马虎的。

从本猫入住该家一直到目前为止，不管天气有多热，我家主人也从未剃过平头。他总留着两寸来长的头发，并且郑重其事地左右分开。不仅如此，还要将右边的那半往上翘起，搞得挺像那么回事的。或许这也是精神病前兆之一。虽说这种装模作样的发型与这张书桌有些格格不入，可这也并不妨碍他人，所以谁都没说什么。再说他本人也挺得意的。

这种时髦的分头发型姑且不论，可要说为何将头发留那么长，这里面倒是有个缘故的。

其实，麻点不仅侵蚀了他的脸，据说早就殃及其头顶了。故而若像别人那样推个三分、五分长的平头，几十个麻点就会在头发根处暴露无遗。再怎么抚摸，再怎么摩挲，这些斑斑点点也是无法消除的。其景观如同荒野中放飞的萤火虫，或许不乏风雅况味，但肯定是不合夫人之心意的。既然只要将头发留长一点便可掩盖，何必非要自曝其丑？若要称他的心意，恨不得脸上也长出毛来，将这边的麻点也来个内部解决。

因此，自然没有必要花了钱将不用花钱就自己长出来的头发剃掉，大肆宣扬"这儿也叫天然痘给祸害了"。——这就是主人留长发的原因，而留长发就是主人梳分头的原因，梳分头就必须照镜子，而镜子要放在浴室里就是基于家里只有一面镜子这样的事实。

这唯一的本该待在浴室里的镜子既然来到了书房，那么，要么是镜子得了梦游症，要么是主人将它从浴室拿来的，两者必居其一。

倘若是主人将它拿来的，那又是出于什么目的呢？莫非是消极性修养的必要道具亦未可知。

听说古代有个读书人去拜访某位高僧，见那高僧正光着膀子磨一块砖。读书人问："您在干吗呢？"

那和尚回答道："我想把这块砖制成一面镜子，这不，正拼命地磨着呢。"

读书人吃了一惊，问道："您再怎么有名，也不可能将砖磨成镜子呀。"

那和尚呵呵笑道："是吗？好吧，那我就不磨了。"

随即话锋一转，呵斥道："任你读书破万卷也不得悟道，不也就是这么回事儿吗？"[1]

或许主人也听到过那么一星半点，所以从浴室里将镜子拿了来在脸前直晃悠。看来事态严重了。——本猫继续暗中窥探着。

主人并不知道本猫在窥探他，依然专心致志地照着他那唯一的一面镜子。

要说这镜子原本就是个骇人的玩意儿。深更半夜一个人点着蜡烛照镜子，那可是需要极大的勇气的。该家的小姐第一次将镜子推到我跟前

---

① 这一则故事明显是根据宋·释道原《景德传灯录》中"磨砖成镜"的典故改写的。

时，本猫差点把魂儿吓掉，一口气就围着这屋子跑了三圈。即便是在大白天，要是像主人这样死盯着镜子看，肯定也会被自己的脸吓着的。再说他那张脸，平时就不那么中看。

过不多时，主人自言自语道："嗯，果然不中看啊。"

能够坦白地承认自己容貌丑陋，是一件令人敬佩之事。从他那模样上看，似乎神经不太正常，可他说的话倒是千真万确的。更进一步，就该对自己如此丑陋而感到恐惧了。一个人倘若还不能对自己是个可怕的恶棍这一事实有透彻的认识，那他就还称不上"人情练达"。而达不到"人情练达"的程度，终归还是无法解脱的。

主人已经到了如此地步，似乎马上就要说出"啊，真可怕啊"这样的话来了，可他就是不说。

在说过"嗯，果然不中看啊"之后，不知道他忽然想到了什么，突然将腮帮子鼓了起来。并且还用手掌在腮帮子上拍了两三下。真搞不懂他又在鼓捣哪门子玄乎。

此时，本猫突然觉得主人此刻的脸有点像一个人。使劲想了下才明白，是像那厨房女佣。在此，本猫顺带着也将女佣的脸给介绍一下吧。

她生就一张鼓胀脸。前一阵，有人送来了一盏穴守稻荷①的河豚提灯②，而那女佣的脸简直就跟那河豚提灯一个样。那河豚也鼓得过于残酷了，连两个眼珠子都掉了。要说那河豚可是全方位鼓胀，滚圆滚圆的，可到了女佣这儿，由于她的骨骼原本就是见棱见角的，所以一鼓起来就活像个害了水肿的六角时钟。这话要是让她听到了，是定要大发脾气的，故而女佣的脸就到此为止，还是回到主人这儿来吧。

如此这般，主人用尽量多的空气将脸颊鼓起来，再如前所述，用手掌拍了几下脸，又自言自语地嘟囔了一句："嗯，皮肤绷到这地步，麻点就不明显了。"

---

① 位于东京都大田区羽田的稻荷神社。供奉的是丰受大神。这是一位开运招福之神。
② 将河豚的肉取出后，将其皮吹鼓晾干后制作的灯笼。

接着，他又侧过脸去，在半张脸受光的状态下照了照镜子。

"这么看起来十分明显啊。看来还是正面受光好，显得平坦。真是个奇妙的玩意儿啊。"

还颇有感慨的。紧接着他将右臂伸得笔直，使镜子尽可能地远离自己，静静地观察着。

"离这么远，就不那么明显了。看来还是不能离得太近。——嗯，也不光是脸，凡事都是如此。"

然后他又猛地将镜子横了过来。接着以鼻根为中心收缩五官，将眼睛、额头、眉毛一齐挤向该中心。

本猫心想：这不就是一张愁苦脸吗？主人似乎也立刻注意到了，说了句："啊呀，这可不成。"

便草草作罢了。

"怎么就这么面目可憎呢？"

说着，他多少有些不愿相信似的将镜子拉了回来，停在离眼睛三寸左右的位置。伸出右手食指抹了下鼻翅，然后将那根指头在吸墨纸上用力一按。鼻子上的油脂立刻在吸墨纸上化成了圆形油斑。

花样还真不少呢。

接着用抹过鼻翅的油腻腻的指头扳下了右眼的下眼皮，正儿八经地扮了个鬼脸。

看到此处，本猫不免有些纳闷：他到底是在研究麻点呢，还是跟镜子玩瞪眼？

也难怪，我家主人原本就是个没准主意的人，就在本猫窥探着的这么会儿，自然也是要变出许多花样来的。其实，这么说还未免失之浅薄。倘若心怀善意，运用"蒟蒻问答 ①"式的解释，主人是作为"见性自

---

① 源自古典落语（日本式单口相声）《蒟蒻问答》。一个原来开蒟蒻店的做了某寺的住持，一天有云游僧来跟他作禅僧问答，该住持一窍不通，还以为人家问自己蒟蒻做得如何，便如实问答，结果云游僧以为他说得过于高深，自己听不懂，只得甘拜下风。

悟"的一种方便法门，才对着镜子做出各种怪模怪样的。

人类所有的研究都是针对自我的研究。所谓天地、山川、日月、星辰，都不过是自我之异名罢了。除了自我，谁还能另外找出值得研究的事项呢？如果人类能够脱离自我，那么在脱离的那一刻也就迷失了自我。并且，自我之研究只能自己来研究，谁都无法替代。不论你多么想为别人研究，或者希望别人给自己研究，都是办不到的。

正因为如此，自古以来，英雄豪杰统统都是自己成为英雄豪杰的。倘若借助他人之力而能使自己明白，那就可以让别人替自己品尝牛肉，判断其软硬程度了。

所谓朝闻法，夕闻道，案前灯下一卷在手，无非都是自我启发之方便法门。别人所说之法，他人所论之道，乃至多达五车之故纸堆里[1]，是绝不会有自我存在的。即便有，也是自我之幽灵。当然，在某些场合，幽灵或许远胜于无灵。追逐影子未见得就遇不到其本体。因为影子多半是不脱离其本体的。

倘若主人是在此种意义上摆弄镜子的，那他还是个可以理喻之人。要比那种现学现卖爱比克泰德的名言，冒充学者的家伙强得多。

就像镜子是自我陶醉的酿造器一样，与此同时，它也是针对骄傲自满的消毒器。倘若心怀浮华虚荣之念而面对镜子，那它就是最好的煽动愚蠢之工具。自古以来，因妄自尊大，得意忘形而害人害己之事，有三分之二都是镜子惹的祸。

法国大革命时期，一个好事的医生[2]发明了"改良型砍头机"犯下了深重的罪孽，而镜子的始作俑者一定也是夜不安寝的。

然而，在自己讨厌自己，精神萎靡不振时照镜子，就是一帖好得不能再好的良药了。因为一照镜子便妍丑自明。一定会觉得：生就这么一副尊容，竟然能在人前神气活现地活到了今天。而注意到这一点的时

---

① "五车"之说源自《庄子·天下》："惠施多方，其书五车。"
② 指法国医生吉约旦（1738—1814），建议设计并采用断头台之事。

候，正是人一生中最难能可贵的时节。因为再也没有比承认自己愚蠢更难能可贵的了。在这种有自知之明者面前，所有自命不凡的家伙都应该低下头来，并感到自惭形秽。即便对方自鸣得意地嘲笑着，可在本猫看来其"自鸣得意"正是他低头服软之表现。

我家主人绝不是一位揽镜自照便能看出自己愚蠢之处的贤者。但他毕竟还是能够十分公正地承认印在自己脸上之痘痕的。而承认自己容貌丑陋，或将会成为认识自己心灵卑贱之入门阶梯。由此可见主人依然是一个靠得住的男子汉。这或许也是遭受哲学家训诫的结果吧。

本猫如此这般暗自寻思着，窥探着我家主人。而毫不知情的主人，在扮够了鬼脸后，又嘟囔道："好像充血很厉害嘛。看来是慢性结膜炎啊。"

说着，便用食指指肚用力揉起了充血的眼皮。估计是痒得厉害吧，可已经红成那样了，怎么经得起用力揉擦呢？用不了多久，肯定会像咸鲷鱼眼睛那么溃烂的。

少顷，主人睁开眼睛面朝镜子，果不其然，他的眼中一片浑浊，如同冬日里北方的天空一般，阴霾重重。主人的眼睛在平时也并不清澈明净，倘若夸张一点形容的话，可谓是混沌未开，简直难以分清眼黑和眼白。正如他的精神状态一直朦朦胧胧不得要领一样，他的眼睛也总是暖暖然昧昧然地漂浮在眼窝里。这也可说成是胎毒所致，或可解释为疱疮之余孽，据说他小时候没少受柳树虫和赤蛙的照顾[1]，而事实上他母亲的一番心血统统白费了，以至于直到今天，他仍懵懵懂懂的，跟呱呱坠地时竟然没什么两样。

按本猫愚见，那绝不是由于胎毒或疱疮的缘故。他的眼睛之所以会徘徊于如此晦涩混浊之绝境，完全是由他头脑混沌不明造成的，且程度已达黯淡溟蒙之极致，故而自然会在形体上得以体现，估计也让不明真

---

[1]　柳树虫和赤蛙是从江户时代流传下来的治小儿惊风的偏方。

相的母亲白白操了许多心吧。

浓烟起处，下必有火；眼睛浑浊，即愚之铁证。如此看来，他的眼睛就是他心灵的象征，由于他的心上如同天保钱①一般开了个孔，故而他的眼睛也如同天保钱一样，肯定是不堪大用的。

紧接着，主人又捻起胡须来了。

他那些原本就毫无规矩的胡子一根根全都姿态各异。虽说如今这世道是流行自由主义的，可如此各行其是、我行我素的长法，给主人带来的麻烦也是可想而知的。有鉴于此，主人近来对其大加训练，尽量实现系统性安排。功夫不负有心人，如今已多少显得步调一致些了。他甚至不无自豪地说："以前是长胡子，如今是蓄胡子。"

热情是会因成效而得到鼓舞的，因此，看到自己的胡子前途一片光明的主人，不论早晚，只要手一得闲就不住地"鞭挞"自己的胡子。他的野心是蓄成德意志皇帝陛下②那种富有奋发昂扬之精神的胡须。因此，他完全不顾毛孔是横向的还是朝下的，一把捻住了统统都往上提。想那胡须一定十分受罪，而胡须的主人也往往疼痛难耐。然而，这就是训练。不管三七二十一，统统往上捋。在外行看来，这似乎是某种匪夷所思的癖好，可他本人却当作一本正经的正事来做的。就像教师无端扭曲学生的天性还要吹嘘为教育成果一般，这种事也是无从指责的。

主人正满腔热忱地训练胡须的当儿，多角形脸蛋儿之厨房女佣跑来了，她说了声："您的信件来了。"

便照例将红彤彤的手"呼"地一下伸进了书房。

右手捻着胡须，左手举着镜子的主人，直僵僵地扭头朝门口望去。一看到他那八字形的尾巴奉命上翘的胡须，多角脸女佣立刻跑回厨房，

---

① 天保通宝的俗称。该钱由幕府铸造于江户时代之天保六年（1835），椭圆形，中间开有方孔，币值百文，到明治之后贬值为八厘，很不值钱。因此也用"天保钱"比喻落后于时代的人，或智力低下的人。该钱在明治二十四年（1891）停止流通，也即在夏目漱石写本小说时已经不流通了。

② 指德国皇帝威廉二世。其胡须是两端上翘的八字胡，人称"皇帝须"。

身子伏在锅盖上"哈哈哈"地笑个不停。

主人自然是见怪不怪的，对此毫不在意。他慢悠悠地放下了镜子，拿起了信件。第一封信是铅印的，文字极为古板。内容如下：

敬启者

谨祝阁下日益吉祥安康。

回顾日俄之战，挟连战连捷之势，而告和平恢复之吾忠勇义烈将士，于"万岁"声中凯旋而归者今已过半，举国欢腾，难以言喻。曩时，宣战大诏颁发之时，我义勇奉公之将士，万里赴戎，久驻异域，忍寒暑之困苦，用命于战事，其甘为国家牺牲之至诚，吾人自当永记在心，所不敢须臾忘怀者也。

而雄师之凯旋，亦将于本月而告终。故本会拟于翌月二十五日，代表本区之民众召开凯旋祝捷大会，对本区一千有余之出征将士表示热烈欢迎，并对军人遗族表示诚挚慰问。

值此盛典之际，若得诸公襄助，则本会之殊荣无以为过。故还望踊跃义捐，不胜翘盼之至。

敬具。

寄信人是一名华族。主人默读一遍之后，便将信笺放回信封，一脸的无动于衷。

义捐什么的恐怕他是不会响应的。前一阵子为东北农业歉收，他捐了两三元钱，之后逢人便说"被敲掉了一笔捐款了"，大肆宣扬。既然是捐款，自然是自愿奉上的，怎么是"被人敲掉"的呢？又不是遭了贼，说什么"被人敲掉"自是极不稳妥的。如今要让将义捐当成遭贼的主人去欢迎军队凯旋，自然是连门儿都没有的。华族的邀请又如何呢？若是强行摊派则另当别论，光是寄一封铅印的信来就想让我家主人掏钱，简直是异想天开。

若要顺着主人的心意，在欢迎军队之前最好先欢迎一下自己。欢迎过自己之后，才有可能去欢迎别人。而在自己旦夕均为生计着想的当下，欢迎云云的事情还是拜托华族老爷们去办吧。

主人拿起了第二封信，不禁嘟囔道："哎，又是一封铅印的。"

该信内容如下：

值此秋凉之际谨祝阖府日益昌盛。

谨启者：敝校之事，如阁下所知，自前年以来，受二三野心家所碍，一时陷入莫大困境。此皆不肖针作运作不善而所致，自当深以为戒。后经卧薪尝胆，励精图治，方始寻得以一己之力而筹措建造理想校舍经费之途径。

简而言之，不肖将出版一册名为《缝纫秘法纲要特辑》之书籍。此书实为不肖多年苦心研究之成果，根据工艺原理经呕心沥血之苦思冥想而著就。现为向一般家庭普及起见，于制造之工本费之外仅略加少许利润，恳请购读。

窃以为如此则在有助于斯道发展之同时，也能蓄积微薄利润而充当校舍建造费用。故虽深感惶恐，尚恳请购买《缝纫秘法纲要特辑》一册以下赐尊府之侍女，权作为敝校新舍慷慨解囊，以表阁下赞同之意。

伏稀尊诺，不胜感激之至。

敬具

大日本女子裁缝最高等大学院

校长缝田针作　九拜

主人极为冷淡地将此文辞恭敬的信件揉作一团，"砰"的一声扔进了废纸篓。针作君郑重其事的"九拜"以及苦心孤诣之"卧薪尝胆"全都白费了，实是可怜。

主人拿起了第三封信。这第三封信别具一格，大放异彩。信封印着红白相间的条纹，如同饴棒的招牌一般，十分鲜艳，正中间用厚实的八分体写着：珍野苦沙弥先生阁下①。

尽管本猫不知道打开信封是否会跳出金太郎②来，至少这信封已足以先声夺人了。

内容如下：

　　若以我律天地，则可一口吸尽西江水③；若以天地律我，则我仅是陌上之微尘而已。或必曰：天地与我，究竟有何关涉？……首位食海参者，理应敬佩其胆力；首位食河豚者，自当尊重其勇气。食海参者乃亲鸾④之重生；食河豚者乃日莲⑤之化身。至若苦沙弥先生，则只知醋拌葫芦干矣。食醋拌葫芦干而能为天下之士者，吾未之见也。

　　密友可卖汝以求荣。父母可视汝为私物。爱侣可弃汝如敝屣。富贵本难保，爵禄可一朝而失尽。汝秘藏脑中之学问可发霉变质。

　　汝何所恃耶？天地之间何又所凭耶？

　　神明乎？神明乃凡人出于无奈而捏造之土偶耳。无非人于无比困苦之际所排粪便而凝成之臭骸而已。正所谓恃不足恃而妄自曰安。

---

① 本书至此，第一次出现主人公的姓。珍野苦沙弥在日语的读音可以理解为"像哈巴狗打喷嚏时丑面孔"，即"丑八怪"的意思。

② 日本有一种饴棒的断面有金太郎的头像。由于该信封像棒棒糖的招牌，故有此说。

③ 源自宋·释道原《景德传灯录·居士庞蕴》："后之江西，参问马祖云：'不与万法为侣者是什么人?祖云：'待汝一口吸尽西江水，即向汝道。'"西江为中国广东省境内大河，是珠江的支流。"一口吸尽西江水"比喻过于性急，想一下子就达到目的。但在此处仅表示乱用成语，吹牛、说大话而已。

④ 亲鸾（1173—1262），日本镰仓初期的高僧，净土真宗创始人。他肯定在家修行。自己也娶惠信尼为妻。其教义提倡"恶人正机说"，即只要心诚念佛，罪大恶极之人也可成佛。

⑤ 日莲（1222—1282），日本镰仓时代僧人，日莲宗始祖。他悟出仅靠一部《法华经》也能保住末世国家平安的佛道，于1253年开创日莲宗。

咄咄①！醉汉信口胡言，蹒跚而趋坟墓，油尽灯自灭②。苦沙弥先生，且吃茶去③。……

不将人当人则无所畏惧。不将人当人者，激愤于不将吾当吾之世道，又将如何？权贵荣达之士似以不将人当人为得策。而于他人不将吾当吾时便怫然作色。任君作色可矣。混账东西。……

当吾将人当人之时，人却不将吾当吾之际，激愤之士便骤从天降。此突发性活动名曰革命。革命非激愤之士所为。实为权贵荣达之士欣然所催生者也。

朝鲜多人参，先生缘何不服。

天道公平 再拜于巢鸭④

针作君"九拜"，这家伙仅"再拜"。就因不要捐钱，便可以摆出架子，省掉七拜。不过呢，尽管不要捐钱，可信写得十分难懂。倘若投到哪家杂志社去是定然要吃退稿的，故而本猫以为一脑袋糨糊的主人肯定会将其扯得粉碎，可谁知他竟然翻来覆去地捧读个没完了。或许他认定此信大有深意，并一心要加以发微见著亦未可知。

要说天地之间不明之事甚多，而欲添加些意义也是无一不可添加的。不论多么难懂的文章，只要解释得当便很容易解释。说人愚蠢也好，说人聪明也罢，理解起来都毫不费力。非但如此，即便说人是狗，或说人是猪，也并非是什么艰深难懂的命题。说山峰低矮也不妨，说宇宙狭窄又有何碍？乌鸦是白的，小町⑤是丑妇，苦沙弥先生是君子等等，

---

① 禅僧常用的警示语。

② 源自《涅槃经》，比喻人老了以后烦恼自然消失。

③ 源自禅宗著名公案"吃茶去"。说的是唐朝赵州禅僧对于不同的人都说"吃茶去"三个字。这三个字历来见仁见智，但极为有名。

④ 指当时位于小石川驾笼町的东京府立巢鸭医院，该医院也收精神病人。该信语无伦次，可能就是精神病人写的。

⑤ 指传说中的美人小野小町。后来也用"小町"指本地有名的美丽姑娘。

都没什么说不通的。所以要给这封原本毫无意义的信强加些什么滋味、意味也是信手拈来轻而易举的。更何况我家主人向来能将自己也不明白的英语牵强附会地一路讲下来，做起这种事来简直是小菜一碟。

曾经有学生问他："明明天气不好，为什么要说 good morning？"他便一连想了七天。问他："Columbus[1] 用日语怎么说？"他也会花上三天三夜。故而对他而言，什么"醋拌葫芦干天下之士"啦，吃朝鲜人参闹革命啦，其意义简直是随处涌现。不多会儿，主人像是用"good morning 流"理解了这些难懂的词句，并大加赞赏："嗯，真是意味深长啊。定是个深究哲理之人，见识不凡。"

从这话上便可充分看出主人之愚蠢了。可本猫转念一想，倒也不足为奇。主人原本就有这么个毛病，即毫无根据地欣赏自己弄不懂的玩意儿。估计有这种毛病的还不止我家主人一个吧。

搞不懂的玩意不可小觑；深不可测的玩意儿叫人不敢冒犯。故而尽管凡夫俗子会不懂装懂地自我吹嘘，而学者们却会将明明白白的事情讲得高深莫测。在大学课堂上，讲课讲得学生听不懂的老师往往评价很高，而深入浅出，讲得通俗易懂的老师反倒不受欢迎。

我家主人对该信大感叹服也并不是由于其含义清晰明了，而是由于难以琢磨它到底有没有什么深意。一会儿冒出个"海参"，一会儿又冒出"粪便"，东一榔头西一棒槌，搞得人晕头转向。所以说，我家主人敬重该文章的唯一理由，是跟道家敬重《道德经》，儒家敬重《易经》，禅家敬重《临济录》[2] 一模一样的，即：不知所云。

然而，不知所云往往叫人难以善罢甘休，于是便随心所欲地加些注释，至少在面子上是要装作看得懂的。从古到今，不懂的东西自以为懂了并表示深深的敬意，都是人生一大快事。——主人恭恭敬敬地收好了八分体佳作，将其放在书桌上，袖起双手，陷入了冥想沉思。

---

① 哥伦布。
② 临济宗最重要的语录。

恰在此时，有人在大门口高喊："有人吗？有人吗？"

听声音像是迷亭，可这又显然不是迷亭的做派。因为迷亭向来是直出直进，从不叫门的。

我家主人在书房里早就听到了，可他老人家依然袖着手纹丝未动。因为主人向来认为接引客人并非一家之主所该干的活儿，故而他从未在书房里跟来人搭过腔。

女佣出门买肥皂去了。夫人在上茅房。如此一来，能够出去接引的就只有本猫了。可本猫也同样懒得动身。

紧接着便听得客人从脱鞋处跳上了踏步台，"哗啦啦"拉开移门，"咚咚咚"地进了屋。

嗨，真是有什么样的主人就有什么样的客人啊。

本猫以为客人去了客厅了，却又听得移门开关了两三次，竟朝书房走来了。

"喂，开什么玩笑？发什么愣？来客人了。"

"哦，是你呀！"

"什么'哦，是你呀'的？你既然在这儿就吱一声呗。搞得像个空巢似的，干吗呀？"

"嗯，正想事儿呢。"

"想事儿就想事儿呗，说声'请进'什么的总还是可以的吧。"

"嗯，倒也不是不可以。"

"好定力。依然是岿然不动的啊。"

"我近来一直在练精神修养。"

"好兴致啊。你搞什么精神修养不打紧，客人在你出不了声时前来可就犯难了。你老兄稳坐钓鱼台倒是沉稳了，别人可吃不消啊。实言相告，今天我不是一个人来的。还带来了一位大客人呢。快出来相见吧。"

"带谁来了？"

"何必多问？快出来吧。人家说是定要见你一面呢。"

"是谁呀?"

"哪来这么多的废话!快起身吧。"

主人依然袖着双手,忽地站起身来,嘴里嘟囔着:"你又想要我,是吧。"

说着便来到了檐廊上,漫不经心地走进了客厅。

忽见六尺壁龛的正对面,肃然端坐着一位老者。主人不由自主地抽出手来,一屁股坐到了隔扇旁边。可这么着他便与那老者一样,两人的脸都冲着西方,无法见礼。老派之人,繁文缛节可真多啊。

"请上坐。"

老者指着壁龛处催促主人道。

直到两三年之前,主人还一直以为在客厅里是怎么坐都无所谓的。后来,听了某先生关于壁龛的介绍,才知道那是由上座房间①变化而来的,是上差来时所坐的地方。从此以后,他就不坐近壁龛了。更何况今天来了一位素昧平生的长者,还摆出了一副一本正经的架势,他还如何敢坐上座呢?就连客套话也讲不利索了。他只得低着头,重复了一遍对方说过的话:"请上坐。"

"不,这样的话,就无法见礼了。请上坐。"

"不,这样的话……,请上坐。"

主人不知不觉地鹦鹉学舌起来。

"请吧,请吧。您这么客气反倒叫老朽过意不去。别客气,请上坐。"

"您这么客气……过意不去……请、请……"

主人满脸通红,张口结舌,语无伦次。刚才的精神修养似乎毫不见效。

迷亭君站在隔扇背后,笑呵呵地看着他们。此时他觉得差不多了,便上前推着主人的屁股说道:"好了,快过去吧。你老赖在这儿,我就

---

① 宫殿建筑中比下座房间底板高出一台阶的,主君会见家臣时所坐的地方。

没地方坐了。别客气，过去。"

经他蛮不讲理地这么一搅和，主人迫不得已地往前挪了挪身子。

"苦沙弥君，这位就是我多次跟你提起过的，我那位住在静冈的伯父大人。伯父大人，这位就是苦沙弥君。"

"啊呀呀，久闻大名，初次见面。听说迷亭常来府上打扰，老朽也素有登门拜访面聆高论之意，所幸今日路过贵地，故特来致意。既已相识，日后还望多多关照。"

一番古色古香的寒暄，老人说得如同行云流水一般，顺溜极了。

我家主人交际面极窄，更兼拙嘴笨舌的，这种古风犹存的遗老又从未见过，故而一上来就有些晕菜，正惶急无状之际又见对方口若悬河劈头盖脸地罩了过来，什么"朝鲜人参"，什么"棒棒糖招牌式的信封"全都忘到了九霄云外，万般无奈之下只得结结巴巴不知所云地回答道："小可、小可也……，理应小可登门拜访……还请关照，多多关照。"

说完略略抬头一瞥，见老者依然趴着，慌忙又将额头贴在了榻榻米上。

那老者捏准了分寸，边抬头边说道："老朽原本在这一带也有房廊，同样是在将军①脚边过活的，幕府瓦解后移居彼处。许久没有出门了。今日旧地重游，简直分不清东南西北了。——若非迷亭伴吾同来，定然误事。唉，正所谓沧海桑田，想不到开设幕府三百年，将军家竟会如此……"

没等他说完，迷亭意识到麻烦来了，便斩断了他的话头，抢出来道："伯父大人，尽管将军家确实荣耀一时，可如今这明治的天下也着实辉煌啊。这不，这红十字会什么的从前是没有的吧。"

"嗯，那是没有的。绝对没有什么称作红十字的玩意儿的。尤其是

---

① 指德川家族世代承袭的征夷大将军。

得以瞻仰宫殿下①尊容这样的盛事，若非明治朝，是想都不敢想的。老朽幸亏长寿，才能躬逢今日之盛会，又亲聆宫殿下之玉音，真可谓死而无憾矣。"

"嗯，时隔多年，能有机会再到东京来看看也值啊。苦沙弥君，我伯父这次是为了参加红十字会的成员大会特意从静冈赶来的。今天我们一起去了上野，刚从那儿回来。这不，他还穿着我上次跟你提到过的，在白木屋定做的长礼服呢。"

迷亭提醒道。

本猫上眼一看，见那老者果然身穿长礼服。不过穿是穿着，可一点也不合身。袖子太长，领子太松，背后凹陷了一块，腋下吊得太紧。就算是不打算好好做，可要做成如此不成形倒也并非易事。不仅如此，白衬衫和白衬领一点也不挨着，一仰脖便露出了喉结。而那个黑领结到底是打在衬领上的，还是打在衬衫上的，完全搞不清楚。

单是长礼服倒也罢了，他头顶上那个白色的丁髻更是一大奇观。那把有名的铁扇又在哪儿呢？——本猫定睛一看，原来紧贴着膝盖头摆着呢。

此时我家主人惊魂甫定，将精神修养之成果充分运用于老者之服装后，也略感惊讶。主人原本还以为总不见得真像迷亭说的那样，可如今一见了面，却发现他那伯父简直比他说的还要奇葩。主人心想：倘若我脸上的麻点可用作历史研究的资料，那么这老头的丁髻和铁扇岂不是更有价值吗？

主人非常想打听一下该铁扇的由来，又怕过于唐突、冒昧，但觉得断了话头也同样是失礼的，便极为平常地敷衍道："人很多吧？"

"嗯，人真多啊。那些人还一个劲儿地盯着老朽看——近来人们似乎变得好看热闹了。从前可不是这个样子的。"

---

① 指有栖川宫炽仁亲王（1835—1895）。为有栖川宫第九世，明治初期的皇族。

"是啊。从前可不是这样的。"

主人也老气横秋地说道。这倒也未必是主人在装腔作势。将其理解为是从那个糨糊脑袋里随便冒出来的估计也是没有问题的。

"并且，大家都还盯着这柄'盔斩'看。"

"这铁扇一定很沉吧。"

"苦沙弥君，你拿一下。不轻啊。伯父大人，您让他拿一下。"

老者缓缓地拿起铁扇，说了声："请过目。"

便递给了我家主人。

苦沙弥先生就像朝拜者在京都的黑谷①接过莲生和尚②的长刀一般，十分敬重地拿了一会儿，说了声："果然了得。"

便还给了老者。

"大家都铁扇、铁扇地叫，其实这叫作'盔斩'，跟铁扇完全不是一回事……"

"是吗？那这是干吗用的呢？"

"击碎敌人的头盔——将敌人打得晕头转向，趁机取其性命。据说从楠木正成③时代就开始用了……"

"伯父大人，您这柄就是正成用过的'盔斩'吗？"

"非也。这柄到底是谁的，就无处考证了。不过年代很老，或许就

---

① 指位于京都市左京区黑谷町的金戒光明寺。俗称新黑谷。

② 即熊谷直实（1141—1208），镰仓初期的武将，后在京都黑谷的金戒光明寺出家做了和尚，法名莲生。金戒光明寺的熊谷堂里保存着他生前用过的一把长刀。

③ 楠木正成（1294—1336），日本南北朝时期的武将。1331年响应后醍醐天皇的号召在河内赤坂举兵反对镰仓幕府，为建立建武政权做出贡献，成为河内和泉的守护。1336年在兵库县凑川被足利尊氏（室町幕府第一代将军）打得大败，与其弟弟楠木正季对刺而死。由于楠木正成的功绩在于辅佐天皇推翻镰仓幕府，故在身后的室町幕府、战国时代以及江户时代均遭冷落。明治维新后，日本政府出于维护天皇制的需要，对正成其人及其事迹更大力宣扬。不但追赠其位阶至正一位，且建凑川神社以"军神"祭之，并将其事迹写进中小学教材。从此这位历史人物在日本家喻户晓，有口皆碑。1904年（正是夏目漱石开始写作《我是猫》的那年）在东京皇居广场建立了他的铜像，至今仍是一大看点。

是建武①时代之作亦未可知啊。"

"或许是建武时代的吧，反正把寒月君搞惨了。苦沙弥君，今天从上野回来时，是从大学校园穿过来的，我心想机会难得，就去了理科，让寒月给伯父大人参观一下实验室。可由于这盔斩是铁制的，结果引得磁力仪器全都失灵，惹出了大乱子。"

"哪有此事？这是建武时代的铁，品性极佳，绝不会如此惹祸的。"

"品性再好也没用啊。寒月不是说了吗？事实如此，又有什么办法呢？"

"你说的那个寒月，就是磨玻璃球的家伙吗？年纪轻轻的，干这种活儿，真是糟蹋了。满可以做点正经事嘛。"

"是啊，可怜见的，可他那个也是在搞研究哦。那个玻璃球磨好了，他就成为了不起的学者了。"

"磨个玻璃球也能成为了不起的学者的话，那不是谁都能成为学者了吗？连老朽我也行。彼得罗店②里的伙计也行啊。干这种活儿的人在汉土③被称为玉工，身份极为低贱。"

"原来如此。"

主人正襟危坐道。

"如今的学问全是形而下之学，看似不错，一到紧要关头就全不顶用。从前可不是这样的。武士做事，都是以性命相搏的。平时就要修炼内心，以防止临危慌乱。想必尔等也略有所知，那可不是磨个玻璃球，搓根铁丝那么简单啊。"

"原来如此。"

---

① 日本南北朝时代的年号。南朝为1334—1336年，北朝为1334—1338年。
② "彼得罗（ビードロ）"是源自葡萄牙语vidro的外来语。就是玻璃的意思。由于玻璃最早是由葡萄牙人传入日本的，故而从室町时代到江户时代都称其为彼得罗。后来荷兰兴起，自明治前后起就改用源自荷兰语glas的外来语"格拉斯（ガラス）"了。迷亭的伯父仍说"彼得罗"，是为了表示其遗老腔。
③ 指古代中国。

主人依然正襟危坐道。

"伯父大人，所谓修炼不是磨玻璃球，而是袖手而坐，是吧。"

"岂有此理。绝非如此轻松散漫之事。孟子谓之曰'求放心'[①]；邵康节[②]称之为'心要放'[③]；而佛门中有位中峰和尚又教之以'具不退转'[④]。不是那么好懂的哦。"

"反正是一头雾水。到底该怎么办才好呢？"

迷亭问道。

"你读过泽庵禅师[⑤]的《不动智神妙录》[⑥]吗？"

"没有。不要说读了，连听都没听说过。"

"书中道：将置心于何处？置心于敌之动静，则心为敌之动静所夺；置心于敌之兵刃，则心为敌之兵刃所夺。置心于不斩敌之念，则心为不斩敌之念所夺。置心于己之兵刃，则心为己之兵刃所夺。置心于不被敌所斩之念，则心为不被敌所斩之念所夺。置心于敌之架势，则心为敌架势所夺。要之，心无处可置矣。"

"啊呀，您竟能一字不落地背诵出来。伯父大人，您可真是博闻强记啊。还是那么长的一大段。苦沙弥君，你听明白了吗？"

"原来如此。"

主人依然用这一句对付过去。

---

① 源自《孟子·告子篇上》："学问之道无他，求其放心而已矣。"意为"学问之道没有别的，就是找回来那丧失了的善心罢了。"

② 邵康节（1011—1077），名雍，字尧夫，北宋时的大儒，死后宋哲宗元祐中赐谥康节。与周敦颐、张载、程颢、程颐并称"北宋五子"。

③ 日本高僧泽庵禅师的《不动智神妙录》中有"然邵康节又云'心要放'"的句子，但不知出自邵雍的哪本著作。"心要放"的意思是不能执着于心，要关注天地万物。

④ 中锋和尚和"具不退转"都出自泽庵禅师的《不动智神妙录》。中锋和尚事迹不详。具不退转的意思是：做事要坚持到底，切莫中途转念。

⑤ 泽庵禅师（1573—1645），江户时代前期的临济宗禅僧。曾得到幕府第三代将军德川家光的重用。除佛学外还精通诗歌、俳谐、茶道以及书法。还发明了一种腌萝卜干的方法，故而后来"泽庵"两字成了萝卜干的代名词。

⑥ 以泽庵禅师与剑术大家德川幕府剑术教头柳生旦马守宗矩一问一答的方式，通过剑术来阐述禅之本质的书。

老者对主人说道："您看，是这么个理儿不是？将置心于何处？置心于敌之动静，则心为敌之动静所夺；置心于敌之兵刃……"

迷亭赶紧打断了他的话头，说道："伯父大人，苦沙弥君对于此事，已充分领会了。近来每天都在书房里做精神修养，早就将心给撂下了，以至于来了客人也不出来迎接。"

"哦，这可真难能可贵啊——你小子也一起修炼下如何？"

"嘿嘿嘿，我可没这份闲工夫。伯父大人，您自己清闲自在，大概觉得别人也都在东游西逛吧。"

"你不是一直在东游西逛吗？"

"可是，'闲中自有忙'哩。"

"你看看，你就是这么马马虎虎的，所以说非修炼不行啊。只有所谓'忙中自有闲'的成语，从未听说过什么'闲中自有忙'。是吧，苦沙弥先生。"

"是啊，是好像没听说过啊。"

"哈哈哈哈，小侄我甘拜下风了。怎么样，伯父大人，好不容易来东京一趟，去尝尝鳗鱼吧。哪怕是去竹叶亭①我也请客。坐电车去片刻即到。"

"吃鳗鱼自然也不坏，可我跟人约好了，马上要去沙原啊。老朽打算这就告辞了。"

"哦，是杉原吗？那位老爷子倒也康健啊。"

"不是'杉原'是'沙原'。你怎么一开口就错误百出的。倘若将别人的名字也读错了是可十分失礼的。要小心了。"

"可是，不是写作'杉原'两字吗？"

"是写作'杉原'，可要读成'沙原'的！"

"这可就怪了嘿。"

---

① 指东京京桥新富町的竹叶亭。在银座尾张町也有分店。是当时的高级料亭。

"怪什么怪？这叫'名目读法^①'，自古就有的。蚯蚓的和名^②读法叫'眼不见'，这就是名目读法。这跟管蛤蟆叫'仰天儿'同出一理。"

"哎？还有这事儿？"

"蛤蟆打死后都是仰面朝天的，故而名目读法为'仰天儿'。还有，将'篱笆'读作'夷笆'，将'茎立菜'读作'丁立菜'，也都是这个道理。只有乡巴佬才将'杉原'读作'杉原'。还是留意些好啊，不然可会被人笑话的哦。"

"那么，您这就要去沙原那儿吗？真拿您没办法啊。"

"你要是不愿意，就别去。我一个人去好了。"

"您一个人能去吗？"

"走着去自然有些犯难。你帮我雇辆车，从这儿坐车过去。"

我家主人当即领命，让厨房女佣立刻去叫车。

那老者长长地说了一大套告别时的客气话，将圆顶大礼帽戴在丁髻上，走了。迷亭则留了下来。

"这就是你的伯父吗？"

"对，这就是我的伯父大人。"

"原来如此。"

我家主人重新在蒲团上落座后，袖起双手，陷入了沉思。

"怎么样？够一个人物吧。我能有这么一位伯父大人也实在是三生有幸啊。无论带他上哪儿，他都这么摆谱儿。把你老兄给吓着了吧。"

迷亭以为我家主人肯定吃惊不小，故而扬扬得意。

"也没怎么吓着啊。"

"这都没吓着？嗨，你还真沉得住气啊。"

"不过呢，你伯父还真有过人之处啊。主张精神修养这一点就非常

---

① 这种习惯读法见于泽庵禅师所著《结绳集》之中。看来迷亭的伯父是泽庵禅师的大粉丝。

② 指汉字传入日本之前的原始名称。

令人敬佩。"

"你尽管敬佩。你活到六十岁，说不定跟我老伯一样，也是个老古董。你可得小心了，进入了老古董的候补梯队，就不好玩了。"

"你老是怕落后于时代，你可知道，有时候落伍者反倒难能可贵。就说学问这一途吧，如今是只知道一个劲儿地向前，永无止境，也永远得不到满足。而东洋流的学问是消极而大有深意的。因为它要求修炼的是人心本身。"

我家主人将前一阵子从"哲学家"那里听来的话当作自己的理论一般叙述了出来。

"哦，越来越有意思了嗨。你竟然也唱起八木独仙君的论调了。"

听到八木独仙这个名字后，主人陡然一惊。事实上前一阵子造访卧龙窟，并将主人说得哑口无言后飘然而去的那位哲学家不是别人，正是这个八木独仙君，而刚才主人那番煞有介事的议论也正是八木独仙君论调的现学现卖，原以为迷亭这家伙不认识八木独仙呢，可谁知他竟能立刻便报出先生的大名，这无形中给了鹦鹉学舌的主人当头一棒。

"这么说，你是听过独仙君的论调的了？"

主人心里没底，故特意追问了一句。

"什么叫'听过''没听过'的，那家伙的论调从十年前在学校那会儿到现在，就一点都没变过。"

"真理都不怎么变的嘛。或许就因为不变才显得坚定不移啊。"

"就因为世上有你这样的人瞎偏袒，独仙才有市场啊。首先说'八木'这个姓吧，取得就很贴切哦。因为他那撮胡须，简直就跟山羊^①一个样。从寄宿生时代就是这个样子的哦。名字叫作'独仙'也拽得紧啊。从前，他有一次到我那里去过夜，照例是云山雾罩地侃了一大通消

---

① "山羊"和"八木"在日语中的发音是一样的，迷亭所谓的"贴切"就是指这一点。

极修养的调调。可翻来覆去覆去翻来也总是那么一套，我就说：'你不睡觉吗？'他老兄兴致好着呢，一个劲儿地说：'我不困。'看来这消极论真够害人的。没办法，最后我只好实话实说：'你不困，可我困得不行了，请你安处吧。'这才摆平了他。到此为止还算好的——那天夜里来了老鼠，在这位独仙君的鼻尖上啃了一口。半夜三更的，闹腾劲儿那叫个大呀。他老兄说起话来似乎早已看破一切了，可对自己的小命却依然十分宝贝，说是'鼠毒倘若蔓延到全身可就糟了，你一定要给我想办法'，把我逼得上天无路入地无门的，实在没法子了，我就跑到厨房在纸片上黏几颗饭米粒将他糊弄过去了。"

"怎么弄的？"

"我说这是进口膏药，是德国名医的新发明，印度人被毒蛇咬后一贴就好的，你贴了这膏药管保没事。"

"原来你这家伙从那时起就已经深得糊弄人之三昧了。"

"……独仙君是个老实人，听了我的话就放心了，接着呼呼大睡。第二天早上起来一看，只见'膏药'下面还挂着线头呢。你猜怎么着，是把他那山羊胡子给沾上了。真是笑死人了。"

"可是，他近来好像神气了许多啊。"

"你近期见过他吗？"

"一星期前他来过，滔滔不绝地说了一通才走的。"

"怪不得连你也吹嘘起独仙流的消极论了。"

"我当时确实挺佩服的，正想发愤修炼呢。"

"你发愤不打紧，可别人说什么你就信什么就显得太过傻帽了。你的毛病就在这里，不管别人说什么，你总是信以为真。你别看独仙那样，全靠一张嘴撑着，遇上点什么还不是跟你我一个样？九年前的那场大地震①，你总知道吧。当时从宿舍二楼跳下来摔伤的，就只有独仙

---

① 指明治二十七年（1894）六月二十日的东京大地震。这是明治年间最大的一场地震，夏目漱石当时正住在东京帝国大学的宿舍里。

君一个。"

"对这事，他不是挺有说道的吗？"

"是啊，照他的说法，那还是颇为值得庆幸的呢。说什么禅之机锋峻峭异常，修炼到'石火之机'后，应变起来就快得吓人。所以当别人得知地震而张皇失措之际，自己已经从二楼窗口跳了下去，足见修炼之功云云。一瘸一拐的还说得兴高采烈呢，强词夺理罢了。反正再没有比谈佛论禅的家伙更奇葩的了。"

"是吗？"

苦沙弥先生显得有些底气不足。

"上次来的时候，肯定也说了禅僧梦话般的什么吧？"

"嗯，他教了我一句'电光影里斩春风'呢。"

"哈，你说'电光'，是吧？这一句十年前就是他的拿手好戏了。要说起这位无觉禅师①的'电光'，整幢宿舍楼可谓是无人不知无人不晓的。还有呢，他老先生一着急就说错，前后颠倒，变成'春风影里斩电光'，好玩着呢。你下次不妨试他一试：当他气定神闲振振有词的时候，你只要不管三七二十一，一律加以反对，他马上就会颠三倒四，语无伦次，说出些笑死人的话来的。"

"遇上你这样的促狭鬼，自然是谁也受不了的。"

"到底谁是促狭鬼，还很难说呢。我最讨厌的就是什么禅僧啦，悟道者啦这些人。我家附近有个南藏院的寺庙，里面住着个八十来岁的退隐的老和尚。前一阵下雷阵雨，一个响雷将老和尚院子里的一棵松树给劈了。据说当时老和尚泰然自若，丝毫也不为所动，后来仔细一打听才知道，他老人家是个聋子，当然'泰然'了。所谓的道行如何如何，多半也就是这么回事儿。要说这独仙君独自一人悟个道什么的也就罢了，坏就坏在他还动不动就怂恿别人。事实上就已经有两人被他带成

---

① 指八木独仙。"电光影里斩春风"本是南宋无学禅师所作的偈语，迷亭为了取笑八木独仙故意给他取了这个绰号。

疯子了。"

"谁呀？"

"谁？一个是里野陶然。中了独仙的毒，一头扎进禅学里出不来，还去了镰仓①，最后在那边发了疯。圆觉寺前面不是有个铁路道口吗？他竟然跑到道口里面，在铁轨上坐起禅来了。说是要用禅念逼停迎面开来的火车。后来当然是火车发现他后主动停车才留了他一条小命，然而，自此他却声称已然炼成了赴汤蹈火都不伤半根毫毛的金刚不坏之身了。还跳进寺内的荷花池，'扑通扑通'在里面瞎扑腾呢。"

"淹死了吗？"

"所幸的是正好有和尚路过，将他救了起来。后来回到东京后，得腹膜炎死掉了。直接死因虽然是腹膜炎，可那腹膜炎也是由于在庙里老吃大麦饭和老咸菜才得的，因此，可以说就是被独仙间接杀死的。"

"看来一味地投入也是一把双刃剑啊。"

主人的神情似乎在说："还真有点吓人啊。"

"无独有偶，同学中着了他的道的，还有一人呢。"

"他还真是个危险分子啊。谁又着了道了？"

"是立町老梅君。他在独仙的怂恿下成天说些'鳗鱼升天②'之类的疯话，终于弄假成真了。"

"弄假成真？成了什么了？"

"鳗鱼上了天，肥猪成了仙。"

"这到底是怎么回事？"

"如果八木是独仙的话，立町就是猪仙了。他原本就是什么都吃的，那股贪吃劲儿跟禅和尚的偏执劲儿同时发作，还有救吗？刚开始时我也没太在意，现在回想起来，那会儿他所说的全都是疯话。来我家时说什么'有没有炸猪排飞到那棵松树上来？'"我老家的鱼糕坐在木板上划水

① 神奈川县南部的城市。那里有圆觉寺等许多著名的古寺。
② 来自民间传说，表示虚无缥缈，异想天开。

呢'。莫名其妙的警句一句接一句。光是嘴上说说倒也罢了，后来还要我跟他一起到门口的水沟掘金团①，我也只好举手投降了。两三天后，他终于成了猪仙，被收进巢鸭医院了。要说肥猪原本是没资格发疯的，完全是着了独仙的道才落到如此地步的。独仙的法力不容小觑哦。"

"还有这事啊，那他现在还待在巢鸭吗？"

"不光是还待着，还成了自大狂，气粗得很啊。最近他觉得立町老梅这名字太土，自号'天道公平'，将自己视为天道之化身。可了不得了。有空你可以去看看他。"

"天道公平？"

"是啊，天道公平啊。别看他精神不正常，名字倒取得气派很大的。'公平'两字有时也写作'孔平'②。还说什么世人已全都误入歧途，自己要拯救他们，于是便不管三七二十一地给朋友也好什么人也好胡乱写信。我也收到了四五封，有的还特别长，害得我补交了两次邮资呢。"

"如此说来，我收到的那封，定然也是老梅写来的了。"

"你这儿也寄来了吗？这倒有意思了。也是装在红信封里的吧？"

"嗯，正中间是红色的，两旁都是白的，别具一格。"

"听说那种信封还是他特意从支那弄来的呢。代表着猪仙的格言：天之道是白色的，地之道也是白色的，人生于天地之间是红色的……"

"哦，如此说米，这信封还人有讲究啊。"

"脑袋越不正常越讲究嘛。话说他尽管发了疯，可依然是一如既往的馋嘴，他来的信，妙就妙在每次必写到吃食。给你的那封写了些什么？"

"哦，是海参。"

"老梅喜欢吃海参的嘛，理所当然。还有呢？"

"还有就是河豚和朝鲜人参。"

---

① 一种在糖煮栗子、豆子等外面裹上白薯泥、豆泥的食品。
② "孔平"和"公平"在日语中发音相同。

"哦，河豚和朝鲜人参可真是绝配啊。估计他是想说，吃河豚中了毒，可煎些人参汤来喝吧。"

"似乎也不是这么回事儿。"

"怎么回事儿都行啊，反正是疯言疯语罢了。就这么点吗？"

"还有呢？有'苦沙弥先生，且吃茶去'这么一句。"

"啊哈哈哈，'吃茶去'这句太厉害了。他定然是想将你一举拿下啊。干得好。天道公平君，万岁！"

迷亭先生觉得十分有趣，哈哈大笑起来。

自己满怀敬意反复诵读之书函竟是一个不折不扣的疯子写的，得知此事后，我家主人觉得之前的一番热忱和苦心全都白费了，不由得懊恼异常。与此同时，一想到疯子写的文章自己竟如此劳神费力地加以玩味，也感到羞愧难当。最后，他竟又担心起来：狂人之作自己竟如此叹服，那么，自己的精神是否也有些异常呢？如此这般，懊恼、惭愧、担心，这三种心态瞬间叠加，将他弄得魂不守舍，局促不安，只管呆呆地坐着。

恰在此时，沿街的格栅门被"哗啦啦"地打开，有两个人脚步沉重地走到了换鞋处，随即便听得有人大声高呼："家里有人吗？有人在家吗？"

与一坐下就不愿意动窝的我家主人不同，迷亭凡事都非常主动，没等女佣出面接引，他便高喊一声"请进"三步并作两步穿过中厅冲到大门口去了。

不叫门就擅入他人之屋尽管有些令人生厌，可进了屋能主动像小厮一般跑出去接引客人倒是十分受用的。且说不论这迷亭平时如何，眼下他总还是客人的身份吧，让客人出差到大门口去接客，而主人苦沙弥先生则端坐客厅纹丝不动，怎么说也是不合礼法的。换了别人，是一定会随后出迎的，可苦沙弥先生就是苦沙弥先生，不是什么"别人"，他依然若无其事地端坐在蒲团上。然而，"端坐"和"稳坐"貌似一样，其内心状态则是完全不同的。

冲到大门口去的迷亭像是在一个劲儿地跟人辩解着什么，少顷，他便冲着屋里大声喊道："喂，有劳主人出来一趟。这事儿看来还非你不可啊。"

我家主人极不情愿地袖着双手慢吞吞地踱了出去。

本猫跟出去一看，只见迷亭手里捏着一张名片，正弯着腰跟人寒暄，模样极不体面。名片上写着：

警视厅刑警巡查　吉由虎藏

而这位虎藏君的身边还站着一个二十五六岁年纪的高个子青年，一副油头光棍的模样。而妙就妙在他跟我家主人一样，也袖着双手，一言不发地直挺挺站着。

这人好面熟啊——本猫细细观察了一番发现，何止是面熟，这不就是那天夜里来偷走山药的小偷君吗？好啊，今天竟然大白天里堂而皇之地从大门进来了。

"喂，这位刑警巡查前几天抓住了一个小偷，特意来通知你到局子里去认领失物。"

主人像是总算明白警察为什么上门了，他低下头冲着小偷恭恭敬敬地鞠了一躬。估计是他看小偷长得比虎藏君神气，就以为他是警察呢。那小偷定然吃惊不小，但也总不能声明道："喂，看清楚了，我是小偷哦"，只能假装没看见，依然直挺挺地站着。并且还依然袖着双手。其实是他戴着手铐呢，就是想伸出手还也办不到。

一般人只要一看到如此情景，自然就明白是怎么回事了，可我家主人是与众不同的，对于官吏、警察之类特别恭敬。因为他认定皇家威仪是冒犯不得的。其实，在理论上他也明白巡查之类的就相当于自己出钱雇的差人，可真的一碰了面就会不由自主地低声下气起来。主人的老爹从前就是个穷乡僻壤的小村长，或许那种对上差点头哈腰低三下四的习惯也遗传到儿子身上了吧。真是可怜之至啊。

那巡查似乎也觉得挺滑稽的，嘿嘿地诡笑着说道："明天，上午九点之前，请到日本堤分署来一趟。——呃，被窃物品是什么来着？"

"被窃物品……"

话到了嘴边，主人竟然又想不起来了。所记得的就只有多多良三平寄来的山药了。他觉得山药说不说也无所谓，可刚说到"被窃物品……"下面就接不上了，自己不就成了窝囊废与太郎①了吗？这也太叫人脸上挂不住了。别人家被偷了些什么不知道倒也罢了，自己家被偷了还说不清楚，岂不证明自己是个废物吗？——想到此处，主人咬咬牙说道："被窃物品……一箱山药。"

那小偷此刻像是非常想笑，拼命低头，都将下巴埋进衣领了。

迷亭则哈哈大笑道："看来你非常心疼那一箱山药啊。"

然而，出人意料的是，那巡查十分严肃。

"好像没发现山药。别的物品倒是基本上都追回来了。——反正你来看了就知道了。还有，倘若要发还的话是要备案的，别忘了带印章来。——一定要在九点之前来哦。是日本堤分署。——浅草警察署管辖内的日本堤分署。——就这样，再见。"

那巡查自顾说了一通就回去了。小偷君也跟着出了门。由于他的手拿不出来，门这么开着就走了。见此情景，主人尽管惶恐倒也显得有些愤愤不平，他噘着嘴上前"砰"地一下将门给关上了。

"哈哈哈，想不到你对警察还真恭敬啊。不过光对警察恭敬还不行啊，你要是平时也老这么谦恭，就是个大好人了。"

"人家特意来通知，难道不是一番好心吗？"

"这是他们的分内之事哦。平常应对也就是了嘛。"

---

① 是落语中经常出现的糊涂蛋的名字。

"可是，这可不是一般的工作啊。"

"当然不是什么一般的工作了。是一种名为侦探的低贱职业。比一般的行业更为低贱。"

"喂，你这么说话，可是要倒霉的哦。"

"哈哈哈，好了。那就不说警察的坏话了。不过呢，对警察表示一点敬意倒也罢了，你连小偷也这么恭敬，却不能不叫人吃惊啊。"

"谁恭敬小偷了？"

"不就是你吗？"

"我什么时候接近过小偷呀？"

"还说什么时候接近过呢，你不是还对小偷点头哈腰的吗？"

"什么时候？"

"刚才不还要点头哈腰来着的吗？"

"你胡说什么？那是刑警啊。"

"刑警有穿成那模样的吗？"

"正因为是刑警所以才穿成那样的嘛，难道不是吗？"

"你可真固执啊。"

"你才固执呢。"

"别的先不说，刑警到你家来，有那么袖着手直挺挺地站着的吗？"

"刑警就不能袖着双手吗？"

"你非要抬杠，我可不干。可你鞠躬的时候那小子一直端着那架势啊。"

"刑警嘛，这种事情完全有可能啊。"

"你也太自以为是了吧。别人的话怎么也听不进去，是不是？"

"根本就不听嘛。你嘴上说什么'小偷''小偷'的，可那小偷来的时候你又没看到。你只是一厢情愿地在那里刚愎自用罢了。"

饶是迷亭，说到此时也觉得这家伙实在是无可理喻了，于是就死了心，闭口不言了。

我家主人见自己竟把迷亭给降服了，心想这倒是许久没有过的事了，大为得意。

　　事实是，从迷亭的角度看来，主人如此刚愎自用，他在心目中的价值、地位是有所下降的；可从我家主人这边看来，由于自己寸步不让，已经高过迷亭一头了。要说世上像这样跑岔了道，各执一词，互不相让的事情还真是比比皆是。当你以为只要死咬住不松口就能胜人一筹的时候，其实你在别人心中的价值已经一落千丈了。而更为吊诡的是，如此固执己见的人往往以为保住了一生一世的面子，却做梦也不会想到，从此之后就受人鄙视，没人愿意理你了。这当然是一种幸福的感觉。但据说这种幸福感有个名称，叫作"猪的幸福"。

　　"不管怎样，你明天去吗？"

　　"当然去了，不是说九点之前吗，我八点钟就出门。"

　　"学校那边怎么办？"

　　"请假呗。学校那边有什么要紧的。"

　　主人这话说得掷地有声，足见其气势之壮。

　　"有魄力。不去上课，不要紧吗？"

　　"有什么关系呢？学校是月薪制，又不会扣工资的，怕什么？"

　　主人实话实说，毫不隐瞒。你要说他狡猾也很狡猾，可要说他单纯也十分单纯。

　　"你去就去好了，可你认得路吗？"

　　"有什么认得不认得的，叫辆车去不就行了吗？"

　　主人依然气鼓鼓的。

　　"你真是一个不输于我伯父大人的'东京通'啊。佩服。"

　　"要佩服，你尽管佩服。"

　　"哈哈哈，你可知道，日本堤 ① 分署那儿，可不是一般的所在啊。那

---

① 位于日本东京都台东区东北部和浅草北部的地区。现在是商业区和住宅区。原为热闹的吉原青楼街。

是吉原 ① 啊。"

"你说什么？"

"吉原。"

"就是那个妓院云集的吉原吗？"

"是啊，要说吉原，整个东京也只有那么一个呀。怎么样？想去逛逛吗？"

迷亭君又开始捉弄我家主人了。

主人听到"吉原"两字，多少有些摇摆不定，可随即就拿定了主意，在此无关紧要处显示出了非凡的魄力："那又如何？吉原也好，妓院也罢，既然说了要去，自然是去定了！"

傻瓜往往都会在这种地方表现自己的坚强意志的。

见此情形，迷亭也只说了一句："好啊，去开开眼吧，想必是很有意思的吧。"

掀起了一番波浪的刑警事件，到此算是告一段落了。

之后，迷亭照例天南地北地胡扯了一通，看看天色向晚，说了句"回去晚了，伯父大人会生气的"就回去了。迷亭走后，主人草草吃过晚饭便又缩回书房里去了。袖着双手，他开始做如下思考："照迷亭的话来看，自己佩服并正准备极力效仿的八木独仙君，事实上是个根本不值得效仿的家伙。非但如此，他所宣扬的论调也有悖常理，用迷亭的话来说，简直就是属于疯癫系统的。更何况他确乎已有了两个疯子做小弟了。看来此人极端危险。离他太近便极可能被拽入其系统之中。

"自己在惊叹其文章之余认定此公为见识不凡之伟人的天道公平——实名为立町老梅者，正是个不折不扣的疯子，已被收入巢鸭医院了。即便迷亭的叙述夸大其词并含有玩笑成分，可此公在疯人院里沽名钓誉，自任天道之主宰，恐怕也并非虚构吧。

① 日本江户时代的官准妓馆区。元和三年（1617）开设，直到昭和三十三年（1958）实施《卖淫防止法》后才被废止。开始在日本桥一带，后因火灾，迁至日本堤山谷附近。

"再说，或许我自己多少也有些类似的倾向啊。俗话说'同气相求''物以类聚'，我既然佩服疯子的论调——至少对其文章言辞是所有共鸣的吧——不就说明我自己也是疯子之近亲吗？好吧，就算自己尚未与他们同流合污，可即便是比邻而居，也难免有朝一日会打通墙壁与他们促膝谈笑啊。这便如何是好？想想也是，怪不得近来自己都觉得大脑活动极为异常，可谓是奇而又奇，怪而又怪。一勺脑浆是如何发生化学变化的姑且不论，而出人意料的是，于意志化为行动之时，进而阐发为言语之际，有失中庸之处竟也比比皆是。尽管舌上无龙泉 [①]，腋下无清风 [②]，倒也牙根有疯味儿，肌头有癫劲。这便如何是好，真是越想越严重啊。说不定我现在就已经是一名精神病患者了吧。所幸的是，由于尚未伤害他人，有碍社会，故而未被赶出小区，仍可作为东京市民而存世。这可不是什么'消极''积极'层面的问题了。应该好好检查一下身体了——从脉息查起。不过，我的脉息似乎没乱呀。脑袋可能有些发热。但也并无上火的迹象。不管怎么说，总是叫人放心不下的。

"自己老是跟疯子做比较，不住地寻找与疯子的相似之处，看来是总也脱离不了疯子的领域的。这可不是个好办法。由于我是以疯子为基准而对自己加以牵强附会的解释，故而才会得出如此结论。倘若以健康人为基准而将自己置身于其旁并加以考虑的话，说不定就会得出相反的结论了。对了，还必须从身边熟悉之人开始对照。

"第一个便是今天来过的穿长礼服伯父大人。将置心于何处……这套说辞也多少有些玄妙。

"将寒月算作第二个，如何？这家伙带着盒饭去实验室，一天到晚地磨玻璃球。也是一路货嘛。

---

① 宋·罗大经《鹤林玉露》卷六："堂堂八尺躯，莫听三寸舌，舌上有龙泉，杀人不见血。"夏目漱石用其否定形式，表示没有太大的变化。

② 唐代诗人卢仝的七言古诗《走笔谢孟谏议寄新茶》有"七碗吃不得也，唯觉两腋习习清风生"的诗句，与前面的"舌上无龙泉"一样，夏目漱石在此仍是反其意而用，表示没有太大的变化。后面的"牙根有疯味儿，肌头有癫劲"则是仿造的，没有出处。

"第三个……迷亭？那小子是将胡说八道当作自己的天职的。定是个呈阳性反应强烈的疯子。

"第四个嘛……金田的老婆。她那种恶毒本性是完全违背常识的。已经打上明确标记了。

"第五个就该轮到金田君了。这家伙虽没见过面，可从他对老婆低声下气，夫妇间'琴瑟调和'的情况来看，说他是个非凡之人估计是不会错的。而所谓'非凡'其实就是疯子的异称，因此完全可以将其归入同一类。

"然后就是，嗯，有啊，还有。

"落云馆里的诸君子从年龄上来说，还是刚刚冒头的嫩芽，可就精神狂躁这一点而言，完全可称为不折不扣的混世魔王了。

"如此这般，一个个地数来，可见大多都是疯子的同类。既然是这样子，心里反倒踏实了。说不定这社会本身就是个疯子的集合体。疯子们聚在一起相互攻击、相互谩骂、相互争夺、相互坑害。说不定所谓社会就是疯子处于团体之中，如同细胞一般时而分崩离析时而聚沙成塔地循环往复的过程。而其中多少明白点事理，脑袋瓜较为清晰的家伙反倒成了障碍，故而特意建造了疯人院，将他们塞进去，再也不让他们出来。

"如此说来，关在疯人院里的才是正常人，而在疯人院外面横行霸道的反倒是疯子。

"一个个疯子倘若单独待着或许会一直疯下去，而形成团体，有了势力，说不定就成了健全之人了。

"而大疯子滥用金钱与权势驱使小疯子胡作非为，还往往被人称为强者。这样的例子不在少数啊。

"唉，真是越想越糊涂了。"

以上便是我家主人于当天夜里，面对莹莹孤灯而苦思冥想时心理活动的真实写照。充分显示了他的脑袋瓜是如何的混沌迷蒙。尽管他留着德皇威廉二世般的八字胡须，可依然是个连疯子与常人之区别也搞不清的笨蛋。不仅如此,他一本正经地将此问题诉诸自己的思维,到最后也没得出任何结论,并就此不了了之了。事实上不论针对何事,他都不具备刨根究底式的、深入彻底的思考能力。而他的结论如同他鼻孔中喷出的朝日牌香烟一般虚无缥缈不可捉摸,作为他所发议论之唯一特色,这一实情倒是值得诸君记住的。

在下,猫也。或许有人会心生疑虑:你一只猫如何能够将你家主人心里的想法描绘得如此精细?哼,老实说,这点小事对于猫儿来说还真不值得一提。

你可知本猫是精通读心术的。何时懂得读心术?——这种不相干的事情你问它做甚。懂了就是懂了。睡在人大腿上时,本猫便将柔软的毛皮轻轻地在人的肚子上摩擦几下。于是便产生了一道电流。如此,则他心里那点小九九就全都映在本猫心眼儿里了,如同掌上观纹一般,清晰无比。

前几天,我家主人轻柔地估摸着本猫的脑袋,心里突然冒出了一个"剥了这猫的皮做件坎肩一定十分暖和"的怪念头,本猫立刻就察觉了,还吓了一大跳呢。太可怕了。

当天夜里我家主人脑袋瓜里的思潮就是如此,而本猫能够向诸位汇报也是莫大的荣光。然而,主人想到"越想越糊涂了"后,便酣然入睡了。想必明天醒来,连自己想了些什么事,想到什么程度了,都忘得一干二净了吧。以后,主人倘要再考虑疯子的事情,就只得从头开始考虑了。至于他是否还能循着同样的思路加以考虑,是否也会"越想越糊涂",就无法保证了。但是,不论他重新考虑多少次,也不管循着哪条思路来思考,最后总会"越想越糊涂了"的。这一点倒是毋庸置疑的。

第十章

“喂，七点了。”

隔着纸隔扇，夫人喊道。

也不知此刻主人醒还是没醒，反正他面朝里屋躺着，没有搭腔。凡事不搭腔可是这家伙的老毛病了。实在不能不开口的时候，他也只是“嗯”那么一声。就连这一声“嗯”他也是不肯轻易发出的。

但凡人要是懒到不搭理别人了，倒也显得有那么一点个性，但这种人从来就是不讨女人喜欢的。就看如今跟着他一起过日子的夫人也不怎么待见他，推而广之，其他人会对他怎么样也就可想而知了。

正如戏文里有所谓“见弃于父母兄弟之人，又岂能获得美人之青睐”的句子一样，连自己老婆都不待见的我家主人，又岂能讨世间一般淑女之欢心？本猫倒也并非想趁机暴露一下主人没有女人缘之实情，只是他自己想岔了，以为是由于流年不利的缘故老婆才不喜欢他的，从此种下了烦恼之根，故而出于帮他自我觉醒之好意，稍稍地敲一下边鼓而已。

既然在丈夫吩咐的时间提醒过“到点了”，而对方无视自己的提醒，依然朝里屋躺着“嗯”都不“嗯”一声，夫人便认定是非曲直之“曲”在丈夫一方而不在自己一方了。于是夫人便以“你要是迟到了，可不管我屁事"的姿态，扛着扫帚和掸子朝书房走去了。

少顷，书房里便传来了"噼噼啪啪"的拍打声，说明夫人那例行公事一般的清扫工作开始了。至于她清扫的目的是为了活动活动筋骨还是为了玩耍，其实不关无清扫之义务的本猫什么事，本猫不闻不问也无甚大碍。然而，本猫不得不说，这家人家的夫人的清扫方法实在是毫无意义的。要说怎么个无意义法，那就是，她仅仅是为清扫而清扫。具体来说，夫人认为：只要用掸子将隔扇拍打一遍，用扫帚在榻榻米上扒拉一遍，清扫工作便结束了。至于为什么要清扫，清扫之结果又如何，夫人是从不考虑的。因此，洁净之处每天都洁净；有灰尘垃圾之处，灰尘垃圾就一直那么堆着。然而，正如"告朔之饩羊①"的故事所启示的那样，尽管是虚应故事，也还是聊胜于无的。只是这种清扫于主人并无多少好处，明知没多少好处而依然每天不辞辛劳地加以清扫正是夫人的伟大之处。出于多年的习惯，"夫人"与"清扫"已经形成了十分牢固的机械性联想了，然尽管如此，要讲到这清扫之"实"，则与夫人出生之前，甚至与掸子与扫帚被发明出来之前仍是完全一样的，没有一丝一毫的进步。要说这两者之间的关系，就如同作为形式逻辑之命题的词语一般，不论其内容如何，形式上总是联系在一起的。

与主人不同，本猫一向是早起的，故而此刻肚子里已经开始唱空城计了。家里的人都还没用早餐，作为一只猫，又怎么能先吃上早饭呢？可一想到或许本猫那鲍鱼壳里已经香气直冒了，本猫就再也坐不住了。唉，说起来这也是猫之轻贱之处啊。

明明知道没指望而又心存侥幸之时，不动声色坐着仅在心里描绘那美好愿景才是上策。然而，本猫却做不到这一点，总想试验一下，看看

---

① 源自《论语·八佾》："子贡欲去告朔之饩羊。子曰：'赐也！尔爱其羊，我爱其礼。'"由于鲁国自文公起国君都不亲到祖庙告祭，只是杀一只羊应付一下。子贡便对孔子说，既然白白浪费了一只羊，还不如废除了这套礼法呢。孔子说："子贡啊，你爱惜那只羊，我却爱惜那套礼法啊。"孔子的意思是说，尽管仅剩下杀一只羊这个形式了，也总比废止后大家都忘记该礼法强。

心中的愿望与现实是否一致。纵然明知试验必定导致失望，可在亲自将最后的失望当作残酷的现实加以接受之前，本猫是绝不罢休的。

忍无可忍之下，本猫便朝厨房进发了。

首先，本猫朝那只放在灶台背后的鲍鱼壳中瞟了一眼，果然是空空如也，跟昨晚本猫将其舔干净时的模样并无二致。初秋的阳光从天窗处照射下来，鲍鱼壳泛着怪异的光芒。

厨房女佣已经将做好的饭盛进了饭桶，眼下正搅拌着坐在风炉上的汤锅。溢出的米汤已被烤干，一条条地紧贴在锅子周围，跟吉野纸似的。本猫心想：既然饭也好了，汤也得了，那就可以开吃了嘛。

此时若还要客气什么就太见外了，更何况即便不能如愿以偿也没有什么损失呀，赶紧催她开饭吧。虽说本猫是无所事事的食客，可肚子是照样会饿的嘛。

拿定了主意之后，本猫便"喵——喵——"地叫了两声。那声调既像撒娇又像倾诉，或者说还带有那么一点点哀怨。

可恨的是那婆娘连头都不回一下。本猫早知道这个天生的多角脸是不通人情的，但想办法唤起她的同情可就是本猫的本事了。于是本猫这次便"喵哦——喵哦——"叫了两声。这如泣如诉的悲壮之音，本猫自己听着也坚信是足以令天涯游子肝肠寸断的。然而，那婆娘依然不为所动，连看都不看本猫一眼。

这婆娘该不是个聋子吧。按说聋子是做不了女佣的。要不就是仅仅听不见猫叫的聋子？据本猫所知，世上是有所谓色盲之人的。这种人自以为自己视力毫无问题，可医生是称之为残疾的。或许这婆娘就是个"声盲"吧。既是声盲自然也属于残疾了。

哼！好你个残疾之人，竟然还如此的蛮横。半夜里要出去方便时，不论本猫如何央告，她也是从来不给开一下门的。偶然开了一下，却又不放本猫进屋了。要知道夏露也是很伤身子的，更别说秋霜了。那种站在屋檐下苦等天明的心酸滋味，简直是无法形容的。前一阵子被她关在门外后，本猫还遭到了野狗的攻击。紧急关头，千钧一发之际，本猫跳上了仓库屋顶，虽然躲过了一劫，却也战栗终夜啊。

本猫之所以如此遭罪，全都是这婆娘不通人情之故。尽管明知向这种人苦苦哀告也是白搭，可正所谓"饿"时抱佛脚，饥寒起盗心，坠入情网会唱歌，落到了如此地步还有什么不能干的呢？

"喵哦噢——喵哦噢——"——为了引起她的注意，第三次叫唤时，本猫采用了更为复杂的哭腔。自以为如此美妙的叫声是一点也不输给贝多芬的交响乐的，然于这婆娘似乎依然毫无影响。

这婆娘突然跪了下来，掀开一块活络地板，从下面抽出一根四寸来长的木炭来。然后将其在风炉角上"砰砰砰"地敲了几下，将长长的一段折成了三截。炭粉飞扬，将四周弄得乌黑一片，似乎还有少许落到了汤里。对此，这婆娘是毫不介意的。她立刻将三段木炭从汤锅底下塞进了风炉。看来她是绝不会欣赏本猫的"交响乐"了。

没办法，本猫只得悄然回饭堂去了。而路过浴室的时候，见三个女孩子正在那儿洗脸。嗨，那个热闹劲儿就别提了。

说是在洗脸，可毕竟三个女孩子还太小——上面的两个在上幼儿园，最小的那个连跟在姐姐们的屁股后面都跟不上，所以根本不可能像模像样地洗脸、化妆的。

眼见得最小的那个在水桶里拉出一块抹布，不住地往脸上抹。用抹布洗脸自然是不会舒服的，可这孩子是每次地震都高叫"好玩哦"的，故而这么点小事是不足为奇的。从某种意义上来说，她或许比八木独仙还要超然物外呢。

要说这长女到底是有大姐意识的，见此情景，她便将漱口的茶杯"哐啷"一扔，说了声："囡囡，那是抹布！"

便劈手来夺。

那"囡囡"也是个特别有主见的，姐姐的话听都不听。

"不要你管。八婆。"

说着便将抹布抢了回去。只是这"八婆"是什么意思？辞源何解？就没人知道了。只知道这"囡囡"发脾气时，是时常加以使用的。

抹布被姐姐和"囡囡"的四双小手扯来扯去，中间吸水部分"噼噼啪啪"地掉水珠，毫不容情地淋在"囡囡"的脚上。倘若光是淋湿了双脚倒也还能忍受，可事实上连膝盖上下也都湿透了。这"囡囡"年纪虽小，身上倒也穿着"元禄"①呢。这"元禄"到底是什么玩意儿，后来一打听才知道，原来凡是有较大花纹的，都叫"元禄"。至于这位大姐姐是跟谁学来的，本猫就不得而知了。

"囡囡，元禄都淋湿了，快放手啊。"

大姐姐还真会说新词儿。不过你看她现在像是什么都知道似的，前一阵子还将"元禄"和"双六"混为一谈呢。

说到"元禄"，本猫倒想起了这孩子经常说错话的事来了。小孩子说错话本不足为奇，可她错得也太多，太离奇了，有时候听着还以为她是在拿别人开涮呢。

譬如说，看到人家着火了就说"蘑菇②飞过来了"；要去茶之酱汤③女子学校上学；将惠比寿和厨房④摆在一起。有时她还会说什么"我可不是稻草店里的孩子"，仔细盘问后才知道她将"稻草店"跟"大杂院"⑤搞混了。

我家主人每次听到她这么乱说一气总是哈哈大笑，估计他在学校教英语的时候，也是这般错误百出，滑稽可笑的吧。

囡囡——她本人是不说囡囡的，总是称"娜娜"的，看到"元禄"

被淋湿了，便"圆露①凉冰冰"地哭了起来。

"元禄"又湿又凉可不得了，女佣见状便冲出厨房，抢过了抹布一个劲儿地帮着擦衣服。

此次骚动中较为安静的是二女胜子。胜子背朝着她们俩，捡起一个从架子上滚落下来的白粉瓶子，拧开了瓶盖，正专心致志地给自己化妆呢。她先用一根手指戳进瓶子里，拔出来后便在鼻梁上抹了一把，脸上顿时出现了一条纵向的白道道，鼻子显得愈发醒目了。然后将沾着白粉的手指在脸颊上乱搽一气，搽出了两块白块块。而就在她将自己的脸装饰到如此地步的时候，女佣跑来给小妹妹擦衣服了。女佣擦过了小妹妹，顺带着也给胜子擦了一下脸。胜子立刻噘起小嘴，显得很不高兴。

本猫在一旁观看了这一幕过后，又从饭堂来到主人的寝室。心想他总该起床了，可悄悄地探头一看，却发现主人的脑袋找不着了。被窝的一头伸出了一只一尺来长的大脚丫子。大概他觉得老婆再来叫他起床时，脑袋露在外面比较麻烦，就干脆蒙起来了。简直就是个缩头乌龟嘛。

恰在此时，已经完成书房之清扫工作的夫人正扛着扫帚和掸子过来了。她先是跟刚才一样，在隔扇处喊了一嗓子："还没起床吗？"

站了会儿见没有动静，探头一看，看到了连脑袋都蒙住的被子。主人这次依然没有吭声。夫人走上两步，将扫帚在榻榻米上"咚咚"地捣了两下，喊道："喂，你还不起来？"

再次恭候主人的答复。

其实此刻主人早醒了。正因为醒了，为了防备老婆的袭击，才用被子将脑袋蒙住的。他心存侥幸，以为只要脑袋不露在外面，老婆就不来催他了。可实际情况是，老婆一点也不心慈手软。

第一次的喊声在门槛上方，跟自己至少还隔着五六尺，心想还不要

---

① 即元禄。

紧。而扫帚"咚咚"捣地的时候，距离已经缩短了三尺了，多少有些吃惊。到第二声"喂，你还不起来"的时候，即便是在被子底下听来，其音量和气势都已经增强了一倍了，主人认识到再不吭声不行了，便低低地应了一声："嗯。"

"你不是说九点之前要到那儿的吗？再要磨磨蹭蹭的就来不及了。"

"我正要起床呢。何必苦苦相逼。"

那声音像是从睡衣的袖口里发出来，真是一大奇观。夫人以前老是上他的当，听他说是马上起来就放心了，可谁知一转身他又睡下了，所以觉得不能掉以轻心，连连催促道："快，快起来。"

已经说要起床了，还被人这么催逼着，心里自然是不痛快的。更何况像我家主人这般任性的家伙，就越发地恼羞成怒了。他一把掀开刚才还一直蒙在头上的被子，两只眼睛瞪得溜圆。

"吵什么吵。说起来，自然会起来的嘛。"

"可你嘴上说起来，人没起来呀。"

"有谁会这么胡说八道？"

"你不是总这样的吗？"

"胡说八道！"

"也不知道是谁在胡说八道！"

夫人拄着扫把怒气冲冲地往他枕头边上一站，真可谓威风凛凛，勇不可当。

此时，屋后车夫家的小孩小八子"哇——"地大声哭了起来。每逢主人发火，小八子就一定会哭。因为这是车夫老婆吩咐好的。每当主人发火，车夫老婆将小八子弄哭后或许能得到几个小钱吧，可小八子又怎么吃得消呢？摊上这么个老妈，迟早会被迫从早哭到晚的。倘若我家主人多少明白一点其中的关窍，稍稍控制一下自己的脾气，小八子的寿命或许便可延长不少了。虽说这也是金田君的要求，可既然车夫老婆做得出这种事来，那么将其鉴定为程度在天道公平之上的疯癫应该也是不会错的吧。

再说，光是在主人发火时哭哭，倒也不算繁重，可气的是，每当金田君雇用了地痞流氓大骂主人长得像"今户烧山狸"时，小八子也必须配合着哭。也就是说，在还不清楚主人会不会发火之时，预想他应该发火，于是便未雨绸缪让小八子先哭起来。可吊诡的是，如此一来，主人与小八子的身份就分不清楚了。与此同时，要想捉弄一下主人也变得十分方便，只要吓唬一下小八子，让他"哇哇"一哭，就等于抽了主人一个大嘴巴了。

从前，在西方，要给罪犯行刑而该罪犯已逃出国境，抓不回来的时候，据说可以做一个偶像来代替真人接受火刑什么的。可见他们当中也有通晓西洋故事的人在做他们的军师，给他们制定了锦囊妙计。"落云馆"的学生也好，小八子的老妈也罢，对于毫无手段的我家主人来说，定然是难以招架的顽敌。其实，除此之外，还有别的这种顽敌呢。或者说，所有的街坊邻居都是他的难以招架的顽敌，只不过眼下还并不相干，暂且按下不表，以后有机会再零敲碎打地加以介绍吧。

听到小八子的哭声后，主人像是大为恼火，他一骨碌就爬起身来坐在了被褥上。什么精神修养啦，八木独仙啦，全都抛到了九霄云外。翻身坐起的同时，他还用双手在头上一通狠挠，像是要将头皮剥下来似的。于是积累了个把月的头皮屑便毫无顾忌，纷纷扬扬地飘落到脖颈子以及睡衣的衣领上。

——非常壮观。

胡须又怎样了呢？——本猫一看，发现这方面也够吓人的，一根根地全都竖得笔直。似乎它们全都觉得既然主人发怒了，自己怎么可以无动于衷呢？于是一根根地也都怒发冲冠起来，横七竖八各自寻找方面突飞猛进了。这倒还真有得一看。昨天由于镜子就在眼前，它们还老老实实地学着德皇威廉二世的样子，排列得整整齐齐的，可睡过一夜之后，所有的训练呀什么都泡汤了，全都恢复了本来面目，一根根地全都各自为政了。宛如主人一夜速成的精神修养一般，到了第二天就消失得干干净净，而与生俱来野猪般的犟劲儿又全面呈现了。一想到拥有如此粗暴胡子的这个粗暴男人，居然还能胜任教师之职而不被开除，本猫终于领会了日本之广阔了。或许正因为"广阔"，金田君及其走狗们才能作为人类而吃得开吧。主人似乎坚信，只要他们还吃得开，则自己就没有理由被开除的。万一有什么情况，只消给巢鸭医院去一张明信片，请教一下天道公平君，马上就明白了。

此刻的主人，瞪大了昨天本猫隆重介绍过的那双太初之际混沌未开的眼睛，正死死地盯着对面的壁橱。那壁橱六尺来高，上下两层，每层都装着两扇橱门。由于壁橱的下端就在被角跟前，主人坐起身来，一睁开眼睛自然而然地便会将视线投向那儿。

那橱门是纸糊的，然而，有图案花样的面纸好几处都破损了，露出了里面奇妙的"内脏①"。而这"内脏"之中，名堂还真不少。有铅印的，有手书的，有翻了个儿的，有头下脚上的。主人在看到这"内脏"的同时，就动了想阅读一下的念头。因为他想知道那上面到底都写了些什么。

刚才他还怒火中烧，恨不得揪住车夫老婆将她没头没脸地往松树上蹭呢，现在又突然想读一下废纸了，这似乎太不可思议了，然而，这对于阳性疯癫者而言是不足为奇的。这跟小孩子哭哭啼啼时，给他一个豆沙包便会破涕为笑的道理如出一辙。

主人早年间寄宿于某寺庙时，隔壁还住着五六个尼姑，与他只隔着一道纸隔扇。要说这尼姑可是坏心眼儿女人中心眼儿最坏的那种。她们似乎看透了主人的性情，会有腔有调地敲着做饭的锅子唱"乌鸦哭了，乌鸦笑了。一哭一笑，没羞没臊"。据说主人特别讨厌尼姑就是从那时

---

① 为了使纸门更牢固，往往会先糊上几层衬纸，然后再糊上有花样的美观的面纸。而衬纸常常是用旧报纸或旧画报等废纸代替的。这里所谓的"内脏"其实就是指那些用作衬纸的旧报纸或旧画报。

开始的。然而，尼姑尽管讨厌，可尼姑的嘲弄却并非空穴来风。无论是哭是笑、是高兴是悲伤，要论感情激烈程度，主人全都倍于常人，但又全都难以持久。往好里说，大概就是不执着；心机灵活吧。可要将此翻译成温和的俗语，那就是没内涵的，轻薄无知的，只会要赖的小屁孩儿了。

既然是个赖皮孩子，那么，刚刚还想找人打架，一骨碌起身却又想读读壁橱上的废纸，也就不值得大惊小怪了。

主人首先看到的是倒立着的伊藤博文。往上看，见有"明治十一年九月二十八日"的字样。可见韩国统监^①从那时起就紧随政府号令了。这家伙当时是干什么的呢？——主人对着难以辨认的地方端详了半天，终于读出了"大藏卿^②"三个字。

嗯，来头挺大嘛。别看他倒立着，还是个大藏卿呢。

再稍稍往左边一看，见这边也有个大藏卿。不过这个大藏卿是躺着的，在睡午觉。不奇怪。拿大顶毕竟是撑不了许久的。

下面是一个较大的木板印刷文字："汝"，还想看后面的字，可全被遮住了。下面一行仅露出"早早"两字。后面的也想看，却毫无办法。倘若主人是警视厅的密探，说不定早就将面纸给撕下了，管他是不是别人家的东西呢。由于密探这类家伙没受过高等教育，为了查明事实向来是不择手段的。那可是没法收拾的。但愿他们能够稍稍手下留情。如果他们手下不留情，那就不让他们查明真相好了。然而，听说他们是会罗织罪名，陷害良民的。他们本是良民出钱雇的，却反过来加罪于良民，这不又是不折不扣的疯癫吗？

紧接着主人又转眼往正中间看去。只见大分县^③在空中翻筋斗。连

---

① 从明治三十八年到四十三年（1905—1910）期间，日本在朝鲜首都设置了总监府，其长官即为韩国统监。伊藤博文于1905年12日至1910年6月，任首任韩国统监。也即夏目漱石在写该章时伊藤博文正在韩国统监任上。

② 相当于财政部长。

③ 指大分县的地图。

伊藤博文都拿了大顶了，大分县翻个把筋斗自然是理所当然的。

读到此处，主人双手握拳，高高地伸向天花板——这是他打哈欠的预备动作。

这一声哈欠打得有如海鲸之长鸣，极富抑扬顿挫声调变化之能事。哈欠告一段落后，主人便慢条斯理地换好了衣服，去浴室洗脸了。

早已等得不耐烦的夫人立刻进屋手脚麻利地卷起被褥，叠好睡衣，开始了例行公事的清扫。

正如夫人的清扫是例行公事一般，主人的洗脸也同样是十年如一日的例行公事。漱口时，他依然跟前些天介绍过的一样，"嘎——嘎——""咯——咯——"地叫个不停。不一会儿，他梳好了分头，将西洋手巾往肩上一搭，便"驾临"饭堂了。

来到饭堂后，他超然占据了长火钵[①]的横向一侧。

提起长火钵，诸位的眼前或许会浮现出如此景象：有着鱼鳞般纹理的榉木箱体，铜质承灰盘，一位风情万种的大姐披散着一头刚刚洗过的青丝，支起一条腿坐在一旁，伸出长长的烟管时不时地在乌木镶边上敲一下……然而，苦沙弥先生的长火钵绝没有如此的风流趣味，而是十分古朴的那种，古朴得外行人简直看不出是用什么材料做成的。要说这长火钵要经过长年累月的擦拭，直到通体发亮才能显出其身价，可主人的这一件到底是用榉木还是樱木做的，原本就不甚明了，更何况几乎没用抹布擦过，就越发地显得阴气沉沉，怪模怪样了。

若要问这玩意儿是从哪儿买的，那就抱歉了，因为它不是买来的。那么是谁送的吗？据说也没人送给他。倘若你还要追问："是偷来的吗？！"

这里面就有点说不清楚了。

以前，他亲戚中有一位赋闲老者，去世后，主人受其家人之托，帮

---

① 一种长方形的箱式火盆，下部或旁边有抽屉，灰盆一端可放烧水的铜壶，常用于起居室等室内。

着看了好一阵子屋子。后来主人自立门户，从那老者家里搬出来时，就将这个曾当作自己的东西一般使用过的火钵，顺手牵羊般地带了出来。这事儿做得有些不太地道。可仔细想想，这种不地道的事情世上不是比比皆是吗？

据说银行家每天帮别人打理钱财，可天长日久之后就会将其看作自己的钱财了。官吏本是人民的公仆，为了让他办事才将某种权限委托给他们的。说到底，他们也就是个代理人而已。然而，他们每天利用受委托的权力处理事务后，就渐渐地狂妄自大起来，认为这些权力就是他们自身所拥有的，人民根本没理由来多嘴多舌，问这问那的。

既然满世界都是如此之人，那么也就不能根据此长火钵事件断定我家主人有着小偷本性。倘若我家主人有小偷本性，那么普天之下就无一人无小偷本性了。

主人在长火钵旁占领了阵地，面对餐桌坐着。另外三面便是刚才用抹布洗脸的"囡囡"和要去茶之酱汤学校上学的惇子以及将手指头捅进白粉瓶的胜子，她们早已聚集完毕，吃上早饭了。

主人首先极为公平地扫视了一遍三个女儿的脸。

惇子的脸有着南蛮铁刀之护手般的圆形轮廓。胜子到底是妹妹，面影与姐姐惇子相仿佛，能将其喻为琉球朱漆圆盒。倒是"囡囡"长得别具一格，竟然是个长脸。若是纵向的长脸，则世上还不乏其例，可她是横向较长。就算流行易变，横向的长脸恐怕也很难流行起来吧。

对于自己这几个孩子，我家主人也是时常操心了。他明白尽管长成这样，也总是要长大的。何止是会长大，其生长之势头简直就像禅寺中竹笋变成竹子一般迅猛。每当主人觉得"又长大了"，心中便难免惊恐不安，就像身后追兵将至一般。

我家主人再怎么不着边际，倒也清楚自己这三个千金都是女孩的。也明白是女孩的话最后总要出嫁的。与此同时，他还明白自己并没有嫁女儿的实力。因此，尽管是自己的孩子，他也多少觉得是个负担。既然是负担，那么不生出来不就得了吗？唉，人类的悲哀就在于此啊。你要说人的定义是什么，其实不是别的，就是"专门制造麻烦来折磨自己那么一伙"——这就足够了。

到底还是小孩子最伟大。她们做梦也没想到自己的老爸正在为无法处置她们而大伤脑筋，全都在高高兴兴地吃着早饭。其中最难对付的就是那个"囵囵"。由于"囵囵"今年才三岁，夫人于她特别用心，吃饭的时候给她预备了小碗、小筷子。但是她一概不用，定要夺了姐姐的饭碗和筷子来用。哪怕小手应付不过来，也要勉勉强强地对付着。放眼世上我们便可得知，越是无德无才的小人越是横行霸道，越想升官发财，此种恶劣秉性其实就是从"囵囵"时代露头的。由于这根子埋得如此之深，绝不是什么教育、熏陶所能矫正的，故而还是趁早死了这条心为好。

"囵囵"独占了从姐姐那里抢来的大碗长筷，尽情地施展着淫威。因她非要使用原本使用不了的碗筷，也就不得不胡搞一气了。

"囵囵"先是一把抓紧两根筷子的根部，猛地插到了饭碗底部。饭碗里盛着八成满的米饭，米饭上面浇满了酱汤。筷子的作用力传递到饭碗底部之时，刚才好不容易才保持平衡的饭碗，遭此一击，立刻倾斜了三十度左右。与此同时，饭碗里的酱汤毫不客气地泼到了她的胸口。当然了，"囵囵"是不会因为这点小事而善罢甘休的。"囵囵"是个暴君。紧接着，她便用力将插入碗底的筷子往上挑起来，并同时将小嘴凑到碗边，尽可能地让被挑出的饭粒落入口中。没被她小嘴接住的饭粒和黄色酱汤混在一起扑向了她的鼻子和脸颊，气势猛烈异常，似乎都能听到呐喊声了。而未登陆她脸蛋儿的饭粒和酱汤则全都甩到了榻榻米上，这些自然是原本就不在其意料范围之内的。

这种吃法简直就是在胡闹。本猫倒想借此机会谨向金田君以及天下所有有权势之人提出一个忠告。公等处世行事，决不可像"囵囵"操弄碗筷这般。否则，扑进公等口的饭粒必然是极少的。即便是扑进公等口中的那么点儿，也并非在所必然，而是茫然无状之际误入公等口中的。故还请再思再想。因为这毕竟是与老于世故之公等极不相称的。

姐姐惇子由于自己的碗筷都被"囡囡"抢去了，就一直十分勉强地用着对她来说已经显得太小的碗筷。也正是由于碗太小了，即便盛得满满的，张大了嘴巴也只消三口就吃完了。故而她频频到饭桶处去添饭。已经添了四次，眼下正要添第五碗。

惇子掀开饭桶盖，拿起大饭勺后稍稍打量了一下。到底是吃还是不吃，显得有些犹豫，最后像是拿定了主意，在估摸着不会有锅巴的地方舀了一小勺。到此为止，一切还算顺利，可当她一翻勺子要将饭盛到饭碗里去的时候，由于饭碗太小，进不去的饭就成块成块地落到了榻榻米上。然而，惇子毫不惊慌，而是十分仔细地捡起掉在地上的米饭。捡起了又怎么办呢？——本猫刚一动念，便见她已经将捡起的饭放回到饭桶里去了。喂，这多少有点脏吧。

那"囡囡"大肆胡闹，用筷子挑起米饭和酱汤之际，正好是惇子盛完饭之时。惇子不愧是做姐姐的，看到"囡囡"脸上一片狼藉，心中不忍，便喊了声"囡囡，不得了了，你脸上尽是饭粒啊"，便立刻开始帮她清理起来了。

首先摘除的是寄寓于"囡囡"鼻子上的饭粒。本猫以为摘下后她会扔掉呢，可谁知她立刻塞进自己的嘴里吃掉了，令本猫十分惊讶。然后开始清除脸颊上的饭粒。这方面可是大多数，两边加起来总有二十粒光景吧。大姐姐认认真真地摘一粒吃一粒，吃一粒摘一粒，终于将妹妹脸上的饭粒统统摘完吃尽。

此时，到目前为止一直老老实实地嚼着萝卜干的二女胜子，忽然从刚盛上来的酱汤里舀出了番薯块，急吼吼地推进到嘴里。想必诸君也都知道，浸泡在酱汤里的番薯块奇烫无比，是万万急不得的。即便是大人，一不小心也会被它烫伤的。更何况毫无吃番薯经验的胜子了，弄得狼狈不堪自然是理所当然的了。她"哇——"地大叫一声将口中的番薯吐到了桌上。事有凑巧，这两三块番薯一直滑到"囡囡"的跟前，正是她伸手可及之处。"囡囡"原本就是非常喜欢吃番薯的，见此大好机会怎会错过，她立刻扔掉了筷子，用手抓起番薯来，津津有味地吃了个精光。

从头至尾目睹了自己宝贝女儿们如此吃相的主人，一言不发，专心致志地吃着自己的饭，喝着自己的酱汤。此刻，他正在用牙签剔牙。

可见主人对于女儿们的教育是采用绝对的放任主义的。那架势似乎表明，即便三个女儿马上就要成为栗色部[①]或灰色部；或不约而同地马上就要跟情人私奔了，他老先生也依然无动于衷，会眼睁睁地这么看着，吃着自己的饭，喝着自己的酱汤。那可是真正的"清静无为"啊。然而，放眼如今这世上，所谓"有为"之人所干的那些事，无非是撒谎骗人、使绊子坑人、虚张声势吓唬人、设圈套陷害人等诸如此类的把戏而已。就连初中生这样的小孩子也都见样学样，误以为非如此便没面子，自鸣得意地干着本该觉得脸红的勾当，还以为自己就是未来的绅士呢。这哪里是什么"有为"，简直就是"无赖"。

本猫是日本猫，故多少也有些爱国心。看到这种"有为之士"真想上去揍他一顿。因为，多一个这种混蛋，国家就衰弱一分。有这种学生的学校，就是学校的耻辱；有如此人民的国家，就是国家的耻辱。然而，这些给学校、国家带来耻辱的混蛋，世上偏偏随处可见，这一点本猫实在是碍难理解。看来日本人的尊严和气魄还不如一只猫。真叫本猫灰心丧气。

倘若与如此无赖相比较，则不能不说我家主人是极为高尚之人。他的高尚就高在"窝囊"之上；就高在"无能"之上；就高在"不卖弄小聪明"之上。

以如此这般清静无为的方式安然用过早餐的我家主人，少顷便要穿

---

① 明治三十年代的女学生流行穿栗色裙裤。此处的"栗色部"和"灰色部"都是夏目漱石模仿日本平安时代女作家，《源氏物语》的作者紫式部的名字而生造出来的。

上洋服，坐上车子，到警视厅日本堤分署去了。

拉开格栅门后，他问车夫是否知道日本堤那个地方，车夫嘿嘿嘿地笑而不答。他便叮嘱了一句："就是那个花柳街吉原附近的日本堤嘛。"

这说法不免有些滑稽可笑。

主人极为难得地在大门口坐上车出发后，夫人吃罢早饭，照例催孩子们上学："快，上学去。要迟到了。"

孩子们却不为所动，回了一句："今天放假嘛。"

并不做上学的准备。

"放假？胡说！赶快！"

夫人呵斥一般吩咐道。

"可是，昨天老师说了，是放假的。"

大姐姐沉着应对，毫不慌张。话说到这份儿上，夫人也觉得有些不对头了，赶紧从壁橱里拿出日历来一翻，见确实写着"公休日"三个红字。

如此看来，主人是在不知道今天放假的前提下给学校写请假条的。夫人也是在不知道今天放假的前提下将请假条扔进邮筒的了。至于迷亭昨日是真不知道今天放假，还是知道了故意不说，这里面倒多少有些疑问的。

发现了这一情况后，夫人"啊呀"惊呼了一声，随即便对孩子们说："那你们就乖乖地玩去吧。"

然而，她便跟往常一样，拿出了针线盒开始干活了。

之后的三十分钟，家里面风平浪静，并未发生任何值得本猫一记的事件。然而，突然间，来了一位正值妙龄的不速之客——一位十七八岁的女学生。

只见她足蹬一双歪了跟的皮鞋，拖拖拉拉地穿着一条紫色的裙裤，头发卷曲如算盘珠，也不叫门，直接就从后门口登堂入室了。

此人是主人的侄女。是一位在校学生，星期天不时来玩，却时常是跟叔叔吵了架才回去的。名字很美，叫作雪江。不过她的长相就没有名字那么美了，极为普通，你只要出门走上那么一两百米，就一定能遇见长相与她相仿佛的女孩。

"婶婶，您好。"

说着，她便大模大样地进了屋，在针线盒的旁侧坐了下来。

"啊呀，你来得真早啊……"

"今天是公休日吗，我想一早来看看你们，八点半就急急地出门了。"

"哦，有什么事吗？"

"没事儿。只是好久没来了，来看你们一下。"

"别'一下'呀，多玩会儿嘛。你叔叔马上就回来的。"

"叔叔他已经出去了吗？真稀罕啊。"

"是啊。今天，他去了个不寻常的地方。……是警察署。怎么样？有点不同寻常吧。"

"啊呀，出什么事儿了吗？"

"春天里光顾我们家的小偷，说是给逮着了。"

"哦，是去做见证吗？烦死人了。"

"哪里？被偷的东西能拿回来了。昨天巡警特意上门了，说是被盗物品找到了，要我们去认领呢。"

"哦，是这么回事呀。要不，叔叔是不会这么早出门的吧。要在平时，这会儿他应该还睡着的吧。"

"是啊。没人像你叔叔那么贪睡了……对了，我叫他起床，他还气鼓鼓的呢。是他自己说今天早晨七点之前一定要叫醒他的，所以我才叫他起床的。可他倒好，钻在被窝里一声不吭。我不放心，第二次又去叫他，结果他从睡衣袖口对我哼哼唧唧的。真是叫人哭笑不得啊。"

"为什么这么贪睡呢？一定是神经衰弱了吧。"

"你说什么？"

"真是毫无道理地乱发脾气。亏他还能在学校待着呢。"

"什么呀，在学校里他可老实了。"

"那不是更差劲了吗？简直就是蒟蒻阎王①啊。"

"为什么？"

"还'为什么'呢，不就是个蒟蒻阎王吗？"

"还不光是乱发脾气呢，还爱跟人抬杠。人家说右他偏说左，人家说左偏说右。嗨，别提多拧巴了。"

"还真是个倔头啊。叔叔是以此为乐了。所以想要他干什么，只要反着说，便可正合吾意了。前一阵子想要他买阳伞时，我就故意说'不要，不要'，他就说'不能不要的'，立刻就给买下了。"

"呵呵呵呵，你真行啊。我今后也这么办了。"

"就是嘛。不这样就亏了嘛。"

"前几天有保险公司的人上门来，一个劲儿地劝我们加入保险。各种道理分析了一大堆，一会儿说这么这么有利，一会儿说那么那么有利，整整说一个钟头，可他就是不买。我们家没有储蓄，小孩子倒有了三个，加入了保险好歹也叫人放心一些不是？可他倒好，压根儿就不考虑。"

"是啊，不怕一万就怕万一，万一有点什么事儿，可就抓瞎了。"

这话似乎不该出自十七八岁的大姑娘之口，倒像是拖家带口的大妈说的。

"我背地里听他们谈判，可有意思了。你叔叔倒也不是不承认保险的必要性。他死撑着说：'正因为有必要，世上才会有保险公司存在。可是，只要人不死，就没必要加入保险的'。"

"叔叔是这么说的吗？"

"是啊。于是保险公司那人说：'人要是不死当然是不需要保险公司的。可是，人的生命看似坚强也很脆弱，不知道什么时候就会大难

---

① 在家里凶得像阎王，在外面熊得像蒟蒻一般瑟瑟发抖的人。也即"窝里横"的意思。

临头的呀。'你叔叔就说：'没事儿。我已经决心不死了。'简直是蛮不讲理。"

"决心又有屁用？还是会死的呀。就拿我来说吧，每次都决心考试及格的，可还不照样名落孙山吗？"

"那保险公司的也是这么说的。说是人的寿命自己把握不了的。如果下定了决心便可长寿的话，那就谁都不死了。"

"这话在理啊。"

"是吧。人家说得十分在理，可不知怎么搞的，你叔叔愣是弄不明白。硬是神气活现地说'我绝对不死，发誓不死'。"

"这就怪了。"

"就是嘛。太怪了。他装模作样地说什么'与其将钱交给保险公司，还不如存银行呢'。"

"存了吗？"

"存什么存啊。自己死了以后的事情，他一点都不考虑的。"

"这可真叫人担心啊。怎么会这样的呢？来这儿的朋友，可没一个叔叔这样的呀。"

"就是啊。哪有像他这样的。他真可谓是独一无二啊。"

"要不让铃木先生来开导开导他吧。你看人家四平八稳的，日子一定过得很舒坦。"

"可铃木先生在我们家不吃香啊。"

"还真是什么都是倒着来的。那么，他怎么样？他一定行了吧。——就是那位总那么从容不迫的。"

"你说的可是八木先生？"

"对，对。"

"对于八木先生他倒是买账的。可昨天迷亭来了一大堆他的坏话，估计也不管用了。"

"那有什么呀？人家那么洒脱那么沉稳的——对了，前些天他还去学校演讲来着呢。"

"八木先生吗？"

"是啊。"

"他是你们学校的老师吗？"

"不是的。是举办'淑德妇人会'时邀请他来演讲的。"

"演讲精彩吗？"

"呃，并不怎么精彩。不过，他老先生不是长着个长脸吗？还留着一部天神一般的胡须，挺有派的，大家全都洗耳恭听啊。"

"演讲都说了些什么呀？"

夫人刚问到这儿，三个孩子听到了雪江姐姐的说话声，从檐廊处噼里啪啦地跑进了饭堂。刚才她们好像一直在竹篱笆外面的空地上玩耍。

"啊呀，雪江姐姐来了。"

上面的两个女孩兴高采烈地嚷嚷着。

"别闹，别闹。快安安静静地坐着，雪江姐姐正要讲好听的故事呢。"

夫人说着话，便将手里的活计归置归置，放到了角落里。

"雪江姐姐，什么故事？我最喜欢听故事了。"

说这话的是长女惇子。

"讲什么故事？又是《噼啪噼啪山》①吗？"

问这话的是二女儿胜子。

"娜娜也故西（事）。"

三女儿"囡囡"嘟囔着从两位姐姐中间挪出了膝盖头。只不过她的意思不是要听故事，而是要讲故事。

"啊呀，囡囡又要讲故事了。"

姐姐们一笑，夫人便哄她说："囡囡等会儿讲。先听雪江姐姐讲。"

"不——。八婆。"

---

① 日本传说之一。内容为一个老奶奶被坏蛋山狸杀害后，兔子替老爷爷报仇，具有劝善惩恶的意义。

囡囡大声嚷嚷着。

"哦，好，好，囡囡先讲。囡囡讲什么故事呢？"

雪江十分谦让地说道。

"嗯，是'娜娜（囡囡）、娜娜（囡囡），你去哪儿？'。"

"真好玩。下来呢？"

"窝（我）去田里割稻子。"

"哦，你懂得真多呀。"

"你要一气（去）就碍事了。"

"错了，不是'一气'，是'一去'。"

胜子插嘴道。

"八婆！"

囡囡高喊一声，立刻就将姐姐喝住了。可中途给她一搅和，下面的就忘了，再也接不上来了。

"囡囡，就这点吗？"

雪江问道。

"嗯，还有就是'不许放屁哦。卜——，卜、卜'。"

"呵呵呵呵，啊呀呀，怎么还有这个呀？是谁教你的？"

"女秃（仆）。"

"坏女仆。教孩子说这些。"

夫人苦笑着说："好了。下面听雪江姐姐讲了。囡囡可要乖乖的哦。"

囡囡虽是个小暴君，倒也还听话，之后就没怎么闹过。

"八木先生的演讲是这样的。"

雪江终于有机会开口了。

"从前，某个十字路口有个很大的石头雕的地藏王菩萨。可那是个车水马龙的热闹地方，菩萨待在那儿十分碍事。于是，附近的居民便聚在一起商量：该怎么着才能将菩萨移一边去。"

"这说的是真事儿吗？"

"这就不清楚了。他没说是不是真事儿啊。——就在大伙七嘴八舌的当儿，他们中的头号大力士站出来说：'这有何难？瞧我的吧'。说着，他便一个人来到十字路口，光着膀子，汗流浃背地又拉又拽的，可地藏王菩萨却纹丝未动。"

"还是个特别沉的菩萨嘛。"

"是啊。那家伙累得筋疲力尽回家睡觉之后，大伙儿就又聚在一起商量了。这次，他们当中最聪明的一个机灵鬼站了出来，说：'还是瞧我的吧。我自有妙计。'于是他在套盒里装满了牡丹饼，来到菩萨跟前说：'过来，过来。'说着，便拿出牡丹饼在菩萨面前晃来晃去。他以为地藏王菩萨也是贪嘴的，所以用牡丹饼来勾引它。可菩萨一动也不动。那人心想，这一招不灵啊。接着他便在葫芦里灌满了酒，然后一手提着葫芦一手端着酒杯又来到了地藏王菩萨前。'喂，想不想喝酒啊？想喝酒跟我来吧'，逗引了菩萨三个来钟头，菩萨还是没动。"

"雪江姐姐，地藏王菩萨肚子不会饿吗？"

惇子这么一问，胜子马上说："啊，我好想吃牡丹饼啊。"

"机灵鬼两次落空之后，第三次弄了许多假钞来，对菩萨说：'怎么样？想要吧？想要就跟我来'，可那地藏王菩萨依然不为所动。真是固执得可以啊。"

"是啊。倒有点像你叔叔的。"

"嗯，简直就跟叔叔一个样。最后，机灵鬼黔驴技穷，只好举手投降。紧接着，又有一个吹牛大王站了出来。他说：'放心吧。我准能行'，十分轻松地就把这活儿给接了下来，就好像小菜一碟似的。"

"那吹牛大王又是怎么干的呢？"

"那就有意思了。一开始他穿着警服，黏了假胡子，来到地藏王菩萨跟前，耀武扬威地说：'喂，喂，你要是不动一下窝可有你的好看哦。我们警察可不是好惹的。'可如今这世道，谁还怕警察呢？"

"就是嘛。那地藏王菩萨动窝了吗？"

"哪能呢？顽固得跟叔叔一个样的嘛。"

"可你叔叔是非常怕警察的哦。"

"是吗？他那副模样也怕警察？好了，以后我也不怕他了。可是地藏王菩萨还是一副若无其事的样子，岿然不动。这下子吹牛大王可就火了，他脱了警服，将假胡子扔进了废纸篓，然后换上了一身大富豪的衣服又去了。那派头摆得可阔了，放在如今的话，大概就跟岩崎男爵①差不多吧。真滑稽，是吧。"

"岩崎男爵的派头，那是什么派头呢？"

"总之是很大的派头吧。他装模作样地什么也不说，什么也不干，只是抽着粗大的雪茄在那里转悠。"

"那又能怎样呢？"

"打算用烟将地藏王菩萨熏迷糊②啊。"

"真逗啊。简直跟说书一样。那么，他把地藏王菩萨熏迷糊了吗？"

"没有啊。你想呀，对方是个石头人嘛。要说骗人也得看看对象，有个分寸，是吧。可他倒好，一计不成又生二策。接着，他又假扮起殿下来了。真是傻得没边了。"

"是吗？那个时候也有什么殿下③吗？"

"有的吧。八木先生就是这么说的。确实是扮作殿下来着，虽然他有些心虚，也是扮着的。——当然了，一个吹牛大王也敢假扮殿下，这是大不敬啊。"

"既是殿下，那么，是哪位殿下呢？"

"哪位殿下？假扮哪位殿下也都是大不敬嘛。"

---

① 指三菱公司第二任社长，岩崎弥之助。

② 原文"煙に巻く"是个俗语，意思是用大话将人砍晕。在此处起到双关语的作用。

③ 从明治时代起，殿下是专用于针对皇族的敬称。而在幕府时代，天皇家没什么权威，老百姓心中只有领主和幕府将军。而到了明治时代，皇族中的亲王殿下出任政府要职很多，在社会上影响比较大，所以夫人会有这么一问。

"就是嘛。"

"即便是假扮了殿下，到底还是不管用的。于是吹牛大王也没辙了。说：'这活儿我干不了了，我对付不了地藏王菩萨'，他也投降了。"

"活该！他这不是自讨没趣吗？"

"是啊。应该顺带着惩罚他一下才好。——大伙儿心急如焚，又开始商量了。可这回谁都不肯出头了，真是一筹莫展。"

"这就结束了？"

"还有呢。最后，他们雇了好些个车夫、地痞，叫他们成天围着地藏王菩萨乱嚷嚷。说是只要不停地挤对地藏王菩萨，挤对得菩萨待不下去就行了。于是，他们就分了日班夜班轮番咋呼。"

"也怪累人的。"

"可即便这样人家也是不理不睬的。要说这菩萨也真够顽固的。"

"后来呢？"

惇子焦急地问道。

"后来？大伙儿看每天这么吵吵着也不管用，就有些厌烦了。可车夫、地痞们是按日拿薪的，多少天都无所谓，所以他们倒是吵吵得挺带劲的。"

"雪江姐姐，薪是什么？"

胜子提问道。

"薪，就是钱呀。"

"他们拿钱干吗呀？"

"拿了钱嘛……呵呵呵呵，胜子，你真逗。——婶婶，反正他们就这样每天每夜地吵闹着。那时，镇上有个叫作'傻子阿竹'的家伙。那人什么都不懂，谁都不理他的。据说这傻瓜站出来说道：'你们干吗这么吵吵呢？就你们这样再吵吵上多少年，菩萨也不会动一下的嘛。可怜见的。'"

"别看他是个傻瓜，还真不简单啊。"

376

"是个很不简单的傻瓜哦。大伙儿听傻子阿竹这么一说，心想：凡事不试不知道啊。反正也是死马当作活马医了，不如让这个傻瓜来试试。于是就拜托阿竹来移动地藏王菩萨。哪知阿竹二话不说就答应了，还说'别吵了，让菩萨安静会儿吧'。将那些车夫、地痞全都打发走后，他便飘然来到了菩萨跟前。"

"雪江姐姐，那个'飘然'是傻子阿竹的朋友吗？"

说到紧要关头，胜子却提了个奇怪的问题，夫人和雪江都不由自主地笑了出来。

"不是的。不是他的朋友。"

"那是什么呢？"

"飘然就是，唉，没法说啊。"

"飘然就是'没法说'吗？"

"不是的，飘然就是——"

"嗯。"

"对了，你认识多多良三平吗？"

"嗯，不就是给我们山药的那个吗？"

"说的就是多多良那种样子。"

"多多良就是飘然吗？"

"嗨，差不离吧。——却说傻子阿竹揣着双手，对地藏王菩萨说道：'地藏王菩萨，大伙儿说让你给让一下道，您老受累，就给挪一挪吧。'那地藏王菩萨听了，立刻回答说：'是吗？是这么回事儿啊？早说不就得了吗？'说完便一步步地让开了大道。"

"这地藏王菩萨也真够怪的呀。"

"真正的演讲这才刚刚开始呢？"

"还没完啊？"

"嗯。八木先生说：'今天乃是妇女之盛会，我特意讲这么个故事是有所考虑的。下面的话或许是有些失礼的，但我还是要表述出来。那就是：女性办事往往不走直截了当的近道，而喜欢兜圈子，走弯道，这可是一大弊病。事实上这种情况也不仅限于女性。时至当今之明治时代，即便是男子，由于受了所谓的文明的流弊，也多少出现了女性化的倾向，做起事来往往会空费多余的过程和劳力，还误以为这才是行事之正道，是绅士所应有的方针。其实，这些人在文明开化之业障的束缚下，已经成了畸形儿。对此，已不值得多费口舌。我只希望女士们能记住我刚才所讲的故事，于紧要关头，要像"傻子阿竹"那样，直截了当地处理事物。只要你们能成为"傻子阿竹"，那么夫妇之间、婆媳之间那种无聊的纠纷定然能减少三分之一。心计便是不幸之根源。人，心计越重，烦恼也就越多。总体而言，多数女性过得不如男人舒坦，究其根源，就是心计过重之故。所以说，还请各位都成为"傻子阿竹"。'这就是他的演讲。"

"是这样啊。那么，你是否打算成为'傻子阿竹'呢？"

"才不呢。什么'傻子阿竹'，谁想变成那样的人呢？对了，金田家的富子小姐听了还大发脾气，说简直是在捉弄人，一派胡言。"

"你说的金田富子，就是住对面胡同的那位？"

"嗯，就是那位摩登姐儿。"

"她也在你们学校上学吗？"

"不是的。开妇人会嘛，她是来旁听的。真是摩登啊。简直是吓人一跳。"

"据说长得挺漂亮，是这样吗？"

"一般吧。反正没她自己以为的那么漂亮。再说了，化妆成那样了，谁都会好看三分的。"

"就是嘛。你要是也那么化妆，肯定比她好看一倍。"

"啊呀，讨厌啦。别拿我开心了。不过，那位确实打扮过头了。即便家里有钱——"

"即便打扮过头，也还是有钱的好啊。"

"话是这么说——我觉得她倒是应该学学'傻子阿竹'的。尽要威风了嘛。前一阵她逢人便吹嘘，说是有个叫什么来着的诗人献给她一本新体诗的诗集。"

"估计就是东风君吧。"

"哎呀，就是他呀，也真会来事儿啊。"

"不过东风君是十分认真的哦。他觉得自己做这种事是理所当然的。"

"就因为有这种人，所以才坏事儿啊。——还有好笑的呢。听说，前些天，也不知是谁，还给她写情书呢。"

"啊呀，真恶心啊。是谁干的？"

"说是不知道是谁。"

"没写名字吗？"

"名字是写的，据说是个素不相识的陌生人。那信写得可长了，足有六尺来长。上面写了好多肉麻话。什么'我爱你就像信徒爱上帝'啦、'为了你，我愿意做一只供奉于祭台上的小羊，受到你的宰割也是我的无上荣光'啦、'心的形状是一个三角形，而三角形的正中心插着一支丘比特的箭，如果那是用吹箭筒①吹的，那就是中头彩了'啦……"

"那些话都是认真的吗？"

"说是认真的。我的朋友之中已经有三人看到过那封情书了。"

"这人怎么这样啊？竟然到处炫耀情书。她是打算嫁给寒月的，这种事闹得沸沸扬扬的，多麻烦呀。"

"麻烦什么？人家非但不觉得麻烦，还得意非凡呢。下次寒月来了，还是通报他一声的好啊。估计寒月还蒙在鼓里吧。"

"嗯，他在学校里一个劲儿地磨玻璃球，估计还不知道吧。"

"寒月真要娶她过门吗？可怜见的。"

---

① 指游艺会上的吹箭游戏，射中了有奖。

"怎么了？人家有钱啊，遇上什么事儿能帮上忙，不是挺好的吗？"

"婶婶，打刚才起您就老说钱呀钱的，好没品位。爱情比金钱重要，不是吗？没有了爱情夫妻关系又从何谈起呢？"

"是吗？哦，对了，雪江，你打算嫁什么样的人家？"

"谁知道呀？这不是没影儿的事嘛。"

正当雪江姑娘与她婶婶为结婚事件激烈争辩之时，从刚才起就一直似懂非懂地老老实实地听着的惇子突然开口道："我也出嫁了。"

这个冒冒失失的要求令原本充满青春活力，值得大为同情的雪江姑娘锐气大减，倒是夫人不为所动，笑着问道："哦，你想嫁到哪里去呢？"

"我呀，其实，是想嫁到招魂社①的，可我又不愿走水道桥，正不知道怎么办呢？"

这一答复太出人意料了，夫人和雪江听了竟没敢再问。正当她们笑得前仰后合之时，二女儿胜子却跟姐姐商量开了。

"姐姐你也喜欢招魂社吗？我也很喜欢的。我们一起嫁到招魂社去好不好？你不去了？不去就算了？我去。我一个人坐了车，一会儿就到了。"

"娜娜也要去。"

终于连囡囡也要嫁到招魂社去了。

要是她们姐妹三人联袂嫁到招魂社去，我家主人一定会轻松不少吧。

恰在此时，外面"喀拉喀拉"地传来一阵人力车声响，来到大门口后便戛然而止，随即便响起了粗声粗气的招呼声："您回来了"。

看来是我家主人从日本堤分署回来了。让女佣接过车夫递来的一个大包裹后，主人便悠然走进了饭堂。

"哦，你来了。"

---

① 指东京的靖国神社。

跟雪江姑娘打过招呼后，他来到了那个有名的长火钵旁，"啪嗒"一声扔下了手里提着的一个酒壶一般的东西。说是酒壶一般的东西，自然就不是酒壶了，也不像花瓶，是一件造型特异的陶器，没奈何，只得暂时这么叫它了。

　　"啊呀，这酒壶怎么怪怪的，是从警察那里领来的吗？"

　　雪江将已经倒下了的这玩意儿扶起后问叔叔道。叔叔看着雪江的脸，颇为自得地说："怎么样？造型绝佳吧。"

　　"这造型好看吗？就这玩意儿？我看着怎么不太顺眼啊。您该不是提溜了一个油壶回来了吧？"

　　"怎么会是油壶呢？说话毫无雅趣，太粗俗了。"

　　"那么，这到底是个什么玩意儿呢？"

　　"花瓶呀。"

　　"就花瓶来说，嘴太小，肚子太大了点吧。"

　　"妙就妙在这里。你真没品位，简直跟你婶婶一个样。没法交流。"

　　说着，他提起那个"油壶"，对着隔扇的亮光方向细细端详了起来。

　　"我是没品位的。倒也不会做出跟警察讨个油壶之类的事情。您说是吧，婶婶。"

　　婶婶这会儿的心思不在这儿，她解开了包袱，眼睛瞪得溜圆，正在检查发还的被盗物品呢。

　　"啊呀，还真叫人吃惊啊。这小偷也文明开化了，看呐，全都拆洗过了呀。"

　　"谁跟警察讨油壶了？我等得无聊，在那一带转悠的时候，淘来的。你懂什么，这可是珍品哦。"

　　"哦，也太珍品了吧。叔叔您到底是在哪儿转悠的呢？"

　　"哪儿？不就是日本堤一带吗？也去吉原里面看了看。热闹着呢。

那扇大铁门①，想必你没见过吧？"

"谁要看呀？吉原那是妓女待的地方，我是无缘前往的。叔叔，您可是教师啊，怎么能去那种地方呢？真叫人受不了啊。是吧？婶婶。婶婶？"

"哦，对，是啊。东西不全嘛。这就算全部发还了？"

"没发还的就只有山药了。叫我九点之前到，去了以后却叫人家一直等到十一点。真是的。所以说日本的警察不像话啊。"

"日本的警察不像话？去吉原闲逛不是更不像话吗？这事儿要是传了出去，可是要被开除的呀。是吧？婶婶。"

"嗯，应该是吧。喂，我说，我这腰带的里子没有了。怪不得我总觉得少了点什么呢？"

"腰带里子什么的就算了吧。我干等了三个钟头，浪费了半天大好时光呢。"

换好了和服之后，主人像没事儿人一样斜靠这长火钵把玩起"油壶"来。夫人知道多说无用，也就死了心了。她将发还的东西放入壁橱后便重新落座。

"婶婶，这个油壶说是珍品呢，你看看，脏不脏？"

"这就是在吉原买的？唉——"

"唉什么唉。你又不懂。"

"这种东西何必去吉原买呢？到处都有的嘛。"

"哪儿有啊？这可是极为稀少的。"

"叔叔可真像地藏王菩萨啊。"

"小孩子家家，盛气凌人的。近来的女学生，说话越来越刻薄了。我劝你找本《女大学》②念念吧。"

---

① 指明治十四年一月装上的铸铁大门。据说两旁的门柱上还有一副汉文对联："春梦正浓满街樱云；秋信先通两行灯影"，为小说家、戏剧家福地樱痴所作。
② 即女子所读的《大学》之意。是一种关于女子修身、教养、持家内容的训诫书。流行于江户中后期。

"叔叔您不喜欢保险，是吧？跟女学生相比，到底更不喜欢哪个？"

"保险我并不是不喜欢。那是有必要的。凡是为未来打算的人，都会买保险的。女学生却是多余的，毫无用处。"

"没用就没用好了。可您连保险也没买呀。"

"我打算下个月买。"

"真的？"

"当然是真的了。"

"我劝你还是算了吧。买什么保险呀，有钱还是买些别的吧。是吧？婶婶。"

夫人呵呵诡笑着，主人却较起真来了。

"你要是能活上一百岁、两百岁，再说说这种风凉话倒也罢了。等你理性再成熟一些，就自然会明白保险的合理性了。反正我下个月是一定要买保险的。"

"是吗？那就随你的便好了。要这么说，上次您给我买阳伞的钱，用来买保险多好呀。人家说'不要、不要'的，您还偏要给我买呢。"

"当时你真的不要吗？"

"是啊。要阳伞干吗呀？"

"既然这样，把伞还我好了。我们家惇子正念叨着呢，给她正好。今天你带来了吗？"

"啊呀，你怎么这样呀？这不是太过分了吗？你给人家买了，却还想要回去。"

"你说你'不要'，所以才叫你还的么。有什么过分的？"

"'不要'是'不要'，可你也太过分了。"

"尽说些叫人听不明白的话。你说不要，我说还给我，哪里过分了？"

"可是——"

"可是？什么可是？"

"可是，太过分了。"

"真傻！就这么一句话翻来覆去的。"

"叔叔你不也是一句话翻来覆去的吗？"

"是你先翻来覆去，我再翻来覆去的嘛。好吧，你说没说'不要'了？"

"说了呀。'不要'是'不要'了，可我也不想还你呀。"

"这就奇了怪了。这不是胡搅蛮缠吗？你们学校不教逻辑学吗？"

"好了，反正我是没教养的，随便你说好了。还讨还人家东西呢，即便是外人也不会说如此绝情的话的。我看你还是学学傻子阿竹吧。"

"学什么？"

"我是说，做人要实在些，平淡些。"

"小丫头片子，你真是又蠢又犟，所以考试不及格。"

"不及格怎么了？反正也没要你出学费！"

雪江姑娘说到这儿像是悲从中来，难以自已，一掬珠泪潸然洒落在紫色裙裤上。

主人茫然不知所措，紧盯着雪江的裙裤和她的脸，似乎在研究落泪之心理起因。

正在此时，女佣从厨房跑来，跪在门外，却将一双红彤彤的手整齐地按在门槛里侧，说道："来客人了。"

"是谁呀？"

主人一问，她便斜眼瞟着雪江的珠泪滚滚的侧脸，答道："是学校里的学生。"

于是，主人便到客厅去了。

本猫出于收集话题兼做人类研究之目的，悄无声息地尾随主人之后，自檐廊处绕了过去。

且说要做人类研究，就非得选那风起浪涌之时，否则是毫无结果的。大部分人一生之中的大部分时间，都是平平淡淡，索然无味的。可一遇上了什么事儿，此种平庸便会因某种神秘莫测之动力而不断发酵，从而出现奇特、奇幻、奇妙、奇异之现象。总而言之，会爆发出令吾辈猫类大开眼界，深受启发之突出事件。

雪江姑娘之珠泪正是此种现象之一。具有不可思议，深不可测之芳心的雪江姑娘，在跟夫人交谈时还是不显山不露水的，可主人回家并抛下"油壶"之后，便如同被蒸汽泵①重新注入了元气的死龙一般，自其无从得窥之内心深处，勃然迸发出微妙、美妙、奇妙、灵妙之丽质——毫不惋惜，毫无保留。然则此种丽质乃普天下所有女性所共有之丽质。惜乎其平时不肯轻易显露。不。表现是日夜不停地显露着的，只是没有如此之显而易见，如此之清楚明白，如此之肆无忌惮。所幸的是，我家主人是个动不动就要逆抚本猫皮毛之性情奇特，乖僻别扭，偏头偏脑的人物，故而本猫才得观如此闹剧。只要紧随我家主人，无论走到哪里，都能看到别人如同台上之演员一般，做身不由己之精彩表演。猫的寿命虽短，可有了这么一位妙趣横生的主人，便可获得无比丰富的"猫"生经验。真是苍天有眼，谢天谢地！

这次的来客又是何方神圣呢？本猫一探头，发现是个十七八岁，年纪跟雪江姑娘不相上下的学生。脑袋很大，头发很短，短到头发与头发之间的头皮也清晰可见。一个米粉团子一般的鼻子占据着脸蛋儿中央。坐在客厅角落里。没什么特别之处，只是头盖骨颇大。剃了个头发极短的毛栗头还显得那么大，要是留了主人那样的长发定然越发地引人注目了。

我家主人早有定论：这副长相的人是做不了学问的。或许事实上也就是那么回事儿吧，可一眼望去倒也颇为壮观——跟拿破仑似的。

身上穿着学生通常所穿的那种带有条纹的短袖夹袄，至于那料子是萨摩纹还是久留米纹或伊予纹就弄不清了，反正是一种什么纹吧。夹袄

---

① 指当时以蒸汽为动力的消防水泵。

里面既没穿西式的衬衫，也没穿日式的汗衫。据说穿空心夹袄打赤脚是极有气魄极有范儿的，可在这家伙身上反倒显得局促寒酸。尤其是他还在榻榻米上清清楚楚地留下了三个如同小偷一般的大脚趾印，这分明就是赤脚之过。他就端坐在第四个脚印处，且显得十分拘束。倘若原本就是个拘谨畏缩之人，而如此老实巴交地坐着，则是最自然不过的事了。可这么个平头短袄的愣头青也摆出如此战战兢兢的架势，就显得极不协调了。这种在路上遇见了老师也不会行礼的目中无人的家伙，即便只要他像普通人一样老老实实地坐上三十分钟，想必也是十分痛苦难耐的吧。更何况要像天生就是谦恭之君子、盛德之长者一般端坐着，那就不仅仅是本人觉得痛苦，在旁观者的眼里也显得十分滑稽了。一想到一个在教室里操场上调皮捣蛋闹翻天的家伙竟然具有如此强大的自制力，本猫不由得为他感到可怜，同时也觉得可笑。

与此同时，我家主人尽管愚钝，在此一对一的场合下，倒也还是有那么几分威严的。主人自己定然也十分得意吧。

常言道："积土成山""聚沙成塔"。微不足道的学生大量聚集之后，便成了不可小觑的团体，就能掀起驱逐运动或罢课风潮来。此种现象与胆小鬼喝了酒便会胆大妄为简直如出一辙。仗着人多势众而无理取闹，其实就是为人气所陶醉之结果，将其理解为理智尽失是一点也不为过的。否则，对于尽管老朽却有着老师之名头的我家主人，这位与其说是惶恐不安毋宁说是悄然无状地缩在角落里的学生便不会如此恭敬，更不敢造次了。

主人推过去一个蒲团，说："垫一下吧。"

可毛栗头的身子依然直僵僵地，仅仅应了一声"嗯"，却纹丝未动。

本猫的鼻子跟前是一个已经开始褪色的印花布蒲团，它倒是到位了，不过它自然是不会说什么"请坐我身上来"之类的话的，而它的后面呆呆地坐着一个大脑袋。这真是一副奇妙的场景啊。

夫人将蒲团从劝工场买回来，自然是由于蒲团是给人坐的，不是给人看的。身为蒲团而不被人垫在屁股底下确是有损蒲团名誉之事，就连将此蒲团劝人坐的主人，多少也是有失脸面的。而不顾主人之脸面与蒲团玩双瞪眼游戏的毛栗头，却绝非讨厌蒲团本身，实在是另有缘故的。

老实说，除了参加爷爷故去后的法事，自出娘胎，他还没怎么如此一本正经地坐①过呢。从刚才起，脚趾就开始发麻，不断地提醒他：撑不了多一会儿了。尽管如此，他还是不垫蒲团。即便蒲团闲得发慌他也不垫。即便主人劝他垫，他也不垫。真是个棘手的毛栗头。既然如此审慎谦逊，那么在人多势众之时也谦逊一些有多好呢，在学校里时稍稍谦逊一些有多好呢，在寄宿处也稍稍谦逊一些有多好呢。在不该谦逊的时候谦逊，而在该谦逊的时候不谦逊，不，非但不谦逊，还无法无天地胡闹。真是个恶劣透顶的毛栗头啊。

此时，他身后的隔扇"嗖"的一声移开了，雪江姑娘将一碗茶恭恭敬敬地奉给了毛栗头。若在平时，他定会嘲讽一句"萨呗吉·涕——来了"，可眼下光是面对主人便已经十分惶恐了，又见一妙龄女郎用学校里学来的小笠原流②礼法有模有样地奉上了茶盅，就更使他觉得犹若芒刺在背，坐立不安了。

雪江姑娘拉上了隔扇后，便躲在门后嗤嗤偷笑。由此可见，即便是同龄之人，女性也比毛头小伙子强多了。眼下便是个绝好的例子：比起毛栗头来，雪江姑娘就显得大方得体得多。尤其是刚刚还委屈得洒下一掬珠泪，立刻便能嗤嗤偷笑别人了，反差如此鲜明，便更能说明问题了。

雪江姑娘退下之后，宾主二人依然无言以对，熬了一会儿，主人觉得这样下去就变成静坐苦修了，终于开口道："你叫什么名字？"

"古井……"

---

① 指"正坐"，即屁股跪坐在脚后跟上的那种正规坐法。可见一百年前的日本年轻人已经不习惯这种传统坐法了。

② 日本室町时代有小笠原家族制定的礼法。曾是江户幕府的规定礼法，后逐渐普及到民间，是女子家庭礼仪教养的内容之一。明治初期，学校里也教授女生学习此礼法。

"古井？古井什么？名字呢？"

"古井武右卫门。"

"古井武右卫门——哦，好长的名字啊。这不是现在的人名，是古代的人名。四年级吗？"

"不是。"

"三年级？"

"不是，是二年级。"

"是甲组的吗？"

"乙组。"

"乙组？那不就是我督导的组吗？哦，是这样啊。"

主人不仅感慨万分。

其实，这个大脑袋在入学之初，主人便已经注意到了，根本没有忘记。不仅如此，印象还十分深刻，甚至不时会出现在梦里。然而，凡事漫不经心的主人却没能将这颗大脑袋与他那颇具古风的名字联系起来，更没能与二年级乙组联系起来。故而，当他听说这颗曾出现于梦中的大脑袋就是自己督导组里的学生时，便不由得在心里拍腿暗叫："就是他呀！"

然而，这个顶着个大脑袋，有着古人一般的名字的，并且属于自己督导之下的学生，如今前来到底所为何事，我家主人依然无从得知。

由于我家主人素无人望，岁末年初是从无在校学生登门的。这位古井武右卫门开创了在校学生登门之先河，如此稀客，其来意却不甚明了，为此，主人确也大伤脑筋。

要说是到如此无趣之人的家里来玩，是不大可能的。而若是来奉劝辞职，气势应该更昂扬一些才是。也不可能是因武右卫门之私事而前来商量的。——主人左思右想，均不得要领。看看武右卫门那模样，说不定他自己也并不清楚自己的来意。没奈何，主人只得开门见山，直截了当，单刀直入地问了："你是来玩的吗？"

"不是。"

"那就是有事了？"

"嗯。"

"是学校里的事吗？"

"嗯，有点小事想跟您谈谈……"

"哦。什么事？说吧。"

主人这么一说，武右卫门君却低下头不再吭声了。

这位武右卫门君在二年级学生中原本也算得上是能言善辩之辈的，虽说他的智力并未与脑袋成同比例发展，而就口才而言却是乙组之中的佼佼者。事实上，那个提出"哥伦布用日语怎么说"之难题并让主人下不了台的家伙不是别人，正是这位古井武右卫门。如此晓晓之徒今天却一直像患有口吃之隐疾的公主一般，吞吞吐吐，扭扭捏捏，其中必有隐情，绝不仅仅是客气或者拘束——主人觉得有些蹊跷。

"既然有话要说，那就快说吧。"

"有些难以启齿……"

"难以启齿？"

说着，主人认真看了下武右卫门的脸，可他依旧低着头，看不出什么端倪。不得已，主人只得稍稍改变了一下语调，态度和蔼地补充道："没关系。说什么都没关系。没有别人听见的。我也不会对别人说的。"

"真的可以说吗？"

武右卫门君似乎还有些犹豫不决。

"不用担心。"

主人自作主张地断定道。

"那我可就说了。"

说到此处，毛栗头猛地抬起，眯缝着眼睛朝主人望去。那是一双三角眼。主人鼓起腮帮子，喷出一口朝日牌的香烟，将脸稍稍转过了一点儿。

"其实，嗯……事情弄糟了……"

"什么事情？"

"真是糟透了，实在不行了，所以才来的。"

"到底是什么事糟透了？"

"我没想那么做，是浜田那小子说'借给我，借给我'的，就……"

"你说的那个浜田，就是浜田平助吗？"

"嗯。"

"你借给他寄宿费用了吗？"

"没有。"

"那你借给他什么了？"

"名字。"

"浜田借了你的名字干吗用？"

"投了封情书。"

"投了什么？"

"所以我说，名字就别用我的了，我去投好了。"

"什么乱七八糟的，到底是谁干了什么？"

"投了情书。"

"投了情书？给谁？"

"所以说难以启齿嘛。"

"那就是说，你给哪个女生投了情书了？"

"不是的，我没投。"

"是浜田投的？"

"也不是浜田。"

"那么是谁投的？"

"不知道是谁。"

"越说越乱了。那不是谁都没投吗？"

"可名字是我的名字呀。"

"名字是你的名字，对，可事情是怎么个事情呢？一笔糊涂账吗。你整理一下思路再说。这情书是写给谁的？"

"是一个叫作金田的，住在对面胡同的女人。"

"就是资本家金田那家的吗？"

"嗯。"

"那么，仅仅借用的你的名字又是怎么回事儿呢？"

"他家的女儿又时髦又瞧不起人，所以给她投了情书。——浜田说：'没名字可不行。'我说：'写你的名字嘛'。他说：'我的名字没意思。古井武右卫门才好呢。'——后来我就把名字借给他了。"

"你认识那姑娘吗？你们有交往吗？"

"哪有交往啊？连面都没见过。"

"胡闹！连面都没见过就给人家写情书了？为什么要这么做？"

"大家都觉得那娘儿们高傲得不得了，简直是目中无人，所以想逗逗她。"

"越发的胡闹了。就这么公然写着你的名字给寄去了？"

"嗯。不过，信是浜田写的。借了我的名字后，是远藤半夜里直接投到她家里去的。"

"那就是你们三人合伙干的了？"

"嗯。可是我后来想想，要是暴露了，是要被开除的，非常害怕，两三天没睡着觉，昏昏沉沉的，正不知道怎么办才好呢。"

"你们闹得也太出格了嘛。信上写着'文明中学二年级学生古井武右卫门'了吗？"

"没有。没写学校的名字。"

"没写学校名称这点还算好的。要是写了学校名称，那可就影响到文明中学的名誉了。"

"那会怎么样？会被开除吗？"

"或许吧。"

"老师，我老爸凶得不得了，我妈又是后妈，要真被开除了，我就死定了。"

"谁叫你乱闯祸呢。"

"我也没想闯祸，可最后还是闯了。有什么办法可以不被开除吗？"武右卫门的哀求已经带有哭腔了。

隔扇后面，夫人和雪江打刚才起就一直在嗤嗤偷笑。

我家主人则装模作样，翻来覆去地总是那么一句："或许吧。"

真是越来越有趣了。

本猫一说有趣，或许有人便会问：什么玩意儿这么有趣？

有此一问，亦在情理之中。因为，无论是人类还是动物，认识自己乃是一生之要务。只要认识了自己，人类便可获得猫之敬重。到那时，本猫也就不打算再写这些调侃文字了，倘若再写，便太过尖酸刻薄了。

然而，就像自己不知道自己的鼻子有多高一样，人类似乎也很难认清自己是个什么玩意儿，反倒要向素来受其蔑视的猫提出如此问题。可见人类尽管自高自大，目中无"猫"，依旧是缺心眼儿的。他们拿出万物之灵的派头，四处招摇，却连这么一点点的小事都理解不了。并且还恬不知耻，若无其事的，实在令"猫"好笑。好比说，他们扛着"万物之灵"的招牌，却吵吵嚷嚷地问："我的鼻子在哪儿？快告诉我。快告诉我。"

既如此，干脆辞了这"万物之灵"又如何？——这可是他们宁死也不愿的。明摆着是自相矛盾，他们却毫不在意，不过，这也是他们的可爱之处。而这可爱的代价便是甘愿做个大傻瓜。

本猫觉得此刻的武右卫门君、主人、夫人以及雪江姑娘都十分有趣，并非出于外部事件偶然冲突从而波及某微妙之处的缘故，而在于该冲突于各人心中激发起了不同音色之反响。

首先说我家主人。

我家主人于该事件的态度自然是十分冷淡的。武右卫门君的父亲如何凶悍，继母如何不待见他，都并不使主人感到惊讶。他没理由惊讶。

武右卫门君被开除与自己被免职，这里面还差着十万八千里呢。若是近千名学生被开除，或许会殃及教师的衣食之途，而武右卫门君一人之命运不论如何变化，都与主人朝夕之生计并无多大关碍。

关系淡薄，同情自然也就淡薄。为了一个素昧平生之人而皱眉、擤鼻、叹息，绝非真情之自然流露。本猫以为，人类决非如此多情，如此热情之动物。为了交际，他们也时常会流泪，会做出无限哀怜之表情。但这是他们生而为人的义务，如同交税一般。说白了，这是一种欺骗性表情，实则是一种相当累人的表演艺术。而骗术高超之辈便是具有艺术良心之人，为世人所珍视。所以说，受人珍视者便是最不可靠之人。只消一试，立见分晓。就这点来说，我家主人自然是属于演技拙劣那一类的。因拙劣而不受珍视，因不受珍视而可以毫不隐讳地表露内心之冷漠。从他对武右卫门君翻来覆去地讲"或许吧"上面，便可洞悉其内情了。

然而，诸君决不能因其冷淡而讨厌我家主人这般的好人。冷淡是人类之天性，而不加掩饰者便是诚实君子。倘若诸君于此时此刻期望主人别这么冷淡，那你就太高看人类了。如今这世道连诚实之人都快绝迹了，若还有过高之奢望，那就只有让志乃和小文吾从马琴①的小说中跳将出来，并让"八犬士"搬到左邻右舍来住，否则便是不切实际之幻想。

主人这边暂且告一段落，下面谈谈在饭堂里偷笑的两位女性。

她们与主人不同，早已一步跨过了冷漠之边界，跃入了滑稽之领

---

① 即曲亭马琴（1767—1848），江户末期的通俗小说家。本姓泷泽。志乃和小文吾都是其小说《南总里见八犬传》中的人物。后面提到的"八犬士"也是该书中的角色，分别具有"仁义礼智忠信孝悌"这八种高尚品德。

域。对于令武右卫门君头疼不已的情书事件，她们却如闻菩萨之福音[①]一般，激动万分，欣喜异常。没有理由，就是高兴。仅此而已。倘若非要分析一下，那就是武右卫门君犯愁这事本身便令她们高兴。诸君不妨试着问一下女性："看到别人犯愁，你会觉得好笑吗？"

想必被问之人是会将提问之人骂作"混蛋"的。即便不破口大骂为"混蛋"，她们也会说"故意如此提问，是在侮辱淑女之人格"的吧。

"侮辱"云云或许是事实，可取笑犯愁之人也同样是事实。既如此，则如同在说"看吧，我马上就要做出侮辱自己人格的事情来了，不过，可不许你们说三道四哦"。或者等于提出如此主张：我是小偷。但绝不能说我不道德。如果说我不道德，就是在我脸上抹黑。就是在侮辱我。

女人真是聪明，说什么都言之成理，怎么说怎么有理。既然生而为人就必须要有如此思想准备：在被人踩、被人踹、被人啐以及没人理睬之时，也要能够泰然处之。不仅如此，甚至在被骂得狗血喷头，屎尿泼了一身并被人大声嘲笑之际，也要觉得轻松自如，欣然接受。否则，就无法跟如此"聪明女人"交往。

武右卫门君仅仅由于一时冲动而铸成了大错，并因此而惶恐不安。然而，或许他仍会觉得别人如此惶恐之时在背后加以嘲笑是极不礼貌的。倘若他真这么想，则说明他年岁尚小，稚气未脱。因为人家会说"看到别人失礼就恼火是小心眼儿之表现"的。如果你不想被人这么说，劝你还是安分一点吧。

最后，本猫想简单介绍一下武右卫门君之内心状况。

眼下，他非常害怕，简直就成了害怕之化身。如同拿破仑的大脑袋里装满了功名利禄一般，他那颗大脑袋里充满了恐惧，满得不能再满，几乎快要爆裂开来了。他那个米粉团子一般的鼻子"呼呼"地翕动着，根本就是"恐惧"经面部神经传导后所产生的条件反射，是一种下

---

① 明治二十七年（1894），由Dr.Paul Carus著、铃木大拙翻译、释宗演作序的《佛陀福音》（*Gospel of Buddha*）出版，在当时的佛教界引起广泛瞩目。

意识的运动。他的肚子里已结成了一个硬疙瘩，如同吞下了一颗大炮弹一般，无法排解，最近这两三天里已为此而心力交瘁了。在此走投无路之际，一筹莫展之时，忽然灵光闪动：想到可去拜访一下那位有着督导之名的老师，或许他能帮自己一把，所以才来到这个平素讨厌之人的家里，并低下了那颗大脑袋。

他简直就将平时在学校里捉弄主人，煽动同学出主人之丑的事忘得一干二净。似乎他以为不论自己如何捉弄对方，如何让对方下不了台，但是只要对方仍担着个督导之名，就一定会为自己分忧的。真是单纯得可以啊。督导又不是主人自己喜欢才当的，是基于校长之命迫不得已才当的，说穿了就跟迷亭叔父那顶高帽子是同属一类的玩意儿，徒有虚名而已。倘若仅凭名字便可救急的话，那雪江姑娘也定能靠其名字完成相亲了。

再说，武右卫门君不仅自己随心所欲，还高估人类，他是基于别人都有一副热心热肺热肚肠之假定来行事的。会被人笑话这样的念头，估计是做梦都没想到过的吧。

武右卫门君来过督导家之后，一定能发现一条关于人类的真理。懂得了这一真理，想必他今后便会渐渐地成为真正的人了吧。会对他人之烦恼表示冷漠了吧。他人犯愁时也能够大声嘲笑了吧。如此，则未来之天下，将是武右卫门君之天下了吧。将是金田君以及金田夫人之天下了吧。

为了武右卫门君着想，本猫真切希望他能早早醒悟，不要成为一个正人君子。如若不然，不管他多么担心、多么后悔、多么真心向善，也不会取得金田君一般的成功的。不，甚至在不远的将来，恐怕人类社会还会把你放逐到人类居住地之外去的吧。何止是被文明中学开除这么一丁点的小事呢？

本猫暗自想得正欢之时，忽听格栅门"哗啦啦"一声被拉开，大门背后"呼"地探出了半张脸来。

"老师。"

主人正用"或许吧"翻来覆去地跟武右卫门君应付着，忽听大门口有人喊"老师"，心想"这是谁呀？"探头一看，见在斜对面露出半个脸的不是别人，正是寒月君。便说了声："哦，进来吧。"

坐着竟没有动身。

"来客人了吗？"

寒月君依旧露着半个脸问道。

"没关系的。进来吧。"

"其实，我是想约您出去的。"

"去哪儿呀？又是赤坂吗？那边可就免了。上次去了净走路，腿都跑断了。"

"今天您不用担心。好久没出去了嘛，不出去逛逛吗？"

"去哪儿呀？你先进来吧。"

"想去上野听虎啸①。"

"有什么意思呢？你还是先进来吧。"

似乎寒月君也认识到这种远距离的隔空对话终究是难有成效的，便脱了鞋慢条斯理地进屋来了。

他照例穿着一条灰色的，屁股上打了补丁的长裤。根据他自己的辩解，打补丁可不是由于裤子太旧，或者老坐着不肯动窝，而是因为近来在学骑自行车，是局部摩擦较多的缘故。

他对武右卫门君点点头，"噢"地打了声招呼，便在靠近檐廊处坐了下来，做梦也不会想到这位就是给他那公认的未来夫人写情书的情敌。

"听虎啸什么的，有什么意思呢？"

"嗯，不是现在。我们先去各处转转，到夜里十一点左右再去上野。"

---

① 东京的上野有动物园。

"哦。"

"到那时，公园里古木森森，不是很有些瘆人的感觉吗？"

"或许吧。至少比大白天要多些寂寥之感吧。"

"还有啊，我们要尽量选树木茂密，连大白天也很少有人走的地方。这样的话，一定会在不知不觉中忘了自己身处红尘滚滚之都市的事实，从而产生出误入深山野林的错觉。"

"产生了如此错觉，又怎样？"

"在此心境之下，伫立片刻，便会听到动物园里的虎啸了。"

"那老虎叫得响吗？"

"响着呢。即便是在大白天，那叫声也能传到理科大学呢，更何况于深夜冷寂、四望无人、鬼气侵肌、魑魅触鼻之际……"

"魑魅触鼻是怎么回事？"

"不都这么说的吗？描述恐怖的时候。"

"是吗？我倒没怎么听说啊。然后呢？"

"然后，老虎便以能将上野老杉之树叶悉数震落的气势狂啸。怎么样？厉害吧？"

"那自然是厉害的。"

"怎么样？不去冒一下险吗？一定很有意思的。我总觉得不在半夜三更听过虎啸，就不能算是听过老虎叫的。"

"或许吧。"

正如面对武右卫门君的哀告十分冷淡一般，我家主人对于寒月君的探险提议也十分冷淡。

此时，一直默不作声且十分羡慕地听着关于老虎之谈话的武右卫门君，像是被主人的"或许吧"又将心思拉回到自己身上一般，再次问道："老师，我十分害怕，该怎么办才好呢？"

寒月君十分不解地看着这个大脑袋。

本猫心有所念，需要失陪一会儿，便绕到了饭堂里。

饭堂里夫人一边嗤嗤地笑着，一边将粗茶满满地倒入京都出产的廉价茶碗，并将茶碗端到金属茶托上，对雪江说道："雪江，劳驾，替我出去送个茶吧。"

"我不去。"

"怎么了？"

夫人略感惊讶，脸上的笑容也陡然消失了。

"没怎么。"

雪江姑娘立刻拿出一副事不关己的表情，将视线落到一旁的《读卖新闻》上，那叫一个专注，仿佛整个人都要扑上去一般。

夫人跟她展开了新一轮的协商。

"你这人也真怪呀。那是寒月君嘛。有什么关系呢？"

"可是，我不想去。"

视线依然牢牢地盯在报纸上。这种时候是不可能读进去一个字的，可要是揭了她根本不在读报的老底，估计她又要哭鼻子了吧。

"没什么可害羞的呀。"

说着，夫人笑吟吟地将茶碗推到了《读卖新闻》上。雪江姑娘说了声："啊呀，你真坏！"

便要将报纸从茶碗底下抽出来。可这么一抽便拖动了茶托，茶碗里的粗茶便毫不客气地漫过报纸流入铺席的织缝之中。

"你看看。"

夫人这么一说，雪江姑娘说了声"不好了"就朝厨房跑去。看样子是去拿抹布了。

这一幕滑稽戏，倒也怪好玩的。

那一边的寒月君怎知这边的许多曲折，正漫无边际地一逞口舌之快。

"啊呀，老师，这隔扇像重新裱糊过了，是什么人糊的？"

"女人糊的。怎么样？糊得挺不错吧。"

"嗯，不错，不错。就是那位时不时来玩的小姐糊的吗？"

"嗯，她也搭了把手的。她还夸口说，能糊成这样就有资格做新娘子了。"

"哦，是这样啊。"

说着，寒月君仔细检查起隔扇来。

"这边倒是挺平整的，可右面靠边处纸张有些富余，起了波浪了。"

"那里是刚才开始糊的地方，是最缺乏经验时糊的嘛。"

"是这样啊。怪不得手艺稍稍有些差劲。那个表面属于'超越曲线①'的范畴，无法用普通函数来加以表达啊。"

寒月君说了句符合其科学家身份的十分专业十分难懂的话。主人听了，只好敷衍道："或许吧。"

此刻，武右卫门君像是终于明白不论自己如何哀求也是无望的，便下定了决心，将他那颗大脑袋猛地按到了榻榻米上，默默地表示了告别之意。

主人说了句："你要走了吗？"

武右卫门君默不作声地趿上他那双大木屐，悄然出门而去了。

可怜见的。

看样子就这么任他自生自灭的话，难保不会在留下一篇《岩头吟》后一头扎入华严瀑布②啊。追根寻源，起因在于金田小姐的摩登与傲慢。倘若武右卫门君真死了，自可化作厉鬼自去向她索命。那种女人世上少那么一两个是绝对不会令男人感到可惜的。如此，则寒月君也可娶个像样一点的贤淑小姐了。

"老师，他是您的学生吗？"

"嗯。"

---

① 指其函数类型属于三角函数、对数函数等非代数函数的曲线。

② 华严瀑布位于日本栃木县日光市，与和歌山的那智瀑布、茨城县的袋田瀑布，并称"日本的三大瀑布"。1903年5月22日，夏目漱石的学生，东京第一高等学校学生藤村操，因不理解世间万象，在此跳崖自杀。临死前写下遗书《岩头之感》。据说后来此处成了一个自杀胜地。

"好大的脑袋呀。学习怎么样？"

"跟他的大脑袋并不相称啊。时不时地要提一些刁钻古怪的问题。前一阵子还要我将哥伦布译成日文，差点被他逼死。"

"那完全是由于他的脑袋瓜太大了，才会提这种无聊的问题吧。老师您又是怎么回答的呢？"

"哎？哦，我对付着译了一个给糊弄过去了。"

"是吗？连这个都能翻译啊，真了不起。"

"小孩子嘛，你不给他翻译一下，他怎么会相信你呢？"

"想不到老师您也成了经验丰富的政治家了。可是，看他今天的模样，垂头丧气的，可不像是来为难您的呀。"

"嗯，今天他怂了。真是个没脑子的家伙。"

"怎么了？看起来挺可怜的，他到底出什么事儿了？"

"干了傻事了。给金田家的女儿投了情书了。"

"哎？就这么个大脑袋？近来的学生可真是了不得。太叫人吃惊了。"

"你也有所担心吧……"

"没有，没有。一点也不担心。反倒觉得挺好玩的。不管他们投多少封情书过去，我也无所谓的。"

"是吗？既然你这么放心，自然就没什么要紧了……"

"不要紧，不要紧。我无所谓。只是没想到这个大脑袋还会写情书，觉得有些意外。"

"其实这事儿吧，也就是个玩笑。他们觉得那姑娘又时髦又高傲，便想捉弄她一下，于是三个人一起……"

"是三个人给金田小姐合写一封情书吗？真是越来越离奇了。这不跟三个人分吃一份西餐一个样了吗？"

"不过他们是有分工的。一个人写，一个人投，还有一个人提供名字。今天来的这位就是提供自己的名字的。这是最蠢的。更何况说是连金田小姐长什么样都没见过呢。真搞不懂，怎么会干出这种荒唐事儿来呢？"

"这可是近期发生的重大事件啊。简直是杰作。那么个大脑袋会给女人写情书，这本身就十分有趣，不是吗？"

"闯了大祸了。"

"没事儿，没事儿。对方是金田小姐嘛，有什么关系呢？"

"那不是你有可能要娶过门的人吗？"

"正因为是'有可能要娶过门'才没关系呢。金田什么的，有什么关系呢？"

"即便你觉得没关系……"

"就金田来说也没关系的。没事儿。"

"既然这样，那就好啊。只是他本人突然受到良心责备，害怕起来了，所以才诚惶诚恐地找我商量。"

"是吗？就为这点事搞得这么灰头土脸的？这小子也太孬种了吧。老师您一定开导了他一番吧。"

"他自己最担心的是被学校开除。"

"为什么被开除？"

"还不是为了干出如此不道德的坏事的缘故？"

"什么呀，这算什么不道德？没事儿。金田一定觉得脸上有光，正到处吹嘘呢？"

"不会吧？"

"反正可怜的是那个大脑袋啊。就算这事干得不好，可让人家担心成这样，是要害死一个好青年的。虽说那家伙脑袋是大一点，可长相还不算太坏，鼻翼忽闪忽闪的，挺可爱。"

"你怎么也跟迷亭似的，尽说些不着边际的风凉话。"

"什么呀，这可是时代风潮啊。老师，您太古板了，把什么事儿都说得那么复杂。"

"可这不是蠢事吗？给不认识的人胡乱写情书，这不是缺乏常识吗？"

"既然是'胡乱'，一般都是缺乏常识的。您还是伸手救救他吧。这可是积德的。看他那意思，保不准会冲到华严瀑布去呢。"

"那倒也是啊。"

"是啊，您得救他。如果是更大一点，更狡猾一点的家伙是不会这样的，他们干了坏事也像个没事儿人一样。所以说，要是开除大脑袋这样的，那就应该将那些家伙全都流放了，要不就不公平了嘛。"

"嗯，也有道理啊。"

"话再说回来，怎么样？去上野听虎啸吗？"

"还是老虎？"

"是啊，去听听吧。我最近有事，两三天内就得回老家去，近期内不能来陪您了，所以想今天一定要约您出去散散步。"

"是吗？你要回老家？有什么事吗？"

"嗯，有点小事。——我们还是出去吧。"

"哦，好吧。"

"走吧。晚饭我请客。——饭后活动一下，然后去上野，时间正好。"

在寒月君的频频催促之下，主人终于动了心思，一起出去了。

他们走后，夫人和雪江姑娘便毫无顾忌地"咯咯咯"放声大笑起来。

第十一章

壁龛前放着一方棋盘，迷亭君和独仙君隔着棋盘相向而坐。

"空下没意思。输了的请客，怎么样？"

迷亭君提议道。独仙君一如既往地捋着山羊胡，悠然道："如此，则难得之清戏①岂不又落了俗套了？心为胜负之所夺，便了无生趣矣。只有将成败置之度外，如无心出岫之白云一般，优哉游哉，如此手谈，方可知个中滋味。"

"酸不溜唧的，又来了。与你这种不食人间烟火之辈对弈，也忒累人了。你老兄简直就是从《列仙传》②中走出来的。"

"正好比'弹无弦之素琴③'。"

"那么您老先生拍不拍无线之电报呢？"

"闲话少说，下吧。"

"你执白？"

"黑白不论。"

---

① 典出《菜根谭》："钓水，逸事也，尚持生杀之柄；弈棋，清戏也，且动战争之心。可见喜事不如省事之为适，多能不如无能之全真。"

② 相传为西汉刘向所撰，专门叙述神仙事迹的著作。

③ 素琴即无弦琴。此典出自梁昭明太子《陶渊明传》："渊明不解音律，而蓄无弦琴一张，每酒适，辄抚弄以寄其意。"

"真洒脱，到底是仙人啊。你既然执白，那我就只能执黑了。来吧。尽管放马过来。"

"按规则，是执黑的先下哦。"

"哦，是这样啊。那我就谦虚一点，按照定式，先从这儿开局吧。"

"定式中可没有这一着啊。"

"有什么关系？这是新发明的定式。"

本猫孤陋寡闻，故而直到最近才见识了这么个叫作棋盘的玩意儿。然而，本猫越想就越觉得这玩意儿古怪。

将原本就不大的四方形木板再分割成一个个的小四方块，密密麻麻地摆上些黑白石子，弄得眼花缭乱的。然后汗流浃背地在那里吵吵，什么赢了输了，死了活了的。要说其面积，顶多也就一尺见方，本猫只消伸出前腿一划拉，便能搅它个落花流水，一塌糊涂。然而，古人云："聚而结之为草庐，解而散之复归旷野"，本猫又何必多此一举，搅此一乱呢？还是袖手旁观来得逍遥自在。

就说这对弈开始之后吧，最初的三四十目，那棋子摆得倒也还不怎么碍眼，可一到了决定天下大势的关键时刻，哎呀呀，就简直是惨不忍睹了。黑子、白子在整个盘面上挤得水泄不通，几乎都要失足跌落了，一个个全都叫苦连天。然而，可悲的是，尽管憋屈，边上的家伙也不肯空出半步；觉得碍事，也无权让挡在前面的先生让开大道。除了听天由命一动不动地待着，一切都无能为力。

发明围棋的是人类，倘若说人类的癖好体现在了棋局上，那么，将憋屈的棋子的命运说成是狭隘的人类品性之真实写照，是一点也不为过的。而倘若从围棋子儿的命运上能够推测出人类之品性的话，那本猫不得不断言：人类就喜欢将海阔天空的世界缩小为仅可容纳自己双足的地盘，就喜欢用小刀子刻刻画画地画出专属于自己的领地并不肯越雷池一步。一言以蔽之，人类就是一种喜欢自讨苦吃的动物。

漫不经心的迷亭君与富于禅机的独仙君，今天也不知是哪根筋搭错了，竟从壁橱里翻出了棋盘棋子，开始了这一番闷热不堪的胡闹。

这两个活宝难得聚头，倒也有些"棋逢对手，将遇良才"的意思。起初，他们各自任意挥洒，黑子、白子自由自在地飞落于棋盘之上，倒也错落有致。然而，这棋盘的尺寸有限，每下一手，纵横之刻度就减少一目。故而，再怎么"漫不经心"，再怎么"富于禅机"也渐渐有些发急了——这也是理所当然的事情。

"迷亭君，你的棋路太野。哪有如此深入的下法。"

"禅和尚的下法中或许没有，可本因坊①流派中有这一手啊，有什么办法呢？"

"然则，有死无生而已。"

"'臣死且不辞，何况彘肩乎？②'且下此一手。"

"来得正好。'熏风自南来，殿角生微凉③'，我且'连'此一手，料也无妨。"

"噢，连上了，不愧是高手。没想到你竟会'连'此一手啊。'撞响八幡之钟④'。我下此一着，看你如何应手。"

"这又有何难？'一剑倚天寒⑤'，既如此麻烦，不如'断'了干脆。"

"啊呀，不好。这里一断，不就死了吗？这可不是闹着玩的，且慢落了。"

"我不是早说了吗？不可如此深入的嘛。"

---

① 日本围棋四大流派之首。

② 语出《史记·项羽本纪》，鸿门宴上樊哙闯席，项羽让他喝酒，吃生猪蹄，樊哙说："臣死且不避，卮酒安足辞。"迷亭在这里胡乱套用。

③ 典出《唐诗纪事》中唐文宗与柳公权联句。唐文宗吟道："人皆苦炎热，我爱夏日长。"柳公权接道："熏风自南来，殿角生微凉。"八木独仙在这里用其"来"字，同时也显示自己胸有成竹，悠然自得。

④ 该句源自日本古诗。八幡钟是东京深川八幡宫里的大钟，是江户时代的报时钟。撞钟的"撞"与围棋术语中的"连"在日语中发音相近，所以迷亭随口接了这么一句。

⑤ 语出日本典籍《会元续略》，蒙古来袭之际，无学禅师对北条时宗说："两头若截断，一剑倚天寒"，意即看破生死，本性自显。

"深入重地，多有得罪。你先将这一子拿掉。"

"这一步也要悔吗？"

"顺带着连边上那子也撤了吧。"

"太厚颜无耻了吧。"

"Do you see the boy[1] 吗？——我跟你是什么关系，何必如此斤斤计较呢？快撤快撤。生死关头嘛。如同戏中好汉路见不平，高喊'住手'，飞奔上场之紧要时刻啊。"

"此事与我何干？"

"'何干'就'何干'吧，把子儿收了呀。"

"打刚才起，你已经悔了六步了。"

"记性真好！少顷仍将加倍悔棋。所以说你先收了这子儿啊。你这人也够犟的。本以为你平时也坐坐禅什么的，多少应该通达洒脱一点的。"

"可是，若不吃了你这子，我可能会输啊……"

"你不是从一开始就觉得输了也无所谓的吗？"

"是啊，我输了自然无所谓，可我也不想让你赢哦。"

"你看你悟的是什么道。依然是'春风影里斩电光'啊。"

"喂，不是'春风影里'是'电光影里'。你说反了。"

"哈哈哈哈，我还以为差不多可以'说反了'呢，想不到你还清醒着。没法子，那就无怨无悔吧。"

"生死事大，无常迅速，无怨无悔。"

"阿——门。"

紧接着迷亭先生在毫不相干的另一处"啪"地落了一子。

迷亭君和独仙君于壁龛前一个劲儿地争赢论输的当儿，客厅靠门口

---

[1] Do you see the boy（看见那男孩了吗？）是当时中学初级英语课本中经常出现的句子。"太厚颜无耻了吧"之日文原文的发音与"Do you see the boy"相近，所以迷亭故意用来打岔。

处寒月君和东风君并肩坐着，一旁，则是脸色暗黄的主人。寒月君的面前井然有序地排列着三条鲣鱼干①，光溜溜的，没有任何包装。这般情景，倒也算得一道小小的奇观。

该鲣鱼干出自寒月君之怀中，刚取出时便是这般光溜溜的，尚带有体温，触手生暖。当主人与东风君都将好奇的视线投向鲣鱼干后，寒月君便开口道："我四五天前刚从老家回来，回来后也是俗务缠身，四处奔波，没能尽早拜访。"

"又何必急着来呢？"

主人说出话来依然是那么不招人喜欢。

"不急着来倒也不妨事，可这土产不早点献上却有些担心呐。"

"你说这鲣鱼干吗？"

"是啊。这可是我老家的名产啊。"

"名产？这东西东京似乎也有的嘛。"

说着，主人抄起一根最大的，拿到鼻子跟前嗅了嗅。

"光这么嗅，可是辨不出鲣鱼干的好坏的。"

"是因为个儿大，才算作名产吗？"

"反正，您尝一下就知道了。"

"尝是迟早要尝的，可这头上怎么缺了一块呢？"

"就为这个担心来着嘛。所以要急着拿来。"

"为什么？"

"还'为什么'呢，这是叫耗子给啃去的呀。"

"这可有点危险啊。冒冒失失地吃了，可是要得鼠疫的啊。"

"没事儿。才啃那么一小块，不碍事。"

"在哪儿被耗子啃去的？"

"船上。"

---

① 将鲣鱼煮熟后经多次熏制、霉化、烘干后所形成的食材。食用时一般用专用的刨子将其刨成刨花，即所谓的"木鱼花"，通常用于熬制高汤。

"船上？怎么回事儿？"

"因为没处放，我就将它跟小提琴一块儿塞进了旅行袋，上船后，晚上就被啃了。要是光啃鲣鱼干倒也罢了，可那耗子还把我那把宝贝小提琴当作鲣鱼干，也啃了那么几口。"

"真是只毛手毛脚的莽撞耗子啊。大概是因为住在船上，所以才连鲣鱼干跟小提琴都分不清了吧。"

主人不知所云地嘟囔着，依然打量着鲣鱼干。

"什么呀？耗子嘛，住在哪儿也都是毛手毛脚、冒冒失失的。拿到寄宿处后，也差点被耗子啃啊。我看这情势危险，晚上就将其放入被窝，跟它一起睡了。"

"这可有点脏啊。"

"所以您吃的时候要稍稍洗一下的。"

"光是'稍稍'，看来是洗不干净的。"

"那就在灰水①里泡会儿，再使劲搓一下，总该行了吧。"

"小提琴也抱着睡吗？"

"小提琴个儿太大了，哪能抱着睡……"

寒月君刚说到这儿，那边的迷亭先生大声插话了："怎么着？抱着小提琴睡觉？这可真是风雅无比啊。俳句中尽管也有'春去矣，怀抱琵琶长叹息，琴重心亦重②'这样的佳作，可那已经是古代的事了。明治的才俊不抱个小提琴睡觉，又怎能超越古人呢？'孤衾独眠夜漫漫，相拥相伴小提琴'。怎么样？东风君，新体诗的话可如此吟咏吧。"

东风君一本正经地答道："与俳句不同，新体诗可是来不了急就章的。然而，一旦吟成，必是更能触及灵魂精微处之妙音。"

---

① 将草木灰溶入水中，待其沉淀后，澄清部分即为灰水。由于其中含有碳酸、碱份，以前人们常用它来洗东西。

② 这是江户时代中期俳人、画家与谢芜村的俳句。

"是吗？我原以为一定要焚烧了麻秆才能迎来魂灵^①呢，原来新体诗也有如此法力啊。"

迷亭扔下了围棋，漫无边际地调侃了起来。

"你再这么不着边际地胡扯，可要输棋了哦！"

主人提醒道。可迷亭只当耳旁风，依旧"胡扯"着："想赢也好，想输也罢，结果还不是一个样。对面那位已如同'釜中之章鱼'^②，动弹不了手脚了。在下穷极无聊，才附和一回小提琴。"

话音未落，独仙君便厉声喝道："喂，该你落子了。我正等着呢。"

"哎？你下过了吗？"

"下过了。早就下过了。"

"下哪儿了？"

"这儿'尖'了一手。"

"原来如此。啊呀呀，你白棋如此一'尖'，吾黑棋岂不呜呼哀哉。你那里'尖'起头角；我这厢——我这厢——黔驴技穷，这便如何是好？喂，你重下一手吧，下哪儿都行。"

"有这么下棋的吗？"

"管他有没有，就这么下吧。——嗯，我就在这角上拐这么一下吧。——我说寒月君，你那把小提琴是便宜货，不招耗子待见，所以才被那厮啃了。你还是咬咬牙买把高档的吧。要不要我帮你去淘一把三百年前的意大利古琴？"

"那就拜托了。顺便替我把钱也付了。"

"三百年前的老古董，还能用吗？"

于此道全然外行的我家主人大喝一声，责备起迷亭君来了。

"你看看，你将人里边的古董和琴里边的古董混为一谈了吧。如今，就连人里边的古董如金田之流也大为走俏，这琴里边的古董更是越古越

① 盂兰盆节时，日本有在家门口焚烧麻秆，召唤死去亲人之魂灵的习俗。
② 这是迷亭根据熟语"釜中之鱼（出自《资治通鉴·晋纪》）"生造的。

妙了。——喂，独仙君，拜托你快点下好不好。倒不是庆政说了句有名的台词，这秋日确实很短①啊。"

"跟你这种急忙慌的人下棋简直活受罪。连推敲的工夫都没有。也罢，就这儿入一子，先做个'眼'再说吧。"

"啊呀呀，竟让你做活了。太可惜了。就为了不让你下这儿，我才费尽心机地胡扯了那么一大通，结果竹篮打水，还是一场空啊。"

"理所当然嘛。你这不叫下棋，只是想蒙人罢了。"

"这便是本因坊流、金田流、当代绅士流啊。——喂，苦沙弥先生，人家独仙君不愧是到镰仓吃过老咸菜的，不为所动。佩服，佩服。尽管他棋很臭，定力很好。"

"所以说你这种心神不定的家伙，多学着点人家。"

主人背对着他答道。迷亭君吐了一下大红舌头。独仙君依然是一副事不关己高高挂起的模样，催促道："喂，该你了。"

此时，东风君在问寒月君："你是什么时候开始学拉小提琴的？我也想学，可听说特别难啊。"

"嗯，一般拉拉是谁都能行的。"

"我心想，既然同为艺术，那么有诗歌才情的人，学起音乐来应该也很快的。你觉得呢？"

"应该是吧。您是一定能学好的。"

"你是从什么时候开始学的呢？"

"上高等学校②那会儿。——对了。老师，我学拉小提琴的缘由曾跟您说起过吗？"

寒月君问我家主人道。

"没有。我没听你说起过。"

---

① 庆政是歌舞伎《恋女房染分手纲》中的人物，在戏中说过"秋日苦短"之类的台词。

② 指旧制高中，中学四年毕业后才能报考，学制三年。相当于大学预科。战后学制改革时，被纳入新制大学。如今日本的高等学校，已经相当于我国的高中了。

"是那时遇上了好老师，所以就学了？"

东风君问道。

"哪有什么好老师啊。是自学的。"

"自学的？你真是天才啊。"

"自学成才也未见得一定是天才。"

寒月君矫情道。被人称作天才还矫情者，估计世上也只有寒月君了吧。

"那倒是。不管他。能说一下你是怎么自学的吗？我只是想参考一下。"

"说一下倒也没什么。老师，要说吗？"

"说吧。"

"如今，马路上有年轻人提着小提琴盒子招摇过市了，可那会儿，即便是在高等学校的学生中，也很少有人玩西洋音乐的。更何况我上的那所学校是在比乡下还要乡下的地方，是个连麻衬草鞋①都没有的穷乡僻壤，学生中拉小提琴的一个也没有……"

"哦，那边好像在讲什么好玩的事了。独仙君，我们差不多也收盘了吧。"

"还有两三处没收呢。"

"又有何妨？不就是些'官子'嘛，都给你好了。"

"你这么说，我也不能随便要啊。"

"你太斤斤计较了，哪像个学禅的。好吧，那就来个一气呵成吧。——寒月君，讲得很有意思嘛。——那个高等学校，学生全都赤脚上学……"

"没有的事。"

"听说大伙儿都赤着脚操练，练一些'向右转'什么的，脚皮都

---

① 用麻布做衬里的草鞋。属于较好的草鞋。

变厚了。"

"哪有这种事情？是谁说的？"

"谁说的都一样。还有，说是所带的便当就是一个大饭团，像个橙子一般挂在腰间，午饭就吃它了。说是吃，还不如说是啃。饭团中心处有一粒咸梅干。尝到这粒咸梅干，就是午饭时最大的乐趣，为此就先得一心不乱，勇猛精进地啃掉外围的那些淡不拉唧的部分。真是精力旺盛啊。独仙君，这故事应该合你的心意啊。"

"质朴刚健，良风可嘉。"

"还有更'可嘉'的呢。据说那里是没有卖烟灰筒①的。我有个朋友在那里任职时，有一次想买个'吐月峰'②牌子的烟灰筒，可一转悠才发现，别说'吐月峰'了，连一般的烟灰筒都没有。一打听，人家说烟灰筒那种玩意儿只要到后山去砍一根竹子来谁都能做的，卖它干吗。一点也不以为意。这也是个充分体现'质朴刚健'之可嘉良风的美谈，对吧？独仙君。"

"那自然是不错的，可你这儿还得收一个'单官'啊。"

"好咧。单官、单官、单官，收了。这下完事儿了吧。——我听了那事，着实吃了一惊啊。寒月君，你在那种地方自学小提琴，可真叫人刮目相看呐。《楚辞》有云：'悖独而不群'③，我看你也完全当得起明治之屈原啊。"

"我可不要当什么屈原。"

"那你就做当代之维特④吧。——你说什么？要数子儿？真死板。不用数我也知道是我输了。"

---

① 一种与烟盆配套的竹筒，用于磕烟灰或放烟蒂。
② 吐月峰本是静冈市某处的山名，自从连歌师宗长用那里的竹子制成烟灰筒并取名为"吐月峰"后，"吐月峰"三字就成了用那里的竹子所制成的烟灰筒的商标了。
③ 语出屈原之《抽思》："悖茕独而不群兮，又无良媒在其侧。"
④ 指歌德的小说《少年维特之烦恼》的主人公。维特因爱上了朋友之妻而苦闷异常，不可自拔，最后因恋情暴露而自杀。

"可不数总算不得善终啊……"

"要数你数，我是不数的。不听一下才子维特之小提琴自学记，可是对不起祖宗的。失陪了。"

说着，迷亭君便离开原席，蹭到寒月君这边来了。独仙君十分认真，用白子填了白棋的空，用黑子填了黑棋的空，嘴里念念有词地计算着。而这边的寒月君则继续着他的神聊。

"光是这地方，要说已经够要命的了，更何况我老家来的同学又是极端古板的，只要看到有谁稍稍懦弱一点，就会说：'别在外地学生面前给我们丢脸'，一定要严加责罚，真叫人吃不消。"

"你老家的同学，真是不像话。还有呢，也不知为什么，都喜欢穿藏青色的裙裤。显得酷酷的。还有，或许是叫带咸味儿的海风吹的吧，一个个都是黑魆魆的。男的倒也罢了，女的也这么黑可有点不大好办呐。"只要迷亭一插话，原先的主题就不知道跑哪儿去了。

"女的确实也都那么黑哦。"

"那么黑，倒还有人要？"

"怎么了？全都那么黑的嘛，能不要吗？"

"真是生而不幸啊。是吧？苦沙弥君。"

"还是黑点好。那种半白不白的每次照镜子都自我陶醉得不行，那就更糟了。要知道女人可是很难伺候的呀。"

主人竟然喟然长叹了一声。

"可是，一个地方的女人全都那么黑，会不会因黑而自我陶醉呢？"

东风君提出了一个合乎情理的疑问。

"反正女人全都是多余的东西。"

主人话音刚落，迷亭先生便笑着提醒道："老兄，你这么说，回头嫂夫人可跟你没完哦。"

"怕什么？没关系。"

"嫂夫人不在家？"

"领着孩子，刚刚出门。"

"怪不得这么安静呢，去哪儿了？"

"谁知道呢？她总是心血来潮地想出去就出去了。"

"然后再心血来潮地想回来就回来？"

迷亭问道。

"嗯，差不离吧。你看你，单身贵族，多自在啊。"

听主人对迷亭这么一说，东风君的脸上却略呈不平之色。寒月君依旧嘿嘿地诡笑着。迷亭君道："有了老婆之后，都会变成这副德行的。独仙君，你怎么样？也嫌老婆麻烦吗？"

"什么？等会儿。四六二十四、二十五、二十六、二十七。看着挺窄的一绺，想不到也有四十六目啊。原以为赢得更多一点的，可这一数下来，也只相差十八目。——哎？你说什么？"

"你也嫌老婆麻烦吗？"

"啊哈哈哈哈，没觉得什么麻烦啊。因为我老婆一直很爱我的嘛。"

"这倒是我失礼了。到底是独仙君啊。"

"也不光是独仙君吧。这样的实例是要多少有多少的。"

寒月君担起了为普天下的"老婆"们辩护的重担。

"我也赞成寒月君的说法。我以为，人要进入绝对之境地，途径只有两条。即：艺术与爱情。由于夫妻之爱乃是其中之一的代表，所以我觉得一个人若是不通过结婚来获取幸福是违背天意的。——先生，您以为然否？"

说着，东风君依旧一本正经地转向了迷亭君。

"高论！反正我是进不了绝对之境地了。"

"娶了老婆就更进入不了喽。"

主人一脸苦相地说道。

"不管怎么说，吾辈未婚青年必须得艺术之灵气，打开上进之通道，否则有何人生意义可言？我是想从小提琴入手的，所以刚才就在向寒月君请教经验呢？"

"是啊是啊，不就要听'少年维特之小提琴故事'吗？好了，快说吧。我不会再搅和了。"

至此，迷亭君终于藏起了话锋。

"上进之通道又岂是小提琴之类所能打开的？靠如此游戏三昧之心而懂得宇宙之真理，那还了得吗？欲求个中真谛还得有'悬崖撒手，绝后重生'①之气魄。否则，终究是不成的。"

独仙君拿腔拿调，略带训诫之味地对着东风君说教了一番，可问题是东风君是个连个禅宗之"禅"字都不知道怎么写的家伙，故而一点也不买账。

"是吗？您说的或许也有道理吧。可我认为艺术代表了人类精神追求之极致，是无论如何也不能抛弃的。"

"既然不能抛弃，就如你所愿，说一说我学拉小提琴的故事吧。刚才我已略有提及，我在练习小提琴之前就已经大受煎熬了。别的暂且不说，老师，就说这买琴一事就大伤脑筋啊。"

"那是自然，连麻衬草鞋都没有的地方，哪会有什么小提琴呢？"

"不，有倒是有的。钱也早就积攒起来了，不成问题。可就是买不了啊。"

"为什么？"

"小地方嘛，我一买，肯定马上暴露。一暴露，大伙儿就会说我装腔作势，就要责罚我了。"

"是啊，自古到今，天才总是要遭受迫害的。"

东风君表达了莫大的同情。

"又是天才？拜托，别叫我天才了好不好。却说我每天散步经过那卖小提琴的店时总要想：'买了该多好呀''那玩意儿抱在怀里会是

---

① 禅宗语录，源自宋代著名禅僧圜悟克勤大师所著《佛果圜悟禅师碧岩录》。

怎样一种感觉呢？'"啊，好想要啊，想要啊'。简直是无一日不做如此念想。"

"感同身受啊。"——做出如此评论的是迷亭。

"鬼迷心窍啊。"——无法理解的是我家主人。

"到底是天才啊。"——佩服得五体投地的是东风君。

只有独仙君一人超然物外，依旧捻着他那把山羊胡子。

"或许有人会觉得奇怪，那种穷乡僻壤，怎么还会有小提琴卖呢？其实，你只要这样想就觉得顺理成章了。因为即便是那样的地方也有女校的，作为课程之一，女校的学生是每天都要练习小提琴的，所以有小提琴卖也就很自然了。当然了，是不可能有好琴的。有的只是些勉强能称作小提琴的东西。因此，店里也没太当回事儿，只是有那么两三把捆在一起挂在店门口。我散步路过该店时，常听到因风吹或小伙计触碰到时所发出的声响。而一听到这种声响，我就觉得自己的心都要碎了，简直是六神无主，魂飞天外。""危险啊。疯子也有很多种，有见水疯、人来疯，你是'少年维特'，所以是小提琴疯。"

迷亭在一旁调侃后，东风君不答应了。

"什么呀？没有如此敏锐的感觉又怎么能成为真正的艺术家呢？怎么看你也是个天才嘛。"

他似乎越来越佩服寒月君了。

寒月君继续说道："或许是痴迷过度了吧，可那会儿所听到的音响确实十分奇妙。后来我练琴的时候，直到今天也没拉出如此美妙的音色来。那种音色该怎么形容才好呢，简直是无法用语言来加以表达的。"

"或可谓琳琅铿锵之音？"

独仙君说了晦涩难懂的词语，可谁都没接他的茬儿。可怜见的。

"我每天散步都经过那店的门口，那种充满灵异之趣的天籁之音，总共听到过三次。而听到第三次之后，我便下定决心，非买不可了。哪怕遭受老家来的同学的谴责，哪怕被外地同学蔑视——嗯，哪怕丧生在铁拳责罚之下——哪怕横遭开除之处分——这小提琴也是非买不可的。"

"这就是天才啊。不是天才，又怎会如此走火入魔呢？羡慕。真令人羡慕。多年来我也老琢磨着怎么才能唤起如此强烈的感受，可总也难以如愿。听音乐会时，我也尽量使自己投入，可也总是难以产生共鸣。"

东风君说得艳羡不已。

"还是没共鸣的好啊。你别看我现在说起来轻松自在，当时的那种痛苦简直是无法想象的。——老师，后来我就咬咬牙终于将其买了下来。"

"哦，是怎么买的？"

主人问道。

"那天正是十一月天长节①的头天晚上。老家来的同学全都去泡温泉了，并且住在那里当天不回来，故而一个也不在。我推说有病，那天跟学校请了假，在宿舍里睡觉。'今晚我一定要将心仪已久的小提琴弄到手！'我人钻在被窝里，心里却只念叨着这一件事。"

"你为了买琴，竟然装病旷课了？"

迷亭问道。

"一点不错。"

"好家伙！果然是天才啊。"

这下子连迷亭君也似乎有点肃然起敬了。

"我从被窝里探出头来一看，只见红日高照，离天黑还早着呢。没办法，只能缩回被窝里，闭上眼睛干等。可实在等不及，再伸出头来看，见热辣辣的秋日明晃晃地照在六尺宽的隔扇上，叫人气不打一处来。上方有个细长的影子，在秋风中晃晃悠悠的。"

"细长的影子？那是什么玩意儿。"

---

① 天长节是日本天皇的生日。1873年，明治政府将其定为四大节日之一。天长节的具体日子各个天皇而不同，明治天皇时为11月3日，大正天皇为10月31日，昭和天皇时则为4月29日，平成天皇的生日在12月23日。

"是剥了皮的涩柿子，正成串地挂在屋檐下晒柿干呢。"

"哦，后来呢？"

"我正等得无聊至极，于是便起身拉开了隔扇来到檐廊上，摘了一个柿饼吃了。"

"好吃吗？"

主人孩子气地问道。

"好吃。那边的柿子是东京没法比的，好吃极了。"

"柿子就算了吧，接下来又怎样了呢？"

这次是东风君在催问了。

"接下来，我又钻进被窝，闭上眼睛，心里悄悄地向神佛祷告：太阳快点落山吧。在我觉得已经过了三四个小时的时候，心想这下应该差不多了吧，便又探出脑袋来一看，哪知道那热辣辣的秋日依然明晃晃地照在六尺宽的隔扇上，上方有个细长的影子，在秋风中晃晃悠悠的。"

"这句已经听过了呀。"

"是重复了好几遍的哦，这样的事情。我出了被窝，拉开了隔扇，来到檐廊上，摘了个柿饼吃了，然后再钻进被窝，心中暗向神佛祷告：太阳快点落山吧。"

"这不又回到老地方了吗？"

"老师，您别急，请往下听。过了三四个小时，我心想这下应该差不多了吧，便又探出脑袋来一看，哪知道那热辣辣的秋日依然明晃晃地照在六尺宽的隔扇上，上方有个细长的影子，在秋风中晃晃悠悠的。"

"说来说去就这么几句嘛。"

"我出了被窝，拉开了隔扇，来到檐廊上，摘了个柿饼吃了……"

"又吃柿饼了？故事毫无进展，光听你吃柿饼了。"

"我心里也着急着呢。"

"听故事的人比你更急。"

"老师您也太性急了，弄得我走投无路，都不知道该怎么往下说了。"

"听的人也有点走投无路的意思呢。"

连东风君也抱怨起来了。

"既然大家都已经急不可耐，那我也没有办法了，只好简单地归纳一下了。总之，我是吃了柿饼钻被窝，钻了被窝又去吃柿饼，最后，终于将挂在屋檐下的那一长串柿饼吃了个精光。"

"柿饼吃完了，天总该黑了吧。"

"可事实上不是这样啊，吃完了最后一个柿饼，心想这下总该差不多了吧，探出头来一看，只见那热辣辣的秋日依旧明晃晃地照在六尺宽的隔扇上……"

"我可受不了。说来说去总到这儿，没完没了了。"

"就连讲故事的我也倒了胃口了。"

"当然了，要是有如此之耐心，又有何事不成呢？不过，倘若我们不打断你，一直到明天早晨也依旧是'热辣辣的秋日明晃晃地照着'的，是不是？你到底想在什么时候买小提琴呢？"

看来，即便是凡事漫不经心的迷亭也失去了耐心了，而依旧泰然自若的只有独仙君，看那架势，热辣辣的秋日明晃晃地照到明天早晨也好，后天早晨也罢，他也依旧是无动于衷的。寒月君不用说也是沉得住气的。

"你问我到底想在什么时候买，我当时的打算是，只要天一黑，立刻就出去买。可恨的是，我每次探出头去看，总看到热辣辣的秋日明晃晃地——别急。老实说，比起我当时内心的苦痛来，你们现在这么点不耐烦还真不算什么。我看到吃完最后一个柿饼太阳依旧不肯下山，情急之下竟然哭了起来。东风君，我确实是很没出息地痛哭流涕的哦。"

"想必也是吧。艺术家原本就是多愁善感的嘛。对于你哭鼻子一事我深表同情，可还是希望你加快一点进度。"

东风君是个厚道人，说起话来总是那么认真，却又有那么几分滑稽。

"我也想加快进度的，可问题是那太阳总也不肯下山啊。真是要了命了。"

"太阳不下山，听众也跟着受罪。算了，干脆别讲了。"

我家主人终于忍无可忍了。

"不讲也不行啊，下面就要渐入佳境了呀。"

"那就听下去吧。你让那太阳快点下山不就行了吗？"

"这个要求多少有些强人所难，可既然老师您这么说，我也就豁出去了，让那太阳即刻下山好了。"

"这不皆大欢喜了吗？"

独仙君不动声色地来上了这么一句，惹得大伙儿哄堂大笑。

"我看到终于断黑了，松了一口气，便走出了鞍悬村的寄宿处。由于我素来不耐嘈杂，故而有意避开较为方便的市内，来到那人迹罕至的乡下，于一农家结了蜗牛之庵^①……"

"'人迹罕至'太过夸张了吧。"

主人提出抗议后，迷亭君也表示了不满："'蜗牛之庵'也太言过其实了吧。不如说是'四铺席半大小无壁龛的房间'更为写实，更为生动有趣。"

只有东风君表达了赞许之意："事实如何，是无关紧要的，至少语言生动富有诗意。"

独仙君一本正经地问道："住在那种地方，上学够呛吧。有几里路？"

"离开学校顶多也就四五百米。我们那学校原本就在乡下的……"

"如此说来，学生也都住在周边附近了？"

独仙君紧盯不放，不依不饶地问道。

"嗯，每个农家都住着那么一两个。"

"这能叫作'人迹罕至'吗？"

---

① 形容其寄宿处面积非常小。

独仙君终于给了他当头一棒。

"是啊，如果没了学校，那就绝对是人迹罕至了。……要说我那天夜里的行头，是土布棉袄外罩一件带有铜纽扣的制服外套，外套的风帽也拉起来将脑袋盖得严严实实的，为的是尽量不被人发现。当时，正是柿树落叶的时节，从住处到南乡大道，一路上尽是落叶。每跨一步都"沙沙"作响，好像背后有人盯梢似的，弄得人提心吊胆。我回头望去，只见东岭寺的树林黑魆魆的一片，阴森恐怖。这东岭寺是松平家的菩提寺，建在庚申山的山脚之下，与我那住处仅相隔百米之遥，是一处极为幽邃的梵刹。树林的上方是无边无际的星月夜空，天上的银河斜跨长濑川而去，一直流到———直流到，对了，一直流到夏威夷……"

"喂，你这夏威夷也太不靠谱了吧。"

迷亭君说道。

"我沿着南乡大道走了二百来米，从鹰台町进入市区，穿过古城町，拐过仙石町，路过食代町，依次走过通町之一丁目、二丁目、三丁目，然后是尾张町、名古屋町、鲇牟町、蒲牟町……"

"地名就不必一一通报了，小提琴你到底是买了还是没买？"

主人急不可耐地问道。

"卖乐器的店是'金善'，老板是金子善兵卫，还远着呢！"

"管它远近呢，快点买呀。"

"遵命。我来到'金善'一看，只见店里煤油灯明晃晃地照着……"

"又'明晃晃'了？你的'明晃晃'一来就不是一两次挡得住的，简直是灾难啊。"

这次迷亭君预先拉起了防线。

"没事儿，这次的'明晃晃'只有一遍，不用担心……透过灯光望去，只见那令我心仪已久的小提琴微微反射着秋夜灯火，窈窕圆润的琴身发着凛凛寒光，仅绷紧的琴弦上有一两处熠熠生辉，挑逗着我的眼眸。……"

"多么美妙的叙述啊。"

东风君击节赞叹道。

"就是它呀！就是这把琴啊！一想到这里我就禁不住心怦怦直跳，双腿簌簌直颤……"

"哼哼哼。"

独仙君鼻子里出声，冷笑了几声。

"我不由自主地跑进店里，从贴身口袋里掏出钱包，从钱包里摸出两张五块的钞票……"

"终于买下了？"

主人问道。

"正要买的时候——且慢，且慢。我转念一想，这可是个紧要关头啊。千万莽撞不得。常言道'一失足成千古恨'。我思之再三。罢了！终于在千钧一发之际，悬崖勒马了。"

"什么？还是没买？买一把小提琴至于要这么吊人家的胃口吗？"

"不是要吊胃口，实在是没法出手啊。"

"为什么？"

"还'为什么'呢，你不看看，入夜未深，街上还是人来人往的呀。"

"有什么关系呢？即便有二三百人经过又有何妨？你这家伙实在是岂有此理！"

此刻的主人已经气得胡子直翘了。

"若是一般的闲人，自然任他一两千人也是无所谓的。可事实上在那儿闲逛的都是学校里的同学啊，还撸胳膊挽袖的，带着大号的文明棍，叫我怎么出手呢？其中还有号称'沉淀党'的家伙，他们在班中是垫底的，可又乐在其中。这些家伙学习不行，柔道却十分厉害啊。所以我怎么能贸贸然地买下小提琴呢？要真买了，还不知道要倒怎样的大霉呢。我想要小提琴是不假，可更爱惜小命啊。与其拉小提琴而丢掉小命，还是保小命而不拉来得轻松自在啊。"

"如此说来，你最终还是放弃了，没买，是不是？"

主人追问道。

"不，我买了呀！？"

"真是个不干不脆的家伙。买就买。不买就不买，也没人逼你买。干净利落地做个了断吧。"

"哦，嘿嘿嘿，可是，这世上之事往往是不能尽如人意的哦。"

说着，寒月君掏出"朝日"牌香烟，悠悠然地点上火，慢吞吞地喷了一口烟。

主人像是不耐烦了，猛地站起身来走进了书房，可随即又带了一本陈旧的西洋书出来，趴在榻榻米上读了起来。独仙君也不知何时退回到了壁龛跟前，一个人摆开了棋子，玩起了"独脚棋"来了。原本很有意思的一件趣事，就为关子卖过了头，听众就这么一个两个地减少了。剩下的，就只有忠于艺术的东风君，还有再怎么卖关子也沉得住气的迷亭先生了。

寒月君毫无顾忌地喷吐着长长的烟雾，不一会儿，又同样慢条斯理地将故事往下讲了。

"东风君，我当时是这么想的。在这天刚刚断黑的当儿是无论如何也不能莽撞行事的，可话又要说回来，假如我半夜三更再来，则老板金善已经进入梦乡，也照样是买不成的。总要在学生都散完步回去了，而金善老板还没睡觉的那么个空隙来买才行，否则的话，好好的一个计划眼看着就要泡汤了。然而，要瞅准这么个时机，难度也是相当大的呀。"

"是啊，确实是很难的。"

"于是，我将那一刻预定为十点钟左右。如此一来，则眼下到十点钟之间这段时间就必须想办法消磨掉了。倘若回家后过会儿再出来，那就太麻烦了。到朋友家去聊天吧，又觉得耽误别人的工夫不好，再说自己心有所念聊天也肯定聊不畅快的。没奈何，我只好决定在市内散步，以等待那神圣时刻的到来。要说也真是怪了，在平时吧，两三个小时一逛就逛没了，只有那天夜里，总觉得时间过得特别慢。——
对了，不是有'一日三秋'的说法吗？那天夜里我可是真真切切地体
会到了。"

　　说完，他还特意将脸转向了迷亭先生，似乎现在又感觉到了似的。
迷亭先生则不无嘲讽地回应道："戏文中不是有'炉边等妹来，心焦似
炉火'的句子吗？常言又说'等人者比被等者更为心焦'，所以那挂在
店里的小提琴想必要比你更着急吧。可话又要说回来，你像毫无头绪的
侦探一般在大街上乱转，也真够惨的。简直是'累累若丧家之狗^①'啊。
确实，再也没有什么比没窝的狗更悲惨的了。"

　　"说我是狗就太过分了。我还从未被人比作狗呢。"

　　此刻，东风君安慰道："不知怎的，我听你说这故事就像是读古代
艺术家的传记似的，同情得不行。将你比作狗，自然是迷亭先生在跟你
开玩笑，不必放在心上。请继续讲下去吧。"

　　其实，不用他安慰，寒月君也会继续讲下去的。

　　"之后，我便从徒町穿过百骑町，由二替町走到鹰匠町，在县厅前
数了数有多少棵枯柳，在医院旁点了点亮灯的窗口数，站在绀屋桥上抽
了两根香烟，然后，我就看了看手表。……"

　　"到十点了吗？"

　　"遗憾的是还没到啊。——跨过了绀屋桥沿河东上，遇上三个按摩
瞎子。还有一条狗不住地对着我叫。我说……"

　　"漫漫秋夜寒，河畔闻犬吠——还真有点戏剧性啊。你是在演
逃犯啊。"

　　"他做了什么坏事了吗？"

---

① 语出《史记·孔子世家》：孔子适郑，与弟子相失，孔子独立郭东门。郑人或谓子贡曰：
　　"东门有人，其颡似尧，其项类皋陶，其肩类子产，然自要以下不及禹三寸。累累若丧
　　家之狗。"子贡以实告孔子。孔子欣然笑曰："形状，末也。而谓似丧家之狗，然哉！
　　然哉！"

"不是马上就要做了吗？"

"可怜见的。要是买把小提琴也算坏事，那音乐学院的学生就都是罪人了。"

"只要不被认可，即便做下天大的好事也是罪人。世上再没有比罪人更不明不白的了。耶稣不也因为生在那个时代而成了罪人的吗？所以说美男子寒月君在那种地方买小提琴也是罪人啊。"

"好吧，我就服下软，就算是罪人好了，那也没什么的嘛，可老不到十点钟该怎么办呢？"

"再报一遍地名呗。还不够的话，就再来上几遍'热辣辣的秋日明晃晃'。还不行的话，就只好再吃三打柿饼子。反正我是奉陪到底的，随你十点钟之前瞎说些什么。"

听迷亭先生这么一说，寒月君嘿嘿笑道："既然已被你抢占了先机，在下也只得甘拜下风了。那就一步跨到十点钟好了。

且说到了事先定下的十点钟，我便来到了金善的店门前。秋夜寒冷，饶是日间热闹非凡的两替町，此刻也行人绝迹，远处偶尔响起几下木屐声，让人陡感幽寂凄凉。'金善'也早已关了大门，仅留一低矮小门供人出入。我就像被野狗跟踪了一般，拉开小门钻入店内，心里七上八下的，惴惴不安……"

就在此时，我家主人将视线从那本脏兮兮的外国书上移开，问道："喂，小提琴买了吗？"

东风君闻声答道："正要买呢。"

"还没买呀。真是说来话长啊。"

主人嘟囔着继续看书了。

独仙君倒是一声不吭的，他用白子和黑子填满了大半个棋盘。

"我不顾一切地钻进店里，头上依旧套着风帽，说了声：'我买小提琴。'其时，店里伙计、学徒四五个正围着火盆聊天呢，闻声全都吃了一惊，不约而同地抬头看我的脸。我不假思索地抬起右手，将风帽往

425

前再拉了拉。'我买小提琴'，我说到第二遍的时候，最靠前的一个小伙计死命窥探着我的脸，怯生生地应了声：'哦'。然后，他站起身来，将挂着的那三四把小提琴全都取了下来。我问多少钱一把，他说是五块两角……"

"喂，哪有这么便宜的小提琴呀？该不是玩具小提琴吧？"

"我还问呢，'都一个价吗？'他说：'嗯，都一个价。都结实着呢。每一把都是用心做的'。还有什么话说呢？我赶紧从钱包里掏出一张五块钱的钞票，还有二十个小角子。然后就用早已预备下的包袱布将小提琴包了起来。这期间，伙计学徒们也都不说话了，一个劲儿地盯着我看。虽说我的脸被风帽罩得严严实实，不可能暴露的，可还是心里发毛，只想快点快跑到大街上去。在我终于将包裹藏到外套底下，走出店门之时，那掌柜的领头，伙计、学徒们齐刷刷地高喊了一声：'多谢光临！'吓得我毛骨悚然。

来到大街上四下一看，还好，周边空无一人，可百米开外却有两三人正朝此处走来，口中朗声吟诗，声震夜空。我暗叫一声'大事不好！'急忙在'金善'屋角处往西一拐，沿城河上了药王师道，再从番木村穿到庚申山的山脚下，最后终于回到了住所。回到住所后一看时间，已经快到半夜两点了。"

"几乎走了一整夜啊。"

东风君极为同情地这么一说，迷亭君长出了一口气，道："总算是到终点。简直是下了一盘长长的'道中双六①'啊。"

"精彩的还在后面呢。刚才讲的仅仅是个序幕。"

"还没完呀？真了不起。普通人是无论如何也耗不过你的。"

"耗得过耗不过暂且不说，就此作罢的话，就好比画了龙没有点睛，所以我还得说一段呢。"

---

① 一种类似我国飞行棋的棋类游戏。棋盘上画有从东京日本桥到京都的东海道五十三站的路线，掷骰子行棋，谁先到京都谁赢。

"尽管说，尽管说。我听着呢。"

"苦沙弥老师也请听一下。老师，小提琴我已经买好了。"

"接下来要把小提琴卖掉吗？卖小提琴之类的事情，不听也罢。"

"还远没到卖的时候呢。"

"那就更不必听了。"

"真拿您没辙。东风君，看来只有你是认真听的。要说这事儿吧，是有点走气儿了。好吧，我就大概齐地那么一说吧。"

"别'大概齐'啊，要细细道来。故事十分有趣嘛。"

"话说日思夜想的小提琴虽已到手，可烦心事还多着呢。首先是没地方放。因为我那里常有人来玩，漫不经心地就那么挂着、靠着，马上就暴露了。想要挖个坑埋起来吧，想拉的时候还得刨出来，太麻烦。"

"这倒是。后来是藏到阁楼上了？"

东风君想当然地说道。

"哪来的阁楼呀，那可是农民家的屋子啊。"

"这就难办了嘛。藏哪儿了？"

"你猜我藏哪儿了。"

"猜不出。窗套里？"

"不对。"

"用被子卷吧卷吧塞壁橱里了？"

"不对。"

正当东风君和寒月君为小提琴的藏身之处展开问答之际，主人和迷亭君也在十分起劲地讨论着什么。

"这该怎么念？"

主人问道。

"哪儿呀？"

"这两行。"

"什么玩意儿？Quid aliud est mulier nisi amiciti inimica……① 这不是拉丁文吗？"

"我知道是拉丁文，问你怎么念？"

"你不是老说你能念拉丁文吗？"

迷亭见势不妙，准备拔腿就跑。

"当然能念了。能念是能念，可这是什么意思？"

"'能念是能念，可这是什么意思？'这话也亏你说得出来啊。"

"别管这么多，你给我翻译成英文。"

"'你给我'云云也太居高临下了吧。好像我是你的勤务兵似的。"

"别管勤务兵不勤务兵的了，你说这是什么意思吧。"

"拉丁文什么的等会儿再说，还是先听听寒月君的有趣故事吧。眼下正说到紧要关头呢。到底会不会露馅？已经到了千钧一发之安宅关②了。——是吧，寒月君，接下来怎么样了？"

迷亭君突然又来劲了，重返"小提琴传奇组"，将我家主人冷酷无情地抛在了一边。

借此良机，寒月君也讲明了小提琴的藏身之所。

"最后，我将它藏进了一个衣箱里。这个藤条编制的衣箱是我出来上学时，我奶奶给我的纪念品，据说还是我奶奶做新娘子的时候带过来的嫁妆呢。"

"这可是件老货啊。跟小提琴有些不搭调啊。是吧，东风君。"

"嗯，是有点不太协调。"

"放阁楼里不是也不协调的吗？"

寒月君反击了一下东风先生。

---

① 拉丁语，意为："何为女子？岂非友谊之敌哉？"出自英国作家托马斯·纳什（1567—1601）之《愚行之解析》。

② 镰仓初期设在石川县小松市的一处关所。源平之战时，义经通过此关曾发生过惊险故事。通过能曲《安宅》、歌舞伎《劝进账》而广为人知。相当于我国传说中伍子胥过文昭关，比喻事情到了紧要关头。

"虽然不怎么协调，这情形倒恰成一句俳句啊，放心好了。'秋萧瑟，藤箱深锁小提琴'，怎么样？两位。"

"先生您今天真是俳兴大发，佳句连连啊。"

"岂止是今天？我肚子里的俳句有的是，说来就来。要说我在俳句上的造诣，那可是连已故的子规①兄都啧啧称赞的。"

"先生，你跟子规先生有过交往吗？"

生性耿直的东风君直截了当地问道。

"虽没什么交往，可也经常电报联系的。我们俩的关系可谓是肝胆相照啊。"

迷亭一吹起来就没边了，东风先生招架不住只好不吭声。

寒月君则笑呵呵地继续讲他的故事。

"就这么着，小提琴的藏身之所算是有了，接下来的问题是怎么拿出来。当然了，仅仅是背着人拿出来瞅上两眼倒也并非不可能，可光是瞅上两眼又顶什么用呢？关键是要拉呀。可一拉就会出声，一出声则立刻暴露。我那住处的南边，仅隔着一道树篱笆就住着'沉淀组'的头目，故而极其危险。"

"真是令人头疼啊。"

东风君万分同情地附和道。

"原来如此，果然是令人头疼。事实胜于雄辩，就因为弹琴出了声，可怜的小督局②才被人逮住的嘛。要是偷吃点什么东西，造几张伪钞什么的还好弄一些，这声响动静怎么能瞒过他人的耳朵呢？"

"只要不出声，就总还是有办法的，可是……"

"慢来，慢来。你那'只要不出声就怎样'的假设也不成立的，因

---

① 正冈子规（1867—1902），日本歌人、俳人、散文作家。本名常规，别号獭祭书屋主人。爱媛县人。因革新俳句而在明治时代名声大噪。是夏目漱石的好朋友。

② 日本平安时代末期高仓天皇的宠姬。因遭受权臣平清盛的嫉恨而躲在嵯峨野。奉命来追捕的人就是因为听到了她的琴声才循声找到她的。该事迹经小说《平家物语》和谣曲《小督》而广为人知。

429

为有时候不出声也照样会暴露的。从前，我们几个人寄宿在小石川的一座庙里自己开伙的时候，有个叫铃木阿藤的家伙特别喜欢喝做菜用的那种甜料酒，他经常用啤酒瓶出去打了料酒来独饮解馋。有一天，阿藤出去散步了，苦沙弥君也不知怎么的，像是鬼迷了心窍似的，去偷喝他的料酒，可正喝着……"

"我什么时候偷喝铃木的料酒了？偷喝的不正是你吗？"

主人突然高声大叫了起来。

"啊呀，原以为你在看书，说说也没事儿的，想不到还是被你听到了。你这家伙真是不能掉以轻心啊。所谓'眼观六路，耳听八方'，看来正是说你这种人的。不错，你这么一说我倒想起来了。确实，我也喝了。我喝是喝了，这没错，可东窗事发却是因你而起的哦。——我说两位，你们好好听着。这苦沙弥先生是生来不能饮酒的。可那会儿，他心想这料酒反正是别人的，就不要命地喝。结果，喝出大事来了。他的脸喝得又红又肿，简直是惨不忍睹啊……"

"闭嘴！你这个连拉丁文也看不懂的家伙。"

"哈哈哈，那阿藤回来后将啤酒瓶提起来晃了一下，见里面的料酒已少了大半。他知道肯定是被谁喝掉了，环顾四周这么一看，只见他老兄一个人直愣愣地待在角落里，就像一个用红土捏出来的泥人似的……"

三人禁不住哄然大笑起来。主人虽然看着书却也嘻嘻地笑了。不笑的只有独仙君，这家伙像是"机外之机①"弄过头了，多少有些疲劳，竟不知从何时开始，趴在棋盘上睡着了。

"不出声而坏事儿的例子，另外还有呢。从前，我去'姥子温泉②'的时候，曾经跟一个老头合住过一个房间。那老头好像曾经是东京某绸缎店的老板，已经赋闲在家，吃饭不管事儿了。仅仅是在温泉旅馆合住

---

① 这是夏目漱石模仿禅机用语杜撰的一个词语。
② 箱根的温泉。有名的箱根七汤之一。

一个房间而已，我才不管他是绸缎店老板，还是旧货店老板呢。可才住下不久，我就遇到了一件伤脑筋的事情。不是别的，到姥子的第三天上，我的香烟就抽完了。想必大家也都知道吧，那'姥子温泉'仅仅是深山里的一栋房子而已，除了泡温泉和吃饭之外，别的一概没有，是个十分不方便的地方。所以说在那里香烟断了顿，可就真的要了命了。大凡这东西要是没有了就越发地想要，香烟自然也是如此，平时我的烟瘾也不算大，可一想到香烟告罄就立刻想抽。可恨的是，那老头倒是背了一大包香烟进山的。他一根根地掏出来，盘腿坐在人家面前悠悠地抽着，那意思似乎在说：'怎么样？想不想抽啊？'要是光这么抽着倒也罢了，最后他还吐起了烟圈。吐了个横的，又吐一个竖的。甚至还像玩杂耍似的，一会儿让烟雾停在半空中，一会儿像钻圈似的让烟雾在鼻孔里进进出出。一句话，他就是在那里'秀烟'……"

"你说什么？什么叫'秀烟'呀？"

"炫耀服饰之类的不是叫'秀装'吗？他炫耀香烟自然是'秀烟'了。"

"嗨，你既然看得那么眼馋，跟他要几支抽抽不就是了吗？"

"上山打虎易，开口求人难啊。怎么说我也是个男子汉嘛。"

"哦，不能伸手要，是吧？"

"也不是绝对不能，可我就没伸手要。"

"那你怎么办呢？"

"我没跟他要，而是偷来抽了。"

"啊呀呀。"

"等那老头提溜着手巾去泡温泉后，我心想要抽就在当下了，于是便心无旁骛地一根接一根地狂抽起来。啊，真是过瘾啊——我正陶醉着呢，忽然移门'哗啦啦'被拉开了，回头一看，是香烟的主人回来了。"

"他没去泡温泉吗？"

"去了，可走到半道发现钱包没带，又回来了。你看看，难道人家还会偷他的钱包吗？他为了这个回来，本身就是对我的大不敬啊。"

"难说。看你偷烟这手，还真保不齐呢。"

"哈哈哈，那老头倒是很有些眼力见儿的。钱包的事就不说了。却说老头一拉开门差点被烟熏倒。因为刚才我为了补回断烟两天的损失，一阵狠抽，将屋子里弄得烟雾腾腾的。俗话说：'坏事传千里'，老头立刻明白是怎么回事了。"

"老头说什么了吗？"

"要说这姜还是老的辣呀。老头二话不说，用纸包了五六十根香烟，放在我跟前，说：'这烟太次，您要是不介意就抽吧。'说完，便转身去泡温泉了。"

"嘿，这就是所谓的'江户范儿'吧？"

"到底是'江户范儿'还是'布店老板范儿'，我可不懂，反正从此以后，我跟那老头就肝胆相照了。在那儿痛痛快快地逗留了两个礼拜才回家。"

"这两个礼拜抽的都是老头的香烟吧。"

"嗯，就那么回事儿了。"

"小提琴的故事讲完了吗？"

我家主人终于合上了书本，起身投诚到这边来了。

"还没呢。马上就到高潮了，你来得正好，好好听吧。顺便叫一下趴在棋盘上睡觉的那位先生——叫什么来着，哦，对了，独仙先生——独仙先生，你也来听一下吧。你这样睡觉可有害健康哦。好，起来了。"

"喂，独仙君，醒醒，醒醒。讲有趣的事情呢。快醒醒吧。说你这么睡觉有害健康呢。你夫人该担心了。"

独仙君"哎"了一声后抬起头来。一行口水沿着山羊胡子往下淌，闪闪发亮，就跟蜗牛爬过之后遗下的痕迹一般。

"啊，好睡！正所谓'白云悠悠天上飘，似吾漫漫慵懒心'。啊，睡得真舒服啊。"

"你睡得舒服，大家没意见。可以起来了吧。"

"嗯，起来就起来吧。说什么有趣之事了？"

"下面就要说到那小提琴——呃，什么来着？苦沙弥君。"

"怎么着了？完全摸不着头脑。"

"下面终于要说到拉小提琴了。"

"下面终于要拉小提琴了，快过来听吧。"

"还在说小提琴呀？真伤脑筋啊。"

"你是弹无弦之素琴的，伤什么脑筋？寒月君那边可是'吱吱呀呀'地一拉，隔壁邻居都听得见的，所以才伤脑筋呢。"

"是这样啊。如此说来，寒月君是不知道能不让邻居听见的小提琴拉法了？"

"不知道啊。要是有这种方法，定要请教。"

"何必请教，形同'露地白牛①'一般，一看便知嘛。"

独仙君的话没人听得懂。寒月君认为他尚未完全清醒，满嘴胡言乱语。于是故意不接他的话茬儿，自顾往下说。

"后来，我终于想出了一个办法。买琴的第二天是天长节，不上学的，一大早起来，我待在房间里心神不定，坐立不安，将那衣箱的盖子一会儿打开，一会儿关上。待到日落黄昏，衣箱底下传出了蟋蟀叫声之时，我便将那小提琴和琴弓取了出来。"

"哦，终于要出手了。"

东风君这么一说，迷亭君赶紧提醒道："冒冒失失地拉琴可危险啊。"

"我首先将那琴弓端在手里，从弓头到弓把仔细检查了一遍……"

"你又不是那种二流刀匠——"

迷亭君冷嘲热讽道。

"事实上，一想到这就是自己琴魂之所在，端在手里这么一瞧，心里立刻产生了一种古代武士在漫漫长夜之中，莹莹青灯之下频频出鞘，

---

① 语出《碧岩录·第九十四则》："净裸裸赤洒洒露地白牛，眼卓朔耳卓朔金毛狮子。"指没有任何烦恼的清净境界。

检视新磨之名刀的感觉。故而，我手持琴弓不禁浑身颤抖了起来。"

"真是天才啊。"东风君道。

"真是疯子啊。"迷亭君道。

"快拉吧。"我家主人催促道。

独仙君则是一脸的无奈，仿佛在说：朽木不可雕也。

"所幸的是琴弓完好无损。接着，我便怀着同样的心情将小提琴捧到煤油灯旁，里里外外地细细察看。这一过程共约五分钟。请诸位想象一下，在这期间，蟋蟀始终在衣箱底下鸣叫着。……"

"你放心，我们会好好想象的。你就放心拉琴吧。"

"还没到拉的时候。——所幸的是，小提琴毫无瑕疵。我心想：既如此，又有何忧哉。于是便猛地站起身来……"

"要出去吗？"

"别老插嘴好不好？每说一句都被打断一下，还怎么往下讲？……"

"喂，诸位别出声。嘘——"

"嘘什么嘘？就你一个人插嘴！"

"哦，是吗？对不住，对不住。静听，静听。"

"我夹着小提琴，趿拉着草鞋出了草庐，才走得两三步，心想：慢来，慢来……"

"你看看，又来了。我早就料到你会在哪儿'断电'的。"

"回去也没用啊，柿饼早吃光了嘛。"

"诸位先生如此胡搅蛮缠实在是令人遗憾之至。没奈何，我只能对东风君一人诉说了。——你听着，东风君。我走出两三步后，又返回屋里，取出离乡时花三块两角钱买的大红毛毯蒙在头上，一口气吹灭了煤油灯。可谁知这下倒好，四下里一片漆黑，连草鞋都找不到了。"

"你到底要去哪儿呀？"

"别忙，你且听着。好不容易找到了草鞋之后，我来到外面一看，只见星月满天，柿叶满地。而我是头蒙大红毯，肋下小提琴。往右，往右，一路往右，步步登高直上庚申山而去之时，猛听得东岭寺上的大钟'当——'的一声巨响，透过毛毯，在我脑袋里面回响不绝。你可知那时几点钟了？"

"我怎会知道？"

"九点钟。之后，我便要在这漫漫秋夜之中，孤身一人，独行八百多米山道而直达一处叫作大平的所在。要说我平时十分胆小，干出如此行径应该惊恐万分才对，可叫人觉得不可思议的是，到了摒除所有杂念，一心只想拉琴的境地，竟然别说害不害怕了，甚至连这样的念头都没有一个。那个叫作大平的所在位于庚申山之南坡，天气好的时候，登临此处，可于赤松林间遥遥望见山下繁华的街市。是一片适合于登高远眺的平地。——对了，要说其面积，约有一百来坪吧。正中间有一块八铺席大小的独块巨石，北面紧邻一个名为鹈沼的池塘，池塘周边尽是些粗可三人合抱的大樟树。由于地处山林深处，人迹罕至，只有一间采樟脑人住的小屋。池塘周边即便是在大白天也阴森恐怖，叫人不敢久留。所幸的是，出于工兵演习的需要，已经开辟了道路，故而一路上山还不太费劲。

好不容易来到了巨石之上，我铺好了毛毯，坐定了身躯。由于在如此寒夜登临此地还是头一回，坐在巨石上定下心来之后，便觉四周那难以名状之凄清寂寥一点点地渗入了我的体内。此情此景，乱人心者仅为恐惧之感，只消拔除此感，余下的就全为皎洁凛冽的空灵之气了。

我茫然无绪地呆坐了二十来分钟后，不知为何，竟然觉得如同自己独自一人住在一水晶造就的宫殿之中一般。不仅如此，我的身体——不，也不仅仅是我的身体，应该说连同我的心灵，我的灵魂也变得像是用琼脂之类的透明玩意儿做成的一样，晶莹剔透起来了。真是匪夷所思，到最后，简直搞不清楚是我身处水晶宫中，还是我肚子里有一座水晶宫了……"

"嚯，了不得，越说越玄了。"

435

迷亭君嘲讽道。

独仙君接了一句："趣味无穷之境界啊。"

迷亭君的话自然是纯属嘲讽，可独仙君倒像是颇为欣赏的。

"倘若我长久处于如此精神状态之中，说不定我会琴也不拉，在这巨石之上愣愣地一直坐到第二天早晨的……"

"那儿有狐仙出没吗？

东风君问道。

"就在此物我难分，生死难辨之际，忽听身后古池深处传来'嘎——'的一声怪叫。……"

"终于来了。"

"这声响在远处引发了阵阵回响，与那秋夜寒风一起传遍了每棵树的树梢。此刻，我终于回过神来了……"

"啊呀。我的一颗心也终于落了下来。"

迷亭君夸张地做了个抚胸的动作。

"真所谓'大死一番乾坤新^①'啊。"

独仙君说着还给寒月君递了个眼色，可寒月君似乎一点也没听懂。

"回过神来之后，我环视四周，庚申山一片寂静，连雨点大的声响也没有。我心想，刚才那声响到底是怎么回事儿呢？要说是人声吧，过于尖锐；要说是鸟叫吧，过于响亮；要说是猿声——这一带未必有猴子吧。什么玩意儿？当我脑袋里出现了这么个问题并试图解开谜团时，原先全都寂静无声老老实实地趴着的念头一个个全都跳出来乱窜，纷然、杂然、糅然，其狂乱程度就跟欢迎康诺德殿下^②之首都民众一个样。与此同时，我觉得全身的毛孔全都张开了，就跟用烧酒喷过的多毛小腿似的，那些名为勇气、胆量、理智、沉着的'客人'一个个地全都跑掉

---

① 禅语。置之死地而后生、绝处逢生之意。
② 英国贵族，维多利亚女王的孙子。曾于明治三十九年二月十八日去日本，代表英王授予明治天皇嘉德勋章。当时在东京受到了热烈欢迎。

了。连心脏都在肋骨之下跳起了'摔鼻子舞^①'。两条腿就像拴在风筝上的响笛一般，抖个不停。于是我就猛然跳起身来，红毯蒙头，琴夹肋下，飞身跃下巨石，撒开两腿冲下八百米山道直到山脚之下。回到住所之后，立刻就钻进被窝蒙头大睡。

至今想来仍心有余悸啊。东风君，我还从未遇到过如此可怕之事啊。"

"后来呢？"

"后来？没后来了。这就结束了呀。"

"原来你没拉小提琴呀。"

"我倒是想拉来着，没法拉呀。都怪那'嘎——'的一声。这事儿要是你遇上了，你也拉不成的嘛。"

"怎么我总觉得你这故事有些美中不足呢。"

"你觉不觉得都一样，事实如此嘛。您觉得怎么样？老师。"

寒月君得意扬扬地环视了一周。

"哈哈哈哈，精彩，精彩。能将故事讲成这样，想必你是经过一番冥思苦想的。我还以为男性桑德拉·贝罗尼^②将会出现在东方的君子之国^③呢，所以才一直认认真真地听到现在的呀。"

迷亭君说到此处，稍稍停顿了一下，等着别人请他解释桑德拉·贝罗尼。不料竟没人吭声，于是他只好主动加以说明了。

"桑德拉·贝罗尼在月下弹奏竖琴，在林中歌唱意大利风格的歌曲，倒与你怀抱小提琴独上庚申山有异曲同工之妙。可惜的是，她那里惊艳了月中嫦娥，你这边却被池中怪狸吓跑了，在紧要处分出了崇高与滑稽间的天壤之别。真是不胜遗憾之至啊。"

---

① 流行于明治初年的一种滑稽舞蹈。代表性动作就是假装要揪下鼻子往地上摔。
② 英国小说家、诗人乔治·梅瑞迪斯（1828—1909）小说中女主人公，音乐天才。梅瑞迪斯曾对夏目漱石产生过较大的影响。
③ 指日本。

"也没什么遗憾嘛。"

寒月君显得格外平静，仿佛并不太在乎别人如何评价。

"都是因为你赶时髦，故弄玄虚，非要跑到山上去拉琴，才会受此惊吓的。"

主人加以酷评后，独仙君叹息道："卿本佳人，却偏向那鬼窟里去讨营生。惜乎也哉！惜乎也哉！"

独仙君所说的话，寒月君就从未听懂过。其实也不仅限于寒月君，恐怕在座的其他人也都听得一头雾水。

"这事儿就这样吧。我说，寒月君，近来你还去学校磨玻璃球吗？"

过了一会儿，迷亭先生换了一个话题。

"没有。前一阵子我不是回老家去了吗？磨玻璃球的事情，就中止了。老实说，玻璃球我已经磨腻味了，不想磨了。"

"可你不磨玻璃球不就成不了博士了吗？"

主人皱起眉头略显不满地问道。但寒月君本人却依然是一副无所谓的轻松模样。

"您说博士呀，嘿嘿嘿。成不了就成不了吧。"

"可这样的话婚礼就得延期，不是双方都麻烦吗？"

"婚礼？谁的婚礼？"

"你的呗。"

"我跟谁结婚？"

"跟金田家的小姐呀。"

"呵呵——"

"'呵呵'什么！不是已经定好了吗？"

"哪有这样的约定呀？是对方自说自话地在到处宣扬罢了。"

"这可就有些胡来了。迷亭，这事儿你也知道的，是吧？"

"是那一件'鼻子事件'吗？要说那一件，就不光是你和我知道了，早已是公开的秘密，天下人全都知道了呀。事实上《万朝》^①等报刊就有人老问我，'小报什么时候才有幸以新郎新娘为题刊载两位新人的照片啊？'搞得我不胜其烦。东风君早在三个月之前就写下了一个名为《鸳鸯歌》的诗歌长篇，一直担心你寒月君成不了博士而糟蹋了杰作呢。是吧？东风君。"

"倒也没到担心的程度。不过，我确实是想将这件倾注了我满腔热情的诗作公之于世的。"

"你看看，你成不成得了博士可不是你一个人的事情，牵动着四面八方呢。你还得打起精神来，磨好玻璃球啊。"

"嘿嘿嘿，想不到我让各位操心了，真是对不住啊。不过呢，我已经用不着成为博士了。"

"此话怎讲？"

"还'怎讲'呢，因为我已经有老婆了呀。"

"啊呀，还真有你的。你是什么时候偷偷结婚的？看来这世道可真是叫人大意不得啊。苦沙弥老兄，想必你也听清楚了吧，寒月君已经拖家带口了。"

"小孩子还没有哦。结婚不到一个月就生孩子了，那还像话吗？"

"你是在何时、何地结的婚？"

我家主人像是预审法官似的问道。

"'何时'嘛，就是回老家那会儿呀，人家早就等着了。今天给老师您带来的鲣鱼干，就是那会儿亲戚送的贺礼啊。"

"贺礼只有三条鲣鱼干？也太抠门了吧。"

"什么呀，人家送来好多呢，是我只带了三条过来。"

"这就是说，是你老家的人了，皮肤黑黑的？"

"是的，很黑。跟我很般配。"

---

① 《万朝报》的简称。是一份创刊于明治二十五年（1892）十一月一日的时事新闻日报。

"金田那边你打算怎么办呢？"

"没打算怎么办呀？"

"这多少有些说不过去吧？你看呢，迷亭？"

"没什么说不过去呀。金田小姐嫁给别人也是一样的嘛。反正做夫妻原本就是瞎猫碰上死耗子。碰不上的非要让他们碰上，那就叫多管闲事。谁碰上谁其实都一样。要说可惜的只有写好了《鸳鸯歌》的东风君。"

"没事儿，修改一下，《鸳鸯歌》照样献给寒月君夫妇。金田家小姐结婚时，另写一首就是了。"

"到底是诗人，深得随机应变之妙趣啊。"

"你事先跟金田家打过招呼吗？"

我家主人还没忘了金田家。

"没有。没这个必要啊。我从未向人家提过亲，又何必跟人家打什么招呼呢？——对了，根本用不着打招呼的。就说眼下吧，人家早就派出一二十个密探，将整个事情原原本本地弄得一清二楚了。"

听到"密探"两字，主人立刻皱起了眉头，"宣判"道："嗯，既如此，那就不用打招呼了。"

说完之后，似乎意犹未尽，我家主人立刻对密探展开如下这番长篇大论："趁人不备而取人怀中之物者是扒手，趁人不备而窃人心意者是密探；不为人知地卸下防雨窗而入室偷人财物者是小偷，不为人知地从人口中读取其内心者是密探；插刀于铺席上敲诈他人钱财者是强盗，极尽恐吓之能事而使人屈服者是密探。所以说密探与扒手、小偷、强盗是一路货，是臭不可闻的下流胚。听从他们所言便会形成恶习。一定要坚决加以抵制。"

"没事儿。哪怕臭不可闻的密探凑足了一两千人，编成队伍从上风头攻下来也没什么可怕的。我可是磨玻璃球高手，堂堂的理学士寒月啊。"

"啊呀呀，可敬可佩！不愧是新婚的学士啊，精力充沛，底气十足。不过，话说回来，苦沙弥老兄，既然密探与扒手、小偷、强盗是一丘之貉，那么利用密探的金田君之辈又跟什么是同类呢？"

"不外乎熊坂长范①之流吧。"

"是熊坂长范倒也好办。戏文不是有这样的唱词吗？'一个长坂眨眼间变作两个，却原来是身首异处，一命呜呼②'。可住在对面胡同里靠放驴打滚之高利贷发家的'长范'可是穷凶极恶，贪得无厌的家伙，不那么容易归天啊。被他缠上了可就祸从天降，一辈子不得清净了。寒月君，还要小心啊。"

"怕他做甚。'好强盗，既已领教你爷爷的本领，却仍要前来纠缠不清③'，那就给他点厉害瞧瞧，杀他个有来无回。"

寒月君不慌不忙地念了一段宝生流④，显示出了大无畏的气概。

"说起密探，不知何故，这二十世纪的人大多具有成为密探的倾向。"独仙君到底是与众不同的，提出了一个与眼下的话题全然无关的问题。

"是由于物价太高吧。"

寒月君答道。

"是没有艺术情趣吧。"

东风君答道。

"是由于人们头上都长出了文明之角，跟金米糖⑤似的，一个个全都焦躁不安的缘故。"

---

① 日本平安时代传说中的大盗。最早出现在室町时代后期出现的幸若舞（一种边舞边说唱的曲艺形式）《乌帽子折》、谣曲《乌帽子折》《熊坂》之中。其大概情节是：熊坂长范率领盗贼团伙在美浓清墓宿（一说赤坂宿）动手抢劫与牛若丸（即源义经）一同前往奥州的金卖吉次的行李，却反被牛若丸所杀。
② 谣曲《乌帽子折》中的唱词。
③ 同样是谣曲《乌帽子折》中的唱词。
④ 能的一个流派。
⑤ 一种有着干小角的豆粒大小的糖果。

迷亭君答道。

接下来自然就轮到我家主人了。我家主人拿腔拿调地说出了一番议论："关乎于此，不才倒也思之久矣。据不才看来，当今世人之密探倾向，其原因非他，完全在于自我意识过强之故。然不才之所谓'自我意识'，非独仙君所谓'见性成佛''天人合一'之类悟道之说词。……"

"啊呀呀，玄乎妙哉。苦沙弥老兄，既然连你都卖弄起玄妙无穷、大而无当之议论来了，那么我迷亭区区不才等会儿也要公然对现代文明加以抨击了。"

"但说何妨。谅你也没什么可说的。"

"有啊。太有的说了。倒是你老兄，前一阵子还将巡警敬若神明，今天却又将密探比作扒手、小偷，真是个自相矛盾的怪胎。你看看我，从'父母未生以前'①直到今天为止，始终如一，从来就没有改变过自己的主张。"

"警察是警察，密探是密探。前一阵子是前一阵子，今天是今天。自己的主张从未变过只能成为没有长进的证据。所谓'下愚不移②'说的就是你。……"

"你这话可真够毒辣的。密探要也能这样正面进攻，倒也有几分可爱之处了。"

"你说我是密探？"

"谁说你是密探了？我是说，正因为你不是密探，才直率得可爱。不吵了，不吵了。请继续。我还要聆听你高论之后半部呢。"

"今人所谓的自我意识其实就在于太清楚自己与他人之间横亘着一条利益上的截然分明的鸿沟。而这种自我意识又随着文明之发展而日甚

---

① 源自禅语"父母未生以前之本来面目为何"。据说夏目漱石年轻时学习参禅，就被问到这个问题。后来他在小说《门》中也提到了这一禅语。
② 源自《论语·阳货》"唯上智与下愚不移"。意为：只有最聪明的和最愚蠢的人，才不改变。

一日，到最后，会连举手投足这样的行为也都为心计所困，无法按自然行事了。譬如说，亨利①就是这样来评论史蒂文森的：'他是个连一刹那间都忘不了自己的人。他走进挂着镜子的房间后，每次走过镜子之前，都要照一下镜子，否则就觉得不自在。'

"他的这番话十分生动地揭示了当今社会之发展趋势。无论是在睡着了的时候还是在醒着的时候，人们无时无刻不挂念着自我，'自我'二字如附骨之疽，如影随形，影响着人们的一举一动。结果只能使自己的言行举止变得矫揉造作，画地自牢，将自己逼入走投无路之境地；将整个社会都搞得苦不堪言。早早晚晚，大家都只能以相亲中青年男女之忐忑心态来过活了。什么'悠然自得''从容不迫'都成了仅仅停留于书面而毫无实现意义的词语。

"就这点而言，当今之世人都具有密探之特质，都具有小偷之特质。

"由于密探的职业就在于不为人所知地达到自己的目的，故势必要强化其自我意识。小偷则由于他总是担心会不会被抓住，故势必要强化其自我意识。而今人由于无论睡着还是醒着，都时时刻刻算计着利害得失，势必与密探、小偷一样，不得不强化其自我意识。一天十二个时辰，二十四个小时，就这样蝇营狗苟，栖栖惶惶，除非踏入坟墓，否则便永无宁日。这便是来自文明的诅咒。这世道简直是荒唐透顶！"

"高论。果然是高论。"

独仙君开腔了。谈到了这样的问题，独仙君又岂肯置身事外？

"苦沙弥君的解说可谓是深得我意。古人教人'忘我'，今人教人'勿忘我'，真所谓天壤之别。一天二十四小时内心都充满了自我意识。故而一天二十四小时都不得太平、安宁。每时每刻都身处灼热之地狱。问天下何为良药，则再无比'忘我'二字更有效的了。'三更月

---

① 威廉·埃内斯特·亨利（1849—1903），英国维多利亚时代（19世纪）的诗人、剧作家。主要作品有诗作《不可征服》等。

下入无我 ①'，所咏者，即此至境也。今人即便是出于好心的行为，也并非是真情之自然流露。英人颇为自得的 nice② 做派，其实也是暴涨欲裂之自我意识的表现。据说英国的天子 ③ 游历印度时，曾同印度某王族一同用餐。该王族当着天子的面，竟然一不小心根据本国的习惯，用手将土豆抓到了自己的盘子里，当他意识到失礼后，便窘得满脸通红，羞愧难当。而那英国天子却佯装不知，也用两根手指将土豆夹到了自己的盘子里……"

"这就是英国范儿吗？"

寒月君问道。

"我还听过这么个故事。"

主人接过话头说道："也是英国的事情。说是某联队的许多长官在军营请一位下士吃饭。宴会结束后，放在玻璃碗里的洗手水就被端了上来。可那位下士不懂宴会的规矩，竟端起玻璃碗将洗手水一口喝干了。见此情形，联队长突然开口道：'为下士的健康干杯！'说完之后，也一口喝干洗手碗里的水。于是，在座的其他军官也都不甘落后地举起洗手碗为下士的健康干了杯。"

"还有这么个故事呢。"

向来不甘寂寞的迷亭君说道："卡莱尔 ④ 是个不懂宫廷礼仪的怪人，他第一次谒见女王时，嘴里说着'您好啊'突然一屁股在椅子上坐了下来。惹得女王身后众多侍从、宫女嗤嗤暗笑。——不，没笑出来，是禁不住想笑来着。女王回头看了一下，大概是使了个什么眼色，于是侍

---

① 中国禅诗集《江湖风月集》中录有广闻的诗句："三更月下入无何"。"无何"是"无何有乡"之简化，意为"无心之境界"。八木独仙可能是为了强调"无我"，在此改了一字。

② 英语，此处为优雅、得体、有教养的意思。

③ 指维多利亚女王的长子爱德华七世。他在做皇太子时曾访问过印度。

④ 卡莱尔（1795—1881），英国评论家、历史学家。著有《旧衣新裁》《法国革命史》等。

从、宫女们一个个全都坐了下来。如此这般，让卡莱尔保住了体面。如此替人着想真可谓是用心良苦啊。"

"既然是卡莱尔，我想即便大家都站着，估计他也不会不自在的。"寒月君插入了一个短评。

"体谅别人之人的自我意识倒也不坏。"

独仙君继续着他的议论："可正因为有自我意识作祟，在体谅别人时也就特别的劳神费心。可怜见的。通常以为，随着文明之进步，杀伐之气将会衰减殆尽，人与人之间的交往将会更加平和。其实，这是大错特错的。既然自我意识如此强烈，怎么可能平和呢？确实，就表面上而言，是全都相安无事的，其实相互之间全都在苦苦支撑着。正像相扑力士在土俵正中相互扭住一动不动一样，在旁人眼里，他们是四平八稳的，可他们各自都在暗中较劲呢。"

"就拿打架来说吧，从前只是一味地凭借蛮力来制服对方，故而反倒没有什么罪过。可最近变得越来越巧妙了，只会愈发地强化自我意识。"

又轮到迷亭先生发表高见了："培根有言：唯有顺从自然，才能驾驭自然。想不到如今的打架行为正合培根之格言，真是不可思议。简直跟柔术①同出一辙。尽想着用对方的力量来打倒对方……"

"还有像水力发电这样的。不仅不与水力相抗衡，反而将水力转化为电力，发挥出巨大作用……"

寒月君的话尚未讲完，就被独仙君抢过了话头："所以说贫穷时为穷所困；富贵时为富所困。忧愁时苦于忧愁；欣喜时囿于欣喜。才子为才所累；智者因智而败。像苦沙弥君这样的火暴脾气，只要捅他一下，就会立刻暴跳如雷，正中敌人之圈套……"

"啊呀呀！"

---

① 日本传统武术之一，以徒手格斗为主，讲究投摔、反关节、锁拿等技法，是近代柔道之祖。

迷亭君拍手叫道。我家主人嘿嘿坏笑道:"我又怎会轻易上当呢?"

闻听此言,大伙不由得哄堂大笑起来。

"那么像金田那样的,会栽在什么上呢?"

"他老婆会栽在鼻子上,他会栽在为富不仁上,他手下的喽啰会栽在密探上。"

"他女儿呢?"

"他女儿?呃,我没见过他女儿,不太好说。想必是栽在穿衣打扮、贪吃贪喝,或者醉生梦死之类上吧。反正未必会栽在恋爱上。弄不好的话会像《卒塔婆小町》①中的小野小町那样倒毙路旁的。"

"你这话说得也太过刻薄了吧。"

东风君毕竟是给人家献过新体诗的,立刻对迷亭的话提出了异议。

"所以说'应无所住而生其心②'这话是极为要紧的,到不了如此境界,必将不堪其苦。"

如同众人皆醉我独醒一般,独仙君不住地说一些貌似高深的警句。

"你别老这么神气活现的。像你这样的,说不定会栽在'电光影里'亦未可知呢。"

"不管怎么说,文明若要照此势头发展,我便对尘世毫无留恋了。"

我家主人表明了自己的态度。

"不用客气,要死你就去死好了。"

迷亭君用大白话将其一语道破。

"谁说要死了?要我去死,我更不愿意。"

主人犯偏犯得有些莫名其妙。

"人在出生之时,谁都没有经过深思熟虑,可要死的时候却人人觉

---

① 日本古典谣曲之一。大意是说女诗人小野小町年轻时美貌绝伦,而年老色衰后四处行乞,最后被鬼魂附体而发疯。

② 出自《金刚经》,意为:自己的心不能因外界诱惑而有所执着,必须保持自然空灵的状态。这样才能开悟,才能摆脱烦恼。

得无法接受。"

寒月君说了一句事不关己高高挂起一般的"格言"。

"这跟借钱差不多。借的时候没怎么多想，可到了要还的时候却不太情愿了。"

这种时候能够立刻做出反应的，也只有迷亭君一人而已。

"正如不去想欠债还钱的人是幸福的一样，不拿死亡来烦自己的人也是幸福的。"

独仙君的话总是那么超脱，那么具有出世的意味。

"照你这么说，'厚颜无耻'也就是开悟了？"

"没错。禅语有所谓'铁牛面铁牛心，牛铁面牛铁心①'的说法。"

"而你老兄就是其标本，对吧？"

"倒也未必。可是，将死亡当作痛苦不堪之事，也是在人们发现了神经衰弱之后的事情哦。"

"原来如此。怪不得你怎么看都像是发现神经衰弱之前的先民呢。"

就在迷亭跟独仙一句顶一句地斗嘴的当儿，我家主人正在向寒月、东风二君大肆抨击着现代文明。

"问题在于怎么才能借了钱不用还。"

"根本不存在这样的问题啊。借了别人的东西是一定要还的嘛。"

"别急呀，探讨问题嘛，你听着就是了。正如'怎么才能借了钱不用还'是个问题一样，人怎么才能不死也是个问题。不，应该说曾经是个问题。所谓的炼丹术就是针对这个问题的。可所有的炼丹术都失败了。于是，'人是非死不可的'这一点也就弄清楚了。"

"这一点在炼丹术出现之前就已经很清楚了呀。"

"我说你别急，这是在探讨问题嘛，好好听着。就在弄清楚了'人是非死不可的'的时候，第二个问题也就随之而来了。"

---

① 《碧岩录》第三十八则中有"铁牛之机"的说法，估计八木独仙就是从那里化出来的。意思是：内心要像铁牛之心一样坚硬，不为外界所动。

"噢。"

"既然早晚得死,那么该怎么个死法才好。这便是第二个问题。而所谓的'自杀俱乐部'也注定会因这第二个问题应运而生的。"

"哦,原来如此。"

"死是痛苦的,但不得其死更为痛苦。对于神经衰弱的国民来说,活在世上要比死亡痛苦百倍。所以他们将死视作畏途。但他们并非怕死,而是因不知道该怎么个死法才好而忧心忡忡。凡人由于缺少智慧,一般都采取放任自流的方式而被世道所虐杀。然而,非同一般之人是不满足于被世道零敲碎打一点点地虐杀的。他们定会在对死法多方研究之后,提出某种崭新的方案的。因此,作为今后之世界潮流,自杀者必定有增无减,而这些自杀者必定都是以某种独特的方式离开人世的。"

"那这世道不就变得更加可怕了吗?"

"会的。确实会变得更为可怕的。阿瑟·琼斯[①]的剧本中有个坚决主张自杀的哲学家……"

"他要自杀吗?"

"遗憾的是他并不自杀。然而,从今往后再过一千年,大家一定都会照此执行的。而到了一万年之后,则一说到死就是指自杀了,因为到那时已经不存在别的什么死法了。"

"那还了得吗?"

"会的。一定会这样的。到那时,由于研究充分,自杀已经是一门正经科学了。像落云馆这样的中学里,自杀课也将取代伦理课,作为一门必修课来教授了。"

"真是不可思议啊。连我都想去旁听了。迷亭先生,苦沙弥先生的高论,你听到了吗?"

---

① 亨利·阿瑟·琼斯(1851—1929),英国剧作家。主要剧作有《马加尔及其失去的天堂》《说谎者》等。

"听着呢。到那时，落云馆里教伦理课的老师估计会这么说吧：'诸君，我们已不能再墨守成规，遵从公德之类野蛮习俗了。作为世界青年之一，诸君首先要注重自杀之义务。不仅如此，根据"己之所好，必施于人①"之古训，还可从自杀再前进一步而实施他杀。尤其是像居住在学校对面的那个穷措大珍野苦沙弥那样的，眼见得他活得十分痛苦，诸君自可尽早杀之。这是你们的义务。

并且，如今已是文明开化的时代，与那蒙昧无知的古代是不可同日而语的，因此，作为杀人工具，如长矛、大刀或者卑鄙无耻的暗器之类是绝对不能用的。而运用"冷嘲热讽"之高新技术，以嬉笑怒骂的方式来杀人，不仅于被杀之人大有功德，即便于诸君之名誉也甚为有利。……'"

"真是别开生面的授课啊。有趣，有趣。"

"有趣的还有呢。现代社会，警察是以保护人民之生命财产为第一要务的。可到了将来，警察就会扑杀野狗一般，手持棍棒忙于扑杀天下之公民了。……"

"这又是为什么呢？"

"因为如今人们都看重生命，所以警察要对此加以保护，而到了那会儿，国民全都生不如死，痛苦万分，故而警察要将其扑杀，同样是出于慈悲之心嘛。当然了，明白人一般早就自杀了，需要警察动手的都是些窝囊废、不具备自杀能力的白痴或残疾人。故而，需要警察帮忙的人会在家门口贴张字条。很简单的，字条上只需写'有须被杀者男一名'或'有须被杀者女一名'就行了，警察正巧巡逻到这里，看到字条后便会帮助他们了却心愿。什么？尸体怎么处理？这还用问吗？当然是警察派车来拉走了。还有更有趣的事呢。……"

"您老先生的笑话匣子一打开，可真是没完没了啊。"

---

① 这是迷亭根据"己所不欲，勿施于人（《论语·颜渊篇》）"所杜撰的。

东风君大感钦佩地这么一说，独仙君照例捋着他那部山羊胡子，开始侃侃而谈了："这话要说是玩笑也是玩笑，可要说是预言或许也正是针对未来的预言啊。不能够正确认识真理的人，总会被眼前的花花世界所迷惑，会将如同梦幻泡影的现象当作永久不变的事实。只要人家把话说到稍稍高蹈一点，就会被当作玩笑的。"

"正所谓'燕雀安知大鹏之志哉①'，是吧？"

寒月君心悦诚服地说了这话之后，独仙君的脸上露出"然也"之赞许神色，并继续说道："从前，西班牙有一个地方叫作科尔多瓦②……"

"那地方如今还在吗？"

"或许还在吧。问题不在于古今异同上，那里的风俗是：傍晚时分教堂里一敲钟，各家各户的女眷全都会跑出来，一个个地都跳进河里游泳……"

"冬天也这样吗？"

"这一点不太清楚。可确实是不分贵贱老幼，都会跳进河里的。然而，其中却不能夹杂一个男人。男人顶多只能远远地看着。由于离得又远，再加上暮色苍茫，所以男人们只能模模糊糊看到雪白的裸体在碧波中上下沉浮……"

"真是充满诗意的场面啊。完全能够据此创作一首新体诗啊。那地方叫什么来着？"

东风君是只要听说有"裸体"两字就要往前凑的。

"科尔多瓦嘛。由于既不能跟女性一起游泳，又不能近距离清楚地加以观察，当地的小伙子们觉得太遗憾了。于是，他们便小小地搞了个恶作剧……"

---

① 源自司马迁的《史记·陈涉世家》："嗟呼，燕雀安知鸿鹄之志哉？"这里就不知道是夏目漱石记错了，还是他故意让寒月将"鸿鹄"换成"大鹏"的。

② 西班牙古城，坐落在瓜达尔基维尔河畔，具有古罗马文明、阿拉伯文化、犹太文化和基督教文化等多文化交汇的特色。气候炎热，八木独仙下面所说的古代当地女性定时下河洗澡之事的依据或许又在于此。

“是吗？他们是怎么弄的？”

一听说“恶作剧”，迷亭君立刻喜上眉梢。

“他们花钱买通了教堂里的敲钟人，将本该在黄昏时分敲响的大钟，提前一个小时就敲响了。由于女人大多是没脑子的，一听到钟响了，就全都从家里跑出来，聚到河边叽叽喳喳地脱了外衣，仅穿着内衣内裤就跳进水里了。可跳是跳进水里了，却发现跟往常不一样，太阳老是不下山。”

“是不是‘热辣辣的秋日明晃晃地’照着呢？”

“她们抬头往桥上一看，发现很多男人都瞪大眼睛看着呢。她们十分害臊却又毫无办法，一个个都羞得面红耳赤的。”

“后来呢？”

“后来？没后来了。这故事是说，人们常常受眼前的习惯所摆布而忘记了根本。这是不行的。一定要多加小心。”

迷亭接过话头说道：“原来如此。好一番难能可贵的说教啊。我也来说一个被眼前的习惯所摆布的故事吧。前几天在一本杂志上读到了这么一篇写骗子的小说。譬如说主人公就是我吧。我在这儿开了个卖古董书画的店。店面里摆满了大家的画幅、名人的用具等。不是赝品哦，都是<u>些</u>货真价实的上等货。所以标价也都很贵。有一天，来了个好淘货的客人，问元信①的一幅画多少钱。假若标价是六白元吧。可我 说‘六百元’，那客人就说：‘要是想要的，可手头没这么多钱。很遗憾，只得作罢了。’”

“客人定会这么说吗？”

主人的话照例是实打实的，也不管人家是在说故事。迷亭君没跟他较真。

“这不是小说嘛。就当他是这么说的吧。于是我就对他说：‘钱不是

---

① 狩野元信（1476—1559），日本室町时代后期的大画家。他在中国宋、元、明朝的画法基础上，加入了大和绘的技法，使画面具有强烈的装饰性。

问题。您喜欢就拿走好了。'客人说：'那怎么行？'显得颇为踌躇。我十分爽快地对他说：'要不您就月供吧。可以分期长一点，每个月少付一点，细水长流。没关系，反正您以后也是小店的主顾嘛。不用客气。每个月付十块钱，怎么样？要不，付五块也行。'之后，我跟客人之间又交谈了那么几句，最后，我便以月供十块的方式，将总价六百块的狩野法眼①元信的名画卖给了他。"

"就跟卖泰晤士的百科全书②似的。"

"泰晤士那边自然是靠谱的，可我这里就极不靠谱了。下面就要讲到极为高超的诈骗了，好好听着。寒月君，每月十块，六百块要几年还清？"

"当然是五年了。"

"当然是五年。那么，五年的时间是长还是短呢？独仙君。"

"一念万年，万年一念③。说短也短，说不短，也不短。"

"什么玩意儿？是道歌④吗？好没常识的道歌啊。却说由于是每月十块钱，长达五年的分期付款，对方总共要付六十次。而这里就显出习惯的可怕了，因为每个月都要付钱，并且要重复六十次，六十次满了之后，就会想付第六十一次了。付了六十一次，就会想付六十二次。紧接着是六十三次、六十四次。付钱的次数一多，一到日子就会想到付钱，还非付不可。要说这人看起来似乎很聪明，却有一个大毛病，那就是：一旦形成了习惯之后，就会受其摆布。利用人性的这一大弱点，我便可一连好多个月都占到十块钱的便宜。"

"哈哈哈哈，怎么会呢？总不至于记性那么差吧。"

寒月君苦笑道。可我家主人却较为认真地说道："有啊。这种事还

---

① 法眼原本是和尚的一个级别，排在第二位，在"法印"和"法桥"之间。到了日本中、近世时，也将此称号授予佛像师、画师、连歌师、医师等。

② 当时，泰晤士的百科全书在日本就是以月供之分期付款的方式营销的。

③ 禅语。表示时间的长短取决于人的主观感受。

④ 用于道德训诫的和歌。

真有。我上大学的贷款，就是每个月定期还的①。我又不记账，只知道到时候就还，后来还是对方拒收了才停掉的。"

主人将自己丢人现眼的经历当作每个人都会有的经历一般公诸于众了。

"你看看，眼前不就有这么个人吗？所以说，笑话我刚才的'未来畅想记'的人，正是会终身支付本来只需付六十次之月供的家伙，并且还觉得理所当然呢。尤其是像寒月君、东风君你们这些年轻人，一定要好好听我的话，免得上当受骗。"

"明白。谨遵教诲。月供一定只付六十次。"

"这话听着像是笑话，其实是确有参考价值的。寒月君。"

独仙君对寒月君说道："举个例子来说吧。譬如说，由于觉得你擅自结婚的做法不太妥当，苦沙弥君或迷亭君向你提出忠告，要你去金田家谢罪，你会去吗？"

"谢罪云云还请免谈。要是对方来向我谢罪，则另当别论，反正我是没有这种想法的。"

"要是警察要你去谢罪呢？"

"碍难从命。"

"要是大臣或华族要你去谢罪呢？"

"那就更加难以接受了。"

"你看看。古今之间，人已经有了如此之大的变化了。在古代，官府之威严可是通行无阻的。后来，就到了连官府之威严也不怎么吃香的时代了。而如今的世道则是，不论是殿下还是阁下，都不能做出过于凌驾于个人人格之上的事情了。说得极端一点的话，对方的权势越大，受压制一方也就越不舒服，进而要奋起反抗。所以说今非昔比，出现了正因为是官府之威严所以办不到的新现象。现在通行的做法，对于古人来

---

① 夏目漱石上大学就是用这种分期付款式的贷款的。他在毕业后，每月要还七元五角，直到全部还清。

说，几乎是不可理解的。所谓世态人情之变迁，确实是令人匪夷所思。迷亭君的《未来畅想记》，要说是笑话也可以说是笑话，可作为揭示此种不可思议的说法，不也颇具深意吗？"

听完了独仙君的长篇大论，迷亭君欣然接过了话头："得遇知己，我心甚慰。那就一定要将《未来展望记》之续篇讲下去了。正如独仙君之高论，到如今，谁若还想狐假虎威，仰仗着官府之威严，再加上二三百杆竹枪就想横冲直撞，那就是不知天高地厚，是坐着轿子追火车的老顽固了。他们既落后于时代，却又心有不甘。——当然了，对于这种无知之蠢物，放印子钱的长范先生 ① 之流，我辈人只需冷眼旁观，任其折腾也就是了。——我的《未来畅想记》所针对的并不是眼前这点鸡毛蒜皮的小事，而是关乎整个人类之命运的社会现象。

譬如说，通过对当下文明现象之审视，而预卜遥远未来之趋势后，在下便得出了一个结论。那就是：在未来社会中，结婚是不可能之事。

别大惊小怪哦。结婚确将成为不可能之事。其中的道理是这样的：

正如我前面已经说过的那样，如今的社会是以个性为中心的世道。从前，一家是以家长为代表的，一郡是以郡守为代表的，一蕃是以蕃主为代表的。在那时，代表者以外之人，是完全没有人格的。即便有也是不被认可的。而一旦这方面发生了根本性的改变之后，则每一个人全都标榜起个性来了，无论看到谁，心中都会想：'你是你，我是我，俺们互不相干。'两人在大街上擦肩而过，也会内心心中较劲儿：'你是人，我也是人，神气什么？'由此可见，个人已经强大到如此地步了。然而，就在个人因平等而变得强大的同时，也因平等而变得弱小了。此话怎讲？就是说，从别人难以伤害自己的角度来看，自己确实是变得强大了；可从自己也不能随便欺负别人的角度来看，与从前相比，自己明显变得弱小了。

---

① 指金田。

你们看，是不是这么个道理？变得强大自然是令人高兴之事，可变得弱小就谁都不愿意接受了。于是，在不让别人占自己一分便宜，坚守自己强大一面的同时，却又想方设法地强化自己的弱小一面，哪怕占别人半分便宜也是好的。如此，则人与人之间的空间就没有了，生存环境变得狭窄不堪、局促难耐。于是就尽量扩张自我，使自己鼓胀欲裂，痛苦不堪，了无生趣地活在世上。正是因为这样活着太痛苦了，人们才会挖空心思地在个人与个人之间寻求得以喘息的间隙。要说人类的这种困苦原本就是自作自受，为了缓解如此困苦而首先被发明出来的就是'亲子分居制'。

大家可以到日本的山村里去看看。在那里，全家人都生活在一个屋檐之下，挤挤挨挨的，根本没什么个性可言。即便有也没人想要伸张一下，倒也相安无事，其乐融融的。

可文明人是受不了这种生活状态的，即便是亲子之间，他们也会各自伸张自我的，因为不伸张就吃亏了嘛。为了保证双方之安全，结果势必导致分居。

欧洲是文明发达之地，所以远在日本之前就已经实现了这种分居制度了。当然了，偶尔也有亲子同居的，可儿子住在老爸家里要像外人一般付住宿费，跟老爸借钱也要算利息。应该说，正是父母认可孩子的个性并加以尊重，才会形成如此之社会风尚。

如此良好风尚不日定会输入日本，只是时间早晚而已。如今，三亲六眷早已分立门户了，下一步就是亲子分开居住。如此，则一直强忍着的个性才会得到伸张，而个性得以伸张之后，尊重个性之观念也会大行其道，畅通无阻，如此就更觉得不分开居住就活不舒坦了。

然而，到了亲子兄弟都已分居的地步，就没什么可再分开的了，所以作为最后的终极方案，'夫妻分居制'必将出台。

现在，人们觉得生活在一起才叫夫妻。其实，这是大错而特错的。因为从个性的角度来说，两个人要一起生活，就必须个性相合到能一起生活的程度。在从前，是没有这种问题的。那时有所谓'异体同心'的说法，也就是说，你看着是夫妇二人，其实只是一个人而已。正因为这样，才能偕老同穴，也即死了也要变作一丘之貉。野蛮啊。

如今是行不通了。因为丈夫是丈夫，妻子是妻子。做妻子的是穿着灯笼裙裤①上过学的，已经培养出强烈个性了，是梳着西洋发髻嫁过来的，怎会对丈夫百依百顺呢？再说了，对丈夫百依百顺的妻子还是妻子吗？这不成了人偶了吗？所以说，越是好妻子个性越是强烈。个性越强烈，就越与丈夫合不来。合不来则势必引发冲突。也即被称作贤妻的夫人将会跟丈夫从早吵到晚。娶个好老婆原本是一件大好事，结果发现老婆娶得越好，双方的痛苦就越甚。夫妇之间的关系就像水跟油一般泾渭分明，而这种关系倘若能够趋于稳定，一直保持着微妙的平衡倒也罢了，可由于这种油水分离的状态原本就源自双方的互不相让，于是家里难免会像遭遇大地震那样上下颠簸不停。于是人们逐渐明白，夫妻同居原来是一件两败俱伤，得不偿失的事情。……"

"于是就想到夫妻分居了？好叫人担心啊。"

寒月君说道。

"分居，必定分居，普天下的夫妻全都分居。以前人们觉得住在一起的是夫妻，可在今后，人们会认为住在一起的人是没资格成为夫妻的。"

"如此说来，像我这样的都属于'没资格'一类的啦？"

千钧一发之际寒月君说出了自己的小九九。

"生于明治这么个盛世是十分幸运的。像我这样的，能够描绘出《未来畅想记》，脑袋瓜聪明，思想意识总是领先潮流那么一两步，所以才至今独身的呀。有些人七嘴八舌地说我独身是失恋的结果，如此鼠目寸光，简直浅薄得可怜。这话就不多说了，还是继续谈《未来畅想

---

① 原为江户时代的下级武士所穿的一种无档的裙裤，到了明治时代，为男女学生所喜爱。

记》吧。

"有朝一日，一位伟大的哲学家将从天而降，向世人阐明石破天惊的真理。其理论如此说：

"人，是个性之动物。消灭了个性就等同于消灭了人类。为了实现生而为人之意义，无论付出多大的代价也必须维护并发展其个性。为陋习所困，虽不情愿也要结婚的做法完全是违反人类自然发展趋势之野蛮风俗，在个性尚不发达之蒙昧时代倒也罢了，可到了如今之文明时代依然重蹈此覆辙，还不以为耻反以为荣，那就是天大的谬误了。在文明开化已臻巅峰之当今，两个具有不同个性的人，怎么可能达成超越通常状态的亲密关系呢？这是绝对不可能成立的。而没受过良好教育的青年男女，无视如此简单明了的道理，受到一时的下流情欲所摆布而举行什么婚礼，简直就是违背人伦大德之行为。为了维护人道、发展文明，为了保护青年男女之个性，我们应该竭尽全力，坚决抵制这种野蛮风俗……"

"迷亭先生，我坚决反对如此学说。"

东风君听到此处，用手"啪"地拍了一下膝盖头，以毅然决然的姿态说道："我以为世上再没有比爱与美更为珍贵的了。能够慰藉我们、成全我们，给我们幸福的，就是这两者。它们能使我们的情操更高尚、情义更高洁、情感更高雅。所以我们不论生于什么时代都不能忘记这两者。而这两者体现在现实世界之时，爱，便演变为夫妻人伦；美，则分为诗歌、音乐诸形式。所以我认为，只要人类还存活在这地球表面之上，'夫妻'和'艺术'是绝不会消亡的。"

"不消亡自然不错，可事实上正如刚才那位哲学家所说的那样，是一定要消亡的，所以又有什么办法呢？你还是死了这条心吧。你还说什么？艺术？与'夫妻'一样，艺术也终难逃脱覆灭之命运。

"且听我道来。个性之发展就意味着个性之自由，对吧？个性之自由就意味着'我是我，你是你，互不相干'，是吧？这不就说明不可能存在什么艺术了吗？艺术之昌盛有赖于艺术家与欣赏者在个性上的一致，对吧？像你这样的新体诗诗人即便再怎么卖力，倘若没人读你的诗说好，那么十分遗憾，你的新体诗除了你自己就没有别的读者了。写多少篇《鸳鸯歌》也是白搭。所幸你生于明治时代之今天，天下人都爱读你的诗歌……"

"也没到如此程度。"

"你看看，就连今天都没到如此程度，到了文明更为发达之未来，也即某大哲学家跳出来提倡'婚姻废除论'之时，那就更是谁都不愿读了。那倒不是因为你写的所以不读。是由于每个人都拥有各个不同的个性，会觉得别人写的诗歌文章一概不好。

"事实上，即便是现在，在英国就已经呈现出如此倾向了。在英国小说家中最具个性的作品中已经有所体现了。你可以去读一读梅瑞狄斯①，读一读詹姆斯②。他们的小说，读者不就极少吗？当然少了。有什么办法呢？让不具备那种个性的人来读那种小说，怎么会觉得好呢？这种倾向不断发展，到了婚姻变成不道德行为之时，艺术也就彻底消亡了。难道不是吗？当你写的东西我不爱看，我写的东西你不欣赏的时候，你跟我之间还有什么艺术可言呢？"

"话是不错，可直觉告诉我：不会这样的。"

"你的直觉是你的直觉，可我的'曲觉'告诉我一定是这样的。"

"我要说的或许也出于'曲觉'吧。"

独仙君开口了："总而言之，人越是有个性之自由，相互之间的关系就越紧张。尼采之所以抬出个'超人'来，完全是因为无法消解这种

---

① 乔治·梅瑞狄斯（1828—1909），英国诗人、小说家，一生写有20多部小说和许多诗歌。与19世纪后半叶其他英国小说家不同，他不注重结构和技巧，而以精彩的对话，充满机智和诗意的宏伟场面，以及对人物心理的刻画著称。他远远超越其时代，把妇女看成和男子平等的完全独立的个人。

② 亨利·詹姆斯（1843—1916），美国小说家，文学批评家，剧作家和散文家。是心理分析小说的开创者之一，他对人的行为的认识有独到之处，是20世纪小说的意识流写作技巧的先驱。

紧张才在哲学上做如此曲折表现的。初看起来，这似乎体现了他的理想，其实又哪是什么理想呢？完全是他内心愤嫉不平之象征。他十分憋屈地生活在个性已经相当发达的十九世纪，那可是个对左邻右舍都不敢轻易得罪的时代，所以他就有些不管不顾地乱写一气了。读他的书，与其说会感到痛快淋漓，倒不如说会引发对他的深深的怜悯和惋惜。那不是勇猛精进、一往无前的声音，而是怨恨不已、悲愤有加的声音。

"其实，这也毫不足怪。因为在古代，只要出了一个英雄，则天下之人便望风而投其麾下了，痛快至极。既然已经那么痛快了，自然也就没必要像尼采一样通过笔墨来加以宣泄了。所以像《荷马史诗》或《契维·柴思》[①] 尽管同样是描写超人之性格的，可给人的感受是完全不同的。那都是十分昂扬的，十分欢快的。由于事情本身就是十分欢快的，而将其通过书面方式转述出来，自然毫无苦涩之感了。

"可到了尼采的时代就不是这样了。不要说英雄一个也没有，即便出了英雄，也没人当他是英雄。在古代，孔子只有一个，所以孔子很牛。如今，孔子有好多个呢，或者可以说天下之人全都是孔子。所以说，有谁自称是孔子而显摆的话，是没人买账的。人家不买账，心里就愤愤不平了。愤愤不平之后便只能在书里充超人了。

"吾人追求自由，也得到了自由。得到了自由之后，又觉得不自由了，结果便是走投无路，不知所措。所以说，西洋文明初看不错，到底还是不行的。与此相反，我们东洋这边是自古就主张内心之修行的。这才是正途。

"看看吧，个性发展的结果是大家全都得了神经衰弱。直到束手无策之时，才发现'王者之民荡荡然[②]'这话的价值。才知道'无为自化[③]'

---

① 英国最古老的民谣之一。又称《契维狩猎记》，讲述发生在英格兰与苏格兰边境丘陵地带的贵族争斗的故事。
② 源自《论语·泰伯》，意思是在圣君的治理下老百姓生活安定，无忧无虑。
③ 源自《老子·淳风第五十七》，意为无为而治。

这话不可小觑。然而，尽管醒悟却已经无能为力了。就像酒精中毒之后才想到不该喝酒一个样。"

"先生们所言，多为厌世之学说。然而不知为何，我一一听来，却难以产生共鸣。这又是怎么回事儿呢？"

寒月君说道。

"那是你刚娶了老婆的缘故嘛。"

迷亭君立刻做出了解释。可谁知我家主人在此时突然说出了这么一番话："如果娶了老婆就觉得女人好，这种想法可就大错特错了。作为参考，我来念一段有趣的话给你听。你可听好了。"

说着，他便拿起了先前从书房里拿出来的那本旧书。

"这本书很旧了，不过也充分说明从那个时代起，人们就已经清清楚楚地知道女人的坏处了。"

听到这儿寒月君不由得问道："真叫人吃惊啊。这是本什么时候的书？"

"十六世纪的。是一个叫作托马斯·纳什①的人写的。"

"这就更令人惊讶了。那么早就有人说我老婆的坏话了？"

"针对女人的各种各样的坏话都有，你夫人肯定也套得上。好好听吧。"

"听着呢。耳福不浅啊。"

"书上写，首先要介绍一下各位贤者的'女性观'。在听吗？"

"大家都洗耳恭听着呢。连我这个打光棍的也听着呢。"

"亚里士多德说：'反正女人都是祸水，娶老婆的时候不妨舍大而娶小。因为小祸水的危害总要比大祸水小些……'"

"寒月君的夫人是大个儿的还是小个儿的？"

"应该是归入'大祸水'一类的吧。"

---

① 托马斯·纳什（1567—1601），英国作家。此人好争论，著有多部讽刺性的作品。下面苦沙弥所引用的"女性观"出自其著作《愚行之解析》的开头部分。

460

"哈哈哈哈。这书果然有趣。快往下念吧。"

"有人问：'何为最大之奇迹？'贤者答曰：'贞烈之妇'……"

"这位贤者是谁呀？"

"没写名字。"

"反正也是个不太靠谱的贤者。"

"下面第欧根尼出场了。有人问：'该什么时候娶老婆为好？'第欧根尼答曰：'青年时太早，老年时太晚。'"

"老师，他是蹲在酒桶里想出来的吧。"

"毕达哥拉斯声称世上有三怕：曰火、曰水、曰女人。"

"古希腊的哲学家怎么净说些不着边际的话呢。要我来说，天下一无所怕。入火不化、入水不溺……"

独仙君说到这里噎住了。

"还有遇女人不迷糊，是吧？"

迷亭君伸出了援助之手。

我家主人不与他们纠缠，继续念道："苏格拉底说：'人类最大的难题就是如何驾驭女人。'狄摩西尼①说：'如果你想折磨你的敌人，就莫过于将自己的女人送给他。让他没日没夜地陷入家庭风波之中，直至疲惫不堪，心力交瘁。'塞内加②将妇女与无知无识看作世上两大灾难。马可·奥勒留③说：'女性之难于驾驭如同驾船一般'；普劳图斯认为女性好打扮的天性实乃源自禀赋丑陋之下策，瓦勒里乌斯④曾写信给朋友说：'天下没有任何事是女人干不出来的。唯愿皇天垂怜，勿使汝遭彼等算计。'他还说：'何为女子？岂非友谊之敌哉？⑤岂非无可逃避之困苦哉？

---

① 古希腊政治家、演说家、雄辩家。

② 约前4—65，古罗马时代哲学家、剧作家。

③ 古罗马帝国皇帝，斯多葛派哲学家。代表作品有《沉思录》。

④ 公元1世纪时的古罗马历史学家。

⑤ 这就是前面出现过的那句拉丁文的含义。此处当作瓦勒里乌斯的话出现了，其实在纳什的书中是作为古代某神父的话加以介绍的。

岂非必然之灾害哉？岂非自然之诱惑哉？岂非似蜜之毒药哉？若以抛弃女人为不道德，则不得不说不抛弃女人更应受到谴责。'……"

"够了，老师。听了这么多我老婆的坏话，我已经心满意足了。"

"还剩四五页了，顺带着听完它，怎么样？"

"还是适可而止的好啊。时间不早，尊夫人也该回来了吧。"

迷亭先生刚一打趣，饭堂那边就传来了夫人呼唤女佣的声音："阿清，阿清①。"

"老兄，大事不好！原来嫂夫人在家呀。"

"呵呵呵。"

主人笑道："有什么关系呢？"

"嫂夫人，嫂夫人，您是什么时候回家的？"

饭堂里静悄悄的，没人回答。

"夫人，刚才我们说的，您都听到了吗？啊？"

还是没人回答。

"刚才您先生说的，可不是他自己的想法哦。是十六世纪的纳什君的学说，您放心好了。"

"不关我事。"

远远地传来了夫人那简单明了的回答。寒月君嗤嗤偷笑着。

"是啊，其实也'不关我事'的，对不起了。哈哈哈。"

就在迷亭君毫无顾忌地放声大笑的当儿，大门被人"哗啦啦"地拉开了。来人竟然连"有人吗？打扰了"之类的话也不说一句，便鞋声拓拓地走了进来。紧接着，客厅的纸隔扇就被粗暴地拉开，多多良三平君的脸从门缝中露了出来。

与往日不同，三平君今天穿着雪白的衬衫和崭新的大礼服。仅此一项，便足以颠覆其昔日形象了，更何况他右手还提溜着四瓶捆成一捆的

---

① 或许是之前没有呼唤女佣的机会吧，厨房女佣的名字直到全书快要结束的此处刚刚出现。

啤酒，沉甸甸的。他将啤酒往鲣鱼干旁边一放，招呼也不打便一屁股坐了下来，并且还是盘腿坐的，威风凛凛，神气活现的。

"老师的胃病好点了吗？我说您就是因为老这么着待在家里，所以好不了啊。"

"说不上好，也说不上不好。"

"'说不上'归'说不上'，脸色可不好啊。老师，您的脸色发黄啊。眼下这时节最适合钓鱼。怎么样？去品川那儿雇一条船——上个礼拜天，我就去钓过了哦。"

"钓到了吗？"

"没钓到。"

"既然钓不到鱼，又有什么意思呢？"

"养浩然之气呗。各位，怎么样？你们有人去钓过吗？好玩着呢。坐着小船在大海上东游西荡的。"

他没头没脑地对所有人说道。

"我倒想坐着大船在小海里兜风来着。"

迷亭君接了他的话茬儿。

"一样是钓鱼，钓钓鲸鱼或美人鱼还则罢了，否则又有什么好玩的？"

寒月君答道。

"那玩意儿能钓着吗？要不说文艺青年缺乏常识呢……"

"我可不是文艺青年哦。"

"是吗？那你是什么来头？对于像我这样的商务人士来说，常识是最最重要的。老师，您知道吗？我近来常识丰富得不得了啊。正所谓'近朱者赤近墨者黑'，在那儿时间长了，自然就被熏陶出来了。"

"被熏成哪样了？"

"就拿这香烟来说吧，你要是抽'朝日'或'敷岛'什么的，那可是吃不开的。"

说着，他便掏出烟嘴包金的埃及香烟①，美滋滋地抽了起来。

"喂，你有钱这么显摆吗？"

"没有，不过没事儿，钱不是问题。抽上这种香烟，身价就大大的不一样了嘛。"

"寒月君，他这身价可要比你磨玻璃球来得容易啊。不费事。真是既轻松又便利的身价啊。"

迷亭对寒月君说道，没等寒月君想好该怎么回答，三平君便说："你就是寒月君吗？博士当不成了吗？正因为你没当上博士，才让我捞着了。"

"博士吗？"

"什么呀，是金田家的小姐嘛。想想也觉得挺对不住你的。可人家一个劲儿地说'你要了吧，你要了吧'，最后我也就答应了。老师，其实，对于寒月君，我心里一直挺过意不去的。"

"不用客气。"

寒月君这么一表态，我家主人便颇为暧昧地答道："想娶就娶嘛，有什么关系呢？"

"啊呀，这可真是可喜可贺呀。我说什么来着，不论什么样的女儿也总有人要的。这儿不就有一位体面的绅士女婿吗？东风君，新体诗的素材有了。你快点动手写吧。"

迷亭君一如既往地煽情，三平君却立刻又有了新目标。

"你就是东风君吗？太好了，我们举行婚礼时，你能为我们创作新诗吗？只要你写得出，就马上印出来分发给亲朋好友。要发表在《太阳》②上也是一句话的事情哦。"

"哦，好啊。试试吧。何时要用？"

"随时都可以。从你现有的作品里挑一首也行啊。作为回报，举办

---

① 一种用埃及出产的烟草制成的英国烟卷。在当时，外国货都是高档的奢侈品。

② 明治二十八年（1895）创刊的一本综合性月刊，昭和三年（1928）停刊。

婚礼时会叫你参加，好好款待的。给你喝香槟酒。你喝过香槟酒吗？香槟酒那可真好喝呀——老师，婚礼时还要请大乐队呢，将东风君的大作谱上曲子演奏，您看怎么样？"

"爱干吗干吗。"

"老师，您能给谱一下曲吗？"

"开什么玩笑？"

"那么，在座的各位之中，有谁能谱曲吗？"

"这位新郎候补落选者寒月君可是一位小提琴高手哦。你好好地拜托人家吧。不过呢，光是香槟酒看来是打不倒的。"

"香槟酒也有好坏的。那种四五块钱一瓶的，当然没好货了。我可不会用那种便宜货来招待你的。怎么样？能帮我谱曲吗？"

"谱啊。两毛钱一瓶的香槟酒，也谱。哪怕是白谱我也谱。"

"太好了。那就拜托了。我会报答你的。要是你不喜欢香槟，你看看这个如何？"

说着，他便从上衣内侧的口袋里掏出一沓照片，随手噼里啪啦地撒在了榻榻米上，有半身的，有全身的；有站着的，有坐着的；有穿裙裤的，有穿和服的；有梳高岛田①的。全是妙龄少女。

"老师您看，候补这有这么多呢。作为报答，我可以将这里面的姑娘介绍给寒月君和东风君啊。您看，这位怎么样？"

说着，他便将一张照片递到了寒月君的跟前。

"有劳你成全了。"

"这位也不错吧？"

他又递上了一张。

"嗯，这位也不错。有劳你成全了。"

"这位怎么样？"

---

① 日本妇女传统发髻之一。

"个个都好啊。"

"你还真是个多情种子啊。老师，这位可是博士的侄女啊。"

"是吗？"

"这一位性情温柔，年纪也轻，才十七岁呢。——可陪嫁也有一千块了哦。——这位是知事的女儿。"

就他一个人说了个唾沫飞溅。

"这几位我全要了不行吗？"

"全要？你也太贪心不足了吧。难道你是一夫多妻主义者吗？"

"那倒不是。我是个肉食论者。"

"管你是什么呢？好了，好了。你那些玩意儿快收起来吧。"

见我家主人话中的教训味道加重了，三平君叮嘱了一句："这么说来，是一个也不要啦？"

便将照片一张张地收好，重新放回到口袋里。

"这些啤酒，是怎么回事？"

"哦，是礼物啊。为了提前庆祝一下，我特意从拐角处的酒店里买来的。怎么样？喝一杯吧。"

主人拍了下手，让阿清来开了啤酒瓶的盖。于是，我家主人、迷亭、独仙、东风、寒月这五人全都恭恭敬敬举起杯子，祝贺三平君艳福不浅。三平君显得十分高兴，说道："在座的各位，我都会邀请的。你们都会出席我的婚礼吧？"

"我不去。"

主人立刻答道。

"为什么？这可是我一生之中唯一——次的大礼啊。去吧。您要是不去，不就显得不近人情了吗？"

"不是不近人情。不过，我不去。"

"是没有礼服吗？没关系，家常的外褂、裙裤就可以了。老师，您偶尔还是参加一些社交活动的好啊。我会给您介绍一些名人的。"

"敬谢不敏。"

"胃病也会好的。"

"不好也没关系。"

"您看您这么顽固，我也拿您没有办法了。你怎么样，能赏光吗？"

三平君最后一句是对迷亭君说的。

"我吗？一定去。如果能作为媒人出席，脸上就更有光彩了。正所谓'香槟芳飘远，三三见九交杯酒，春宵值千金'。——什么？媒人是铃木阿藤？原来如此。我料想也是这么回事儿。这可太遗憾了。媒人弄了两个也太多了，算了。我就作为普通客人出席吧。"

"你怎么样？"

三平君问独仙君道。

"我吗？'一竿风月闲生计，人钓白苹红蓼间^①'。"

"什么玩意儿？《唐诗选》吗？"

"我也不知道是什么玩意儿。"

"你自己都不知道，真拿你没办法。寒月君定是要出席的，对吧？这事儿跟你还有点渊源的嘛。"

"一定出席。不是还要演奏我作的曲子吗？哪能不听呢。"

"就是嘛。你怎么样？东风君。"

"嗯，是啊。我倒是想在两位新人跟前朗读我的新体诗啊。"

"太好了！开心。老师，我有生以来还从未如此开心过呢。就为这个，我还得再喝一杯啤酒。"

他马不停蹄地喝着自己买来的啤酒，将脸喝得通红。

秋日短暂，转眼已日落黄昏。火盆中的烟屁股横七竖八，如同散乱的算筹^②一般，火头早已熄灭多时。座中这一般悠闲散淡之人，也像是终于意兴阑珊了。

---

① 这是独仙在表示超脱、清高，并无明确的出处。

② 指日本式算术——和算的用具，是长约4厘米，截面0.5厘米见方的小木条。

"时间不早，该回去了。"

独仙君率先站起身来。紧接着在一片"该回去了""该回去了"的嘟囔声中，一个个地全都出门远去。客厅里空荡荡的，仿佛散了场的戏院一般，一下子便冷清了下来。

主人吃过晚饭便一头钻进了书房。夫人拢了拢略嫌单薄的内衣，缝补着一件洗褪了色的家常衣裳。小孩子已经并排睡下。女佣去了澡堂。

看来，即便是貌似清高闲适之人，一叩其心底，也照样会发出悲凉之音的。纵然是看破红尘的独仙君，其双脚也只能踏在地面上。轻松自在的迷亭君，其光景也并非如画中画的那般美好。寒月君停止了玻璃球的磨制，终于从老家领了老婆回来。这才是顺理成章之举。然而，如此"顺理成章"，天长日久之后也定会索然无味的。

再过十年，东风君也会察觉到四处献诗之孟浪吧。至于三平君日后究竟是上山还是入水尽管难以预料，倘若他一生都能扬扬得意地请人喝香槟酒，自然也是无话可说的。铃木阿藤处事圆滑，自会在红尘中翻滚不休，左右逢源。翻滚久了难免沾染污泥。可即便是满身泥污，也要比不翻滚阔气许多。

想本猫生而为猫却过活于人世，屈指算来亦两年有余。原以为以本猫见识之高，是举世无双的，却不料近日里一只叫作卡特·摩尔[①]的素不相识的先贤同胞喷吐出十分器张之气焰，在那里大放厥词，着实让本猫吃了一惊[②]。仔细打听之后，才得知那厮在百年之前就已经死翘翘了，不知怎的，或许出于好奇心吧，竟特意化作幽灵，从那遥远之冥土出差

---

① 德国作家E.T.A.霍夫曼（1776—1822）的小说《公猫摩尔之人生观》中的主人公——猫的名字。

② 当时的文学杂志《新小说》明治三十九年（1906）5月号上刊登了藤代素人的文章《猫文士气炎录》。该文以卡特·摩尔（公猫）的口气（也以"吾辈"为自称）批评夏目漱石要么对世界文学不够了解，不知道百年之前已有人用这种方式写过小说；要么就是无比傲慢，明知前人有类似作品却不在自己的小说里提一笔。从下文便可看出夏目漱石对此批评是颇为感冒的。《我是猫》写到第十一章便收尾结束，或许与此批评也不无关系吧。

前来，吓唬本猫。

按说那厮也绝非善茬。据说它有次去看望母亲，叼了一条鱼想送给老妈，可走到半道实在馋得不行，竟自己吃了。不仅如此不孝，那厮还恃才傲物，不将人类放在眼里。曾口诵一诗将其主人惊得目瞪口呆。既然如此豪杰一个世纪之前便已横空出世，庸庸碌碌如本猫者自可告假退隐，归卧虚无缥缈之乡了。

我家主人早晚会死在胃病上[①]。

金田老头已经死在贪得无厌上了。

秋风瑟瑟，树叶早已凋落殆尽。

死亡是万物难以逃脱之宿命，活着既无大用，早早赴死或许也不失为贤明之举。按照刚才诸先生之所言，人类之命运终将归于自杀。倘若掉以轻心，难保猫类也误入如此穷途啊。

可怕呀，可怕。

想到此，心中不觉郁闷异常。还是去喝点三平君的啤酒，打点一下精神头吧。

本猫绕到厨房后门口，只见秋风中哆嗦着的门正开着那么一条缝。煤油灯已熄灭了，眼见得是秋风所为。然月光皎洁，透过窗户将屋里的东西照得影影绰绰的。

一个盘子里并排放着三只玻璃杯，其中两只，还剩有半杯茶一般颜色的水。即便是开水，只要倒进了玻璃杯里，看着也像是冷水，更何况于寒夜月影之下，悄然与灭火罐为伍的这些液体了，尚未沾唇已叫人不寒而栗，哪还有什么胃口去喝它呢？

然而，常言说得好：不入虎穴焉得虎子。既然连三平君那样的喝了它也会满脸通红，气喘吁吁，燥热难耐，吾辈猫类喝了又怎会不精神大振，兴奋异常呢？再说了，反正就是这么一条不知道什么时候报销的

---

① 《我是猫》是在1906年7月脱稿的，而十年后的1916年12月，夏目漱石便因胃溃疡恶化而去世了。所以有人觉得这话还真带有些预言的性质。

命，怕什么呢？要干些什么都得趁小命尚在之时。一命呜呼之后躺在墓碑阴影里再怎么后悔也晚了。

打定了主意之后，本猫便猛地将舌头伸进杯子里，吧唧吧唧地舔了几口，结果将本猫吓了一大跳。舌尖上火辣辣的，针扎般疼。至于人类是发了什么疯，喜欢喝这种酸不拉唧的玩意儿，本猫就不得而知了，反正吾辈猫类是灌不进这玩意儿的。足见猫类与啤酒无缘。

这玩意儿如何吃得——本猫收回舌头后心中暗自叫苦。可转念一想，人类不是常说什么"良药苦口"吗？他们只要得了感冒什么的，就会皱着眉头喝那些奇奇怪怪的玩意儿。老实说，到如今本猫也搞不懂他们到底是喝了病才好的，还是自己会好却还要喝。今天巧了，机会难得，就让本猫用此啤酒来解开这个迷吧。如果喝了之后只是平添一肚子苦水，本猫也就认了。可倘若喝了之后能够快活成三平那样，前后不知、忘乎所以的，那就大赚特赚了。甚至可将此宝贵经验传授给附近的猫咪们。到底怎样，听天由命吧——下定决心之后，本猫便再次伸出了舌头。由于睁眼喝不下去，本猫便紧闭双眼，又开始吧唧吧唧起来了。

这次，本猫耐着性子，忍了又忍，终于将一杯啤酒喝完了。可就在此时，奇迹出现了。起初，舌头上麻辣辣的，嘴里像是受到了来自外部的压迫似的，十分难受。可喝着喝着就舒服了，没费什么工夫就将第一杯喝完了。本猫心想：料也无妨。紧接着，第二杯也轻松拿下。随带着将撒在托盘里的也舔了个一干二净。

之后，为了看看自己会有什么反应，本猫一动不动地干等着。

慢慢地，觉得身上暖洋洋的，眼眶泛红，耳朵发烫。特别想唱歌，特别想跳"喵喵"舞。想对主人、迷亭和独仙说："去吃屎吧。"想抓挠金田老头。想将他老婆的大鼻子啃掉一块儿。这也想做，那也想做。反正想做的事情非常多。最后，本猫想摇摇晃晃地站起身来。站起来后又想晃晃悠悠地开步走。

这可真有趣啊——本猫想出去了。

月亮姐姐，你好啊。——出去后就想跟月亮打个招呼。

啊啊，真畅快啊。

所谓"陶陶然，飘飘然"大概说的就是这种感觉吧。本猫毫无目的，毫无方向，信马由缰地走着。像是在散步又不像是在散步。可不知为什么，觉得直犯困。后来就连本猫自己也不知道到底是睡着了，还是仍在走着。眼睛应该是睁着的，却又觉得眼皮十分沉重。

管他呢？既然如此，即便前面是刀山火海又有什么可怕的？想到此处，本猫刚将前爪轻飘飘地踏出去，就听得"扑通"一声。

"完了！"——一惊之下，脑海里就冒出来这么两个字。至于是怎么"完"的，根本没工夫去想。脑袋瓜子迷迷瞪瞪，只隐隐约约地觉得"完了"。之后，便天旋地转，生死不知了。

等本猫重新清醒过来，发现自己正在水里泡着呢。本猫觉得无比难受，便伸出爪子一通乱挠，可能挠到的除了水还是水，更何况这么一折腾，身子便往下沉。没办法，本猫只得拼命蹬后腿，同时前腿往上挠。只听得有"咯吱吱"的声响，像是挠到了什么东西。可好不容易将脑袋探出水面，四下里一望，才知道本猫原来掉进一个大水缸里了。

直到夏天之前，这口水缸还密密麻麻地生长着一种叫作"雨久花"的水生植物，后来被乌鸦啄食殆尽。不仅如此，那些讨厌的乌鸦还在这水缸里洗澡。被它们一洗澡，一扑腾，水就浅了。水一浅，乌鸦就不来了。

近来水浅了许多，连乌鸦都看不到了。——前些天本猫还嘟囔过呢，做梦也没想到本猫会代替乌鸦到这水缸里来洗澡了。

水面离水缸边四寸有余，伸直了前腿也够不到，纵身跃起也出不了缸。懒洋洋地待着不动，身子便一个劲儿地往下沉。挣扎一下吧，也只是"咯吱吱"地抓挠到缸壁而已。挠着的时候多少上浮了一些，可只要一打滑，立刻又沉了下去。沉到水里后憋得难受，马上又开始"咯吱吱"地抓挠缸壁。就这么着，不多会儿便筋疲力尽了。心里焦躁万分，而爪子却越来越不中用了。渐渐地，本猫也搞不清，是由于沉入水下才抓挠缸壁的，还是由于抓挠缸壁而沉入水下的了。

在此极度困苦之际，本猫寻思道：本猫之所以如此受罪，全在于本猫想要爬出缸去。可尽管想得厉害，事实上明摆着是爬不出去的。就算身子浮在水面上，然后再拼命地伸出爪子，可水缸的边沿依然是够不着的。既然爪子够不到水缸边沿，则不论本猫如何焦躁不安，如何抓挠折腾，粉身碎骨，花上一百年的时光也同样是出不去的。明明知道出不去还非要出去，这不是执迷不悟吗？明知道执迷不悟却还要不自量力，所以本猫才如此痛苦不堪，荒唐至极。这种自讨苦吃，自我残害的做法岂非愚蠢至极。

"算了吧。别'咯吱吱'地瞎折腾了。听天由命吧。"

一念及此，本猫便放松了前爪、后腿、脑袋还有尾巴，一任它们遵从自然之力。

渐渐地，本猫觉得越来越舒适。已分不清受罪还是走运，也搞不懂是身在水中还是在客厅里。身在何处？所为何来？这一切又有什么相干呢？只觉得舒适惬意。不，就连舒适惬意也都感觉不到了。本猫将拽落日月星辰，捣碎天地万物，从而进入不可思议之平安境地。

本猫死矣。

死，而后得平安。

非死，不得平安。

阿弥陀佛。

阿弥陀佛。

善哉。

善哉。

译后余墨

晋代有个叫孙楚的狷介才俊，年纪轻轻的就想隐居山林了。他对好友王济说，自己隐居之后将"枕石漱流"，可是，一激动就说错了，说成了"枕流漱石"。王济哂笑道："流非可枕；石非可漱。"孙楚发急道："枕流欲洗其耳；漱石欲厉其齿。"（见《晋书·孙楚传》）不料他的这个自圆其说——"枕流漱石"，在《世说新语·排调》的推波助澜之下，竟然成了有名的成语。

怎么个有名法呢？有名到漂洋过海，出了国了。

一百多年前，东洋日本有个文人就取"漱石"二字做了自己的笔名。此人就是大名鼎鼎的夏目漱石了。

取名字一般总是有点寓意的。夏目先生的本名是金之助，据说这是由于算命先生给他排八字时，发现他的命中五行缺金，所以他父亲就给他取了这么个大名。

笔名是自己取的，所体现的自然是"自我意志"了。孙楚说"漱石欲厉其齿"，其实这个"齿"也是可以作多方面解释的，除了磨尖了牙齿便于啃啮的"吃货流"理解外，也可以理解为"言谈（魏晋人好清谈，想来孙楚的本意也在于此）"，譬如说"齿及……""……为人所不齿"等。再略加引申，就成了"著文"了。

夏目漱石是个文豪，自然是"著文"多多的。汉诗、汉文、英文诗歌、俳句、论文、散文、小说，琳琅满目，且各臻妙境。其中最为人所称道者，还得数小说，而小说中之"首战告捷，旗开得胜"者，就是本书——《我是猫》。

话说1903年，夏目漱石从英国公派留学回来后得了神经衰弱症，情绪很不稳定。当时主办《子规》杂志的高浜虚子建议他进行文学创作，于是他便以"玩票"的心态开始了《我是猫》的写作。写作的起因据说是一只因迷路而闯入他家的连脚掌都发黑的黑猫。

夏目漱石是从明治三十七年（1904）年底开始写作的，原本只打算写个短篇（也即现在的第一章），而最初取的标题是《猫传》，是高浜虚子根据小说开头的第一句话将其改成《我是猫》的。高浜虚子还对内容做了修改增删，故而第一章的文字与以后几章是略有不同的。

第一章发表在杂志《子规》第八卷第四号（明治三十八年一月一日，《子规》发行所发行）上，标题为《我是猫》，署名为漱石。小说发表后，出乎作者意料地获得了一致好评，读者强烈要求他写续篇，于是他便一发而不可收地一直写到了明治三十九年（1906）。事实上也正因《我是猫》的成功让他建立了文学创作上的自信，从而促使他完成了从英国文学研究者、大学教师向作家的人生角色大转换。

此后，他又接连创作了《少爷》（有些译本作《哥儿》，不确切）、《草枕》《三四郎》《门》《心》等，一直到未完成的《明暗》，成就了日本现代文学史上的一座高峰。

1984年，日本大藏省将他的头像印到了一千日元的纸币上（2004年的新版千元纸币改成了生物学家野口英世）。

当代历史学者小岛毅在其通俗历史名著《东大爸爸写给我的日本史》(2) 中，给夏目漱石单独列了一章，盛赞其超越时代的历史敏感性。

天才，总是"不合时宜"的，夏目漱石也不例外。或许在他选用

"漱石"为笔名之时，已经注定了他将与魏晋高士一样见弃于世俗的吧。

《我是猫》的写作年代，正值日俄战争从激战方酣到日本大获全胜这么个历史关节点上。正当全日本乃至全亚洲都在为"黄种人战胜了白种人"而欢呼雀跃的时候，夏目漱石却在本书中以猫鼠大战来比附日俄海战（第五章），以歪诗劣作来嘲讽"大和魂"（第六章）。或涉笔成趣，极尽调侃嘲讽之能事；或明目张胆，公然与主流思潮唱反调。而在他的另一部小说《三四郎》中，他更是借广田老师之口，说出了日本长此以往"终将亡国"的预言！

历史小说家司马辽太郎在其描写日俄战争的长篇小说《坂上之云》中，也描写了夏目漱石的同学、朋友对他这种不合时宜的冷嘲热讽表现出极为反感的场景。

文艺评论家山本健吉则指出："漱石他敏锐地洞察到了当今日本文明的病患，并给予再现了出来。漱石是一位用日本文坛的一般文学家之概念无法衡量与判断的伟大的明治时代的知识人。"

《我是猫》在连载结束四个月之后，就被选入国文教科书了。其后，又多次被选入教科书，而这种情况一直持续到现在。事实上，有很多日本人正是通过教科书首次认识了夏目漱石，然后终身成为他的粉丝的——这种情形正与鲁迅之于中国读者相仿佛。

对了，鲁迅！最早将夏目漱石的作品译介给中国读者的，正是鲁迅。

在1923年出版的《现代日本小说集》中就收了鲁迅翻译的夏目漱石的两个散文化的短篇：《挂幅》和《克莱喀先生》。尽管翻译的不是《我是猫》或别的主要作品，但鲁迅的译介仍然是具有开创性的。

对于夏目漱石的作品，鲁迅认为："夏目的著作以想象丰富，文词精美见称。……轻快洒脱，富于机智，是明治文坛上的新江户艺术的主流，当世无与匹者。"而鲁迅的《狂人日记》与《我是猫》在语言风格上的关联性，也早就是鲁迅研究者的关注点之一了。

关于夏目漱石作品的翻译，周作人曾在《闲话日本文学》（1934）中说："翻译漱石的作品一向是很难的，……尤其是《我是猫》等书，翻译之后还能表出原有的趣味，实在困难吧。"

诚如此言。虽说《我是猫》是用现代日语写成的，并非文语（即日本文言），可毕竟写在一百多年之前。语言向来是与时俱进的，日语也同样，怎么可能墨守成规一百年不变呢？事实上，在普通日本人的心目中，《我是猫》这样的作品已经属于"古典"了。因此，我在动手翻译之前，首先去日本网站搜罗一大堆日本研究者对《我是猫》所做的注释和分析，并找来了多个国内名家的中译本。然而，对照原文研读之后，结果是令人震惊且沮丧的：老译本的错误太多了，表现效果与原著相差太大了。

我逐词逐句地对照阅读了2014年7月出版的（根据学界的惯例，最新的就应该是最好的）、国内某著名翻译家翻译的《我是猫》，结果发现了四百七十多处误译！

难以置信，是不是？

没有关系，一条条的白纸黑字具在，可以检证的。——有兴趣的朋友可以上豆瓣网，去"翻译质检书"小组看看。

译界老前辈严复早就说过了，译事三难：信、达、雅。仅仅是不出错，还是不够的。更高的要求是要尽可能地让中国读者获得与日本读者相同的阅读快感。所以我在翻译时，一方面加了大量的注解，使读者明白书里所讲的到底是怎么回事之外，另一方面在叙述语言上也做了一点探索。那就是用轻度文言腔的"雨夹雪"文体来表现书中故作矜持、好卖弄学问的猫、苦沙弥等人物；用洋里洋气的欧化语言来表现新潮的寒月、多多良三平等人物；用市井语言来表现暴发户金田家的成员……当然，这仅仅是我的一点努力与追求，效果如何，还有待读者的检验。

今年，正值夏目漱石逝世一百周年，此译本若能告慰其在天之灵，则幸莫大焉。

最后，我要借此机会感谢北京创美时代国际文化传播有限公司 许宗华先生对我的赏识（并非虚言谀辞，对于译者来说，能遇上一位"对路"的编辑真的是非常难得的），让我有机会翻译这样一本名著。

徐建雄

2016年9月25日

于姑苏胥江华庭

出 品 人：许　永
责任编辑：陈泽洪
特邀编辑：何青泓
装帧设计：海　云
印制总监：蒋　波
发行总监：田峰峥
投稿信箱：cmsdbj@163.com
发　　行：北京创美汇品图书有限公司
发行热线：010-59799930

创美工厂
微信公众平台

创美工厂
官方微博